JD Kirk

Der Schott

Volles Risiko

Autor

JD Kirk ist das Pseudonym des mehrfach ausgezeichneten Autors Barry Hutchison. Er wuchs in Fort William in den schottischen Highlands auf. Seit ein freundlicher Bibliothekar das Heft, in dem der damals neunjährige Barry eine – wie er selbst sagt »schreckliche« – Geschichte geschrieben hat, mit sehr viel Ernst ins Regal stellte, wollte Barry Hutchison Autor werden. Seitdem hat er zahlreiche Kinderbücher und Romane für Erwachsene veröffentlicht. Er lebt mit seiner Frau und seinen zwei Kindern in Fort William.

Die Robert-Hoon-Romane:

1. Der Schotte – Gefährlicher Auftrag
2. Der Schotte – Volles Risiko
3. Der Schotte – Tödliche Falle

JDKIRK

DER
SCHOTTE

VOLLES RISIKO

Thriller

Deutsch von Wolfgang Thon

blanvalet

Die Originalausgabe erschien 2022
unter dem Titel »Southpaw (Robert Hoon Thriller 2)«
bei Zertex Crime, Fort William.

Penguin Random House Verlagsgruppe FSC® N001967

1. Auflage 2025

Redaktion: Alexander Groß
Umschlaggestaltung: www.buerosued.de
Umschlagmotiv: Collaboration JS / Arcangel Images;
www.buerosued.de
HK · Herstellung: DiMo · ChS
Satz: Uhl + Massopust, Aalen
Druck und Bindung: GGP Media GmbH, Pößneck
Printed in Germany
ISBN 978-3-7341-1375-8

www.blanvalet.de

EINS

Der Abend begann eigentlich ganz nett. Sie tranken und alberten herum, und Annäherungsversuche wurden zwar weggelacht, aber indirekt auch ermutigt.

Allerdings ohne ernste Absichten. Jedenfalls nicht richtig ernst. Man flirtete, das war alles. Die zwei Frauen hatten nicht vor, mit einem der beiden Jungs zu knutschen, geschweige denn mehr.

Auch wenn die jungen Männer eigentlich gar nicht schlecht aussahen. Sie hatten dunkles Haar und dunkle Augen und einen so glatten Teint, dass ihre Haut mit ultrafeinem Sandpapier hätte geschliffen sein können. Und gut gebaut waren sie auch. Groß, lange Gliedmaßen, aber nicht schlaksig. Die Proportionen stimmten.

»Die richtigen Proportionen an den richtigen Stellen«, hatten die Männer gesagt, was noch mehr Gelächter und anerkennendes Johlen hervorgerufen hatte.

Und unterhaltsam waren sie gewesen, diese Jungs. Sie konnten mit Worten umgehen, alle beide. Immer lächelnd, immer Witze auf Lager, immer die richtigen Formulierungen, wenn sie den nächsten Drink in eine Hand drückten, die gerade noch abgewunken hatte.

Nachdem sie den letzten Drink genommen hatten, kostete es die beiden Frauen etwas Mühe, auf die Beine zu kommen, aber starke Arme halfen ihnen, hielten sie und führten sie zur Tür.

Sie wollten einen Abstecher über die Toiletten machen – das gäbe ihnen ein oder zwei Minuten Zeit, um sich wieder zu berappeln und einen Plan auszuhecken, wie sie diese beiden Charmeure abschütteln und ein Taxi nach Hause bekommen konnten. Sie mussten beide am nächsten Morgen früh zur Arbeit. Zwei verschiedene Klassenzimmer in zwei verschiedenen Schulen, jedes vollgestopft mit überdrehten Fünf- und Sechsjährigen.

Sie mussten schleunigst nach Hause, prophylaktisch ein paar Paracetamol schlucken, ins Bett gehen und hoffen, dass es nicht allzu schnell Morgen wurde. Deshalb war der Gang zu den Toiletten notwendig. Dort könnten sie ihre Flucht planen. Ein Uber rufen. Sich aus dem Staub machen.

»Das ist kein Problem, wir wohnen gleich um die Ecke«, hatte eine sanfte Stimme geflüstert.

»Die Toiletten sind jetzt sowieso geschlossen. Haltet noch eine Minute durch«, hatte der andere sie beruhigt.

Die kalte Luft traf sie wie ein Doppelschlag. Einerseits schärfte sie ihre Sinne und bereitete ihnen andererseits Schwindel.

Wie viel hatten sie getrunken? Angefangen hatten

sie mit Wein, das machten sie immer, doch sie erinnerten sich auch an mehrere Biere, Shots und große Schlucke von einem Zeug, das in der Kehle brannte.

Das war in dem Moment ziemlich lustig gewesen, aber jetzt, mit den festen Händen um ihre Arme und auf ihren Hintern, bekam all das einen miesen und unangenehmen Beigeschmack.

»Wir sollten uns ein Taxi nehmen«, sagte eine der Frauen und warf einen Blick zu der verschwommenen Gestalt ihrer Freundin. »Wir sollten lieber nach Hause.«

Die Antwort hatte sie überrascht.

»Ja, klar. Kein Problem.«

Der Mann an ihrem Arm lächelte. Selbst in ihrer betrunkenen Wahrnehmung war es wirklich ein sehr nettes Lächeln.

Die Hand fiel von ihrem Rücken, und der Mann bot ihr den Arm, um sich daran festzuhalten.

»Aber wir bringen euch noch bis zum Taxistand, okay? Das ist das Mindeste, was wir tun können.«

Die Frauen entspannten sich und willigten ein. Das war tatsächlich das Mindeste, was sie tun konnten, nachdem sie sie so betrunken gemacht hatten.

Außerdem wusste man nie, wer sich um diese Zeit in den Londoner Seitenstraßen herumtrieb. Ein paar große Jungs als Eskorte zu haben, war sicherer, als hier allein durch die Gegend zu laufen.

Die Straßen rund um das Lokal schienen mit dem

ausdrücklichen Ziel angelegt worden zu sein, Verwirrung zu stiften. Keine der beiden Frauen war zuvor in dieser Bar gewesen, aber der Club war zu laut und die Tanzfläche zu voll gewesen, und die Männer hatten einen Laden in der Nähe vorgeschlagen, den sie kannten und wo sie sich unterhalten konnten. Sich amüsieren. Sich besser kennenlernen.

In dem Pub war es ruhiger gewesen. Viel ruhiger. Fast tot, um genau zu sein. Aber sie hatten eine Runde getrunken, die Jukebox gefüttert und das Beste daraus gemacht. Und es war lustig gewesen. Eine Zeit lang.

Doch jetzt war der Spaß vorbei.

Ein Van tauchte vor ihnen auf. Alt. Verbeult. Der Lack war abgeplatzt und zerkratzt, die Radkästen mit braunen Rostflecken übersät. Er bewegte sich nicht, und doch schien er wie aus dem Nichts auf sie zuzukommen; seine Hecktüren tauchten in der Einmündung einer Gasse auf, an der sie gerade vorbeitaumelten.

Nein, nicht *vorbei*, merkten die Frauen. Nicht so richtig.

Sie gingen darauf *zu*.

»Was machen wir hier?«, fragte eine von ihnen, als sie näher an das Fahrzeug herangeführt wurde. Sie wandte sich um und sah in die Richtung, in die sie ursprünglich gegangen waren – in die Richtung, in der sie den Taxistand vermutete –, dann drehte sie sich wieder zurück und spürte die warmen, weichen Lippen des

Mannes, an dessen Arm sie sich festhielt, auf ihrem Mund.

Er roch gut. Ganz sicher besser als die Straße um sie herum. Sie vertiefte sich für einen Moment in den Kuss, dann ertönten ein Schrei und ein metallischer Aufprall, und sie wich zurück.

Ihre Freundin war eingeklemmt, wurde mit dem Rücken gegen das Blech des Vans gepresst. Sie versuchte, ihre Handtasche zwischen sich und den viel größeren Mann zu bekommen, der sich an sie drückte, aber das war nicht sonderlich abschreckend.

»Hau ab«, nuschelte sie undeutlich. »Ich möchte jetzt … ich will nicht … Lass mich gefälligst in Ruhe.«

»He! Lass sie los!«, protestierte die andere Frau, dann keuchte sie, als die Hand an ihrem Arm fester zupackte.

Die Männer lächelten immer noch, aber das Lächeln auf den Gesichtern hatte sich verändert. Es war nicht mehr fröhlich oder freundlich, sondern anders. Grausam. Bösartig.

Schlüssel wurden aus einer Tasche gezogen. Die Verriegelung der Hecktüren des Fahrzeugs löste sich klackend nach einem Knopfdruck.

»Steigt einfach ein«, befahl einer der Männer. »Kommt schon, entspannt euch. Wir amüsieren uns doch, oder? Also los, steigt ein.«

»Nein, nicht. Nicht. Ich will nicht, ich will nur nach …«

Ein Handrücken krachte gegen ihren Kiefer. Finger

krallten sich in ihre Haare, hielten sie, zogen und zerrten, dass ihre Kopfhaut schmerzte.

Die Frauen versuchten zu schreien, wollten um Hilfe rufen, aber Hände legten sich über ihre Münder, schlossen sich um ihre Kehlen, und plötzlich verloren sie das Gleichgewicht, stolperten über Füße, und die ganze Welt drehte sich um sie, als die Tür des Vans aufgerissen und sie ins Dunkel geschoben wurden.

Und dann …

Das Licht der Gasse reflektierte in einem Augenpaar in der Dunkelheit. Jetzt keuchten nicht die Frauen vor Überraschung, sondern die Männer, die sie ins Wageninnere hineinstoßen wollten.

»Was zum Teufel soll das?«, zischte der eine.

»Wer verdammt bist du denn?«, fragte der andere.

Es knarrte, als der Mann im hinteren Teil des Laderaums aufstand und das Fahrzeug auf den Achsfedern schaukelte.

»Ich? Ich bin niemand. Betrachtet mich einfach als einen besorgten Bürger. Macht euch um mich keine Gedanken.« Der Akzent war schottisch und die Stimme rau wie Geröll. »Macht euch lieber um euch zwei schlappschwänzigen Arschkrampen Sorgen.«

Ein Fuß schoss plötzlich aus dem Schatten. Die Spitze eines abgenutzten Stiefels krachte gegen ein Kinn. Der Kopf des jungen Mannes flog zurück. Dem gurgelnden Schmerzensschrei folgte das hohle Krachen, mit dem sein Schädel auf den Asphalt schlug.

»Der Taxistand liegt in dieser Richtung, Ladys«, informierte sie der Mann im Lieferwagen hilfsbereit.

Er stand jetzt allerdings nicht mehr im hinteren Teil des Laderaums, sondern zwischen den beiden Frauen. Der zweite Mann krümmte sich, hatte die Augen weit aufgerissen und griff sich mit beiden Händen in den Schritt, während er gurgelnd und wimmernd zu Boden sank.

»Ich schlage vor, ihr verpisst euch jetzt nach Hause«, sagte der Schotte zu den Frauen.

Er grinste. Seine Mimik war irgendwie noch beunruhigender, als es das Lächeln ihrer Angreifer gewesen war.

Er knackte mit den Fingerknöcheln und lockerte den Nacken, dann bückte er sich und packte einen der gefallenen Männer am Fuß, als wollte er ihn wegschleifen und zum Abendessen verspeisen.

»Ich und diese beiden übergriffigen Wichser werden derweil gemütlich plaudern.«

Bob Hoon genoss diese kleinen Momente. Es war das Theatralische daran, was ihn reizte. Der Aufbau von Spannung in der Ruhe vor dem Sturm.

Er liebte den Ausdruck auf ihren Gesichtern, wenn sie zu sich kamen und merkten, dass sie gefesselt und geknebelt waren. Er genoss ihre gedämpften panischen Schreie, bis sie begriffen, dass ihnen alles Herumgezappel nichts nützte. Und ihm gefiel die Art und Weise, wie ihre blutunterlaufenen Augen seiner Hand folgten, wenn er in seine Werkzeugtasche griff und etwas Stumpfes und Schweres oder etwas Spitzes und Scharfes herausholte, je nach Laune.

Manchmal ließ er sich auch andere Methoden einfallen, um sie in Angst und Schrecken zu versetzen, vor allem zu seinem eigenen Vergnügen. Spontanes, unerwartetes Singen war in letzter Zeit seine bevorzugte Wahl. Damit machte er sie so richtig fertig.

Neulich erst hatte er einem Möchtegernvergewaltiger das gesamte *Hey Diddle Diddle* vorgesungen. Dann hatte er ihn ein paar Stunden in seinem eigenen Dreck gefesselt mit gespreizten Beinen alleingelassen, damit er Zeit hatte, darüber nachzudenken, was zum Teufel das alles zu bedeuten hatte.

Als Hoon schließlich zurückgekommen war, lief die Fantasie des Mistkerls bereits auf Hochtouren, und er hätte seine eigene Mutter verraten, wenn Hoon das von ihm verlangt hätte.

Jammerschade, dass er nichts gewusst hatte. Jedenfalls nichts, was Hoon hätte gebrauchen können. Nichts, was ihm weiterhalf.

In diese beiden hier setzte er allerdings große Hoffnungen. Sie kamen ihm nicht wie die üblichen schmierigen Typen vor, die sich nur ein bisschen amüsieren wollten, wie diejenigen, die er in letzter Zeit abgefertigt hatte. Diese beiden wirkten organisierter. Sie hatten nicht einfach eine Gelegenheit gewittert und zugegriffen, sondern alles im Voraus geplant, bis hin zur Positionierung des Wagens.

Man konnte leicht annehmen, dass sie so etwas schon einmal gemacht hatten. Verdammt, man könnte sie sogar für Profis halten.

Und nach eben einem solchen Profi hatte er in den letzten Monaten gesucht. Und jetzt hatte er gleich zwei auf einmal erwischt …

»Es muss meine verdammte Glücksnacht sein. Was, Jungs?«, verkündete Hoon.

Im Laderaum des Vans gab es kaum Hall. Die Wände und die hinteren Türen waren mit dicken Schaumstoffpolstern ausgekleidet, die größtenteils wie die Innenseiten von Eierkartons geriffelt waren, um jegliche Geräusche aus dem Inneren zu dämpfen.

Profis. Daran bestand kein Zweifel.

»Aber nicht eure, Jungs«, fuhr er fort. »Ich sollte euch beide vielleicht vorwarnen, dass das ganz und gar nicht eure Glücksnacht ist, o nein!«

Er brummte leise vor sich hin, als er in seine Werkzeugtasche griff und diesmal eine Sicherheitsschere für Kinder herauszog. Stirnrunzelnd schnippte er versuchsweise damit.

»Weiß der Teufel, wo die herkommt«, sagte er. Er lächelte die Männer an. »Schon komisch, was man so alles einsammelt, was? Die ist so stumpf wie ein Delfinschwanz, also keine Ahnung, wofür ich sie verwenden werde.« Hoon legte die Schere auf den dicken schmutzigen Teppich auf dem Boden des Wagens. »Aber uns fällt bestimmt noch etwas ein.«

Er kniete und lehnte sich dann zurück, bis sein Hintern seine Fersen berührte. Die beiden Männer lagen auf der Seite, aneinandergefesselt, Gesicht an Gesicht wie in einer Umarmung. Ihre Hände waren hinter den Rücken des anderen gebunden. Hoon hatte sich die Mühe gemacht, sie beide nackt auszuziehen. Er fand, dass dies im Allgemeinen dazu beitrug, die Konzentration der Leute zu schärfen.

»Ihr hattet keine Ausweise dabei, also müssen wir uns Namen für euch ausdenken«, sagte er und betrachtete die beiden. Er fuhr sich mit der Zunge über seine Zähne und kniff die Augen zusammen. Schließlich zeigte er nacheinander auf die beiden Männer. »Humpty Dumpty und Laser-Titte. So heißt ihr jetzt.« Hoon zupfte an seiner Unterlippe, dann nickte er zufrieden. »Ja. Die Namen passen verdammt gut zu euch.«

Er wandte die Aufmerksamkeit wieder der Tasche zu, nahm eine gelbe Billardkugel und eine Socke heraus, in die er die Kugel bedächtig hineingleiten ließ.

»Da fällt mir wieder ein, dass es vor ein paar Jahren eine kleine Kontroverse über diese ganze Humpty-Dumpty-Sache gab«, sagte er und wirbelte die Socke durch die Luft, um das Gewicht zu testen. »Irgendeine BBC-Kindersendung hat die Geschichte geändert. Sie haben es so hingebastelt, dass alle Pferde und Männer des Königs es tatsächlich schafften, ihn wieder zusammenzusetzen. Sie bescherten der ganzen Sache ein schönes Happy End für die Kinder zu Hause am Fernseher.«

Er zuckte mit den Achseln, um zu zeigen, dass ihm das herzlich egal war.

»Und dann denkt man, ja klar, warum nicht? Macht, was ihr wollt. Es gibt schon genug Negatives und Düsteres auf der Welt, da kann man etwas Abwechslung gebrauchen. Aber dann kam so ein Arschloch von einem Abgeordneten an – hab vergessen, wer – und regte sich mächtig auf. Er meinte, wir packen die Dreijährigen in Watte. Sagte, sie müssten lernen, in der realen Welt zu leben.« Hoon sah zu seinen Gefangenen und hob beide Augenbrauen. »Die verdammte reale Welt! Ich meine, erstens ist das eine Geschichte über ein paar Gäule, die versuchen, ein empfindungsfähiges Ei wieder hinzukriegen. Ich glaube nicht, dass so etwas irgendwer mit einem verdammten Dokumentarfilm verwechselt, egal, wie alt er ist.«

Hoon legte die Socke weg, zog einen kleinen Lederbeutel heraus, öffnete ihn und brachte eine Auswahl von zahnmedizinischen Werkzeugen zum Vorschein.

»Und zweitens, ich weiß noch, wie ich damals dachte: Hast du denn sonst keine Probleme, dass du Zeit hast, dir über so einen Scheißgedanken zu machen? In was für einer Heititeiti-Fantasiewelt lebst du denn, wenn du auch nur den Bruchteil einer Sekunde damit vergeudest, dich über das Schicksal von Humpty Dumpty aufzuregen? Ich weiß ja nicht, wie ihr zwei das seht, aber ich hoffe doch, dass mein Abgeordneter etwas Besseres mit seiner Zeit anzufangen weiß, als sich über Kinderreime aufzuregen. Versteht ihr, was ich meine? Ich möchte, dass diese Typen sich mit echten Problemen beschäftigen. Mit drängenden Problemen. Mit akuten Problemen.«

Hoon hauchte den Zahnspiegel an und wischte ihn an der Vorderseite seiner Kampfhose ab. Er nickte zufrieden, dann sah er wieder zu seinen Gefangenen.

»Ihr wisst schon, Probleme, wie ihr beide sie gerade habt.«

Einer der Männer – Laser-Titte – versuchte, trotz seines Knebels zu protestieren, aber Hoon hob einen Finger und setzte eine strenge Miene auf, bis wieder Ruhe einkehrte.

»Keine Sorge, Jungs, ihr werdet noch viel Gelegenheit zum Reden haben. Dafür werde ich verdammt noch mal sorgen. Das ist schließlich der einzige Grund, warum wir hier sind. Ihr bekommt eure Chance«, versprach er. »Nur nicht jetzt. Noch nicht. Es macht einfach mehr Spaß, wenn wir es auf die harte Tour angehen. Mir jedenfalls.«

Er kramte wieder in der Tasche und nahm diesmal einen quadratisch gefalteten Karton heraus. Er öffnete ihn, zog ein Foto hervor und drehte es zu seinen Gefangenen, ohne es selbst anzusehen.

»Und zwar werdet ihr über die hier reden«, sagte

er. »Über diese junge Frau hier. Schaut sie euch genau an. Lasst euch Zeit. Ihr werdet mir sagen, wo sie ist. Ihr werdet mir sagen, wer sie entführt hat und wo ich sie finden kann. Und dann, vorausgesetzt, es ist noch genug von euch übrig, werde ich ...«

Es klopfte an der Hintertür des Vans. Genauer gesagt, war es ein Hämmern mit der Faust. Man konnte es nicht nur hören, sondern auch spüren.

Die beiden Gefangenen auf dem Boden hoben ihre Köpfe, die Augen weit aufgerissen, als könnten sie direkt durch das Metall starren oder denjenigen, der draußen war, durch reine Willenskraft herbeirufen.

Hoon legte einen Finger an die Lippen und griff langsam und leise nach dem schärfsten Werkzeug, das er finden konnte.

Es klapperte, als würde jemand am Türgriff rütteln, dann klopfte es erneut. Die Schaumstoffpolsterung erschwerte es, viel von dem zu verstehen, was da draußen vorging, aber Hoon hörte leise Stimmen. Und Schritte, die seitlich am Fahrzeug vorbei nach vorne schlurften.

Humpty Dumpty grunzte. Zappelte herum. Das scharfe Ende eines Skalpells wurde gegen seine Kehle gedrückt und beendete seine Versuche, die Aufmerksamkeit der Leute außerhalb des Vans auf sich zu ziehen.

Hoon hörte das Klappern, als jemand den Griff der Fahrertür ausprobierte, die ebenfalls verschlossen war. Er lauschte mit angehaltenem Atem, als die leise murmelnden Stimmen schließlich verklangen.

Er wartete. Und zählte. Fünf Sekunden. Zehn. Er hörte weder Bewegungen noch etwas anderes.

»Wir sind wieder allein«, flüsterte er und gab Humpty Dumpty einen freundschaftlichen Klaps auf die Wange. »Also, wie ich schon sagte ...«

Der Rest des Satzes wurde durch das Kreischen von Metall auf Metall übertönt. Hoon schob sich bis zu der Wand, die den Frachtraum von der Kabine trennte, und schirmte sein Gesicht mit einer Hand ab, als Funken wie vom Schweif einer Feuerwerksrakete den hinteren Teil des Wagens erfüllten.

»Verfluchte Scheiße!«, schimpfte er, nahm das Skalpell in die linke Hand und schnappte sich die Socke mit der Billardkugel.

Der Lärm war unerträglich. Die Funken schwirrten um ihn herum wie wütende Glühwürmchen, verglommen, wenn sie auf dem Schaumstoff landeten, und veranlassten seine nackten Gefangenen, sich verzweifelt auf dem Boden zu winden, als sie vergeblich versuchten, den heißen, schmerzhaften Nadelstichen zu entkommen.

Dann, so plötzlich, wie er begonnen hatte, hörte der Lärm auf, und eine dröhnende Stille erfüllte die Leere. Die letzten Funken erloschen. Einen Moment lang war alles still.

Dann kippten die beiden Hecktüren des Wagens kreischend nach außen und krachten auf den unebenen Asphalt der Gasse.

Waffen. Das fiel Hoon als Erstes auf. Drei Waffen und sie waren alle auf ihn gerichtet. Heckler-&-Koch-MP5-Maschinenpistolen. Selbst wenn ihre Besitzer keine schwarzen Helme mit der Aufschrift »Polizei« getragen hätten, hätte er die Waffen sofort erkannt. Er hatte sie selbst oft genug benutzt.

Ein vierter Mann stand abwartend hinter den Bewaffneten. Hoon missfiel das selbstgefällige Arschloch mit den nach hinten gegelten Haaren auf Anhieb. Seine Hände steckten in den Taschen eines teuer aussehenden Wollmantels. Im Gegensatz zu den anderen Mistkerlen, die sich hier tummelten, lag ein Lächeln auf seinen Lippen, als würde hier eine Art Sketch gespielt, den nur er verstand.

»Zunächst einmal möchte ich sagen, dass ich ein großer Bewunderer von Ihnen bin, Mr. Hoon.« Der selbstsichere Reicher-Schnösel-Tonfall machte ihn noch unerträglicher. Er lächelte, vielleicht zwinkerte er sogar, aber die hellen Punkte, die vor Hoons Augen tanzten, machten es ihm schwer, das zu erkennen. »Wie wäre es, wenn Sie jetzt die Folterinstrumente weglegten, damit wir vermeiden können, dass einer dieser Gentlemen Ihnen ins Gesicht schießen muss?«

ZWEI

Hoon war ohne viel Aufhebens mitgegangen. Die bewaffnete Eingreiftruppe hatte ihm nicht gerade viele Möglichkeiten gelassen. Er hatte Humpty Dumpty und Laser-Titte versprochen, dass sie sich bald wiedersehen würden, und sich danach in Handschellen auf den Rücksitz eines BMWs mit abgedunkelten Scheiben verfrachten lassen.

Der selbstgefällige Mistkerl im Wollmantel war kurz darauf auf den Fahrersitz gerutscht, während sich zwei bewaffnete Officers neben Hoon drängten, ihn flankierten und mit ihrer klobigen Schutzkleidung schier erdrückten.

»Was ist mit den beiden Arschlöchern in dem Van?«, fragte Hoon.

Der Fahrer hatte im Rückspiegel ein Lächeln aufblitzen lassen. »Die Männer, die Sie gerade foltern wollten, meinen Sie?«

»Foltern? Von wegen!«, spottete Hoon. »Seit wann hätten ein paar Büroklammern unter den Fingernägeln jemandem geschadet?«

»Schon immer. Und um Ihre andere Frage zu beantworten: Wir werden sie gehen lassen. Falls wir es nicht schon getan haben.«

»Sie lassen sie gehen? Verdammt!« Hoon hatte gefährlich lange auf den Hinterkopf des Fahrers gestarrt und die Zähne zusammengebissen, bis sie knirschten. »Sie haben ihren Scheißvan doch gesehen, oder? Sie wissen genau, was die vorhatten.«

»Keine Sorge, Robert«, antwortete der andere Mann, blickte nach vorn und ließ den Motor mit einem Knopfdruck an. »Wir wissen alles.«

Das war vor über einer Stunde gewesen. Jetzt saß Hoon an einen Tisch gekettet in einer kleinen Verhörzelle in einer Polizeiwache im Osten Londons. Sie hatten irgendwann den Fluss überquert und waren in Richtung Süden gefahren. Hoon war die Gegend nicht vertraut gewesen, und sie hatten ihn durch den Hintereingang in das Revier geschleust, sodass er keinen Blick auf das Schild vor dem Eingang hatte werfen können.

In der Verhörzelle gab es keinen Spiegel. Und ebenso wenig ein fest installiertes Aufnahmegerät. Sie war altmodisch, was er zu schätzen wusste. Zwischen dieser Zelle und dem Ort, an dem sie ihn einkassiert hatten, lag mindestens ein Dutzend Polizeiwachen. Sie hatten ihn nicht ohne Grund in diese Gegend gekarrt.

Entweder wollte jemand keine Aufzeichnung dieses Treffens, oder er hatte die Absicht, ihm eine ordentliche Tracht Prügel zu verpassen, und brauchte dafür etwas Privatsphäre. Was auch immer es war, es würde ein sehr interessanter Abend werden.

Während der Autofahrt hatte er nur wenig herausgefunden. Die Jungs von der Eingreiftruppe hatten die ganze Zeit den Mund gehalten, und der Arsch auf dem Fahrersitz hatte auf Hoons Fragen meist grinsend und mit einem Augenzwinkern reagiert.

Sie hatten ihn nicht mal richtig eingecheckt. Kein Papierkram. Keine Übergabeformalitäten. Seine Bitte um einen Anruf war mit einem Kichern und einem »Wir werden sehen, was wir tun können« beantwortet worden, bevor er in diesen Raum gebracht und mit Handschellen an den Metallring gefesselt wurde, der bombenfest am Tisch befestigt war.

Er saß jetzt schon seit zwanzig Minuten allein hier drin. Da es kein Fenster und keine Kameras gab, war es sinnlos, einen Aufstand zu veranstalten, also legte er den Kopf auf den Tisch und versuchte, eine Mütze Schlaf nachzuholen.

Wie so oft in letzter Zeit blieb es ihm versagt.

Er war so nah dran gewesen. Diese beiden Burschen. Er hatte dicht vor einem Durchbruch gestanden, davon war er überzeugt. Sie wussten etwas. Sie wussten etwas über *sie*.

Und jetzt liefen sie irgendwo da draußen frei herum, und er war hier drinnen eingesperrt.

Und das Mädchen – Caroline – war wieder einmal in weite Ferne gerückt.

Die Tür der Verhörzelle öffnete sich. Das Gesicht, das erschien, gehörte nicht dem selbstgefälligen Arschloch, das er erwartet hatte. Die Frau trug eine weite Regenjacke und eine ausgebeulte Trainingshose anstelle der makellosen Uniform, in die sie bei den anderen Begegnungen gekleidet gewesen war. Hoon brauchte einen Moment, bis er sie wiedererkannte.

»Deirdrie?«, fragte er, nachdem er die notwendige Gehirnakrobatik vollzogen hatte. »Was zum Teufel machen Sie denn hier?«

»Bitte nennen Sie mich nicht so. Sie können mich mit Chief Superintendent Bagshaw ansprechen«, wies sie ihn zurecht. Ihr Tonfall machte deutlich, dass sie für seinen üblichen Scheiß nicht in Stimmung war. Sie wischte sich mit dem Daumen über die Augen, um die letzten Spuren des Schlafs zu vertreiben. »Und glauben Sie mir, Mr. Hoon, ich bin nicht freiwillig hier.«

Hoon musterte sie von oben bis unten, als sie vor ihm Platz nahm. Sie war eine der ranghöchsten Beamtinnen der Metropolitan Police, und soweit er wusste, war sie keine Frau, die sich leicht herumkommandieren ließ. Wenn sie nicht freiwillig hier war, musste jemand Mächtiges die Fäden ziehen.

Kurz nach seiner Ankunft in London war er ihr ein paarmal über den Weg gelaufen, und auch wenn sie ihm bei seiner Mission nicht gerade geholfen hatte, war sie ihm meistens aus dem Weg gegangen und hatte ihn in Ruhe gelassen.

Bis jetzt.

»Hatte ich Ihnen nicht gesagt, Sie sollen den Ball flach halten und sich aus Schwierigkeiten heraushalten?«, erkundigte sie sich.

Hoon zuckte mit den Schultern. »Das habe ich ja getan.«

»Das nennen Sie, sich aus Schwierigkeiten heraushalten?«

»Ich habe einen auf Touri gemacht«, beschönigte Hoon seine derzeitige Situation. »Ein paar Sehenswürdigkeiten besichtigt. Aal in Aspik gegessen. Dem verdammten König zugewunken. Das ganze Programm. Letzte Woche habe ich mir sogar *Wicked* angesehen.«

Bagshaw blinzelte überrascht. »*Wicked?*«

»Jawohl.«

»Das … Musical?«

Hoon schnalzte. »Nein, die *Böse Hexe des Westens*. Natürlich das verdammte Musical.«

»Ah, verstehe«, behauptete Bagshaw, aber die Falten auf ihrer Stirn verrieten, wie schwer es ihr fiel, sich das vorzustellen. »Ich muss schon sagen, Sie überraschen mich, Robert. Das scheint mir nicht gerade Ihre Szene zu sein.«

»Nun, ich versuche, das nicht persönlich zu nehmen. Ich bin ein komplexes Individuum, Deirdrie. Ich bin ein verdammtes Überraschungsdessert mit verborgenen Schichten.«

»Sieht so aus.« Chief Superintendent Bagshaw wollte

die Frage eigentlich nicht stellen, aber dann überwog doch ihre Neugier. »Und wie fanden Sie es? *Wicked*, meine ich.«

»Totaler Bockmist.«

Wenn es nicht so spät gewesen wäre und sie sich nicht geärgert hätte, hierher beordert worden zu sein, hätte Bagshaw vielleicht sogar gelächelt.

»Klar. Vielleicht überraschen Sie mich doch nicht so sehr. Ich bin hier, weil die wollten, dass ich zuerst mit Ihnen rede, bevor die es tun«, erklärte sie. »Die dachten, Sie würden mir vielleicht vertrauen.«

»Tja, da irren die sich. Und wer verdammt sind ›die‹ überhaupt?«, wollte Hoon wissen, aber Bagshaw ignorierte die Frage geflissentlich.

»Die wollen …« Sie seufzte, und daraus wurde ein Gähnen, das sie nur mühsam unterdrücken konnte. »Die wollen Ihnen irgendeinen Deal anbieten. Ich weiß nicht, was oder warum. Es ist mir egal, und ich habe nicht danach gefragt.«

»Schon wieder dieses ›die‹. Wer sind diese verdammten ›die‹, von denen Sie ständig reden?«

Bagshaw schnalzte genervt mit der Zunge und schüttelte den Kopf. »Der Security Service«, antwortete sie dann, lehnte sich zurück und zuckte mit den Schultern. »Wie gesagt, ich weiß nicht, warum, also fragen Sie gar nicht erst.«

»Der Geheimdienst?« Hoon schaute zur Tür und runzelte die Stirn. »Sie meinen …?«

»Der MI5. Genau.«

Hoon zog seine Unterlippe mit den Zähnen ein und ließ sie dann wieder los. »Ja, ich fand auch, dass dieses Arschgesicht nicht nach Polizei aussah, das stimmt«, sagte er. »Er wirkte zu selbstgefällig. Und das will verdammt noch mal was heißen, wenn man darüber nachdenkt. Warum will der MI5 mit mir reden?«

»Haben Sie nicht gehört, was ich gerade gesagt habe? Ich habe keine Ahnung.«

»Das war eine rhetorische Frage, Sweetheart«, knurrte Hoon. »Machen Sie sich nicht gleich ins Hemd.«

Bagshaw schob eine Hand auf die Tischplatte, klatschte auf das abgewetzte Holz und stand auf. »Gut, okay, ich habe meinen Teil erledigt. Von jetzt an sind Sie auf sich allein gestellt.«

»Ihren Teil?« Hoon musterte sie von oben bis unten. »Was denn, das war's? Die haben Sie herzitiert, nur um das loszuwerden?«

»O nein. Nein, ich sollte noch viel mehr sagen. Sie haben mir eine lange Liste gegeben«, antwortete Chief Superintendent Bagshaw. »Ich sollte Sie weichklopfen. Sie so richtig bearbeiten. Vor den Konsequenzen von Selbstjustiz warnen. Ihnen mit Strafverfolgung drohen. Das ganze Programm. Die wollten, dass ich Sie, ich zitiere, ›nervös mache‹.«

»Aber?«

»Aber es war ein langer Tag, Mr. Hoon, und es ist

spät. Es ist ziemlich spät, und ehrlich gesagt, geht mir das alles am Arsch vorbei, um mich ihrer Ausdrucksweise zu bedienen.« Sie stellte einen Fuß auf den Stuhl, von dem sie gerade aufgestanden war, knotete die Schnürsenkel eines abgenutzten weißen Turnschuhs und stellte den Fuß dann wieder auf den Boden. »Wir wissen beide, dass Sie schon viel zu weit abgedriftet sind, um sich von irgendetwas beunruhigen zu lassen, was ich Ihnen sagen könnte. Ist doch so, oder?«

Hoon stieß ein kehliges Lachen aus, das ganze zwei Sekunden andauerte. »Mit Bauchpinseleien können Sie bei mir nicht landen, Chief Superintendent«, sagte er und nickte Bagshaw zu. »Danke, dass Sie damit weder Ihre noch meine Zeit verschwenden.«

»Ich versichere Ihnen, das war rein egoistisch.« Sie ging zur Tür, klopfte zweimal und nickte dem Wachmann auf der anderen Seite zu, als die Luke sich zur Seite schob. »Viel Glück, Mr. Hoon«, sagte sie zu ihm, während sie darauf wartete, hinausgelassen zu werden. »Mit ... was auch immer das hier ist.«

»Ist stets ein verdammtes Vergnügen, Sie zu sehen, Deirdrie«, erwiderte Hoon. »Ich halte Sie auf dem Laufenden.«

»O Gott, nein. Bloß nicht«, sagte Bagshaw. Dann ging die Tür auf, und sie verschwand im Flur, ohne sich noch einmal umzudrehen.

Hoon bemühte sich, das Flüstern auf dem Korridor

zu verstehen, aber außer vereinzelten Worten und dem Eindruck, dass beide Gesprächspartner ziemlich sauer waren, konnte er nicht viel aufschnappen.

Das Gespräch dauerte jedenfalls nicht lange, und kaum war das Tuscheln verstummt, näherten sich auf dem Korridor quietschende Schritte der Verhörzelle.

Der selbstgefällige Kerl von vorhin klopfte zweimal an die offene Tür und sprang dann praktisch hinein. Er hatte den Wollmantel abgelegt. Darunter trug er ein frisch gebügeltes hellblaues Hemd, das bis zum Hals zugeknöpft war und dessen Ärmel so präzise hochgekrempelt waren, dass man sie für Spiegelbilder hätte halten können.

Mit dem gleichen Geschick und der gleichen Präzision hatte er seine Krawatte zu einem doppelten Windsor geknotet und sie dann über die Schulter geworfen, als ob er Suppe essen und keine Flecken riskieren wollte.

Ohne den Mantel wirkte er schmächtiger. Er war nicht klein – vielleicht einen Fingerbreit unter dem Durchschnitt –, aber er hatte einen Körper, der noch nie etwas von Testosteron gehört zu haben schien, geschweige denn jemals welches produziert hatte. Wenn man sein Gesicht verdeckte, hätte man meinen können, er wäre noch nicht in der Pubertät.

Bezog man jedoch alles oberhalb des Halses mit ein, wurde sein Alter deutlicher, auch wenn es immer noch schwierig war, es genau zu bestimmen. Er könnte Mitte dreißig sein und ein hartes Leben hinter sich haben – oder Ende vierzig und ein glückliches Leben. Sein gegeltes Haar wirkte fast wie aus Plastik, als wäre es ihm in irgendeiner ausbeuterischen chinesischen Spielzeugfabrik auf den Scheitel geklebt worden.

Sein Schuhwerk fiel etwas aus der Reihe. Während der Rest seines Outfits aussah, als gehörte es zu einem Mormonenkostüm, trug er an den Füßen ein in die Jahre gekommenes Paar schwarz-weißer Turnschuhe. Sie waren zweifellos bequemer als normale Halbschuhe, aber sie passten nicht so recht zur restlichen Garderobe.

Zwischen Unterarm und Rippen hatte er einen kastenförmigen Aktenordner geklemmt, um die Hände frei zu haben, weil er in der einen Hand einen dampfenden To-go-Kaffeebecher und in der anderen einen silberglänzenden Kugelschreiber hielt.

»Alles in Ordnung, Bob?« Er ließ sich auf den gerade frei gewordenen Stuhl auf der anderen Seite des Tisches sinken. Den Becher stellte er auf den Tisch und legte den Stift und den Ordner daneben. Das Aroma des Kaffees war so stark, dass Hoon den Koffeinschub fast einatmen konnte.

»Ich würde sagen, ich bin verdammt weit entfernt von ›in Ordnung‹, wenn Sie schon fragen.«

Das brachte den anderen Mann zum Lachen. »Sicher, ich kann mir vorstellen, dass Sie sich den Abend anders vorgestellt haben. Entschuldigen Sie, dass ich Ihnen den Spaß da draußen verdorben habe. Wir wollten unbedingt mit Ihnen reden.«

»Und das hätte nicht noch zwanzig Minuten warten können?«, fragte Hoon.

»Bis Sie Ihr kleines Gespräch mit Ihren beiden neuen Freunden beendet hätten, meinen Sie? Nein. Tut mir leid. Wir konnten nicht einfach danebenstehen und Sie tun lassen …, was auch immer Sie tun wollten.«

»Ich wollte nur ein oder zwei Fragen abklären, das ist alles«, sagte Hoon. Er zuckte mit den Schultern. »Und je nachdem, wie es gelaufen wäre, hätte ich vielleicht beide geröstet. So weit hatte ich nicht vorausgeplant.«

»Ja, klar.« Das Lächeln des anderen Mannes erlosch, aber nur kurz.

Als er den Aktenordner öffnete, kehrte es umso deutlicher zurück. Statt des Papierstapels, den Hoon erwartet hatte, nahm er etwas Quadratisches heraus, das in Alufolie eingewickelt war, öffnete es und förderte ein Weißbrot-Sandwich mit abgeschnittener Kruste zutage.

»Tut mir leid, ich habe das Abendessen verpasst. Und eigentlich auch das Mittagessen«, sagte er. Das Sandwich war diagonal in Viertel geschnitten worden. Er nahm eins, und Hoon erhaschte einen Blick auf eine dicke Scheibe Cheddar, bevor sich der Mann das ganze Dreieck in den Mund schob.

Hoon trommelte ungeduldig mit den Fingern, während er den anderen Mann beobachtete, der sich abmühte, das trockene Sandwich zu kauen und zu schlucken.

»Nehmen Sie sich alle Zeit, die Sie brauchen, Junge«, sagte er. »Lassen Sie sich von mir ja nicht stören.«

Durch den halb mit zerkautem Brot gefüllten Mund wurde etwas gemurmelt. »Entschuldigung. Wollen Sie einen Bissen?«

»Meine Mama hat immer gesagt, ich soll kein Essen von Fremden annehmen«, entgegnete Hoon. »Außerdem ist das so ziemlich die langweiligste Käsestulle, die ich in meinem Leben gesehen habe.«

»Stulle? Sie meinen Sandwich?«

»Ich meine genau das, was ich gesagt habe, Junge. Und jetzt hören Sie auf, damit herumzuspielen, und schlucken Sie es verdammt noch mal runter, ja?« Hoon grunzte amüsiert. »Und ich wette, ich bin nicht der Erste, der das heute Abend zu Ihnen sagt.«

»Ha. Witzig. Man hat mir gesagt, dass Sie witzig sind, aber … das ist wirklich gut.« Er rieb die Hände aneinander, um die Krümel loszuwerden, dann wurde eine Hand über den Tisch gestreckt. »Miles Crabtree. Tut mir leid, das hätte ich schon früher sagen sollen, doch ich war ein bisschen, Sie wissen schon, von Ihnen überwältigt.«

Die Handschellen schränkten seine Bewegungen nicht genug ein, um Hoon daran zu hindern, die Hand zu schütteln, aber er verzichtete darauf. Miles hielt das Angebot einige Augenblicke aufrecht, zuckte dann mit den Schultern und begann, mit dem kleinen Finger zwischen den Zähnen zu stochern, um Brot- und Käseklumpen zu entfernen.

»Was hat Chief Superintendent Bagshaw Ihnen erzählt?«, fragte er.

»Nicht viel.«

»Klar. Würden Sie das bitte näher erläutern?«, fragte Miles.

»Einen Scheiß werde ich.«

»Ha. Richtig. Ja. Schon komisch. Sie hat mir von Ihren Kraftausdrücken erzählt. Sie sagte, und ich zitiere: ›Es ist, als ob er von dem Wort *Scheiße* gesponsert wird.‹ Aber es dann tatsächlich zu hören, und dieses … *Gift*, das Sie dem Wort einflößen: Das ist wirklich etwas ganz Besonderes.«

»Ja, ganz große Klasse, Jungchen!«, fuhr Hoon ihn an. »Würden Sie jetzt mal für eine Minute Ihre Lippen von meinem Sack lösen und ausspucken, was hier eigentlich Sache ist?«

»Schön. Okay. Also … die Sache ist die, Bob.« Miles verschränkte die Finger und rückte vor, um den Abstand zwischen ihnen zu verringern. »Ich bewundere Ihre Arbeit nun schon seit ein paar Monaten. Seit der Sache mit dem Lagerhausbrand und den Frauen, die Sie gerettet haben – eine reife Leistung übrigens –, bin ich … und bitte, lassen Sie sich das nicht zu Kopf steigen … ein echter Fan von Ihnen geworden.«

»Ich versichere Ihnen, das Gefühl beruht absolut

nicht auf Gegenseitigkeit«, entgegnete Hoon, was den anderen Mann nur noch mehr zu erfreuen schien.

»Das ist es. Genau das ist es. Das ist die Einstellung, die ich so liebe. Es ist Ihnen egal, was Sie sagen oder wen Sie beleidigen. All das kümmert Sie nicht. Sie sagen einfach, was Sie denken. Sie sprechen aus, was Ihnen auf der Zunge liegt, und pfeifen auf die Konsequenzen.«

Jetzt war Hoon an der Reihe, sich nach vorne zu beugen. Sein Stuhl ächzte unter der Gewichtsverlagerung. »Glauben Sie mir, wenn ich Ihnen sagen würde, was mir gerade durch den Kopf geht, würden Sie Ihren Fanklub-Mitgliedsausweis zerreißen, Ihr Geld zurückverlangen, sich in Fötusstellung zusammenrollen und sich in ein verdammtes Koma schluchzen. Sie wollen gar nicht wissen, was mir durch den Kopf geht, Sie kleiner Käsestullen-Scheißer. Sie könnten gar nicht verkraften, was ich gerade denke.«

Einen Moment lang saß Miles fassungslos da, dann klatschte er zustimmend, und sein Gesicht erhellte sich in einem breiten strahlenden Lächeln. »Genial! Das war klasse!«, sagte er. »Ich meine, ›kleiner Käsestullen-Scheißer‹. Es ist nicht einmal eine richtige Beleidigung, aber Sie schaffen es, dass es sich wirklich verletzend anfühlt. Sie haben da echt eine Gabe.«

Hoon setzte eine finstere Miene auf. »Um Himmels willen. Was wollen Sie von mir?«

Miles nahm den Deckel seines Kaffeebechers ab,

griff wieder in den Aktenordner und holte ein kleines Bündel mit Zuckerpäckchen hervor. Beim Reden riss er von jedem Päckchen einen Streifen ab und kippte den Inhalt in sein Getränk. »Ich möchte Ihnen helfen, Bob«, sagte er.

Hoon schnaubte, amüsiert von der Vorstellung. »Sie? Ein arroganter kleiner Emporkömmling mit einer Fresse wie ein durchgeknallter Boglin? Mir helfen? Das möchte ich gern sehen, Sportsfreund. Wobei könnte mir so ein Gnom wie Sie denn helfen?«

»Zum Beispiel dabei, dass Sie nicht ins Gefängnis wandern«, antwortete Miles. Er riss eine weitere Zuckerpackung auf – die siebte, nach Hoons Zählung – und schüttete den Inhalt in den Kaffee. Die braunen Körnchen blieben ein paar Sekunden auf dem Schaum liegen, bevor sie langsam unter die Oberfläche sanken. »Wie geht's übrigens Ihrem Kumpel? Bookish, nannten Sie ihn, richtig? Ich hörte, er sei … verschwunden.«

»So ist es. Etwas in der Art habe ich auch gehört«, sagte Hoon, ohne den Blickkontakt zu unterbrechen.

»Sie wissen also nicht, wo er ist?«

Hoon schüttelte den Kopf. »Nein, weiß ich nicht«, antwortete er.

Was eigentlich nicht der Wahrheit entsprach. Er wusste sehr wohl, wo Bookish war. Zumindest ungefähr und je nach dem aktuellen Stand der Gezeiten.

»Nett von ihm, dass er Sie auf seinem Boot wohnen lässt, während er weg ist.«

»Ja, wir kennen uns schon lange«, sagte Hoon.

»Hm«, brummte Miles und klopfte in einer Weise auf den geöffneten Ordner, die vermuten ließ, dass er mehr enthielt als das langweiligste Sandwich der Welt. »Davon habe ich gelesen. Eine Verbrüderung, die auf dem Schlachtfeld geschmiedet wurde. Sie müssen sich große Sorgen um ihn machen.«

»Er ist ein großer Junge«, sagte Hoon. »Er kann schon auf sich selbst aufpassen.«

Miles kippte ein weiteres Päckchen Zucker in seine Tasse, förderte dann ein dünnes Plastikstäbchen zutage und fing an, die Flüssigkeit umzurühren. »Das kommt darauf an, nicht wahr?«

Hoon hob eine Augenbraue. »Worauf kommt was an?«

»Wem er in die Quere kommt. Keiner von uns ist unbesiegbar, Mr. Hoon. Ganz gleich, was wir uns einreden.«

Hoon konnte kaum glauben, dass jemand mit Crabtrees Körperbau sich selbst für »unbesiegbar« halten könnte. Der Bastard sah aus, als könnte ihn ein unvorsichtiges Niesen zerreißen.

»Sind wir deshalb hier? Um über Bookish zu reden?«, fragte Hoon, doch bevor der andere Mann antworten konnte, zeigte er auf den Haufen leerer Zuckerpäckchen. »Und ganz nebenbei: Was soll dieser Scheiß da?«

»Hm?« Crabtree blickte auf seinen Becher. »Ach so. Ich mag den bitteren Geschmack nicht.«

»Dann trinken Sie doch einfach keinen Kaffee. Das ist schließlich der Sinn der Sache.«

Miles hörte auf zu rühren, zog das Plastikstäbchen über die Zunge, um den Schaum zu entfernen, und legte es danach auf den Tisch. »Ja. Meine Frau hat das auch immer gesagt, aber manchmal braucht man das Koffein.«

»Dann los! Holen Sie sich einen verdammten Creme Egg Latte Macchiato, oder wie auch immer der Scheiß heißt, den sie heutzutage bei Starbucks verkaufen«, schlug Hoon vor. »Die hatten neulich so eine pinkfarbene Perversität im Angebot. Die würden Sie bestimmt mögen.«

»Nein«, sagte Miles. Er nahm einen Schluck von seinem Kaffee und schmatzte, als wollte er Hoon auf die Nerven gehen.

»Nein? Was zum Teufel soll das heißen: *Nein?* Nein was?«

»Nein, Sie sind nicht hier, weil wir über ihren vermissten Freund reden wollen«, stellte Miles klar. »Ganz gleich, wo er sein mag und was er auch tut, es wird einen guten Grund dafür geben. Davon bin ich überzeugt. Er ist, wie Sie schon sagten, ein großer Junge.« Er nahm den Becher in die Hand. »Nein, ich bin hier, um über Sie zu reden, Bob. Und genauer, wie gesagt, darüber, wie ich Ihnen helfen kann.« Sein Lächeln kehrte zurück. »Oder, legen wir die Karten einfach auf den Tisch, wie wir uns gegenseitig helfen können.«

Er trank einen weiteren Schluck Kaffee und gab sich große Mühe, nicht das Gesicht zu verziehen.

Auf der anderen Seite des Tisches schnappte sich Hoon eines der drei übrig gebliebenen Sandwichviertel und schob sich das Teil in den Mund. »Scheiß drauf«, nuschelte er und spuckte Krümel über den Tisch. »Ich bin ganz Ohr.«

DREI

Da waren Schmerzen, Schreie, und Blut.

Sie verbanden ihm die Augen. Verstopften ihm die Ohren. Sie schnürten ihm die Kehle und die Atemwege zu, ließen seinen Pulsschlag vor Panik hochschnellen.

Alles war wie aus dem Nichts gekommen. Auf ein Trommelfeuer von Schlägen, das ihn in die Defensive gedrängt hatte, folgte ein Schlag wie ein Pferdetritt mitten in sein Gesicht. Wie ein Hieb mit dem Vorschlaghammer. So etwas hatte er noch nie erlebt.

Kein normaler Mensch konnte so zuschlagen. Kein Mensch.

Sein Gegner hatte ihn angestarrt, als er zu Boden ging. Kalkweiße Gesichtszüge. Brennende rote Augen. Mit leerer, lebloser Miene.

Dann war der Boden auf ihn zugekommen. Daran erinnerte er sich noch. Er federte nicht, als er aufschlug, nicht wie auf einer Matte oder Segeltuch. Er war rau. Hart. Unerbittlich. Das Geräusch, mit dem sein Schädel aufschlug, knallte wie ein Pistolenschuss in seinen Ohren.

Er würgte und hustete. Dunkles Blut und Rotz

spritzten auf den Beton, und süßer kostbarer Sauerstoff strömte herein.

Die Landung auf dem Boden war zwar unbequem, aber die Kälte an seiner Wange war ihm nur recht. All diese zusammengepferchten Körper, die johlten, krakelten und lachten, hatten den Raum aufgeheizt. Die Luft war stickig und sauer geworden. Er hatte es gespürt, als sie seinen Namen verkündeten. Er hatte es gerochen, als sie ihn hereinbrachten. Er hatte es geschmeckt, als er durch die Menge geführt wurde wie ein Lamm zur Schlachtbank.

Aber das, jetzt ... den Schmerz auszublenden, das Kreischen zu ignorieren, das war schön. Das war gut.

Er würde einfach hier liegen bleiben. Nur einen Moment lang. Nur so lange, bis sich die Welt nicht mehr drehte und er wieder Atem geschöpft hatte. Nur so lange, bis er wieder sehen, wieder hören, wieder fühlen konnte.

Moment.

Panik regte sich und durchdrang den Nebel, der seinen Kopf erfüllte.

Fühlen.

Er konnte nichts fühlen.

Seinen Kopf, ja. Den fühlte er. Seine nackte Schulter, die auf den Boden gepresst wurde. Den Arm vielleicht noch, der zwischen seinem Oberkörper und dem Beton eingeklemmt war.

Aber jenseits davon? Tiefer?

O nein.

O Gott.

Er sah Gesichter, die durch die Tränen und das Halb-dunkel zu grimmigen Masken des Grauens verzerrt waren, Speichel schäumte um ihre Münder, während sie brüllten, heulten und kreischten.

Er versuchte, nach ihnen zu rufen, zu schreien, sie um Hilfe zu bitten, aber das Stampfen ihrer Füße über-tönte sein schwaches Flehen.

Sie waren Tiere. Ungeheuer. Wesen aus Albträumen.

Und doch so überaus real.

Ein Schatten zog über ihn hinweg. Groß. Unglaub-lich groß.

Nichts Normales warf einen solchen Schatten.

Nichts Menschliches.

Er hörte das hundertfache tiefe Einatmen.

Hundert Ungeheuer verstummten.

Und die Ruhe war schön.

Die Ruhe war gut.

Ein Fuß fuhr herunter. Schnell. Hart.

Rote Augen leuchteten in einem kalkweißen Gesicht.

Und ein Jubelschrei schnitt durch die warme, stickige Luft.

»Zunächst einmal … ich bin eigentlich nicht von der Polizei«, sagte Miles.

»Sie sind Geheimagent«, erwiderte Hoon, der immer noch auf dem Sandwich herumkaute.

Der Mann auf der gegenüberliegenden Seite des Verhörtisches konnte seine Enttäuschung nicht verbergen. »Bagshaw hat es Ihnen gesagt.«

»Nein. Ich meine, ja, schon, aber das hätte sie nicht tun müssen. Ich habe es Ihnen aus einer Meile Entfernung angesehen«, erklärte Hoon. »Sie würden keine fünf Minuten bei der Polizei durchhalten, Junge. Außer vielleicht bei einem Undercover-Einsatz in einer verdammten Grundschule.«

»Ha!« Miles schien sich tatsächlich über diese Bemerkung zu amüsieren.

»Bedenkt man dann noch, dass Sie mir meine Rechte nicht vorgelesen haben, dass Sie mich an den Arsch der Welt gekarrt und sich nicht einmal die Mühe gemacht haben, mich vorschriftsmäßig einzuchecken, ist es verdammt offensichtlich, dass es hier um irgendeinen geheimen Scheiß geht, von dem Sie nicht wollen, dass jemand anders davon erfährt.« Er erwiderte das Lächeln des anderen Mannes, nur ohne jede Freundlichkeit. »Komme ich der Sache nahe, Miles?«

»Nicht schlecht. Gar nicht schlecht«, räumte Crabtree ein. »Ja, Sie haben recht. Ich arbeite für den Security Service. MI5. Den Inlandsgeheimdienst. Nennen Sie uns, wie Sie wollen.«

»Und was ist Ihr Job dort? Der kleinste Geheimagent der Welt? Steckt man Sie in eine dieser Spezialuhren und schießt Sie dann ab wie einen verdammten Dartpfeil?« Hoon betrachtete den kleineren Mann genauer, dann schüttelte er den Kopf. »Nein. Nein, das passt nicht zu Ihnen. Sie sind der typische Bürohengst, wenn ich Sie so ansehe. Sie erledigen keine Außeneinsätze.«

Miles wirkte fast beeindruckt. »Das ist wieder einmal sehr scharfsinnig, Bob. Sie haben recht, ich arbeite normalerweise am Schreibtisch. Und man nennt uns Officers, nicht Agenten. Obwohl es mir eigentlich gleichgültig ist. Ehrlich gesagt, ziehe ich die Bezeichnung Agent sogar vor. Es klingt einfach cooler.« Er griff in den Aktenordner und holte eine dicke Mappe mit Dokumenten hervor. »Außerdem war *Officer Crabtree* der französische Polizist in der Sitcom *'Allo 'Allo,* und ich habe die Witze allmählich satt. Falls Sie sie loswerden wollen, tun Sie es bitte jetzt.«

»Ich habe die Serie nie gesehen«, erwiderte Hoon. »Und überhaupt, Witze sind nicht gerade meine Stärke. Also, wie wäre es, wenn wir jetzt mit dem Scheiß aufhören und zur Sache kommen. Was wollen Sie?«

Miles nahm eins der beiden verbliebenen Sandwichviertel, betrachtete es und legte es dann wieder hin. Er wischte völlig sinnlos etwas verschütteten Zucker mit der Hand zusammen, bevor er ihn von der Tischkante auf den Boden schob.

»Haben Sie schon vom Loop gehört, Bob?«, fragte er. »Nein, ich stelle die Frage anders. Ich weiß, dass Sie davon gehört haben, also lassen Sie es mich so formulieren: *Was* haben Sie schon vom Loop gehört?«

»Nicht viel«, sagte Hoon. Eigentlich wollte er es dabei belassen, aber Miles nickte und wedelte aufmunternd mit der Hand. »Es ist irgendeine verdammt große ... ich weiß nicht. Vielleicht britische Mafia. Große, gefährliche, böse Bastarde, vor denen wir uns alle in die Hose scheißen sollen.«

Miles tippte die Fingerspitzen aneinander, als würden fünf Händepaare gleichzeitig klatschen. »Genau. Richtig. Sie wissen also nicht viel.« Er trank einen weiteren Schluck Kaffee, schüttelte sich bei dem Geschmack und holte das nächste Päckchen Zucker aus dem Aktenordner. »Es sind keine Briten. Soll heißen, sie sind zwar hier tätig, das stimmt, aber sie operieren auch überall sonst. Es ist eine ... Wie kann man sie am besten beschreiben? Terrororganisation? Ein kriminelles Netzwerk? Ich schätze mal, Ihr Mafia-Vergleich ist gar nicht völlig daneben, aber legen Sie mal einen größeren Maßstab an. Einen sehr viel größeren. Das sind nicht ein paar Dutzend Gangster – der Loop hat Zehntausende Mitglieder. Vielleicht sogar Hunderttausende, überall auf der Welt.«

»Blödsinn! So groß ist er niemals, das ist dummes Zeug. Davon hätte ich schon gehört.«

Crabtrees amüsierter Gesichtsausdruck ließ Hoons Gallensäfte kochen.

»Also, ich bin sicher, Sie hatten dort oben in den Highlands eine Menge anderer Dinge zu tun. Verirrte Schafe, verirrte Bergsteiger oder was sonst so Ihre Zeit in Anspruch genommen hat. Es ist durchaus nachvollziehbar, dass gewisse Dinge an Ihnen vorbeigegangen sind. Außerdem wird bei denen Geheimhaltung ganz großgeschrieben. Das und Macht.«

»Macht?«

»O ja. Die Mitglieder des Loops kommen aus allen Gesellschaftsschichten. Da gibt es die Fußsoldaten, Nobodys aus der unteren Liga, wie diese beiden Idioten, mit denen Sie sich heute Abend angelegt haben. Dann geht es immer weiter aufwärts. Polizisten. Militär. Richter. Politiker. Hollywoodschauspieler. Staatsoberhäupter. Es ist ein weltweites Netzwerk, das machen kann, was es will und wann es will. Deshalb haben Sie auch diese Probleme.«

Hoon biss an. »Probleme?«

»Die Tochter Ihres Freundes zu finden. Caroline, stimmt's?«, fragte Miles. Sein Tonfall machte deutlich, dass er die Antwort bereits kannte. »Caroline Gascoine? Sie haben nach ihr gesucht, aber Sie sind in den letzten zwei Monaten keinen Schritt näher an sie herangekommen.«

»Wissen Sie, wo sie ist?«, fragte Hoon, und seine Handschellen klirrten auf dem Schreibtisch. »Wissen Sie, wo ich sie finde?«

»Nein. Nein, tut mir leid«, sagte Miles. »Aber ich kenne vielleicht einen Mann, der es weiß. Oder es herausfinden könnte, wenn er die richtige« – er ließ einen Finger kreisen, als ob er nach dem richtigen Wort suchte – »Motivation hätte.«

44

»Wer?«

Miles ließ die Hand wieder sinken und zuckte mit den Schultern. »Das ist eine kostbare Information, Bob. Die kann ich nicht einfach so weitergeben. Nicht einmal an Sie. Nicht umsonst.«

»Was wollen Sie?«, verlangte Hoon zu wissen.

Miles lehnte sich auf seinem Stuhl zurück, streckte sich und gähnte. Er linste nach seinem Kaffeebecher, als wollte er einen Schluck trinken, überlegte es sich jedoch in letzter Sekunde anders.

»Wissen Sie, wie vielen Leuten ich vertraue, Bob?«

»Das ist mir scheißegal«, betonte Hoon.

»Fünf. Hier und jetzt? In diesem Moment? Fünf. Fünf Menschen. Auf der ganzen Welt.« Er deutete über den Tisch. »Und Sie sind einer davon.«

»Ich? Fick dich! Warum sollten Sie mir trauen? Sie kennen mich doch gar nicht, Sportsfreund.«

Miles schlug ein Bein über das andere Knie. Dann stützte er einen Ellbogen darauf und nahm eine Position ein, als wollte er eine Geschichte erzählen.

»Vertrauen ist ein komisches Wort«, sagte er. »Und was tun die meisten Menschen? Sie interpretieren es falsch. Sie begreifen nicht, was es bedeutet. Nicht wirklich. In Wahrheit geht es um die Perspektive. Wissen Sie … vertraue ich darauf, dass Sie tun, was ich Ihnen sage? Nein. Gott, bewahre. Das wäre Wahnsinn. Ich kenne Sie kaum. Und Sie? Sie schulden mir gar nichts. Jedenfalls noch nicht.« Er rutschte auf seinem Stuhl ein wenig näher heran und senkte die Stimme, als würde er ein großes Geheimnis verraten. »Aber vertraue ich darauf, dass Sie Sie selbst sind? Vertraue ich darauf, dass Sie Ihren Prinzipien treu bleiben? Dass Sie die Dinge tun, zu denen Sie sich getrieben fühlen? Dass Sie tun, was Sie für richtig halten? Ja. Ja, das tue ich. Absolut. Keine Frage. Und auf dem Mengendiagramm unserer jeweiligen Ziele gibt es im Moment recht viele Überschneidungen, Bob. Sogar sehr viele Überschneidungen. Meine Bedürfnisse und Ihre Wünsche stimmen im Moment ziemlich überein. Ich will, was Sie wollen, und umgekehrt.«

»Und was, glauben Sie, will ich genau?«

»Sie wollen Caroline Gascoine finden und nach Hause bringen«, erklärte Miles. »Sie wollen die Leute finden, die sie entführt haben, jeden, der ihr wehgetan hat, und Sie wollen sie so leiden lassen, wie sie Ihrer Befürchtung nach leidet.« Er zuckte mit den Schultern. »Jedenfalls bei den Gelegenheiten, wenn Sie sich einreden können, dass sie nicht tot ist. Und ganz ehrlich? Manchmal hoffen Sie sogar, dass sie es ist. Weil es vielleicht das Beste wäre.«

Hoon sagte nichts. Er bestätigte nichts und widersprach nicht. Er sagte kein einziges Wort.

»Darüber hinaus wollen Sie Ihr Versprechen einlösen. Sie sagten, Sie würden sie nach Hause bringen. Das haben Sie ihnen doch gesagt, oder? Dass Sie sie finden würden?«

»Wer zum Teufel sind Sie?«, wollte Hoon wissen.

Miles' Lächeln kehrte zurück. »Ich habe es Ihnen bereits gesagt. Officer – oder Agent, wenn Sie das vorziehen – Miles Crabtree. Ich bin beim …«

»Das interessiert mich nicht. Das war nicht meine Frage«, sagte Hoon. »Wer zum Teufel sind Sie wirklich?«

Diesmal dachte Miles etwas länger nach, bevor er die Frage beantwortete. »Ich bin der Mann, der Ihnen helfen wird, die Tochter Ihres Freundes zu finden, Bob«, erklärte Miles. »Und im Gegenzug werden Sie mir helfen, ihre gesamte Organisation zu Fall zu bringen. Sagen Sie mir, sind Sie bei Ihren … *Interaktionen* mit all den jungen Leuten in letzter Zeit über den Namen Godfrey West gestolpert?«

Hoon lehnte sich auf seinem Stuhl zurück, die Lippen schmal, die Augen zusammengekniffen. Er warf einen Blick auf die Wand, an der sich kein Spiegel befand, und in die Ecke des Raums, in der eigentlich eine Kamera hängen sollte. Was aber nicht der Fall war.

»Nein«, sagte er.

»Klar, dachte ich mir. Er ist …«

»Ich meine Nein, ich bin nicht interessiert.«

Miles, der schon überlegt hatte, seinen Kaffee noch einmal zu probieren, blickte auf und runzelte die Stirn. »Wie bitte?«

»Ich werde es nicht tun. Diese kleine Partnerschaft, die Sie vorschlagen? Da mache ich nicht mit. Daraus wird nichts«, sagte Hoon.

Crabtree stieß ein ungläubiges Glucksen aus. »Sie ... was? Ich biete Ihnen die Chance, sie zu finden. Caroline Gascoine zu finden. Das wollten Sie doch, oder?«

»Ich werde sie selbst finden. Sie haben mir einen Namen gegeben. Godfrey West. Es dürfte nicht allzu viele Godfrey Wests geben.«

Auf dem Gesicht des MI5-Agenten blitzte so etwas wie Panik auf. »Lassen Sie es. Herrje. Ohne uns kommen Sie nicht mal in seine Nähe. Sie haben keine Ahnung.«

»Das Risiko gehe ich ein«, sagte Hoon. »Sehen Sie, Sie mögen mir vielleicht vertrauen, Sportsfreund, aber etwas an Ihnen ... an dem hier ...« Er deutete durch den Raum. »Sagen wir einfach, die alten Alarmglocken schrillen gerade extralaut.«

»Wenn Sie ihn verfolgen, könnten Sie alles kaputtmachen. Meine ganze Arbeit. Alles, was wir erreicht haben.«

»Das ist mir egal«, erwiderte Hoon. »Das ist Ihr Problem. Mich interessiert nur, das Mädchen nach Hause zu bringen.«

»Bob, hören Sie zu ...«, begann Miles, aber Hoon wollte nicht.

»Nein, *Sie* hören zu! Ich arbeite nicht für Sie. Ich arbeite für niemanden. Falls Sie Informationen haben, die Sie weitergeben wollen ..., ich bin ganz Ohr. Aber ich werde keinen Ball auf der Nase balancieren und in die Hände klatschen, um sie zu bekommen.«

Miles blinzelte. »Ja, das war auch nicht … ich hatte nicht vor, das von Ihnen zu verlangen.«

»Natürlich nicht wörtlich, Junge. Das war metaphorisch gemeint, verdammt!«, höhnte Hoon. »Lernt Ihr Arschlöcher denn heutzutage gar nichts mehr auf der Spionageschule?«

Miles holte tief Luft und öffnete den Mund, als wollte er weiterdiskutieren, schüttelte dann aber den Kopf und schloss ihn wieder, als ihm klar wurde, dass eine Auseinandersetzung mit diesem Mann ihn nicht weiterbringen würde.

Dann vielleicht ein anderer Ansatz.

»Der Loop weiß über Sie Bescheid. Was Sie getan haben. Die wissen, wer Sie sind.«

»Gut. Dann kommen die vielleicht, um mich zu suchen«, erwiderte Hoon. »Das erspart mir eine Menge Arbeit.«

»Sie verstehen es immer noch nicht. Sie wissen nicht, wozu die fähig sind. Was glauben Sie denn, warum Sie hierhergebracht wurden? Warum wir Sie verhaftet haben? Warum haben wir wohl die Aussagen der Jungs, die Sie sich geschnappt haben, aufgenommen und sie dann gehen lassen?«

»Weil ihr ein Haufen Arschlöcher seid?«, spekulierte Hoon.

»Nur aus Show. Um es überzeugend aussehen zu lassen. Die haben Sie jetzt auf dem Schirm. Momentan sind Sie nur ein lästiges Übel. Ein Dorn in ihrem

Fleisch, mehr nicht. Aber die wissen, dass es Sie gibt.«
Er beugte sich weiter vor und suchte Augenkontakt, um
seinen nächsten Punkt zu unterstreichen. »Und das bedeutet, die wissen auch über Ihre Freunde Bescheid.«

»Na, da habe ich ja richtig Glück, dass ich keine
habe«, erwiderte Hoon. Er klapperte mit den Handschellen. »Also, wenn Sie mir jetzt die Armbänder ab-
nehmen könnten, damit ich mich vom Acker machen
kann?«

»Was ist mit Welshy, Bob? Ihr alter Kamerad aus
der Army? Seine Frau, Gabriella? Bamber, Carolines
Vater? Auch ihre Mutter, obwohl meines Wissens zwischen Ihnen beiden gerade Funkstille herrscht. Aber
dem Loop ist das egal. Sie alle stehen auf der Abschussliste.« Er hatte jetzt Hoons Aufmerksamkeit und legte
noch einen drauf. »Dann wären da Ihre alten Kollegen
im Norden. Chief Inspector Logan. Detective Inspector
Forde. Detective Constable Neish.«

Beim letzten Namen runzelte Hoon die Stirn. »Wer?«

»Jeder, den Sie kennen. Jeder, mit dem Sie gearbei-
tet haben. Jeder, der Ihnen nahesteht – Sie haben eine
Schwester, richtig? Eine Nichte. Sie hat einen Sohn. Sie
werden alle in Gefahr sein. Sie *sind* alle in Gefahr. Aber
wir können Ihnen helfen, sie zu beschützen. Wir können dieses Netzwerk erledigen. Sie und ich. Gemeinsam. Sie brauchen nur ein Wort zu sagen.«

Hoons Muskeln hatten sich während der Rede des
anderen Mannes angespannt und verkrampft, als wollte

er die Metallringe, an denen die Handschellen befestigt waren, aus der Tischplatte reißen und Crabtree damit erschlagen.

»Wie wäre es, wenn ich zwei Worte sage?«, fragte er. »Das zweite lautet ›dich‹.«

Auf der anderen Seite des Tisches konnte Miles seine Enttäuschung nicht verbergen.

»Und das erste lautet ›Verpiss‹«, fügte Hoon sicherheitshalber hinzu. Und für den Fall, dass die Botschaft immer noch nicht angekommen war, erläuterte er sie. »›Verpiss dich!‹, will ich damit sagen.«

»Ja, das habe ich schon mitbekommen, danke«, erwiderte Miles.

»Gut gemacht. Einen Schokololli für den großen Blitzmerker hier.« Hoon rasselte mit seinen Handschellen. »Also, nehmen Sie mir jetzt diese Dinger ab, oder muss ich erst einen Dietrich aus Ihrem Schienbein basteln und sie selbst entfernen?«

VIER

Das Boot ächzte, als Hoon die schmale Treppe zum Unterdeck hinabstieg, als wäre es enttäuscht, dass er zurückkehrte. Und ehrlich gesagt, beruhte das Gefühl auf Gegenseitigkeit. Er mochte Boote sowieso nicht sonderlich, und er hatte eine Menge Gründe, diesen Dreckskahn ganz besonders zu hassen.

Immerhin, er hatte ein Dach, Wände und ein Bett – oder wie auch immer die verdammten seemännischen Bezeichnungen dieser Dinge lauteten –, und da er für diese Unterkunft nicht zahlen musste, war er bereit, das in Kauf zu nehmen. Zähneknirschend.

Besonders genervt war er von der lächerlich winzigen Toilette, die seiner Meinung nach nur mit einem Abschluss in Astrophysik richtig zu bedienen war. Die Kücheneinrichtung war auch nicht gerade überragend, aber es gab nur fünf Gehminuten entfernt eine anständige Kneipe, und noch einen Katzensprung weiter lag eine Kebab-Bude.

Bookishs Jacht war zwar nicht sehr groß, aber auffällig, und Hoon hatte sich nicht getraut, sie an ihren regulären Liegeplatz zurückzubringen, nachdem …

Nach dem, was passiert war.

Er hatte im Internet recherchiert, ein paar Telefonate geführt und eine verdammt steile Lernkurve durchlaufen müssen. Schließlich hatte er es geschafft, einen neuen Liegeplatz unweit der Themsemündung zu finden. Der war zwar nicht gerade Canary Wharf, aber angesichts der vielen schmierigen, koksschnupfenden Arschlöcher, die in ihren Designeranzügen diese Gegend unsicher machten – ganz zu schweigen von den bärtigen Hipster-Trotteln –, fand er es gar nicht so schlecht.

Er wusste nicht genau, wie spät es war, als er zurückkam, aber es fühlte sich spät an. Zu spät, um noch etwas zu essen.

Mit dem Trinken verhielt es sich natürlich anders.

Er arbeitete sich durch die komplizierte Toilettenbedienung und nahm dann eine Flasche billiges osteuropäisches Lagerbier aus dem Minikühlschrank, der unter der L-förmigen gepolsterten Bank stand. Er hätte etwas Stärkeres bevorzugt, aber in letzter Zeit versuchte er, einen klaren Kopf zu behalten. Vorübergehend. Nur für eine Weile. So lange, bis er sie gefunden hatte.

Wenn das alles vorbei war, würde er sich in ein dunkles Zimmer setzen und sich in aller Ruhe zu Tode trinken. Das hatte er sich versprochen.

Für seinen an Eichenholz gewöhnten Gaumen schmeckte das Lagerbier dünn und wässrig und hatte deutlich zu viel Kohlensäure. Trotzdem leerte er die erste Flasche, stieß einen beeindruckend lauten Rülpser aus und nahm eine zweite und dritte Flasche mit, als er sich auf den Weg in das ebenfalls winzige Schlafzimmer machte.

In das Schlafzimmer – oder Schlafquartier oder Kabine oder was auch immer die korrekte Bezeichnung sein mochte –, in dem sich Bookish in den letzten Jahren verkrochen hatte. Nach allem, was Hoon jetzt über den Mistkerl wusste, schüttelte es ihn, wenn er nur daran dachte, was hier passiert sein könnte. Aber der Raum gab seine Geheimnisse nicht preis, und Bookish selbst war dazu schon lange nicht mehr imstande.

Er hatte von der Polizeiwache aus ein Taxi genommen und sich etwa eine halbe Meile von der Anlegestelle entfernt absetzen lassen. Von dort war er durch die Straßen gelaufen, hatte sich nach und nach eine Route zurechtgelegt und im Auge behalten, ob ihm jemand folgte.

Das war mit ziemlicher Sicherheit übertrieben, wie auch in jeder anderen Nacht in den letzten Monaten, aber er wollte verdammt sein, wenn er zuließ, dass ihn ein Wichser von Menschenhändler erwischte. Vorsicht war besser als Nachsicht, und nach den Warnungen des MI5-Mannes war er heute Abend noch vorsichtiger als sonst.

Was das Boot anging, war er natürlich machtlos. Es lag versteckt in einem abgelegenen … was? Nebenfluss? Einem Seitenarm des Flusses? In einer *Wasserstraße*?

Scheiß auf den Fachjargon, aber Letzteres wahrscheinlich nicht. Es war an einem von Bäumen gesäumten Gewässer vertäut, weit weg vom Hauptfluss, und konnte nur von drei Gebäuden aus gesehen werden. Alle drei waren Wohnblocks, und Hoon hatte ein paar Tage damit verbracht, die Gänge abzulaufen, die Blickachsen von den öffentlich zugänglichen Bereichen aus abzuchecken und die Position des Bootes entsprechend anzupassen.

Er wollte es ihnen nicht leicht machen, falls sie wirklich hinter ihm her waren.

Hoon setzte sich aufs Bett und schlug den Kronkorken der zweiten Bierflasche in den Rand des eingebauten Nachttisches. Der Metalldeckel ritzte Furchen in das Holz, bevor er absprang und in eine Ecke rollte, außer Reichweite.

»Gut, dann verpiss dich doch«, sagte er giftiger, als es nötig gewesen wäre. Er trank einen Schluck, stellte fest, dass diese Flasche noch enttäuschender schmeckte als die vorangegangene, und legte sich aufs Bett. Die Flasche hielt er aufrecht an seiner Hüfte.

Er kramte in seinen Hosentaschen, bis er die Geschäftskarte fand, die der MI5-Mann ihm gegeben hatte. Sie war eher nichtssagend. Darauf standen nur der Name – Miles Crabtree – und eine Handynummer. Das war's. Kein Titel, keine Berufsbezeichnung und keine Adresse, nicht mal eine E-Mail.

Er ächzte vor Anstrengung, als sich auf den Rücken

drehte, um die Nachttischschublade zu erreichen. Versteckt unter einer Ausgabe der Metro-Zeitung lag ein neonpinkfarbenes, mit glänzenden Pailletten besetztes Notizbuch. Er steckte die Karte zwischen dessen Seiten.

Dann schloss er die Schublade wieder und tastete die Wand über dem Nachttisch ab, bis er die Lichtschalter fand. Mit wenigen Klicks tauchte er das Innere der Jacht in kühle, beruhigende Dunkelheit.

Hoon atmete ein, bis seine Lunge restlos gefüllt war, atmete dann langsam aus, schloss die Augen und versuchte einzuschlafen, obwohl ihm klar war, dass ihm das nicht gelingen würde. Jedenfalls nicht sofort. Noch nicht. Nicht, bevor er ein paar weitere Flaschen Bier intus hatte. Nicht, bevor sich die Ereignisse der letzten Monate wie brennende Schlangen durch sein Gehirn gewunden hatten.

Erst musste er sich Bambers Tochter vorstellen und all die tausend Dinge, von denen er fürchtete, dass sie ihr zugestoßen waren. Die ihr in diesem Moment irgendwo angetan wurden. Und die ihr weiterhin angetan würden, bis er etwas dagegen unternahm.

»Ich versuche es, Bam«, flüsterte er in die Dunkelheit. »Ich schwöre, mein Großer, ich versuche es.«

Und das tat er. Er hatte es versucht. Er hatte versprochen, sie zu finden, und er würde nicht aufhören, bis er sie gefunden hatte.

Jetzt hatte er endlich eine Spur. Einen Namen. Godfrey West.

Den Namen würde er morgen früh recherchieren. Wenn er jetzt damit anfing, würde er nie schlafen, und er hatte längst aufgehört zu zählen, wie viele Stunden er wach war. Jede Stunde, die er schlief, bedeutete eine weitere Stunde, in der Caroline leiden musste, aber er musste wachsam und aufmerksam bleiben, weil er sonst vielleicht etwas übersah. Einen Anhaltspunkt. Eine Gelegenheit.

Oder noch schlimmer: Hoffnung.

Es war schwieriger, positiv zu bleiben, wenn sich die Erschöpfung einstellte. In diesen Zeiten quälte seine Fantasie ihn am meisten. Wenn sie den mentalen Filmprojektor anwarf und ihn zusehen ließ, wie sie schrie, während sich gesichtslose Gestalten an ihr ablösten. Um ihr wehzutun. Um sie zu brechen. Wieder und wieder und wieder.

»Nein. Nein, verdammt!«

Er öffnete die Augen und setzte sich auf. Der Schlaf wollte nicht kommen, und er wollte auch nicht schlafen.

Nicht, wenn es etwas zu tun gab.

Er zückte sein Handy, tippte den Namen »Godfrey West« ein und drückte die Suchfunktion. Hier unter Deck war die Verbindung langsam. Er trank die zweite Flasche Lagerbier aus, während er auf die Ergebnisse wartete.

Als sie schließlich über das Display krochen, zeigten sie nichts Besonderes. Der erste Treffer war ein nigerianischer Fußballspieler aus einer unteren Liga, 1996 geboren. Er war Mittelfeldspieler, Rechtsfuß und mit ziemlicher Sicherheit kein hochrangiges Mitglied eines weltumspannenden kriminellen Netzwerks.

Der nächste Godfrey West auf der Liste war 2018 friedlich zu Hause im Kreise seiner geliebten Familie gestorben.

Danach kamen keine weiteren Godfrey Wests. Es gab viele Suchergebnisse, in denen diese beiden Wörter auftauchten, aber nur eine Handvoll, wo sie in dieser Reihenfolge zusammmen vorkamen, und die betrafen alle den Fußballer oder den Verstorbenen.

»Schwachsinn!«, erklärte Hoon.

Er klickte zum Suchfeld zurück, tippte »der Loop« ein und wartete auf die Ergebnisse. Diesmal konnte er sie vorhersehen, bevor sie auftauchten – ein Brettspiel, eine Science-Fiction-Serie und schließlich ein Verein für eine Art Drogenhilfe. Er klopfte ihn kurz ab und kam dann zu dem Schluss, dass er nichts mit den Mistkerlen zu tun hatte, hinter denen er her war.

Während die Seite geladen wurde, scrollte er schnell nach unten, um zu sehen, ob etwas Neues dazugekommen war – aber es war so ziemlich wie erwartet.

Er versuchte, beide Suchbegriffe zu kombinieren, und verbrachte ein paar Minuten damit, etwas über das Godfrey Hotel in Chicagos West Loop zu lesen.

»So viel dazu«, murmelte er, warf das Handy neben sich aufs Bett, fuhr sich mit der Hand über das Gesicht und griff nach der dritten Flasche Lagerbier.

Direkt über ihm knarrte das Deck.

Es war nicht das gewohnte anhaltende Ächzen des Holzes, das sich in der kühlen Nachtluft verzog, sondern das plötzliche deutliche Knarren unter einem darauf abgesetzten Gewicht.

Schritte.

Jemand war dort oben. Es war noch jemand auf dem Boot.

Hoon griff mit der Hand hinter seinen Kopf und unter das Kissen und schob die Finger in den Schlagring, den er dort versteckt hatte.

Er schwang die Beine vom Bett, stand auf und kratzte sich genüsslich am Hintern.

Vielleicht war der heutige Abend ja doch kein totaler Reinfall.

FÜNF

Hoon standen mehrere Optionen zur Auswahl. Die erste war die vernünftigste – unten zu bleiben, sich auf die Lauer zu legen, die Bastarde kommen zu lassen und sie dann zu überrumpeln und nach Strich und Faden zu vermöbeln. Hinterher konnte er sie fragen, wer sie waren und was sie bezweckt hatten. Das war die sicherste Methode.

Die zweite Option war riskanter. Die Treppe hinaufzustürmen – was seinen Kopf kurzzeitig in perfekte Tritthöhe und ihn selbst in einen massiven Höhennachteil bringen würde – und sich dann mit fliegenden Fäusten auf alles zu stürzen, was halbwegs menschenähnlich aussah. Das war riskant. Und dumm.

»Scheiß drauf«, murmelte er und nahm zwei Stufen auf einmal.

Es gab keine plötzlichen Schläge auf seinen Schädel, als er ihn über das Decksniveau schob. Keine Macheten hieben auf ihn ein. Und auch keine Baseballschläger.

Das war schon mal gut.

Das Plätschern des Wassers gegen die Bordwand überdeckte alle anderen Geräusche. Das einzige Licht kam von den umliegenden hohen Wohnblocks. Es war nicht genug, um die Dunkelheit zu erhellen, reichte aber aus, um Umrisse wahrzunehmen.

Er blinzelte in die Düsternis und hob die Faust mit dem Schlagring, um jederzeit zuschlagen zu können. Er konzentrierte sich wie ein Jäger, versuchte, die Formen der Jacht zu erkennen, um alles Unbekannte zu identifizieren. Alles, was dort nicht hingehörte. Was zur Bedrohung werden könnte.

»Bob?«

Eine Hand berührte seine Schulter, und er fuhr mit einem Aufschrei und einem »Verdammte Scheiße!« herum.

Noch während seine Faust weiter ausholte, schrie der Teil seines Gehirns, der die Stimme erkannt hatte: »Abbruch! Abbruch!«

Er fing den Schlag im letzten Moment ab. Deshalb blieb es der Frau, die in der Dunkelheit neben ihm stand, erspart, ihr Gesicht für immer auf dem Hinterkopf tragen zu müssen.

Und das war gut so. Es war ein sehr schönes Gesicht. Er hätte es nur ungern entstellt gesehen.

»Gabriella?«, keuchte er, während er in der Dunkelheit versuchte, ihre Umrissen zu erkennen. Er spürte ihre Nähe, aber es war unmöglich zu sagen, wo die Nacht endete und wo Gabriella begann. »Was zum Teufel machst du hier? Du solltest nicht hier sein.«

Dann begriff er, dass er hätte wissen müssen, dass

sie es war, als er den Fuß auf das Deck setzte. Selbst über den Geruch des Flusses hinweg war ihr Duft unverkennbar. Frisch geschnittene Frühlingsblumen und Desinfektionsmittel. Eine elegante Frau, die einen schmutzigen Job zu erledigen hatte.

»Du hast nicht auf meine Anrufe reagiert«, antwortete Gabriella. Ihre Stimme klang vorwurfsvoll, aber auch zittrig, und Hoon merkte, dass die Luft hier oben kalt und unangenehm war. »Ich habe nicht ... ich wollte dich nur sehen. Reden. Ich wollte nur ...« Er hörte, wie sie einatmete, als ob sie sich beruhigen wollte. »Ich hätte nicht kommen dürfen. Ich weiß. Ich wollte nur ...«

»Ist dir jemand gefolgt?«, fragte er.

»Was? Nein. Natürlich wurde ich nicht verfolgt. Warum sollte mich jemand verfolgen?«

»Geh nach unten«, wies Hoon sie an, ohne ihre Fragen zu beantworten. »Setz dich irgendwohin. Ich bin gleich bei dir.«

Er packte Gabriellas Arm und führte sie energisch zum Niedergang. Sie widersetzte sich nicht, und als er sie losließ, stieg sie die Treppe hinunter und tastete nach einem Lichtschalter.

»Lass es aus.« Er hatte damit gerechnet. »Nur noch einen Moment.«

Er drehte sich um und suchte die Dunkelheit um das Boot herum ab. Seine Augen passten sich nur langsam der Finsternis an. Er machte vage Umrisse am Rande des Treidelpfads aus. *Bäume*, dachte er. *Und in der Nähe ein paar von diesen großen aufrechten Dingern, an denen man das Seil festbindet. Nichts Ungewöhnliches.*

Sein Blick wanderte zu den hohen Gebäuden in der Nähe. Er ließ ihn nicht lange auf den beleuchteten Fenstern verweilen, um seine Nachtsicht nicht wieder auf null zu stellen. Und es waren auch nicht die beleuchteten Fenster, die ihm Sorgen bereiteten. Es waren die abgedunkelten Zimmer.

Mittleres Gebäude, vierter Stock, das zweite von rechts. Da fiel ihm etwas auf. Die Spiegelungen auf dem Glas waren anders, was darauf hindeutete, dass das Fenster trotz der Kälte halb geöffnet war. Der Raum dahinter lag in einem tiefen schwarzen Schatten, und doch …

Und doch …

Er spürte, wie sich die feinen Härchen in seinem Nacken aufstellten. Er konnte am Fenster niemanden erkennen, aber das war auch logisch: Es war zu weit weg. Es war zu dunkel.

Das bedeutete nicht, dass sie ihn nicht sehen konnten. Selbst mit dem besten Willen der Welt, einem Messingschlagring und einem fiesen rechten Haken konnte er absolut nichts gegen die Kugel eines Scharfschützen ausrichten.

Er verfluchte sich dafür, dass er sein Handy nicht vom Bett genommen hatte. Er hätte das Display aufleuchten lassen, es vor sich halten und damit herumfuchteln können. Besser, er machte sich zur Zielscheibe, wenn er allein auf dem Deck war. Sie sollten besser ihn als sie erschießen.

Er wartete und starrte weiter auf das Fenster, aber es kam kein Schuss. Kein Blitz. Kein Knall. Kein Zischen von Kugeln durch die Luft, die ihn in die willkommenen Arme des Vergessens zogen.

Nicht ein verdammter Mucks.

Hoon drehte sich um, stieg die Treppe hinunter und tastete dann in der Dunkelheit herum, bis er den Schalter für die kleine Schreibtischlampe fand, die Bookish zum Lesen verwendet hatte. Es war eine dieser Lampen mit biegsamen Hälsen, und sie war so weit nach unten gebogen, dass die Glühbirne fast den Tisch berührte, auf dem sie stand. Sie gab genau die Lichtmenge ab, die Hoon zum Sehen brauchte, kein einziges Lumen mehr.

Erst als das Licht an war, wandte er sich Gabriella zu. Sie hockte so an einem Ende der gepolsterten Sitzbank, dass man vermuten konnte, das meiste Gewicht ruhe noch auf ihren Füßen. Er hatte sie schon immer wunderschön gefunden, seit er sie vor all den Jahren zum ersten Mal gesehen hatte. Und hier, in dem gedämpften Licht und mit dem leichten Schweißschimmer auf ihrer glatten olivfarbenen Haut, sah sie wie ein Renaissancegemälde aus.

Das war zumindest der Begriff, der ihm in den Sinn kam. In Wahrheit hatte er nicht die geringste Ahnung von Renaissancemalerei. Soweit er wusste, hatte es da nur pferdegesichtige Mädchen mit krummen Nasen und die Beulenpest gegeben. Er war kein Experte für die Kunstwerke dieser Epoche. Oder irgendeiner anderen Epoche.

Obwohl er eine Schwäche für das Bild mit den pokernden Hunden hatte.

Der Punkt war, dass Gabriella immer gut aussah, doch heute Abend strahlte sie geradezu. Selbst in dem dicken Parka über der weiten Jeans und mit Wanderstiefeln. Das ärgerte ihn nur noch mehr.

»Was zum Teufel hast du dir dabei gedacht?«, fragte er sie und schaffte es irgendwie, im gleichen Atemzug zu schreien und zu flüstern. »Ich habe dir gesagt, du sollst nicht herkommen, es sei denn, es ist ein Notfall.« Er machte einen Schritt auf sie zu. »Verdammt! Ist es ein Notfall? Was ist passiert? Geht es Welshy gut? Geht es dir gut? Was ist los?«

»Gar nichts ist passiert. Es geht ihm gut. Uns beiden … uns geht es gut, Boggle«, antwortete Gabriella. Das war sein alter Spitzname aus der Army. Den Namen aus ihrem Mund zu hören, verlieh dem Moment etwas Intimeres, als würde sie ihn kennen – wirklich kennen – wie nur wenige andere. »Er schläft«, fuhr sie fort. »Er weiß nicht, dass ich hier bin.«

Hoon runzelte die Stirn. Die zusammengezogenen Brauen verwandelte seine Augen in zwei schwarze Schattenbecken. »Du hast ihn allein gelassen? In seinem Scheißzustand? Hast du sie noch alle?«

Gabriellas Antwort zog wie eine Kaltfront durch den Raum. »Ich bin mir über seinen ›Scheißzustand‹ durchaus im Klaren, danke. Er ist mein Mann. Ich habe mich schon lange bevor du aufgetaucht bist um ihn gekümmert, und ich werde es auch noch tun, wenn du längst weitergezogen bist. Wie ich schon sagte, er schläft. Er weiß nicht, dass ich weg bin.«

»Was ist, wenn er aufwacht und du nicht da bist?«

»Dann wartet er. Ich muss manchmal das Haus verlassen. Er weiß, dass ich nie lange und weit weg bin«, erwiderte Gabriella. »Er weiß, dass ich ihn nie für eine längere Zeit verlassen würde.« Sie seufzte und lehnte sich zurück, entweder um sich zu entspannen oder weil sie zu erschöpft war, um die Anspannung aufrechtzuerhalten. »Wie auch immer, er bekommt neue Medikamente. Die hauen ihn um. Er wird nicht vor sechs oder sieben Uhr aufwachen.«

Hoon knurrte, reagierte aber ansonsten nicht weiter. Er nahm eine volle Bierflasche aus dem Minikühlschrank und bot sie ihr an, doch sie lehnte mit einem Kopfschütteln und einem Nicken in Richtung des Wasserkochers ab.

»Aber eine Tasse Tee wäre toll. Draußen ist es eiskalt.«

Hoon blinzelte langsam, als hätte er ihre Worte nicht ganz verstanden, und wandte sich dann dem Kessel zu.

Er wusste natürlich, dass es an Bord einen Wasserkocher gab. Er hatte ihn schon mehrmals gesehen, sogar ein- oder zweimal benutzt. Das erste Mal für einen Becher Instantnudelsuppe und das zweite Mal, als er versuchte, ein paar hartnäckige Blutflecken aus einem Hemd zu entfernen. Keiner der beiden Versuche war sonderlich erfolgreich gewesen.

»Du hast doch Tee, oder?«, fragte Gabriella.

Hoon war noch nie ein großer Teetrinker gewesen. Wenn kein Alkohol zu haben war oder die Umstände den Konsum vorübergehend verhinderten, akzeptierte er, wenn auch widerwillig, Kaffee. Aber Tee? Nein. Er hätte schon sehr von Selbsthass zerfressen sein müssen, bevor er auf so eine Idee gekommen wäre. Tee war was für ätherische Engländerinnen, und obwohl er gegen diese besondere Spezies keinen Groll hegte, hatte er nicht die Absicht, sich in ihre Reihen einzuordnen.

»Ich weiß es nicht«, gab er zu. »Ich könnte dir einen Kaffee machen.«

»Es ist ein Uhr nachts«, konterte Gabriella. »Ich will keinen Kaffee, sonst liege ich die ganze Nacht wach.«

Sie stand auf. Kam näher. Hoon schluckte und biss sich auf die Unterlippe, als sie direkt vor ihm stehen blieb, nah genug, um ihn zu berühren. Nah genug, um sie zu halten. Zu küssen.

So nah erfüllte sie alles. Ihr Geruch. Ihr Anblick. Alle seine Sinne wurden nur von ihrer Präsenz beherrscht, als gäbe es nichts anderes.

Eine Schranktür schlug ihm gegen den Hinterkopf und brachte ihn auf andere Gedanken.

»Au. Mein Gott!«

Gabriella zuckte zusammen und konnte sich ein Kichern nicht verkneifen. »Entschuldigung. Dein Kopf ist größer, als er aussieht.«

Hoon runzelte die Stirn und dachte darüber nach. »Was zum Teufel soll das denn heißen?«

»Nichts«, versicherte ihm Gabriella. »Du siehst einfach so aus, als ob du einen ziemlich kleinen Kopf hättest.«

»Was soll das heißen? Ich sehe aus, als hätte ich einen kleinen Kopf?«

»Ich meine ja nur, du weißt schon, im Verhältnis zum Rest.«

Hoon fand das keine angemessene Antwort auf seine Frage. »Im Verhältnis? Was für ein Scheiß! Mein Kopf passt perfekt zum Rest von mir. Ich habe schon jede Menge Komplimente für die Größe meines Kopfes bekommen, das kannst du mir glauben.«

Gabriella schmunzelte. »Hast du?«

»Na schön, vielleicht nicht mit so vielen Worten«, gab Hoon zu. »Ich meine, wer zum Teufel sagt so etwas zu jemandem? Aber man konnte an den Blicken der Leute erkennen, dass sie vor Bewunderung platzten.«

»Du bist witzig«, erwiderte sie, holte einen mit Silberfolie beklebten Zylinder aus dem Schrank und wedelte damit vor seinem Gesicht herum. »Teebeutel.«

Hoon schnalzte mit der Zunge und nahm ihr ein Päckchen ab. »Oh. Klar. Die waren mir schon aufgefallen«, gab er zu. »Da waren auch noch ein paar andere. Zitrone mit Ingwer und … ach, verdammt! Lady Grey oder so ein Mist.«

Gabriella sah wieder zum Wandschrank. »Wirklich? Wo?«

»Ich habe sie ins Wasser geworfen«, sagte Hoon. »In den Fluss, wenn diese Pfütze denn einer ist.«

»Es ist ein Fluss, ganz bestimmt«, versicherte ihm Gabriella. »Und warum hast du das getan?«

Hoon schien diese Frage wirklich zu verblüffen. »Was hätte ich denn sonst damit machen sollen?«, fragte er. »Ich musste die blöden Dinger ja irgendwie loswerden, und auf einem Boot sollte man nicht unbedingt ein Feuer machen.«

Er nahm den Kessel in die Hand und schüttelte ihn probehalber. Es war nicht viel Wasser drin, aber es reichte für eine einzelne Tasse Tee. Das genügte. Eine Tasse Tee, ein kurzes Gespräch, und dann würde er sie nach Hause schicken. Kein Drama, keine langen Gespräche und erst recht keine abgedrehten Sachen.

Ganz gleich, wie gut sie aussah, roch oder sich *anfühlte*, als sie im Halbdunkel hinter ihm stand.

»Gut, setz dich, ich bringe ihn dir«, sagte er und schaltete den Wasserkocher ein. Er bemerkte, wie sie zögerte, spürte ihre Wärme in seinem Rücken, einen Moment länger, als nötig war.

»Okay, cool«, sagte sie bemüht unbefangen.

Hoon wartete, bis sie sich wieder hingesetzt hatte,

bevor er etwas sagte. Und dann war es völlig bedeutungslos.

»Ich weiß nicht, wie man hier Tee trinken kann. Das Wasser ist verdreckt. Du weißt doch, dass Londoner Trinkwasser buchstäblich recycelte Pisse ist, oder? Deshalb schwimmt obendrauf immer dieser Dreck.«

»Das Risiko gehe ich ein«, antwortete Gabriella. Sie wartete schweigend, bis das Wasser brodelte, und sprach erst wieder, als sich der Kocher ausschaltete. »Hattest du schon Glück? Ich meine, hast du Caroline gefunden?«

Hoon schüttelte den Kopf. »Nein, noch nicht.«

»Oh. Das kommt noch. Du wirst sie finden«, sagte sie. Er antwortete nicht, und als Gabriella wieder sprach, klang ihre Stimme etwas weniger ernst, als ob sie die Atmosphäre auflockern wollte. »Er vermisst dich, weißt du? Welshy. Er sagt das natürlich nicht. Ich meine, er würde es auch nicht sagen, wenn er es könnte. In dieser Hinsicht ist er wie du – er würde nie zugeben, dass er echte menschliche Gefühle hat. Aber die hat er. Er vermisst dich.«

»Klar. Sicher!« Mehr fiel Hoon dazu nicht ein. Dann goss er Tee in dem einzigen sauberen Trinkgefäß auf, das er finden konnte, und stellte ihn vor ihr auf den Tisch.

Skeptisch betrachtete sie den geriffelten Halbliterkrug aus Glas, dann legte sie ihre Hände darum, nahm aber noch keinen Schluck. »Cheers.«

»Gerne geschehen.«

»Du hast dieses Ding aus einer Kneipe mitgehen lassen, stimmt's?«

»Ich habe es mir in einer Kneipe geborgt«, korrigierte Hoon sie. »Auf unbestimmte Zeit.«

Gabriella beobachtete für eine Weile den Dampf, der von der Flüssigkeit aufstieg, und schaute immer noch wie gebannt darauf, als sie schließlich aussprach, weshalb sie wirklich gekommen war. »Ich vermisse dich auch. Dich in der Nähe zu haben, meine ich.«

»Klar«, brummte Hoon. »Aber so ist es sicherer.«

»Fühlt sich aber nicht so an«, erwiderte sie, nickte jedoch verstehend.

Er war nicht lange bei ihnen geblieben. Nicht wirklich. Wenn man das große Ganze betrachtete. Insgesamt höchstens eine Woche, unterbrochen von ein paar auswärtigen Übernachtungen zwischendurch. Zeitweilig hatte er auf der Couch geschlafen. In anderen Nächten hatte er auf dem Stuhl in Welshys Zimmer im Halbschlaf gedöst, umgeben von medizinischen Geräten und Beuteln voller Körperflüssigkeiten.

An diesen Abenden hatte er Geschichten über alte Freunde und vergangene Tage zum Besten gegeben. Hatte Witze gemacht, meist auf seine eigenen Kosten. Und schweigend Welshys Hand gehalten, wenn der Schmerz in den Augen des anderen Mannes zu deutlich und zu stark wurde, um durch Nostalgie gemildert zu werden.

Das konnte natürlich kein Dauerzustand sein. Schließlich hatte Hoon eine Mission und noch einiges auf dem Zettel.

Schon lange vor dem heutigen Abend – und dem Gespräch mit Miles Crabtree – hatte er gewusst, dass er sich eine große rote Zielscheibe auf seinen übrigens perfekt proportionierten Kopf gemalt hatte. Bookish hatte ihm nicht viel vom Loop erzählt, aber selbst aus dem wenigen hatte Hoon ableiten können, dass diese Organisation aus ernst zu nehmenden Leuten bestand, die zu schrecklichen Dingen fähig waren.

Je länger er nach Caroline suchte, desto mehr Aufmerksamkeit würde er auf sich ziehen. Das war für ihn in Ordnung – sollten die Drecksäcke ruhig kommen! Das ersparte ihm die Mühe, sie zu jagen. Aber er hatte nicht vor, davon irgendetwas zu Welshy zu schleppen. Nicht in einer Million Jahren.

Nicht zum zweiten Mal.

»Du bist ganz schön weit gefahren, um mir das zu sagen«, sagte Hoon. Es klang schroffer, als es sollte, doch sie antwortete, bevor er die Chance hatte, es zurückzunehmen.

»Wenn du vielleicht mal an dein Handy gehen würdest …«

Hoon seufzte. »Ja, ich weiß. Ich habe nur …«

Sie rutschte ein Stück auf der Bank weiter, damit er ebenfalls drauf passte. Er setzte sich hin, dann ließ er die Arme auf den Tisch fallen und stützte den Kopf auf eine Hand. Neben ihr hatte er in diesem Moment zum ersten Mal seit Wochen das Gefühl, schlafen zu können, wenn er es nur zuließe. Als ob er die Augen schließen und in einen Schlummer driften könnte, der nicht von den Albträumen seiner Niederlagen heimgesucht wurde.

Aber er durfte sich keine Ruhe gönnen. Dieses Recht hatte er sich nicht verdient. Noch nicht.

»Die Dinge, die ich tue … die Dinge, die ich tun muss … Ich sollte nicht in deiner Nähe sein. Ich meine, Himmel, ich sollte mich von allen Menschen fernhalten.« Er lachte abfällig über sich selbst. »Ich bin ein verdammtes Gesundheitsrisiko, Gabriella. Ich habe Bamber versprochen, dass ich sein Mädchen zurückhole, und ich werde alles tun, um dieses Versprechen zu erfüllen. Alles. Auch wenn ich mir nicht einbilde, ich wäre ein verdammter Superheld oder so was. Ich bin kein edler Charakterkopf mit strahlenden Zähnen und einem Umhang.«

»Ich würde dich gern mal in einem Umhang sehen«, flüsterte Gabriella, doch Hoon ignorierte die Bemerkung.

»Wenn ich sage, ich würde alles tun, dann meine ich nicht, dass ich losziehen und den Heldentod sterben will, um sie zu finden. Damit wäre keinem geholfen«, erklärte er und klang dabei leicht verbittert. »Ich will damit sagen, dass es keine Gemeinheiten gibt, vor denen ich zurückschrecken würde«, fuhr er fort. »Ich war schon ein unverbesserlicher Bastard, als ich hierherkam, und seitdem klebt noch mehr Blut an meinen Händen. Wenn es sein müsste, würde ich jedem, der weiß, wo Caroline ist, die verdammte Haut abziehen, Streifen für Streifen. Ich würde ihnen, wenn nötig, die Knochen brechen und sie mit ihren eigenen verdammten Zungen füttern.«

Er starrte eine Weile vor sich hin, als stünde etwas auf der gegenüberliegenden Wand geschrieben, was nur er sehen konnte. Gabriella legte ihm leicht die Hand auf den Rücken. Er zuckte zusammen wie bei einem Stromschlag und stand schnell wieder auf.

»Mit mir in deiner Nähe bist du nicht sicherer, Gabriella. Ganz im Gegenteil. Ich bin keiner von den Guten. Ich bin das eklige Monster, das unter dem Bett haust. Ich bin der verdammte Bogeyman! Für dich und Welshy ist es am sichersten, wenn ich mich von euch beiden fernhalte.«

Gabriella stand ebenfalls auf und streckte den Arm nach ihm aus, als wollte sie ein aufgeschrecktes Tier beruhigen. »Bob, rede nicht so. So bist du nicht. Du bist kein …«

Er drückte ihr eine Hand auf den Mund und brachte sie zum Schweigen. »Psst. Sei still«, verlangte er, und seine Stimme wurde zu einem Flüstern. Er neigte den Kopf zur Seite und lauschte, dann drückte er sie hastig zu Boden, als das Licht von Autoscheinwerfern durch die Bullaugenfenster in den Raum fiel.

Sie verharrten in einer kauernden Position. Angespannt. Schweigend. Hoons Augen folgten dem Licht, das langsam über die Wand kroch, während auf dem Treidelpfad neben dem Boot der Motor eines Fahrzeugs zu hören war.

Er bedeutete Gabriella, dass sie bleiben sollte, wo sie war, dann rutschte er auf dem Boden zu einem Bullauge, drückte sich mit dem Rücken an die Wand und riskierte einen Blick nach draußen.

Er konnte das Fahrzeug nur schemenhaft erkennen, weil die Scheinwerfer auf Fernlicht geschaltet waren und blendeten. An der Richtung der Lichtkegel konnte er erkennen, dass das Auto den Treidelpfad hinauffuhr. Der geringen Geschwindigkeit nach zu urteilen, suchte der Fahrer entweder etwas, oder er hatte sich verfahren.

Wäre er allein hier gewesen, hätte er auf Ersteres gehofft. Er hätte sich ein Auto voller harter Kerle gewünscht, die sich selbst überschätzten, weil sie so viele waren.

Aber mit Gabriella?

»Fahr weiter, Arschloch. Fahr schön weiter«, murmelte er.

Rote Bremslichter leuchteten auf. Das Auto hielt an, seine Reifen knirschten auf dem lockeren Schotter.

Scheiße.

»Ins Badezimmer. Sofort. Und schließ die Tür ab«, flüsterte Hoon und riss seinen Blick gerade lange genug vom Fenster los, um einen warnenden Blick in Gabriellas Richtung zu werfen.

Sie wollte aufstehen, aber er deutete auf den Boden und befahl ihr, unten zu bleiben und sich nicht blicken zu lassen. Als sie dann in Richtung der Badezimmertür krabbeln wollte, gab ihr Hoon mit einer Geste zu verstehen, dass sie sich nicht mehr rühren sollte.

»Warte, Moment mal«, sagte er jetzt etwas lauter. Draußen wendete das Auto vorsichtig auf dem Treidelpfad, sodass Hoon einen Blick auf den Schriftzug eines Dönerladens an der Seite werfen konnte. Er zog den Kopf ein, als die Lichter wieder über das Bullauge glitten, und beobachtete dann, wie das Fahrzeug vermutlich auf der Suche nach einer Lieferadresse in die Richtung zurückfuhr, aus der es gekommen war.

»Mein Gott«, keuchte er und ließ die Anspannung in zwei tiefen Atemzügen entweichen. »Ich wusste nicht, dass sie auch liefern. Wieder was gelernt.«

»Was?«, flüsterte Gabriella vom Boden aus. »Was ist los? Sind sie weg?«

»Ja«, sagte Hoon. »Ja, sie sind weg. Es war nur ein Lieferdienst.«

Gabriella lachte einmal trocken, stützte sich auf der Bank ab und rappelte sich wieder hoch.

Hoon wandte sich noch nicht vom Bullauge ab. Er checkte den Pfad in beiden Richtungen. Nach dem unvermuteten Auftauchen des Autos und angesichts des offenen Fensters in der dunklen Wohnung fühlte er sich unwohl. Irgendetwas stimmte da nicht.

»Du bist sicher, dass du nicht verfolgt wurdest?«

»Ja. Ich bin mir sicher. Ich habe ein Taxi genommen und ständig nach hinten geschaut. Ich habe die ganze Strecke über aufgepasst«, sagte sie. »Auf der anderen Straßenseite parkte ein Van, bei dem ich mir nicht sicher war, aber er ist mir nicht gefolgt.«

Hoon drehte sich zu ihr um. »Ein Van?«

»Ja. So groß wie ein Sprinter. Der steht da schon seit ein paar Tagen. Wahrscheinlich sind das Handwerker für die Nachbarn. Die lassen immer etwas machen.«

»Und hast du sie gesehen? Die Handwerker? Konntest du einen Blick auf sie werfen?«

»Ja …«, antwortete sie, aber sie klang nicht ganz sicher. »Ich … ich glaube schon. Ich bin mir sogar ziemlich sicher, dass ich sie gesehen habe.«

Hoon ging mit zwei großen Schritten auf sie zu, packte ihre Oberarme und hielt sie fest. »Ich möchte, dass du dich ganz genau erinnerst, Gabriella«, sagte er mit tiefer und eindringlicher Stimme. »Hast du die Handwerker gesehen?«

»Was? Aua, sei nicht so … Ich weiß nicht … ich erinnere mich nicht. Ich bin mir nicht sicher. Warum?«

Hoon löste seinen Griff und stieß ein »Fuck!« aus.

Gabriella wich erschrocken zurück. »Was? Was ist denn los?«

»Der Sprinter. Dieser verdammte Van. Was hätten Handwerker mitten in der Nacht bei euch zu schaffen?«

Gabriella erbleichte. »Nein, aber ... das ist doch okay. Er ist mir ja nicht gefolgt!«, erinnerte sie ihn.

»Ganz genau! Das heißt, er steht immer noch dort«, entgegnete Hoon und eilte ins Schlafzimmer.

Gabriellas schlug sich die Hand vor den Mund. Sie taumelte, und ihre Augen füllten sich mit Tränen, als hätte man einen Wasserhahn aufgedreht. »Oh. O Gott.«

»Die sind dir nicht gefolgt, weil sie nicht hinter dir her sind«, sagte Hoon und kehrte mit seinem Handy, einer Jacke und etwas zurück, das wie die kleinere Version einer Machete aussah. »Sie haben es auf Welshy abgesehen.«

SECHS

Hoon gab sich keine Mühe mehr, ein Geheimnis um den Liegeplatz des Bootes zu machen. Falls Crabtree recht hatte und der Loop bereits auf ihn aufmerksam geworden war, wussten sie verdammt gut, wo es lag. Er brauchte also nicht mehr wie sonst verschlungene Umwege durch die Straßen Londons zu laufen, bevor er sich ein Taxi nahm.

Sobald sie die Straße erreichten, winkten sie eines heran. Gabriella ratterte die Adresse herunter, dann befahl Hoon dem Fahrer, Gas zu geben.

Gabriella wollte die Polizei anrufen, aber Hoon hielt sie davon ab. Er wusste aus eigener Erfahrung, dass der Loop die Met infiltriert hatte. Wahllos irgendeinen Bobby zu alarmieren, hätte alles noch verschlimmern können.

»Verschlimmern? Wieso?«, wollte sie wissen.

»Ich finde nur … Wir wissen nicht, wem wir trauen können.«

»Du glaubst, jemand ist dort und will ihn ermorden!«, rief Gabriella, was ihnen einen besorgten Blick des Fahrers einhandelte. Aber er enthielt sich eines

Kommentars, weil er diesen Job schon viel zu lange machte, um sich in das Leben seiner Fahrgäste einzumischen. »Wie viel schlimmer kann es noch werden?«

Hoon starrte sie einige Augenblicke lang an, dann räumte er ein, dass sie recht hatte. Sie tippte drei Neunen in ihr Handy, während er sich umdrehte und mit den Fingerknöcheln gegen die Scheibe klopfte, die den Fahrgastraum vom vorderen Bereich trennte.

»Was ist Ihr Problem da vorne, Chef? Ist das hier eine verdammte Beerdigungsprozession oder was?«, fragte er.

»Hier gilt ein Tempolimit«, sagte der Fahrer. »Ich darf nicht schneller fahren, das wissen Sie, oder?«

»Und Sie wollen ein Scheißtaxifahrer sein? Ich dachte, ihr steht über der Straßenverkehrsordnung? Ich dachte, die gilt nicht für euch Bastarde?«

»Ich will mir keine Punkte einhandeln.«

»Dann halten Sie an und lassen mich ans Steuer, verdammt«, fluchte Hoon.

»Aber sicher, Sportsfreund. Ich halte an und werfe Sie aus meinem Taxi!«

»Das will ich sehen. Versuchen Sie es!«, zischte Hoon.

»Bob! Herrgott, halt die Klappe und lass ihn fahren«, rief Gabriella. Sie beugte sich in seine Richtung und klatschte ihm die Hand aufs Bein, um ihn vom Fahrer abzulenken. Sie hatte nach wie vor das Handy am Ohr, und eine weibliche Stimme am anderen Ende sprach ruhig durch den Lautsprecher. »Die Polizei ist schon unterwegs. Alles wird gut.«

»Ach ja«, brummte Hoon und warf dem Fahrer einen letzten bösen Blick zu. »Das glaube ich erst, wenn ich es sehe.«

Als das Taxi in die Straße einbog, in der das Haus von Welshy und Gabriella stand, bemerkte Hoon als Erstes die Abwesenheit von Blaulicht. Falls die Polizei wirklich unterwegs war, ließ sie sich Zeit.

»Der Van. Wo ist der Van?« Hoon suchte die Straße ab, während das Taxi langsam ausrollte.

»Er ist … er stand da«, beharrte Gabriella und zeigte auf den wahrscheinlich einzigen freien Parkplatz in ganz Nordlondon. »Er stand genau dort.«

»Fuck!«, fluchte Hoon. Er versuchte, den Türriegel des Taxis zu bedienen. Die Tür war verriegelt. Er rüttelte daran, dann brüllte er den Fahrer an: »Machen Sie die Scheißtür auf!«

»Die geht erst auf, wenn der Wagen steht!«, schrie der Fahrer zurück. »Sicherheit geht vor, stimmt's?«

»Dann halten Sie das verdammte Auto an, sonst …!«

Der Fahrer trat mit voller Kraft auf die Bremse, und Hoons Kopf krachte gegen die Trennscheibe.

»Das haben Sie absichtlich gemacht, Sie mieser Drecksack!«, schimpfte Hoon, riss dann die Tür auf, befahl Gabriella zu warten und stürmte den Weg hinauf, der zum Hauseingang führte.

Auch diese Tür war verschlossen, doch ein paar kräftige Tritte machten dem ein Ende. Holz splitterte. Glas klirrte. Hoon war schon halb durch den Flur, als der Krach verstummte.

»Welshy? Welshy, alles in Ordnung?«, rief er, obwohl er genau wusste, dass der Mann nicht antworten konnte.

Die Tür zu Welshys Zimmer war geschlossen. Hoon verschwendete keine Zeit damit, auf irgendwelche Anzeichen von Bewegung im Inneren zu lauschen. Jetzt war nicht die Zeit, um die Lage zu sondieren. Stattdessen stürmte er hinein, eine Hand zur Faust geballt, die andere umklammerte den Griff des Messers, das in einer Tasche seiner Kampfhose versteckt war.

Ein Chor von Pieptönen und Keuchen verriet ihm, dass sein alter Kamerad lebte, auch wenn er nicht gerade auf der Höhe war. Aber das war er schon lange nicht mehr.

Welshys Augen waren geschlossen, doch sein Brustkorb hob und senkte sich im Takt einer leise klickenden Pumpe und bestätigte, dass er noch lebte.

»Oh, Gott sei Dank«, flüsterte Hoon. Der Angstknoten, der sich in seinem Magen zusammengezogen hatte, löste sich so plötzlich auf, dass er fast weiche Knie davon bekam. Er griff nach Welshys Hand und drückte sie sanft. »Es geht dir gut. Es geht ihm gut.«

Hinter ihm quietschte eine Diele – ein leises bedrohliches Knarzen wie aus einem Horrorfilm. Nicht Gabriella. Jemand Großes. Schwer. Jemand räusperte sich. Männlich. Jünger als er. Er konnte nicht sagen, wieso er das wusste, er wusste es einfach. Instinktiv.

Ein großer Mann in den Dreißigern, direkt hinter ihm.

Er drehte sich schwungvoll um und ließ dem Bastard keine Gelegenheit, zuerst zuzuschlagen. Sein Arm war ein Kolben, seine Faust landete wie ein Hammerschlag mitten im Gesicht des Eindringlings.

Der Hieb hatte die gewünschte Wirkung. Knorpel brachen. Haut platzte. Blut und Rotz ergossen sich über einen weißen Hemdkragen und die Vorderseite einer stichfesten Weste. Hoon konnte gerade noch resigniert »Mist!« murmeln, bevor der Constable mit Tränen in den Augen zu Boden ging und an dem Blut in seinem Mund würgte.

Hoon schaute in den Flur hinter der Schlafzimmertür, wo Gabriella ihn mit weit aufgerissenen Augen schockiert anstarrte. »Was hast du getan?«, rief sie.

»Was soll ich lange rumreden? Ich habe ihm eine auf die Zwölf gezimmert«, sagte Hoon und deutete auf den am Boden liegenden Polizisten. Der arme Kerl tastete nach dem Funkgerät auf seiner Schulter, vergeblich.

»Das habe ich gesehen! Aber warum? Er ist ein Polizist!«

»Ja, jetzt sehe ich das natürlich auch«, erwiderte Hoon. »Aber ich wusste es nicht, als ich zugeschlagen habe, okay? Er hat sich von hinten angeschlichen wie ein verdammter schleimiger Unhold. Was hätte ich tun sollen?«

»Du hättest ihm vielleicht nicht ins Gesicht schlagen müssen?«, erwiderte Gabriella. »Das wäre schon mal ein Anfang gewesen. Oder wollen wir damit anfangen, dass du darauf hättest verzichten können, mir die Haustür einzutreten? Ich habe einen Schlüssel!«

Hoon machte ein finsteres Gesicht. »Hinterher sieht immer alles so einfach aus, Sweetheart. Aber nur zu. Gib mir ruhig die Schuld an allem, okay?«

»Schließlich hast du die Tür eingetreten und ihm eine reingehauen, also …«

»Ich habe ihn kaum berührt!«, protestierte Hoon. »Ist nicht meine Schuld, wenn er die Widerstandskraft einer Weichplastikpuppe hat. Das ist doch scheiße. Er hat sich das selbst zuzuschreiben.«

Der Beamte lag auf dem Boden, wimmerte und würgte an seinem Blut.

Hoon schüttelte den Kopf und verdrehte verächtlich die Augen. »Ach, und übrigens, fürs Protokoll«, sagte er. »So wie ich das sehe, zieht er eine richtige Show ab.«

Fünfzehn Minuten später saß Hoon zum zweiten Mal an diesem Abend in Handschellen auf dem Rücksitz eines Streifenwagens und knurrte vor sich hin, wie ungerecht das alles sei.

Sie hatten dem am Boden liegenden Beamten aufgeholfen und sich bemüht, ihm das Missverständnis zu erklären. Außerdem hatten sie ihm sogar eine Tasse Tee gemacht, während sie auf Verstärkung warteten.

Bevor die anderen Polizisten hereinplatzten, war er recht vernünftig gewesen. Er hatte Hoons Entschuldigung akzeptiert – wenn auch ziemlich zähneknirschend – und zugestimmt, dass es besser gewesen wäre, wenn er seine Anwesenheit deutlicher angekündigt hätte.

Ja, solche Dinge passierten in Stresssituationen, hatte er zugegeben. Ja, in der Hitze des Gefechts konnten Fehler passieren. Nein, er wäre nicht nachtragend.

Sobald die anderen drei Bobbys mit gezückten Schlagstöcken angerückt waren, hatte sich seine Einstellung jedoch schlagartig geändert. Der wimmernde kleine Schlingel löste sich in Luft auf und verwandelte sich in jemanden, der sich einbildete, Judge Dredd zu sein.

Er hatte von Weitem zugesehen, wie die anderen Beamten seinen Angreifer festnahmen. Hoon hatte anfangs Widerstand geleistet, aber ein paar scharfe Worte von Gabriella hatten ihn zur Vernunft gebracht, und er hatte es sich gefallen lassen, dass seine Hände hinter seinem Rücken verschränkt und ihm Handschellen angelegt wurden.

Sie hatten ihn natürlich durchsucht, ihn abgetastet und seine Taschen durchwühlt. Das Messer war bei ihnen nicht gut angekommen. Auch waren sie nicht gerade erbaut von dem Schlagring oder dem zweiten kleineren Messer, das Hoon in seiner Socke versteckt hatte.

Aber das Notizbuch, das sie in der großen quadratischen Tasche direkt über seinem rechten Knie gefunden hatten, gefiel ihnen. Er hatte es dort hineingestopft, bevor er und Gabriella das Boot verließen, und später stumm und mit versteinerter Miene dagesessen, als die Polizisten sich über die rosa Pailletten und die Zeichnungen im Stil japanischer Animes lustig machten.

Er konnte es ihnen nicht wirklich verübeln. Er hatte sich damals, nachdem er das verdammte Ding erworben hatte, aus genau diesen Gründen sehr bemüht, es wieder loszuwerden. Mit der Zeit war es ihm jedoch ans Herz gewachsen. Außerdem waren darin die meisten Informationen, die er über Carolines Verschwinden gesammelt hatte, in seinem unleserlichen Gekritzel festgehalten. Es zu verlieren, kam nicht infrage.

»Seien Sie vorsichtig damit«, hatte er gewarnt, als er einen von ihnen beobachtete, wie er die Seiten durchblätterte.

»Hat es einen sentimentalen Wert?«, schnaubte der Officer belustigt.

»So etwas in der Art, ja. Machen sie es nicht kaputt.«

Der Constable klappte das Buch lautstark zu. »Sonst was?«

»Sonst passiert Ihnen dasselbe, Prinzessin.«

Kurz darauf wurde er ins Auto verfrachtet. Der Beamte, dessen Gesicht er teilweise eingedellt hatte, wurde ins Krankenhaus gebracht. Hoon dachte ein paar vergnügliche Momente darüber nach, wie man eine gebrochene Nase wieder einrenkt, bevor der Polizist, der das Notizbuch durchgeblättert hatte, auf den Beifahrersitz des Wagens rutschte.

»Haben Sie es da hinten bequem?«, fragte der Polizist.

»Nein, nicht besonders.«

Der Mann grinste ihn an. »Freut mich, das zu hören. Und denken Sie daran, wir können es Ihnen jederzeit noch unbequemer machen. Ein Wort genügt.«

»He, ist ja gut«, höhnte Hoon. »Wenn Sie mich einzuschüchtern wollen, verschwenden Sie nur Ihre Zeit, mein Junge. Ich habe schon aufgeblasenere Luftballons gesehen, die überzeugender und bedrohlicher waren als Sie.« Er deutete mit einem knappen Kopfnicken auf das Notizbuch. »Und jetzt machen Sie sich einmal nützlich und blättern Sie das Buch noch einmal durch, bis Sie die langweiligste Visitenkarte finden, die Sie jemals gesehen haben. Dann lassen Sie mich meinen verfickten Anruf machen.«

SIEBEN

»Ich möchte, dass sie weggebracht werden. Woandershin. An einen sicheren Ort. Alle beide. Noch heute Nacht. Kriegen Sie das hin? Wenn nicht, hat sich dieses Gespräch erledigt, verdammt!«

Hoon saß an einem anderen Tisch in einer anderen Verhörzelle und trug ein frisches Paar Handschellen. Nur der Mann, der ihm gegenübersaß, war derselbe wie beim letzten Mal, obwohl er einen abgekämpfteren Gesichtsausdruck hatte als noch ein paar Stunden zuvor. Er trug zwar dasselbe Hemd, hatte aber die Krawatte abgelegt und den obersten Knopf geöffnet.

»Das können wir veranlassen«, sagte Miles Crabtree.

»Der Van. War das Ihrer?«, fragte Hoon.

»Welcher Van?«

»Der, der gegenüber von Welshys Haus parkte.«

Miles zuckte mit den Schultern. »Wie sah er aus?«

»Weiß der Geier. Ich habe ihn nicht gesehen.«

Der MI5-Mann rieb sich die Augen, als wäre er nicht überzeugt, dass er wirklich wach war. »Ich dachte, er hätte auf der anderen Straßenseite geparkt?«

»Hatte er. Als ich dort ankam, war er schon weg.«

Miles' Lippen bewegten sich, als versuchte er, eine schwierige Kopfrechenaufgabe zu lösen. »Also … Sie fragen, ob ein Van, der nicht da war, uns gehörte?«

Hoon pochte mit dem Zeigefinger auf die Tischplatte. »Sparen Sie sich den gequälten Gesichtsausdruck, Junge. Sie sehen aus wie ein Womble mit Verstopfung. Sie wissen ganz genau, wonach ich frage. Der Van. War das eurer? Habt ihr das Haus beobachtet?« Er hörte auf, den Tisch zu malträtieren, und richtete den Finger stattdessen auf Miles. »Und damit wir uns über eines im Klaren sind: Ich merke es, falls Sie mich anlügen, und dann werde ich sauer. Behalten Sie das im Hinterkopf, während Sie sich überlegen, was sie als Nächstes sagen.«

»Nein«, erwiderte Miles. »Nein, es war keiner von uns. Wir sind doch etwas geschickter. Nicht sehr viel geschickter, aber ein bisschen schon. Meistens.« Er holte einen Kugelschreiber aus seiner Hemdtasche, klickte damit und hielt ihn über einen kleinen Notizblock, den er auf den Schreibtisch gelegt hatte, nachdem er den Raum betreten hatte. »Haben Sie das Kennzeichen?«

»Ich sagte doch, ich habe ihn nicht gesehen«, erwiderte Hoon. »Was erwarten Sie von mir? Soll ich mir das verdammte Nummernschild aus den Rippen schneiden?«

»Ich dachte, Ihre Freundin könnte es vielleicht erwähnt haben.«

Hoons Schweigen wirkte tödlich. Sein Blick fixierte den Mann über den Tisch wie ein Raubtier, das seine Beute auswählt. »Sie ist nicht meine Freundin. Sie ist die Frau meines Kameraden.«

»Klar. Das weiß ich«, erwiderte Crabtree. »Ich will keineswegs andeuten, dass zwischen Ihnen etwas läuft.«

»Das sollten Sie auch besser unterlassen!«, warnte ihn Hoon. »Sonst befördere ich sie mit einem Schlag in die Erdumlaufbahn, sobald ich diese verdammten Handschellen loswerde. Sie ist eine Freundin. Das ist alles.«

»Ganz genau. Ein Freund, der zufällig eine Lady ist. Daher ›Freundin‹«, konterte Miles. »Ich wollte damit nichts unterstellen, Bob. Ehrlich.«

»Nennen Sie mich ja nicht Bob«, erwiderte Hoon. »Meine Freunde nennen mich Bob.«

»Ich hoffe sehr, dass wir Freunde werden können«, erklärte Miles.

»Ach ja? Also, ich würde sagen, die Wahrscheinlichkeit dafür liegt etwa zwei Meilen nördlich von ›eher unwahrscheinlich‹, Sportsfreund«, entgegnete Hoon. Er deutete auf die Tür. »Und jetzt verpissen Sie sich!«

Der MI5-Mann gegenüber am Tisch runzelte die Stirn. »Wie bitte?«

»Welshy und Gabriella. Kümmern Sie sich um die beiden. Bringen Sie sie in Sicherheit. Dann können wir uns unterhalten.«

»Oh. Das. Das ist schon in Arbeit«, versicherte ihm Miles. »Ein Team bespricht gerade mit den Medizinern, wie sie Gwynn und seine Geräte verlegen sollen. Er und Gabriella werden in ein Safe-House gebracht. Dort bekommt er die allerbeste Pflege. Es liegt außerhalb Londons, oben in …«

Hoon hob eine Hand so hoch, wie er konnte, bevor die Kette der Handschellen ihn aufhielt. »Sagen Sie nichts. Ich will es nicht wissen«, knurrte er. »Aber ich schwöre Ihnen, Junge, Sie sollten besser die Wahrheit sagen. Die beiden sollten wie Könige behandelt werden. Wenn Sie mich anlügen, werde ich Ihr Innerstes nach außen kehren. Buchstäblich. Alles, was jetzt drinnen ist, kommt nach draußen und umgekehrt. Und dabei würde ich mir so richtig Zeit lassen. Ist das angekommen?«

Miles lächelte, doch es war ein ernstes und aufrichtiges Lächeln. »Ja. Sie haben Ihre Gefühle meiner Meinung nach recht deutlich zum Ausdruck gebracht. Die beiden sind in Sicherheit. Ich kann Ihnen nicht viel versprechen, aber das kann ich garantieren.«

Hoon starrte dem anderen Mann tief in die Augen. Sein Blick war wie ein Bohrer, der der Wahrheit auf den Grund ging, und schließlich nickte er. »Gut. Okay.« Er lehnte sich, so gut er konnte, gegen den Plastikstuhl. »Und möchten Sie mir jetzt vielleicht verraten, was Sie von mir wollen?«

»Ja, unbedingt«, antwortete Miles. Er warf einen Blick auf die Uhr, überlegte kurz und rieb sich dann mit dem Handrücken das Kinn. »Es ist später, als mir lieb ist. Aber wenn wir uns beeilen … könnte es vielleicht noch klappen.«

»Was könnte klappen?«, wollte Hoon wissen.

Miles beugte sich nach vorn und verschränkte die Finger vor sich. »Ich stelle Ihnen zwei kurze Fragen, bevor ich alles erkläre.« Er warf einen vielsagenden Blick auf den Spiegel an der Wand neben ihnen. »Erstens: Ich vermute, Sie haben nichts dagegen, wenn wir dieses Gespräch an einem etwas privateren Ort fortsetzen?«

Hoon schüttelte den Kopf. »Kein Problem. Die Atmosphäre hier ist beschissen. Und die zweite Frage?«

Miles' Lächeln wurde breiter, bis es eine beträchtliche Anzahl seiner strahlend weißen Zähne freilegte.

»Eigentlich …«, begann er, riss sich dann zusammen und zwinkerte. »Ich glaube, das hebe ich mir für später auf.«

Miles' Auto entsprach nicht gerade dem, was Hoon erwartet hatte. Angesichts des tadellosen Aussehens des Mannes und dem, was Hoon nur als »langweilige Scheißpersönlichkeit« bezeichnen konnte, hatte er erwartet, dass der MI5-Mann einen Ford Focus fuhr. Vielleicht auch einen Skoda oder so. Jedenfalls einen langweiligen Dienstwagen, wahrscheinlich mit einem Aktenkoffer hinten drin und einem Ersatzhemd, das irgendwo an einem Haken hing.

Er hatte nicht mit einem fünfzehn Jahre alten grünen Rover gerechnet, dessen Türfächer mit halb zerquetschten Red-Bull-Dosen und Schokoriegelverpackungen vollgestopft waren. Er hatte auch nicht mit dem Kindersitz von Peppa Pig gerechnet, den er auf den Rücksitz schieben musste, bevor er sich setzen konnte.

»Tut mir leid, ich hätte ein bisschen aufräumen sollen«, sagte Miles. »Ich hatte nicht erwartet, dass Sie mich so schnell zurückrufen.«

»Ist das Ihr Auto?« Hoon schob mit den Füßen eine halb leere Chipspackung und ein Stofftier in Form einer verkümmerten Giraffe im Fußraum beiseite. »Der beschissene Secret Service kann Ihnen doch bestimmt etwas Besseres als das hier geben?«

Miles ließ sich mit der Antwort einige Sekunden Zeit. Aber letztlich lohnte sich das Warten nicht.

»Das ist vertraulich.«

Hoon zuckte mit den Schultern, schniefte und schaute durch das Seitenfenster auf die vorbeiziehenden Straßen Londons. »Wie Sie wollen.« Er drehte sich wieder um. »Was hat es eigentlich mit den Turnschuhen auf sich?«, fragte er und deutete auf die schwarz-weißen Laufschuhe, die momentan die Pedale des Wagens bearbeiteten. »Sie sind nicht gerade Businesskleidung.«

»Die waren ein Geschenk meiner Frau«, sagte Miles.

»Na und? Kamen sie mit der Anweisung, nie wieder andere Schuhe zu tragen?«

Miles schnalzte missbilligend mit der Zunge, hielt jedoch den Blick weiter auf die Straße gerichtet. »So ähnlich.«

Hoon hatte keine Lust, das Gespräch fortzusetzen, und sah erneut aus dem Seitenfenster.

Er war sich nicht sicher, in welchem Teil der Stadt sie sich befanden. Irgendwo nördlich des Flusses, dachte er, aber er erkannte nichts. Vor ein paar Hundert Metern waren sie an einem Costa Coffee vorbeigekommen, aber da man in London anscheinend nie weiter als ein paar Hundert Meter von einem Costa Coffee entfernt war, war das nicht besonders hilfreich.

Es war jetzt nach drei Uhr morgens, und die Straßen waren größtenteils menschenleer, abgesehen von gelegentlichen Grüppchen unermüdlicher Nachtschwärmer, die auf der Suche nach einem Club waren, der sie zu dieser späten Stunde noch reinließ.

Er lenkte den Blick von der Welt draußen auf sein Spiegelbild im Glas. Sein Gesicht schwebte vor der Stadt wie ein Geist, mit fahler Haut und Tränensäcken. Er fuhr sich mit der Hand über die untere Gesichtshälfte und fragte sich unwillkürlich, wie viele Tage vergangen waren, seit er sich das letzte Mal rasiert hatte.

»Wohin fahren wir?«, fragte er, und sein Atem malte einen Kreis aus Nebel auf das kalte Glas.

»Jetzt gerade? Nirgendwohin. Ich fahre nur«, sagte Miles. »Weit weg von neugierigen Augen und Ohren. Das Auto ist sicher. Niemand kann uns abhören. Ich untersuche es alle paar Tage auf Wanzen.«

Hoon wandte sich von seinem Spiegelbild ab. »Verdammte Scheiße. Sie klingen richtig paranoid.«

»Ich bin vorsichtig. Nicht paranoid«, antwortete Miles. »Die Leute, mit denen wir es zu tun haben … der Loop …« Er spreizte die Finger und packte das Lenkrad dann wieder fester. »Bei denen kann man nicht vorsichtig genug sein.«

»Ja. Das sagten Sie schon ein paarmal«, sagte Hoon. »Bis jetzt habe ich noch nicht viel gesehen, was das bestätigt.«

Miles warf ihm einen kurzen Seitenblick zu. »Was erwarten Sie noch, abgesehen von dem Menschenhändlerring, bei dessen Zerschlagung Sie mitgewirkt haben? Und all den Leuten, die versucht haben, Sie umzubringen?«

Hoon verlagerte sein Gewicht von einer Arschbacke auf die andere und versuchte mühsam, es sich auf dem durchgesessenen Autositz bequem zu machen. »Sie wären erstaunt, wie viele Leute versuchen, mich umzubringen.«

»Ha!«, stieß der MI5-Mann hervor. »Ach, ich weiß nicht. Nachdem ich jetzt einige Zeit in Ihrer Gesellschaft verbracht habe, wäre ich vielleicht gar nicht so erstaunt. Deshalb sind Sie ja auch hier, wenn ich ehrlich sein darf.«

»Damit Sie mich umbringen können?«, fragte Hoon. Er musterte kurz den anderen Mann und kam zu dem Schluss, dass er sich keine Sorgen zu machen brauchte.

»Nein, eher nicht. Da hätte ich wohl auch schlechte Karten. Ich meine nur, dass Sie dazu neigen, den Leuten auf die Nerven zu gehen. Sie sind zielstrebig, Sie können auf sich selbst aufpassen und … Sie haben keine Angst davor, das zu tun, was getan werden muss. Kurz gesagt, Sie sind genau die Art Mann, die wir suchen, Bob.«

»Mr. Hoon.«

»Wie bitte?«

»Wie ich Ihnen bereits sagte, sollen Sie mich nicht Bob nennen«, erinnerte ihn Hoon. »Für Sie heißt es Mr. Hoon, verdammt noch mal.«

Miles nickte. »Okay, gut. Entschuldigung. Kurz gesagt, *Mr. Hoon, verdammt noch mal*, Sie sind genau die Art von Mann, die wir suchen. Besser?«

»Viel besser«, bestätigte Hoon. »Die Art von Mann, die Sie für was suchen?«

Miles warf einen Blick in alle drei Spiegel des Wagens und checkte dann die toten Winkel über die rechte Schulter, als wollte er sich vergewissern, dass ihm niemand folgte.

»Sie haben Erfahrung mit verdeckten Ermittlungen«, sagte er. »Aus der Zeit, als Sie noch bei der Polizei waren. Stimmt das?«

»Mein Gott, gibt es denn nichts, was ihr neugierigen Mistkerle nicht wisst?«, murmelte Hoon. »Das stimmt. Es ist zwar schon verdammt lang her, aber ja. Also, was wollen Sie damit sagen? Soll ich undercover ermitteln? Bei diesen Loop-Clowns?«

»Was würden Sie erwidern, wenn ich Ihre Frage bejahte?« Miles riskierte einen weiteren Seitenblick.

»Ich würde sagen, Sie haben sie nicht mehr alle«, entgegnete Hoon. »Sie haben selbst gesagt, dass die mich auf dem Schirm haben. Die wissen, wer ich bin. Es ist schwer, undercover zu arbeiten, wenn jeder dreckige Mistkerl deinen richtigen Namen kennt.«

»Ich glaube, jetzt sind Sie paranoid«, erwiderte Miles. »Oder vielleicht eher – bitte verstehen Sie das nicht falsch – ein bisschen arrogant.«

»Arrogant? Ich?«, höhnte Hoon. »Das zeigt nur, dass Sie keine Ahnung haben, mein Junge. Ich bin das absolute Gegenteil von arrogant. Ich bin so etwas wie die Beatles der verfickten Bescheidenheit.«

Miles warf ihm einen Seitenblick zu, um zu sehen, ob Hoon sauer war. Seinem Gesichtsausdruck nach zu urteilen, war er es nicht. »Richtig. Ja. Da muss ich mich wohl für meine Fehleinschätzung entschuldigen.«

Er blinkte links, verlangsamte die Fahrt, blickte in die Spiegel, um zu sehen, ob eines der nachfolgenden Fahrzeuge die Spur wechselte, brach dann das Manöver ab und fuhr geradeaus weiter, als nichts dergleichen geschah.

»Werden wir verfolgt?«, fragte Hoon und schaute zwischen den Vordersitzen nach hinten, um einen freien Blick zu haben.

Miles schüttelte den Kopf. »Das glaube ich nicht. Das ist wieder diese Paranoia«, antwortete er. »Ich wollte damit sagen: Sicher, die haben Sie auf dem Schirm, aber im Moment sind Sie nur ein winziger

Fleck unter unzähligen anderen. Sie sind ein kleines Jucken, das noch nicht durch Kratzen beseitigt werden muss. Der Loop ist eine riesige Organisation mit Hunderttausenden von Rädchen, die alle ihr eigenes Ding drehen und bis auf wenige Ausnahmen weitgehend unabhängig voneinander arbeiten. Sie ziehen ihren Profit aus einer Vielzahl krimineller Aktivitäten, von denen Menschenhandel und Prostitution nur zwei sind. Wir haben vor, Sie in einen anderen Sektor einzuschleusen, in dem niemand von Ihnen weiß.«

»Und wie sollte mir das helfen, Caroline zu finden?«, wollte Hoon wissen.

»Weil die Branche, in die wir Sie einschleusen würden, von Godfrey West geleitet wird. Der Typ, den ich heute Abend erwähnte und der uns zu Caroline führen kann. Er nennt sich selbst *Der Aal*.«

»*Der Aal*? Was ist das denn für ein beschissener Spitzname?«, spottete Hoon.

»Ich nehme an, er hat ihn gewählt, weil er so schlüpfrig ist.«

»Echt, im Ernst jetzt, Sherlock? So einen Spitznamen würde sich ein verdammter Fünfjähriger geben«, ätzte Hoon. Er verschränkte die Arme und wirkte nun wirklich angefressen. »Wenn man sich wie ein Fisch nennen will, nimmt man doch nicht so einen beknackten Fisch. Da nimmt man Piranha oder Barrakuda oder Hai oder irgendwas. Was ist das noch mal für ein hässliches Schleimteil mit diesem kleinen Licht auf dem

Kopf und all den Zähnen? Der in der Tiefsee lebt? So was bietet sich doch an. Ich meine, leck mich, selbst *Delfin* wäre besser als *Der Aal*.«

»Ein Delfin ist kein Fisch«, betonte Miles. »Er ist ein Säugetier.«

Hoon runzelte die Stirn. »Machen wir uns nichts vor, Junge. Es ist ein Fisch. Wir tun alle so, als ob er es nicht wäre, dabei wissen wir es doch. Er hat Flossen, er hat einen großen Schwanz, und er schwimmt im Meer, also ist er ein verfickter Fisch. Es ist mir egal, welche Propaganda er auffährt, um sich interessanter zu machen. Ein Fisch mit einem Blasloch ist immer noch ein Fisch, und *Der Aal* bleibt ein beschissener Spitzname.«

Miles lächelte flüchtig. Er wirkte etwas besorgt, als ob er befürchtete, das Gespräch könnte ihm entgleiten, oder dass er einen schrecklichen Fehler gemacht hatte. Was auch immer der Grund war, er beeilte sich, schnell wieder zum Thema zu kommen.

»Wie Sie ihn auch nennen wollen, er hat jedenfalls gute Verbindungen in der Organisation. Der Loop traut ihm Großes zu. In fünf Jahren wird er bei denen eine ganz große Nummer sein. West weiß, wie der Hase läuft. Er kriegt viel mit und nutzt jede Gelegenheit, um seine Position zu festigen. Einen besseren Mann gibt es nicht, wenn Sie sie finden wollen.«

»Schön. Super. Dann ist das hier der Plan. Wir beide gehen jetzt da rüber und zerren ihn aus seinem verfickten Bett. Ich bearbeite den Kerl mit einer Zange und einer Lötlampe, und die Sache ist geritzt.«

Miles bremste den Wagen an einer Kreuzung ab, schaute verstohlen in alle Richtungen und redete erst wieder, als die Ampel auf Grün sprang und es weiterging.

»So einfach ist das leider nicht. Zum einen ist es schwierig, an ihn heranzukommen. Er wird normalerweise gut bewacht. Und selbst wenn wir ihn in die Finger kriegen könnten, ist er nicht der Typ, der unter Druck so einfach klein beigibt.«

Hoon schnaubte. »Sie wären überrascht, wie sich ein Paar glühende Hoden auf die Gesprächsbereitschaft auswirken«, sagte er. »Geben Sie mir eine Stunde mit dem Bastard, und ich bringe ihn dazu, Ihnen seine Scheißmemoiren zu diktieren.«

»Ich sage Ihnen, das wird nicht funktionieren«, entgegnete Miles reserviert und in einem gereizten Tonfall. »Wir haben versucht, ihn direkt anzugehen, aber das war … kostspielig.«

Hoon übernahm den Tonfall des anderen Mannes und steigerte dann die Lautstärke. »Sie sind der verdammte Geheimdienst. Sie marschieren da mit gezückten Kanonen rein und schleifen den Wichser, wenn es sein muss, an seinen Eiern raus. Hören Sie auf zu träumen und machen Sie Nägel mit Köpfen, Miles!«

Miles wirkte fast amüsiert, als er es sich vorstellte. »Ich glaube, Sie verwechseln uns mit dem *A-Team*. Wir sammeln Daten, wir seilen uns nicht in gesicherte Anwesen ab und brechen auch nicht mit Panzern durch Wände.«

Hoons Sitz war ziemlich weit vorne, und er fummelte darunter herum, bis er den Hebel fand, mit dem er ihn ganz nach hinten schieben konnte. »Also für mich klingt das so, als ob Sie endlich durchstarten sollten. Es wäre gewiss viel effektiver als der Scheiß, den Sie zurzeit machen.«

»Vielleicht«, räumte Miles ein. Er warf einen Seitenblick auf den Mann, der neben ihm saß. »Aber vielleicht auch nicht.«

Hoon schaute wieder eine Weile aus dem Fenster. Sie kamen an einem weiteren Costa vorbei. Vielleicht war es auch derselbe, doch das war schwer zu sagen.

»Wenn ich einwillige, wann würden wir anfangen?«, fragte er.

»Im Idealfall? Noch heute Abend.«

»Heute Abend?« Hoon drehte sich wieder zu dem Mann neben ihm um. »Jesus. Sie fackeln wirklich nicht lange, was?«

»Nicht, wenn ich es vermeiden kann. Was mich zu der zweiten Frage führt, von der ich vorhin gesprochen habe«, sagte Miles. Er wandte seinen Blick lange genug von der Straße ab, um Hoon direkt in die Augen zu sehen. »Was halten Sie davon, den Rest der Nacht im Knast zu verbringen?«

ACHT

Es war fast vier Uhr morgens, als alle Vorbereitungen abgeschlossen waren. Die Polizeiwache war schon in Bereitschaft gewesen, und man hatte die für die Zellen zuständigen Beamten handverlesen, um sicherzustellen, dass ihre Loyalität nicht woanders lag. Trotzdem wurde Hoon durch die Hintertür hineingeführt und in einen kleinen abgelegenen Raum gebracht, in dem es weder Menschen noch Möbel noch sonst etwas gab.

Er blätterte stehend in einem Wust von Papieren, die Miles aus dem Kofferraum seines Autos geholt hatte. Sie waren in Plastikfolie eingewickelt und unter der Klappe für das Reserverad verstaut gewesen. Hoon hatte sich eine volle Minute über diesen geheimdienstlichen Low-Tech-Ansatz lustig gemacht, bevor er einen Blick in die Dokumente warf und zu lesen begann.

»Dale Martelle«, las Hoon. Sein Blick wanderte die Seite hinunter zum Fahndungsfoto eines stämmigen, fast kahlköpfigen Mannes, der so aussah, als wäre er längst über die Liste der jüngsten Vergehen in seinem Strafregister hinausgewachsen. »Sieht aus wie ein richtiges Arschloch.«

»Das ist er auch«, bestätigte Miles. »Dennoch ist er nur ein kleiner Fisch. Ein Dieb und ein Schläger, mehr nicht. Er war nie besonders gewalttätig und hat auch nie länger als ein paar Monate im Knast gesessen.«

»Das klingt nach einem dieser lästigen kleinen Drecksäcke, die immer wieder rauskommen, um einem auf die Nerven zu gehen«, bemerkte Hoon. »Solchen Typen bin ich schon öfter begegnet.«

Er überflog noch ein paar Seiten und registrierte ein paar wichtige Details – keine Familie, eine Drogenvergangenheit, leichte Spielsucht. Dann gab er dem MI5-Mann das Dossier zurück.

»Ich kenne ihn nicht, deshalb kann ich nur Mutmaßungen anstellen, aber ich schätze, er hat eine ziemlich weiche Birne. Ich dachte, diese Ganoven vom Loop sind alle kriminelle Genies oder so was?«

»Nein. Nein, das sind sie eigentlich nicht. Die großen Jungs vielleicht. Klar. Die auf jeden Fall. Aber die am unteren Ende sind ganz normale Hohlköpfe. Nur dass man sie in gewisse Bahnen steuert, anstatt sie sich selbst zu überlassen«, erklärte Miles. »Was Dale betrifft, würde ich nicht einmal behaupten, dass er schon so weit ist, herumkommandiert zu werden. Er ist bloß eine Randfigur und hofft, dass jemand ihn bald unter seine Fittiche nimmt. Aber das wird keiner tun. Er ist nur eine Belastung.«

Hoon schüttelte den Kopf. »Warum zum Teufel haben Sie ihn dann ausgewählt?«

»Weil er die Ohren spitzt. Er kriegt mit, was abgeht. Und die Leute, mit denen Sie ins Gespräch kommen wollen, kennen ihn. Sie mögen ihn nicht – niemand mag Dale –, aber sie kennen ihn so gut, dass er es schaffen müsste, ein paar Türen zu öffnen. Wie es dann weitergeht, hängt von Ihnen ab.«

Hoon kaute auf seiner Unterlippe. »Und Sie sind sicher, dass die nicht wissen, wer ich bin?«

Miles zuckte mit den Schultern. »Gut möglich, dass sie den Namen ›Hoon‹ schon mal gehört haben. Man stolpert nicht gerade häufig darüber. Aber da kommt der Undercover-Teil ins Spiel. Wir arbeiten gerade an Ihrer neuen Identität. Wenn Sie morgen entlassen werden, ist alles fertig. Das hier sind Sie.« Er reichte ihm ein DIN-A4-Blatt. Hoon betrachtete es skeptisch, als würde er es beurteilen und fände es ziemlich unzulänglich.

»Stephen White?« Er sah von dem Blatt zu dem MI5-Mann und wieder zurück. »Das ist doch wohl nicht mein Name, oder?«

»Doch, ist er.«

»Das können Sie vergessen.«

Miles runzelte die Stirn. »Was? Warum? Was gibt es daran auszusetzen?«

»Das ist der offensichtlichste Deckname, den ich je gehört habe, und genau das ist das Problem«, sagte Hoon. »Warum nennen Sie mich nicht einfach Sly Incognito? Oder vielleicht …« Er schnippte ein paarmal mit den Fingern und versuchte, sich einen mieseren Decknamen auszudenken als den, den man ihm aufgedrückt hatte. »Das geht jedenfalls nicht. Es gibt buchstäblich nichts Beschisseneres als diesen Decknamen. Lieber lasse ich mich *Der Aal* nennen, und wir wissen beide, was ich davon halte.«

»Es ist nur ein Name. Er ist in Ordnung. Er soll nicht auffallen«, erklärte Miles.

»Ja, ganz genau. Das ist buchstäblich das Erste, was jeder denkt, der ihn hört. Er soll so offensichtlich nicht auffallen, dass er genau das Gegenteil bewirkt. Wenn ich jemanden träfe, der Stephen White heißt, würde ich denken: ›Scheiße, das ist ein verdammter Bulle. Das ist doch kein richtiger Name.‹«

Miles zuckte mit den Schultern und hob die Hände, als gäbe er sich geschlagen. »Okay. Leider ist es zu spät, noch etwas daran zu ändern, also müssen Sie es einfach hinnehmen. Sie sind Stephen White und Sie sind vor Kurzem von Schottland hierhergezogen …«

»Von wo in Schottland?«, fragte Hoon.

»Weiß ich nicht mehr. Das steht auf dem Zettel.«

Hoon überflog die Seite erneut und zuckte dann zurück, als hätte ihn ein Schlag getroffen. »Dundee? Ich kann unmöglich aus Dundee kommen.« Er streckte eine Hand aus und wackelte mit den Fingern. »Stift.«

»Was?«

»Geben Sie mir einen Stift. Ich ändere das.«

»Was stimmt nicht mit Dundee?«, fragte Miles.

»Allein die Tatsache, dass Sie diese Frage stellen, sagt mir, dass Sie noch nie dort gewesen sind«, antwortete Hoon. »Na los. Stift.«

Der MI5-Beamte kam zu dem Schluss, dass er sich wegen einer solchen Bagatelle lieber nicht mit Hoon anlegen wollte, zückte einen Stift aus der Hemdtasche und gab ihn Hoon. Der strich das Wort »Dundee« zweimal durch und kritzelte stattdessen »Kilmarnock« hin.

»Das ist zwar immer noch nicht das Gelbe vom Ei, aber wenigstens ist es nicht Dundee.« Er behielt den Stift, nur für den Fall, dass weitere Änderungen erforderlich waren.

»Ich gebe Ihnen ein paar Minuten Zeit, damit Sie sich mit Ihrer neuen Identität vertraut machen können«, sagte Miles. »Dann werden wir Sie einbuchten. Heute Abend ist hier viel los, und wir haben diese Polizeiwache nicht ohne Grund ausgewählt.«

»Gemeinschaftszellen, nehme ich an?«

»Ganz richtig vermutet. Ja. Gemeinschaftszellen in den Verwahrräumen. Sie werden sich mit Dale eine Zelle teilen. Er wird unten festgehalten. Wie ich schon sagte, es ist viel los, also wird auch noch jemand anders da drin sein. Aber Sie werden Dale aufgrund des Fotos erkennen. Sein Zellengenosse hat nicht gerade viel Ähnlichkeit mit ihm.«

»Weshalb wurde er eingebuchtet?«, fragte Hoon und ließ den Blick weiter über die Seite gleiten.

»Er hat sich früher am Abend leicht betrunken Ärger

eingehandelt. Er wurde aggressiv einem Türsteher gegenüber. Praktischerweise hatte er ein Briefchen Speed bei sich, als er gefilzt wurde, von dem er angeblich nichts wusste. Er wird morgen früh ohne Anklageerhebung entlassen, obwohl er das noch nicht weiß. Bis dahin lassen wir ihn schmoren.«

»Und jetzt? Soll ich da einfach reinspazieren und den Kerl zu meinem Busenfreund machen?«

»So ähnlich«, bestätigte Miles. »Er ist nicht der Hellste, also dürfte er nicht allzu schwer zu täuschen sein. Alles in allem sind wir überzeugt, dass wir Sie am besten über ihn in den Loop einschleusen können.«

»In was genau? Ich weiß immer noch nicht, was ich eigentlich tun soll.«

Miles wand sich verlegen. »Tut mir leid. Das hier kommt alles ein bisschen plötzlich. Idealerweise hätten wir mehr Zeit gehabt, aber weil sich jetzt die Gelegenheit ergeben hat … wollte ich sie beim Schopf packen. Sobald Sie heute Abend Kontakt zu Dale aufgenommen und sein Vertrauen gewonnen haben, holen wir Sie raus und informieren Sie über alles Weitere. Aber versuchen Sie erst einmal, einen guten Eindruck auf den Kerl zu machen. Dann kann er Sie hoffentlich reinbringen.«

Hoon murrte. »Ich muss Sie wohl noch ein zweites Mal fragen, oder? Wo soll er mich einschleusen?«

»Klar, Entschuldigung. Ich war da ein wenig vage, zugegeben. Aber nicht mit Absicht, ehrlich, ich …«

»Spucken Sie es endlich aus, verdammt!«, bellte Hoon.

»Genau! Okay. Neben seinen vielen anderen Geschäften betreibt der Loop auch einen illegalen Kampfring hier in London. Richtig brutale Kämpfe mit bloßen Fäusten, gelegentlich bis zum Tod. Offenbar sehen sich viele Leute so etwas an, auch wenn ich persönlich den Reiz nicht verstehe. Diejenigen, die es tun, werfen förmlich mit Geld um sich. Viele Wetten, viel Geld, das den Besitzer wechselt. Die meisten Kämpfer sind illegal hier und wurden zum Großteil aus den ehemaligen Staaten der Sowjetunion eingeschleust. Kasachstan, Litauen, diese Art Länder.«

»Litauen?« Hoon runzelte die Stirn. Er hielt eine Hand etwa auf Kniehöhe im rechten Winkel zu seinem Körper. »Sind die Leute in Litauen nicht alle winzig klein?«

»Das … nein. Nein, sie sind eher … durchschnittlich groß, glaube ich.«

»Wieso habe ich dann sofort dieses Bild vor Augen? Woran denke ich?«, wunderte sich Hoon.

Miles betrachtete die Hand, die Hoon immer noch knapp über sein Knie hielt, blies die Wangen auf und zuckte mit den Schultern. »An Zwerge? Ich weiß es nicht. Doch auch wenn wir es noch nicht beweisen können, wissen wir, dass sie die Kämpfer auf denselben Wegen und mit denselben Methoden einschleusen wie die Frauen, die sie rein- und rausgebracht haben.

Leider ist es uns noch nicht gelungen, ihre logistische Infrastruktur zu knacken.«

»Jesus, *logistische Infrastruktur*. Das ist kein verfickter Paketdienst. Sie sprechen hier von Menschen!«

Miles hielt sich die Hand vor den Mund, um ein Gähnen zu unterdrücken. »Ja, klar, das ist mir bewusst«, erwiderte er. »Deshalb brauchen wir Sie, um sie zu infiltrieren, herumzuschnüffeln und uns dabei zu helfen, dem ein Ende zu machen.«

»Was? Indem ich mich in ein Scheiß-Bare-Knuckle-Turnier stürze?«

Miles riss entsetzt die Augen auf. »Was? Nein! Um Gottes willen, nein! Sie sollen zuschauen, nicht mitmachen! Himmel, natürlich nicht. Ich meine, ich weiß, dass Sie auf sich selbst aufpassen können, aber soweit wir gehört haben … einige von diesen Typen …« Er schüttelte entschieden den Kopf. »Nein. Sie sind nur Zuschauer. Sie sollen sich die Kämpfe ansehen, ein paar Wetten platzieren und Augen und Ohren offen halten für alles, was uns zum Aal führen könnte.«

»Das hört sich für mich alles verdammt weit hergeholt an, Miles«, erwiderte Hoon. »Und wie ein verdammt verzweifelter Versuch, einen Treffer zu landen. Das funktioniert nie im Leben. Vergessen Sie's.«

»Ich gebe zu, es ist alles ein bisschen überstürzt. Aber wir halten es trotzdem für einen guten Plan«, betonte Miles.

»Ein guter Plan? Verdammt, das ist nicht mal ein

mittelmäßiger Plan. Es ist überhaupt kein Plan. Es ist eine unausgereifte Idee. Eine vage Vorstellung, das ist es. Es ist ein verdammtes Fantasiegebilde.«

»Für Sie ist es die beste Chance, Caroline Gascoine zu finden«, sagte Miles. Er zögerte, als wollte er lieber nicht weiterreden. »Oder zumindest herauszufinden, was mit ihr passiert ist.«

Hoon murmelte etwas vor sich hin, dann seufzte er. Er warf einen weiteren Blick auf das Blatt Papier, das man ihm gegeben hatte, und seine Lippen bewegten sich leise, als er sich den Text einprägte. Oder zumindest so viel davon, wie er sich merken konnte.

»Und Sie sind sicher, dass mein Ausweis und der andere Kram bis morgen früh fertig sind?«, fragte er. »Ich werde nicht wie ein Idiot dastehen, oder?«

Miles nickte. »Der Constable wird Ihnen und Dale gleichzeitig die Sachen zurückgeben. Da ist dann alles dabei, was Sie brauchen. Brieftasche, Führerschein, Handy, Autoschlüssel.«

»Ich bekomme ein Auto?«, fragte Hoon, der bei dem Gedanken hellhörig wurde.

»Nein. Wir sind in London. Hier brauchen Sie kein Auto. Aber Autoschlüssel helfen, die Geschichte besser zu verkaufen«, sagte Miles. »Wir buchen für Sie unter Ihrem Alias ein Hotelzimmer. Die Details dazu finden Sie in der Brieftasche.«

»Ich brauche Bargeld«, sagte Hoon. Er rümpfte die Nase. »Mindestens ein paar Tausender.«

»Ein paar Tausend?« Miles kreischte fast. »Warum sollten Sie so viel mit sich herumtragen?«

»Weil Stevie White verdammt noch mal auf der Überholspur durchs Leben braust, mein Junge, deshalb«, sagte Hoon. Er hakte seine Daumen unter imaginäre Hosenträger und warf sich in die Brust. »Big Whitey hat immer einen Haufen Helfer zur Hand, da können Sie jeden fragen. Und wenn Sie einen kleinen Schurken wie den, den Sie da unten in der Zelle schmoren lassen, beeindrucken wollen, müssen Sie auch bereit sein, entsprechend Kohle lockerzumachen.«

Miles fuhr sich mit der Hand übers Gesicht, stöhnte und nickte dann zustimmend. »Gut. Zwei Riesen in bar«, sagte er. »Es liegt morgen bereit.«

»Und keine neuen Scheine«, erwiderte Hoon. »Versuchen Sie, nicht zu offensichtlich zu sein, ja?«

»Versteht sich von selbst. Sie werden es vielleicht nicht glauben, aber wir wissen tatsächlich, was wir tun«, behauptete Miles.

»Da haben Sie ganz recht.« Hoon zerknüllte das Blatt Papier mit den Angaben zu seinem Decknamen. »Ich glaube es tatsächlich nicht«, sagte er und warf das Papierknäuel achtlos über seine Schulter. »Liliput«, verkündete er.

Miles blinzelte. »Wie bitte?«

»Da gibt es die kleinen Leute. Liliput. Daran hatte ich gedacht. Nicht an Litauen.« Als der andere Mann ihn weiterhin verständnislos ansah, schüttelte er den

Kopf. »*Gullivers Reisen*. Herr im Himmel, vielleicht sollten Sie mal ein Buch lesen.« Er klatschte in die Hände, rieb sie und grinste vor kaum zu bändigender Aufregung. »Also dann los«, sagte er. »Es wird höchste Zeit, dass ich meinem neuen besten Freund vorgestellt werde.«

NEUN

Wie Hoon mitgeteilt worden war, saßen bereits zwei Männer in der Zelle, in die er gesperrt wurde. Er legte einen großen Auftritt hin, widersetzte sich den Bemühungen des ihn »festnehmenden« Beamten – ein dümmlich aussehender Jüngling, der zu jung und zu blöd war, um schon bestechlich zu sein, aber erfahren genug, um den Mund zu halten und nicht zu viele Fragen zu stellen – und schleuderte ihm eine Handvoll Obszönitäten hinterher, als die Zellentür zugeschlagen wurde.

»Ich schwöre, diese Arschlöcher werden jedes Jahr jünger«, verkündete er mit lauter, dröhnender Stimme, die ihn bei keinem der beiden Männer in der Zelle beliebt machte.

Selbst wenn man ihm nicht das Foto von Dale Martelle gezeigt hätte, wäre er schnell darauf gekommen, wer es sein musste. Es war der erschöpft aussehende Mittdreißiger mit dem zurückweichenden Haaransatz und den zittrigen Händen. Er hatte wenig Ähnlichkeit mit dem halb nackten glatzköpfigen weißen Neonazi, der gerade auf einer der vier dünn gepolsterten Bänke der Zelle herumlümmelte.

Es war nicht schwer, den Kerl als einen weißen Rassisten zu identifizieren. Die breite Brust, die Arme, der Rücken, der Nacken und das Gesicht des Mannes dienten als Leinwand für einige der unprofessionellsten Tätowierungen, die Hoon je gesehen hatte. Die meisten davon zeigten deutlich, auf wessen Seite er kulturell und ethnisch stand.

Hoon wusste, dass er den Bastard ignorieren sollte. Er war nicht seinetwegen hier. Der Grund, warum er da war, bedeckte gerade mit einer zitternden Hand seine Augen und tat entweder so, als ob er schliefe, oder bemühte sich sehr, es tatsächlich zu tun. Dieser Mann hatte Priorität. Das war der ganze Sinn der Übung.

Und doch, obwohl er von sich behauptete, fast ausschließlich von Hass getrieben zu werden, hatte Hoon noch nie viel für Rassisten übriggehabt. Natürlich verstand er die Versuchung, eine Gruppe allein aufgrund einer bestimmten Eigenschaft zu verabscheuen. Nur befand sich in diesem Fall diese bestimmte verabscheuungswürdige Eigenschaft direkt vor seiner Nase.

Sich auf eine bestimmte Hautfarbe, einen bestimmten Glauben, ein bestimmtes Geschlecht oder eine bestimmte sexuelle Vorliebe einzuschießen, hielt er für massive Zeitverschwendung. Bis zum Beweis des Gegenteils waren für ihn alle Menschen Arschlöcher, und wer es für richtig hielt, diese Tatsache zu ignorieren und seinen Hass auf eine bestimmte Bevölkerungsgruppe zu richten, der sprach nicht mehr dieselbe Sprache wie Hoon.

Außerdem waren in all den Jahren, in denen er sich in einer Welt voller Arschlöcher bewegt hatte, die wenigen Ausnahmen in allen möglichen Schattierungen von Hautfarben vorgekommen.

Trotz seiner spontanen Abneigung hätte sich Hoon nicht um den Skinhead gekümmert, wenn er in dem Kerl nicht auch noch etwas anderes erkannt hätte. Etwas, das über die Tätowierungen und den wabbeligen Torso hinausging.

Eine Gelegenheit.

»Mein Gott, Kumpel! Ich muss dir was ganz Schlimmes sagen. Weißt du, dass du mit rassistischer Scheiße vollgekritzelt bist?«, fragte er den Skinhead und tat so, als wäre er schockiert. »Was zum Teufel ist dir passiert? Hat das irgend so ein großer Junge gemacht und ist dann abgehauen?«

Die Augen des anderen Mannes schlossen sich langsam und öffneten sich dann wieder, als müsste er kurzzeitig sein ganzes Gehirnschmalz bemühen, um zu begreifen, was Hoon gesagt hatte.

»Was musst du?«, knurrte er fast beiläufig. Seine Stimme war tief und träge und klang durch und durch nach East London.

»Scheiße, hast du das gar nicht gemerkt? Weißt du, ich habe zwar gleich beim Reinkommen gesehen, dass du breit wie eine Haubitze bist, aber wie kann es sein, dass du davon nichts mitgekriegt hast?« Hoon deutete auf die Tattoos. »Du hast furchtbare rassistische Nazischeiße auf deinem … also überall auf deinem Wanst stehen. Ich sage dir das wirklich nur ungern, aber es ist ziemlich ekliges Zeug. Ich kann mir vorstellen, dass du verdammt wütend wirst, wenn du das siehst.«

»Lass es«, warnte Dale von der anderen Bank aus. Er klang heiser. Als er die Hand wegzog, waren seine Augen blutunterlaufen und von dunklen Schatten umgeben. Hoon hatte schon oft genug mit einem Kater zu tun gehabt, um die Anzeichen zu erkennen. »Er möchte nicht angesprochen werden. Glaub mir. Ich würde einfach … ich würde meine Klappe halten.«

Hoon drehte sich zu dem kleineren alkoholisierten Mann um und streckte dem Skinhead über die Schulter einen Daumen entgegen. »Wer? Dieser Hakenkreuz-Lutscher? Ich versuche nur, dem armen Kerl zu helfen. Wenn ich so beschmiert worden wäre, wäre ich verdammt wütend.«

Hoon hörte das Knurren, mit dem der Rassist seinen massigen Körper von der Bank hievte. Er roch den sauren Schweiß und seinen Atem, der nach Zigaretten und schalem Lagerbier stank.

»Oh, Scheiße, oh, Scheiße«, jammerte Dale und umklammerte seinen Brustkorb, als er sich aufsetzen wollte. Der Schmerz raubte ihm den Atem, und er zischte durch zusammengebissene Zähne eine Warnung. »Pass auf!«

Die Warnung war nicht nötig. Auch wenn der Schatten des Skinheads nicht deutlich an der Wand zu sehen gewesen wäre, war er ein schwerfälliger Bastard, dessen kurzatmiges Grunzen jede seiner Bewegungen verriet.

»Entspann dich, Mann«, sagte Hoon zu Dale. »Dieser große böse Glatzkopf hinter mir sieht vielleicht gemein aus, aber er ist nur ein Pimmelfortsatz voller Pudding. Und nicht mal guter Pudding. Schulkantinenpudding. Rassistischer Schulkantinenpudding. Falls man sich so etwas überhaupt vorstellen kann.« Er zuckte mit den Schultern. »Er wird uns nicht belästigen. Dazu hat er nicht die Eier.«

Mit einer für einen Mann seiner Größe überraschenden Geschwindigkeit griff der Skinhead nach Hoons Kopf, seine riesigen Finger weit gespreizt wie die Beine einer giftigen Riesenspinne.

»Scheiße. Zu früh gefreut«, murmelte Hoon, bevor er nach vorn geschleudert wurde, was Dale auf der Bank zwang, schnell beiseitezurutschen, um ihm auszuweichen.

Hoon verzog das Gesicht, als er gegen die Wand prallte. Er fand sein Gleichgewicht wieder und warf dann einen vorwurfsvollen Blick auf den Mann, der ein Stück weiter auf der Pritsche saß.

»Danke, Alter. Ich weiß das sehr zu schätzen. Ich wäre wie ein Arschloch gegen die Wand gedonnert, wenn du mich nicht gerettet …« Er schnippte mit den Fingern. »Warte, nein. Das hast du gar nicht, richtig?«

Er sah, wie Dales Blick zu dem anderen Zelleninsassen huschte, sah den Schatten, hörte das Keuchen.

Wieder wurde ihm bewusst, dass er vor allem die Show genoss. So war es schon immer gewesen. Es konnte nie schaden, eine Nummer abzuziehen. Er hätte dem Griff eben mit geschlossenen Augen ausweichen können, aber wo blieb da das Drama?

Er wirbelte herum und hämmerte dem Skinhead den Unterarm gegen die Kehle. Das erzeugte ein befriedigendes Krachen, und Panik blitzte in dem tätowierten Gesicht auf.

»Deine Rippen«, sagte Hoon und drehte sich wieder zu Dale um. »War das dieser Wichser?«

Dale legte eine Hand auf seine verletzte Seite und nickte. Hoon drehte sich ruckartig um, hob ein Knie und rammte es hart gegen den Brustkorb des Skinheads. Hakenkreuz-Lutscher taumelte, und ein leises schmerzerfülltes Wimmern drang aus seiner malträtierten Kehle, als er vergeblich versuchte, an der grauen Backsteinmauer Halt zu finden. Dann rutschte er langsam daran herunter, und das raue Mauerwerk kratzte über seine nackte Haut.

Hoon war in dem Moment über ihm, als er auf dem Boden landete. Er presste die Arme des Skinheads mit den Knien auf den Boden und drückte die Daumen in die Augen des größeren Mannes.

»Ich möchte, dass du dich bei meinem Freund hier entschuldigst!«, befahl Hoon. »Sag, es tut dir leid, dass du ihn verletzt hast.«

Unter ihm versuchte Hakenkreuz-Lutscher, sich zu

wehren, aber der Druck auf seine Augen nahm zu, und er erstarrte sofort.

»Ich kann dich nicht hören«, stellte Hoon fest. »Und ich würde mich verdammt noch mal beeilen, denn – unter uns gesagt – ich kann meine eigene Kraft schlecht einschätzen, und es könnte passieren, dass ich dir in einer Minute die Augäpfel bis tief in deinen verdammten Schädel gedrückt habe.« Er beugte sich näher heran, bis ihm der Atem des anderen Mannes zu unangenehm wurde. »Außerdem muss ich zugeben, dass ich irgendwie neugierig bin, wie sich das anfühlt. Ist das nicht eigenartig?«

Der Versuch des Skinheads, sich zu entschuldigen, war eine Aneinanderreihung von unverständlichem Schluchzen und Flüstern. Hoon blickte über seine Schulter zu Dale, der inzwischen kerzengerade auf der Pritsche saß und ebenso erstaunt wie verwundert das Gesicht verzog.

»Hast du verstanden, was er gesagt hat?«

Dale schüttelte den Kopf. »Nein.«

»Ich auch nicht.« Hoon drückte fester und ließ den Skinhead vor Schmerz, Angst oder einer Kombination von beidem aufheulen. »Versuch's noch mal, du mickriger Verkehrsunfall. Und legt diesmal dein ganzes Herz hinein.«

»Ich … ich entschuldige mich! Es tut mir leid, bitte! Bitte, nicht!«

»Sag, dass du aufhören wirst, ein verdammter, fetter Rassist zu sein«, fuhr Hoon fort.

»W…w…was?«

Hoon erhöhte erneut den Druck. »Sag es.«

»Ich werde … ich höre auf, rassistisch zu sein.«

»Nein. Du hörst auf, ein verdammter fetter Rassist zu sein«, beharrte Hoon und verstärkte den Druck.

»Ich höre auf, ein verdammter fetter Rassist zu sein!«

»Sag: Hitler ist ein Weichei«, drängte Hoon.

»Hitler ist ein Weichei!«

»Sag: Er hat nur ein Ei.«

»Er hat … Aua, Scheiße, Scheiße! Er hat nur eins! Er hat nur ein Ei!«

»Gut, und jetzt sing den Titelsong von *Starlight Express*!«, befahl Hoon.

Es gab eine Pause, aber nur eine kurze. Zwei Daumen auf zwei Augäpfeln verlieh den meisten Gesprächen eine gewisse Dringlichkeit.

»W…was?«

»Das Musical! Das mit diesen Scheißrollschuhen! Sing den ersten Song!«

»Den kenne ich nicht! Ich weiß nicht, was das sein soll!«, schluchzte sein Opfer.

Hoon drückte noch ein bisschen weiter zu, dann ließ er los und lehnte sich zurück. »Gut«, sagte er. »Vielleicht besteht ja noch Hoffnung für dich.« Er verpasste dem Skinhead eine spielerische Ohrfeige, stand dann auf und zeigte in die Ecke des Raumes. »Stell dich da drüben hin und sei mucksmäuschenstill«, befahl er.

Mit einiger Mühe hievte sich Hakenkreuz-Lutscher hoch. Leise wimmernd und vorübergehend geblendet, humpelte er in die Ecke und lehnte sich zurück, wobei seine Schultern beide Wände berührten.

»Guck gefälligst in die andere Richtung, verflucht!« Hoon sprach wie ein frustriertes Kindermädchen, das es mit einem widerspenstigen Kind zu tun hat. »Herrgott, wo bleibt dein gesunder Menschenverstand, Mann? Du hast eine Visage wie das Gewissen eines Henkers. Warum zum Teufel sollten wir es uns antun, dass du mit so einer Fresse in unsere Richtung glotzt?«

Er machte eine kreisende Bewegung mit dem Finger und wartete, bis der Skinhead sich umdrehte und direkt in die Ecke starrte, dann nickte er zufrieden und wandte sich Dale zu.

»Verdammter weißer Nazi. Man glaubt es nicht! Guck dir nur seinen schwabbeligen Wanst an! Wie kann sich so einer einbilden, dass er über allen anderen steht? Er sieht aus wie ein aufgerissenes Arschloch auf zwei Beinen.«

»Ja. Ja, total«, pflichtete Dale ihm bei. Er hatte immer noch nicht richtig kapiert, was gerade passiert war, aber sein Gesichtsausdruck verriet, dass er es sehr genossen hatte. »Danke dafür …?«

»Stephen. Stephen White. Die meisten Leute nennen mich Whitey. Aber das ist nicht rassistisch gemeint, wie bei dem Wackelpudding da in der Ecke.« Er hielt dem anderen Mann die Hand entgegen. »Glaub mir, es war mir eine verdammte Freude, dir aus der Klemme zu helfen.«

Ein paar Stunden später stand Hoon vor der Polizeiwache, streckte sich und blinzelte in die Morgensonne. Nachdem er so viele Jahre in den grauen wolkenverhangenen Highlands verbracht hatte, überraschte Sonnenschein ihn immer noch, und seine Augen brauchten jedes Mal einen Moment, um sich daran zu gewöhnen.

Es war nicht so, dass die Sonne im Norden niemals schien. London war ebenfalls nicht gerade eine besonders sonnige Stadt. Aber die Unterschiede waren spürbar, und weil Hoon schon immer mehr eine Nachteule als ein Frühaufsteher gewesen war, wunderte es ihn nicht, dass er die Helligkeit als unangenehm empfand.

Auch an den Lärm der Stadt musste er sich erst einmal gewöhnen. Es war erst kurz vor acht Uhr, doch die Straßen waren schon vom Verkehr verstopft, und der Lärm bereitete ihm bereits Kopfschmerzen. Der stickige Dunst der Dieselabgase tat ihm auch nicht gerade gut.

Busse donnerten auf ihren eigenen Fahrspuren an im Stau stehenden Lieferwagen und Pkws vorbei. Schwarze Taxis nutzten ihre Chancen, wo sie nur konnten. Sie hupten und bedrängten jeden, der die Unverfrorenheit besaß, sich vorzudrängeln, oder Anstalten machte, sich dagegen zu wehren, dass man sich vor ihn schob.

Fahrräder flitzten durch das Chaos, schlängelten sich durch Lücken und huschten durch die schmalen Gassen zwischen den Autoschlangen. Sie strahlten ein Gefühl der Überlegenheit aus, diese Radfahrer, als wäre das ihre Straße und alle anderen würden sie nur mit ihrer Erlaubnis benutzen.

Berufsverkehr in London. Gab es etwas Nervtötenderes?

Hinter ihm wurde es unruhig, dann stieß jemand gegen seinen Rücken. Er drehte sich um, und Dale Martelle zuckte bei seinem Anblick zuerst zusammen. Dann setzte er ein zittriges entschuldigendes Lächeln auf.

»Tut mir leid, Kumpel. Ich habe nicht darauf geachtet, wo ich hingehe.« Er legte fast wie zum Salut eine Hand über seine Augen. Sie verschattete den größten Teil seines Gesichts. »Es ist zu hell hier draußen. Das erlebe ich immer nach einer Nacht in der Zelle.«

Hoon verzog das Gesicht und blickte auf die umliegenden Gebäude, deren schmutzige Fensterscheiben das Sonnenlicht reflektierten. »Ja, das kann man wohl sagen«, stimmte er zu. Er öffnete die Plastiktüte mit seinen Habseligkeiten – vielmehr Stephen Whites Habseligkeiten – und griff nach seiner darin befindlichen Geldbörse. »Was hast du jetzt vor?«, fragte er.

Dales Augen waren der Hand gefolgt und klebten schon an der Geldbörse, bevor Hoons Finger auch nur das Leder berührten. Der oberste Rand eines Bündels von Geldscheinen lugte gerade noch hervor. Dale fixierte das Geld wie ein Fisch, der von einem Köder angelockt wird.

»Entschuldigung, was hast du gesagt?«, fragte er geistesabwesend.

Hoon nahm die Brieftasche aus der Tasche und verstaute sie in einer der Seitentaschen seiner Kampfhose. Dales Augenbrauen zogen sich kurz zusammen, als überlegte er, wohin all das schöne Geld verschwunden war, dann hob er den Blick und sah Hoon in die Augen.

»Entschuldigung, was?«, fragte er erneut.

»Ich habe gefragt, was du jetzt vorhast«, wiederholte Hoon.

Das Stirnrunzeln vertiefte sich. »Was ich … vorhabe?«

»Scheiße, Mann. Aufwachen! Das ist keine schwierige Frage. Du bist hier nicht in einer verfickten Quizshow. Genau, deine Pläne. Was machst du jetzt?«

Dale schüttelte den Kopf. »Ich weiß nicht … keine Ahnung. Wahrscheinlich gehe ich nach Hause und mache mich frisch.« Er legte die flache Hand auf seinen schmerzenden Brustkorb und zuckte zusammen. »Vielleicht muss ich damit mal zum Arzt.«

»Ich sehe schon von hier aus, dass damit etwas überhaupt nicht stimmt«, erwiderte Hoon. »Ich weiß nicht, wie es dir geht, aber ich bin am Verhungern. Weißt du, wo man hier irgendwo frühstücken kann? Ich denke da an ein ordentliches englisches Frühstück. Geht auf mich.«

Dales Blick zuckte zu der Tasche mit der Geldbörse, aber nur kurz. »Klar, Kumpel«, sagte er und seine Miene hellte sich deutlich auf. Sein Arm sank zurück an seine Seite, seine Rippen waren vergessen. »Zufällig kenne ich da den perfekten Laden.«

ZEHN

Von außen betrachtet machte das Café E. Pellici nicht viel her. Es befand sich in der Bethnal Green Road, neun oder zehn Bushaltestellen von der Polizeiwache entfernt, in der sie eingesperrt gewesen waren, und Hoon hatte auf dem Weg dorthin mindestens ein halbes Dutzend anderer Frühstückslokale gesichtet.

Dale hatte jedoch darauf bestanden, dass dieser Laden das Warten lohne. Als er dann davorstand, war Hoon skeptisch gewesen. Seiner Erfahrung nach war ein Imbisslokal wie das andere, und obwohl es Unterschiede gab, was ein englisches Frühstück anging, hatte er noch nie ein richtig schlechtes serviert bekommen.

Als sein Blick auf einen bärtigen Mann mit Hosenträgern fiel, der an einem der Tische draußen Kaffee trank, läuteten bei Hoon die Alarmglocken, und er legte Dale eine Hand auf die Schulter, bevor der in das Café vorausgehen konnte.

»Das ist kein verfickter Hipster-Laden, oder? Mir wird hier doch nicht etwa ein Soja-Latte und ein Häppchen vegane Wurst angeboten, oder? Denn dann ziehe ich sofort Leine.«

Dale grinste. Entweder ließ sein Kater nach, oder der Gedanke an das viele Geld in Hoons Tasche machte ihn munter. Auf jeden Fall war er ein ganz anderer Mann als der, der in der Nacht zuvor auf der Bank in der Zelle gekauert hatte.

»Nein, Mann, nichts dergleichen. Hier gibt's das richtig gute Zeug«, versprach er. »Keinen Müll.«

Hoon warf dem Mann mit dem Bart einen bösen Blick zu, nahm dann seine Hand von Dales Schulter und nickte zustimmend.

Das Innere des Cafés war vielversprechender. Es war sauber, aber schon lange nicht mehr renoviert worden. Hoon aß nicht gern in schicken, anonymen modernen Lokalen, die eher an ein Forschungslabor als an einen Ort erinnerten, an dem man etwas zu sich nehmen konnte. Ein bisschen Unordnung hatte noch keinem geschadet, und er schätzte die Soßenflaschen und Salzstreuer, die in der Mitte jedes Tisches wie winzige Fantasy-Zitadellen aufragten.

Der Kellner führte sie zu einem Tisch in der hinteren Ecke, reichte ihnen die Speisekarten und bot ihnen Tee oder Kaffee an. Beide Männer entschieden sich für Kaffee, schwarz, und zwar reichlich, und der Kellner – oder vielleicht der Besitzer – lächelte wissend, während er etwas auf seinen Block kritzelte.

»War mal wieder eine harte Nacht, was?«

»Wenn Sie wüssten«, erwiderte Hoon und wandte sich der Speisekarte zu.

»Was meinst du?«, fragte Dale. Er ignorierte seine eigene Speisekarte mit der selbstsicheren Ausstrahlung von jemandem, der hier schon einmal gegessen hatte und genau wusste, was er wollte.

Hoon schaute sich um, und sein Blick verharrte kurz auf den geschnitzten Holzvertäfelungen an den Wänden. »Ja, scheint in Ordnung zu sein«, antwortete er und vertiefte sich dann wieder in die Speisekarte.

»Es steht unter Denkmalschutz«, sagte Dale.

Hoon seufzte fast unmerklich und hob den Blick wieder von dem laminierten Blatt. »Was?«

»Das Gebäude. Es steht unter Denkmalschutz. Wegen der Steinmetzarbeiten, glaube ich.«

»Klar, okay. Super.« Hoon wollte weiterlesen, wurde jedoch gleich wieder abgelenkt.

»Und wegen der Krays.«

»Die Krays?«

»Ja. Die Kray-Zwillinge. Die Gangster?«

»Ich weiß, wer die verdammten Krays sind«, fuhr Hoon ihn an. »Aber was hatten die mit diesem Laden zu tun?«

Dale wippte mit seinem Stuhl und grinste. Er wirkte unglaublich selbstzufrieden, als ob allein durch seine Kenntnis dieses Details etwas von dem Renommee der bekannten Londoner Gangster auf ihn abfärbte. »Sie kamen früher jeden Tag zum Frühstück her«, verriet er.

Aus Gewohnheit hatte Hoon den Platz mit Blick auf die Tür genommen, sodass Dale gezwungen war, sich umzudrehen und über die Schulter zu blicken, bevor er den nächsten Brocken lokaler Geschichte zum Besten gab. Dabei kippte sein Stuhl auf ein Bein, und er musste sich am Tisch festhalten, um nicht rückwärts auf einen Asiaten zu fallen, der am Nebentisch saß.

»Scheiße!«, stieß er hervor und richtete sich hastig auf. Sofort deutete er über die Schulter, als könnte er von dem ablenken, was gerade passiert war. »Man erzählt, sie hätten gleich da vorne ihre erste Begegnung mit der Polizei gehabt. Sie waren ungefähr sechzehn, siebzehn, so um den Dreh. Irgendein verdammter Bulle kam vorbei und wollte, dass sie weiterzogen.«

Hoon hob eine Braue und wartete darauf, dass Dale weitersprach. Aber er bekam nur ein dämliches Lächeln zu sehen und wandte seine Aufmerksamkeit wieder der Speisekarte zu.

»Hochprozentiges Zeug. Ich kann verstehen, warum sie das in eine kriminelle Laufbahn getrieben hat«, bemerkte er, drehte die Speisekarte um, warf einen Blick auf die Rückseite und seufzte. »Keine Quadratwurst.«

»Keine was?«, fragte Dale.

»Diese verdammte Stadt. Kein Schwein hat hier Quadratwurst im Angebot.«

Dale starrte ihn ausdruckslos an. »Was ist Quadratwurst?«

Hoon runzelte die Stirn. »Verdammt, rate einfach«, erwiderte er. »Die Lösung steckt im Namen.«

Immer noch verwirrt, positionierte Dale seine Hände

so, dass sie eine dreidimensionale Form bildeten. »Du meinst … wie ein Würfel?«, fragte er. »Wie ein Würfel aus Wurst?«

»Was zum Teufel redest du da? Nein, wie kommst du auf einen Würfel? Wer will denn einen ganzen Wurstwürfel essen?«

»Also, was ist es dann?«

Hoon drückte die Fingerspitze auf die Tischplatte und zeichnete einen Umriss. »Es ist ein Quadrat. Verdammt noch mal … es ist ein flaches Quadrat. Wie ein Bierdeckel.«

Dale starrte auf den Finger, der immer dieselbe Form auf die Tischplatte zeichnete, wieder und wieder. Er runzelte die Stirn, als machte sein Gehirn Überstunden, um einen schwierigen Code zu knacken. »Aber … ein Bierdeckel als Wurst?«, fragte er. »Wer will so etwas? Ist das überhaupt eine Wurst? Beschreibt das Wort ›Wurst‹ nicht die Form? Wenn etwas würstchenförmig ist, dann hat es die Form einer Wurst.« Er bildete die Form einer Wurst, indem er die Daumen und Zeigefinger seiner beiden Hände zusammenlegte. »Etwa so.«

»Du brauchst für mich kein verdammtes Würstchen zu machen«, sagte Hoon. »Ich weiß, wie so was aussieht. Aber eine Quadratwurst ist wie eine normale Wurst, die viereckig ist. Verstehst du? Nur ein bisschen anders. Und besser. Eben eine Lorne-Wurst.«

Dale starrte eine Weile auf den Tisch und versuchte, die letzten Momente des Gesprächs innerlich zu verarbeiten. Schließlich stellte er die Frage, die ihn am meisten beschäftigte: »Was ist falsch an normalen Würsten?«

Hoon blies die Wangen auf, legte die Speisekarte weg und schüttelte den Kopf. »Nichts. Ich habe nur … es ist schon eine Weile her, dass ich eine gegessen habe. Ich halte immer die Augen danach offen. Ach, vergiss es. Ich bin völlig ausgetrocknet. Wo bleibt der verdammte …?«

Derselbe Mann, der die Bestellung aufgenommen hatte, stellte zwei schwarze Kaffee vor sie hin. Er lächelte sie aufmunternd an und fischte dabei seinen Notizblock und Stift aus der Tasche seiner Schürze. »Möchten Sie bestellen?«

»Ja.« Dale bestellte als Erster. »Sie haben wohl keine Quadratwurst, oder?«

Der Kellner blinzelte. »Quadratwurst?«, fragte er. »Was meinen Sie …? Wie ein Würfel?«

»Schon gut.« Hoon schob ihm die Speisekarte zu. »Ich nehme ein komplettes Frühstück. Also mit allem.«

»Machen Sie zwei daraus«, sagte Dale.

»Kein Problem! Wie möchten Sie Ihr Ei?«

Dale war wieder schneller. »Pochiert, danke.«

»Spiegeleier«, sagte Hoon. »Weil ich kein egoistischer Mistkerl bin.«

»Wie meinst du das?«, fragte Dale.

»Keiner hat Lust, pochierte Eier zu machen«, klärte Hoon ihn auf. »Das ist ein verdammtes Gefrickel.«

Der Kellner am Tisch kicherte. »Ist schon in Ordnung. Das ist kein Problem.«

»Ja, natürlich müssen Sie das sagen, Sportsfreund. Schon klar«, sagte Hoon. »Aber in der Küche werden sie ihn verfluchen. Das weiß doch jeder.«

»Ich mag eben das Knusprige nicht«, erklärte Dale.

Hoon hob die Hand. »Du musst dich vor mir nicht rechtfertigen. Ich bin nicht derjenige, bei dem du dich entschuldigen solltest.«

Es gab einen langen unbehaglichen Moment, in dem weder Dale noch der Kellner so recht wussten, was sie tun sollten. Schließlich wandte sich Dale an die Bedienung, zuckte entschuldigend mit den Achseln und murmelte: »Tut mir leid, Mann. Ich nehme auch Spiegeleier, wenn das einfacher ist.«

»Es ist okay. Ehrlich.« Der Kellner klemmte sich seinen Bleistift hinters Ohr. Er riss die oberste Seite seines Blocks ab, lächelte die beiden Männer abwechselnd freundlich, wenn auch etwas misstrauisch an, und verschwand dann in Richtung Theke.

»Warum zum Teufel hast du das gemacht?«, fragte Hoon.

»Was gemacht?«, fragte Dale.

»Versucht, deine Bestellung zu ändern.«

»Aber du hast doch gesagt …«

»Was spielt es für eine Rolle, was ich gesagt habe? Du kennst mich doch überhaupt nicht. Du solltest dir von mir nicht vorschreiben lassen, was du zum Frühstück isst. Mach dich gerade, verdammt!«, sagte Hoon. »Niemand mag Schwächlinge.«

Dale neigte den Kopf leicht zur Seite und musterte den Mann auf der anderen Seite des Tisches. »Bist du so was wie mein Schutzengel, oder was?«

Hoon lachte. »Wohl kaum.«

»Nein, aber …« Dale betrachtete ihn jetzt mit echter Neugierde, als wäre Hoon ein Rätsel, das es zu lösen galt. »Gestern Abend hast du diesen Kerl vermöbelt, du spendierst mir Frühstück und gibst mir all diese Ratschläge. Was soll dieses Spielchen?«

Hoon trank einen Schluck Kaffee und zuckte dann mit den Schultern. »Das sind keine Spielchen, Mann.«

»Jeder spielt Spielchen«, betonte Dale.

»Ich nicht. Ich bin nur ein Fremder in einem fremden Land, der ein paar Leute kennenlernen will. Man spielt das Blatt, das einem gegeben wird, und ich habe dich bekommen.« Er stellte den Becher ab. »Apropos. Zockst du eigentlich?«

»Manchmal«, sagte Dale, doch so leicht ließ er sich nicht von dem aktuellen Gespräch abbringen. »Aber wie jetzt, das ist alles? Wir teilen uns drei Stunden lang eine Zelle, und plötzlich sind wir beste Kumpel?«

Hoon lachte rau. »Verdammt, nein. Ich kann deinen Anblick kaum ertragen. Aber die einzige andere Wahl für einen Frühstückbegleiter war dieser aufgeblähte Nazifantast, und er und ich verstehen uns nicht besonders gut.«

Dale griff nach seiner Tasse, führte sie an den Mund und atmete das Aroma ein. »Was genau machst du eigentlich?«, fragte er und musterte Hoon durch den Dampf.

»Ein bisschen dies, ein bisschen das«, antwortete Hoon. Die Notizen, die ihm der MI5-Beamte gegeben hatte, enthielten einen ganzen Haufen Hintergrundinformationen – irgendeinen Blödsinn über Immobilienhandel und Bitcoin, den er lieber ignorieren wollte.

»Was? Mehr kommt nicht?« Dale schien nicht zufrieden zu sein, aber weder Hoon noch Stephen White fühlten den Drang, sich vor diesem Arschloch zu beweisen.

»Ja«, bestätigte er. »Mehr kommt nicht.«

»Warum haben sie dich eingebuchtet?« Dale musterte ihn immer noch argwöhnisch.

Hoon zuckte mit den Schultern. »Nichts Großes. Ein Missverständnis, das ist alles. Ich hatte eine kleine Meinungsverschiedenheit mit einem Türsteher in einem Club.«

»Tatsächlich? Welcher Club?«

Hoon geriet nicht ins Stottern. »Woher zum Teufel soll ich das wissen?«, entgegnete er. »Es gab da Frauen und Alkohol. Auf den Namen habe ich nicht geachtet. Der Türsteher meinte, ich sei nicht willkommen. Ich habe mich gewehrt.«

»Hast du ihm eine verpasst?«, wollte Dale wissen.

»Sagen wir einfach, wir sind mit den Köpfen zusammengerasselt«, erwiderte Hoon. Er verzog das Gesicht. »Ich kann diese Mistkerle nicht ausstehen. Großspurige Scheißtypen, alle miteinander.«

Das kam, genau wie Hoon es beabsichtigt hatte, bei Dale gut an, der seinen Becher wie zum Salut hob. »Amen«, sagte er, und beide Männer lehnten sich zurück, als zwei Teller vor ihnen auf den Tisch gestellt wurden.

Hoon nickte zufrieden, als er die Mahlzeit vor sich betrachtete. Der Teller war groß, und kein Millimeter darauf war frei. Eine üppige Auswahl von Frühstücksleckereien war darauf angerichtet. Sogar der Toast – Weißbrot, leicht knusprig, mit einer großzügigen Portion darauf schmelzender Butter – war genau nach seinem Geschmack.

Mit einer gebratenen Scheibe Quadratwurst wäre es allerdings perfekt gewesen.

»Guten Appetit, Gentlemen«, wünschte der Kellner.

»Oh, den haben wir«, antwortete Dale und wickelte bereits sein Besteck aus der Papierserviette. Er schnitt sein Ei auf – pochiert, nicht gebraten – und gab einen fast orgastischen Laut von sich, als der leuchtend gelbe Dotter über seinen Speck floss. »Schau dir das an.« Er versuchte, Hoons Aufmerksamkeit darauf zu lenken. »Ist das nicht das Schönste, was du je gesehen hast?«

Hoons Blick zuckte kurz zum Teller des anderen Mannes. »Es ist nicht gerade das verdammte Nordlicht, klar? Aber, he, es sieht ziemlich gut aus.«

Dale piekste mit der Gabel einen Pilz auf, dann deutete er damit auf Hoon. »Du bist also neu in der Stadt?«

»Ja, bin ich.« Hoon nahm ein Stück Toast auf und stippte es in seine Bohnen.

»Und du willst dich amüsieren?«

»Immer.«

Dale steckte sich den Pilz in den Mund und kaute ihn grinsend. »Dann ist heute dein Glückstag, Alter«, sagte er. »Denn ich weiß wieder einmal genau den richtigen Laden dafür. Ist aber nicht billig.«

Hoon tätschelte die Tasche an seinem Oberschenkel, in der die Geldbörse steckte. »Keine Sorge, Sportsfreund«, erwiderte er. »Geld ist kein Problem.«

ELF

Der Zettel in der Geldbörse führte Hoon schließlich zu einem Hotel in der Nähe der Tottenham Court Road. Es lag nur einen Steinwurf vom British Museum entfernt, wo er noch nie gewesen war und das er auch in Zukunft sicherlich nicht zu besuchen gedachte.

Es war nicht so sehr das Museum selbst, das ihn abschreckte, sondern das Kaliber der Arschlöcher, von denen er annahm, dass sie sich darin herumdrückten. Ein bisschen Kultur war eine Sache, aber nicht, wenn es bedeutete, von Touristen und Studenten umgeben zu sein.

Das Hotel war ein Mittelklassehotel, nicht zu schick, aber auch nicht schäbig. Er hatte damit gerechnet, dass seine neuen MI5-Herrscher ihn in ein absolutes Drecksloch stecken würden, und war angenehm überrascht, dass dem nicht so zu sein schien.

Ein Page hatte sich bereits in Bewegung gesetzt, um ihn abzufangen, als er durch den Haupteingang trat, änderte aber mitten im Anmarsch die Laufrichtung, als er bemerkte, dass Hoon keine Taschen bei sich hatte. Es sei denn, man zählte die neonorangefarbene Plastiktüte voller Dosenbier und Erdnussflips von Sainsbury's mit, die er zweifellos selbst tragen konnte.

An der Rezeption gab es eine kurze Schlange, und Hoon stand hinter einem jungen Paar, das mit seinen Kreditkarten herumhantierte und Mühe hatte, den Akzent der attraktiven Italienerin zu verstehen, die ihr Bestes tat, um die beiden einzuchecken.

Sie erinnerte Hoon an Gabriella. Ähnliche Haarfarbe und Hautton. Das gleiche warme geduldige Lächeln. Im Gegensatz zu Gabriella hatte sie Zeit gehabt, sich zu schminken und ihr Haar zu stylen. Sie war auch schick gekleidet, ganz im Gegensatz zu Gabriellas üblicher Kombination von Jeans und Pullover.

Trotzdem konnte sich diese Frau nicht mit Gabriella messen.

Während er wartete, tippte Hoon mit dem Fuß auf den Boden und musterte prüfend das Foyer des Hotels. Er wollte wissen, wo sich die Aufzüge befanden, und den kürzesten Weg zur Bar finden.

Drüben in der Ecke gab es einen Wartebereich mit zwei roten Ledersofas, einem Couchtisch und einem Fernseher, auf dem *Sky News* lief, aber das Gerät war auf stumm gestellt. Irgendein Politiker sprach enthusiastisch über Gott weiß was, sehr positiv und mit offenen Händen, und Hoon war dankbar, dass es keinen Ton gab.

Zwei Männer saßen jeweils an einem Ende eines Sofas. Sie schienen sich nicht zu kennen, was die Wahl ihres Sitzplatzes merkwürdig machte. Es war kein besonders großes Möbelstück, und es kam Hoon viel wahrscheinlicher vor, dass zwei Fremde sich auf verschiedene Sofas setzen würden, anstatt sich so nahe zu kommen. Vor allem in London, wo ein kurzer Blickkontakt auf einer belebten Straße schon als grober Eingriff in die Privatsphäre angesehen wurde.

Die Männer waren beide etwa gleich alt – Mitte dreißig –, aber damit erschöpften sich die Ähnlichkeiten bereits. Der eine trug einen Dreiteiler und hatte die Nase in einer Ausgabe des *Daily Telegraph* vergraben, einer großen, breitformatigen Zeitung, die fast sein ganzes Gesicht verdeckte. Es fehlten nur noch ein paar Augenlöcher, dann hätte der Typ genau wie ein Spion in einem alten Zeichentrickfilm ausgesehen.

Hoon schätzte ihn genau aus diesem Grund nicht als Bedrohung ein. Niemand, der inkognito bleiben will, würde so auffällig aussehen, oder?

Andererseits war er unter dem Namen »Stephen White« unterwegs, also hatte der MI5 offenbar keine Ahnung, wie man sich unauffällig verhielt.

Der andere Mann trug Jeans, eine braune Lederjacke und ein Hemd, das gerade weit genug zugeknöpft war, damit er nicht wie ein Triebtäter aussah. Er hatte ein Bein übergeschlagen und fummelte am Schnürsenkel eines spitzen Lederstiefels herum, während er in seinem Handy scrollte. Seine Fingernägel waren alle schwarz lackiert – oder er hatte sich kürzlich alle zehn in einer Tür eingeklemmt, was ein unglaubliches Pech gewesen wäre. Sein Haar hatte diesen strähnigen Gerade-aus-dem-Bett-Look, den zu frisieren ihn wahrscheinlich jeden Morgen eine Stunde kostete.

Hoon beobachtete die beiden nicht gerade unauffällig. Er starrte sie an, aber nur der Mann mit der Zeitung sah ihm kurz in die Augen, als er umständlich eine der übergroßen Seiten umblätterte. Nichts in seinem Blick erregte Hoons Misstrauen.

»Nur zwei Kerle, die nebeneinandersitzen«, murmelte er, dann drehte er sich um und stellte fest, dass er am Anfang der Schlange angekommen war und nun der Empfangsdame gegenüberstand.

»Wie bitte?«, fragte sie mit einem Lächeln und hochgezogenen Augenbrauen. In der Luft um sie herum waberten verführerisch süße Aromen, und aus der Nähe schimmerte ihre Haut makellos wie Porzellan. Ihm wurde klar, dass sie ganz und gar nicht nach seinem Geschmack war.

Wenn sie ein paar Falten gehabt hätte. Und ein paar Kilo Übergewicht. Narben, die jeder sofort sehen konnte. Das hier war ein Gesicht, das keine Geschichte zu erzählen hatte – wie sollte man sich zu so etwas hingezogen fühlen?

»Tut mir leid, Sweetheart, ich habe nur laut gedacht«, sagte er. »Ich glaube, hier ist ein Zimmer auf meinen Namen reserviert.«

Ihr Lächeln wurde breiter, als wäre sie wirklich von

dem Gedanken begeistert, dass er bleiben würde. Es war eine einstudierte Miene, die sie nur aufsetzte, damit sich die Person auf der anderen Seite des Tresens etwas darauf einbilden konnte.

Offensichtlich hatte sie keine Ahnung, mit wem sie es zu tun hatte.

»Oh, wundervoll.« Sie schaffte es fast zu klingen, als ob sie es ernst meinte. »Es ist noch ein bisschen früh zum Einchecken, aber ich werde sehen, ob Ihr Zimmer frei ist. Wenn Sie mir vielleicht Ihren Namen nennen, dann sehe ich nach.«

Er hätte sich beinahe verplappert und seinen richtigen Namen genannt – es waren ein paar lange und schlaflose Tage gewesen, und der volle Bauch tat sein Übriges, um sein Reaktionsvermögen auszubremsen –, aber er zauberte den falschen Namen aus dem Nichts hervor. Dann hielt er den Mund und wartete, während sie im System nachsah.

Die Empfangsdame summte leise vor sich hin, während sie auf ihrem Computer herumtippte, nickte schließlich und richtete ihre Aufmerksamkeit auf eine Schachtel mit Schlüsselkarten, die neben ihr stand.

»Okay, da haben wir Sie ja. Ausgezeichnet! Wir haben Sie bereits gestern erwartet, also ist Ihr Zimmer fertig.«

»Sie haben mich bereits gestern erwartet?«, fragte Hoon.

»Ja. Das ist korrekt.«

Hoon blinzelte und dachte nach. »Wann genau wurde es denn es gebucht?«

»Leider kann ich das in meinem System nicht sehen«, antwortete die Rezeptionistin. »Aber ich sehe, dass Sie im Voraus bezahlt haben, dass alles erledigt ist und Sie vier Nächte bei uns bleiben werden. Vier weitere Nächte, meine ich, von heute Abend an. Klingt das so weit richtig?«, fragte sie, während ihre Finger über die Karten glitten.

»Ja, klar. Wenn Sie das sagen.« Hoon war immer noch nachdenklich.

Ihr Lächeln wirkte einen Moment lang etwas verwirrter, aber dann kam sie zu dem Schluss, dass es die Mühe nicht wert war, nachzuhaken, und ihre Verwirrung verflüchtigte sich vor seinen Augen.

Hoon beobachtete sie, als sie den Inhalt der Schachtel durchblätterte wie ein Buch. Sie wählte eine Karte aus, die sich, soweit er das beurteilen konnte, nicht von den anderen unterschied. Aber sie nickte, um anzuzeigen, dass diese Karte ihre Zustimmung fand, zog sie durch einen Kartenleser neben dem Computer und überreichte sie ihm dann in einem kleinen Pappumschlag, auf dessen Vorderseite seine Zimmernummer stand.

»Ihr Zimmer liegt im achten Stock«, sagte sie. Sie beugte sich vor und deutete um die Ecke. »Die Aufzüge sind …«

»Schon klar, die habe ich schon gesehen«, unterbrach Hoon sie. Er winkte ihr mit seiner Karte zu. »Ist das Frühstück inbegriffen?«

Die junge Frau blickte auf den Bildschirm. »So wie es aussieht, hat Ihre Firma das kontinentale Frühstück bezahlt, ja.«

Auf Hoons Stirn erschien eine Falte. Es war nur eine, aber diese Falte signalisierte jedem, der ihn kannte, dass er sich besser in Acht nahm.

»Kontinentales Frühstück?« Er spie die Worte aus, als ob ihm ihr Geschmack zuwider wäre. »Das heißt … was genau?«

»In unserem Restaurant gibt es ein Buffet«, antwortete die Rezeptionistin, die immer noch strahlte, ohne das Monster zu bemerken, das unmittelbar vor ihr sein hässliches Haupt hob. »Von sechs Uhr dreißig bis zehn Uhr. Sie können frei aus dem kontinentalen Angebot wählen.«

»Moment mal. Was heißt das genau? Cerealien?«

»Genau! Cerealien, Brötchen, Pfannkuchen, Obst.«

»Obst?« Hoon verschluckte sich fast an dem Wort, und die Falte auf seiner Stirn bekam Gesellschaft von einer zweiten.

Erneut karikierte der verwirrte Blick der Rezeptionistin ihr Lächeln. »Ja. Sie … Sie wissen schon: Orangen, Bananen …«

»Ich weiß, was Obst ist!«, fiel Hoon ihr grob ins Wort. »Aber wer zum Teufel isst so etwas zum Frühstück?«

»Viele unserer Gäste bevorzugen das kontinentale Frühstück. Das Angebot ist sehr beliebt«, säuselte die Rezeptionistin. »Viele unserer Gäste genießen lieber Obst, Müsli und Joghurt als ein warmes Frühstück.«

»Wenn das so ist, habe ich schlechte Nachrichten für Sie, Sweetheart«, sagte Hoon. »Viele Ihrer Gäste sind Weicheier.« Er schob den Schlüssel über den Tresen wieder zu ihr. »Also, regeln wir das wie Erwachsene, ja? Buchen Sie mich auf ein richtiges Frühstück um.«

Hoon checkte die Aufzüge und sah nichts Verdächtiges, entschied sich aber trotzdem, die Treppe zu nehmen. Dann wusste er wenigstens, wo sie sich befand, und er wollte wissen, wo im Erdgeschoss sie endete, falls er es irgendwann einmal eilig haben sollte.

Im vierten Stock wünschte er, sich nicht so viel Mühe gemacht zu haben. Er blieb stehen, um wieder zu Atem zu kommen, überlegte kurz, ob er für den Rest des Weges den Aufzug nehmen sollte, entschied sich dann aber, weiterzugehen.

In der sechsten Etage fluchte er leise vor sich hin. Das half tatsächlich ein wenig, und ein Crescendo von »*Verfickte Scheiße*« verkündete, dass er zum zweiten Mal eine Atempause einlegte, als er im achten Stockwerk angekommen war.

Die Hotelbesitzer waren offenbar überzeugt gewesen, dass kein Mensch die Treppe nehmen würde, wenn drei bequeme Aufzüge zur Verfügung standen. Das

Treppenhaus war sehr spartanisch ausgestattet, ohne Teppiche und mit einem nüchternen Metallgeländer an beiden Seiten.

Dies trug dazu bei, dass der Korridor, den er nun betrat, einen Eindruck von Pracht vermittelte, obwohl er vermutlich ähnlich wie in jedem anderen Hotel aussah, das er jemals betreten hatte.

Diesem hier fehlten allerdings die dubiosen Flecken an den Wänden und auf den Teppichen, die er in einigen gesehen hatte. Aber was ihm an auf dem Boden liegenden Junkies mangelte, machte es mit zahlreichen Zimmertüren wett, die den Flur säumten.

Wenn er darüber nachdachte, war dieses Hotel definitiv eines der besseren, in denen er in den letzten Jahren abgestiegen war. Und jetzt, nachdem er das Frühstücksproblem gelöst hatte, freute er sich fast auf seinen Aufenthalt.

Sein Zimmer war nicht leicht zu finden, doch eine Vielzahl von Hinweisschildern führte ihn durch das Labyrinth der Gänge und Abzweigungen. In den Räumen, an denen er vorbeikam, hörte er ein paar Fernseher laufen, das Rauschen einer Dusche und schließlich auch das regelmäßige Knarren eines Bettes.

Er lauschte kurz, nickte anerkennend und ging dann weiter, bis er die Tür fand, die der handgeschriebenen Nummer auf seiner Karte entsprach.

Es war das letzte Zimmer auf dieser Etage, gut versteckt von den meisten anderen Räumen, hinter mehreren Flügeltüren und nach einer Reihe von begehbaren Putzschränken. Die Platzierung wirkte wie ein nachträglicher Einfall, als hätte derjenige, der den Grundriss entworfen hatte, in letzter Minute noch etwas freien Platz entdeckt und ein Bett hineingeschoben.

Das war Hoon nur recht. Außer dem Hotelpersonal hatte niemand einen Grund, den weiten Weg auf sich zu nehmen, also konnte er jeden, der sich draußen herumtrieb, als Halunken mit verdächtigen Absichten betrachten und entsprechend behandeln.

Das Licht am Türgriff blinkte rot, als Hoon die Schlüsselkarte dagegenhielt. Er versuchte trotzdem, den Knauf zu drehen, und knurrte gereizt, als sich die Tür nicht öffnete. Er legte die Karte erneut an die Sensorplatte. Wieder blinkte es rot. Ein weiterer Fehlversuch.

»Verfluchter Mist!«, knurrte Hoon. Er checkte die Nummer auf der Karte – 867 – und verglich sie mit der an der Tür. »Es ist doch die richtige, verdammt!«, murrte er, auch wenn seine Bemerkung an niemanden im Besonderen gerichtet war.

Er versuchte es erneut, diesmal klopfte er mehrmals in schneller Folge mit der Karte gegen die Platte. Jedes Mal erhielt er ein einzelnes rotes Blinken, und jedes Blinken machte ihn wütender.

Hoon war nur noch ein Blinken davon entfernt, die Tür einzutreten, als sich eines der Reinigungskabuffs am Ende des Ganges öffnete und eine ältere Frau mit

einer Frisur wie ein Softeiskegel ein Wägelchen heraus-
schob.

Sie zuckte erschrocken zusammen, als sie ihn sah,
sagte etwas in einer osteuropäischen Sprache und setzte
dann ein Lächeln auf, wie es nur in Lehrbüchern vorkommt.

»Entschuldigung«, sagte sie und verbeugte sich dabei
geradezu. »Entschuldigung.«

»Es gibt nichts, wofür Sie sich entschuldigen müssten«, erwiderte Hoon. »Ich bin froh, dass Sie da sind.
Wissen Sie, warum dieser Scheiß hier nicht funktioniert?«

Die Frau, die er auf Anfang sechzig schätzte, bemühte sich tapfer, ihr Lächeln zu bewahren. Es reichte
jedoch nicht bis in ihre Augen und verwandelte sich
schließlich in einen verwirrten und mürrischen Gesichtsausdruck, der seiner Meinung nach viel besser zu
ihr passte.

»Problem?«, fragte sie.

»Ja, das können Sie laut sagen.«

Die Putzfrau suchte nach einer Antwort und wirkte
sehr erleichtert, als sie sich an einen Kernsatz erinnerte,
den man ihr eingetrichtert hatte, damit sie ihn aufsa-
gen konnte.

»Äh, äh ... *Rezeption*! Problem? Rezeption.«

»Ich will nicht wieder den ganzen Weg nach unten
gehen«, erwiderte Hoon. Er klopfte mit der Schlüsselkarte gegen den Türgriff und zeigte dann auf das

rote Licht, das aufblinkte. »Sehen Sie das? Dieses verdammte Ding geht nicht auf.« Er schickte ein zweites »Geht nicht auf« hinterher, diesmal mit lauterer
Stimme, als hoffte er, dass Lautstärke irgendwie helfen
würde, die Sprachbarriere zu überwinden.

Sie ließ ihr Wägelchen stehen und kam, die Hand
nach der Schlüsselkarte ausgestreckt, zu ihm. Er über-
gab sie ihr, verschränkte die Arme und hatte ihr gerade
noch mal versichert, dass sie nicht funktioniere, als das
Licht am Griff grün aufleuchtete und sie die Tür aufstieß.

»Wie zur Hölle …?«, murmelte er und nahm die
Schlüsselkarte wieder an sich.

»Langsam. Langsam. Nicht so schnell«, erklärte die
Putzfrau.

»Ich habe es ja langsam versucht!«, entgegnete Hoon.
»Ich habe es verdammt noch mal … ich habe es langsam, schnell, ich habe es …« Er schüttelte den Kopf,
stieß mit dem Fuß gegen die Unterseite der Tür und
drückte. »Na schön. Ist ja auch egal. Prima. Danke.«

Er schob eine Hand in seine Tasche, zog sein Portemonnaie heraus und fischte einen Fünfer heraus, den
er im Café als Wechselgeld bekommen hatte.

»Hier. Danke«, sagte er. »Kaufen Sie sich davon Zu-
ckerstreusel für ihr Haar.«

Die Putzfrau beäugte das angebotene Geld etwas
misstrauisch, nahm es ihm dann ab und nickte ihm
dankend zu. Er wartete, bis sie zu ihrem Wägelchen

zurückkehrte, bevor er mit der Hüfte die Tür aufstieß und eintrat.

Er wusste sofort, dass etwas nicht stimmte. Als er hineinging, war die Tür zu seiner Linken, das Badezimmer, geschlossen. Einer der Schalter an der Wand neben der Tür stand in eine andere Richtung als die übrigen, und ein leises Surren verriet ihm, dass die Lüftung eingeschaltet war.

Er duckte sich, checkte das Schloss und sah durch den schmalen Spalt zwischen Tür und Rahmen, dass das Bad mit Sicherheit besetzt war.

Das konnte doch wohl nicht wahr sein!

Er warf sich mit der Schulter gegen die Tür, damit derjenige, der sich dort befand, gar nicht erst reagieren konnte. Das Holz splitterte, die Tür gab nach und krachte unter seinem Gewicht nach innen.

Der Mann, der vor der Toilette stand und gerade pinkelte, schrie vor Schreck auf. Sein Urinstrahl spritzte über die Wand und gegen die Glasscheibe der Dusche.

»Verdammte Scheiße!«, schrie er und lenkte den Strahl wieder in Richtung Toilettenschüssel. Dann schrie er wütend über die Schulter: »Was zur Hölle soll das? Sind Sie verrückt geworden?«

»Miles?« Hoon betrachtete den anderen Mann ebenso überrascht wie verächtlich. »Was wollen Sie hier? Und was zum Teufel machen Sie da?«

»Wonach sieht es denn aus?«, entgegnete Miles mit schriller entrüsteter Stimme. »Ich pinkle gerade.«

»Himmel! Sie nehmen sich wirklich eine Menge Freiheiten«, murmelte Hoon. Er machte Anstalten, den Raum zu verlassen, kehrte dann aber gerade lange genug zurück, um auf den Urin hinzuweisen, der an den Wänden heruntertropfte. »Und die Schweinerei da beseitigen Sie gefälligst, bevor Sie rauskommen.«

ZWÖLF

Hoon hatte die Minibar bereits dezimiert, als Miles aus dem Bad kam. Der MI5-Mann trat mit vorgestreckten Händen und einem leicht verlegenen Gesichtsausdruck ins Zimmer. Falls er hoffte, dass diese beiden Dinge Hoon davon abhalten würden, das Offensichtliche auszusprechen, hatte er seine Hausaufgaben nicht so gut gemacht, wie er behauptet hatte.

»Sie haben da Pisse an der Hose«, stellte Hoon fest.

»Ganz recht. Das habe ich Ihnen zu verdanken.« Miles seufzte. Trotz des dunklen Flecks auf der Vorderseite seiner Hose sah er mit frisch gebügeltem Hemd und sorgfältig geknoteter Krawatte besser aus als noch in der Nacht. Allerdings trug er nach wie vor dieselben schwarz-weißen Turnschuhe, was den Gesamteindruck irgendwie ruinierte.

»Wehe, Sie haben geduscht, als Sie da drin waren«, drohte Hoon.

»Nein, ich habe in meinem Zimmer geduscht«, antwortete Miles. »Ich … ich hatte Sie früher zurückerwartet und konnte es nicht mehr aushalten.«

Hoon saß auf dem Bett und schälte die Folie von

einer Minipackung Pringles. Er hatte die Schuhe ausgezogen, beide Bierflaschen aus der Minibar genommen und die zweite bereits zur Hälfte ausgetrunken.

»Bedienen Sie sich aus dem Kühlschrank der Köstlichkeiten.« Er deutete mit dem Flaschenhals auf die Minibar. »Geht aufs Haus.«

»Sehr großzügig«, erwiderte Miles und nahm eine Dose Cola heraus. »Wenn man bedenkt, dass ich die Rechnung bezahle.«

Hoon hielt mit einem Pringle auf halbem Weg zu seinem Mund inne. »Tun Sie das?«

»Ich meine, natürlich nicht ich persönlich«, räumte Miles ein. »Sondern die … Firma.«

Hoon nickte, knabberte an den Chips und zeigte dann erneut auf die Minibar. »Wenn das so ist, holen Sie uns doch die M&Ms raus, ja? Es wäre albern, die leckeren kleinen Mistdinger verkommen zu lassen.«

Miles sah einen Moment lang so aus, als wollte er Einspruch erheben, aber dann verzichtete er klugerweise darauf. Er nahm die bunte Tüte mit den Süßigkeiten aus dem Kühlschrank, warf sie neben Hoon aufs Bett und setzte sich in den Drehstuhl, der neben dem kleinen Schreibtisch stand.

»Und?«, fragte er. »Wie ist es gelaufen?«

»Wie ist was gelaufen?«, fragte Hoon.

Miles schnaubte. »Sie wissen, was ich meine.«

Hoon riss die Tüte mit den Schokonüssen auf und schob sich eine in den Mund. »Sie wirken etwas gereizt,

Miles«, bemerkte er. »Gestern Abend haben Sie noch gegrinst und sich kaum eingekriegt. Wer hat Ihnen denn die Laune verhagelt?«

Miles massierte seinen Nasenrücken mit zwei Fingern. »Niemand. Es ist nur …« Seine Miene hellte sich auf, und er lächelte. Es sah natürlich aus, und Hoon hätte es ihm voll und ganz abgekauft, wenn er nicht einen Moment zuvor den anderen Gesichtsausdruck des Mannes gesehen hätte. »Ist das besser?«

Hoon zuckte mit den Schultern. »Wie auch immer. Ihre emotionale Befindlichkeit geht mir ziemlich am Arsch vorbei. Ich wollte nur höflich sein. Ich habe meine Lektion gelernt, was das betrifft. Und um Ihre Frage zu beantworten: Es lief gut.«

Miles saß da und wartete auf mehr. Das Lächeln, das er so mühsam aufgesetzt hatte, hielt nicht lange an. »›Es lief gut.‹? Ist das alles?«, wollte er wissen. »Mehr haben Sie mir nicht zu sagen?«

»Was wollen Sie denn noch hören?«, fragte Hoon.

Miles sprang frustriert auf. »Alles! Sie haben mir gar nichts gesagt!«, rief er. Die Lautstärke seiner Stimme überraschte ihn selbst, und er senkte sie schnell wieder, obwohl sich sein verärgerter Tonfall nicht änderte. »Das ist eine verdammt wichtige Ermittlung. Ich habe viel Zeit, Mühe und Mittel investiert, um so weit zu kommen. Ich habe alles aufs Spiel gesetzt, um diese Verbrecher zu jagen. Und jetzt habe ich auch noch meinen Kopf riskiert, um Sie ins Boot zu holen, weil ich daran glaube, dass es eine Chance gibt, Ihnen dabei zu helfen, die Tochter Ihrer Freunde zu finden! Also bitte, sagen Sie nicht: ›Es lief gut.‹ Sie schulden mir viel mehr als ein ›*Es lief gut*‹!«

Hoon, der während Miles' Ausbruch abwechselnd Schokonüsse und Pringles gesessen hatte, bemühte sich, sich seine Belustigung nicht anmerken zu lassen.

»Das war eine verdammt tolle Rede, Miles.« Er tippte sich mit dem Daumen auf die Brust. »Hat mich mitten ins Herz getroffen, ganz ehrlich.«

Er drückte den Deckel auf das Pringles-Röhrchen, faltete die Tüte mit den Schokonüssen zu und legte beides auf den Nachttisch. Dann stand er auf, klopfte sich die Krümel ab und setzte sich wieder hin.

»Zunächst einmal nehme ich an, dass der andere Kerl da bewusst platziert wurde?«, fragte Hoon.

Miles ließ sich wieder auf den Drehstuhl sinken. »Anderer Kerl? Welcher andere Kerl?«

»Dieser Skinhead in der Zelle«, sagte Hoon. »Ein großer kräftiger Typ, Gesicht wie ein trauerndes Baby. Voller Nazitätowierungen und vollgekritzelt mit rassistischer Scheiße. Habt ihr ihn absichtlich in diese Zelle gesteckt?«

»Ach ja. Der.« Ein Lächeln zupfte an Miles' Mundwinkel. Diesmal war es echt. »Nein, das war keine Absicht, aber es hat mich amüsiert, als ich erfuhr, dass er da drin war. Ich dachte mir schon, Sie würden Spaß mit ihm haben.«

»Da liegen Sie nicht falsch«, sagte Hoon. »Wir hatten eine verdammt schöne Zeit. Ich dachte, Sie hätten arrangiert, dass er Dale eine Tracht Prügel verpasst, damit ich mich bei unserem Mann einschmeicheln kann.«

Miles schüttelte den Kopf. »Nein. Das war nur ein glücklicher Zufall.«

»Gut. Denn ob Zufall oder nicht, es hat Wunder gewirkt«, sagte Hoon. »Nachdem wir wieder¹ auf die Straße gesetzt wurden, habe ich Dale zum Frühstück eingeladen.«

»Pellici's?«

Hoon zögerte, bevor er antwortete. »Sie sind uns gefolgt?«

»Nein. Er ist dort Stammgast«, sagte Miles. »Hat er Ihnen erzählt, dass die Krays dort gegessen haben?«

»Ja, er hat sich an der Vorstellung richtig hochgezogen. Aber der Laden ist okay. Gutes Frühstück. Nur keine Quadratwurst.«

»*Quadratwurst?* Meinen Sie so was wie eine …?«

Hoon winkte mit einer Hand. »Vergessen Sie es einfach«, warnte er. »Wie auch immer, ich habe mich bei dem kleinen Blödmann eingeschmeichelt, und um es kurz zu machen: Wir haben heute Abend ein Date.«

Miles rutschte auf seinem Stuhl nach vorn. »Heute Abend? Wo?«

Hoon zuckte mit den Schultern. »Weiß ich nicht.«

»Wie bitte? Was soll das heißen, Sie wissen es nicht? Warum wissen Sie es nicht?«

»Weil er verdammt wortkarg war, was das anging«, erwiderte Hoon. »Und ich dachte, wenn ich zu sehr nachhake, verliert er vielleicht die Lust. Also, ich treffe mich mit ihm in irgendeinem Pub, und er hat mir eine Nacht versprochen – ich zitiere –, ›die ich nie vergessen werde‹.« Er griff wieder nach den Pringles. »Was hoffentlich nicht bedeutet, dass er versucht, mich zu vögeln. Denn das würde sehr schnell verfickt unangenehm werden.«

»Wo? Welcher Pub?«, bohrte Miles nach.

»Mein Gott«, sagte Hoon und blickte ausdruckslos an dem MI5-Mann vorbei. »Wie hieß der doch gleich?«

»Sie erinnern sich wirklich nicht?!«

Hoon schnaubte. »Machen Sie sich nicht in die Hose, Miles. Natürlich weiß ich das, verdammt. Ich verarsche Sie nur. Es ist das Red Lion.«

Miles' Stuhl gab ein leises Quietschen von sich, als er sein Gewicht etwas nach vorne verlagerte. »Das Red Lion?«

»Aye.«

»Welches Red Lion?«

Hoon antwortete nicht. Nicht sofort. Dann: »Wieso fragen Sie das?«

»Es gibt allein im Zentrum Londons etwa zwanzig Red-Lion-Pubs«, erklärte Miles.

»Was denn? Ist das eine Kette?«, erkundigte sich Hoon.

»Nein, die haben alle nur den gleichen Namen.«

»Da hat aber jemand nicht aufgepasst, wenn Sie mich fragen«, schimpfte Hoon. »Hat sich denn keiner die Mühe gemacht, in den Gelben Seiten nachzusehen, bevor er ein Schild hat anfertigen lassen?«

»Sie sind schon jahrhundertealt«, antwortete Miles. »Aber egal. In welcher Straße liegt der Pub?«

Hoon starrte ihn eine Weile an. »Straße?«, fragte er mit dem Tonfall von jemandem, der das Wort noch nie gehört hatte. »Weiß ich nicht.«

Miles war wieder auf den Beinen und raufte sich buchstäblich sein plastikartiges Haar. »Was? Sie wissen nicht …? Mein Gott! Er muss es doch gesagt haben!«

»Ja, bestimmt, aber da habe ich schon nicht mehr richtig zugehört.«

»Und *warum* haben Sie nicht zugehört?«

Hoon hob ebenfalls die Stimme, bis er das gleiche Lautstärkelevel wie der andere Mann erreichte. »Weil ich nach meinem Kenntnisstand alle Informationen hatte, die ich brauchte! *Red Lion Pub*. Zwanzig Uhr. Zack. Job erledigt«, sagte er. »Woher sollte ich wissen, dass es Dutzende von diesen Scheißläden gibt? Was ist das für ein beschissenes System?«

Miles ließ sich auf den Stuhl zurückfallen und vergrub sein Gesicht in den Händen. »O Gott!«, knurrte er. »Man hat mir gesagt, dass es ein Fehler sei. Sie haben es mir gesagt. Aber ich habe darauf bestanden. ›Der kriegt das hin‹, habe ich denen versprochen. ›Wir können ihm vertrauen.‹ Und was jetzt? Herrje!«

Hoon betrachtete den anderen Mann mit so etwas wie Abscheu. »Reißen Sie sich zusammen, Sie Jammerlappen. Zeigen Sie mir eine Liste auf Ihrem Handy, das wird meinem Gedächtnis auf die Sprünge helfen. Ich finde es schon heraus.« Er setzte seine Bierflasche an, trank den Rest aus und rülpste danach lautstark. »Aber machen Sie sich erst mal nützlich, ja?«, sagte er und zeigte auf ein dunkelblaues Rechteck, das er durch die Glasfront des Kühlschranks sehen konnte. »Und geben Sie mir die verdammte Schokolade.«

Hoon brauchte nicht lange, um herauszufinden, welches der vielen *Red Lions* in der Stadt das richtige war. Er tippte auf das Display von Miles' Handy und setzte eine Markierung auf die Karte. »Da haben wir ihn ja. Der Pub ist irgendwo in der Crown Passage. Ich erinnere mich, dass ich einen Witz gemacht habe, weil der Pub im Arsch des Königs läge. Aber das fand er wohl nicht lustig.« Er schüttelte den Kopf und warf Miles einen vernichtenden Blick zu. »Ihr und eure Scheißroyals. Ihr versteht keinen Spaß. Unterwürfige Bastarde, der ganze Haufen.«

»Ich glaube eigentlich nicht an die Monarchie«, sagte Miles und nahm sein Handy zurück.

»He, sagen Sie das nicht so laut!« Hoon ließ seinen Blick durch den Raum schweifen. »Gilt das in Ihrer Branche nicht als Hochverrat? Die haben schon für weniger Leuten die Köpfe abgeschlagen.«

Miles lachte kurz, sagte aber nichts, da seine Daumen auf der Bildschirmtastatur herumtippten und er sich darauf konzentrierte, eine Nachricht zu verfassen.

Hoon stand auf, streckte sich und ging zum Fenster. Das Zimmer war so weit okay – zumindest, wenn man die kaputte Badezimmertür und den penetranten Geruch nach Urin ignorierte –, doch andere Gäste hätten es zweifellos als »renovierungsbedürftig« bezeichnet.

Nicht aber Hoon. Die Möbel aus dunklem Holz und die entsprechende Wandvertäfelung, kombiniert mit schweren roten Vorhängen, verliehen dem Raum eine gewisse Düsterkeit, die ihm durchaus zusagte.

Das Fenster hinter den Vorhängen und den leicht vergilbten Gardinen ließ sich zur Seite schieben und gab den Blick auf einen winzigen Balkon frei, von dem aus man die Stadt überblicken konnte. Oder zumindest einen Teil davon.

Als er durch die Balkontür nach draußen trat, schlug Hoon sofort der Wind ins Gesicht. Es war nicht der frische kalte Wind, an den er von den Highlands gewöhnt war, sondern eine diesige, versmogte Brise, die von Dieselabgasen durchsetzt war. Er verzog angewidert das Gesicht.

Die Aussicht gab auch nicht viel her. Sicher, man konnte den BT Tower, den Fernsehturm, gut erkennen, aber wenn man den Kopf nur ein wenig nach unten neigte, sah man aus der Vogelperspektive auch die Mülltonnen, deren Inhalt gerade von ein paar Obdachlosen inspiziert wurde.

»Mein Gott«, murmelte Hoon. »Die armen Schweine.«

Miles war mit dem Tippen fertig, schob sein Handy in die Tasche und blickte auf. »Was?«

Hoon beobachtete, wie die beiden Obdachlosen von einem Mitarbeiter des Hotels verscheucht wurden. »Nichts. Tut nichts zur Sache«, sagte er und ging wieder hinein. »Es ist einfach London.«

»Richtig.« Miles überging die Bemerkung. »Also, die Lage sieht folgendermaßen aus …«

»Moment mal«, sagte Hoon. »Bevor Sie loslegen: Wieso bin ich schon seit gestern hier gebucht?«

»Was?«

»Die Rezeption. Man sagte mir, mein Zimmer wäre seit gestern gebucht. Gestern waren wir uns noch gar nicht begegnet.«

»Oh. Richtig. Ja, ich verstehe, dass das ein bisschen …« Miles zuckte mit den Schultern. »Ich plane weit im Voraus. So bin ich nun mal. Für den Fall, dass Sie einverstanden waren, brauchten Sie ja ab heute Morgen ein Zimmer. Falls Ihnen jemand auf den Zahn fühlt, ist der frühere Termin eine Erklärung dafür, wo Sie in der Nacht, in der Sie verhaftet wurden, untergebracht waren.«

Hoon kniff die Augen zusammen. Er starrte den anderen Mann lange an und schniefte dann. »Ja, gut, das klingt einleuchtend«, räumte er schließlich ein.

160

»Gut. Okay«, sagte Miles. »Schön, Sie können sich jetzt ein paar Stunden ausruhen. In der Garderobe ist was zum Anziehen für Sie, nehmen Sie, was Sie wollen.«

»Ach ja?«, fragte Hoon und ging zum Kleiderschrank. Er schob die Türen beiseite und entdeckte mindestens ein Dutzend verschiedener Kleidungsstücke auf Bügeln – Hemden, Anzüge und sogar ein paar T-Shirts. »Wer zum Teufel hängt T-Shirts auf Bügel?«, fragte er laut.

»Was? Ich. Warum?«

Hoon zog die Brauen hoch, schloss die Tür und nickte. »Klar, hätte ich mir denken können.«

»Was soll man sonst mit ihnen machen?«, erkundigte sich Miles.

»Vergessen Sie's. Sie wollten mir gerade den Plan erklären«, sagte Hoon.

»Richtig. Ja. Sie ruhen sich aus, dann werde ich Sie verkabeln, und Sie können sich anziehen.«

»Verkabeln? Ich lasse mich nicht verkabeln«, entgegnete Hoon.

»Wie bitte? Doch, das müssen Sie. Wir müssen wissen, was da vor sich geht.«

Hoon setzte sich auf das Bett und sah zu dem MI5-Beamten hoch. Obwohl Miles jetzt vor ihm aufragte, wussten sie beide verdammt gut, wer in dieser Situation das letzte Wort hatte.

»Ich werde Ihnen hinterher erzählen, was los war«,

konterte Hoon. Er tippte sich an die Seite des Kopfes. »Ich habe ein Gedächtnis wie ein Elefant. Und ich meine, wie ein echter Elefant. Keiner von diesen verdammten diversen Elefanten, die man manchmal sieht.«

Obwohl er sich Mühe gab, ließ sich Miles davon aus dem Konzept bringen. »Was ist ein diverser Elefant?«

»Können wir vielleicht versuchen, uns nicht an den Scheißelefanten aufzuhängen, Miles?«, erwiderte Hoon finster. »Die Elefanten sind irrelevant, und darauf wollte ich auch keineswegs hinaus. Ich will damit nur sagen, dass Sie ihre Kabel zu einem kleinen Drahtknäuel zusammenrollen und sich in den Hintern schieben können. Wenn diese Drecksäcke so drauf sind, wie Sie sagen, erkennen die aus einer Meile Entfernung, ob jemand verkabelt ist. Und was machen wir dann?«

»Ich …«, begann Miles, aber Hoon ließ ihn nicht zu Wort kommen.

»Schön, für Sie ist das kein Thema, aber ich kann Ihnen sagen, was in so einem Fall aus mir wird, ja? Ich liege tot im Graben mit meinen verdammten Eiern im Mund, kapiert?«

Miles blinzelte. Er wirkte, als ob er sich große Mühe gab, Hoons Worten zu folgen, wenn auch eher vergeblich. »Warum stecken sie Ihnen Ihre Eier in den Mund?«

»Was fragen Sie mich? Ich bin doch nicht dafür verantwortlich, oder? Ich bin nicht der Entscheidungsträger in diesem Szenario!«, schnauzte Hoon. »Der Punkt ist, dass ich mir kein Mikrofon anlegen lasse. Verstanden?«

Miles hob kapitulierend die Hände. »Gut. Gut, okay. Ich verstehe, was Sie meinen«, räumte er ein. »Aber der Rest des Plans bleibt unverändert. Sie ruhen sich aus, wir machen Sie schick und bringen Sie um Punkt zwanzig Uhr zum Treffpunkt.«

»Von wegen um zwanzig Uhr!« Hoon schnaubte verächtlich.

»Ich dachte … Sie haben doch gesagt, Sie seien um die Zeit mit ihm verabredet.«

»Ja, aber ich werde doch nicht Schlag acht dort antanzen! Das ist kein verdammtes erstes Date. Ich kann da nicht auf die Minute pünktlich erscheinen, sonst schöpft selbst dieser dämliche Wichser Verdacht.«

Miles stöhnte, schlug die Hände vors Gesicht und ließ sich auf den Drehstuhl sinken. »Okay. Okay, gut. Na schön. Sie ruhen sich aus, wir putzen Sie heraus, und dann bringen wir Sie mit einer angemessenen Verspätung zum Treffpunkt. Zufrieden? Ist das so okay für Sie?«

»Nein, noch nicht ganz«, erwiderte Hoon. Er nahm die Tüte mit den Schokonüssen, faltete sie auf und schüttelte eine kleine Handvoll der süßen Kugeln heraus. »Vorher möchte ich alles über diesen Godfrey West erfahren.«

»Ich fürchte, diese Informationen sind geheim«, antwortete Miles.

Hoon schüttelte den Kopf. »Okay, gut, dann werden Sie sie umgehend freischalten, verdammt!« Er warf sich ein paar Schokonüsse in den Mund und kaute geräuschvoll. »Also hören Sie mit dem Scheiß auf und spucken Sie es aus!«

DREIZEHN

»Tut mir leid, Onkel Godfrey. Entschuldigung. Es tut uns wirklich leid.«

Der Mann auf der anderen Seite des geschwungenen Glastisches blieb stumm. Er hatte kein Wort gesprochen, seit die beiden jungen Männer in sein Penthouse-Büro mit Blick auf die Themse geführt worden waren. Das Büro war äußerst minimalistisch eingerichtet und vermittelte dennoch ein Gefühl von Opulenz, als hätte jeder Gegenstand, der aus dem Raum entfernt wurde, den Gesamtwert nur erhöht. Wenn weniger mehr war, dann stellte dieser Raum, in den ein kleines Kino hineingepasst hätte, alles in den Schatten. Es gab dort nur einen Schreibtisch und drei Stühle – von denen zwei aus einem angrenzenden Raum herbeigeschafft worden waren.

»Es tut uns wirklich leid, Mr. West. Wir haben nicht … wir dachten, alles läuft gut.«

Godfrey West, der bis zu diesem Moment ausschließlich auf den jungen Mann fixiert gewesen war, den er bedauerlicherweise seinen Neffen schimpfte, richtete seine Aufmerksamkeit nun auf den anderen

Mann, der neben ihm saß. Es waren nur eine kleine Kopfbewegung und ein winziges Zucken der Augen, aber es fühlte sich an, als hätte eine seismische Verschiebung stattgefunden.

»Wie bitte?«, fragte der Aal. Sein Akzent war der eines reichen weißen Südafrikaners, getränkt von Arroganz und Selbstgerechtigkeit.

Godfrey tippte an sein Ohr und zeigte seine perlweißen Zähne in einem Lächeln. Die Eckzähne waren leicht verlängert – gerade genug, um Aufmerksamkeit auf sich zu ziehen und kurzzeitig den Eindruck zu erwecken, er trage ein Vampirgebiss.

»Könntest du das wiederholen?«

Der Nicht-Blutsverwandte warf einen Seitenblick auf seinen Begleiter, räusperte sich und versuchte es erneut. »Wir dachten, wir tun etwas Gutes. Wir dachten, es ist nützlich und dient der Sache, Sie wissen schon.«

Der Mann hinter dem gläsernen Schreibtisch hob eine sauber gezupfte Augenbraue, und eine einzelne schwache Falte bildete sich auf einer gebräunten und gebotoxten Stirn.

»Der Sache? Ah, verstehe. Welche Sache sollte das sein?« Sein Blick wanderte zurück zu seinem Neffen, und die kontrollierte Temperatur im Raum schien um einige Grad zu sinken. »Was hast du erzählt, Charles? Du hast doch nicht etwa geplaudert, oder?«

Charles West, der uneheliche Sohn von Godfreys dämlicher Schwester, versuchte, in seinem Stuhl zu ver-

sinken. Oder vielleicht wollte er ja durch ihn hindurch-
fließen, damit er sich verdünnisieren konnte. Was auch
immer – es funktionierte nicht. Das war kein Wunder, denn alles, was dieser nutzlose Wichser anpackte,
endete unweigerlich in einer Katastrophe.

»Nein … nichts dergleichen. Es war anders, Onkel
Godfrey«, murmelte Charles. »Wir haben keine Details
erwähnt, gar nicht. Und Shane ist in Ordnung, Onkel
Godfrey. Er ist echt in Ordnung.«

»Feierst du heute deinen neunten Geburtstag,
Charles?«, fragte der ältere Mann. »Oder ist bei dir vielleicht schon Weihnachten?«

Charles blinzelte. »Wie … wie bitte?«

»Ist es so?«, brüllte Godfrey, und seine Stimme hallte
wie der Knall eines Schusses in dem spärlich möblier-
ten Raum.

»N…nein. Nein, ist es nicht.«

»Nein. Genau. Nun, da keines von beidem zutrifft,
bin ich nicht dein Onkel. Nicht in diesem Zimmer.« Er
deutete auf den anderen Mann, ohne ihn anzusehen.
»Und schon gar nicht vor so beschissenen Plauderta-
schen.«

Charles' Augen weiteten sich vor Schreck, als
Shane sich erneut räusperte und zu sprechen begann.
»Mr. West, ich glaube, wir sind auf dem falschen Fuß
gestartet. Ich wollte Sie nicht beleidigen, ich wollte
nur …«

Godfrey Wests kalter Gesichtsausdruck ließ den Rest

des Satzes in Shanes Kehle gefrieren. Seine Stimme sank zu einem Murmeln, dann zu einem Krächzen herab und verstummte schließlich völlig.

Godfrey öffnete den Verschluss seiner Omega, checkte die Uhrzeit und legte die Uhr dann mit einem leisen Klicken auf die Glasplatte.

»Wir werden Folgendes machen«, verkündete Godfrey. Er drehte sich mit seinem Ledersessel mit der niedrigen Rückenlehne herum und sprang mit einem leisen Rascheln auf die Beine.

Die Augen der beiden jüngeren Männer richteten sich auf den Schritt von Godfreys maßgeschneiderter Nadelstreifenhose. Der gesamte Bereich wölbte sich vorne und hinten, als trüge er mehrere Dutzend Unterhosen auf einmal.

Keiner der beiden Männer sagte etwas. Keiner von beiden stellte Fragen. Keiner von beiden wagte es.

»Wir werden die Plätze tauschen. Ich werde mit euch durchgehen, was eurer Schilderung nach passiert ist – und dabei eure Rollen einnehmen«, erklärte Godfrey, ging um den Schreibtisch herum und stellte sich hinter die beiden Männer. »Und ihr werdet meine Rolle übernehmen. Ihr werdet entscheiden, wie ich darauf reagieren soll.«

Er legte beiden eine Hand auf die Schulter, hinderte sie auf diese Weise daran, ihre Stühle zu drehen und sich ihm zuzuwenden, und zwang sie, ihre Hälse zu verrenken.

»Klingt das gut?«

Charles und Shane nickten beide.

»Wunderbar!«, sagte Godfrey, und seine Stimme war ein eindringliches Flüstern. »Also – und bitte, korrigiert mich, falls ich etwas falsch verstanden habe –, wie ihr mir erzählt habt, habt ihr gestern Abend zwei Frauen aufgegabelt, sie in einer öffentlichen Bar betrunken gemacht und dann versucht – und ich glaube, ich zitiere euch richtig – ›sie in einem Van zu verschnüren‹. Einem Van, der, um das klarzustellen, auf ein Unternehmen zugelassen ist, an dem eines meiner anderen Unternehmen eine Mehrheitsbeteiligung hält.«

Er drückte ihre Schultern, als würde er jedem eine halbe Massage verpassen. Keiner der beiden Männer schien es zu genießen.

»Klingt das so weit richtig?«, fragte er.

Shane antwortete. Charles verzichtete wohlweislich darauf.

»Wir haben nur … Nun, sie haben gepasst. Sie waren sehr gut geeignet. Beide. Wir dachten, sie könnten etwas Geld einbringen …«

»Klingt das so weit richtig?«, fragte Godfrey erneut und drückte fester auf Shanes Schulter, sodass der Stuhl unter ihm quietschte.

»Ja, Onkel Godfrey«, sagte Charles, dann zuckte er zusammen, als hätte ihn ein Schlag getroffen. »Ich meine, ja. Sir. Mr. West, Sir.«

»Gut. Gut, ich bin froh, dass wir uns richtig verstehen. Es wäre wirklich furchtbar, wenn ich da etwas in den falschen Hals kriegen würde«, sagte Godfrey. Er löste seinen Griff um die beiden Männer, bewegte sich aber nicht von hinten weg. »Ihr beide wart also damit beschäftigt, die Frauen in meinen Van zu bugsieren, als ihr festgestellt habt, dass da schon jemand anders drin war. Der offenbar auf euch beide gewartet hat.«

»Wir wissen nicht, wer das war«, warf Shane ein und erstarrte dann in seinem Stuhl, als eine Hand sich wie ein Schraubstock um seinen Kopf legte.

»Charles, könntest du deinem Freund vermitteln, dass ich ihm seine verdammte Zunge herausschneiden werde, wenn er sich nicht benimmt?«, fragte Godfrey. Die Frage klang sachlich. Geradezu höflich. »Würdest du das für mich tun? Könntest du diese Nachricht weitergeben? Denn es scheint ein Kommunikationsproblem zwischen ihm und mir zu geben. Er scheint vergessen zu haben, in wessen Gegenwart er sich hier befindet.«

Charles tauschte einen Blick mit seinem Begleiter. Es fielen keine Worte, aber die Blicke, die sie wechselten, sagten alles, was gesagt werden musste.

»Er wird die Klappe halten«, sagte Charles. »Er wird sich nicht mehr einmischen.«

»Na also, geht doch, mein Kleiner!« Godfrey klopfte mit den Knöcheln auf Shanes Schädel. »Exzellent! Ich bin froh, dass wir dieses kleine Missverständnis aus der Welt geschafft haben.«

Er fuhr sich mit der Hand durchs Haar. Es begann ziemlich weit oben auf seiner Stirn und schimmerte in einem Schwarzton, den es in der Natur nicht gab. Trotz all seines Geldes und seiner Macht war ihm noch keine überzeugende Färbung gelungen.

»Wo waren wir?«, fragte er laut, dann schnippte er mit den Fingern. »Der Mann im Van. Dieser ... Racheengel mit einem Satz Handschellen und einem Werkzeugkasten. Was könnt ihr mir über ihn sagen?«

»Er war verrückt«, sagte Charles schnell, falls Shane so dumm war, antworten zu wollen. »Und groß. Richtig groß. Und stark. Und schnell auch. Er hat uns einfach überrumpelt. Wir haben mit ihm gekämpft, aber er hatte das Überraschungsmoment auf seiner Seite.«

»Gott, das muss für euch beide wirklich schrecklich gewesen sein!« Godfrey biss sich auf die Unterlippe, atmete tief durch die Nase ein und verharrte dann einen Moment lang so, als ob er gegen Tränen ankämpfen würde. Seine Hände legten sich wieder auf ihre Schultern. »Ich kann mir kaum vorstellen, wie verängstigt ihr gewesen sein müsst. So gefesselt. Nackt. Entblößt. Zusammengepresst in der Dunkelheit.«

Aus den Augenwinkeln beobachteten die jüngeren Männer, wie Godfreys Hüften sich drehten, und hörten das Knirschen des unbekannten Materials unter seiner Hose. Seine Hände drückten ihre Schultern fester zusammen, seine Augen fest geschlossen. Seine Lippen öffneten sich leicht, und er stöhnte leise, dann zog er sich ein Stück zurück und verschränkte die Hände hinter dem Rücken.

»Ja, es war … es war ziemlich beängstigend«, bestätigte Charles. Er schaute zu Shane hinüber und sah, wie sich seine eigene Angst im Gesicht des anderen widerspiegelte.

»Es muss richtig erleichternd gewesen sein, als die Polizei aufkreuzte«, sagte Godfrey. Es lag eine Leichtigkeit in seinem Ton, die nicht zum Inhalt passte. Sie wirkte trügerisch. »Die Polizei! Ausgerechnet die Metropolitan Police findet meinen Neffen so vor. In einem meiner Vans. Ich kann mir vorstellen, was die für Fragen gehabt haben müssen.«

»Nein, nein, eigentlich nicht, Onk…, Mr. West. Eigentlich nicht«, betonte Charles. »Sie dachten, er sei ein Verrückter. Die waren hinter ihm her, nicht hinter uns. Sie nahmen nur unsere Aussagen auf und ließen uns gehen, das ist alles. Sie gaben uns eine Nummer, unter der wir sie anrufen könnten. Sie sagten, wir bräuchten vielleicht psychologische Betreuung. Wegen des Traumas und so. Sie waren in Ordnung. Sie waren nett.«

»Sie waren *nett*!«, rief der Aal. Er hob die Hände über seinen Kopf und schlug sie wie zum Gebet zusammen. »Sie waren nett. Oh, das ist wunderbar! Wie schön, das zu hören. Ich bin froh, dass man sich gut um euch beide gekümmert hat. Ich meine, ihr hattet beide schon genug gelitten, oder? Ihr hattet auch so schon eine harte Nacht, ohne dass die Polizei euch noch verarscht.«

Er blickte auf seine Füße hinunter und sah zwei Spiegelungen seiner selbst in seinen glänzenden Lederschuhen. Eine leichte Schramme am linken Schuh beunruhigte ihn, und er polierte sie an der Wade seines rechten Beins, bis er zufrieden feststellte, dass sie weg war.

»Wer war er? Dieser ›Verrückte‹, von dem ihr erzählt? Wer war das?«

»Wir wissen es nicht. Ehrlich, wir wissen es nicht«, beharrte Charles. »Er war nur irgendein Typ.«

»Er klingt nicht wie ›irgendein Typ‹«, erwiderte Godfrey. »Er klingt nach weit mehr als nur ›irgendeinem Typ‹. Ich würde mich nicht so aufregen, wenn er nur irgendein Typ wäre.« Er beugte sich vor und brachte seinen Mund dicht zwischen ihre Ohren. »Aber ich tue es«, flüsterte er. »Man sieht es mir vielleicht nicht an, aber wisst ihr was? Ich rege mich auf.«

Er ließ sie einen Moment darüber sinnieren, dann richtete er sich so plötzlich auf, dass beide auf ihren Stühlen einen Satz machten.

»Wollt ihr wissen, was daran komisch ist?«, fragte er. »An dieser ganzen Geschichte? Ich habe ein paar Gefallen eingefordert. Ich habe ein paar Bekannte gebeten, mir Informationen über diesen Typ zu besorgen, von dem ihr mir erzählt habt. Und wisst ihr was? Nichts. Niemand weiß etwas über ihn. Niemand hat von der ganzen Sache etwas mitbekommen. Komisch, oder? Ich finde das … merkwürdig, meint ihr nicht auch?«

Charles schluckte. Es klang fast ohrenbetäubend in der bedrückenden Stille des Büros.

»Ich weiß nicht, was ich sagen soll«, murmelte er. »Da war die Polizei. Sie haben uns mitgenommen. Sie haben ihn verhaftet.«

»Und doch gibt es darüber keinerlei Aufzeichnungen«, sagte Godfrey. »Nichts. Nirgendwo. Wie erklärt ihr euch das?«

»Ich … ich meine, wir … das können wir nicht erklären. Wir wissen es nicht«, erwiderte Charles. »Wir können Ihnen nur erzählen, was passiert ist.«

»Was? Dass ihr es vermasselt habt, meinst du?«, fragte Godfrey. »Dass ihr durch eure Dummheit mich und meine Geschäfte gefährdet habt? Und ihr habt *sie* in Gefahr gebracht, was noch schlimmer ist.« Er deutete nach oben, als wollte er auf einen rachsüchtigen Gott verweisen, der über ihm auf einer Wolke hockte. »Wenn ihr mich bloßstellt, riskiert ihr, *sie* bloßzustellen, und was glaubt ihr, was *sie* davon halten? Was glaubt ihr, was *sie* empfinden, wenn der Bund des Vertrauens zwischen ihnen und mir derartig gefährdet wird, Charles? Was meinst du, wie *sie* auf so etwas reagieren?«

Charles sah Shane wieder in die Augen. Er hielt den Blick so lange, wie er sich traute. Als er antwortete, war seine Stimme heiseres Krächzen. »Nicht gut?«

»*Nicht gut.* Das ist sowohl maßlos untertrieben als auch zutreffend«, sagte Godfrey. »Sie reagieren nicht gut. Sie reagieren ganz und gar nicht gut. Deshalb musste ich schnell handeln, um es wieder auszubügeln. Deshalb musste ich demonstrativ meine Loyalität bekräftigen. Denn wenn ich das nicht getan hätte – wenn ich nicht klargestellt hätte, wem meine Loyalität gehört –, dann …« Er atmete hörbar ein und schüttelte den Kopf. »Aber halten wir uns nicht mit solchen Unannehmlichkeiten auf, was? Das sind Dinge, die einen nachts wachhalten.«

Ein Geräusch, das jemand, der zwanzig Jahre jünger als Godfrey war, als »Musik« bezeichnen würde, ertönte aus der Tasche von Shanes Jeans. Die beiden jungen Männer zuckten zusammen und erstarrten dann; nur ihre Augen bewegten sich, bis sie einander ansahen.

Godfrey sagte einen Moment lang nichts, dann schnalzte er missbilligend mit der Zunge. »Also, gehst du ran?«, forderte er ihn auf. »Es ist unhöflich, es einfach klingeln zu lassen.«

»Tut mir leid. Es tut mir wirklich leid«, sagte Shane. Er wollte aufstehen, aber die Hand legte sich wieder auf seine Schulter und hielt ihn fest. Also hob er seine Hüften an, um an das klingelnde Handy in der Tasche zu kommen, zog es heraus und blickte auf das Display.

»Es ist niemand«, sagte er und tippte mit dem Daumen auf den großen roten Ausschaltknopf.

»Das stimmt nicht. Es ist deine Mum. Das stand da«,

widersprach Godfrey. »Du kannst doch deine Mutter nicht abwimmeln.«

Die Musik ertönte erneut. Shanes Blick hob sich langsam, bis er dem Mann hinter ihm in die Augen sehen konnte.

»Mach schon.« Godfrey nickte ermutigend. »Geh ran.«

»Es wird nicht … sie wird nur …«

»Geh. Da. Ran.«

Shane holte tief Luft. Zitternd tippte er mit dem Daumen auf den grünen Kreis, um das Gespräch anzunehmen, und die blecherne Musik wurde durch das Geräusch von gellenden Schreien ersetzt. Einem Krachen. Von etwas, das zerriss. Von Schmerz.

»M…Mum? Mum?«

Er versuchte, sich zu wehren, aufzustehen, aber die Hand lag auf seiner Schulter, in seinem Nacken, in seinem Haar.

Er hörte seine Mutter entfernt und mit erstickter Stimme seinen Namen schreien. Er hörte sie betteln, flehen, dass das, was mit ihr geschah, aufhören möge. *Bitte, Gott, lass es einfach aufhören.*

»Mum?«

Die Hand in seinem Haar packte fester zu. Plötzlich kam ihm die Tischkante entgegen, und der Aufprall detonierte wie eine Bombe zwischen seinen Augen. Er sah einen weißen Blitz und dann ein Meer von Rot. Das Klingeln in seinen Ohren reichte nicht ganz aus, um die verzweifelten Schreie seiner Mutter zu übertönen, und es war fast erleichternd, als der zweite Aufprall folgte und es auf der Welt nichts mehr gab außer seinem eigenen Schmerz und seinem eigenen Leiden.

Das gehärtete Glas des Tisches hielt mehr aus als die Knochen in Shanes Gesicht. Jeder Schlag, jeder Aufprall – jedes Mal rasender und wütender als der vorherige – zertrümmerte seinen Schädel und zerfetzte seine Haut. Seine Nase brach. Ein Augapfel platzte. Blut floss in seinen Mund, in seine Kehle und in seine Lunge, und sein Körper krampfte, als er schließlich mit schlaff herabhängenden Armen nach vorne auf das Glas krachte. Das Telefon glitt aus seinen blutüberströmten Fingern.

Erst als Shane zuckend auf dem Vinylboden lag, gab Godfrey sich zufrieden. Er klatschte in die Hände, nur zwei- oder dreimal und mit wenig Begeisterung.

»Guter Junge«, sagte er zu seinem Neffen, der über dem zitternden Haufen Mensch stand, der eben noch sein Freund gewesen war.

Charles' Hände waren rot von Blut und sein Gesicht von Spritzern überzogen. Sein Atem ging stoßweise, als hätte er einen Sprint bei einem Marathon hinter sich gebracht. Tränen und Rotz flossen über seine Wangen und tropften von seinem Kinn.

»Wie ich schon sagte – es ist ungeheuer wichtig zu zeigen, wem gegenüber wir loyal sind«, sagte Godfrey. Er deutete auf die nun reglose Gestalt auf dem Boden, als wäre sie einfach nur lästiger Müll. »Und jetzt beseitige diesen Dreck. Ich habe ein Geschäftsessen und bin um vierzehn Uhr zurück. Ich erwarte, dass dann alles wieder makellos ist. Verstanden?«

Charles nickte. Weil er so stark zitterte, war das jedoch nicht leicht zu erkennen. »J...ja. Ja, Mr. West, Sir. Ich habe verstanden.«

»Oh, bitte.« Eine tief gebräunte, lederartige Hand mit sorgfältig manikürten Nägeln zeichnete die Konturen von Charles' Gesicht nach und verschmierte Blut und Tränen. »Nenn mich Onkel Godfrey«, flüsterte der ältere Mann, dann beugte er sich vor und drückte seinem Neffen einen langen, anhaltenden Kuss auf die Stirn. Schließlich lehnte er sich zurück und betrachtete nachdenklich und fast bewundernd das Gesicht des jüngeren Mannes. »Übrigens, wie geht es deiner Mutter?«

»Ihr ... es geht ihr gut.«

»Großartig.« Godfrey atmete aus und wischte mit der blutverschmierten Hand an Charles' Vorderseite hinunter, bis sie leicht über seinen Schritt strich. »Wenn du sie das nächste Mal siehst, grüß sie bitte lieb von mir.«

VIERZEHN

»Er ist also ein Arschloch?«, bemerkte Hoon. Er blickte von seinem mit rosa Pailletten besetzten Notizbuch auf, in dem er sich Notizen gemacht hatte. Der MI5-Mann hatte sich anfangs gesträubt, aber schließlich nachgegeben und detaillierte Informationen über den Mann geliefert, den Hoon aufspüren sollte. »Das wollen Sie mir doch sagen?«

Miles Crabtree nickte. »Ja. Darauf läuft es hinaus. Aber bestens vernetzt und sehr mächtig. Wenn Sie an ihn herankommen, werden sich viele Türen öffnen, und ich bin zuversichtlich – nein, ich bin mir *sicher* –, dass eine dieser Türen Sie zu Caroline Gascoine führen wird.«

Hoon nahm sich einen Moment Zeit, um alles durchzulesen, was er auf die Seiten des Buches geschrieben hatte, und opferte eine Sekunde, um die zwinkernde japanische Manga-Figur am unteren Rand zu überkritzeln, dann klappte er das Notizbuch zu und legte es in die Nachttischschublade.

»Also gut. Wenn das so ist, wird es Zeit, dass ich in die Rolle schlüpfe und weitermache.«

Miles sah auf die Uhr und legte die Stirn in Falten. »Was? Aber es ist doch gerade erst Mittag. Sie haben noch Stunden Zeit. Und Sie haben gesagt, Sie wollen zu spät kommen.«

Hoon stand auf und steuerte auf die Garderobe zu, sodass der MI5-Mann zur Seite treten musste. »Nein, das habe ich nicht gesagt.«

»Doch, das haben Sie!« beharrte Miles. »Sie haben gesagt, Sie wollten nicht pünktlich um zwanzig Uhr dort auftauchen.«

Hoon warf einen verächtlichen Blick über die Schulter, als er die Schranktüren aufzog. »O Mann! Sie sind wohl nicht gerade die hellste Leuchte beim Geheimdienst, oder, Sportsfreund?«, spottete er. »Wenn ich sage, dass ich nicht um Punkt zwanzig Uhr da sein will, heißt das nicht, dass ich zu spät komme. Ich bin doch kein Barbar, Miles. Ich werde früher da sein.«

Er griff in den Kleiderschrank und holte ein blaues Hemd mit Nadelstreifen hervor. So, wie sich sein Gesicht verzog, als er es betrachtete, hätte er das Kleidungsstück auch nicht ekliger gefunden, wenn es mit Hundescheiße beschmiert gewesen wäre.

»Aber zuerst gehe ich einkaufen«, verkündete er. »Denn so, wie ich Stephen White kenne – und ich bin er, also sollte ich ihn verdammt gut kennen –, würde er sich nicht einmal tot in dieser Kleidung sehen lassen.«

Miles' Blick wanderte von Hoon zu dem vollen Kleiderschrank und wieder zurück. »Aber ... wir haben das alles schon gekauft. Ich weiß nicht, ob wir das Budget für mehr haben.«

Hoon hängte den Hemdenbügel wieder auf die Stange und gab Miles ein paar sanfte Schläge auf die Wange, die gerade noch als »freundlich« durchgehen konnten.

»Okay. Hört sich an, als ob jemand seine Kreditkarte zücken wird«, sagte er. »Und ich bin es ganz sicher nicht, darauf können Sie wetten.«

Hoon hatte schon viele Kneipen von innen gesehen, auch wenn seine Erinnerungen an eine ganze Reihe davon bestenfalls nebulös waren. Er wusste jedoch, was er an Kneipen schätzte, und das Red Lion in der Crown Passage hatte es in Hülle und Fülle: von den vollgehängten Wänden und den alten, fleckigen Glasfenstern bis hin zu den abgenutzten roten Polstern, die weder optisch noch was den Gemütlichkeitsfaktor betraf, irgendetwas dazu beitrugen, den Sitzkomfort zu verbessern.

Es gab eine gute Auswahl an Fassbieren, eine Vielzahl von Spirituosen, die dekorativ in Regalen hinter dem Tresen präsentiert wurden, und eine – für diesen Teil der Welt – beeindruckende Anzahl von Malt Whiskys in leicht verstaubten Flaschen.

Die Bierdeckel waren aus Pappe, die Snacks bestanden überwiegend aus Nüssen, und obwohl schon seit einigen Jahren Rauchverbot herrschte, hing noch immer Nikotingeruch in dem alten Gebälk. Es war kein

Pub, es war eine Kneipe, und Hoon hätte sich keine ehrenvollere Bezeichnung ausdenken können.

Er hatte ein paar komische Blicke von den Gästen auf sich gezogen, als er die Eingangstür aufstieß und mit einem dröhnenden »Alles klar, ihr Wichser?« hereinstolzierte.

Und um ehrlich zu sein, hatte das Hemd wahrscheinlich genauso viel Aufmerksamkeit auf sich gezogen wie die Begrüßung. Es war ein schwarzes Langarmhemd mit leuchtend gelben Ananasfrüchten, die über das Hemd verteilt waren. Normalerweise hätte er so etwas nicht angefasst, aber als er es gesehen hatte, spürte er instinktiv, wie sehr es Miles Crabtree auf die Palme bringen würde. Allein schon deshalb musste er es haben.

Außerdem war es nicht Hoon, der es trug. Sondern Stephen White war es, und das war exakt der Stil, auf den der alte Whitey abfahren würde, dieses freche Großmaul.

Es hatte natürlich keine Anweisungen vom MI5 gegeben, ein ruppiges, großmäuliges Arschloch darzustellen, aber das war der Charakter, den Hoon seiner Rolle geben wollte, auch wenn er seine Entscheidung beim besten Willen nicht begründen konnte, als Crabtree nachfragte.

Manchmal musste man sich einfach auf seine Instinkte verlassen, und sein Bauchgefühl sagte ihm, dass Stephen White ein Arschloch war.

Er schlenderte zur Bar und bewunderte die traditionelle Einrichtung der Kaschemme, während er gleichzeitig die anwesenden Gäste musterte. Es waren insgesamt acht Personen, eine vierköpfige Gruppe und zwei Zweiergruppen. Vielleicht Pärchen. Es waren alles Männer, aber wer konnte heutzutage schon sagen, wer mit wem zusammen war. Allerdings wirkte keines der Gespräche besonders romantisch, und Hoon konnte sich denken, dass es wirklich kein Schuppen war, wo man sich für ein Date traf, schon gar nicht an einem Wochentag um halb sechs.

Die vierköpfige Gruppe bestand aus jungen Burschen in den Zwanzigern. Sie arbeiteten im Bankwesen, nach der Lautstärke und dem Inhalt ihres Geplappers zu schließen. Ihr aktuelles Gespräch schien eine Art Schwanzvergleich zu sein. Es ging darum, wessen Anlagestrategie die beste war. Jedenfalls schaltete Hoon bei der ersten Erwähnung von »nicht realisierten Renditen« ab und richtete seine Aufmerksamkeit auf die beiden Zweiergruppen.

Bei der einen hätte er auf Vater und Sohn getippt. Bauarbeiter, dachte er. Auf jeden Fall Handwerker. Definitiv viel unterhaltsamer als die vier glucksenden Trottel in den teuren Klamotten, obwohl sie im Moment zu sehr mit dem Konsum ihrer Biere und den Verlautbarungen der Boulevardpresse beschäftigt waren, um das unter Beweis zu stellen.

Die beiden anderen wirkten etwas deplatziert. Es waren Chinesen oder Japaner – er hatte sich nie die

Mühe gemacht, herauszufinden, woran man den Unterschied erkannte. Sie fotografierten eifrig den kleinen Korb mit Gewürzen, der auf ihrem Tisch stand, vermutlich, weil sie auf ihr Essen warteten.

Abwechselnd hielten sie Tütchen mit Tomatensoße und Salatcreme in die Höhe und ließen sie wie glitzernde Ohrringe an ihren Köpfen baumeln, während das Gegenüber am Tisch lachte und noch ein paar Fotos knipste.

Sollten sie doch. Wenn es ihnen Spaß machte.

An der Bar erwartete ihn genau die Art von Bardame, die er sich erhofft hatte. Sie hatte Arme wie ein Ringer, das Kinn von Popeye und einen Gesichtsausdruck, der ihm verriet, dass sie ihm bei einem falschen Wort in den Hintern treten würde. Sie war der Inbegriff der schlechten Laune, und als sie sprach, lag in ihrer Stimme ein Unterton völliger Verachtung.

»Was darf's sein?«

»Ein kleines Lächeln könnte nicht schaden«, sagte Hoon.

»Das würde dir so passen«, erwiderte sie, und als ob sie ihren Standpunkt bekräftigen wollte, wurde ihr Gesichtsausdruck noch verbitterter.

Hoon kniff die Augen zusammen. »Ist das ein kleiner Ostküsten-Zungenschlag? Vielleicht aus der gottverlassenen Gegend um Newcastle?«

»Kann sein«, räumte sie ein, ließ es aber dabei bewenden. »Was willst du?«

»Ein Pint Guinness, bitte«, sagte Hoon. »Und was auch immer du trinken willst.«

Die Bardame griff unter dem Tresen nach einem Glas, stellte es unter den Guinness-Zapfhahn und drückte den Pumpenschwengel herunter, ohne auch nur einen Hauch von Interesse oder Elan zu zeigen.

»Nettes Hemd«, bemerkte sie.

Hoon streckte die Arme aus und bewunderte die aufgedruckten Ananasfrüchte auf seinen Ärmeln. »Findest du?«

Die Bardame hörte auf zu zapfen, als das Glas zu drei Vierteln gefüllt war, damit das Bier sich setzen konnte, und schüttelte dann den Kopf. »Nein«, sagte sie. »Wo soll's denn hingehen? An die Copacabana?«

Hoon grinste. Der Kneipencharme alter Zeiten und beißender Sarkasmus. Dieser Laden war richtig geil!

»Weiß nicht. Es ist noch früh am Tage«, sagte er, als sie zwei Drinks durch die Kasse klingeln ließ. »Ich treffe mich hier später mit einem Kumpel. Na ja, nicht wirklich einem Kumpel, nur einem Kerl, den ich getroffen habe und der angeboten hat, mir die Sehenswürdigkeiten zu zeigen. Dale Martelle. Kennst du ihn?«

An der Art, wie die Bardame ihr Gesicht verzog, ließ sich deutlich erkennen, dass sie Dale Martelle tatsächlich kannte.

»Scheiße. Er kommt doch nicht etwa hier rein, oder?«

»Doch. Warum?«, fragte Hoon. Er nahm zwanzig

185

Pfund aus seiner Stephen-White-Brieftasche und schob sie über den Tresen. »Ist er etwa ein Arschloch?«

»Wenn er was intus hat, ja. Ein gruseliger Lustmolch.«

»Was, dir gegenüber?« Hoon klang schockierter, als er es gewollt hatte, und war froh, dass er nicht gleich einen Satz heiße Ohren bekam.

»Klar. Die Frauen rennen uns hier nicht gerade die Bude ein, falls du das noch nicht bemerkt hast«, antwortete sie, zapfte dann sein Bier fertig und knallte das Glas vor ihm auf den Tresen.

»Du hast kein Kleeblatt in die Blume gemalt«, bemerkte er.

Sie antwortete, indem sie ihren Zeigefinger in den glatten weißen Schaum tauchte und die Umrisse von etwas nachzeichnete, das weniger wie ein vierblättriges Kleeblatt und eher wie ein Penis aussah. »So. Prost«, sagte sie.

Hoon lachte leise, als er das Glas an seine Lippen hob. »Klar«, erwiderte er. »Verdammt, ich könnte mich an diesen Laden gewöhnen.«

Als Dale Martelle im Red Lion aufschlug, hatte Hoon bereits mehrere Pints vernichtet, war schon etwas mitgenommen und mit den beiden asiatischen Herren, die kein Wort Englisch sprachen, bestens befreundet. Wie durch ein Wunder war er nicht der Versuchung erlegen, sich mit den Bankern zu prügeln, obwohl sie immer lauter wurden und regelmäßig johlten.

Er war auch wesentlich besser über den Mann informiert, den er treffen sollte, trotz der anfänglichen Abneigung der Bardame, wenigstens ein paar sinnvolle Worte mit ihm zu wechseln. Er hatte sie schließlich weichgeklopft und kannte nun die Namen mehrerer Freunde von Dale, er wusste, für wen er arbeitete, und hatte eine recht genaue Vorstellung davon, wo er wohnte.

Nicht schlecht für ein paar Stunden Arbeit und ein paar Pfund Trinkgeld.

In den Stunden seit Hoons Ankunft hatte sich die Kneipe langsam gefüllt. Es waren jetzt knapp zwanzig Gäste da, von denen ganze fünf Prozent weiblichen Geschlechts waren. Anders gesagt, eine Person. Sie saß in der Ecke, wirkte äußerst beklommen und lachte immer einen Moment nach ihren Begleitern, die Hoon für ihre Arbeitskollegen hielt.

Das arme Ding. Sie gab ihr Bestes, um sich anzupassen, aber sie fiel auf wie ein bunter Hund.

»Holla! Da ist er ja höchstpersönlich!«, rief Hoon, als Dale hereingestürmt kam.

»Was? O Gott. Moment mal. Wie spät ist es?«, fragte Dale. »Um wie viel Uhr wollten wir uns treffen?«

»Woher soll ich das wissen?« Hoon legte ihm einen Arm um die Schulter. »Ich wusste nicht mehr, wann wir uns treffen wollten, also dachte ich, scheiß drauf, ich komme früher.«

»Was ist das für ein Hemd?«, fragte Dale.

Hoon sah wieder auf seine Arme hinunter und blinzelte überrascht, als würde er das Hemd gerade zum ersten Mal sehen. »Was soll mit dem Hemd sein? Es ist ein gutes Hemd.«

»Da sind Ananasfrüchte drauf.«

»Na und?« Hoon blinzelte, als brächte der Alkoholpegel im Körper seine Augen aus dem Gleichgewicht. »Was zum Teufel hast du gegen Ananas?«

Dale schüttelte den Kopf. »Nichts. Ananas …, die sind völlig okay. Ich meinte nur …«

Hoon schlug dem anderen Mann mit der Hand auf die Brust, um ihm zu signalisieren, dass er den Mund halten sollte.

»Vergiss die verfickten Ananasteile«, sagte er und nuschelte dabei so, dass es Dale nervös zu machen schien. Hoon schaute sich abschätzend in der Bar um und senkte seine Stimme zu einem Flüstern. »Der Laden ist scheiße. Nichts für ungut, aber das ist so. Total beschissen. Hast du nicht versprochen, wir lassen mal richtig die Sau raus? Klar hast du das.«

Er kramte in seiner Tasche und holte das Portemonnaie hervor, das so mit Bargeld vollgestopft war, dass es gleichzeitig diskret und protzig rüberkam.

»Ich hab Bargeld. Du hast gesagt, wir brauchen Bares. Ich habe Bargeld.«

Dales Blick verweilte einige Augenblicke auf der Geldbörse, dann legte er eine Hand darauf und schob sie nach unten, außer Sichtweite der übrigen Kneipenbesucher.

»In Ordnung, schon okay. Ich weiß, wo wir hingehen können«, sagte er. »Aber das sind seriöse Leute. Du darfst nicht zu viel Aufmerksamkeit auf dich lenken. Du musst cool bleiben.«

Hoon grinste fahrig und betrunken. »Ich habe Ananasfrüchte überall auf meinen Titten«, dröhnte er und zeigte mit beiden ausgestreckten Daumen ruckartig auf seine Hemdbrust. »Viel cooler geht's ja wohl nicht!«

FÜNFZEHN

Hoon saß in einem kleinen verqualmten Hinterzimmer eines billigen Hotels, blickte finster auf die beiden Karten in seiner Hand und fragte sich, wie zum Teufel das hatte passieren können.

Von der anderen Seite des Tisches nickte Dale ihm zu und blickte dann süffisant zu den vier anderen Männern. Hoon konnte fast das mitgedachte »Ta-daa!« hören.

Dale gelang es im Gegenzug nicht, den Blick zu entschlüsseln, den Hoon ihm zuwarf und der in etwa »Du willst mich wohl verarschen!« bedeutete – mit einer langen Reihe obszöner Sprüche im Kielwasser.

»Gehen Sie mit?«, fragte der alte Knacker zu Hoons Rechten, ein grauhaariger Schwarzer in den Achtzigern, der in einem Anzug steckte, der vermutlich noch älter war als er selbst. Er saß zusammengesunken auf seinem Stuhl, in der einen Hand klemmte zwischen zwei Fingern eine dünne Zigarre, während die andere Hand seine Karten schräg nach unten hielt. Dale hatte ihn Hoon als Granny Porter vorgestellt, aber Hoon fand das Wortspiel nicht besonders lustig.

Das hier war kein illegaler Kampfring. Das war ein Haufen trauriger alter Säcke, die beim Kartenspiel um Pennys zockten.

»Was ist los, Junge?«, fragte Granny. Seine Stimme klang tief und voll, und es lag ein Hauch von Karibik in seinem Akzent, der ansonsten fest im Londoner East End verwurzelt war. »Muss ich Ihnen mein Hörgerät leihen? Ich habe gefragt, ob Sie mitgehen.«

Hoon legte seine Karten ab, schüttelte den Kopf und blickte über den Tisch zu Dale, der sein Blatt studierte. Sein dämliches Grinsen ließ erkennen, dass der Spinner ein anständiges Blatt haben musste. Wenigstens einen König, den drei Karten nach zu urteilen, die bis jetzt in der Mitte des Tisches gelandet waren. So würde er sicher nicht bei einer Zwei oder einer Sieben feixen.

Der Spieler links von Hoon ging mit und erhöhte um – Hoon beugte sich neugierig vor – ein ganzes Pfund.

»Leck mich«, murmelte Hoon und lehnte sich in seinem Stuhl zurück. »Der letzte große Dukatenscheißer, was?«

Der Mann zu seiner Linken – ein älterer Bursche, der fast genauso aussah, wie der rechts neben ihm, nur mit einer anderen Hautfarbe – sah ihn über den Rand seiner Lesebrille hinweg an.

»Wie bitte?«, fragte er.

Er war Hoon als »Frenchie« vorgestellt worden, obwohl nichts an ihm darauf schließen ließ, dass er jemals auch nur einen Fuß nach Frankreich gesetzt hatte. Er sprach langsam und grummelig, was ihn leicht einfältig klingen ließ.

»Ich meine ja nur, dass es nicht gerade um mörderhohe Einsätze geht, stimmt's?«, sagte Hoon und deutete auf den kleinen Haufen Bargeld in der Mitte des Tisches.

Sie spielten nun schon seit fast vierzig Minuten, und der höchste Betrag, den der Pott erreichte, hatte bei knapp einem Zehner gelegen. Und da hatten drei der Männer am Tisch vor Aufregung ihre Herzmedikamente nehmen müssen.

»Es geht nicht um das Geld. Es geht um den Spaß«, sagte der Mann links von Dale. Er war etwas jünger als die anderen, obwohl er mindestens in den Sechzigern war. Der letzte Mann am Tisch hatte bisher nichts gesagt, aber seine Blicke huschten ruhelos über die Gesichter der anderen Anwesenden, was darauf hindeutete, dass er das Geschehen interessiert verfolgte.

»Spaß, sagen Sie? Und wann geht's damit los?«, fragte Hoon und schaute auf seine Uhr. »Weil ich mich dann für eine Weile verpissen und zurückkomme könnte, wenn es so weit ist.«

»Was ist los, Whitey?«, fragte Dale.

Hoon antwortete nicht. Jedenfalls nicht sofort. Erst als die Stille im Raum ihm sagte, dass er sein Stichwort verpasst hatte.

»Was? Ach so. Du fragst mich, was los ist? Das da ist los, verdammt.« Er deutete auf die Rentner um den

Tisch. »Ich meine, nichts für ungut, Gentlemen, aber das ist nicht unbedingt das, was ich mir unter einem tollen Abend vorstelle.«

»Und was genau hatten Sie sich vorgestellt?«, fragte Frenchie.

»Okay, also, sehen Sie das hier? Uns, hier am Tisch? Und jetzt stellen Sie sich das Gegenteil davon vor«, antwortete Hoon. »So etwas hatte ich im Sinn. Heiße Frauen. Hohe Einsätze. Vielleicht ein bisschen Gefahr. Kein verfickter Bingo-Abend im Golden Pines.«

»Das hier ist nicht Bingo.« Dales Bemerkung brachte ihm Schnalzen und Augenrollen ein. Und nicht nur von Hoon.

»Er weiß, dass es nicht Bingo ist«, meinte Granny Porter. »Das war nur eine Redewendung.«

»Ja, ganz genau. Danke«, sagte Hoon.

Granny pfefferte die Karten auf den Tisch. »Und er hat recht.«

»Wie bitte?«, fragte Dale. Er blickte wieder auf sein Blatt, dann zum König auf dem Tisch und war sichtlich besorgt, dass ihm der erwartete Gewinn durch die Finger rann. »Granny, was reden Sie da?«

»Ich wollte das schon lange sagen, hatte aber bisher nie den Nerv dazu«, sagte Granny. »Ich bin zu alt, um hier zu sitzen und euch Arschlöcher anzuglotzen und auf den Tod zu warten. Ich komme seit zehn gottverdammten Jahren drei Abende pro Woche hierher. Ich sitze auf diesem Platz, an diesem Tisch, rauche die gleichen Zigarren, und ich will nicht für euch sprechen, meine Herren, aber ich habe es satt.«

»Gute Predigt, Bruder!« Hoon klopfte dem älteren Mann auf die Schulter. »Hier ist Scheißlondon. Irgendwo muss es doch etwas Besseres als das hier geben.«

Er und Granny Porter blickten beide über den Tisch hinweg zu Dale, der sich auf seinem Stuhl wand.

»Klar. Schon gut. Okay. Ich weiß da vielleicht was«, erklärte er. Er schaute auf seine Karten. »Aber können wir wenigstens diese Runde zu Ende spielen?«

»Ein Paar Könige?«, sagte Hoon.

Dales Augen weiteten sich. »Was?« Er schluckte und versuchte, seine Fassung wiederzuerlangen, dann zwang er sich zu einem Lachen. »Nein!«

Alle übrigen Männer am Tisch legten ihre Karten in die Mitte.

Hoon grinste Dale an. »Gut gemacht. Gut gezockt«, sagte er, stand dann auf und deutete auf den Pott. »Und jetzt sammle dein Ein-Pfund-fünfundsiebzig-Geklimper ein und lass uns hier verschwinden.«

Es war ein Fortschritt gegenüber einem Pokerspiel in einem verrauchten Hinterzimmer, aber kein allzu großer. Es war immer noch nicht das, was Hoon erwartet hatte.

Es hatte eine Weile gedauert, den Laden zu finden – was unvermeidlich war, weil er immer wieder umzog –, und Hoon hatte den Eindruck gewonnen, dass Dale bei den meisten seiner Bekannten nicht besonders gut angesehen war. Er konnte verstehen, warum. Der Mann war geradezu ein schwarzes Loch an Charme und Persönlichkeit.

Schließlich wurden sie ins Hinterzimmer eines Pubs im East End verwiesen, wo ein Gentleman mit offenkundig problematischem Anabolikamissbrauch Dale und Hoon beäugte, als wollte er sie allein mit der Kraft seines Geistes zerquetschen.

Was ihm nicht gelang.

Hoon hatte sich darauf verlassen, dass Dale sie hineinbringen würde, aber wie sich herausstellte, war Dale eine nutzlose Flachpfeife, und keine seiner leise geflüsterten Bitten hatte ihnen die Tür geöffnet.

Da entdeckte der Türsteher plötzlich den älteren Mann, der hinter ihnen wartete. Er riss die Augen auf, bis die Iris ringsum von einem Meer aus Weiß umgeben war, und drückte den Rücken durch, als nähme er Haltung an.

»Sind Sie ... sind Sie Danny Porter?«

Granny-Danny lächelte und schüttelte dem Türsteher die Hand. »Vielleicht. Früher einmal.«

Hoon beobachtete beide Männer, sagte nichts und wartete ab, wie sich die Sache entwickeln würde.

»Mein alter Herr hat sich nach einem Ihrer Kämpfe mit Ihnen fotografieren lassen.«

»Ach wirklich?« Granny schüttelte immer noch die Hand des Türstehers.

»Er hat das Foto geliebt«, schwärmte der Türsteher. »Er hatte es auf seinem Nachttisch stehen und hat es jeden Abend angestarrt, bis er einschlief.«

Das Lächeln auf Grannys Gesicht schwächelte für einen Moment, dann kehrte es breiter als je zuvor zurück. »Ist denn das die Möglichkeit? Ich fühle mich wirklich geehrt.«

»Kommen Sie rein?«

»Meine Freunde und ich würden gerne Ihren Club besuchen, ja«, sagte Granny. »Wenn es keine Umstände macht?«

»Absolut nicht, Danny. Absolut keine Umstände! Es ist mir eine Ehre. Es ist wirklich … Wow. Mein Vater würde an die Decke springen, wenn er wüsste, dass ich mit Ihnen geredet habe!«

»Wollen Sie ihn anrufen?«, erkundigte sich Granny.

»Oh. Nein. Er ist tot«, antwortete der Türsteher.

»Ah. Mein Beileid.«

»Krebs.«

Granny biss sich auf die Unterlippe und nickte feierlich. »Oh. Verdammt.«

»Ja. Sie mussten ihm einen Teil des Gesichts entfernen, aber es hat nichts genützt.«

»Verdammt«, sagte Granny erneut.

Hoon schaute zwischen den beiden Männern hin und her, die in ehrfürchtigem Schweigen erstarrt zu sein schienen. Er klatschte in die Hände und riss sie aus ihrer Trance.

»Verdammt, das war wirklich ergreifend«, sagte er. »Aber wenn es euch beiden rührseligen Bastarden nichts ausmacht, gehen wir jetzt rein.«

Der Türsteher war einverstanden. Ein weiterer Handschlag folgte, etwas Bargeld wechselte den Besitzer, und die drei Männer wurden mit einem kettengetriebenen Fassaufzug rasselnd und rüttelnd in den Keller der Kneipe hinabgelassen.

»Gut gemacht, Granny«, sagte Hoon und klopfte dem älteren Mann auf die Schulter.

Granny zuckte lässig mit den Schultern, schien sich jedoch über das Kompliment zu freuen.

»Aber was zum Teufel hatte das alles zu bedeuten?«, fuhr Hoon fort.

Dale beeilte sich mit einer Erklärung, als wollte er damit sein früheres Versagen wettmachen. »Granny war früher Boxer. So etwas wie ein Lokalmatador. Er unterstützt jetzt einen Verein für Nachwuchsboxer, richtig, Granny? Er hilft dabei, sie zu trainieren.«

»Das holt sie von der Straße«, sagte Granny.

»Schau an. Sie stecken wirklich voller Überraschungen«, bemerkte Hoon und richtete seine Aufmerksamkeit dann auf den Keller, in den sie hinabgelassen wurden.

Zuerst bemerkte er die Hitze – die feuchte Wärme von Dutzenden Körpern, die in einem schlecht belüfteten Raum zusammengepfercht waren.

Dann traf ihn der Lärm. Als der Aufzug sich in Bewegung gesetzt hatte, waren die Leute fast stumm gewesen und hatten kollektiv den Atem angehalten, wie Gäste auf einer Überraschungsparty, die auf das Geburtstagskind warten.

Jetzt hörte Hoon über dem Geräusch des Aufzugs das Klatschen von Fleisch auf Fleisch – Stöße, feste Schläge. Das Knacken eines Knochens. Dann brach das Getöse los – Jubel und Buhrufe in fast ausgewogenem Verhältnis und das einsame Heulen eines Mannes, der stärkere Schmerzen hatte, als er wegstecken konnte.

»O Gott.« Dale schnitt eine Grimasse, schlug eine Hand vor den Mund und wandte sich von dem Mann mit dem Bürstenhaarschnitt und dem blutverschmierten Gesicht ab, der schreiend auf den Knochen starrte, der aus seinem Unterarm ragte.

»Ach, du meine Güte. Das sieht wirklich übel aus!«, rief Granny Porter, rieb sich dabei jedoch die Hände und grinste von einem Ohr zum anderen, als wäre es das Highlight der Woche.

Das Dritte, was Hoon an diesem Ort auffiel, war der Geruch: Zigaretten und Alkohol, Parfüm und Eau de Cologne, Schweiß und Blut. Das daraus resultierende Duftbukett war kräftig und animalisch. Zusammen mit dem Jubel, dem Gejohle und den Schreien verlieh es dem Ort eine primitiv-aggressive Atmosphäre, als würde jeden Moment ein Krieg ausbrechen.

Obwohl er möglicherweise bereits begonnen hatte, wenn man den Arm des armen Mistkerls betrachtete.

198

Als der Aufzug das letzte Stück hinunterfuhr, ließ Hoon seinen Blick über den Rest des Kellers schweifen. Es war ein relativ großer Raum, groß genug, damit sich hundert oder mehr Schaulustige um eine Fläche versammeln konnten, die ungefähr die Größe eines normalen Boxrings hatte.

An den Rändern des Saals waren einige Tische und Stühle aufgestellt, an denen eine Handvoll Leute – hauptsächlich Frauen – saßen und tranken. Sie schienen sich für das eigentliche Geschehen kaum zu interessieren.

Im Großen und Ganzen waren die Zuschauer erstaunlich gut gekleidet. Fast alle Männer trugen Hemden und Anzugjacken, einige sogar Smoking und Fliege. Die Frauen waren sogar noch eleganter zurechtgemacht und so aufgebrezelt, als wollten sie hier nur einen Zwischenstopp auf dem Weg zu einem großen Galaevent einlegen. Der Oscarverleihung vielleicht. Jedenfalls irgendwas mit einem roten Teppich.

Dennoch fühlte sich alles billig und schäbig an. Ob zu Recht oder nicht, Hoon hatte etwas mehr erwartet … nicht unbedingt stilvoller, aber besser als das hier. Auf dem Boden lagen zertrampelte und zerbrochene Plastikbecher, alle Zuschauer wirkten angetrunken, und ihre schicken Klamotten saßen verrutscht und unordentlich.

Die Verfassung der Gäste und die allgemeine Atmosphäre erinnerten ihn an eine Hochzeit von Landfahrern, zu der er während seiner Zeit im Polizeidienst gerufen wurde, weil während der Rede des Trauzeugen eine Massenschlägerei ausgebrochen war.

Trotz des Blutvergießens herrschte an diesem Ort nicht ganz dieselbe Atmosphäre unkontrollierter Gewalt wie bei der Hochzeitsfeier, aber ansonsten ähnelte sich die Stimmung bei den beiden Ereignissen ziemlich.

»Ist das alles?«, fragte Hoon.

»Mein Gott, du bist wohl nie zufrieden, oder?«, sagte Dale.

»Nicht oft, nein«, stimmte Hoon ihm zu. »Ich dachte, es wäre … protziger.«

»Protziger? Das hier ist ein illegaler Kampfring, nicht die Oper«, betonte Dale und sog dann die Luft durch die Zähne ein. »Scheiße, sieh dir seinen Arm an.«

»Das weiß ich«, fuhr Hoon fort. »Ich hatte nur gehört, dass es eine große Sache sein sollte. Wohin auch die ganzen verfickten Promis kommen.«

»Wer hat dir das denn erzählt?«, fragte Dale, und Hoon wischte die Frage beiseite, bevor jemand Verdacht schöpfen konnte.

Unten wartete ein Mann auf sie, und Hoon blickte unwillkürlich zu der verschlossenen Luke über ihnen hinauf. Er hatte fast den Eindruck, es könnte sich um denselben Mann handeln, der sie dort oben gerade hereingelassen hatte. Er hatte die gleiche Statur – keinen Hals, eine Brust wie ein Whiskyfass und Beine so dick wie Telegrafenmasten – und betrachtete die drei Neuankömmlinge mit dem gleichen Misstrauen wie sein überirdischer Kollege. Ihm gefielen ihre Nasen nicht. So viel war klar.

»Wer sind Sie?«, fragte er. Der Tonfall war nicht besonders energisch. Wenn man so groß war, musste man sich nicht anstrengen, um einschüchternd zu wirken, das kam einfach von selbst.

»Das wollte ich dich auch gerade fragen«, erwiderte Hoon, bevor Dale oder Granny Porter den Mund aufmachen konnten. Er gestikulierte in Richtung des Kellers. »Was geht hier ab?«

Der Türsteher oder Aufzugboy oder wie auch immer seine Berufsbezeichnung lautete, starrte Hoon ausdruckslos an und sagte nichts.

»Was ist los? Hast du kürzlich was an die Birne gekriegt?«, fragte Hoon. Er deutete wieder auf das Chaos und das Gemetzel. »Wir wollen hier mitmischen. Uns ein paar Drinks genehmigen, ein bisschen flirten.«

Den Türsteher blieb völlig unbeeindruckt. »Haben Sie eine Einladung?«

»Eine Einladung?« Er zeigte auf den alten Mann in ihrer Mitte. »Weißt du, wer das ist?«

»Nein, weiß ich nicht.«

»Das ist Danny Porter, verdammt noch mal. *Der* Danny Porter.«

Der Türsteher-Klingelpage wirkte weiterhin unbeeindruckt. »Keine Ahnung, wer das sein soll«, entgegnete er. »Wo ist Ihre Einladung?«

Hoon murmelte leise vor sich hin, dann holte er sein Portemonnaie heraus und förderte einen frisch gedruckten Geldschein zutage. »Ich habe hier zwanzig Einladungen, Großer.« Als der Mann nicht reagierte, zückte er einen zweiten Schein. »Vierzig Einladungen?«

Immer noch nichts.

»Verdammte Scheiße.« Hoon nahm einen dritten Zwanziger heraus. »Wenn ich dir sechzig Einladungen gebe, kannst du mir dann zehn Einladungen zurückgeben? Ich habe nämlich das Gefühl, dass meine Großzügigkeit hier ausgenutzt wird, wenn ich ehrlich bin.«

»Mir gefällt Ihr Hemd.«

Als er die Stimme hörte, trat der Türsteher zur Seite, und Hoon sah sich einer Frau gegenüber, die er am ehesten als Miss Twiggy in einem schönen Kleid beschrieben hätte. Er schätzte sie auf Mitte dreißig, und der Großteil der männlichen Bevölkerung hätte sie zweifellos als schön beschrieben. Für seinen Geschmack war sie viel zu dürr.

Sie war jedoch sehr elegant gekleidet, hatte sich die Haare machen lassen, und ihr Make-up veranschlagte er auf einen Monatslohn seiner alten Beamtenbezüge. Wichtiger war jedoch, dass der muskelbepackte Trottel, der ihnen den Eingang verwehrte, die Hände faltete und den Kopf neigte, als wollte er ihr seine Ehrerbietung erweisen.

Dies war also eine Frau, die kennenzulernen sich

lohnte, ob man nun ihre spitzen Rippen zählen konnte oder nicht.

»Besten Dank«, antwortete Hoon. »Ich wollte mich eigentlich wie ein echter Schickimicki-Schnösel anziehen, aber ich hatte Angst, dass jemand anders im selben Outfit aufkreuzt.« Er ließ seinen Blick durch den Raum schweifen und richtete ihn dann wieder auf sie. »Da bin ich ja gerade noch mal davongekommen, was?«

Sie lachte darüber, und es klang fast überzeugend. »Sie sind Schotte«, erklärte sie, als müsste das eine Neuigkeit für ihn sein.

»Verdammt gut beobachtet, Sweetheart«, erwiderte er.

Daraufhin knurrte der Türsteher und ballte seine riesigen Fäuste.

»Schon gut, Hugo«, wies die Frau ihn zurecht. Bei ihrem bestimmten Ton wich der Türsteher sofort zurück.

»Ganz ruhig, Junge, aus«, sagte Hoon, und sein Lächeln wich einem betont feindseligen Ausdruck. Der Typ starrte ihn finster an, sagte aber nichts.

»Sind Sie mit dem Neuen hier?« Die Frau trank einen Schluck aus einer Sektflöte – es war ein echtes Glas und nicht aus dem spröden Plastik, wie die betrunkenen Gäste sie in der Hand hielten – und fuhr sich dann mit der Zungenspitze über die vollen roten Lippen. »Greig, stimmt's?«

»Stimmt.« Hoon hatte absolut keine Ahnung, wovon

sie sprach. »Greig. Der neue Typ. Das ist der, mit dem wir hier sind.«

»Was, Sie alle drei?«

Hoon bemerkte ihre hochgezogene Augenbraue und die Überraschung in ihrer Stimme und passte sich gedankenschnell an. »Nein, natürlich nicht wir alle drei. Nur ich. Die beiden sind nur hier …«

»… um uns zu amüsieren«, kam Granny ihm zu Hilfe. Er strich seinen Anzug glatt, der mindestens zwei Weltkriege überstanden hatte, und fuhr dann mit der anderen Hand durch sein drahtiges graues Haar. »Heiße Frauen. Hohe Einsätze. Vielleicht ein bisschen Gefahr.«

Die Frau lachte erneut, und diesmal klang es sogar echt. »Dann sind Sie hier richtig. Hugo wird Ihnen zeigen, wo es langgeht.« Sie schwenkte ihr Glas in Hoons Richtung und prostete ihm zu. »Und Sie bringe ich zu Greig.« Sie beugte sich ein wenig näher heran, und der Duft ihres Parfums füllte die Lücke zwischen ihnen. »Unter uns gesagt, ich glaube, Sie sind gerade noch rechtzeitig gekommen.«

SECHZEHN

Die Vogelscheuche fegte mit einem Selbstbewusstsein durch die Menge, das selbst Hoon beeindruckte.

Sie glitt zwischen den Leuten hindurch, das Sektglas in Schulterhöhe, und ihre Absätze klackten auf dem Steinboden. Trotz der Unebenheiten schwankte sie kein einziges Mal, und immer, wenn es aussah, als wäre das Meer von Gästen vor ihr zu dicht, als dass sie hätte hindurchkommen können, tauchte von irgendwoher ein muskelbepackter Rausschmeißer auf, schob die Gäste kurzerhand zur Seite und bahnte ihnen einen Weg.

»Ich bin übrigens Amanda«, sagte sie und warf einen Blick über ihre entblößte, knochige Schulter zurück. »Aber das wussten Sie bestimmt schon.«

»Klar wusste ich das«, log Hoon. »Natürlich.«

Das schien sie zu freuen. Sie führte ihn zu einem Bereich im hinteren Teil des Kellers, wo einige Vorhänge an Seilen aufgehängt waren. Es wirkte wie eine Reihe Umkleidekabinen in einem Kleidergeschäft.

Als sie sich der vierten Kabine näherte, pochte sie spielerisch mit ihren gekrümmten Fingern an den dicken schwarzen Stoff. »Klopf, klopf!«, sagte sie und grinste, als wäre es ein genialer Witz, auf den noch niemand gekommen war.

Es dauerte einen Moment, bevor die Antwort ertönte. »Wer ... wer ist da?« Die Stimme klang eindeutig nach Norden, aber Hoon konnte sie noch nicht genau einordnen.

Amanda schaute Hoon über den Rand ihres Glases hinweg an und neigte dann den Kopf in Richtung des Vorhangs.

»Hier ist ... Stephen«, sagte Hoon.

Wieder eine Pause.

»Welcher Stephen?«, fragte die Stimme hinter dem Vorhang.

Hoon verdrehte die Augen. »Jesus, Jungchen, wir führen hier keinen ausgeklügelten Klopf-Klopf-Witz auf!«, bellte er. »Alles klar bei dir?«

»Ja ... sicher. Ja, alles klar. Alles klar.«

Hoon schob den Vorhang beiseite und stand vor einem bärtigen, halb nackten Milchbubi, der ihn mit großen Augen anstarrte. Er war gerade damit beschäftigt gewesen, seine Hände mit schmierigen Lappen zu bandagieren, und hatte dabei kläglich versagt. Jetzt erstarrte er, wie ein Kaninchen im Scheinwerferlicht.

Er war ein Schwarzer, aber eher hellhäutig. Ein Mulatte, vermutete Hoon, auch wenn man diesen Begriff heute wohl nicht mehr verwendete. Sein Bart war ein zotteliger, mickriger Witz, weder nützlich noch schick, und klebte peinlich auf etwas, was Hoon nur als »Babyface« bezeichnen konnte.

Er hatte die Statur eines Boxers – Mittelgewicht, vielleicht sogar Schwergewicht – und trug ein Paar blauweiße Shorts im Stil der Schottenfahne. Das würde ihm hier bei diesem Auswärtsspiel wahrscheinlich nicht viel Unterstützung vom Publikum einbringen.

Als er die Frau in dem Kleid erblickte, schien er sie wiederzuerkennen – mit einem Anflug von Angst, dachte Hoon –, aber als er seine Aufmerksamkeit danach dem Mann in dem Ananashemd zuwandte, war sein Blick völlig leer.

»He, gibt es ein Problem?«, fragte der Bursche. Obwohl er sich bemühte, seine, wie Hoon vermutete, »große Jungenstimme« aufzulegen, konnte er den Akzent jetzt genauer heraushören. Ayrshire. Wahrscheinlich aus der Gegend um Kilwinning.

»Sag du es mir, Greiggy-Boy«, polterte Hoon zurück. Er trat durch den offenen Vorhang, ergriff die Hände des Jungen, drehte sie um und checkte die Bindung. »Wie sieht das denn aus? Hast du das hier mit deinen verfickten Füßen gewickelt, oder was?«

»Was …? Nein, ich habe nur …« Greig runzelte die Stirn und blinzelte, als würde er aus einer Trance erwachen, dann zog er seine Hände weg. »Wer sind Sie?«

Aus dem Augenwinkel sah Hoon, wie sich Vogelscheuche leicht versteifte.

»Scheiße, was glaubst du denn?« Er starrte den jüngeren Mann wie Popeye mit zusammengekniffenen Augen an.

Der Junge, das musste er ihm lassen, machte keinen Rückzieher. Jedenfalls nicht physisch. »Sind ... bist du ...? Hat Frankie dich geschickt?«

Hoon stupste seinen Finger mitten auf Greigs nackte Brust. »Bingo«, sagte er, griff dann nach dem Rand des Vorhangs und warf der gut gekleideten Frau einen gleichzeitig ungeduldigen wie auch entschuldigenden Blick zu. »Tut mir leid, Ma'am, kriegen wir ein bisschen Privatsphäre? Wir haben einiges zu besprechen.«

Amanda strich mit einem Finger über den Rand ihres Glases und betrachtete ihn einige Augenblicke lang schweigend. Dann verzogen sich ihre rubinroten Lippen zu einem Lächeln, und sie nickte zustimmend.

»Aber beeilt euch«, verlangte sie und trat einen Schritt zurück. »Er ist als Nächster dran, und das Publikum mag es nicht, wenn man es warten lässt.«

»Wir sind hier schneller fertig, als die Polizei erlaubt, Sweetheart«, versprach Hoon, was ihm einen verwirrten Blick einbrachte. Er zog den Vorhang zu, bevor sie etwas sagen konnte, und bedeutete Greig mit einer Geste, den Mund zu halten, bis sie ihre Absätze über den Steinboden klackern hörten.

»Hör mal, es tut mir leid. Es tut mir wirklich leid«, flüsterte der Junge. »Ich habe nicht ..., ich werde Frankie sein Geld schicken, wirklich. Darum mache ich das hier. Ich wollte nicht ... ich wollte nichts vor ihm verbergen.«

»Das will ich auch nicht hoffen, verdammt«, erwiderte Hoon. »Man legt sich nicht mit Frankie an.«

»Nein, nein, ich weiß. Ich weiß.«

»Ich will außerdem, dass du ihn nicht mehr Frankie nennst«, verlangte Hoon. »Ich will, dass du ihn so nennst, als wäre er dein verdammter Grundschuldirektor. Was dir in deinem Alter nicht schwerfallen dürfte. Von jetzt an darfst du ihn Mr. ...«

Er verstummte und wartete darauf, dass Greig die Lücke füllen würde. Er tat es nicht. »Verdammt noch mal, Junge. Komm schon.« Er seufzte. »Wie wirst du ihn nennen? Mr. ...?«

»Cowan.« Greig senkte den Kopf. »Ich nenne ihn ab sofort Mr. Cowan.«

»Frankie Cowan?«, platzte Hoon unwillkürlich heraus. »Dieser kleine Wichser?«

Der junge Mann runzelte die Stirn. »Wie ... wie meinen Sie das?«

»Schon gut. Genau so«, bestätigte Hoon, der sich rasch von seiner Überraschung erholte.

Er war Frankie Cowan erst vor ein paar Monaten begegnet, als er ihn in Glasgow fast von einem Wohnblock geworfen hatte. Frankies Onkel, Shuggie Cowan, hatte den Bastard kurz darauf unter seine Fittiche genommen. In Anbetracht all der Sachen, die Frankie angestellt hatte, um seinen Onkel zu verärgern, und angesichts von Shuggies Vorgeschichte als brutales Mitglied des Organisierten Verbrechens, wäre es für den jüngeren Cowan wahrscheinlich die bessere Lösung gewesen, sich von einem Dach werfen zu lassen. Auf diese Weise wäre es wenigstens schnell gegangen.

»Ich … ich hatte nur … ich habe seit ein paar Wochen nichts mehr von ihm gehört«, sagte Greig. »Und ich …, ich dachte …« Er schlug die Hände vors Gesicht, und Hoon sah, wie seine Schultern anfingen zu zittern. »O Gott, es tut mir leid. Es tut mir so leid. Ich wollte ihm sein Geld beschaffen. Das wollte ich. Ganz ehrlich.«

»Na schön, aber jetzt hör auf, hier rumzuheulen, Himmelherrgott«, sagte Hoon. »Wenn ich einen erwachsenen Mann sehen wollte, der sich die Augen ausheult, hätte ich mir einen Scheißspiegel gekauft und *Toy Story 3* ausgeliehen.« Er öffnete den Vorhang gerade so weit, dass er einen Blick auf die Zuschauer werfen konnte. Es herrschte reges Treiben, ein Haufen Bargeld wechselte den Besitzer, und Wettscheine wurden ausgegeben. »Also, was geht hier vor sich? Wolltest du kämpfen, oder was?«

»Ja, klar. Das ist mein Plan. Dann kann ich Frankie das Geld zurückzahlen.«

Eine Gestalt in der Menge fiel Hoon auf. Der Mann hüpfte auf der Stelle auf und ab und verteilte schnelle Stöße in die Luft, um sich für das Kommende aufzuwärmen. Er hörte einem älteren Mann zu, der ihm Anweisungen gab und seine Worte mit Handkantenschlägen auf seine offene Handfläche unterstrich.

»Verdammt, du trittst doch nicht gegen diesen Bastard an, oder?«, fragte er. Er zog den Vorhang etwas weiter zur Seite, aber Greig rührte sich nicht, um nachzusehen.

»Wie sieht er aus?«

Hoon antwortete wahrheitsgemäß. »Wie ein Mann, der dir die Eingeweide aus dem Arsch reißen wird.«

Jetzt schaute Greig auf. Er folgte Hoons Blick und nickte, als er seinen Gegner erkannte. »Der sieht gar nicht so schlimm aus. Er ist nicht gerade groß.«

»Er muss auch nicht groß sein. Schau dir seine verdammten Augen an!«, befahl Hoon.

Greig blinzelte. »Mir fällt da nichts auf.«

»Ganz genau. Da ist nichts drin. Der Kerl ist nicht ganz richtig im Kopf«, erklärte Hoon.

Er hatte diesen Blick schon viele Male gesehen: auf dem Schlachtfeld, in Hinterhöfen von Kneipen, in die Gesichter von Männern gemeißelt, die im Kreis standen und einen Haufen Haut und Knochen auf dem Pflaster traten und schlugen, der sich schon längst nicht mehr rührte.

Obwohl er es nicht gern zugab, hatte er diesen Blick manchmal sogar im Gesicht des Mannes entdeckt, der ihn aus dem Spiegel anschaute.

Es war der Blick eines Mannes, dem jegliche Menschlichkeit abging. Eines Mannes, für den Gewalt nicht nur die zweite, sondern die erste Natur war. Ein Mann ohne Aus-Knopf, der nicht wusste, wann man aufhörte. »Wenn ich du wäre, würde ich mir eine Hintertür suchen, um hier rauszukommen. Und zwar pronto.«

Greig richtete sich auf, die Arme an die Seiten gepresst, den Kopf hoch erhoben. »Das kann ich nicht. Ich muss Frankie sein Geld beschaffen.«

»Also, ich würde mir im Moment nicht allzu viele Sorgen um Frankie machen. Ich bin sicher, dass ihr euch auf Ratenzahlung oder so etwas einigen könnt – für den unwahrscheinlichen Fall, dass er sich jemals wieder bei dir meldet«, sagte Hoon.

»Was?« Greigs Miene war jetzt völlig verwirrt. »Ich dachte, Sie … Arbeiten Sie nicht für Frankie?«

»Einen Scheiß tue ich!«, fluchte Hoon, der nicht bereit war, einen mickrigen Halbstarken wie Frankie Cowan zu seinem Boss zu erklären, selbst in diesem frei erfundenen Szenario. »Wir sind so etwas wie Partner. Wenn überhaupt, arbeitet er für mich. Und ich sage dir, dass du dir im Moment nicht den Kopf wegen des Geldes zerbrechen solltest. Dieser Bastard da draußen ist ein viel dringenderes Problem. Wenn du tot bist, kriegen wir keinen verfluchten Penny mehr von dir.«

»Ich werde nicht sterben.«

»Ich habe gerade gesehen, dass er einem Typen im letzten Kampf den Arm gebrochen hat. Und nichts für ungut, aber das war ein großer stämmiger Kerl, der aussah, als wüsste er, was er tut.«

»Ich weiß auch, was ich tue!«, protestierte Greig, obwohl er nicht wirklich zuversichtlich klang. »Ich habe schon gekämpft. Viele Male. Zu Hause wäre ich fast ein Professioneller geworden.«

»Ein Professioneller?« Hoon musterte ihn von oben bis unten. »Was, du meinst, du hast dich als Loverboy verkauft?«

»W...was? Nein! Nicht das!«, stotterte Greig. »Ich meine, ich wäre fast Boxprofi geworden.«

»Echt?« Hoon hob überrascht beide Augenbrauen. »Du meinst, als richtiger Boxer?«

»Ja.«

»Echtes Boxen? Nicht auf der verdammten Playstation oder so?«

»Richtiges Boxen«, betonte Greig.

Hoon schniefte, zuckte mit den Schultern und beobachtete dann wieder das Geschehen durch den Spalt in den Vorhängen. »Tut mir leid, aber ich habe schlechte Nachrichten für dich. Dieser Kerl wird dich trotzdem fertigmachen, Junge. Es sei denn ...«

»Es sei denn, was?«

»Nichts.« Hoon schüttelte den Kopf und ließ den Vorhang zufallen. »Spielt keine Rolle.«

»Nein, was? Was wollten Sie sagen?«

Hoon schüttelte erneut den Kopf, dieses Mal energischer. »Ich kann nicht. Ich habe keine Zeit.« Er stieß einen Finger nach oben in Greigs Gesicht. »Und du schuldest uns Geld, da werde ich dir ja wohl kaum helfen, oder?«

»Aber … durch das hier komme ich an das Geld«, beharrte Greig und deutete auf den Vorhang. Die Menge wurde allmählich lauter, als die Leute ungeduldig wurden. »Das hier wird mir helfen, es Ihnen zurückzuzahlen. Was wollten Sie denn sagen? Es sei denn, was? Er wird mich fertigmachen, wenn nicht *was*?«

Hoon stieß einen langen erschöpften Seufzer aus. »Ich meine … Also schön. Ich wollte sagen: ›Wenn ich nicht in deiner Ecke bin.‹«

Greig blinzelte. »Was, wie ein Coach?«

»Wie ein Coach. Ganz genau. Denn Scheiße, du siehst aus, als ob du dringend einen brauchst.«

Der jüngere Mann überlegte einen Moment und schüttelte dann den Kopf. »Nein. Nein, ich brauche keinen. Ich komme allein zurecht.«

Hoon zuckte mit den Schultern. »Wie du willst, mein Junge«, sagte er. Er holte seine Brieftasche hervor, nahm einen Stapel Scheine heraus und machte Anstalten, den Vorhang zur Seite zu ziehen. »Hast du eine Ahnung, wie der andere Kerl heißt? Ich will das hier auf ihn setzen. Es bringt doch nichts, wenn ich mit leeren Händen gehe, oder?«

»Warten Sie.«

Hoon blieb stehen.

Hoon drehte sich um.

»Glauben Sie wirklich, dass Sie mir helfen könnten?«, fragte Greig.

»Dir helfen? Ich werde mehr tun, als dir zu helfen,

Kleiner.« Hoon steckte das Geld wieder ins Portemonnaie. »Ich rette dir dein verdammtes Leben.«

Hoon ging voran zu dem leeren Kreis, der als Ring diente, und bahnte sich mit Stößen und Flüchen einen Weg durch die wogende Menge. Greig, dessen Hände dank Hoons Hilfe nun ordnungsgemäß umwickelt waren, folgte ein paar Schritte hinter ihm. Ein kurzer Blick über die Schulter bestätigte Hoons Verdacht, dass der Junge sich gleich in die Hose machen würde.

»Kümmere dich nicht um diesen Haufen Wichser«, sagte er und erhob seine Stimme, um über das Gejohle, die Schreie und das Fußstampfen hinweg gehört zu werden. »Die spielen keine Rolle. Ignorier sie einfach.«

Sie zu ignorieren, war natürlich absolut nicht einfach. Nachdem die Zuschauer jetzt den zweiten Kämpfer zu Gesicht bekommen hatten, war das Wettgeschäft in vollem Gange. Eine Handvoll genervt wirkender Buchmacher tat ihr Bestes, um mit der Nachfrage Schritt zu halten, während die muskelbepackten Türsteher dafür sorgten, dass das Ganze nicht im Chaos unterging.

Hoon blieb stehen, damit der Junge aufschließen konnte, dann legte er ihm einen Arm um die Schulter und stellte sich neben ihn. »Wie heißt du eigentlich?«

»Wie? Ich dachte ... Hat Frankie nicht ...?«

Hoon bemerkte den Zweifel in seiner Miene und versuchte schnell, ihn zu zerstreuen. »Nein, ich weiß, dass du Greig heißt. Daran erinnere ich mich. Wie lautet dein Nachname? Den habe ich vergessen.«

Der jüngere Mann beugte sich dichter zu ihm. »Wahs.«

»Greig *was*?« Hoon brüllte ihm fast ins Ohr.

Greig nickte. »Ja.«

»Himmel! Nein, ich sagte Greig *was*?«

»Und ich sagte …« Greig verdrehte die Augen. »Oh. Richtig. Komisch. Aber ja. Sehr gut. Das höre ich zum ersten Mal. Greig Wahs. *Was*? Ja, der ist neu, das gebe ich zu.«

Hoon starrte ihn an, die Stirn in tiefe Falten gelegt. »Was zum Teufel redest du da? Was ist dein Nachname?«

»Wahs!«

»Ja, verdammt, was?«

Greig war etwas größer als Hoon, aber was er ihm an Größe voraushatte, fehlte ihm an Präsenz, und er schluckte nervös, bevor er antwortete. »Ja … Sir?«

»Sag mal, willst du mich verarschen?«, fragte Hoon, doch inzwischen hatten sie den Ring erreicht, und ihm blieb keine andere Wahl, als das Thema fallen zu lassen.

Aus der Nähe wirkte Greigs Gegner noch einschüchternder als aus der Ferne, obwohl er eine winzige abgeschnittene Jeanshose trug, die seinen halben Hintern entblößte. Sie machte ihn irgendwie noch furchteinflößender.

Hoon machte sich persönlich keine Sorgen wegen des Bastards – er hatte schon zur Genüge mit gewalttätigen Typen zu tun gehabt –, aber Greig schien ein recht netter Junge zu sein. Jedenfalls zu nett, um sich vor den Augen des Publikums zu einem schmierigen Fettfleck auf dem Boden eines Kneipenkellers prügeln zu lassen.

Und genau das, so schätzte Hoon, würde dieser durchgeknallt aussehende Schläger in den Jeansshorts mit ihm machen. Er war etwas kleiner als Greig, und es ließ sich nicht leugnen, dass Greig körperlich in besserer Verfassung war. Mental wahrscheinlich auch, wenn man sich ansah, wie der andere Kerl ständig vor sich hin murmelte und sich dabei an die Stirn schlug. Natürlich war es bei einem Straßenkampf selten von Nachteil, ein totaler Spinner zu sein, weshalb es sich nicht wirklich zu Greigs Gunsten auswirkte, dass der Kerl anscheinend seine Medikamente nicht nahm. Greig hatte jedoch einen deutlichen Vorteil, wenn es um die Reichweite ging.

Trotzdem würde ihm das nicht viel nützen. Nach allem, was Hoon auf dem Weg nach unten im Aufzug gesehen hatte, war dies kein Boxkampf. Es war ein ungebremstes, regelloses Hauen und Stechen, und ein paar Extrazentimeter Reichweite nützten nicht übermäßig viel, wenn einem so ein Mistkerl die Nase abbiss.

Außerdem hatte der andere Kerl das Spiel mit den Blicken drauf. Er hatte Greig ins Visier genommen, als Hoon ihn durch die Menge geführt hatte, und starrte ihn auch jetzt noch mit mörderischen Blicken an. Greig seinerseits erwiderte sie gelegentlich, wich ihnen aber aus, wenn ihm die Blicke des anderen Mannes zu intensiv wurden.

Das, dachte Hoon, *kann gar nicht gut ausgehen.*

Neben Greigs Gegner stand ein weiterer Kerl, bei dem Hoon darauf wettete, dass er ein älterer Bruder war. Er hatte eine ähnliche Größe und einen vergleichbaren Körperbau wie der Typ mit der abgeschnittenen Hose, doch sein Gesicht war schon ein paar Jahre älter, und er hatte ein paar graue Flecken in den Stoppeln seines rasierten Schädels. Sie hatten beide den gleichen glasigen Blick, und beim älteren Bruder kam noch eine lange vertikale Narbe dazu. Sie verlief von der Stirn über die Nase bis zu den Lippen und war schon alt, aber schlecht verheilt. Seinem Liebesleben würde sie nicht besonders förderlich sein, doch hier unten war sie genau das richtige Accessoire, das die Leute brauchten, um einen ernst zu nehmen.

Amanda, die Vogelscheuche in dem schicken Kleid, stand in dem Lift. Er war auf halbem Weg zu der Luke, die auf die Straße führte, angehalten worden, sodass sie den ganzen Keller überblicken konnte. Hoon ertappte sie dabei, dass sie ihn beobachtete, das frisch gefüllte Champagnerglas noch immer in der gleichen Hand auf Schulterhöhe haltend. Er nickte ihr zu, und sie neigte ihr Glas zu ihm, als ob sie auf sein Glück anstoßen wollte.

»Verdammt. Er sieht wirklich total durchgeknallt aus, oder?«, murmelte Greig.

»O ja. Er hat einen völlig toten Blick«, bestätigte Hoon, doch dann wurde ihm klar, dass dies wahrscheinlich nicht die Aufmunterung war, die der Junge gesucht hatte. »Aber andererseits wirkt er so blöd wie Schweinescheiße.«

»Wie meinen Sie das? Glauben Sie, wir können ihn reinlegen?«

Hoon blies die Backen auf. »Ich meine, du versuchst, ihm den Schädel einzutreten, und forderst ihn nicht zu einer Partie *Trivial Pursuit* heraus, also bin ich mir nicht sicher, wie, aber … klar. Vielleicht. Keine Ahnung. Wir nehmen es, wie es kommt, und sehen dann, was passiert.«

Greig spürte erneut den Blick seines Gegners, erwiderte ihn so lange wie möglich, knickte dann ein und drehte sich wieder zu Hoon um. »Ich dachte, Sie wollten mir helfen!«

»Ich helfe dir doch!«, erwiderte Hoon.

»Auf welche Weise?«

»Ich werde dir ein paar gute Tipps geben, sobald ihr loslegt.«

»Und wie soll mir das helfen?«, zischte Greig. »Ich brauche schon vorher eine Strategie. Der Kerl sieht völlig verrückt aus.«

Das ließ sich nicht bestreiten. Jetzt gerade lief er hin und her wie ein wildes Tier in seinem Käfig und ließ dabei Greig nicht aus den Augen. Gelegentlich schlug er sich mit der Seite einer geballten Faust gegen die

Stirn, und jedes Mal wurden seine Gesichtszüge wilder und animalischer.

»Was hättest du getan, wenn ich nicht hereingeschneit wäre?«, fragte Hoon.

»Keine Ahnung. Ich wollte einfach improvisieren.«

Hoon schnalzte mit der Zunge. »Du hast wirklich Glück, dass ich rechtzeitig aufgetaucht bin. Wie wäre es, wenn du zunächst mal versuchst, die erste Minute zu überleben, während ich seinen Kampfstil analysiere? Dann sage ich dir, wann du welchen Teil von ihm treffen sollst.«

»Und jetzt? Sie haben doch bestimmt noch einen Tipp auf Lager?«, fragte Greig, und trotz all seiner Muskeln und der Gesichtsbehaarung kam es Hoon vor, als spräche er mit einem verängstigten kleinen Jungen.

»Okay, gut. Du willst den besten Rat, den ich dir jetzt geben kann?« Er legte dem jüngeren Mann eine Hand auf die Schulter und zog ihn näher zu sich heran. »Wenn das hier erledigt ist, solltest du diesen Scheiß aus deinem Gesicht entfernen.«

Greig runzelte die Stirn. »Was? Was soll das heißen? Welchen Scheiß?«

»Diese verdammte Scheußlichkeit, die du da heranzüchtest«, sagte Hoon und deutete auf seinen eigenen Unterkiefer.

Greig berührte verunsichert sein Kinn. »Was, mein Bart?«

»Bart?« Hoon schnaubte. »Das ist kein verfickter

Bart, Junge. Das ist eine Schamhaarperücke, die vom Kurs abgekommen ist. Das ist die Parodie eines Bartes. Genau genommen nicht mal das. So scheiße ist das Teil. Sobald wir hier fertig sind – vorausgesetzt, du überlebst und bist noch im Vollbesitz deiner Fähigkeiten –, musst du dich davon trennen.«

»Aber … meine Verlobte liebt ihn.«

»Deine Verlobte? Leck mich, ernsthaft?«, stieß Hoon hervor. »Woher hast du eine Verlobte? Du siehst aus wie acht. Solltest du in deinem Alter nicht noch an Mädchenzöpfen ziehen und dann schleunigst wegrennen?«

»Wir sind einundzwanzig«, protestierte Greig.

»Was, zusammen?«

»Wir beide. Einzeln, meine ich. Wir sind beide einundzwanzig.«

Hoon verzog das Gesicht und zuckte dann mit den Schultern. »Alles klar. Ich verstehe. Und was ist sie? Blind oder dumm?«

»Weder noch!«

»Dann muss ich dir leider sagen, dass sie lügt, wenn sie behauptet, dass ihr der Bart gefällt.«

Bevor Greig antworten konnte, betrat ein Mann in einer glänzenden Satinjacke den Ring und läutete eine altmodische Handglocke, damit Ruhe einkehrte.

»Scheiße, Scheiße, Scheiße«, flüsterte Greig. Er begann, von einem Fuß auf den anderen zu tänzeln, aber Hoon legte ihm eine Hand auf den Arm und hielt ihn auf seinem Platz.

»Ladys and Gentlemen!«, brüllte der Mann im Jackett über den Lärm hinweg, der seit dem Läuten der Glocken keine Spur nachgelassen hatte. Ganz im Gegenteil. Sein Akzent klang nach Wohlstand und Silberlöffeln. Reich geboren. Privatschule, vermutete Hoon. Eton oder so. Ein klassischer reicher Oxbridge-Wichser, wie er im Buche stand, und Hoon verachtete ihn von der ersten Silbe an. »Unser dritter Kampf des Abends wird gleich beginnen!«

Dann machte er eine dramatische Pause, damit die betrunkene Meute ihr Gegröle ausstoßen konnte. Auf der anderen Seite des Kreises verpasste sich der Verrückte in den Jeansshorts ein paar Ohrfeigen und ließ danach einige Hiebe nach unten folgen, als wollte er ein paar Zwergen die Scheiße aus dem Leib prügeln. Immer noch seinen Gegner fixierend, wippte er auf den Zehenspitzen, atmete geräuschvoll durch die Nasenlöcher und sah aus wie ein Stier, der sich zum Angriff bereit macht.

Es war Greig hoch anzurechnen, dass er keinen Rückzieher machte. Hoon hielt für alle Fälle seinen Arm fest. Für den Jungen wäre es wahrscheinlich das Beste gewesen, die Beine in die Hand zu nehmen, aber das wollte Hoon nicht. In Wahrheit hatte er etwas in Greig erkannt, als er sich den Jungen zum ersten Mal richtig angesehen hatte.

Kein Potenzial, und erst recht keine jüngere Version von sich selbst. Himmel, nein, nicht so etwas Kitschiges. Er hatte etwas gespürt, das viel wertvoller als das eine oder andere war. Dasselbe, was er in dem weißen Rassisten im Gefängnis gesehen hatte.

Er hatte eine Gelegenheit gewittert.

Wenn er hier etwas erfahren und diesen Mistkerl Godfrey West finden wollte, reichte es nicht aus, ein Spieler zu sein, der Wetten platzierte. Er brauchte einen Mann im inneren Zirkel. Und wenn er selbst dieser Mann sein konnte, dann war das erheblich besser.

»In der roten Ecke«, dröhnte der Ansager, obwohl es in der Nähe weder rote noch andere Ecken gab. Er zog die Worte so in die Länge, wie er es mit Sicherheit in den *Rocky*-Filmen gehört hatte, was ihn aber noch idiotischer klingen ließ, als er ohnehin schon war. »Aus dem fernen Wexford in Südirland.«

»Es heißt nur Irland, du verfickter Spinner!«, fluchte Jeanshöschen. Hoon hörte ihn zum ersten Mal sprechen – mit starkem irischem Akzent.

Das war womöglich ein Problem. Einige dieser irischen Jungs – insbesondere die aus den Landfahrer-Gemeinschaften – kämpften seit dem Tag ihrer Geburt. Sie konnten im Ring wilde rachsüchtige Bastarde sein, ohne ein Fünkchen Mitgefühl für ihre Gegner oder Reue für den Schaden, den sie ihnen zufügten.

Der Trottel in dem glänzenden Jackett entschuldigte sich mit einem Lächeln und fuhr dann mit seiner Ankündigung fort.

»Mit einem Gewicht von einhundertdreiundachtzig Pfund ... Tony ›Der Tiger‹ Mulllll-lllligan!«

Das Publikum war außer sich, klatschte, stampfte und johlte begeistert. Hoon stieß ein Schnauben aus, das im Lärm der Menge unterging.

»*Tony der Tiger?* Ernsthaft? Ist das nicht ein bisschen albern?«, spottete er. »Gegen wen kämpfst du denn nach ihm? Gegen King Louie, Mogli und Balu?«

Greig hörte nicht zu. So wie er aussah, war er dazu nicht mehr imstande. Er leckte sich die trockenen Lippen und verlagerte sein Gewicht von einem Fuß auf den anderen, als ob er dringend auf die Toilette müsste. Seine Hände waren zu Fäusten geballt, aber sie drückten fest gegen seinen Waschbrettbauch, als ob er bereits damit rechnete, sich vor einem Tritt, einem Knie oder einem Schlag schützen zu müssen.

Das war nicht die Haltung eines Siegers. Er benahm sich nicht einmal wie jemand, der Aussichten hatte, den Saal auch nur lebendig zu verlassen.

Hoon beugte sich näher heran und zischte dem jüngeren Mann ins Ohr. »Bleib in Bewegung. Lass den Bastard nicht an dich herankommen. Du boxt nicht, du kämpfst, aber wenn du eine Lücke siehst, schlägst du zu und gehst ihm aus dem Weg, bevor er sich revanchieren kann. Er wird schneller schlappmachen als du.«

Greig drehte sich um und starrte Hoon ein paar Sekunden lang mit großen Augen an, dann steckte er einen Finger in das andere Ohr und beugte sich näher heran. »Was?«

Hoon stöhnte. »Oh, verfluchte Scheiße …«

»Uuuund … in der blauen Ecke …«, übertönte ihn der Ansager dröhnend. »Mit einem Gewicht von einhundertsechsundsiebzig Pfund aus Glasgow, Schottland …«

Schon die Art und Weise, wie das Arschloch »Glasgow« aussprach, so, dass es sich auf »Kau« reimte, erweckte in Hoon das Bedürfnis, ihm richtig wehzutun.

»Greig ›Godkiller‹ Waaaaaahsss!«

Wieder brandete Jubel auf, jedoch nicht so enthusiastisch wie bei seinem Gegner. Nicht mal annähernd.

Hoon schnippte mit den Fingern. »Wahs. Nicht *Was*. Klar, jetzt ergibt das Sinn«, sagte er.

Greig warf ihm einen Blick zu, der teils fragend, teils völlig panisch war. »Was haben Sie gesagt?«

»Nichts. Vergiss es!«, erwiderte Hoon. Er klopfte dem jüngeren Mann auf die hochgezogene Schulter und zwinkerte ihm zu. »Schnapp ihn dir, Godkiller«, sagte er und bemühte sich, keine Miene zu verziehen.

»Es war nicht meine Idee. Der Name«, erklärte Greig, und für einen kurzen Moment wirkte er eher verlegen als eingeschüchtert. »Sondern die meiner Verlobten. Sie hat sich das ausgedacht.« Er warf einen Blick über die Schulter zu seinem Gegner, dann beugte er sich dichter zu Hoon und sprach eindringlich in sein Ohr. »Ihre Nummer ist in meinem Handy. Wenn irgendetwas passiert – irgendetwas Schlimmes –, könnten Sie ihr dann sagen, Sie wissen schon …, dass ich sie liebe und so?«

»Der letzte wahre Romantiker, was?«, erwiderte Hoon und nickte. »Klar. Ich sage es ihr.«

»Und Benji auch.«

Hoon runzelte die Stirn. »Benji? Wer ist das? Dein Hund?«

»Das ist mein Kleiner.«

Hoon schloss die Augen.

Scheiße.

Oh, Scheiße!

Er riss die Augen wieder auf. »Dein Kleiner? Du hast einen *Sohn*?«

»Ja.«

»Was soll das heißen, du hast einen Sohn?«

»Das heißt, … ich … ich habe einen Sohn. Benji.«

»Das ist ein beschissener Hundename«, beharrte Hoon. »Bist du ganz sicher, dass er kein Hund ist?«

»Was? Er ist mein Sohn. Er ist vier Monate alt.«

»Verdammt noch mal!«, fluchte Hoon. Er atmete so tief und schnell ein, dass einigen älteren Anwesenden im Saal wegen des plötzlichen Sauerstoffabfalls möglicherweise schwindlig wurde. Dann legte er wieder die Hand auf Greigs Unterarm. »Hör zu. Vergiss das hier und verzieh dich. Lauf nach Hause zu deiner Frau und deinem Kleinen. Es ist keine Schande, den Schwanz einzuziehen.«

»Doch, das ist es.« Greig schüttelte den Kopf. »Wie auch immer, ich kann nicht. Ich brauche das Geld.«

»Du musst es uns nicht zurückzahlen. Mir und Frankie. Du bist verdammt noch mal von allen Schulden freigesprochen.« Hoon machte eine hastige Handbewegung, wie ein wenig überzeugter Priester, der ein Mitglied seiner Herde segnete. »So. Damit ist deine Schuld getilgt.«

»Es geht nicht nur um euch. Ich muss die Miete bezahlen, wir brauchen Essen, wir brauchen alles.«

»Es gibt einfachere Wege, Geld zu verdienen, mein Junge.«

»Ja, schon, aber ...« Greigs Blick huschte für einen Moment zu Amanda, die auf ihrer erhöhten Aussichtsplattform am Champagner nippte. Er senkte die Stimme. »Wenn du einmal drin bist, bist du drin. Ich kann jetzt nicht mehr aussteigen. Wir wissen nicht, was *sie* dann tun würden.«

Hoon sah von der Vogelscheuche im schicken Kleid zu dem Verrückten in den Jeansshorts, und begegnete dann Greigs Blick. In seinen Augen lag blanke Verzweiflung. Der Junge war so verloren, dass er überhaupt kein Land mehr sah. Die Küste war nicht einmal mehr eine ferne Erinnerung, sondern nur noch eine halb vergessene Legende, über die lediglich im Flüsterton gesprochen wurde.

»Scheiße. Also gut«, sagte Hoon. Er drückte Greigs Arm. »Geh da raus, versuch, dich nicht in den ersten dreißig Sekunden umbringen zu lassen, und überlass mir den Rest.«

SIEBZEHN

Alt zu sein brachte nur sehr wenige Vorteile mit sich. Alles tat weh, durchschlafen war Glückssache, und die internen Rohrleitungen funktionierten selten so, wie sie sollten.

Natürlich stellte sich mit dem Älterwerden eine gewisse Weisheit ein, aber Granny Porter hatte sich in dieser Hinsicht immer ein bisschen wie ein Betrüger gefühlt. Ein paar der jüngeren Typen, die er beim Pokern traf oder im Gym trainierte, fragten ihn gelegentlich um Rat in Lebensfragen, weil sie annahmen, dass ihm sein fortgeschrittenes Alter wichtige Erkenntnisse vermittelte, von denen sie nur träumen konnten.

Außer dem Tipp »Geh immer so nah wie möglich an der Bordsteinkante, wenn du eine Dame begleitest« und der Schritt-für-Schritt-Anleitung, wie man ein Ei pochierte, hatte er jedoch nur wenig zu bieten.

Das bedeutete aber nicht, dass das Alter nicht auch seine Vorteile hatte. Die Leute neigten dazu, einem aus dem Weg zu gehen, sei es aus Höflichkeit oder aus Angst, dass man sie ansprechen könnte. Deshalb konnte er sich in einem Raum, der bis zum Bersten

mit adrenalingeladenen, testosterongesättigten Faust-
kampffans vollgestopft war, die zweitbeste Aussicht des
Hauses sichern.

Es war eine Art Gang – ein paar Holztreppen, eine
drei Fuß lange Brücke über einer Reihe verbeulter silber-
farbener Bierfässer und danach noch zwei weitere Treppen am anderen Ende. Sein Aussichtspunkt lag nicht
sonderlich hoch, ganz sicher nicht wie der der Frau im
Aufzug, aber sie erhob ihn über die Köpfe der meisten
anderen Leute im Keller und bot ihm eine relativ unge-
hinderte Sicht auf die beiden Kämpfer, die sich in dem
wogenden Kreis aus Körpern gegenüberstanden.

Natürlich hatte er auch ein paar Scheinchen gesetzt.
In seinem Alter holte man sich seinen Spaß, wo man
ihn kriegen konnte. Fünfzig auf den irischen Kerl. Die
Wetten standen eins zu zwei, also war nicht viel abzu-
stauben, aber dafür war es eine ziemlich sichere Wette.
Der Ire hatte die Ausstrahlung eines Killerhais, und
sein Gegner war trotz seiner Größe und seiner Muskeln einfach nur Fallobst.

»Alles klar, Granny? Ich habe dir einen Drink besorgt.«

Granny winkte Dale zu sich auf die Plattform. Es
knarrte bedrohlich, als Dale auf die erste Stufe trat, und
er beschloss, nicht weiterzugehen. Er reichte Granny
einen kleinen Plastikbecher mit einem Zentimeter bern-
steinfarbener Flüssigkeit, prostete ihm mit seinem Bier-
glas zu und schlürfte die Schaumkrone von seinem Bier.

»Schon etwas passiert?« Dale stellte sich auf die Zehenspitzen, anstatt zu riskieren, auf den wackeligen Stufen höher zu steigen.

»Nur viel Gestarre. Hast du was gesetzt?«

»Ja. Auf den Iren.«

»Kluges Kerlchen«, bemerkte Granny. Er nippte an seinem Whisky, schüttelte sich, als er brennend seine Kehle hinunterlief, und deutete dann auf Hoon, der sich an den Trainer des Iren herangeschlichen hatte. »Wie ist dein Freund in diese Sache hineingeraten? Ich dachte, er wäre hier, um zuzusehen wie wir?«

»Keine Ahnung«, gab Dale zu. »Ich nehme an … Ich weiß es nicht. Vielleicht kennt er den Kerl?«

»Vielleicht«, sagte Granny. Er zuckte mit den Schultern. »Ist trotzdem merkwürdig.«

»Ja«, sagte Dale. Er betrachtete Hoon einen Moment lang schweigend und nickte dann. »Irgendwie merkwürdig.«

»Hör mal zu, Sportsfreund. Kennst du die Regeln für das hier? Sind Schwanz und Eier tabu oder zum Abschuss freigegeben?«

Der ältere Bruder von Tony dem Tiger drehte sich um, warf Hoon einen flüchtigen Blick zu und richtete seine Aufmerksamkeit dann wieder auf die beiden Kämpfer, deren Handbandagen und Shorts auf versteckte Waffen untersucht wurden.

»Verpiss dich«, grunzte der Trainer.

Er sah nicht nur aus wie sein Bruder, er klang auch wie er. Seine Stimme war jedoch rauer, als hätte er sich kürzlich von Kehlkopfkrebs erholt. Wenn nicht, sollte er dringend einen Termin für eine Untersuchung vereinbaren.

»Wirklich verdammt charmant«, erwiderte Hoon. »Ich habe nur eine Frage gestellt. Kein Grund, sich deswegen wie ein Arschloch aufzuführen. Ich dachte, Iren sind freundlich? Nimm nur diesen verdammten Bono. Er leistet all diese Wohltätigkeitsarbeit und verlangt keinerlei Gegenleistung.«

Die Stirn des Trainers kräuselte sich um seine Narbe, und als er sich diesmal umdrehte, tat er es langsam und bedächtig.

»Abgesehen von den ständigen Lobhudeleien und Steuererleichterungen natürlich«, fuhr Hoon fort. »Trotzdem scheint er nett zu sein. Ich wette, er hätte mir nicht gesagt, dass ich mich verpissen soll. Daran solltest du dir vielleicht ein Beispiel nehmen. ›Sei mehr Bono.‹ Er ist eine Bereicherung für dein Land, dieser Kerl.«

»Bist du taub, oder was? Ich hab dir gerade gesagt …«

Die Glocke unterbrach ihn. Sein Kopf schnellte nach vorn, als sich die Offiziellen in die erste Zuschauerreihe stellten und die beiden Kämpfer sich langsam umkreisten und gegenseitig einschätzten.

»Und dann sind da noch die kleinen Jungs«, fuhr Hoon fort und beugte sich näher an den anderen Coach heran. Er stupste ihn mit dem Ellbogen, um seine Aufmerksamkeit zu erregen. »Die kleinen Jungs, die da drüben rumlaufen. Mit den komischen Hüten und den Töpfen voller Gold. Sie wirken immer so glücklich wie Schweine im Schlamm. Es sei denn natürlich, man versucht, ihnen ihre Glücksbringer zu klauen. Ich habe gehört, dass sie dann richtig ausflippen können.«

Der Coach warf ihm einen bösen Blick zu. Hoon lächelte und fiel in einen fistelnden irischen Akzent. »Immer sind sie hinter meinen Glücksbringern her!«

Das brachte ihm eine gezischte Warnung und einen Schulterstoß des Iren ein.

Das reichte fürs Erste.

Im Ring sprang Greig mit erhobenen Fäusten vor dem Gesicht hin und her, während er vorsichtig durch den leeren Raum tänzelte. Falls er sich nicht gerade tatsächlich in sein Satinhöschen pisste, ließ er es zumindest recht überzeugend so aussehen.

Tony der Tiger wirkte viel selbstbewusster und entspannter. Er hatte die Fäuste ebenfalls geballt, aber er hielt sie tief, als zöge er die Möglichkeit eines Kopftreffers nicht mal in Erwägung. Vielleicht wollte er seinen Gegner sogar zu einem solchen Schlag provozieren. Beim Aufwärmen hatte er sich jedenfalls reichlich selbst geohrfeigt, was ihn nur noch wütender gemacht zu haben schien.

Während Greig zurückwich, war der irische Bursche ständig auf dem Vormarsch. Greig tänzelte auf den

Fußballen, aber Tony war nicht zum Tanzen hergekommen. Er war ein nüchterner Arbeiter, der mit seiner Energie haushaltete und seinem Gegner unermüdlich auf die Pelle rückte.

Auf diese Weise hatte es die Menschheit vor all den Jahren bis an die Spitze der Nahrungskette geschafft. Andere Tiere waren schneller und stärker, aber die Menschen waren unerbittlich. Sie kamen immer wieder. Menschen hörten nicht auf, bevor sie die totale Dominanz erreicht hatten.

Und darum geht es in dem Spiel hier, dachte Hoon. Trotz seines Spitznamens verkörperte Tony der Tiger in dieser Konstellation die Menschheit und Greig jede Spezies, die bis zur Ausrottung gejagt worden war. Er war das Wollmammut. Das Riesengürteltier. Der verdammte Dodo.

Wenn Hoon nichts unternahm, war Greig zum Untergang verurteilt.

»Auf welchen von beiden setzt du?« Hoon beugte sich wieder näher an den anderen Trainer heran. »Den jungen Kerl oder den großen dummen Iren?«

Tonys Bruder war ungefähr genauso groß wie Hoon und nur ein paar Jahre jünger. Er führte sich auf, als wäre er der härteste Mistkerl im Saal, und als er den Mann neben sich ansah, lag in seinem Blick so viel Abscheu, als wäre Hoon ein Haufen Hundescheiße auf einem neuen Teppich.

»Was hast du gerade gesagt, verdammt?«

233

»Oh, Scheiße, was ist mit deinem Gesicht passiert? Wenn du mir die Frage gestattest?« Hoons Blick glitt über die Narbe auf der Stirn des anderen Mannes. »Wolltest du es dir abziehen und gegen ein anderes tauschen? Ich könnte dir das nicht mal verdenken. Ich würde auch durchdrehen, wenn ich so aussähe wie du.«

Hektisches Gebrüll der Menge beendete das Gespräch, bevor es weiter eskalieren konnte. Hoon drehte sich um und malte sich schon aus, welchen Horror er gleich zu sehen bekäme. Er war jedoch angenehm überrascht, als er beobachtete, wie Greig zurücksprang, um einem rechten Haken auszuweichen. Der Junge reagierte mit einem schnellen linken Jab, der gegen die Augenhöhle seines Gegners krachte.

Vielleicht machte sich Hoon ja umsonst Sorgen. Vielleicht wurde das hier ja doch kein totales Massaker.

»Weiter so, Junge!«, drängte Hoon. Greig grinste, als könnte er nicht glauben, dass er gerade einen Schlag gelandet hatte, und drehte sich zu Hoon um. Dessen Zuversicht verpuffte. »Sieh nicht mich an, sieh ihn an, verdammt!«

Tony nutzte Greigs Unkonzentriertheit. Er ließ eine gefährliche Linke los, und diesmal blieb Greig kaum Zeit, dem Schlag auszuweichen. Der folgende rechte Haken traf ihn voll im Brustkorb, und bis er den Schmerz verarbeitet hatte, hatte Tony bereits seine Verteidigung ausgetrickst. Er packte ihn, riss ihn mit sich,

234

und der Schwung seines Angriffs schleuderte sie beide in den Kreis der Schaulustigen.

Die Menge johlte und stieß sie zurück. Sie bekamen eine Bierdusche und waren vollkommen durchnässt. Es regnete Plastikbecher, als sie wieder in die Mitte des Rings taumelten.

Erneut landete ein Schlag krachend in Greigs Rippen, und vor Schmerz presste er die Lippen aufeinander. Dann steckte er in einem Schwitzkasten fest, und Tonys tätowierter Unterarm drückte gegen seine Kehle. Greig schlug nach dem Arm, zerrte daran, versuchte, seine Finger darunter zu klemmen und ihn wegzudrücken.

»Benutz deine Beine, verflucht!«, brüllte Hoon. »Tritt den Scheißkerl!«

Der Rat wurde augenblicklich umgesetzt. Leider von dem falschen Mann. Tony rammte den Fuß von hinten in Greigs Bein, und der Junge sackte Rotz und Tränen heulend auf die Knie. Halb leere Plastikbecher prasselten in den Ring, als das Publikum seinen Unwillen zeigte. Ihr Mann hatte zwar die Oberhand, aber musste er wirklich so schnell gewinnen? Wo blieb das Drama? Wo war das Blutvergießen?

»Weiter, Tone!«, jubelte der Mann neben Hoon. Beide Kämpfer waren mehr oder weniger ihren Trainern zugewandt, aber der irische Kerl stand aufrecht vor dem knienden und hilflosen Greig. »Brich diesem schwarzen Bastard das verdammte Genick!«

Hoon fuhr abrupt herum und wurde von Tonys großem Bruder mit einem widerlichen Grinsen bedacht.

»Was ist los? Hast du ein Problem damit?«

Hoon setzte sich unvermittelt in Bewegung. Aber er stürzte sich nicht auf den Iren. Stattdessen schoss seine Hand an ihm vorbei, und er riss dem nächsten Mann ein Schnapsglas aus der Hand. Dann drehte er sich auf dem Absatz um und schüttete den Inhalt direkt in Tonys Augen.

Die Wirkung kam prompt. Und sie war allem Anschein nach schmerzhaft. Brüllend und geblendet löste der Tiger seinen Griff um Greig, presste die Handflächen in seine Augenhöhlen und taumelte rückwärts.

»Du dreckiger, mieser Bastard!«, fluchte Tonys Bruder. Er wollte Hoon packen, aber dann riss er die Augen auf und mit einem tiefen, grollenden »Uff« wich alle Luft aus seiner Lunge, als Hoons Faust in seinen Solarplexus einschlug.

Im Anschluss packte Hoon den Arm des Iren, riss ihn herum und verdrehte ihn. Er konnte nirgendwohin, außer nach unten.

Doch noch bevor sein Gesicht den Boden berührte, war einer der Rausschmeißer bei ihnen und wollte wissen, was zum Teufel hier los war.

»Ist nicht meine Schuld!«, protestierte Hoon und verdrehte den Arm des Gefallenen noch einmal kräftig, bevor er seinen Griff lockerte. »Dieser postapoka-

lyptische Schnulzenheini hier ist schuld. Er hat angefangen.«

Der Türsteher warf einen fragenden Blick zum Fahr-
stuhl, in dem die Frau in Rot stand. Sie winkte mit
ihrem Glas ab, ließ den Blick einen Moment lang auf
Hoon verweilen und richtete ihre Aufmerksamkeit
dann wieder auf den Ring, wo Tony allmählich seine
Sehkraft zurückgewann.

»Steh auf, verdammt noch mal!«, zischte Hoon Greig
an. »Hör auf mit diesem Mist!«

Auf dem Boden neben ihm regte sich eine Gestalt.
Hoon stellte einen Fuß auf den Hals des gestürzten
Trainers und nagelte ihn so am Boden fest.

»Du bist nicht gemeint!«, warnte Hoon.

Greig, der sich an den Hals fasste, als wollte er sich
erwürgen, nickte zittrig und richtete sich mühsam auf.
Offensichtlich hatte er bei dem Gerangel einen Schlag
abbekommen, denn seine Unterlippe war aufgeplatzt,
und Blut tropfte ihm vom Kinn in seinen kümmerli-
chen Fusselbart.

Er ballte seine Hände wieder zu Fäusten, atmete
mehrmals stockend durch und hüpfte dann knapp außer
Tonys Reichweite von einem Fuß auf den anderen.

»Worauf wartest du, verdammt?«, herrschte Hoon
ihn an. »Gib ihm eine auf die Zwölf!«

Greig schüttelte den Kopf, aber es war nicht klar, ob
er sich weigern oder nur versuchen wollte, die Spinn-
weben aus seinem Kopf zu schütteln.

»Er kann doch nichts sehen«, krächzte er.

»Genau! Das ist die beste Chance, die du bekommen wirst!«

Wieder schüttelte Greig den Kopf, und dieses Mal war die Geste eindeutig. »Das ist nicht fair.«

Einige Zuschauer bejubelten seine Antwort. Und über das Geschrei konnte Hoon gerade noch hören, wie Granny Porter rief: »Gut gemacht, Junge!«

Hoon war alles andere als begeistert. »Scheiß auf fair. Das ganze Leben ist unfair. Mach ihn jetzt fertig, sonst wird er dich einsargen. Was wird dann aus dem armen kleinen Rover?«

Greig blinzelte und warf einen Blick über die Schulter. »Meinen Sie Benji?«

Hoon wischte die Frage weg. »Benji, Rover, kommt alles aufs selbe raus. Der Punkt ist – Scheiße! Pass auf!«

Tony der Tiger hatte die blendende Wirkung des Scotchs überstanden. Es war wenig überraschend, dass sich seine Laune durch den Schnaps in seinen Augen nicht gebessert zu haben schien, und er stürmte mit einem ausgestreckten Arm auf Greig zu, um ihn zu packen, während er mit dem anderen zu einem Schlag ausholte.

Der Schlag hatte viel Schwung und war unkontrolliert. Greig sprang zurück, wich aus und landete zwei solide Treffer, die seinen Gegner zur Seite taumeln ließen.

Hoon verstummte. Man konnte nicht behaupten, dass Greig nach dem letzten Mal seine Lektion gelernt hatte, und das Letzte, was er jetzt brauchte, war eine Ablenkung.

Der Tiger erholte sich schnell, ließ sich aber sichtlich von seiner Wut überwältigen. Er trat nach Greig, doch der Tritt war vorhersehbar und ließ sich leicht blocken. Greig holte zum Gegenangriff aus, schlug ein paar Jabs und duckte sich dann, um einem rechten Haken auszuweichen, der über seinen Kopf donnerte.

Hoon erkannte die Finte. Greig leider nicht. Als Greig wieder hochkam, traf ihn Tony in der Rückbewegung mit dem Ellbogen an der Wange. Der Aufprall war brutal und hart. Greig taumelte, vor seinen Augen tanzten weiße Blitze.

»Tritt nach rechts, nach rechts!«, brüllte Hoon.

Greig gehorchte blindlings und traf Tonys Oberschenkel knapp über dem Knie. Es war keine besonders elegante Bewegung, aber der Tritt reichte, damit der irische Bursche vor Schmerz zischte und seinen Angriff abbrach.

Er verzog das Gesicht, als er das Bein belastete. Er humpelte zurück und hob die Arme, um sich zu schützen. Er warf einen Blick zum Rand des Rings, weil er sich von seinem Bruder einen Ratschlag erhoffte. Stattdessen sah er nur Hoon, der ihn angrinste und beide Daumen hob, als hätte Tony einen besonders guten Move gemacht.

Mit lautem Gebrüll traf Greig ihn mit der Schulter knapp unterhalb der Hüfte. Mit seinem verletzten Bein hatte Tony keine Chance, aber er schlug um sich und versuchte, Greig mit zu Boden zu reißen.

Das Geräusch, mit dem der Kopf des Tigers auf dem Beton aufschlug, ließ die Hälfte des Raumes sofort verstummen, aber der aufbrandende, begeisterte Jubel der anderen Hälfte machte das mehr als wett.

Tonys Arme, die er um Greigs Hals hatte schlingen wollen, sanken schlaff zu Boden. Als der Ire heftig zuckte, wich Greig schockiert von ihm zurück.

»Scheiße! Scheiße. Was ist da passiert? Was ist denn los?«, murmelte er. Sein entsetzter tränenerfüllter Blick zuckte von dem reglosen Tony zu Hoon und wieder zurück.

Der zuckte noch einmal, bog den Rücken durch, und dann gab Tony mit einem lang gezogenen erleichterten Seufzer endlich Ruhe.

»W…was ist los?«, murmelte Greig, dann schrie er auf, als ihn von hinten starke Arme packten und zurückzerrten. Er versuchte, sich loszureißen, und wollte zuschlagen, bis er merkte, dass Männer ihn triumphierend umarmten und mit ihren hochgestreckten Wettscheinen herumhüpften.

Als er sich schließlich losreißen konnte, kniete Hoon bereits vor dem am Boden liegenden Iren. Er hielt zwei Finger an seinen Hals und legte sein Ohr so an, dass er am Mund des Burschen lauschen konnte, während er das Heben und Senken seiner Brust beobachtete.

»Nimm deine verdammten Hände von ihm!«, bellte Tonys Bruder und stürmte aus der Menge. Ein finsterer Blick von Hoon stoppte ihn.

»Denk nicht mal dran, Sportsfreund«, warnte er, richtete sich dann auf und zeigte auf den nächsten Muskelprotz. »Du da. Ruf einen Krankenwagen, und zwar sofort!« Als der Mann keine Anstalten machte zu gehorchen, klatschte Hoon in die Hände, als ob er ihn zum Leben erwecken wollte. »Steh da nicht rum wie ein Idiot, sondern beweg dich!«

Es war nicht der Rausschmeißer, der antwortete. Sondern eine Stimme von weiter oben.

»So läuft das hier leider nicht«, verkündete die Vogelscheuche in Rot. »Jeder hier kennt die Risiken. Jeder akzeptiert sie.«

Hoon warf ihr einen Blick zu, der die meisten Menschen dazu gebracht hätte, auf der Stelle kehrtzumachen und in die Gegenrichtung davonzurennen. Amanda zuckte nicht mal mit der Wimper. Sie erwiderte den Blick, das Champagnerglas immer noch in Schulterhöhe erhoben, und die Andeutung eines Lächelns umspielte ihre Lippen.

»Er könnte sterben, verdammt noch mal!«, schrie Hoon zu ihr hoch. Was Greig ein Schluchzen entlockte. Der junge Bursche lief auf und ab und hatte die Hände gegen den Kopf gepresst.

Die Zuschauer waren inzwischen nahezu verstummt. Blutige Kämpfe bekamen sie jeden Abend zu sehen, aber das hier? Das war etwas anderes, etwas Neues.

»Er kannte die Risiken«, sagte Amanda. »Er wusste, worauf er sich einlässt.«

»Ach, leck mich! Das ist ein junger Kerl!«, schrie Hoon und sprang auf die Beine. Er richtete einen Finger auf Tonys älteren Bruder. »Er hat nur diesen widerlichen Schwanzlutscher als Coach. Er wird hier nicht verrecken. Nicht so. Und wenn ich einen verfickten Krankenwagen stehlen und ihn persönlich herfahren muss.«

Hoon wurde sich vage der Männer hinter ihm bewusst. Sie waren zu viert, alles Sicherheitsleute und alle mit der gleichen, von Anabolika gepimpten Figur. Zwei von ihnen flankierten Greig, obwohl – dem Gesichtsausdruck des jüngeren Mannes nach zu urteilen – schon ein starker Windstoß ausgereicht hätte, um ihn umzuwerfen.

»Na schön. Wenn es Ihnen so wichtig ist, kümmern wir uns darum«, lenkte Amanda ein. Sie hielt immer noch das Glas in der Hand, grinste nach wie vor und strahlte eine Zuversicht aus, die Hoon nur selten bei jemand anderem als sich selbst gesehen hatte. »Wir lassen ihn nicht sterben, darauf haben Sie mein Wort. Aber Sie werden unter keinen Umständen einen Krankenwagen rufen.«

»Lieber verrecke ich, als mir von einer verdammten

242

Vogelscheuche sagen zu lassen, was ich zu tun habe, Sweetheart«, erwiderte Hoon. »Ich tue verdammt noch mal, was ich für richtig halte.«

Es wurde schlagartig still, und Hoon dämmerte, dass er vielleicht einen Fehler gemacht hatte. Es war schon ruhiger geworden, als die Menge den Wortwechsel beobachtet und mitgehört hatte, aber jetzt war es wirklich mucksmäuschenstill. Die einzigen Geräusche waren Greigs schnelles, angestrengtes Atmen und das Knarren von Schuhen irgendwo hinter Hoon.

Ich kann es mit ihnen aufnehmen, dachte er. Allerdings musste er sofort reagieren, schnell! Er rechnete sich gute Chancen aus, die Rausschmeißer zu überrumpeln und auszuschalten, alle vier, wenn es sein musste.

Und dann …

Ja, und dann? Wie würde es weitergehen? Wie konnte er dann noch dem Kerl, der da verletzt auf dem Boden lag, helfen?

Und vor allem, wie sollte er das bewerkstelligen, ohne seine Chance zu verspielen, Caroline zu finden?

»Entschuldigen Sie«, sagte er und biss die Zähne zusammen. »Das war unangebracht.«

Oben auf ihrer erhöhten Plattform erwiderte Amanda seinen Blick, während sie an ihrem Champagner nippte, und wedelte dann nonchalant mit der Hand. »Schieben wir diesen Ausrutscher der Nervosität des Anfängers zu«, verkündete sie. »Aber wir achten darauf, dass das nicht wieder vorkommt, hm?«

Hoon nickte zustimmend. »Geht klar.«

»Gut«, sagte Amanda. »Also, wie gesagt, wir kümmern uns hier um Mr. Mulligan, und ihr …« Sie zeigte mit ihrem Glas auf Hoon und Greig. »Ihr solltet hier verschwinden, bevor ich es mir anders überlege. Beide.«

ACHTZEHN

Greigs Wohnung lag im Südosten Londons. Wenigstens behauptete er das, obwohl die Zeit, die das Taxi brauchte, um dorthin zu gelangen, und die Summe, die die Fahrt kostete, Hoon daran zweifeln ließen, dass die Wohnung wirklich in London lag. Er war sich nicht einmal sicher, ob sie sich überhaupt noch in England befand.

Sie waren an Bexleyheath vorbeigefahren, wie Greig erklärt hatte, und zwar so weit, dass sie fast schon in Dartford landeten.

Gehörten diese Orte überhaupt noch zu London? Hoon hatte keine Ahnung. Es sah jedenfalls nicht mehr nach London aus. Es war viel grüner, und die dominanten Hochhäuser waren Reihenhäusern und kleinen Ansammlungen von Mietshäusern mit sechs oder sieben Appartements gewichen. Nachdem sie ausgestiegen waren, hatte Greig Hoon zu einem dieser niedrigen Wohnblocks geführt.

Sie hatten Greig kaum Zeit gelassen, seine Kleidung zusammenzusuchen, bevor sie aus dem Gebäude eskortiert wurden, und sein Gesicht – einschließlich der

Karikatur eines Bartes – war mit getrocknetem Blut bedeckt und von Beulen und Blutergüssen übersät.

Er hatte beteuert, allein nach Hause zu finden, aber Hoon ließ sich nicht darauf ein.

»Du bist in verdammt schlechter Verfassung, mein Junge«, hatte er gesagt. »Das kann ich mit meinem Gewissen nicht vereinbaren«, hatte er behauptet.

Das war natürlich nicht der wahre Grund. Sofern Hoon überhaupt noch eine Chance hatte, diesem verfickten Godfrey West näher zu kommen und Caroline zu finden, war Greig derzeit seine beste Option.

Obwohl der Junge sichtlich erleichtert wirkte, Gesellschaft zu haben. Er hatte ein Dutzend Fragen gestellt: »Glauben Sie, er wird wieder gesund? Was wird mit ihm passieren? Werde ich Ärger kriegen?« und mehrfach betont, dass es ein Unfall gewesen sei, dass es ihm leidtue und dass er wirklich hoffe, dass es dem armen Kerl gut gehe.

Als sie ankamen, war Hoon froh, nicht mehr mit diesem geschwätzigen Riesenbaby im Auto zusammenzuhocken.

Von außen betrachtet war die Wohnung … kein komplettes Drecksloch. Das war das Netteste, was Hoon dazu sagen konnte, obwohl er überrascht war, dass er überhaupt so gnädig sein konnte. Nach allem, was Greig von seinen finanziellen Problemen erzählt hatte, und wie verzweifelt er offensichtlich auf der Suche nach Geld war, hatte sich Hoon eher auf etwas gefasst gemacht, das an eine Absteige aus der Dritten Welt erinnerte. Deshalb war er verblüfft, dass alle Fenster des Blocks vorhanden und intakt waren.

Dieser positive Eindruck verflüchtigte sich jedoch schnell, als Greig die Eingangstür des Gebäudes aufschloss. Der intensive, beißende Gestank von wochenaltem Müll schwallte durch den Spalt und schlug ihnen entgegen. Die schwere Tür schabte über den Steinboden, als Greig sie so weit aufschob, dass sie sich in einen schmalen, schwach beleuchteten Flur quetschen konnten, in dem die Farbe von den Wänden abblätterte.

»Von hier aus komme ich schon klar«, erklärte Greig, aber Hoon konterte mit einem Kopfschütteln.

»Bist du verrückt geworden? Ich habe gesagt, dass ich dich nach Hause bringe, und genau das werde ich tun«, erwiderte er und versuchte, den jüngeren Mann zum Weitergehen zu bewegen.

Greig schlurfte einen Schritt vorwärts, drehte sich dann aber um und stellte sich vor den älteren Mann, um ihm den Weg zu versperren. »Sie wollen ... Sie wollen doch nichts machen, oder? Denn ... das lasse ich nicht zu.«

»Etwas machen?«, fragte Hoon. »Was denn?«

»Zum Beispiel ... Ich weiß nicht. Sie werden ihnen doch nicht wehtun?«

»Ihnen wehtun?«

»Wenn Sie das versuchen, reiße ich ihnen den Arsch auf«, sagte Greig und fletschte die Zähne, als wollte er seine Reißzähne zeigen. »Ich meine es ernst, ich würde Sie verdammt noch mal … ich würde Sie fertigmachen, wenn es sein müsste.«

Hoon betrachtete ihn einige Sekunden lang schweigend, dann schnaubte er lachend und klopfte ihm auf die Schulter. »Klar, der war gut, Junge«, sagte er. Mit einem sanften Schubs und einem Nicken versuchte er noch einmal, Greig zum Weitergehen zu bewegen.

Doch Greig rührte sich nicht.

»Schwören Sie es«, verlangte er. »Schwören Sie mir, dass Sie nichts tun, was ihnen schaden könnte.«

Hoon schnalzte mit der Zunge. »Verdammt noch mal, Junge. Wie kommst du überhaupt auf so eine Idee? Ich habe den ganzen Abend meinen Kopf für dich hingehalten. Ich habe sogar das Scheißtaxi bezahlt! Und übrigens, ein kleiner Tipp für das nächste Mal: Als ich das angeboten habe, hättest du mir ruhig sagen können, wie verdammt weit weg deine Bude liegt. Ich meine, wirklich! Heutzutage kann man Leute für weniger Geld ins All schicken, als das Taxi gekostet hat.«

»Wir hätten ein Uber nehmen können«, sagte Greig.

Hoon verzog die Lippen zu einem Grinsen. »Wenn ich von einem ahnungslosen Idioten herumgefahren werden will, der zufälligerweise Google Maps in seinem Handy hat, kann ich mir auch ein Auto klauen und selbst fahren.«

»Sie haben es immer noch nicht geschworen.« Greig

ließ sich nicht abbringen. »Schwören Sie es mir. Schwören Sie, dass Sie ihnen nichts tun, sonst kommen Sie nicht rein.«

»Ach, verflucht, Junge!« Hoon rieb sich die Augen, seufzte und hielt dann wie zum Schwur drei Finger hoch. »Gut. Ich gebe dir mein verdammtes Indianerehrenwort, dass ich weder deinem Mädchen noch deinem Baby etwas antun werde. In Ordnung? Zufrieden?«

Greig wirkte zwar nicht ganz überzeugt, aber er biss die Zähne zusammen und nickte einmal knapp.

»Außer, der Kleine fängt Streit mit mir an«, fuhr Hoon fort. »Wenn er das tut, kann ich für nichts mehr garantieren.«

Greig starrte ihn entsetzt und wortlos an.

Hoon seufzte erneut. »Das war ein Scherz, Junge«, sagte er. »Ich kann mir wirklich nicht vorstellen, dass sich dein Baby mit mir anlegen will.«

»Ach so. Okay. Klar.« Er musterte Hoon von oben bis unten und humpelte dann den Gang entlang. »Wenn das so ist, können Sie wohl mit reinkommen.«

Die Wohnung war ein Studio mit einem kombinierten Küchen- und Wohnbereich sowie einem kleinen Schlafzimmer und einem Bad hinter einer halb geöffneten Tür im Flur. Sie lag in der dritten Etage und war damit die oberste Wohnung in dem gedrungenen Gebäude.

Außerdem war sie eher spärlich eingerichtet, und die wenigen Möbel waren zusammengeschustert und improvisiert. Ein niedriges Sofa mit verblasstem und abgenutztem Blumenmuster nahm in der Mitte des Wohnzimmers den Ehrenplatz ein. Es war so gedreht, dass es auf einen 32-Zoll-Supermarkt-Fernseher ausgerichtet war und nicht auf die altmodische abgerockte Küche mit ihren vollgestellten Arbeitsflächen und dem ebenfalls überquellenden Spülbecken.

Die Unordnung beschränkte sich nicht auf die Küche. Spielzeug, Kleidung und der ganze andere Schnickschnack, der dazugehört, wenn man ein kleines Kind im Haus hat, lagen verstreut auf dem Boden herum, waren über die Rücken- und die Seitenlehne der Couch drapiert oder stapelten sich auf einem gepolsterten Hocker, der neben dem Fernsehschrank an die Wand geschoben worden war.

Die Wände waren überwiegend mit Raufaser tapeziert, die im Laufe der Jahre so oft überpinselt worden war, dass ein paar Kratzer an der Wand einen Regenbogen aus Creme-, Magnolien- und Eierschalentönen zutage brachten. Wenn man sämtliche Farbe abkratzte, würde man auf jeder Seite des Raums wahrscheinlich ein paar Zentimeter Platz gewinnen.

In der Ecke stand eine Wiege im Stil eines Moses-Weidenkorbs auf einem Ständer. Sie war leer, als Greig Hoon hineinführte.

Das Baby lag auf einem Handtuch auf dem Boden, war hellwach und strampelte mit den Beinen wie ein Frosch, der von seinem Seerosenblatt springen will.

Seine Windel war abgelegt, und der kleine Junge schien die frische Luft an seinem Po zu genießen.

Wer könnte es ihm verübeln?, dachte Hoon.

Ein Mädchen, das noch jünger zu sein schien als Greig, kniete über dem Baby, kitzelte es am Bauch und stieß mit einer Begeisterung Babygeplapper aus, der ihre unübersehbare Erschöpfung kaum etwas anhaben konnte. Ihr Haar war rötlich blond, zu einem Pferdeschwanz zurückgebunden und brauchte dringend Shampoo. Sie trug ein übergroßes *Guns-N'-Roses*-T-Shirt, das ihr bis knapp über die nackten Knie reichte.

Sie blickte auf, als Greig hereinkam, und in weniger als einer Sekunde flog eine ganze Reihe verschiedener Ausdrücke über ihr Gesicht. Es begann mit Erleichterung und endete nach einer kurzen Unterbrechung durch Verwirrung und Beklemmung in blankem Entsetzen.

»Wer ist das?«, wollte sie wissen. Ihr Akzent war mehr oder weniger identisch mit Greigs. Hoon ordnete die beiden sofort als Jugendfreunde ein.

Noch während sie sprach, veränderte sie ihre Sitzposition, um Hoon die Sicht auf das Baby zu versperren, und ihr entsetzter Blick schlug in etwas Strenges und Bedrohliches um.

Vielleicht hätte heute Abend nicht Greig da draußen kämpfen sollen.

»Es ist schon in Ordnung, Cassie. Er ist nur … er ist ein Typ«, murmelte Greig. Ganz offenkundig bekam er von der jungen Frau dieselbe *Komm-mir-bloß-nicht-blöd*-Botschaft vermittelt, wie Hoon sie verspürte.

»Ich sehe, dass es ein Typ ist, Greig. Aber was genau für ein Typ ist er? Und was hat er hier zu suchen?«

»Er … er arbeitet für Frankie«, antwortete Greig. Er sah zu ihr hinunter und riss vielsagend die Augen auf. »Du erinnerst dich doch an Frankie, Cass.«

Da war schon wieder dieser entsetzte Blick. »*Der* Frankie?« Als sie den Namen aussprach, senkte sie die Stimme zu einem Flüstern. Ihr Blick wanderte zu Hoon, dann aber rasch wieder zurück zu Greig, als würde sie es nicht wagen, den Fremden anzusehen. »O Gott. O nein.«

»Halt, Moment, ruhig Blut.« Hoon hob beide Hände. »Ich sagte doch, ich arbeite nicht für Frankie, sondern mit Frankie, und auch das ist eher …« Er verstummte, schnaubte und schüttelte dann den Kopf. »Eigentlich ist das alles Blödsinn. Frankie ist tot.«

Greig und Cassie starrten Hoon mit großen Augen an. »Tot?«, fragte Greig.

»Ja. Das nehme ich jedenfalls an. Er hat sich mit seinem Onkel angelegt, und es würde mich sehr wundern, wenn er das unbeschadet übersteht.«

Greig schienen die Fragen auszugehen, und er starrte nur ausdruckslos ins Leere, während er diese Neuigkeit verarbeitete.

Zum Glück hatte seine Verlobte genug Fragen für sie beide auf Lager. »Wann ist das passiert? Übernehmen

Sie das jetzt, oder was? Sind Sie deshalb hier? Treiben Sie seine Schulden ein?«

»Vor ein paar Monaten.« Hoon tat, als zählte er die Fragen ab. Er dachte kurz nach und hob dann die übrigen Finger alle auf einmal. »Und nein zu allem anderen. Ich bin nicht hier, um Ärger zu machen, und ich bin nicht hinter eurem Geld her. Und auch niemand anders, soweit ich weiß.«

»Er ist tot?«, fragte Greig erneut, der es anscheinend immer noch nicht recht begriffen hatte. »Was soll das heißen: Er ist tot?«

»Leck mich, ist der immer so schwer von Begriff?«, fragte Hoon die Frau auf dem Boden. »Oder hat er heute Nacht nur einen Schlag zu viel an den Kopf gekriegt? Das heißt, er ist mausetot, Junge. Er ist von uns gegangen. Er ist ein Ex-Dreckskerl. Er ist zu seinen Ahnen geritten. Er ruht in Frieden.« Hoon zuckte mit den Schultern. »Na ja, hoffentlich nicht allzu friedlich.«

Er blickte von Greig zu Cassie und wieder zurück. Anscheinend hatte keiner von ihnen die Anspielung auf *Monty Python* verstanden.

Kinder eben.

»Hast ... hast du gewonnen?«, fragte Cassie. »Den Kampf ... hast du gewonnen?«

»Ja«, sagte Greig, obwohl er fast beschämt den Kopf senkte. »Habe ich. Sozusagen.«

»Sozusagen?«

»Es gab … einen Unfall«, erklärte Greig. »Der andere Typ, er … er ist irgendwie …«

»Der wird schon wieder«, sagte Hoon. »Er hat sich den Kopf angeschlagen, aber er wird wieder gesund. Die kümmern sich um ihn.«

»Glauben Sie das wirklich?«, fragte Greig, und es lag ein Hauch von Hoffnung darin. Der Wunsch, dass es wahr sein könnte. »Glauben Sie, die helfen ihm?«

»Ja, sicher«, antwortete Hoon. Er hatte natürlich keine Ahnung, ob sie das tun würden – und er hegte berechtigte Zweifel –, doch damit sollte sich der Junge nicht belasten.

Greig lächelte. »Ja. Sie werden Hilfe rufen«, pflichtete er Hoon bei. »Er wird wieder gesund.«

»Natürlich wird er gesund. Die können ihn ja wohl kaum verletzt einfach davonspazieren lassen, oder?« Cassie lachte Greigs Bedenken praktisch weg. Schließlich hatte sie selbst dringendere Sorgen. »Also … du hast das Geld?«, fragte sie. »Haben sie dich bezahlt?«

Greigs Lächeln erlosch. Er warf Hoon einen kurzen Seitenblick zu und schüttelte dann den Kopf. »Nicht direkt. Ich meine, noch nicht, aber ich bin mir sicher …«

»Mein Gott, Greig! Warum nicht? Du hast doch gesagt, du wirst dafür bezahlt! Dreihundert Pfund, das hast du versprochen. Wir brauchen das Geld!«

»Ja, ich weiß, Baby, aber …«

»Zeig sie an!«, unterbrach Cassie ihn gebieterisch.

»Zeig sie an, bei … ich weiß nicht, bei der Boxkommission oder so. Heißt die so? Zeig sie an. Die dürfen doch nicht einfach dein Geld behalten.«

Hoon stöhnte.

Boxkommission.

Sie wusste es nicht. Nicht alles. Sie wusste, dass er kämpfte, aber sie dachte, es sei ein legitimer Kampf mit Regeln, mit Sicherheitspersonal und so weiter. Sie ahnte nicht, dass er in einem Kneipenkeller um sein Leben gekämpft hatte.

»So einfach ist das nicht, Baby.«

»Und jetzt? Willst du dich von denen einfach über den Tisch ziehen lassen?«, herrschte Cassie ihn an. »Das werde ich nicht zulassen. Gib mir deren Nummer, dann rufe ich sie an …«

»Immer langsam mit den jungen Pferden«, mischte sich Hoon ein. Er hielt seine Brieftasche in der Hand und zählte ein Bündel Geldscheine ab.

Greig starrte das Geld einen Moment lang verwirrt an, dann schüttelte er entschieden den Kopf. »Nein. Wir wollen nicht noch einen Kredit. Das geht nicht. Nicht nach dem letzten Mal.«

»Das ist kein verdammtes Darlehen«, erklärte Hoon und hielt dem Burschen das Bündel Scheine hin.

Greig beäugte das angebotene Geld misstrauisch. »Und … was ist es dann?«, fragte er.

»Wonach sieht es denn aus? Das sind dreihundert Pfund. Deine Bezahlung.«

»Aber ... sie haben mich nicht bezahlt.«

»Nein, die haben mich bezahlt«, erklärte Hoon. »Als deinen Manager. Diesmal nehme ich mir keinen Anteil, aber von jetzt an bekomme ich zehn Prozent.«

»Ich brauche keinen Manager«, erwiderte Greig.

»Oh, stimmt ja«, sagte Hoon und nahm das Geld zurück. »Und ich dachte, du bist mit leeren Händen da rausgegangen und musstest dir dann von mir dein Taxi nach Hause bezahlen lassen. Ich wusste ja nicht, dass du alles im Griff hattest.«

»Greig«, sagte Cassie, und Hoon wusste, dass sie mit diesem einen Wort den Streit zu seinen Gunsten entschieden hatte.

Greig zögerte, aber nur eine Sekunde. Er nickte, murmelte »Danke« und nahm endlich das Geld entgegen, das Hoon ihm in die Hand drückte.

»Du hast es dir selbst verdient«, sagte Hoon. »Du hast dich gut gehalten.«

»Danke.« Greig lächelte und nickte. »Ja. Stimmt eigentlich, oder?«

»Also gut, wir wollen nicht übertreiben, Junge. Eine Zeit lang stand es echt auf der Kippe, machen wir uns nichts vor. Du hast Glück, dass du im Taxi weggefahren bist und nicht in einem verdammten Krankenwagen«, sagte Hoon. Er drehte sich zu Cassie um und redete über den fassungslosen Greig, als wäre er nicht mehr im Raum. »Wir müssen Eis auf sein Gesicht tun. Es sei denn, du willst, dass er dem kleinen Mann dort für den

Rest seines Lebens Albträume bereitet. Hast du Erbsen im Gefrierfach?«

Cassie musste nicht lange nachdenken. »Nein«, sagte sie. »Wir mögen keine Erbsen.«

»Na und? Niemand mag Erbsen, aber so etwas hat man einfach im Haus.«

»Wir haben Fischstäbchen«, warf Greig ein, womit er sich böse Blicke von den beiden anderen Erwachsenen im Raum einhandelte. Sogar das Baby schien ihn erstaunt anzusehen.

»Ich weiß nicht recht, ob sich eine beschissene Packung Fischstäbchen genauso gut der Form deines Gesichts anpassen kann, mein Junge, aber scheiß drauf, es muss sein. Ich würde es riskieren, wenn ich du wäre.«

»Könnten Sie aufhören zu fluchen?«, bat Cassie.

Hoon runzelte die Stirn, dann blinzelte er mehrmals, als hätte sein Gehirn Schwierigkeiten mit der Verarbeitung dieser Bitte. »Wie bitte, was?«

»Würden Sie nicht fluchen, bitte?«, wiederholte Cassie. Trotz des hinzugefügten Wortes »bitte« klang es noch weniger wie eine Bitte und noch deutlicher als beim ersten Mal wie eine Anweisung. »Wir wollen nicht, dass Benji sich diese Art von Sprache angewöhnt.«

»Na, da habt ihr aber Glück. Er ist – wie viel – drei Monate alt? In dem Alter könnte er genauso gut ein kleiner Beutel Frühstücksfleisch sein. Er kann noch gar nichts nachmachen, verdammt.«

»Er ist vier Monate alt. Und er saugt alles auf«, beharrte Cassie.

Greig räusperte sich leise. »Das stimmt. In diesem Alter sind sie wie Schwämme«, fügte er hinzu. »Da war mal etwas auf YouTube darüber.«

»Jesus! Okay, es liegt mir fern, der Quelle allen verdammten Wissens namens YouTube zu widersprechen«, sagte Hoon. Er schaute zur Decke, schüttelte den Kopf und murrte: »Na schön. Ich höre sofort nach diesem verdammten Satz auf zu fluchen. Alles klar? Zufrieden? Der kleine Bonzo da, oder wie zum Henker …« Er knirschte mit den Zähnen. »Oder wie auch immer er heißt, ist vor meinem verderblichen Einfluss sicher.«

»Danke«, sagte Cassie. »Und sein Name ist Benji.«

»Danke, Mann«, fügte Greig hinzu.

Hoon verdrehte die Augen. »Klar, gern geschehen.« Er deutete auf die Couch. »Und jetzt setz dich hin, während ich die Fischstäbchen hole.«

Doch bevor er den Gefrierschrank erreichte, ertönte plötzlich ein Rasseln von einem Telefon an der Wand, das Hoon so erschreckte, dass er fast – aber nur fast – sein Versprechen brach, nicht zu fluchen.

Er drehte sich zu Greig und Cassie um. Beide waren völlig erstarrt, als wäre die Zeit um sie herum eingefroren.

»Wer kann das sein?« Hoon deutete auf die Sprechanlage.

»Jemand unten an der Haustür.« Greig flüsterte, als ob er Angst hätte, dass derjenige, der da draußen war, ihn hören könnte. »Es ist eine Gegensprechanlage.«

»Ja, ich weiß, wie so was funktioniert, mein Junge«, sagte Hoon. »Du hast keine Ahnung, wer es ist?«

»Wir kennen niemanden.« Cassie sprach noch leiser als ihr Partner. »Jedenfalls niemanden, der um diese Zeit vorbeikommen würde.«

Hoon schlich zum Fenster, wo ein Paar dünner gelber Vorhänge an einer Schiene hing, die aus einem Bambusrohr und ein paar Schraubhaken gebastelt worden war. Vorsichtig schob er die Außenkante eines der Vorhänge beiseite, drückte sich dicht an die Wand und versuchte, auf den Parkplatz hinunterzuspähen.

Ein schwarzer Ford Pick-up mit einem Hardtop über der Pritsche stand im Leerlauf in der Mitte des Gemeinschaftsparkplatzes. Die Scheinwerfer des Fahrzeugs erhellten den Nieselregen, der vor Kurzem eingesetzt hatte, und die Scheibenwischer arbeiteten in einem stetigen Rhythmus.

»Wer ist es?«, fragte Greig. »Können Sie es sehen?«

»Ich weiß es nicht«, gab Hoon zu. Er winkte den jüngeren Mann zu sich, und sie tauschten die Plätze. »Irgendeine Idee?«

Greig schüttelte den Kopf. »Nein. Keine Ahnung. Vielleicht …« Der Summer ertönte erneut, und dieses Mal war es Benji, der sich erschrak. Seine Beine zuckten, sein Gesicht verzog sich, und er stieß einen Schrei aus, der alle Nachbarn hätte wecken können, und nicht nur die in diesem Block.

»Oh, alles ist gut, Baby, alles ist gut«, gurrte Cassie, hob das Kind hoch und drückte es an ihre Brust.

Hoon marschierte zur Sprechanlage, was Greig mit einem gezischten »Was tun Sie da?« kommentierte.

»Die werden nicht verschwinden«, sagte Hoon. »Und sie wissen, dass wir hier sind, also können wir genauso gut herausfinden, wer es ist.« Er schnappte sich den Hörer, bevor jemand widersprechen konnte. »Was?«, fauchte er in die Muschel.

In der Leitung war ein Echo, das zusammen mit dem schreienden Baby dafür sorgte, dass die Antwort nur schwer zu verstehen war. Er erkannte jedoch seinen Namen – den falschen, den ihm Miles vom MI5 gegeben hatte – und etwas, das sich sehr nach einer Frage anhörte.

»Ja, bin ich. Mit wem spreche ich?«

Wieder war die Antwort undeutlich, aber Hoon verstand das Wesentliche. »Nein, ich lasse Sie nicht rein, bevor Sie mir nicht sagen, wer Sie sind.«

Erneut legte sich eine Rückkopplung über ein paar kaum verständliche Worte. Er verstand ihre Bedeutung, wenn auch nicht den eigentlichen Inhalt, und nach einem Blick auf die drei Bewohner des Raums antwortete er.

»Warten Sie unten. Ich komme runter«, sagte er, knallte den Hörer mit so viel Kraft auf die Halterung, dass das dünne Plastik splitterte, und wandte sich an Greig. »Wie ist deine Telefonnummer?« Er fischte sein Handy aus der Tasche.

Es war das Handy aus seinem offiziellen Stephen-White-Gefängnispaket, und er hatte sich nicht die Zeit genommen, seine Funktionsweise zu ergründen. Er warf es Greig zu und sagte ihm, er solle sich zu den Kontakten hinzufügen, dann gab er weitere Anweisungen.

»Wenn ich rausgehe, lasst ihr die Tür verschlossen, außer, ich rufe euch an, okay? Keine SMS. Per Telefon. Und wenn ich ›Affentitten‹ sage, öffnest du unter keinen Umständen die Tür, klar?«

»Affentitten?« Greig blickte von Hoons Handy hoch.

»Ja. Affentitten.«

»Warum Affentitten?«

»Weil es kein Ausdruck ist, der in einer zwanglosen Unterhaltung vorkommt, oder? Affentitten? Niemand sagt einfach ›Affentitten‹.«

»Könnten wir jetzt bitte aufhören, es zu sagen?« Cassie warf einen vielsagenden Blick auf das weinende Baby in ihren Armen.

Hoon stöhnte. »Jesus! Na schön. Ich sage ›Affenbrüste‹. Besser? Wenn ich anrufe und ihr mich ›Affenbrüste‹ sagen hört, wisst ihr, dass ich gezwungen werde, den Anruf zu machen. In dem Fall schließt ihr die Tür ab und ruft die Polizei.«

Greig nickte und reichte das Handy zurück. »Klar«, sagte er.

Doch Cassie wollte sich damit nicht zufriedengeben. »Aber ... die werden merken, dass Sie es als Warnung sagen«, erklärte sie. »Sie haben selbst behauptet, niemand würde es einfach so sagen, also werden die merken, dass es eine Art Code ist.«

»Ja und?« Hoon steckte das Handy wieder in die Tasche.

»Warum sagen Sie dann nicht einfach: ›Das ist eine Falle. Lasst mich nicht rein‹?«, schlug Cassie vor.

Hoon öffnete den Mund, um eine markige und kluge Erklärung abzugeben, blieb jedoch stumm und nickte nur. »Okay. Gut. Dann sage ich das«, lenkte er ein. »In der Zwischenzeit bleibt ihr hier, rührt euch nicht vom Fleck und haltet die Wohnungstür verschlossen. Einverstanden?«

Die Anwesenden nickten. Hoon bedeutete Greig, ihm zu folgen, und trat dann in den kleinen Flur.

»Mach die Tür zu und schließ sie hinter mir ab«, sagte er, als sie vor der Wohnungstür standen.

Abgesehen von einem Sprung durch eines der Fenster war die Tür die einzige Möglichkeit, die Wohnung zu betreten oder zu verlassen. Und sie schien ziemlich stabil zu sein, mit etlichen Schlössern und einer Sicherheitskette. Sie würde zwar niemanden auf Dauer aufhalten, aber sie konnte Greig und Cassie genug Zeit verschaffen, sich vorzubereiten, falls es nötig sein sollte.

»Mit etwas Glück bin ich in ein paar Minuten zurück. Falls nicht, melde ich mich. In Ordnung?«

»Sicher. Ja, okay.« Greig legte Hoon eine Hand auf die Schulter, bevor er die Tür öffnen konnte. »Entschuldigung. Das ist mir jetzt ein bisschen peinlich, aber wie war noch mal Ihr Name? Ich weiß, dass Sie ihn mir vor dem Kampf gesagt haben, aber ich war ziemlich durcheinander.«

»Ich heiße Stephen.« Hoon benutzte seinen falschen Namen und bekam deswegen einen winzigen Anflug von Schuldgefühl. »Stephen White.«

»Richtig. Ja, genau.« Greig trat zurück und machte Hoon Platz, damit er die Tür öffnen konnte. »Viel Glück, Stephen.«

»Klar. Drück mir die Daumen.« Hoon zog die Tür auf und trat in den Hausflur.

Mit einem lauten Knall schloss sich die Tür hinter ihm, dann klapperten die Schlösser.

Hoon fröstelte in der unvermittelten Kälte. In der Wohnung war es schon nicht besonders warm gewesen, aber hier im oberen Stockwerk war die Luft richtig eisig. Er spürte, wie er eine Gänsehaut auf den Armen bekam und sich die feinen Härchen in seinem Nacken aufstellten.

Die kalte Luft bewegte sich. Es zog. Fast, als hätte jemand die Tür zur unteren Etage weit offen stehen lassen.

Scheiße.

Er drehte sich zu spät um, um zu verhindern, dass ihm ein schwarzer Sack über den Kopf gezogen wurde.

Blindlings griff er danach, doch etwas Festes krachte in seine Rippen und zwang ihn, die Arme schützend herunterzunehmen.

Eine Schnur wurde festgezogen. Der Sack schnürte sich um seine Kehle. Er fuhr herum, schlug mit dem Ellbogen nach hinten, traf aber nur Luft.

Viel Luft.

Sein Knöchel knickte um. Er spürte gähnende Leere vor sich.

Jemand zischte: »Fang ihn auf!«, doch da stürzte er bereits mit dem Kopf voran die Treppe hinunter.

Der Schmerz zerriss ihm fast die Schädeldecke. Er schmeckte Blut im Mund. Der Rest von ihm krachte kopfüber gegen etwas Solides, vermutlich eine Wand.

Das Letzte, was er hörte, war die wütende eindringliche Stimme eines Mannes.

»Ich habe dir doch gesagt, wir hätten ihn einfach fragen sollen!«, schimpfte der.

Dann wurde die Dunkelheit unter der Haube tiefer und schwärzer, und er versank in der langsam fließenden Strömung der Bewusstlosigkeit.

NEUNZEHN

Hoon wachte in einem Bett auf, das weder sein eigenes noch ihm vertraut war. Es war jedoch unfassbar bequem, und obwohl sein Gehirn ihn anflehte, er solle aufstehen, war sein Körper entschlossen, die weiche Matratze und die seidigen Laken so lange wie möglich zu genießen.

Das gab ihm Zeit herauszufinden, wo er sich befand. Die Haube war wieder abgenommen worden, und er schien nicht an das Bett gefesselt zu sein. Er spürte einen dumpfen anhaltenden Schmerz an seinem Kopf, direkt über dem Haaransatz, der stärker und schärfer wurde, als er eine Hand nach oben streckte, um den Schaden zu erkunden.

Da war eine Beule. Nicht allzu groß, aber ihm reichte es. Hätte er längeres Haar gehabt, wäre sie vielleicht unbemerkt geblieben, aber auf seinem kurzen Stoppelkopf ragte sie empor wie ein Bergrücken.

Trotz der anhaltenden Proteste seines Körpers brachte er die Kraft auf, sich an dem Kopfende des Bettes aufzurichten. Der Schmerz drückte auf seinen Schädel, und der schwach beleuchtete Raum verwandelte sich in einen betäubenden Wirbel aus Plüschdekor und geschmackvollen Möbeln, bevor er sich langsam wieder beruhigte.

An einer Wand war ein Fernseher angebracht. Eine Diagonale von etwa dreißig Zoll, vielleicht etwas mehr. Darunter befand sich ein Schreibtisch, auf dem ein Tablett mit einem Teekocher und ein paar Päckchen mit Keksen standen, die er nicht kannte, die aber aussahen, als stammten sie aus irgendeiner angesagten Schickimicki-Bäckerei. Es waren handgebackene Oliven-Mascarpone-Haferkekse oder Brombeer-Joghurt-Shortbread oder irgend so ein Quatsch.

Ein Sessel stand in der Ecke, und auf dem Kingsize-Bett stapelten sich neben ihm viel zu viele Kissen.

Er war also in einem Hotel. Einem noblen. Das war besser, als zusammengefaltet auf dem Rücksitz des Ford-Pick-ups zu liegen. Er hatte erwartet, dort aufzuwachen, als er langsam das Bewusstsein verlor. Was allerdings bedeutete, dass er viel länger ausgeschaltet gewesen war, als ihm lieb war.

Gegenüber vom Fenster befanden sich zwei Türen, die dicht nebeneinander lagen. Neben einer war ein Lichtschalter angebracht. Das Badezimmer. Die andere Tür musste also der Weg nach draußen sein. Es war unwahrscheinlich, dass die Wichser vor der Wohnung sich all diese Mühe nur gemacht hatten, um ihm eine schöne Nacht in einem Hotel zu bescheren, also wurde das Zimmer mit ziemlicher Sicherheit bewacht.

Also dann, auf zum Fenster!

Die Vorhänge waren dick und schwer, und er brauchte fast eine halbe Minute, um herauszufinden, wo sich die Lücke zwischen ihnen befand. Er riss sie auseinander und schreckte sofort vor der Morgensonne zurück, die durch die Scheiben hereinströmte.

»Verdammte Scheiße!«

Der dumpfe Schmerz in seinem Kopf schaltete auf Höchststufe. Er kniff die Augen zusammen, griff nach einer Handvoll Gardinenstoff und hielt sich daran aufrecht, während er darauf wartete, dass der Schmerz nachließ und seine Augen sich an das Licht gewöhnten.

Während er mit geschlossenen Augen dastand, fiel ihm auf, dass er nicht mehr die Kleidung trug, die er getragen hatte, als er geschnappt worden war. Genau genommen hatte er überhaupt nur noch sehr wenig an.

Socken? Ja. Unterwäsche …? Er fuhr mit der Hand an seiner Hüfte hinunter. Ja. Alles andere hatte man ihm abgenommen.

»Das wird ja immer schöner, verdammt!«

Er zwang ein Auge auf. Es dauerte ein paar Sekunden, bis er sich an die Helligkeit gewöhnt hatte, dann öffnete er vorsichtig auch das andere. Der Himmel über London war blau. Ein paar Flugzeuge zogen weiße Kondensstreifen durch den Himmel. In mittlerer Entfernung überragten The Shard und das London Eye stolz die Skyline der Stadt. Hinter ihnen erstreckte sich bis zum Horizont der Großraum London.

Aus diesem Anblick folgerte er zweierlei. Erstens: Er war hoch oben. Zu hoch, um zu versuchen, aus dem Fenster zu klettern, selbst wenn es sich hätte öffnen lassen – was nicht der Fall war.

Zweitens war er mindestens mehrere Stunden bewusstlos gewesen. Ein Schlag auf den Kopf hätte ohne nachhaltige Gehirnschäden nicht ausgereicht, um ihm so lange das Bewusstsein zu rauben.

Er ging schnell seine persönlichen Daten im Kopf durch – Name, Geburtsdatum, Adresse – und ratterte anschließend den größten Teil vom kleinen Einmaleins herunter, bevor er zu dem Schluss kam, dass seine geistigen Fähigkeiten so weit noch intakt waren.

Wenn nicht der Schlag auf den Schädel, dann …

Er drehte seine Schultern, umarmte sich und tastete beide Oberarme ab. Bald fand er eine schmerzende Stelle an seinem linken Bizeps, eindeutig die Einstichstelle einer Nadel. Sie hatten ihn betäubt.

Diese Oberarschlöcher!

Er machte sich auf den Weg zur Tür, während sich in seinem Magen heiße Wut ausbreitete. Sie hatten ihn angegriffen, entführt und dann mit Gott weiß was vollgepumpt, um ihn zu betäuben. Jede Aktion für sich wäre bereits verdammt unverschämt gewesen, aber alle drei zusammen? Nein! Damit würde er sie auf keinen Fall davonkommen lassen. *Denkt nicht mal dran!*

Kurz bevor er die Zimmertür erreichte, kam er wieder zur Vernunft. Er wusste nicht, was ihn dort draußen erwartete. Er hatte keine Ahnung, worauf er sich einließ. Er musste vorbereitet sein. Auf jeden Fall besser, als sich nur in Socken und Unterhose ins Unbekannte zu stürzen.

Er lauschte an der Tür, presste sein Ohr an das Holz. Da war ein leises Stimmengemurmel, aber er konnte die Entfernung nicht einschätzen. Es könnten ein paar Leute sein, die sich ganz leise direkt vor der Tür unterhielten, aber vielleicht war es auch ein Gespräch in normaler Lautstärke irgendwo im Flur.

Sicherheitshalber musste er von Ersterem ausgehen. Mindestens also zwei Wachen.

Er kehrte der Tür den Rücken zu und nahm den Raum in Augenschein. Zunächst suchte er nach einer Waffe, wurde dann jedoch schnell von der ordentlich gefalteten Kleidung abgelenkt, die er auf einem der Regale im Einbauschrank entdeckte.

Sein Ananashemd und seine Hose lagen dort gewaschen und gebügelt für ihn bereit. Er starrte sie an, als hätten sie ihn irgendwie verraten und mit dem Feind kollaboriert. Aber dann erlag er ihrem Charme und zog sie schnell an.

Danach fühlte er sich sofort besser, als hätte er etwas Kontrolle zurückgewonnen. Und er war nicht mehr halb nackt. Langsam entwickelten sich die Dinge in die richtige Richtung.

Er konnte allerdings ärgerlicherweise seine Schuhe nirgendwo finden. Mit Schuhen war alles einfacher.

Zumindest alles, was er sich vorgenommen hatte. Aber die Kleidung war ein unerwarteter Bonus, also beschwerte er sich nicht allzu sehr.

Eine Waffe zu finden, war dagegen schon schwieriger. Es gab nichts offensichtlich Scharfes in dem Raum, und der Fernseher sah zwar schwer aus, war jedoch zu klobig, um effektiv damit zu kämpfen.

Auf dem Nachttisch lag ein Notizblock, aber der Stift war entfernt worden. Eine Schande. Mit einem Kugelschreiber konnte man eine Menge Schaden anrichten, wenn man es darauf anlegte.

Doch das gedruckte Logo oben auf dem Block verriet ihm zumindest, wo er sich befand: im McGinlay Hotel in der Park Lane. Er hatte noch nie davon gehört, also war die Information nicht besonders hilfreich, aber er merkte es sich für später.

Es gab kein Telefon im Zimmer, seine Taschen waren leer, und sein Handy konnte er auch nirgendwo entdecken. Also hatte er keine Möglichkeit, mit der Außenwelt in Kontakt zu treten.

Er setzte sich auf das Fußende des Bettes und dachte über seine Optionen nach. Sie hatten darauf geachtet, alles zu entfernen, mit dem sich zustechen ließ. Es gab nichts Schweres, was sich als Knüppel verwenden ließ, und die Möbel zu zertrümmern, um sich einen zu verschaffen, würde unweigerlich die Wachen auf den Plan rufen.

»Ja, verdammt ... ihr zwingt mich förmlich dazu«,

murmelte er, stand auf, füllte leise den Wasserkocher am Wasserhahn im Bad und schaltete ihn ein.

Während er darauf wartete, dass das Wasser heiß wurde, zog er eine Socke aus, stopfte eine der Teetassen des Zimmers bis zu den Zehenspitzen hinein und schwenkte sie danach probehalber. Die Tasse war klein, klobig und an genau den richtigen Stellen kantig. Mit ausreichend Schwung würde sie etwas Schaden anrichten. Nicht viel, aber hoffentlich genug, um die, die draußen im Korridor warteten, zu überrumpeln.

Das Wasser siedete, und der Strom schaltete sich ab. Hoon entfernte den Deckel und hielt den Wasserkocher mit der linken Hand, während er mit der rechten seinen Sockentassentotschläger festhielt. Er summte leise vor sich hin, als er zum Ausgang ging, die Klinke mit dem Ellbogen herunterdrückte und die Tür mit einem Fuß aufriss.

»Hab ich euch, ihr Wichser …!«, begann er und brach dann abrupt ab.

Er stand nicht in einem Korridor, wie er erwartet hatte, sondern in einem Wohnbereich, der groß genug gewesen wäre, um das Boot, auf dem er in den letzten Monaten gelebt hatte, unterzubringen. Und er hätte trotzdem noch genug Platz für zwei Sofas und einen großen Couchtisch gehabt.

Es war ein heller, luftiger Raum mit einer Einrichtung, die gleichzeitig antik und brandneu wirkte, und einer Stirnwand mit raumhohen Fenstern, die einen Panoramablick auf die Stadt boten.

Das Bemerkenswerteste in dem Raum war jedoch die Frau, die auf einem erhöhten Podest am Fenster in einer frei stehenden Badewanne aus geriffeltem Stahl lag. Nur ihr Kopf und eine Hand ragten aus dem Meer schaumiger weißer Blasen hervor. Die Hand umklammerte, wie es schien, dasselbe Champagnerglas, das sie am Abend zuvor mit sich herumgeschleppt hatte. Als Hoons Blick sich auf sie richtete, umspielte ein amüsiertes Lächeln ihre knallroten Lippen.

»Guten Morgen, Stephen«, gurrte sie, und ihre Augen funkelten schelmisch. »Wie schön, dass Sie mir endlich Gesellschaft leisten.«

ZWANZIG

Als Hoon merkte, dass es keine unmittelbare Bedrohung gab – zumindest keine, die kochendes Wasser im Gesicht und einen Becher an der Schläfe rechtfertigte –, legte er beide improvisierten Waffen auf einen gläsernen Couchtisch und stellte die Frage, die ihn seit seinem Aufwachen beschäftigte.

»Was zum Teufel ist das hier?«

Amanda, die Frau in der Badewanne, grinste immer noch. »Was zum Teufel ist was?«

»Das hier. Alles. Warum zum Teufel bin ich hier? Warum wurde ich betäubt? Warum steht da eine Badewanne auf einem teuren Scheißteppich? Welcher hirnverbrannte Knallkopf hat sich das denn ausgedacht?«

»Das war wohl ich«, gab Amanda zu. »Ich mag es, hier zu liegen und die Aussicht zu genießen.« Ihr anderer Arm glitt unter den Blasen hervor, und sie tippte auf den geriffelten Rand der Wanne. »Kommen Sie. Setzen Sie sich. Leisten Sie mir Gesellschaft.«

»Nein, lieber nicht, Sweetheart«, erwiderte Hoon. »Ich bin nicht in der Stimmung für … na ja, für diesen ganzen Scheiß, wirklich. Also, erzählen Sie mir jetzt, warum ich hier bin?« Er deutete auf einen riesigen geschwungenen Fernseher, der auf einer Glasplatte vor einem der Sofas stand. »Oder soll ich nachsehen, ob das Kabel dieses Fernsehers bis zu Ihrer Badewanne reicht?«

Amanda lachte. Es war ein zartes melodisches Kichern, aber es klang irgendwie falsch, als ob einige der Töne in der falschen Reihenfolge kamen. Sie holte tief Luft und glitt dann unter die Wasseroberfläche, bis nur noch der Arm mit dem Sektglas wie ein Periskop emporragte.

Als sie wieder auftauchte, stemmte sie sich höher als zuvor, bis ihre Schultern und der obere Teil ihrer flachen knochigen Brust über die Wellen ragten. Ihr Haar war voller Schaum, und sie fuhr sich mit einer nassen Hand über das Gesicht, um die Seife wegzuwischen.

»Entschuldigen Sie« – sie gestikulierte mit ihrer Champagnerflöte – »das alles. Ich hatte meine Assistenten gebeten, Ihnen eine Einladung zu überbringen, damit wir uns hier unterhalten können.«

»Eine Einladung zu überbringen? Leck mich. So nennen Sie das also?«, fluchte Hoon. »Ich hätte gern Ihre verdammten Geburtstagspartys miterlebt, als Sie noch klein waren. Ein Haufen ängstlicher Fünfjähriger, die aufwachen und sich fragen, wo zum Teufel sie sind.«

»Ich hatte nicht erwartet, dass man so energisch vorgehen würde«, erklärte Amanda. »Ihr lädierter Kopf war ein Versehen. Man sagte mir, Sie seien eine Treppe hinuntergefallen. Trotzdem muss ich zugeben, dass ich mich zum Teil mitverantwortlich fühle.«

»Zum Teil mitverantwortlich? Das ist verdammt großmütig von Ihnen, vielen Dank«, erwiderte Hoon. »Und was ist mit den Drogen, die Sie in mich reingepumpt haben? Wie viel Prozent Verantwortung übernehmen Sie dafür?«

»Das entsprang einer Anregung meines … Arbeitgebers«, räumte Amanda ein und zögerte ein wenig bei der Wortwahl. »Es war schon spät, und er meinte, wir bräuchten beide unseren Schönheitsschlaf. Er hielt es für das Beste, dass wir Ihnen dabei helfen, sich auszuruhen, damit wir heute Morgen frisch an die Sache herangehen können.«

»An was herangehen?«

»An Ihre Zukunft natürlich. Ihre und die des jungen Greig.«

Ein Erinnerungsfetzen aus der vergangenen Nacht durchfuhr ihn so heftig, dass er zusammenzuckte. Er war gerade aus der Wohnung gekommen, als ihm die Haube über den Kopf gezogen worden war. War die Tür hinter ihm verschlossen worden? Er konnte sich nicht erinnern. Waren die Mistkerle hineingegangen?

»Was haben Sie mit ihm gemacht?«, wollte Hoon wissen.

»Mit Greig? Nichts. Ich gebe Ihnen mein Wort«, versprach Amanda. »Ihm und seiner Familie geht es gut. Es geht ihnen sogar besser als gut. Ich war nicht glücklich damit, wie die Dinge gestern gelaufen sind, also habe ich einen meiner Assistenten beauftragt, seine Bezahlung unter seiner Wohnungstür durchzuschieben. Plus ein kleines Extra für die Unannehmlichkeiten. Er hat es schließlich verdient.« Das Grinsen kehrte zurück. »Das haben Sie beide. Sie haben eine tolle Show hingelegt, Sie zwei. Sie sind ein gutes Team.«

»Und deshalb haben Sie mich ausgeknockt und hierher verschleppt?«, fragte Hoon. »Damit Sie mir Honig ums Maul schmieren können?«

»Nein. Ich habe Sie hergebracht, um Ihnen eine Chance zu bieten. Ihnen beiden, genauer gesagt.«

»Das scheint mir eine verdammt extreme Methode zu sein«, entgegnete Hoon. Er verschränkte die Arme, um zu signalisieren, dass er immer noch nicht zufrieden war, nickte dann aber, damit sie fortfuhr. »Also gut, schießen Sie los.«

Sie nahm einen Schluck von ihrem Champagner, dann rutschte sie hinunter, bis ihre Schultern wieder vom Schaum bedeckt waren. »Ich habe Sie durchschaut.«

Hoon spürte ein Flattern in der Brust, als ob sein Herz ein paar Schläge aussetzen würde.

»Haben Sie das?«, fragte er.

»Ja. Ich weiß, warum Sie wirklich gestern Abend zu dem Kampf gekommen sind. Und ich weiß, warum Sie Ihre wahre Identität verheimlicht haben.«

Scheiße. *Scheiße.*

Sieh nicht zur Tür. Such nicht nach einem Fluchtweg.

»Ich habe nicht die geringste Ahnung, wovon Sie reden, Sweetheart«, beharrte Hoon.

Amanda kicherte wieder ihr seltsam disharmonisches Lachen. »Doch, haben Sie. Wollen Sie erfahren, was ich noch weiß?«

»Die Lottozahlen, zufällig?« *Du musst versuchen, Zeit zu schinden. Überleg dir den nächsten Schritt.* »Denn in dem Fall bin ich ganz Ohr.«

»Ich weiß, was Sie suchen«, fuhr Amanda fort. »Und was soll ich sagen? Ich würde Ihnen gern helfen.«

Hoons Augen verengten sich. »Helfen?«

»Wenn Sie mich lassen.«

»Was genau suche ich denn, Ihrer Meinung nach?«

»Das ist doch offensichtlich«, sagte Amanda. »Sie bilden sich vielleicht ein, dass Sie es verbergen können, aber ich weiß genau, warum Sie hier sind.« Sie hielt einen Moment inne und ließ ihre Worte sacken. »Ruhm.«

Ein Teil der Spannung, die sich in Hoons Muskeln aufgebaut hatte, löste sich wieder auf. »Ruhm? Sie glauben, ich bin darauf aus?«

»Das glaube ich«, bestätigte Amanda. »Ich sah es sofort, als ich Sie zum ersten Mal bemerkt habe. Ich wusste, dass Sie nicht wie all die anderen sind. Wissen Sie, die meisten Leute, die zu den Kämpfen kommen, gehören nicht in diese Welt. Jedenfalls nicht wirklich. Sie besuchen sie gerne, das schon. Um dort auszuspannen. Aber sie gehören nicht dorthin. Sie allerdings schon, stimmt's, Stephen? Sie gehören hierher, ins Dunkel. Zu uns.«

Hoon sah sich ausgiebig in dem plüschigen Zimmer um und blickte durch die hohen Fenster hinaus. »Sie haben eine verdammt seltsame Vorstellung davon, wie Dunkelheit aussieht.«

»Ihnen ist bestimmt bewusst, dass es viele Schattierungen davon gibt, Stephen«, antwortete die Frau in der Badewanne. »Ich wusste, dass Sie nicht zu Greig gehörten. Er war allein, und ich habe ihm nicht viel Chancen eingeräumt. Aber als ich Sie sah ... Tja, ich erkannte sofort den Vorteil, wenn ich Sie beide zusammenbrachte. Das ist meine Gabe. Ich sehe Dinge. Verbindungen. Möglichkeiten. Gelegenheiten. Man sagt mir nach, dass ich ein Auge für solche Dinge habe.« Sie hob ihr Glas und prostete ihm zu. »Und wissen Sie was? Es hat ausgezeichnet funktioniert.«

»Aber nicht für den Buschen, dem der Schädel zertrümmert wurde«, stellte Hoon klar.

»Man hat sich seiner angenommen. Wie versprochen«, versicherte ihm Amanda. »Er erholt sich in diesem Moment und wird wieder genesen. Wir sind nur so gut wie unser Wort, Stephen, nicht wahr? Und ich habe Ihnen meines gegeben.«

»Gut, schön. Dann lassen Sie mal Ihr tolles Angebot hören, damit ich Ihnen empfehlen kann, es sich in den Arsch zu schieben und sich zu verziehen.«

Sie kicherte erneut. »Sie sind erfrischend, Stephen, wirklich«, sagte sie. Das Lachen erstarb in ihrer Kehle. »Aber ich wäre vorsichtig. Wie sagt man doch gleich? ›Es ist alles nur Jux und Tollerei, bis jemand ein Auge verliert.‹ Ich mag Sie. Wir wollen nichts tun, was das gefährden könnte. Das würde meinem Arbeitgeber nicht gefallen.« Amanda nahm eine kleine Handvoll Seifenblasen in die Hand, betrachtete sie wie kostbare Edelsteine und blies sie dann von ihren Fingern. »Uns fehlt ein Kämpfer«, sagte sie. »Er sollte Ende dieser Woche an einer unserer … renommierteren Veranstaltungen teilnehmen. Mit einem größeren Publikum. Und von besserer Qualität. Leute, die eher so sind wie wir. Menschen, die in der Dunkelheit zu Hause sind. Und wohlhabend. Sehr wohlhabend. Er musste leider passen.«

»Er hat den Schwanz eingezogen, oder?«, fragte Hoon.

»Nein. Er hat Whisky in die Augen bekommen und sich auf einem Zementboden den Schädel gebrochen.« Amandas Gesichtsausdruck verriet, dass sie mit ihm spielte. »Vielleicht haben Sie von dem Vorfall gehört?«

»Könnte sein, dass da was klingelt.«

»Wir hatten große Hoffnungen in den jungen Anthony gesetzt. Er hätte natürlich ein neues Image gebraucht. Also ehrlich, *Tony der Tiger*? Ich weiß nicht, was man sich dabei gedacht hat. Dennoch, er hatte Potenzial. Ambitionen. Und dank Ihnen wird er jetzt künstlich ernährt, und ihm wurde ein Katheter gelegt.«

»Was soll ich sagen …?« Hoon zuckte mit den Schultern. »Ups, vielleicht?«

Amanda wackelte mit ihrem Champagnerglas, als wollte sie eine Entschuldigung abtun, die Hoon gar nicht geäußert hatte.

»Es ist alles in Ordnung. Machen Sie sich keine Sorgen.«

»Mache ich mir nicht.«

»Aber jetzt haben wir ein Problem. Sein Debüt in der Oberliga war für Freitag geplant. Gestern Abend hätte eigentlich ein Kinderspiel für ihn sein sollen – ein einfacher Sieg, um ihn am Wochenende für die Wetten interessant zu machen. Und dann sind Sie aufgetaucht. Sie und Ihr neuer Schützling.«

»Klingt wirklich, als hätten Sie ein Problem«, antwortete Hoon.

»Einer von uns hat sicherlich eins«, sagte Amanda. »Doch zum Glück haben wir auch eine Lösung. Wissen Sie, ich dachte, Greig wäre ein Nichts. Futter für die Fische. Kollateralschaden. Nennen Sie es, wie Sie wollen. Aber gestern Abend, als er nicht angreifen wollte, weil sein Gegner geblendet war?« Sie holte tief Luft und erschauderte am ganzen Körper, bis sich Wellen auf der Oberfläche ihres Badewassers bildeten. »Das hat die Dinge verändert. Man konnte es spüren, nicht wahr? In der Menge. Selbst Leute, die gegen ihn gewettet hatten, haben das respektiert. Sie konnten nicht anders. Da wussten wir, dass er etwas hatte. Etwas, was wichtiger ist als Kampfstärke, wichtiger als Kraft, Geschwindigkeit oder Standvermögen.«

»Und was wäre das?«, fragte Hoon.

»Eine Story!« Amanda strahlte. »Der edle Krieger. Anständig bis ins Mark. Ein Weißer Ritter, der gekommen ist, die Dunkelheit zu bezwingen. Ein Held.«

»Ein Held? Er?« Hoon deutete mit dem Daumen über seine Schulter, als stünde Greig direkt hinter ihm. »Reden wir von demselben Kerl? Der mit dem Fusselbart, dem Tony fast den Schädel eingeschlagen hätte?«

»Meinen Sie den, der die fast sichere Niederlage noch in einen Sieg verwandelt hat?«, fragte Amanda. »Ja. Ganz genau! Alle lieben Underdogs, nicht wahr? Ein edler Außenseiter, der kämpft, um seine Familie zu ernähren? Das ist nicht nur ein Kämpfer, das ist eine Attraktion. Die Leute werden kommen, um das zu sehen. Um *ihn* zu sehen.«

»Und was springt dabei für ihn heraus?«, fragte Hoon. »Abgesehen davon, dass er in ein Scheißkoma geprügelt wird, meine ich.«

»Geld, natürlich«, sagte Amanda. »Fünftausend als Antrittsgeld. Möglicherweise noch viel mehr, je nachdem, wie weit er an diesem Tag kommt.«

»Und was springt für mich dabei heraus?«

Ein schlankes nacktes Bein tauchte aus dem Wasser auf und legte sich über den Wannenrand. Amanda sah ihm in die Augen, während sie ihren Fuß hin und her schwang und dabei Schaum von den Zehenspitzen tropfen ließ.

»Alles, was Sie wollen«, säuselte sie.

Hoons Blick verweilte noch einige Augenblicke auf dem Bein, dann zuckte er mit den Schultern. »Na schön, dann werde ich wohl einfach auch das Geld nehmen, danke dafür«, sagte er.

»Sie bekommen natürlich einen Teil der Einnahmen«, flötete Amanda. Sie schwang erneut das Bein, als glaubte sie, er habe es nicht bemerkt. »Aber es könnte auch noch andere Vorteile geben.«

»Ganz ehrlich, Sweetheart, Sie sind nicht mein Fall«, sagte Hoon. Er zeigte auf ihren Fuß. »Also machen Sie sich nicht lächerlich und hören Sie lieber auf mit dem Scheiß.«

Das kokette Lächeln, das die Mundwinkel der Frau umspielt hatte, verschwand. Einen Moment lang hätte Hoon schwören können, dass sie sogar errötete.

»Wie bitte?«

»Hören Sie, es gibt bestimmt viele Männer, die die Chance ergreifen würden, aber ich bevorzuge eine Frau, an der etwas mehr dran ist als an Miss Twiggy. Nichts für ungut«, sagte Hoon. »Tun wir doch einfach so, als wäre diese ganze komische Flirtsache nie passiert, und unterhalten uns wie zwei Erwachsene über das Geschäftliche?«

EINUNDZWANZIG

Es dauerte nicht lange, bis sie sich einig waren. Er sollte Greig überreden, mitzumachen. Im Gegenzug würden sie beide reicher werden. Und falls Greig die Sache unversehrt überstand, gab es Perspektiven für zukünftige Einnahmen. Das könnte für den jungen Greig den Durchbruch bedeuten, hatte Amanda betont. Wenn alles gut lief und jeder seinen Teil dazu beitrug, würde er seine Familie davon gut ernähren können.

Es gab keine baumelnden Beine und keine lasziven Blicke mehr. Amanda hatte die Andeutung verstanden. Allerdings hätte sie auch eine Haut wie ein verdammtes Nashorn haben müssen, um das nicht zu tun. Das weitere Gespräch verlief rein geschäftlich, nachdem Hoon ihr einen vor den Bug gegeben hatte, und zehn Minuten später rief sie ein paar große Jungs in dunklen Anzügen aus dem Nebenraum herein.

Hoon wusste nicht, ob es die Bastarde waren, die ihn in der Nacht zuvor entführt hatten. Das war auch bedeutungslos, weil er vorhatte, sie alle mit derselben Verachtung zu behandeln, ganz gleich, welche Rolle sie im Einzelnen gespielt haben mochten.

Ihnen wurde befohlen, Hoon seine Sachen zurückzugeben, ihn nach unten zu begleiten und ihm ein Taxi zu rufen. Die beiden bestätigten stumm nickend den Befehl.

Es gab keinen Körperkontakt, bis die Tür zu Amandas Hotelsuite hinter ihnen ins Schloss fiel. Dann klatschte eine Hand auf Hoons Schulter und drehte ihn gewaltsam nach rechts um.

Die Hand hatte etwas Affenartiges. Die Finger waren dick, aber auch überproportional lang. Hoon studierte sie einige Sekunden fast bewundernd, dann sah er dem Besitzer in die Augen.

»Hängst du an ihr, Jungchen?«

Der Aufpasser oder Handlanger, oder was auch immer er sein mochte, starrte ihn an wie ein Android – völlig teilnahmslos und ohne jede Gefühlsregung.

»An wem?«

»An deiner Hand«, sagte Hoon. Er neigte seinen Kopf ein wenig in ihre Richtung. »Magst du sie? Falls ja, und wenn sie dir weiterhin dienlich sein soll, schlage ich vor, dass du sie unverzüglich von meiner Schulter nimmst.«

Dem Gorilla im Anzug schien diese Drohung nicht das Geringste auszumachen, obwohl Hoon ihn mit großen Augen anstarrte und die Ader an seiner Schläfe pochte.

»Gehen Sie einfach weiter«, befahl ihm der andere Affe und schubste Hoon mit einem gut platzierten Stoß von hinten ein paar Schritte vorwärts.

Vor Hoons Augen blitzte es rot. Er spürte, wie sich sein Magen umdrehte und seine Muskeln sich anspannten. Die Versuchung, sich umzudrehen und diesen Idioten die Faust ins Gesicht zu rammen, war fast überwältigend, aber er unterdrückte sie mannhaft.

Er war auf der richtigen Spur. Das Ziel, Caroline zu finden, rückte näher, das spürte er. Er durfte jetzt nichts tun, was es gefährden könnte.

»Kein Problem, Jungs«, sagte er und setzte ein Lächeln auf, das hauptsächlich aus zusammengebissenen Zähnen bestand. Er sah sie wieder an. »Wie heißen Sie eigentlich?«

»Maul halten«, bellte der erste Mann. »Gehen Sie einfach weiter.«

»Kein Problem«, sagte Hoon erneut. »Wenn Sie es nicht verraten wollen, ist das okay. Aber ich muss Sie irgendwie nennen. Wie wäre es also mit …?« Er betrachtete die beiden noch einmal, während sie den Korridor entlangschlenderten. »Bingo und Bongo?« Er nickte zufrieden über seine Wahl. »Ja. Genau, damit lässt sich arbeiten.«

Die frisch getauften Bingo und Bongo wechselten ungeduldige Blicke, und ein weiterer Stoß in Hoons Rücken veranlasste ihn, das Tempo zu erhöhen.

»Maul halten«, befahl Bingo zum zweiten Mal.

Hoon hob kapitulierend die Hände und ging den Korridor entlang. An der Tür von Amandas Suite waren keine Erkennungszeichen gewesen, aber er hatte sich die Zimmernummern gemerkt, an denen sie vorbeigekommen waren, sodass er sie notfalls wiederfinden konnte.

Der Korridor war genauso plüschig wie die Suite, und die Anzahl der »Bitte nicht stören«-Schilder und der leeren Frühstückstabletts vor den Türen ließen darauf schließen, dass diese Etage ausschließlich von faulen Säcken bewohnt wurde.

Vor ihnen, etwa zwanzig oder dreißig Meter entfernt, öffnete sich eine Tür, und ein junger Mann kam heraus, der sein Hemd so triumphierend in die Jeans steckte, dass man vermuten konnte, er wäre gerade erst glücklich zum Stoß gekommen. Er summte leise vor sich hin, und während er tänzelnd seine Kleidung in Ordnung brachte, durchzuckte Hoon eine schreckliche Erkenntnis.

Er kannte diesen kleinen Scheißer.

Und wichtiger war: Dieser kleine Scheißer kannte ihn.

Das war Humpty Dumpty, einer der miesen Vergewaltiger, die er nackt ausgezogen und in ihrem Lieferwagen gefesselt hatte. Sie hatten beide sein Gesicht gesehen, und unter den gegebenen Umständen würde es wohl keiner von beiden jemals vergessen.

Das war nicht gut. Es war sogar ein verdammter Albtraum.

»Alles in Ordnung, Mr. West?«, knurrte einer der Schläger, die ihn begleiteten. Hoon drehte sofort den Kopf weg, als der jüngere Mann sich umwandte.

Mr. West? Godfrey West konnte es nicht sein, das wusste Hoon. Also vielleicht ein Verwandter?

»Was? O … ja, alles super!«, erwiderte Humpty Dumpty. Hoon warf einen kurzen Blick auf den Mistkerl, der jetzt auf das Zimmer zeigte, das er gerade verlassen hatte. »Könntet ihr … ihr wisst schon? Diesen Saustall aufräumen?«

»Wir kümmern uns darum, Mr. West«, sagte der andere Schläger, und Hoon hörte die Verachtung in seinem Tonfall, auch wenn der Mistkerl im Korridor vor ihnen das ebenso wenig wahrnahm wie ihn.

»Besten Dank, Leute, ihr rettet mir das Leben!«, behauptete Humpty Dumpty, drehte sich um und schlenderte fröhlich pfeifend den Korridor entlang, während er sich das Hemd weiter in die Hose stopfte und den Kragen zurechtrückte.

»Wer ist das Arschloch?«, fragte Hoon, als der jüngere Mann außer Sicht- und Hörweite um eine Ecke am anderen Ende des Flurs verschwunden war.

»Das geht Sie einen Scheißdreck an«, lautete die Antwort, worauf der nächste aufmunternde Schubs folgte. »Immer schön weitergehen.«

Diesmal ließ sich Hoon nicht zweimal bitten. Die Tür zu dem Zimmer, aus dem Humpty herausgestolpert war, stand noch offen, und er wollte einen Blick hineinwerfen. Er beschleunigte das Tempo und blieb dann vor dem Zimmer stehen.

Direkt hinter der Tür befand sich eine Art schmaler

Durchgang, der in einen größeren Raum führte, von dem Hoon nur einen kleinen Ausschnitt erkennen konnte. Das hintere Ende eines Doppelbetts war gerade noch zu sehen, die Decken lagen daneben in einem Haufen auf dem Boden.

Da waren Beine. Zwei. Weiblich. Sie ragten über das Ende des Bettes hinaus, die Füße zeigten nach unten, einer nackt, der andere teilweise bedeckt von einem weißen Strumpf, der über die Ferse gerutscht war.

»Was ist das denn für ein Scheiß?«, fragte Hoon, schlug eine scharfe Rechtskurve ein und betrat den Raum.

Wie zuvor griff jemand nach seiner Schulter. Diesmal entledigte er sich der Hand, und der Gauner, dem sie gehörte, keuchte laut, als sein Daumen nach innen bis ans Handgelenk gebogen wurde.

Hoon war im Zimmer, bevor sie ihn noch einmal aufhalten konnten, stellte sich vor das Bett und starrte auf die junge Frau, die bäuchlings darauf lag. Sie war von Sexspielzeug, Ballknebeln und den Überbleibseln einer Bondage-Session umgeben, die aus dem Ruder gelaufen war.

Ihr Haar war blond mit blauen Strähnen. Sie war so dünn, dass ihr größtenteils nackter Körper abgemagert wirkte – vielleicht war sie sogar noch dürrer als Amanda, was schon etwas heißen wollte. Ihr Gesicht war in einem Kissen vergraben, als versuchte sie, es einzuatmen. Eines der vielen Kissen vom Bett war unter ihre Mitte geklemmt, nur wenige Zentimeter unter ihrem flachen Bauch, sodass ihr nackter Hintern allen präsentiert wurde, die hinter ihr standen.

Sie hatte tiefrote Striemen auf dem Gesäß und dem Rücken, außerdem blaue Flecken an den Beinen und an beiden Armen. Die sexuelle Begegnung war nicht gerade zärtlich und liebevoll verlaufen. Ganz im Gegenteil.

Sie war nicht Caroline. Das war nicht die Frau, nach der er gesucht hatte. Aber das spielte keine Rolle.

Sie war nicht Bambers Tochter.

Aber sie *war* irgendjemandes Tochter.

Jedenfalls war sie es einmal gewesen. Jetzt war sie …

»Jesus! Was zum Teufel?!«

Die Frau fuhr herum, als ob ihr Hintern einen elektrischen Schlag bekommen hätte. Beim Anblick der Männer riss sie die Augen vor Entsetzen weit auf und trat mit ihrem nackten Fuß zu, als wollte sie Hoon durch die Wand kicken. Er wich hastig zurück. Sie schnappte sich ein Kissen, bedeckte damit ihre Brüste und trat dann erneut in Hoons Richtung.

»Was zum Teufel habt ihr hier zu suchen? Ihr Scheißperversen! Jesus!«

»Du bist nicht tot«, stellte Hoon fest.

»Was zum …? Warum sollte ich tot sein? Natürlich bin ich nicht tot, verdammt!«

Sie hatte recht. Sie war definitiv nicht tot. Nur jemand Lebendiges konnte so kreischen.

»Verpisst euch! Verpisst euch, ihr kranken Wichser!«, schrie sie. »Was macht ihr hier?«

»Entschuldigung. Das war mein Fehler. Ein totales Missverständnis«, gab Hoon zu. »Ich dachte, du bist vergewaltigt und ermordet worden. Also …« Er deutete mit beiden Händen auf ihren sehr lebendigen Körper. »Gratuliere, offensichtlich bist du es nicht.«

»Vergewaltigt und ermordet? *Verpisst euch!*« Ihr Kopf fuhr herum, als sie sich im Zimmer umschaute. »Wo ist Charlie? Wo ist er hin? Charlie?«

Einer der Schläger ergriff das Wort. »Mr. West musste gehen. Er hat uns gebeten, dafür zu sorgen, dass Sie das Gebäude sicher verlassen können.«

Sie sah ihn trotzig und ungläubig an. »Schwachsinn. Wo ist er? Ich will ihn sehen.«

»Das ist leider nicht möglich«, bekräftigte der Handlanger.

Die Frau auf dem Bett steigerte sich in ihre Wut hinein und fing an zu schreien. »Charlie? Charlie, wo bist du? Was zum Teufel ist hier los?! Ich schwöre, wenn das …!«

Eine Hand packte ihren Knöchel, und sie stieß einen Schmerzensschrei aus, als sie mit einem Ruck vom Bett gerissen wurde. Ihr Hintern schlug dumpf auf dem Boden auf, und aus Trotz wurde Angst, als der Brutalo im Anzug sie anraunzte.

»Hör auf mit dem Scheiß, du kleine Schlampe!«, zischte er. »Wisch dich ab, schnapp dir deine Scheißklamotten und verschwinde. Für den unwahrscheinlichen Fall, dass Mr. West dich noch einmal sehen will – und darauf würde ich an deiner Stelle nicht wetten –, wird er sich bei dir melden. Aber falls du das hier irgendwem gegenüber erwähnst, sitze ich dir im Nacken. Haben wir uns verstanden?«

Trotz ihrer Nacktheit, ihres schmerzenden Hinterns und ihres offenkundigen taktischen Nachteils, stieß die junge Frau ein leidenschaftliches »Fick dich!« hervor.

Der Gauner, der sie gewarnt hatte – es war Bingo, da war Hoon sich sicher – beugte sich so plötzlich vor, dass ihre Großmäuligkeit schlagartig verpuffte. Sie jaulte und hob schützend die Hände vors Gesicht.

»Glaub mir, Schätzchen«, flüsterte er drohend. »Das lässt sich einrichten.«

Hoon zog den Mann zurück. »Gut jetzt, lass sie aufstehen, Casanova. Sie kann verdammt noch mal nirgendwohin, wenn du dich so über sie beugst, oder?«

Der Kerl war erheblich größer als Hoon und drehte sich um, als wollte er zum Schlag ausholen. Die beiden waren Ganoven. Gewalt war ihre bevorzugte Sprache, und obwohl ein Teil von Hoon die beiden liebend gern in eine entsprechende Konversation verwickelt hätte, passten jetzt weder Zeit noch Ort.

»Tut mir leid, Bingo, falls du auf einen Schwanzvergleich scharf bist, ich bin nicht interessiert«, sagte er. »Dein Boss hat dir befohlen, mich nach draußen zu eskortieren, also wirst du jetzt tun, was man dir gesagt hat, verflucht! Oder soll ich allein hier herumspazieren? Ist ja ein netter Laden. Ich hätte nichts dagegen, noch eine Weile durch die Flure zu schlendern.«

Bingo und Bongo bauten sich vor ihm auf, als wollten sie ihn herausfordern. Er ließ sich nicht darauf ein, wich aber auch nicht zurück, und als die Frau vom Boden aufstand und sich auf die Bettkante setzte, kehrte Bingo Hoon den Rücken zu und streckte ihr einen Finger ins Gesicht.

»Zieh dich an und verpiss dich!«, bellte er, und Bongo drängte Hoon mit seiner Körpermasse zurück in Richtung Korridor.

»Entschuldige nochmals die Störung«, sagte Hoon zu der jungen Frau und bog den Kopf an den beiden Anzugträgern vorbei. »Ich würde allerdings zukünftig vielleicht mal meinen Männergeschmack überdenken.«

»Verpiss dich, du schmieriger alter Sack!«, entgegnete die Frau, wickelte sich in das Bettlaken, stürmte ins Bad und schlug die Tür zu.

Hoon schüttelte den Kopf. »Diese Kids heutzutage, was?«, sagte er missbilligend. »Kein Respekt vor dem Alter.«

»Halten Sie einfach die Klappe und gehen Sie weiter«, befahl man Hoon, diesmal nicht begleitet von Händen auf seinen Schultern oder Stößen in seinem Rücken.

»Sicher, das sagt ihr jetzt!« Hoon musterte Bingo vielsagend, der immer noch sein Handgelenk und den schmerzenden Daumen umklammerte. Dann grinste er beide an. »Aber ich weiß genau, dass ihr mich vermissen werdet, sobald ich weg bin.«

»Was gibt's?«

Godfreys Ton war so schroff wie immer. Sie hatte schon vor langer Zeit gelernt, es nicht persönlich zu nehmen.

»Wir mussten den Ablauf ändern«, sagte sie und klemmte sich das Handy zwischen Ohr und Schulter, während sie auf dem Rand der Badewanne saß und ihre Beine abtrocknete. »Einer der Kämpfer hat sich umbringen lassen.«

»Aha. Hast du dich darum gekümmert?«

»Natürlich, Mr. West«, antwortete Amanda. »Alles ist geregelt und erledigt.«

»Welcher der beiden?«

»Der Ire.«

Sie hörte die Enttäuschung des Mannes durch die Leitung. »Der irische Zigeuner? Verdammt! Ich sehe sehr gern zu, wenn unser Junge solche Typen plattmacht. Er geht bei ihnen richtig in die Vollen. Er kann sie absolut nicht ausstehen.«

»Ich glaube, er wird sich über den Ersatzmann freuen«, sagte Amanda. »Vielleicht bekommt er sogar zwei zum Preis von einem.«

»Gut. Ich freue mich drauf«, antwortete Godfrey. »War das alles?«

»Das ist alles«, bestätigte Amanda, und die Verbindung wurde unterbrochen, bevor sie den Satz zu Ende gesprochen hatte.

ZWEIUNDZWANZIG

Von dem Café gegenüber konnte man die Eingangstür des McGinlay Hotels perfekt im Blick behalten.
Es war ihm gelungen, einen Hocker am Fenster zu er-
gattern, der ihm freie Sicht auf das Gebäude auf der
anderen Straßenseite bot. Das war die gute Nachricht.
Die schlechte Nachricht war, dass es sich bei dem Café
um ein Starbucks handelte. Deshalb stand nichts auf
der Karte, was an echten Kaffee auch nur erinnerte.

Er nippte an seinem geschmacklosen Americano
und bemühte sich, das Kaleidoskop abstruser Getränke
zu ignorieren, die an den Tischen hinter ihm mit Stroh-
halmen geschlürft wurden.

Ein junger Kellner hatte ihm angeboten, seine Bestellung auf irgendeinen überzuckerten milchlastigen
Bockmist mit einem großen Klecks Sahne obendrauf
»upzugraden«, und obwohl er versucht gewesen war,
dem bescheuerten Zwanzigjährigen, der mit diesem
Angebot sein Leben aufs Spiel setzte, so richtig die
Meinung zu sagen, hatte er es nur mit einem Kopfschütteln und einem »Himmel, nein!« abgelehnt. Er
hatte es eilig gehabt, zu seinem Sitzplatz zu kommen.

Er saß dort eine Stunde, vielleicht anderthalb. Er zählte sechzehn Hotelgäste, die kamen und gingen – wohlhabend aussehende Männer, hauptsächlich in Anzügen und langen Wollmänteln. Die junge Frau, die er in dem Zimmer gesehen hatte, tauchte jedoch nicht auf.

Er hielt weitere zwanzig Minuten nach ihr Ausschau, ohne sich vom Platz zu rühren. Nichts. Keine Spur.

Hoon nahm das Handy aus der Tasche, das Miles ihm gegeben hatte, und öffnete die Liste mit den Kontakten. Dort standen Dutzende von Namen, von denen fast alle dazu dienten, seine Legende glaubwürdiger zu machen. Falls jemand das Handy checkte, hätte eine Kontaktliste mit nur einem Namen wahrscheinlich Verdacht erregt.

Er scrollte herunter, bis er Donnie Watson fand – den Namen, unter dem Miles' Nummer aufgeführt war. Sein Daumen schwebte über dem Eintrag, aber er tippte die Nummer noch nicht.

Der Möchtegernvergewaltiger, den er im Lieferwagen verschnürt hatte – Humpty Dumpty oder Charlie West oder wie auch immer er hieß –, musste mit diesem Godfrey West verwandt sein, von dem Miles erzählt hatte. So große Zufälle gab es nicht. Miles musste von dieser Verbindung gewusst haben. Eine andere Möglichkeit war unvorstellbar. Aber er hatte es nicht erwähnt und Hoon im Dunkeln tappen lassen.

Warum? Was hatte er zu verbergen? Und wie würde

er reagieren, wenn Hoon ihn jetzt darauf ansprach? Konnte man ihm trauen?

Und falls nicht – was zur Hölle hatte er dann Welshy und Gabriella angetan?

»Scheiße!«, fluchte Hoon, und ein Mann, der neben ihm im Fenster gesessen hatte, rückte wortlos einen Hocker weiter.

Hoon schaltete das Handy mit einem Knopfdruck aus und schob es wieder in die Tasche. Er würde den MI5-Mann nicht informieren. Noch nicht. Erst wollte er mehr herausfinden.

Er trank den letzten Schluck des miesen Kaffees, als er in der Tür des Hotels auf der anderen Straßenseite etwas Blondes und Blaues auftauchen sah. Die junge Frau aus dem Schlafzimmer wurde von einem weiteren Dunkler-Anzug-Träger aus dem Hotel geführt. Er sah etwas älter aus als Bingo und Bongo, aber abgesehen von ein paar Falten mehr und grauen Strähnen an den Schläfen, gab es kaum Unterschiede zwischen ihnen.

Die Frau fluchte wie ein Rohrspatz. Hoon konnte sie durch das Glas nicht hören, doch er musste kein Lippenleser sein, um die meisten Worte zu erkennen, die sie benutzte. Die energische Art und Weise, wie sie die Worte hervorspie, machte es einfach.

Er ließ den Rest des Kaffees stehen, drängte sich durch die Menschentraube, die auf ihre Feenstreusel-Frappucinos wartete – oder was auch immer für einen Mist sie sich reinzogen –, und trat gerade rechtzeitig nach draußen, um sehen zu können, wie die Frau dem Hotel beide Mittelfinger entgegenstreckte.

»Fickt euch!«, schrie sie dem gesamten Gebäude zu. Der Londoner Tradition verpflichtet, würdigte keiner der Passanten auf der Straße sie auch nur eines Blickes.

Der Anzugträger, der sie aus dem Hotel geworfen hatte, war inzwischen wieder hineingegangen, aber Hoon wagte es noch nicht, sich ihr zu nähern. Stattdessen folgte er ihr auf der gegenüberliegenden Straßenseite, als sie sich umdrehte, ihr bodenlanges Kleid bis knapp über die Knie lupfte und dann auf ihren Stilettos davontrippelte.

Nach etwa dreißig Metern hob sie eine Hand und winkte einem Taxi. Das Taxi rauschte an ihr vorbei und kassierte dafür so üble Beschimpfungen, dass Hoon fast errötet wäre.

Er warf einen Blick zurück zum Hotel, um sich zu vergewissern, dass sie niemand von der Tür aus beobachtete, dann eilte er zwischen den Autos über die Straße und machte die Frau mit einem »Sorry, Kleine« auf sich aufmerksam.

Sie drehte sich zu ihm um, als würde sie für eine Neuverfilmung von Der Exorzist vorsprechen, die Lippen fest zusammengepresst, die Gesichtszüge wutverzerrt. Der Umstand, dass ihre verlaufende Wimperntusche lange schwarze Linien auf ihren Wangen hinterlassen hatte, verstärkte den Gesamteffekt noch, und ein »Jesus!« platzte aus Hoon heraus, bevor er es verhindern konnte.

»Was wollen Sie …?«, begann sie und zog die Augen dann argwöhnisch zu zwei Schlitzen zusammen. »Moment mal. Sie sind doch der schmierige Wichser aus dem Hotel!«

Hoon bemühte sich, das nicht als Beleidigung aufzufassen. »Ich würde nicht sagen, dass ich ein schmieriger Wichser bin, ich war …«

»Was zum Teufel wollen Sie, Sie Perversling?«

Hoon blinzelte. »Was? Moment mal, wieso bin *ich* auf einmal der Perversling? Ich habe da nicht mit all den Knebeln und Handschellen gelegen und meinen striemigen roten Arsch in die Höhe gereckt.«

»Kommen Sie mir jetzt etwa mit Kink-Shaming?«, fragte die junge Frau in dem Kleid. Es war ein schönes Kleid. Nicht billig. Es wirkte an dieser unflätigen ständig quasselnden Nervensäge reichlich unpassend. »Ist das Ihr Ding? Ich soll mich schämen, weil ich auf Kink stehe?«

»Was zum Teufel …? Was ist ›Kink‹ überhaupt? Ich habe keine Ahnung, was das sein soll!«, schoss Hoon zurück.

Sie machte Geräusch wie ein vergrätzter Teenager, der gerade einen Monat Hausarrest kassiert hat, dann drehte sie sich um und stürmte davon. Hoon beschleunigte das Tempo, bis er sie eingeholt hatte, woraufhin sie sofort wieder stehen blieb.

»Ich schreie *Vergewaltigung*«, warnte sie. »Wenn Sie sich nicht verpissen, schreie ich *Vergewaltigung*.«

»Nun beruhigen Sie sich mal! Ich möchte Ihnen nur ein paar Fragen stellen«, erklärte Hoon. Seine Stimme klang ruhig und freundlich – was angesichts ihrer Reaktion ziemlich beeindruckend war. »Ich habe gehofft, Sie könnten mir helfen.«

Die Frau musterte ihn von oben bis unten, als nähme sie ihn zum ersten Mal richtig wahr. »Sind Sie ein Bulle?«

Hoon deutete an sich herunter und zupfte nachdrücklich an seinem Ananasmusterhemd. »Sehe ich aus wie ein verdammter Polizist?«

Sie seufzte und fuhr sich mit der Hand übers Gesicht. Dabei verwischte sie ihr bereits ruiniertes Makeup noch mehr. »Sie haben dreißig Sekunden. Was wollen Sie?«

»Ich suche ein Mädchen«, sagte Hoon, dann schüttelte er missbilligend den Kopf. »Ich meine eine junge Frau. Ihr Name ist Caroline Gascoine. Kennen Sie sie?«

»Nie von ihr gehört.« Die Frau in dem Kleid machte kehrt und wollte schon weitergehen, murmelte dann aber etwas und drehte sich um. »Wer ist das?«

Hoon zögerte, bevor er sprach. Es war riskant, ihr die Wahrheit zu sagen. Wenn sie damit zu Humpty Dumpty lief, würde seine Tarnung auffliegen.

Aber er musste es einfach wissen.

»Sie ist die Tochter eines Freundes«, erklärte Hoon.

»Sie steckt vermutlich in Schwierigkeiten. Sie ist verschwunden. Schon seit einer ganzen Weile. Ich glaube, Ihr Kerl da drin könnte etwas damit zu tun haben. Er könnte vielleicht etwas wissen.«

»Charlie?«

»Wenn er so heißt, ja«, bestätigte Hoon. »Wie gut kennen Sie ihn? Ich meine nicht in sexueller Hinsicht, sondern ganz allgemein.«

Sie schaute an Hoon vorbei zum Hotel hinauf, als sähe sie es zum ersten Mal. »Ich … ich weiß nicht. Nicht besonders gut. Eigentlich gar nicht. Ich habe ihn erst gestern Abend kennengelernt.«

»Wo?«

»In einer Cocktailbar im West End. *Under*. Anscheinend hängt er da ständig ab.«

»*Under?*«

»So heißt der Laden. *Under*. Er ist in einem Keller. Die stellen sich echt an, was den Dresscode angeht, aber meine Freundin wollte unbedingt hin, also …« Sie blickte vielsagend auf ihr Kleid, als würde sie es verachten.

»Und dann? Er ist einfach auf Sie zugekommen und hat Sie zu sich nach Hause eingeladen?«

Der Blick der jungen Frau verfinsterte sich, und sie ging wieder in die Defensive. »So was in der Art, ja. Haben Sie ein verficktes Problem damit, Opa?«

Hoon überging ihren Ausbruch. »War er in Begleitung? Ein Typ? Mädchen? Irgendwer?«

»Woher soll ich das wissen?«

Er packte sie an den Oberarmen und sah sie so eindringlich an, dass sie nicht vor ihm zurückwich. »Denken Sie nach«, forderte er sie auf. »Bitte.«

Sie schluckte, schüttelte den Kopf. »Nein. Nein, ich glaube, er war allein.«

Hoon ließ sie los und trat einen Schritt zurück. »Sind Sie sicher?«

»Ja. Ja, er saß allein in einer Sitzecke. Jetzt erinnere ich mich wieder. Ich fand das erst etwas seltsam«, fuhr sie fort. »Aber, wissen Sie, das hier ist London. Hier ist jeder irgendwie merkwürdig. Er kam zu mir, spendierte mir ein paar Drinks, dann zogen wir in ein kleines Separee um. Wir unterhielten uns, danach gingen wir in sein Hotel.«

»Und er hat nichts gesagt?«, fragte Hoon. »Irgendetwas, das mir helfen könnte?«

»Was, über die Entführung von Frauen? Nein, überraschenderweise ist das nicht zur Sprache gekommen.«

Sie blickte auf die Straße, als suchte sie nach einer Möglichkeit, dieser unangenehmen Situation zu entkommen. Doch gerade als es aussah, als wollte sie flüchten, richtete sie ihren Blick wieder auf ihn.

»Da war nur eine Sache«, sagte sie. »Das war schon irgendwie ... seltsam.«

»Was?«, drängte Hoon.

»Als wir da reingegangen sind – ich meine, ich war ziemlich betrunken, also bin ich mir nicht sicher, ob es …« Sie schloss für einen Moment die Augen, berührte ihren Kopf, als wollte sie einen Schmerz lindern, und sprach dann weiter. »Als wir mit dem Aufzug nach oben fuhren, ging er zu einem Zimmer und öffnete die Tür mit seiner Schlüsselkarte. Er hielt sie einfach an das Lesegerät, also dachte ich, das muss sein Zimmer sein. Aber als er die Tür öffnete, waren da schon Leute drin. Auf dem Bett. Voll in Action. Ein Typ mit zwei Mädchen.«

»Mädchen?«

»Na ja, ungefähr so alt wie ich, glaube ich«, sagte sie. »Zwanzig, einundzwanzig. Hübsch.«

Hoon wünschte sich mehr als alles andere, er hätte Carolines Foto bei sich, aber es steckte in dem Notizbuch in seinem Hotelzimmer. Das war auch gut so. Hätten Amanda oder ihre Handlanger es bei ihm gefunden, als sie ihn durchsuchten, wäre er bestimmt nicht wieder aufgewacht.

»Können Sie sie beschreiben?«

»Das habe ich doch gerade, verdammt«, sagte die Frau. »Mehr habe ich nicht gesehen. Um die zwanzig, heiße Bräute, geile Titten.«

Hoon bohrte nicht weiter nach und konzentrierte sich auf eine andere Frage. »Es war also nicht sein Zimmer?«

»Nein. Ich meine … ich weiß es nicht. Ich glaube nicht. Aber er kam mit seinem Schlüssel rein. Und die Leute da drinnen schien es nicht zu stören, dass wir dazukamen.«

»Wie meinen Sie das?«, fragte Hoon.

»Sie haben nicht aufgehört, als sie uns sahen. Der Typ hat nur einen Daumen gehoben, und dann hat Charlie sich umgedreht.«

»Kannten die sich?«

»Gott, weiß ich doch nicht. Aber es war irgendwie seltsam.«

»Was war mit den Frauen? Welchen Eindruck haben die gemacht?«

»Ich … ich erinnere mich nicht. Ich bin mir nicht sicher, ob sie uns überhaupt bemerkt haben. Ich glaube, sie waren vielleicht auch betrunken.«

»Könnten sie unter Drogen gesetzt worden sein?«, fragte Hoon.

»Unter Drogen?« Sie schnappte nach Luft. »Ich meine … Jesus! Ich weiß es nicht. Woher soll ich das wissen? Keine Ahnung … Sie lagen einfach … sie lagen einfach so da, also weiß ich nicht … ich kann das nicht sagen!«

Die Vorstellung schien sie zu erschrecken, und sie trippelte auf der Stelle, als würde sie gleich losrennen, würde lieber die Flucht ergreifen, statt noch länger darüber nachzudenken, was sie gesehen haben könnte.

Was sie hätte verhindern können. Vielleicht.

»Und was dann?« Hoon lenkte sie zurück in ruhigeres Fahrwasser. »Sie sind abgehauen und mit in sein Zimmer gegangen?«

»Was? Ach so. Klar. Wir sind dann gegangen. Also,

wir sind da weg und dann … Moment mal. Nein.« Sie neigte den Kopf zur Seite, als wollte sie eine Erinnerung hervorkramen. »Nein, das Gleiche ist noch mal passiert. Oder so ähnlich, glaube ich. Wir sind zu dem nächsten Raum gegangen, er hat die Tür geöffnet, aber diesmal sind wir nicht reingegangen. Er hat nur kurz den Kopf reingeschoben, etwas gesagt, das ich nicht richtig verstehen konnte, und hat die Tür dann wieder zugemacht.«

»Glauben Sie, da war auch jemand in dem Zimmer?«

»Das weiß ich nicht«, gab die junge Frau zu. »Wie ich schon sagte, ich war betrunken. Es ist alles ein bisschen verschwommen. Aber das ist doch seltsam, oder? Das ist sogar verdammt merkwürdig. Eine Schlüsselkarte, die einfach verschiedene Türen öffnet. Ich habe ihn gefragt, ob er in dem Laden arbeitet, doch er hat nur gelacht.«

»Ja«, stimmte Hoon zu. »Das ist wirklich seltsam.«

»Meinen Sie, die sind okay? Die Mädchen, die ich gesehen habe? Glauben Sie, dass es denen gut geht?«

Hoon blickte zurück zum Hotel und zum Penthouse hinauf. »Machen Sie sich keine Sorgen«, sagte er. »Darum werde ich mich kümmern.«

DREIUNDZWANZIG

Es dauerte fast eine Stunde, bis er an der Anlegestelle ankam, und obwohl er nicht lange fort gewesen war, wirkte der Anblick des Bootes, das sanft auf der trüben braunen Wasseroberfläche dümpelte, seltsam beruhigend.

Er hatte fast erwartet, dass es abgeschleppt, angezündet oder versenkt worden wäre. Er wusste zwar nicht, wer so etwas tun sollte, aber es erleichterte ihn, das Boot dort vorzufinden, wo er es zurückgelassen hatte. Und anscheinend befand es sich auch in keinem schlechteren Zustand als zuvor.

Wie üblich checkte er die Fenster der Hochhäuser, die zu dem Treidelpfad hin ausgerichtet waren, auf Anzeichen dafür, dass er beobachtet wurde, dann kletterte er an Bord und stieg die schmalen Stufen hinab, die unter Deck führten.

Draußen war es hell, aber die Bullaugen und Fenster des Bootes waren so klein, dass es im Inneren schummrig blieb, wenn man das Licht nicht einschaltete. Jetzt, da die Sonne fast im Zenit stand, lag der gesamte Innenraum im Schatten.

Um keine ungewollte Aufmerksamkeit auf die Jacht

zu lenken, ließ Hoon das Licht ausgeschaltet, ging in die Pantryküche und öffnete die Tür eines Wandschranks. Bookish hatte dort ein paar Gläser abgestellt. Eigentlich benutzte Hoon ihn für dieselbe Sache, er war nur noch nicht dazu gekommen, die benutzten Gläser zu spülen und in den Schrank zurückzustellen.

Er drückte gegen die rechte untere Ecke des dünnen Quadrats aus furniertem Sperrholz, bis es sich aus der Nut löste. Er nahm es ab, griff in den Hohlraum dahinter und tastete nach dem schweren Objekt aus Metall und Holz, das er mit Klebeband an der Wand dahinter befestigt hatte.

Die Waffe war eine grauenhafte Geschmacksverirrung – eine entstellte strassbesetzte Desert Eagle, die Welshy während seiner Zeit als privater Security-Mann als Souvenir von irgendeiner Mission mitgebracht hatte. Auf den Griffschalen prangte die aus lauter kleinen Glitzersteinchen zusammengesetzte Flagge Kolumbiens, und alle Metallteile waren goldfarben. Es war ohne Frage das hässlichste Schießeisen, das Hoon jemals untergekommen war.

Kein Wunder, dass Welshy es behalten hatte. Er hätte dasselbe getan.

Die Patronen befanden sich in einem kleinen Pappkarton ganz hinten in der Besteckschublade. Es wäre ein gutes Versteck gewesen, wenn tatsächlich noch Besteck darin gewesen wäre, aber so rutschte der Karton in der leeren Schublade nach vorn, sobald er sie aufzog.

Er hatte gerade das Magazin ausgeworfen, damit er die Kaliber-50-Patronen hineindrücken konnte, als hinter ihm eine Stimme ertönte.

»Was tun Sie da?«

Er wirbelte herum und riss die Waffe hoch, um der Person, die sich von hinten angeschlichen hatte, damit einen Schlag zu verpassen. Miles hob die Hände, um seine vollständige Kapitulation zu signalisieren.

»He! He, schon gut! Ich bin's nur«, sagte er. »Entspannen Sie sich.«

»Was zum Teufel machen Sie hier?«, herrschte Hoon ihn an.

»Das wollte ich doch gerade von Ihnen wissen«, konterte Miles. »Das war nicht der Plan.«

»Na und? Pläne ändern sich«, erwiderte Hoon. Er legte die Waffe auf die Küchenarbeitsplatte, nahm das Magazin heraus und öffnete die Schachtel mit den Patronen.

»Warum? Was ist passiert?«, fragte Miles.

»Ich glaube, ich habe sie gefunden«, sagte Hoon. Er nahm ein paar Patronen in die Hand und drückte sie in das Magazin. Er ging fließend und routiniert vor, als sein Muskelgedächtnis die Führung übernahm. »Es könnte sein, dass ich Caroline gefunden habe.«

»Was heißt: Es könnte sein?«, wollte Miles wissen.

»Das bedeutet, ich habe vielleicht …« Hoon schnalzte missbilligend mit der Zunge. »Sie können Ihre verdammten Hände runternehmen.«

Miles bemerkte, dass er die Arme immer noch hochhielt, und zuckte überrascht zusammen. Er ließ sie sinken und fummelte nervös mit den Fingern, als wüsste er nicht, was er damit anfangen sollte. Schließlich vergrub er die Hände in den Hosentaschen.

»Wo ist sie … vielleicht?«

»In einem Hotel. Im McGinlay. Kennen Sie es?«

Miles nickte. »Ja. Es gehört einer Firma, von der wir glauben, dass sie mit dem Loop in Verbindung stehen könnte.«

»Allerdings, und ob es da eine Verbindung gibt«, erwiderte Hoon. Er schob das volle Magazin in das Fach im Griff der Desert Eagle. »Es könnte sehr gut sein, dass sie sie dort festhalten.«

»Es könnte sein? Heißt das, Sie wissen es nicht?«

»Ich kann es mir jedenfalls verdammt gut vorstellen.« Hoon fletschte die Zähne und stieß ein Knurren aus. »Die wissen es. Es muss da jemanden geben, der weiß, wo sie ist.«

»Wie können Sie sich da so sicher sein?«

»Ich bin mir nicht sicher, Sportsfreund. Ich bin mir momentan bei gar nichts sicher. Aber ich werde es verdammt noch mal rausfinden.«

Miles schüttelte den Kopf. Er hob erneut die Hände, aber diesmal, weil er Hoon beruhigen wollte, nicht um zu kapitulieren. »Nein. Nein, das gehört nicht zum Plan. Wir hatten etwas anderes besprochen.«

»Was genau haben wir denn eigentlich besprochen?«,

wollte Hoon wissen. »Helfen Sie meinem Gedächtnis auf die Sprünge, denn es gibt da ein paar Lücken, die Sie gerne schließen dürfen. Zum Beispiel Charlie West. Sagt Ihnen der Name was?«

Hoon hätte Miles' Stöhnen nicht gehört, wenn er nicht genau darauf geachtet hätte.

»Ja, Scheiße, genau das habe ich mir gedacht!«, fluchte er.

»Hören Sie zu! Ich verstehe, dass Sie unglücklich darüber sind, wie ich einige Dinge gehandhabt habe …«, begann der MI5-Mann, doch Hoon ließ ihn nicht weiterreden.

»Unglücklich? Ich bin nicht unglücklich, Junge. Okay, ich bin unglücklich, klar – das ist meine verfickte Grundstimmung! Aber jetzt? Was uns betrifft? Wegen dieser Sache hier? Deswegen bin ich nicht unglücklich! Ich bin stinksauer! Ich bin die fleischgewordene Verkörperung von Wut, um genau zu sein. Sie haben diesen Wichser gehen lassen. Sie wussten, wer er war, und Sie haben ihn verdammt noch mal davonkommen lassen.«

»Er ist ein Niemand«, betonte Miles. »Er ist der Neffe von Godfrey West, okay, aber er ist ein Niemand. Er gehört zur untersten Liga. Sie lassen ihn im Dunkeln tappen. Er weiß gar nichts.«

»Wir hätten ihn verdammt gut gebrauchen können«, zischte Hoon. »Als Verhandlungsobjekt.«

»Als Druckmittel? Ha! Denken Sie etwa, der Aal

schert sich einen Dreck um das Wohlergehen seines idiotischen Neffen? Bilden Sie sich ein, der Loop würde … was? Ihnen die Tochter Ihres Kameraden zurückgeben, damit Sie ihn gehen lassen? Im Austausch?«

»Einen Versuch wäre es wert«, knurrte Hoon.

»Nein. Das wäre es bestimmt nicht«, beharrte Miles. »Wenn sie auch nur eine Sekunde dächten, dass er in Verdacht geraten ist, würden sie ihn umlegen. Danach würden sie Sie töten, und dann jeden, von dem sie glauben, dass Sie Kontakt zu ihm hatten. Sobald sie der Meinung sind, dass Caroline mehr Ärger macht, als sie ihnen einbringt, werden sie sie töten. Falls sie es nicht schon getan haben – und ich sage Ihnen, das ist ein großes *FALLS*.«

Hoon sagte nichts, drängte sich einfach an dem Mann vorbei und ging zu der Schlafkoje. Miles folgte ihm und versuchte weiter, ihn zur Vernunft zu bringen.

»Was genau wollen Sie tun? Da reinstürmen und den Laden zusammenschießen?«

»Wenn es sein muss«, antwortete Hoon. Er wühlte in den Haufen schmutziger Kleidung auf dem Boden und zog ein zerknittertes rot-schwarz kariertes Hemd heraus. Es war nicht so auffällig wie das Hemd, das er gerade anhatte. Nicht ganz so auffällig jedenfalls.

»Was glauben Sie denn, wie weit Sie kommen?«, fragte Miles. »Drei Meter? Zwanzig Meter? Ein Stockwerk? Wozu soll das gut sein?«

»Es wird mich von der Scheißlaune befreien, die ich

gerade habe«, beharrte Hoon. Er riss sein Ananashemd so ungeduldig auf, dass die Knöpfe durch den Raum flogen. »Da sind Mädchen drin. Frauen. Die werden gezwungen, Gott weiß was zu tun. Caroline könnte darunter sein.«

»Und wenn sie nicht dort ist?«

Hoon zog das Hemd aus und entblößte seinen nackten Oberkörper und die Narben, Spuren eines Lebens voller Gewalt, derer er sich nicht schämte.

»Wenn sie es nicht ist, hole ich alle anderen heraus, die ich dort finde, und lege den ganzen verdammten Laden in Schutt und Asche.«

»Aber dann werden Sie sie niemals finden«, erklärte Miles. »Dann ist sie weg. Sie ist für Sie verloren. Für immer. Wollen Sie das? Ich weiß, dass Sie das nicht wollen.«

Hoon trat näher an Miles heran, packte ihn am den Hals und stieß ihn gegen die Wand der Kajüte. »Und was zur Hölle soll ich tun, hm? Die Frauen einfach da drin lassen? Einfach ein Auge zudrücken?«

»Wir werden … kein Auge zudrücken«, keuchte Miles. Sein Gesicht färbte sich unangenehm lila, aber er wehrte sich nicht. »Wir sind nur …« Er röchelte. »… *Jesus!* Wir warten nur auf den richtigen Moment.«

Hoon musterte das Gesicht des anderen Mannes. »Sie wussten Bescheid«, erkannte er. »Über das, was da vor sich geht. Über die Frauen. Sie haben es verdammt noch mal gewusst.«

Miles versuchte, den Kopf zu schütteln, schaffte aber nur ein paar winzige Bewegungen. »Nein! Nicht … Wir haben nicht …« Er hustete. Oder versuchte es. »Ich kriege … keine Luft. Kann nicht atmen.«

Hoon schien das nicht zu kümmern. Er behielt ihn im Griff, selbst als Miles anfing, kläglich nach seinem Arm zu schlagen, und ließ den MI5-Mann erst los, als dieser begann, die Augen zu verdrehen.

Miles sank auf die Knie, hustete und würgte. Tränen liefen ihm über die Wangen und tropften auf den Deckboden.

»Wir wussten es nicht«, stammelte er, und seine Stimme war ein zittriges Krächzen. »Wir haben es vermutet, ja. Aber wir hatten keinerlei Bestätigung. Und die haben wir immer noch nicht. Wir wissen nicht genau, was da drinnen vor sich geht.«

Hoon zog das karierte Hemd an, schloss die Druckknöpfe und griff nach der Waffe. »Okay, dann wird es verdammt noch mal höchste Zeit, dass wir es herausfinden.«

Miles rappelte sich auf und rieb sich mit einer Hand den schmerzenden Hals. »Dann sind Sie für ihren Tod verantwortlich«, erklärte er. »Wenn Sie das tun und sie nicht schon tot ist, bringen Sie sie um. Und wahrscheinlich auch noch Dutzende andere, denen es so geht wie ihr.«

Hoon steckte die Waffe in seinen Hosengürtel, ging aber nicht zur Tür.

»Wenn Sie da mit gezückter Kanone reingehen, kommen Sie nicht mal am Empfang vorbei. Die werden Sie vorher umbringen. Dann kommt die Polizei, und was glauben Sie, was die dann unternimmt, Bob? Glauben Sie etwa, die würden riskieren, dass die Dinge eskalieren? Glauben Sie, die würden zulassen, dass diese Frauen gefunden werden? Oder der ganze andere Scheiß ans Licht kommt, den die da drinnen treiben? Glauben Sie, die würden einfach nur tatenlos zusehen?«

»Ich lasse denen nicht die geringste Chance«, sagte Hoon.

Miles stieß ein heiseres Lachen aus. »Sind Sie jetzt der Terminator persönlich und plötzlich kugelsicher?« Er setzte sich auf das Ende des Bettes, räusperte sich ein paarmal, als wollte er eine Blockade lösen, und zuckte dann mit den Schultern. »Hören Sie, ich kann Sie nicht aufhalten. Wenn Sie gehen wollen, kann ich Sie rein körperlich nicht daran hindern. Aber ich bitte Sie, eine Minute nachzudenken. Durchdenken Sie Ihr Vorgehen gründlich.«

»Ich habe es satt, alles langwierig zu durchdenken«, erwiderte Hoon.

»Ernsthaft? Sie sprechen es sogar aus, ja? O Mann! Hören Sie sich doch mal selbst zu!« Miles sprang auf. »Diese Leute sind keine Amateure. Sie wissen, was sie tun. Sie gehen planvoll vor. *Die denken gründlich nach.* Wir haben jetzt die Chance – eine echte Chance –, eine Schlüsselfigur auszuschalten. Wir können denen richtig wehtun. Wird es Ihnen helfen, Caroline zu finden? Ganz ehrlich? Ich weiß es nicht. Aber eine bessere Chance werden Sie nicht bekommen.«

Hoon sagte nichts, biss nur die Zähne zusammen und atmete tief durch die Nase.

»Sie können da reinstürmen. Sie können den Macker spielen. Aber damit servieren Sie denen den Sieg auf dem Silbertablett«, fuhr Miles fort. »Falls Caroline dort ist, wenn dort andere Frauen festgehalten werden, werden wir sie befreien, Bob. Das werden wir. Aber es ist ein Marathon, kein Sprint. Wenn wir es überstürzen, scheitern wir. Und wenn wir versagen, sterben die Mädchen. Oder sie werden irgendwohin gebracht, wo wir sie niemals finden werden. Wollen Sie das etwa?«

»Scheiße, natürlich will ich das nicht!«, zischte Hoon.

Er zog die Pistole aus dem Hosenbund, und Miles wich zurück, als fürchte er, sich eine Kugel einzufangen. Hoon bemerkte die Reaktion und grinste.

»Also ehrlich, Mann, reißen Sie sich zusammen! Ich werde Sie bestimmt nicht erschießen.« Er legte die Waffe mit einem Knall auf dem kleinen Tisch neben der Koje ab.

Er ließ sie allerdings nicht los. Noch nicht. Er stand da, den strassbesetzten Griff fest in der Hand, und runzelte die Stirn. Langsam drehte er sich um und hob den Kopf, bis er dem Mann vom MI5 in die Augen blicken konnte.

»Woher zum Teufel wussten Sie, wo Sie mich finden?«, fragte er.

Miles verzog kaum eine Miene, doch Hoon sah etwas hinter seinen Augen aufkeimen. Panik. Die Erkenntnis, dass er ertappt worden war.

»Ich dachte nur … Sie sind nicht ins Hotel zurückgekommen, also …«

Hoon hob erneut die Waffe, und diesmal richtete er sie auf Miles. »Hören Sie auf mit dem Gefasel!«, bellte er. »Woher zum Henker wussten Sie, dass ich hier bin?«

Miles duckte sich und hob die Hände vors Gesicht, als könnten sie eine Kugel Kaliber 50 abwehren. »Mein Gott! Hören Sie auf, ja? Beruhigen Sie sich! Nehmen … nehmen Sie die Waffe runter, Bob. Bitte, nehmen Sie die Waffe runter!«

Der Hammer der Desert Eagle knackte, als er gespannt wurde, und die Sicherung wurde mit einem Klicken entriegelt. »Wie zur Hölle …«, wiederholte Hoon, diesmal langsamer und mit Nachdruck, »… wussten Sie, wo ich bin?«

»Schon gut, schon gut! Ihr Handy! Das Handy, das ich Ihnen gegeben habe! Ich kann es orten!«

Hoon trat einen Schritt näher und zwang Miles zum Rückzug, bis er mit dem Rücken an der Wand stand. »Sie haben einen verdammten Peilsender in das Handy eingebaut?«

»Was? Nein! Ich meine, irgendwie schon, aber

eigentlich nicht. Das ist Werkseinstellung. Das ist Standard. Das haben alle! Sie senden nur die GPS-Standortdaten. Und Ihr Handy ist so eingestellt, dass es die Daten mit mir teilt!«

Hoon hielt die Waffe noch ein paar quälende Sekunden lang im Anschlag, dann murmelte er: »Ach ja, klar.« Er ließ die Waffe sinken. »Scheißtechnik.«

»Ich hätte es Ihnen sagen sollen«, gab Miles mit einem erleichterten Seufzen zu. »Ich hätte es sagen müssen.«

»Moment mal«, begann Hoon. »Sie wussten, dass die mich gefangen genommen hatten? Wo ist der Rettungstrupp geblieben, hm? Ihr Wichser konntet nicht mal wissen, ob sie mir da drin nicht die Fingernägel ausreißen.«

»Gefangen genommen? Verdammt! Ich wusste nicht, dass Sie entführt wurden«, behauptete Miles. »Ich konnte nur sehen, dass Sie in dieses Hotel gegangen sind, aber ich wusste nicht, dass es gegen Ihren Willen war. Wer hat Sie entführt?«

»Ein paar Arschlöcher«, sagte Hoon. »Die haben mir erst eine verpasst und mich dann unter Drogen gesetzt. Dann haben die mich für eine Unterredung zu dieser verfickten Vogelscheuche in der Badewanne gebracht.«

Miles bewegte lautlos die Lippen, während er versuchte, den letzten Satz zu begreifen. Dann räumte er ein, dass er keine Ahnung hatte, wovon der andere Mann sprach.

»Eine Vogelscheuche in einer Badewanne?«

»Das meine ich nicht wörtlich. Jesus! Eine Frau. Amanda irgendwas.«

»Amanda wie?«

»Ich weiß es nicht!«, stieß Hoon hervor. »Scheiße … Holden.«

Miles hob eine Braue. »Amanda Holden?«, fragte er. »Aus *Britain's Got Talent*? Die Ex-Frau von Les Dennis? *Diese* Amanda Holden?«

»Natürlich nicht diese Amanda Holden«, entgegnete Hoon mit wutverzerrter Miene. »Ich weiß ihren Nachnamen nicht, das war alles. Amanda. Das ist alles, was ich weiß. Amanda. Eine dürre Schlampe, flirtet wie gedopt und scheint da das Sagen zu haben. Sie sind doch derjenige mit den ganzen verdammten Informationen! Also sagen Sie mir, wer das ist.«

»Wir gehen der Sache auf den Grund«, versprach Miles.

»Das heißt, Sie haben keine Ahnung, wer sie ist. Sehr beruhigend. Hinter Ihnen steht die geballte Macht der britischen Sicherheitsdienste, und Sie können keine sonnenbankgebräunte Vogelscheuche in einer verfickten Badewanne identifizieren.«

»Was wollte sie?«, fragte Miles, offensichtlich um das Gespräch umzulenken.

»Das volle Programm, glaube ich, aber da habe ich gleich einen Riegel vorgeschoben, bevor sie sich zu sehr hineinsteigern konnte. Ich schlafe auf keinen Fall mit dem verdammten Feind. Schon gar nicht, wenn er so hässlich ist.«

Miles runzelte die Stirn. »Wie bitte?«

»Spielt keine Rolle«, sagte Hoon. »Sie will, dass Greig bei irgendeinem großen Event kämpft, das sie demnächst haben. Da wird richtig Geld gemacht. Eine hochkarätige Veranstaltung.«

»Ah. Klar.« Miles' Stirnrunzeln vertiefte sich. »Aber, sorry, wer ist Greig?«

»Greig«, sagte Hoon, als wäre damit alles erklärt. »Habe ich Ihnen noch nicht von Greig erzählt?«

»Nein. Ich meine, wir haben uns seit gestern nicht gesprochen, also …«

»Verdammt!«, schnauzte Hoon ihn an, als würde er die mangelhafte Kommunikation dem anderen Mann anlasten. »Na schön, holen Sie ein Bier aus dem Kühlschrank und setzen Sie sich an den Tisch.«

»Ich trinke nichts, ich muss noch fahren«, lehnte Miles ab.

»Ich habe auch nicht gesagt, dass Sie sich eins holen sollen. Ich meinte, ich will eins«, erwiderte Hoon. »Sie und ich haben verdammt viel zu besprechen.«

VIERUNDZWANZIG

Nach dem dritten Klopfen öffnete sich endlich die Tür. Sie ging so weit auf, wie es die Sicherheitskette zuließ, dann erschien ein Gesicht im Spalt. Es war glatt rasiert und sah noch jünger aus als am Abend zuvor, auch wenn die Konturen durch die Blutergüsse etwas unsymmetrisch geworden waren.

»Jesus, ich hab's mir anders überlegt. Kannst du dir den Bart wieder umbinden?«, fragte Hoon. »Du siehst aus wie eine Kartoffel.«

Der Blick aus dem Auge Greigs, das Hoon sehen konnte, zuckte an ihm vorbei, als er den Treppenabsatz hinter ihm abcheckte. »Wie sind Sie hier hochgekommen?«

»Die Haustür schließt nicht richtig«, antwortete Hoon. »Das ist echt ein Sicherheitsproblem, wenn du mich fragst. Ich würde mich beschweren.«

»Geht es Ihnen gut?«, fragte Greig.

»Ich könnte Bäume ausreißen«, versicherte ihm Hoon.

»Sie haben da eine große Beule am Kopf«, stellte der jüngere Mann fest.

»Das? Das ist nicht der Rede wert.«

»Tut es weh?«, fragte Greig, der wie gebannt auf die monströse Beule starrte.

»Nur wenn ich darüber rede, also lassen wir's«, entgegnete Hoon. »Außerdem siehst du auch nicht gerade wie das blühende Leben aus.«

»Was? Das?« Greig berührte verlegen seine geschwollene Oberlippe. »Das bringt der Job mit sich.«

»Sehe ich auch so.« Hoon deutete auf die Wohnungstür. »Soll ich jetzt den ganzen Tag hier draußen herumstehen, oder lässt du mich rein?«

»Oh. Entschuldigung. Moment.«

Die Tür wurde geschlossen. Hoon hörte das Kratzen der Kette, dann öffnete Greig die Tür wieder und trat zur Seite, damit Hoon eintreten konnte.

»Benji schläft«, sagte er und schloss hinter Hoon die Tür.

»Hat er sich beim Apportieren verausgabt?« Hoon schlenderte durch den kurzen Flur in Richtung Wohnzimmer.

»Benji ist doch kein …«

»Ich weiß, dass er kein Hund ist, das war ein Scherz«, sagte Hoon. »Ist aber trotzdem ein bescheuerter Name.«

Als er das Wohnzimmer betrat, saß Cassie auf der Kante der Couch und balancierte einen Teller auf den Knien, während sie sich mit Messer und Gabel über das darauf befindliche Essen hermachte. Ein zweiter Teller stand auf dem leeren Platz neben ihr, und Greig stürzte sich schnell darauf.

»Wow! Was zum Teufel ist das denn?« Hoon zeigte auf Greigs Teller.

Greig blickte auf das Essen hinunter. »Das ist ein Auflauf. Wir haben nicht gefrühstückt, also habe ich uns das gekocht.«

»Ich kann sehen, dass es ein verdammter Auflauf ist. *Das* da habe ich gemeint. Ist das etwa eine Quadratwurst?« Hoon zeigte auf den Teller. Da lag etwas, das zwar gerade eher dreieckig war, aber vor nicht allzu langer Zeit durchaus vier Seiten gehabt haben könnte.

»Das ... ja«, bestätigte Greig.

»Wo zum Teufel habt ihr die her?«

Cassie schluckte den Bissen hinunter, auf dem sie herumgekaut hatte. »Meine Mum hat sie geschickt.«

»Jesus, ihr habt sogar Kartoffel-Scones!« Hoons Stimme überschlug sich fast. »Hat sie die auch runtergeschickt?«

»Ja«, bestätigte Cassie. »Und könnten Sie bitte aufhören zu fluchen?«

Hoon sah sich im Zimmer um. »Ich dachte, er schläft?«

»Tut er auch.«

»Dann würde ich mir nicht ins Hemd machen, Sweetheart. Er wird das nicht durch verdammte Osmose in sich aufnehmen.«

»Ich bitte Sie, damit aufzuhören«, sagte Cassie. »Sonst müssen Sie gehen. Ihre Entscheidung.«

Hoon setzte dreimal zu einer Antwort an: »Das ...«,

»Ich …«, »Wie zum …?« Dann seufzte er, hob die Hände und lenkte ein. »Na schön. Ich werde das bezaubernde kleine Gehirn eures pummeligen Zwergs mit dem Hundenamen nicht mit all meinen schrecklichen Schimpfwörtern beschmutzen. Zufrieden?«

»Eigentlich nicht«, sagte Cassie. Sie stopfte sich ein Stück Schinkenspeck in den Mund und kaute weiter. »Was wollen Sie?«

»Ein bisschen Quadratwurst, wenn das geht.«

»Das geht nicht«, antwortete Cassie.

Hoon schnalzte missbilligend mit der Zunge und deutete auf Greigs Teller. »Außerdem solltest du so etwas nicht essen. Du bist im Training.«

»Training?«

»Ich habe dir einen neuen Kampf besorgt. Besser bezahlt. Bessere Klientel. Da sind *mindestens* fünf Riesen drin. Vielleicht sogar mehr.«

»Fünf Riesen?«, stammelte Cassie. »Für einen Boxkampf?« Sie stupste Greig mit dem Knie an. »Siehst du? Ich habe dir doch gesagt, es geht aufwärts!«

Greig warf Hoon einen flehenden Blick zu und rang sich ein Lächeln ab. »Ja. Das hast du gesagt«, stimmte er ihr zu, dann stellte er seinen Teller auf die Armlehne und stand auf. »Da fällt mir ein, Mr. … Mr. White.« Er kramte in der Gesäßtasche seiner Jeans und zog einen gefalteten Umschlag heraus. »Das Geld für letzte Nacht ist gekommen. Kurz nachdem Sie gegangen sind, haben sie es geschickt.«

»Greig«, nuschelte Cassie mit vollem Mund.

»Wir dürfen es nicht behalten«, wandte sich Greig an sie. »Wir waren uns einig.«

Er drehte sich zu Hoon um und hielt ihm den Umschlag hin.

»Was ist das?«, fragte Hoon.

»Das ist das Geld, das Sie uns gestern Abend gegeben haben. Das hätten Sie nicht tun müssen.«

»Das ist euer Geld«, sagte Hoon mit Nachdruck.

»Nein. Das stimmt nicht, oder? Es gehört Ihnen. Die haben uns das Geld geschickt.«

Hoon schüttelte den Kopf. »Hör zu, Junge, ich kann nichts dafür, wenn die sich im Büro geirrt haben. Du wurdest zweimal bezahlt. Also nimm es an.«

Greig hielt den Umschlag weiter hoch. »Ich kann nicht … ich will keine Schulden machen. Nicht schon wieder.«

»Dann hast du verdammtes Glück.«

»Keine Schimpfworte!«, tadelte ihn Cassie.

»O Mann. Dann hast du Glück, denn du machst auch keine Schulden. Es ist kein Darlehen, es ist kein Trick, es gehört alles dir. Kapiert?«

Greig blickte von Hoon zu dem Umschlag und wieder zurück. Erst als Cassie sich räusperte, steckte er den Umschlag wieder in die Tasche und setzte sich hin.

»Gut. Dann … also, danke«, sagte er und nahm seinen Teller.

»Nein, mein Junge, ich danke *dir*«, erwiderte Hoon. Er nahm das, was von der Quadratwurst übrig war, grinste und biss herzhaft hinein. Beim Kauen schloss er die Augen und legte eine Hand auf seine Brust, als erlebte er gerade etwas Schönes und Reines. »Ah! Ja, so muss das schmecken«, murmelte er. Seine Stimme klang entrückt und verträumt. Nach langem Zögern schluckte er schließlich den zerkauten Wurstbrei hinunter, stieß ein langes zufriedenes »Aaaah« aus, öffnete die Augen und streckte die Hand aus. »Jetzt gib mir den Teller und zieh deine Sachen an«, wies er ihn an. »Du musst trainieren.«

Greig leistete ganze fünf Sekunden lang Widerstand und reichte den Teller dann weiter. Hoon hatte sich bereits die Reste eines Kartoffel-Scones einverleibt, als Cassie ihnen einen Strich durch die Rechnung machte.

»Er kann nicht zum Training gehen. Ich muss in zwanzig Minuten zur Arbeit.«

»Scheiße, ja, das muss sie«, sagte Greig. »Ich muss mich um Benji kümmern.«

Hoon zuckte mit den Schultern. »Das geht klar. Wir nehmen ihn einfach mit.«

»Nein. Das werdet ihr nicht tun«, widersprach Cassie. »Ihr bringt mein Baby nicht in diesen stinkenden Schuppen.«

»Okay, vergessen wir's«, sagte Hoon. Er schob sich ein halbes Kartoffel-Scone in den Mund und kaute geräuschvoll, während er von einem Elternteil Benjis zum anderen blickte. »Von welchem stinkenden Verschlag reden wir eigentlich?«

»Cassie wird durchdrehen«, sagte Greig und schob den Schlüssel in den rostigen Metallknauf in der Mitte eines graffitiverschmierten Garagentors.

»Was sie nicht weiß, macht sie nicht heiß«, erwiderte Hoon. Er rollte einen abgerockten alten Kinderwagen langsam hin und her und hoffte, den schlafenden Insassen so vom Aufwachen abzuhalten. »Jedenfalls tut es dem Kleinen gut, ein bisschen frische Luft zu schnappen.«

Mit etwas Mühe drehte Greig den Schlüssel im Schloss und warf dann einen Blick zurück auf die belebte Straße, die nur wenige Meter von Hoon entfernt war.

»Ich weiß ja nicht, ob ich es so bezeichnen würde«, sagte er, aber das laute Dröhnen eines vorbeifahrenden Lastwagens übertönte ihn. Der Lärm des Lastwagens ließ Benji aufschrecken, und Hoon fügte der Vorwärts- und Rückwärtsbewegung einen kleinen Schubs von der Seite hinzu, der das Baby sofort wieder beruhigte.

Die Freude währte jedoch nur kurz, denn als sich das Garagentor kreischend öffnete, zuckte der Junge zusammen und war sofort hellwach. Schon regten sich die winzigen niedlichen Lippen, und als er das unbekannte Gesicht erblickte, das auf ihn herabsah, ballte Benji die Fäuste, öffnete den Mund und schrie los.

»Scheiße, tut mir leid, war ich das?«, fragte Greig.

»Wo du es sagst ... das zweihundert Dezibel laute Kreischen, das du gerade verursacht hast, könnte tatsächlich etwas damit zu tun haben.«

»Schon gut, ich nehme ihn«, sagte Greig und schlich sich an den Kinderwagen heran. Er beugte sich hinunter und legte eine Hand auf die Decke, die über die Brust des Babys gebreitet war, aber das Geschrei ging unvermindert weiter.

»Du machst es nur noch schlimmer«, sagte Hoon.

»Wieso mache ich es noch schlimmer?«, fragte Greig.

»Tja, sieh ihn dir doch an. Er heult sich immer noch die Augen aus, oder?«

»Das ist aber nicht schlimmer, oder?«, entgegnete Greig. »Er hat vorher auch schon gebrüllt.«

Hoon knurrte. »Na schön. Wenn du so pedantisch sein willst. Du machst es jedenfalls auch nicht besser, und was in Gottes Namen soll das hier eigentlich sein?«

Er hatte den Kopf gehoben und blickte nun in die dunkle Enge einer überfüllten Garage. Ein schwerer Boxsack hing von der Decke, und nur ein kilometerlanges silbernes Klebeband verhinderte, dass sein Inhalt sich auf den Boden ergoss. Eine Langhantel mit Gewichten an den Enden stand in der Ecke an einem Stapel dreckiger Autoreifen, und als Hoon hinsah, huschte eine erschrocken wirkende Ratte aus der Garage, beschrieb einmal einen Kreis auf dem Bürgersteig und flüchtete dann so schnell, wie ihre Beine sie trugen, die Straße hinunter.

»Das ist mein Gym«, sagte Greig und ließ dabei die Hand auf Benjis Brust liegen. Das Gewicht schien den kleinen Mann langsam zu beruhigen. »Hier trainiere ich.«

»Mein Gott, Junge. Was trainierst du dir da drin an? Eine beschissene Cholerainfektion?«

Greigs Kopf ruckte zwischen Hoon und der Garage hin und her. »Wie meinen Sie das?«

»Ich meine, das ist doch ein totales Drecksloch, Junge. Da dürfen wir kein Baby reinbringen. Herrje, selbst ich würde da nicht reingehen, dabei mache ich mir im Allgemeinen null Gedanken über meine eigene Gesundheit.«

Er blieb wie angewurzelt stehen, beugte sich aber etwas vor, um einen genaueren Blick in das Innere der Garage zu werfen, ohne ihr dabei näher zu kommen.

»Das ist völlig okay«, beharrte Greig. »Es ist ein guter Raum. Und er ist billig.«

»Billig?!« Hoon schrie fast. »Soll das etwa heißen, du bezahlst dafür?«

»Dreißig Pfund.«

»Ich hoffe, das gilt auf Lebenszeit!«, sagte Hoon.

»Pro Woche«, stellte Greig klar. »Dreißig Pfund pro Woche.«

»Mein Gott, da hat dich aber jemand gleich richtig eingeschätzt«, sagte Hoon. Er schüttelte den Kopf und gab dem jüngeren Mann mit einer Geste zu verstehen, dass er das Tor wieder schließen sollte. »Nein, vergiss den Scheiß und mach das Tor wieder dicht. Hier trainieren wir nicht.«

»Gut, aber wo dann?«, fragte Greig. »Ich wüsste nicht, wo ich sonst hinkönnte.«

»Schon klar«, sagte Hoon. »Ein Glück für dich, dass ich es weiß.«

FÜNFUNDZWANZIG

Hoons Blick schweifte durch das Gym, das sich vor ihm ausbreitete, flirtete kurz mit den schweren Sandsäcken und den Boxbirnen und blieb dann an dem großen Boxring hängen, der den größten Teil der verfügbaren Fläche einnahm.

Keines der Trainingsgeräte sah neu aus, der Ring hätte eine gründliche Reinigung vertragen, und die Seile hätten gestrafft werden können, aber das war ihm alles egal.

»Ja, das wird reichen«, bemerkte er. »Das reicht völlig.«

Neben ihm ließ Granny Porter den Schlüsselbund um einen arthritischen Finger kreisen und klinkte ihn danach an einen Clip an seinem Gürtel. »Also, ab neunzehn Uhr kommt ein Verein, aber bis dahin gehört er ganz Ihnen.« Er warf Hoon einen vielsagenden Seitenblick zu. »Ich sollte vielleicht noch erwähnen, dass Spenden jeder Art dankbar angenommen werden.«

Hoon klopfte dem alten Mann auf die Schulter, als hätte er es mit einem alten Freund zu tun. »O ja«, sagte er. »Das kann ich mir vorstellen.«

Mit einem Lächeln und einem Augenzwinkern stieg er die Metallstufen hinunter, die von der Tür aus bis nach unten führten. Das Gym war in einem fensterlosen Keller untergebracht, und das einzige Licht kam von einem halben Dutzend altmodischer Glühbirnen, die hoch oben an den Wänden eingeschraubt waren. Es gab mehr als dreißig Fassungen, aber weniger als die Hälfte funktionierte, weshalb der Ort eher wie eine alte Jazzbar und nicht wie eine Sportstätte beleuchtet war.

Dale hatte das arrangiert, nachdem Hoon sich bei ihm gemeldet hatte. Er hatte versucht, sich selbst einzuladen, war damit aber abgeblitzt. Das hier war kein verficktes geselliges Beisammensein, hatte Hoon ihm mitgeteilt. Es war eine ernste Angelegenheit.

Der Ort roch feucht und nach harter Arbeit. In der Luft hing ein Schweißgeruch, als würden die Wände selbst schwitzen. *Das ist ein richtiges Gym*, dachte Hoon. *Ein anständiges Gym.* Es war keines dieser glitzernden, gleißenden Raumschiffe voller Geräte und selbstverliebter Wichser, die sich im Geiste vor den großen Wandspiegeln entblätterten.

Es war auch keine beschissene kleine Garage mit Rattenbefall und einer hartnäckigen Atmosphäre von Verzweiflung. Nein, es lag irgendwo in der Mitte – genau in der Goldlöckchen-Zone zwischen diesen beiden Extremen – und war somit genau die Art von Gym, auf die er gehofft hatte.

»Könnten Sie mir damit helfen?«, fragte Greig vom

oberen Treppenabsatz aus. Er deutete auf den Kinderwagen, den er erfolgreich durch die schmale Tür gezwängt hatte, mit dem er nun aber nicht mehr weiterkam. »Einfach vorne festhalten.«

Er hatte die Bitte an Hoon gerichtet, doch Hoon war zu sehr damit beschäftigt, den Raum zu bewundern, um davon etwas mitzukriegen.

»Darf ich?«, fragte Granny Porter. Er bückte sich mühsam und griff mit beiden Händen nach dem Boden des Kinderwagens. Dann half der alte Mann trotz Greigs Beteuerungen, dass es eigentlich in Ordnung sei und er es wahrscheinlich allein schaffen würde, den Kinderwagen und seinen schlafenden Insassen hinunter zu Hoon am Fuß der Treppe zu heben.

»Danke«, sagte Greig. »Ich hatte Angst, dass er aufwacht, wenn es ruckelt.«

»Aye, sehr gut, Super Nanny«, sagte Hoon. Er deutete zum Boxring. »Zieh die Klamotten an und geh da rein. Handschuhe und Kopfschutz. Mal sehen, was du draufhast.«

»Gegen wen kämpfe ich?«, fragte Greig.

»Was glaubst du denn?«, fragte Hoon und warf sich in die Brust.

Greig sah sich um und zuckte dann mit den Schultern. »Ich weiß nicht. Also gegen wen?«

»Verdammt! Gegen mich natürlich.«

Greigs Blick wanderte auf und ab und musterte den Mann, der vor ihm stand. Dabei zuckte ein Grinsen um seine Mundwinkel. »Sie? Sind Sie nicht ein bisschen …?«

»Ein bisschen was?«

»Sie wissen schon … alt?«

»Hüte deine Zunge, Junge.«

Greig lachte. »Ich meine, nichts für ungut, okay. Ich will nur nicht, dass Sie meinetwegen einen Herzinfarkt bekommen oder so.«

»Mach dir um mich keine Sorgen, Sportsfreund«, erwiderte Hoon. »Kümmere dich nur darum, dass du verdammt noch mal tust, was man dir sagt. Zieh die Klamotten an. Steig in den Ring. Und stell dich auf eine Tracht Prügel ein.«

Granny Porter schlängelte sich zwischen den Männern hindurch, deutete in den Kinderwagen und senkte seine Stimme zu einem Flüstern. »Soll ich ein Auge auf den kleinen Stöpsel werfen?«, fragte er. »Falls er anfängt, Theater zu machen?«

Greig schien sich bei diesem Vorschlag ein wenig unwohl zu fühlen. Er nuschelte ein paar unverbindliche Laute, während er versuchte, sich eine Ausrede einfallen zu lassen, warum das wahrscheinlich keine gute Idee war. Oder zumindest eine Ausrede, die nicht auf eine direkte Beleidigung hinauslief und mindestens ihren Rauswurf nach sich ziehen würde.

»Ich weiß nicht recht. Wahrscheinlich ist es das Beste, wenn ich ihn übernehme, falls er aufwacht. Er ist ein bisschen … eigen«, sagte Greig schließlich.

Granny lächelte. »Ich habe vier Kinder, dreizehn Enkelkinder und fünf Urenkel«, sagte er. »Ich hatte drei Ehefrauen und zwei Scheidungen. Ich bin es gewohnt, mit Eigenheiten umzugehen. Ich habe mein ganzes Leben lang mit Eigenheiten zu tun gehabt.«

»Da hast du's, kein Grund zur Sorge. Granny kümmert sich um ihn. Für den Kleinen ist gesorgt«, sagte Hoon. Er beförderte Greig mit einem aufmunternden Schubs ein paar Schritte Richtung Ring. »Und jetzt los, schaff deinen Arsch in den Ring und lass uns sehen, was du draufhast.«

Greig zuckte mit den Schultern und ging zu einer großen Netztasche voller Handschuhe, Polster und Kopfschutz. »Okay, Sie haben es so gewollt, alter Mann«, brummte er. »Aber sagen Sie nicht, ich hätte Sie nicht gewarnt!«

Hoon kreiste durch den Ring, die behandschuhten Hände vor der Brust erhoben. Er hatte den jüngeren Mann im Visier, der vor ihm hin und her tänzelte.

»Weißt du, was du falsch machst?«, fragte Hoon.

»Klappe jetzt«, murmelte Greig durch seinen Mundschutz.

»Du lässt dir ständig von mir ins Gesicht schlagen«, fuhr Hoon fort und trieb ihn weiter vor sich her. »Ich weiß ja nicht, wo du Boxen gelernt hast, aber das ist das genaue Gegenteil von dem, was du eigentlich tun solltest.«

Greig griff mit einer gestreckten rechten Geraden an. Er war schnell, das musste Hoon ihm lassen, aber er hielt sich zurück. Hoon wich dem Schlag aus und verpasste dem Jungen, als er aus dem Gleichgewicht geriet und vorbeitaumelte, einen Schlag auf den hinteren Teil des Kopfschutzes.

»Das meine ich. Was zum Teufel sollte das denn werden?«

»Ich schone dich nur«, sagte Greig. Was sich schlägt, das duzt sich, hatte Hoon erklärt. Dann drehte Greig sich um, täuschte eine Linke an und ließ eine weitere Rechte fliegen, die durch den Raum donnerte, der gerade eben noch von Hoon besetzt gewesen war.

Ein paar schnelle, leichte Aufwärtshaken trafen ihn am Brustkorb. Nicht genug, um etwas auszurichten, aber genug, um seine Aufmerksamkeit zu erregen.

»Ich hoffe wirklich, dass das stimmt, mein Junge, denn sonst wäre das einfach nur verdammt peinlich«, stichelte Hoon weiter. »Gut, dass dein Sohn noch schläft und sich das nicht ansehen muss, sonst würde er sich in Grund und Boden schämen.«

Benjis Name ließ Greig zum Kinderwagen hinüberschauen, was ihm einen Schubs und ein paar schnelle Schläge auf den unteren Rücken einbrachte. Auch hier steckte keine Kraft dahinter – gerade genug, damit das Handschuhleder auf die Haut klatschte –, aber es hätte auch anders sein können, und das war der Punkt.

»Sieh mich an. Lass mich nicht aus den Augen, verdammt.«

Greig rückte wieder vor und schlug diesmal mit der Linken einen Jab, den Hoon mit Leichtigkeit abwehren konnte.

»Hast du mir nicht gesagt, dass du Profi warst?« Der ungläubige Unterton in Hoons Stimme war unüberhörbar.

»Nein. Ich sagte, ich wäre *fast* Profi geworden«, korrigierte ihn Greig.

»Wie nah ist *fast*?«, spottete Hoon weiter. »Hast du dir die *Rocky*-Box auf DVD gekauft?«

Greig blieb stehen und ließ die Arme sinken. »Das ist doch bescheuert. Was machen wir hier überhaupt?«, seufzte er.

»Du warst gerade dabei, dir den Arsch aufreißen zu lassen«, sagte Hoon. Er machte eine winkende Bewegung mit seinen Handschuhen. »Komm schon. Fäuste hoch. Weiter geht's.«

Greig hob für zwei Sekunden die Deckung, dann senkte er die Fäuste wieder und schüttelte den Kopf. »Das bringt doch nichts. Wozu soll das gut sein?«

Hoon schnalzte mit der Zunge und stemmte die Fäuste in die Hüften. »Was soll das heißen? Du hast morgen einen Bare-Knuckle-Kampf vor dir, und für den flüchtigen Beobachter hast du nicht die leiseste Ahnung, wie du es anstellen sollst, das Ding anzugehen.«

»Ich kann gut selbst auf mich aufpassen«, betonte Greig.

»Soweit ich weiß, nicht«, konterte Hoon.

»Du trägst keinen Kopfschutz. Ich habe nur Boxsackhandschuhe an. Ich kann dich schlecht schlagen, oder? Du würdest sofort k. o. gehen.«

Hoons Gelächter hallte durch das Gym. »Du hast meine uneingeschränkte Erlaubnis, es zu versuchen«, sagte er, dann riss er den Kopf zurück, als ihn aus dem Nichts ein Schlag am Kinn traf, und er stolperte mit einem »Scheiße!« rückwärts.

»Siehst du?«, sagte Greig. Seine Hände waren wieder an seinen Seiten. Hoon hatte nicht einmal gesehen, wie sie sich bewegten. »Das ist nicht fair. Du trägst keinen Schutz.«

Hoon tupfte sich die Unterlippe an seinem nackten Unterarm ab, der danach blutig war.

»Tut mir leid«, sagte Greig und verzog das Gesicht. »Soll ich nachsehen, ob es Eis gibt?«

»Scheiß drauf. Ich will, dass du das noch einmal machst«, befahl Hoon. Er schüttelte die Arme aus und hob sie dann schützend vor den Kopf. »Schlag mich.«

»Ich will dich nicht schlagen«, protestierte Greig.

Hoon ging auf ihn los, und dieses Mal hatte der Schlag, der Greigs Magen von rechts traf, etwas mehr Nachdruck.

»Pech gehabt. Schlag mich«, forderte er. Er schlug seine Handschuhe zusammen und holte dann deutlich sichtbar zu einem großen rechten Schwinger aus, dem Greig gut ausweichen konnte. »Nicht nur ausweichen, sondern zu…!«

Sein Körper reagierte auf den Kopftreffer, bevor er auch nur die Chance hatte, ihn zu registrieren, und seine Arme griffen nach den Seilen, um sich abzufangen, bevor er durch sie hindurchstürzen konnte.

Das Klingeln in seinen Ohren folgte ein oder zwei Sekunden danach. Der Schmerz einen Moment später.

»Genau. Verdammt. Ja, so ist es schon besser«, sagte Hoon. »Das ist es, was ich sehen will.«

»Bist du okay?«, fragte Greig aufgeregt. »Ich habe versucht, den Punch abzuschwächen.«

Hoon blinzelte und schüttelte den Kopf, um den Nebel zu vertreiben, der ihn auszufüllen drohte. »Was, das war nicht die volle Leistung?«

»Nein!«, entgegnete Greig und schaute dabei aus der Wäsche, als würde ihn schon der Gedanke daran entsetzen. »Ich kann dich einfach nicht mit voller Kraft schlagen, wenn du keinen Kopfschutz aufhast!«

Hoon hätte ihn dafür fast gescholten. Hätte ihm beinahe gesagt, dass er es wegstecken könne.

Fast.

»Gut, okay, das sehe ich ein. Das ist kein schlechter Haken, den du da hast«, sagte er, dann federte er aus den Seilen, rammte dem Jüngeren die Schulter in die Körpermitte und schleuderte ihn rückwärts auf die Matte.

Ein Knie klemmte einen Arm ein, ein Fuß blockierte

ein Bein. Hoons blutverschmierter Unterarm drückte wie eine Eisenstange auf Greigs Kehle und schnitt ihm die Luft ab, sodass der junge Mann nur noch krächzen konnte: »Stopp! Stopp! Stopp!«

Hoon ließ seinen Arm noch ein paar quälende Sekunden an Greigs Hals, dann nahm er ihn weg. Er legte eine behandschuhte Hand auf den Kopf seines Gegners und nutzte ihn als Stütze, um sich wieder auf die Beine zu hieven, während der Junge hustend und keuchend auf der Matte lag.

»Aber du gehst nicht in einen Boxkampf, mein Junge«, rief Hoon ihm ins Gedächtnis. »Ein solider rechter Haken ist schön und gut, aber den kannst du vergessen, wenn ein Bastard seine Daumen bis zu den Knöcheln in deinen Augenhöhlen versenkt und er deinen Lümmel zwischen seinen Zähnen zermalmt.«

Greig versuchte kurz, sich das vorzustellen, gab es jedoch auf, als Hoon klarstellte: »Natürlich nicht gleichzeitig.«

Bevor Greig irgendetwas erwidern konnte, ertönte ein spitzer Schrei aus dem Kinderwagen und hallte durch die Turnhalle. Granny, der neben dem Kinderwagen gesessen und das Geschehen im Ring beobachtet hatte, beugte sich vor und machte *Kutschi-Kutschi-Kuh*, wich dann aber entsetzt zurück und wedelte mit einer Hand vor seinem Gesicht.

»Beim Windelwechseln ziehe ich die rote Linie«, verkündete er. »Diese Zeiten sind vorbei.«

»Gut, ich übernehme das«, sagte Greig.

Hoon streckte ihm eine Hand hin, die einen Moment lang misstrauisch beäugt, dann aber angenommen wurde. Greig wurde auf die Füße gezogen und bekam einen Klaps auf den Rücken, als er auf die Seile zuging.

»Das waren ein paar nette Schläge, Junge«, sagte Hoon. »Du bist vielleicht doch kein so nutzloser Bastard, wie ich dachte. Jedenfalls nicht völlig.«

Greig bewegte sich unbeholfen an den Rand und kletterte dann herunter, als fürchtete er, Hoon könnte sich jeden Moment auf ihn stürzen.

»Danke«, sagte er, als er außer Reichweite war, zog seine Handschuhe aus, kramte die Wickeltasche unter dem Kinderwagen hervor und kümmerte sich um sein weinendes Kind.

Zehn Minuten später lag Benji ziemlich stümperhaft, aber frisch gewickelt in den Armen seines Vaters und nuckelte an einem Milchfläschchen.

Wie Greig saß auch Granny Porter auf einem der Klappstühle, die aufgestellt wurden, wenn bei Vorführungen ab und an Zuschauer ins Gym kamen. Hoon saß im Ring. Er hatte die Beine unter dem tiefsten Seil durchgeschoben und stützte sich mit den Armen auf das mittlere.

»Das war nicht so übel, wie ich dachte«, sagte Hoon. Er bewegte seinen Kiefer, und etwas machte klick. »*Du* warst nicht so übel, meine ich. Die Kopftreffer hatten viel mehr Wumms, als ich erwartet hatte.«

»Tut mir leid!«, sagte Greig. Er lehnte sich zurück, bis die Vorderbeine des Klappstuhls vom Boden abhoben. »Aber du hast gesagt, ich soll zuschlagen!«

»Das solltest du lieber lassen, mein Junge«, sagte Granny, legte eine Hand auf Greigs Knie und drückte ihn nach unten, bis alle vier Stuhlbeine wieder den Boden berührten. »Die Hälfte dieser antiken Möbelstücke bricht unter dir zusammen, wenn du dich so zurücklehnst.«

Greig beäugte misstrauisch den Plastikstuhl unter ihm. »Verstehe, danke.«

»Das ist eines der vielen Dinge, für die wir Geld ausgeben müssen«, sagte Granny. Sein Blick pendelte zwischen den beiden Männern hin und her. »Also, ich frage mich schon seit gestern Abend, woher ihr beide euch eigentlich kennt?«

Greig wollte etwas erwidern, doch Hoon kam ihm zuvor.

»Wir sind Schotten. Da oben kennen wir uns alle«, sagte er. »Es gibt ja nur ungefähr sechs von uns.«

Granny lachte. Ganz offensichtlich glaubte er kein Wort, wollte die Sache aber nicht vertiefen. Hoon spürte, dass Greig ihn ansah, doch er ignorierte den Blick des jüngeren Mannes.

»Und wann hast du mit dem Boxen angefangen?«, fragte Granny.

Greig blinzelte. »Ich? Mit dreizehn. Meine Mum hat mich darauf gebracht. Sie hielt es für eine gute Idee, dass ich dem örtlichen Boxverein beitrete.«

»Hattet ihr dort einen Coach?«, fragte Granny.

»Das schon, ja. Aber es waren alles Freiwillige. Sie wissen schon, keinen echten Trainer.«

»Aha. Das erklärt es«, sagte Granny.

»Das erklärt was?«, fragten Hoon und Greig gleichzeitig.

Granny zeigte auf die Milchflasche, die Greig in der Hand hielt. »Du bist Linkshänder.«

»Ja. Und?«

»Du stehst wie ein Rechtshänder«, antwortete Granny. »Und du führst mit links.«

Greig sah auf seine Hände hinunter, als hätte er sich darüber noch nie Gedanken gemacht. »Ich habe nur getan, was man mir gesagt hat«, erklärte er. »Wie alle anderen auch.«

»Da bin ich mir sicher. Und einige linkshändige Kämpfer entscheiden sich auch dafür. Die traditionelle Position. Manche tun das. Aber die meisten? Die meisten linkshändigen Boxer sind Rechtsausleger: Southpaws.«

»Ja. Ja, ich bin ein Rechtsausleger«, sagte Greig.

»Nein, du bist Linkshänder«, korrigierte Granny. »Aber du stehst nicht wie ein Linkshänder. Du stehst wie ein Rechtshänder.«

»Oh.« Greig dachte schweigend darüber nach und

runzelte dann die Stirn. »Das stimmt. Aber was bedeutet das?«

»Es bedeutet, dass du mit deiner starken Hand vorfühlst und mit der schwächeren nachlegst. Und außerdem bedeutet es, dass dein Coach eine Niete war«, schloss Granny.

»Ha. Ja, okay, das stimmt wahrscheinlich. Aber es ging eigentlich nicht darum, gut zu werden. Zuerst jedenfalls nicht«, erklärte Greig. »Wir wohnten in einem rauen Viertel, und das Boxen sollte mich vor Ärger bewahren.«

Granny nickte, als ob er diese Geschichte nur zu gut kannte. »Und hat es funktioniert?«

»Mehr oder weniger. Eine Weile jedenfalls«, sagte Greig, dann wandte er seine Aufmerksamkeit wieder dem Baby in seinen Armen zu.

So leicht ließ ihn Granny aber nicht vom Haken. »Und was hat dich hierhergeführt?«

»Nur …« Greig zuckte mit den Schultern. »Weiß nicht. Ein Neuanfang. Ich habe gehört, hier gäbe es … Sie wissen schon … Möglichkeiten und so. Für Kämpfer.«

»Möglichkeiten gibt es immer«, räumte Granny ein. »Nur sind das nicht immer welche, auf die man sich stürzen sollte, wenn man etwas Grips hat.«

»Was wissen Sie über illegale Kämpfe?«, fragte Hoon. »Sind Sie schon mal damit in Berührung gekommen?«

»Nur durch Gerüchte und Hörensagen«, antwortete

343

Granny. »Vor gestern Abend habe ich so etwas noch nie mit eigenen Augen gesehen. Und es war auch nicht ganz so, wie man es mir geschildert hatte.«

»Was hatten Sie denn gehört?«

Granny legte sich seine Antwort sorgfältig zurecht. *Er ist ein Mann*, dachte Hoon, *der sich seine Worte meist gründlich überlegt.* »Soweit ich gehört hatte, sollte es so eine Art High-Society-Schwachsinn sein. Nur *Who's Who* – aber keine *hoi polloi.*«

»Keine was?«, fragte Greig.

»Eine Veranstaltung für die Schickeria, nicht für den gemeinen Pöbel«, übersetzte Hoon, und Granny zeigte auf ihn, als hätte er gerade einen Preis gewonnen.

»Viele mächtige reiche Männer sehen den kleinen Jungs dabei zu, wie sie einander für eine Handvoll Pennys wehtun«, fuhr Granny fort. Er sog die Luft scharf durch die Zähne. »Aber so war das wohl schon immer.«

»Die zahlen mir fünf Riesen«, sagte Greig.

»Für diese Leute ist das nur Kleingeld«, erwiderte Granny. »Ich habe gestern Abend einige lebensgefährliche Verletzungen gesehen. Aber bitte, versteh mich nicht falsch, es war aufregend. Verdammt, so viel Spaß hatte ich seit Jahren nicht. Doch fünf Riesen nützen niemandem etwas, wenn seine Hände nicht mehr funktionieren. Oder er nicht mehr gehen kann. Oder sprechen.«

»So weit wird es nicht kommen«, behauptete Greig, obwohl er das Kind in seinen Armen ein wenig dichter an sich zog.

»Du hast Potenzial. Du bist noch jung. Du könntest Profi werden«, fuhr Granny fort. »Aber im Boxen. Richtiges Boxen, nicht dieses ... was auch immer das ist.«

»Ich kann nicht«, sagte Greig. »So lange kann ich nicht warten. Wir brauchen jetzt Geld.«

Granny nickte. »Ja, das verstehe ich«, sagte er. Er lehnte sich auf dem Klappstuhl zurück, besann sich dann aber schnell eines Besseren und beugte sich wieder nach vorn. Er musterte Greig mit einem ausgiebigen langen Blick. »Und deshalb kämpfst du? Wegen des Geldes?«

»Ja. Schon.«

Granny hob eine Braue. »Und das ist alles?«

Greig wand sich sichtlich verlegen. »Ja. Ich meine ... also eigentlich ... nicht nur deswegen.«

»Wofür dann?«

Der Junge wurde rot und wünschte, er hätte den Mund gehalten. »Ich glaube, irgendwie für ihn«, sagte er. »Für Benji. Um ihm ein besseres Leben zu ermöglichen oder was auch immer. Ein besseres, als ich es hatte.«

»Und?«, hakte Granny nach.

Es dauerte einige Sekunden, bis die Antwort kam. »Und, na ja, ich möchte, dass er stolz auf mich ist. So etwas in der Art.«

»Aha!« Granny schlug seine Hände klatschend auf die Oberschenkel und stöhnte vor Anstrengung, als er sich aufrichtete. Dann zeigte er auf Hoon. »Sie. Runter da. Nehmen Sie das Baby.«

Hoon und Greig antworteten unisono. »Wie bitte?«

Granny richtete seine Aufmerksamkeit wieder auf den jüngeren Mann. »Du, gib ihm deinen Jungen und schaff deinen Arsch in den Ring.«

Greigs Miene verriet blankes Entsetzen. »Wollen Sie etwa, dass ich gegen Sie kämpfe?«

»Scheiße, nein, mein Junge. Ich bin vierundachtzig Jahre alt. Es gibt nur zwei Dinge, mit denen ich derzeit kämpfe – Demenz ...«, er streckte Daumen und Zeigefinger aus, als ob er zählte, »... und Demenz.«

Greig musterte ihn besorgt. »Sie haben zweimal ›Demenz‹ gesagt.«

Granny lachte und wandte sich zu Hoon um. »Ein netter Junge, aber nicht gerade der Hellste unter der Sonne, was?«

»Das können Sie laut sagen«, stimmte Hoon ihm zu.

»Was soll das heißen? Er hat es zweimal gesagt«, stellte Greig klar.

Granny lächelte, verzichtete jedoch auf einen weiteren Kommentar. Stattdessen zeigte er wieder auf das Baby. »Gib es ab und steig in den Ring. Ich bin zu alt, um gegen dich zu kämpfen, aber ich bin nicht zu alt, um dir ein paar wichtige Tipps zu geben.«

»Kannst du den Kleinen nicht einfach wieder in den Kinderwagen stecken?«, schlug Hoon vor. Er starrte Benji an, als wäre er ein selbstgebastelter Sprengsatz unbekannter Bauart. »Das ist wahrscheinlich das Beste für alle Beteiligten.«

»Ich habe ihn noch nicht fertig gefüttert«, sagte Greig. »Und er muss frisch gewickelt werden, bevor ich ihn hinlege.«

Granny beugte sich vor und nahm Greig das Kind aus den Armen. Benjis Mund suchte hungrig nach dem Sauger der Flasche, dann stülpte er die Unterlippe vor und warf die Wasserorgel an.

»Das ist keine höhere Mathematik!« Granny hob die Stimme, um sich über den Lärm hinweg Gehör zu verschaffen. Er hielt Hoon den weinenden Säugling hin, damit er ihn nehmen konnte. »Sie schaffen das schon.«

»Heiliger Strohsack«, murmelte Hoon, aber er rutschte unter dem untersten Seil hindurch und nahm das Kind ungeschickt in die Arme.

Die Übergabe schien Benji etwas zu verwirren – so sehr, dass sein Gekreische in schmollendes Quengeln überging. Hoon hielt den Jungen auf Armeslänge von sich weg, und beide betrachteten sich einige Sekunden lang schweigend, als schätzten sie einander ab.

Dann strampelte Benji mit den Beinen, verzog das Gesicht und brach erneut in Tränen aus.

»Mein Gott. Okay, schon gut. Halt einfach die Klappe«, befahl Hoon. »Schluss mit dem Gejammer, du glupschäugiger kleiner Schreihals.«

Die strenge Ansprache hatte jedoch nicht die Wirkung auf das Kind, die Hoon sich erhofft hatte. Wenig überraschend heulte Benji weiter.

Brummend manövrierte Hoon den Jungen in seine Armbeuge und hielt dann die Hand nach der Flasche auf, die Greig immer noch umklammerte. »Los, gib mir schon die verdammte Pulle!«, befahl er. Er nahm die Flasche und führte sie näher an den Mund des Babys heran. »Wollen wir mal sehen, ob er dann die Klappe hält ...«

Stille kehrte ein, bis auf das leise Schmatzen, mit dem das Baby an der Flasche nuckelte. Hoon verlagerte sein Gewicht von einem Fuß auf den anderen und nickte selbstzufrieden.

»Eine meiner leichtesten Übungen«, verkündete er. »Und jetzt steig in den Ring und tu, was Granny dir sagt. Denn, ganz ehrlich, du brauchst jede verdammte Hilfe, die du kriegen kannst.«

SECHSUNDZWANZIG

»Wo zum Teufel haben Sie gesteckt?«

Hoon machte einen Schritt in sein Hotelzimmer, blieb stehen und ließ die Tür hinter sich ins Schloss fallen, bevor er antwortete.

»Wer sind Sie? Meine Ehefrau?«, fragte er zurück und hängte seine Jacke an einen Wandhaken.

Miles stand mitten im Zimmer, und seine überdrehte Art ließ vermuten, dass er wahrscheinlich schon seit geraumer Zeit unruhig auf und ab marschiert war.

»Warum hängen Sie eigentlich immer hier herum? Haben Sie keine Familie, die zu Hause auf Sie wartet?« Hoon schlenderte tiefer ins Zimmer. »Ich bezweifle zwar, dass man Sie vermissen würde, aber sie könnten sich vielleicht langsam fragen, wo Sie sich eigentlich herumtreiben.«

Miles ignorierte die Frage. »Sie haben die Handyortung ausgeschaltet!«, schnauzte er.

Er war wütend. Und wie. So hatte Hoon ihn noch nie erlebt. Und ehrlich gesagt, gefiel Miles ihm so besser. Es fühlte sich ehrlicher an.

»Sieht ganz so aus«, gab Hoon zu.

»Deshalb wusste ich nicht, wo Sie sind!«

»Klar. Das war der Sinn der Übung«, erklärte Hoon. »Wenn ich gewollt hätte, dass Sie wissen, wo ich bin, hätte ich sie nicht ausgeschaltet, oder? Das hätten Sie sich eigentlich denken können.«

Er hob eine Hand, um dem MI5-Mann einen gönnerhaften Klaps auf die Wange zu geben, aber Miles packte seine Hand und hielt sie fest. Einen Moment loderte echte Wut in seinen Augen. »Und Sie müssen anfangen, das alles hier ernst zu nehmen!«, fauchte Miles wütend.

»Was, hatten Sie etwa Angst um mich?«, erkundigte sich Hoon.

»Ich hatte Angst, Sie hätten die ganze Sache vermasselt oder wären vielleicht ermordet worden! Sie und dieser Kerl, den Sie da benutzen.«

»Ich würde nicht sagen, dass ich ihn *benutze* …«

»Ach nein? Wie nennen Sie das dann?«, fragte Miles. »Wie, Bob?«

Hoon zögerte. »Ich helfe ihm. Er will das machen. Er weiß, worauf er sich einlässt.«

»Wie bitte?!« Miles warf den Kopf in den Nacken und lachte. »Nein, weiß er nicht. Er hat keine Ahnung, worauf er sich da einlässt.«

»Er weiß, dass er dort kämpfen wird«, sagte Hoon.

»Und? Wissen Sie auch noch, warum Sie dort sind? Erinnern Sie sich an den Sinn des Ganzen? Oder genießen Sie es einfach, bei der Show mitzumischen?«

»Natürlich habe ich das nicht vergessen«, gab Hoon scharf zurück. Die Ader an seiner Schläfe pochte. »Ich will Caroline finden und sie nach Hause zu bringen.«

»Nein! Nein, das ist nicht der Grund!«, rief Miles. »Es geht um weit mehr! Sehr viel mehr! Sie sollen an Godfrey West herankommen. Den Aal. Sie sind dort, um über ihn das Netzwerk zu infiltrieren und es zu zerschlagen. Ja, so werden Sie Caroline finden. Vielleicht. Hoffentlich. Aber West ist das Ziel. Er hat Priorität.«

»Nicht für mich.« Hoon starrte dem MI5-Mann in die Augen, als wollte er seine Worte tief in sein Gehirn bohren, drehte sich dann um und ging zum Kühlschrank der Minibar.

Miles atmete aus, rieb sich die Schläfen und versuchte es dann mit einem anderen Ansatz. »Wo ist er jetzt? Ihr Kämpfer?«

»Ich habe ihn im Taxi nach Hause geschickt und ihm gesagt, dass ich mich morgen bei ihm melde, wenn ich weiß, was los ist.«

»Verstehe. Und haben Sie schon gegessen? Ich wollte gerade den Zimmerservice rufen.«

»Was, Sie wollen Ihr Essen in mein Zimmer liefern lassen? Sie sind ganz schön unverschämt.« Hoon hockte sich neben die Minibar.

»Ich bezahle schließlich auch dafür«, erinnerte ihn Miles. »Ich meine wir. Die Agentur. Wir zahlen für alles.«

»Wo wir gerade davon reden, ich brauche mehr Bargeld«, bemerkte Hoon. »Ich bin knapp bei Kasse.«

»Wie zum …? Sie hatten gestern noch zwei Riesen.«

»Ja, und die habe ich jetzt nicht mehr«, erwiderte Hoon. Er öffnete den Kühlschrank und konnte seinen Frust beim Anblick der leeren Fächer nicht unterdrücken. »Verdammte Scheiße. Das Hotel hat ihn seit gestern nicht aufgefüllt. Wieso dürfen die das machen?«

Miles nahm den Hörer des Zimmertelefons ab. »Ich rufe den Zimmerservice. Was wollen Sie?«

»Bestellen Sie mir einfach das Teuerste auf der Karte«, antwortete Hoon. Er schloss die Tür der Minibar und stand auf. »Denn wie Sie schon sagten, ihr Idioten zahlt. Ich sollte das Beste daraus machen, solange ich kann.«

Es war schon nach acht, als das Essen kam. Hoon lag ausgestreckt auf dem Bett und verputzte genussvoll ein köstliches T-Bone-Steak mit allem Drum und Dran, während Miles am Schreibtisch saß und in einem wenig appetitlichen Hähnchengericht herumstocherte.

»Wir haben die Frau überprüft, die Sie erwähnt hatten. Amanda«, sagte Miles. »Aber wir konnten nichts finden.«

Hoon tunkte ein Stück angebratenen Speck in ein Töpfchen mit Pfeffersoße und schwenkte es darin. »Was denn, gar nichts?«

»Nein. Der Name taucht nirgendwo auf. Sind Sie sicher, dass sie da das Sagen hat?«

»Sie schien es sich jedenfalls einzubilden«, erwiderte Hoon.

»Wir suchen weiter.« Miles schnitt ein kleines Stück Hühnerbrust ab und aß es mit ein paar Karottenstücken, die er mit der Gabel aufspießte. »Wir haben auch Ihrem jungen Freund ein bisschen auf den Zahn gefühlt.«

»Greig?«

»Wissen Sie, dass er vom Boxverband ausgeschlossen wurde?«

Hoon hörte auf, den Speck in die Pfeffersoße zu tunken, und schob ihn sich in den Mund. Er ließ sich einen Moment Zeit, um den Geschmack zu genießen, dann winkte er Miles mit der Gabel, weiterzusprechen.

»Leistungssteigernde Drogen bei irgendeinem europäischen Turnier. Er ist für zehn Jahre gesperrt. Ich glaube, sie wollten ein Exempel an ihm statuieren.«

»Ach?« Hoon kaute eine Minute lang schweigend, während er nachdachte. »Ich frage mich, ob er noch welche beschaffen kann. Er könnte sie morgen verdammt gut brauchen.«

»Ich habe über das Event morgen nachgedacht.« Miles legte Messer und Gabel beiseite und drehte den Stuhl zum Bett. »Die haben Ihnen nichts Näheres gesagt? Sie wissen nicht, wo es stattfindet?«

»Ich habe keine Ahnung«, gab Hoon zu. »Sie sagten, man würde uns abholen.«

»Und hat man Ihnen keine Zeit genannt?«

Hoon schob sich einen kleinen Finger in den Mund und puhlte ein Stück Fleisch von einem hinteren Backenzahn. »Noch nicht. Aber angeblich wollen sie uns rechtzeitig benachrichtigen und dabei auch die Abholadresse durchgeben.«

»Okay. Sie müssen natürlich bis dahin die Ortungsfunktion des Handys wieder aktivieren.«

»Was Sie nicht sagen«, erwiderte Hoon.

Miles wollte sich wieder seinem Essen zuwenden, zögerte aber. »Ich habe außerdem darüber nachgedacht, wer dort auftauchen könnte.«

»Was, bei dem Kampf?«

»Im Idealfall wird West dort persönlich aufschlagen. Seien Sie vorsichtig und brüskieren Sie ihn nicht.«

»Ihn brüskieren? Wann, zum Teufel, hätte ich schon jemals jemanden brüskiert?«, erkundigte sich Hoon.

Miles hob beide Augenbrauen, enthielt sich aber eines weiteren Kommentars. »Mir bereitet vor allem der Neffe Sorgen. Charles.«

Hoon hielt mit einem dicken, von Soße überzogenen Pilz auf halbem Weg zu seinem Mund inne. »Dieser kleine Schwanzlutscher? Hatten Sie nicht gesagt, er sei es nicht wert, sich über ihn aufzuregen?«

»Das ist er auch nicht. Nicht wirklich«, sagte Miles. »Aber ... er könnte ebenfalls dort sein. Morgen. Er könnte bei dem Kampf zuschauen. Und er kennt Sie. Er hat Ihr Gesicht gesehen.«

Es klirrte, als Hoon seine Gabel auf den Teller zurücklegte. Er sah auf die dunkle Mattscheibe des Fernsehers an der Wand gegenüber dem Bett, und sein Spiegelbild starrte zurück.

»Scheiße.«

»Ja.«

»Er könnte alles platzen lassen.«

»Allerdings«, stimmte Miles zu. »Das könnte er wirklich. Wenn er da ist, müssen Sie versuchen, ihm aus dem Weg zu gehen.«

Hoon zuckte mit einer Achsel. »Sehr riskant. Ich werde mich mitten im Getümmel herumtreiben. Wenn er da ist, muss er mich einfach sehen. Scheiße!«

»Ja, das ist ein Problem«, sagte Miles.

Hoon kaute einen Moment auf seiner Unterlippe. »Wissen Sie, wie man in Japan ein Problem nennt? Eine verdammte Lösung«, verkündete er.

»Ich glaube, der Spruch geht anders«, sagte Miles, doch Hoon war vom Bett aufgestanden und ignorierte ihn.

»Ich will das nicht beschwören, aber wenn der kleine Wichser dort aufläuft, ist die ganze Sache im Arsch«, erklärte Hoon. »Doch die Lösung ist einfach.« Er machte eine wiegende Handbewegung. »Problem – Lösung, wie man in Japan sagt.«

»Wie gesagt, ich glaube nicht, dass man das so …«

»Das Bargeld, das ich vorhin erwähnt habe«, unterbrach ihn Hoon.

»Was ist damit?«

»Schwingen Sie Ihren Arsch zum Geldautomaten«, sagte Hoon. »Sie müssen es mir schnellstens beschaffen.«

SIEBENUNDZWANZIG

Hoon hatte ein paar Minuten damit verbracht, die Speisekarte zu studieren, nachdem er im *Under* eintraf, der Cocktailbar, in der diese blauhaarige S&M-Queen Charlie West kennengelernt hatte. Sie hatte Hoon erzählt, dass er »ständig« herkam, und er rechnete damit, dass der Mistkerl heute Abend ebenfalls hier sein würde.

Die Drinks reichten von Klassikern der alten Schule wie *Sex on the Beach* und *Singapore Sling* bis hin zu den eigenen Rezepten der Bar wie *Moonlight Dalliance, Electric Nylon* und – Hoons persönlicher Favorit – *Cheeky Wee Fuck*.

Obwohl der Name des letzten Cocktails durchaus ansprechend war, hielt der Inhalt ganz und gar nicht mit. Jeder Cocktail, der einen Gin-Likör mit Pfefferminzgeschmack enthielt, konnte sich verpissen, wenn es nach Hoon ging.

Er entschied sich für einen Wodka-Martini, verzichtete aber auf die Bitte, ihn zu schütteln und nicht zu rühren. So was verlangten nur Arschlöcher.

Der *Mixologe*, wie er sich nannte, war Mitte dreißig,

357

hatte einen gezwirbelten Schnauzbart und eine Frisur, die auf der einen Seite halblang und auf der anderen fast bis auf den Schädel rasiert war.

Er war gekleidet, als käme er direkt aus einem Saloon des späten neunzehnten Jahrhunderts, mit breiten gemusterten Hosenträgern und einem dazu passenden Einstecktuch, das aus der Brusttasche seines kragenlosen weißen Hemds ragte.

Während Hoon darauf wartete, dass ihm der Lackaffe den Drink mixte, betrachtete er sich im großen Spiegel hinter der Bar. Auf der Website vom *Under* wurde ausdrücklich darauf hingewiesen, dass ein strenger Dresscode galt, aber niemand schien sich daran zu halten. Zumindest nicht, was die Männer betraf.

Die meisten von ihnen trugen keineswegs die Kombination von Smoking und Fliege, für die sich Hoon entschieden hatte, sondern stattdessen Hemden, Anzugjacken und Krawatten, sofern sie sich dazu aufraffen konnten. Sie hingen meist in Grüppchen herum, lachten laut und prahlten damit, wie viel Geld sie an diesem Tag verdient hatten oder wie viele Autos sie in ihren Scheißeinfahrten stapelten.

Banker. Warum wimmelte es in dieser verdammten Stadt nur so von Bankern?

Ein paar von ihnen hatten sich auf den Weg gemacht, um mit dem rund ein Dutzend Frauen anzubandeln, die im Club verteilt waren. Einige saßen zu zweit herum, andere waren allein. Die Frauen trugen

Kleider in verschiedenen Stilen und Farben, manche lang und elegant, andere kurz, glitzernd und mehr oder weniger arschbetont.

Die Frauen lächelten anmutig über jedes bisschen Aufmerksamkeit, die ihnen entgegengebracht wurde. Erstaunlich, wenn man bedachte, wie verdammt hässlich einige der Kerle waren, die sie anmachten. Entweder waren sie seelenlose Goldgräberinnen, die sich den erstbesten reichen Bastard angeln wollten, der ihnen über den Weg lief, oder sie waren unglaublich verzweifelt.

Vielleicht, dachte Hoon, waren sie aber auch nicht aus freien Stücken hier.

Wie dem auch sei, hinter dem Lächeln und dem Wimpernklimpern hatte keine von ihnen wirklich Spaß.

Hoons Getränk wurde vor ihm abgestellt, und er biss sich auf die Zunge, um nicht zu schreien, als ihm die Rechnung präsentiert wurde. *Achtzehn verdammte Pfund?* Er bezahlte in bar, sagte dem Barmann, er solle die zwei Pfund Wechselgeld dafür verwenden, »sich seine Frisur fertig machen zu lassen«, und ging zu einem leeren Tisch in der Ecke, von dem aus er den besten Blick auf die Bar hatte.

Er fischte die Olive aus seinem Getränk, schnippte sie auf den Boden und trank einen Schluck. Es war schon einige Jahre her, dass er Wodka-Martini getrunken hatte, und er wusste auch sofort, warum. Er schmeckte beschissen. Was James Bond daran fand, würde er nie begreifen.

Noch bevor er sein Glas abgestellt hatte, erschien eine Frau bei seiner Sitzecke. Sie war jung – viel zu jung, um wirklich an einem alten Knacker wie ihm interessiert zu sein –, und er hatte das Gefühl, dass sie nervös war, als sie das Gespräch eröffnete.

»Hi. Und, Lust, mir einen Drink zu spendieren?«

»Nicht unbedingt, Sweetheart«, erwiderte er. »Hast du die verdammten Preise in diesem Laden gesehen? Die sind astronomisch. Außerdem habe ich mich doch gerade erst hingesetzt.«

»Ah, oh. Okay.«

Sie blickte über ihre Schulter zurück, sah niemanden im Besonderen an. Als sie sich wieder zu ihm umdrehte, hielt er ihr einen Zwanziger hin. »Weißt du was, geh und hol dir etwas. Schone meine alten Beine.«

Das Geld wurde ihm schnell aus der Hand gerissen. Er sah ihr nach, als sie zur Theke hinüberscharwenzelte und ihre Bestellung aufgab. Der enge Saum ihres schimmernden oberschenkellangen Kleides zwang sie, ihre Beine aneinander zu reiben.

Sie war es nicht gewohnt, in High Heels zu laufen, so viel war klar. Die Dinger waren auch verdammt hoch – etwa vierzehn Zentimeter –, und von hinten sah sie darin aus wie ein kleines Mädchen, das in die Kleider seiner Mutter geschlüpft war.

Hoon suchte den Rest des Raumes ab, während er

darauf wartete, dass sie zurückkam. Wo er auch hinsah, fiel sein Blick auf Arschlöcher erster Güte. Und obwohl hier viele Charlie-West-Typen herumliefen, war vom Original Charlie West nichts zu sehen.

Doch die Nacht war noch jung. Der Kerl hatte genug Zeit, einen Auftritt hinzulegen.

Er hörte die Schritte, die sich näherten, und als er sich umdrehte, sah er die junge Frau zu seinem Tisch zurückeiern.

»Danke«, sagte sie und setzte sich ihm gegenüber auf die Bank. Ihre zerzauste Frisur im Stil der 1980er-Jahre versperrte ihm fast die Sicht auf die Tür. »Übrigens, ich bin Brandi. Sie sind neu hier, nicht wahr?« Sie schüttelte schwach den Kopf. »Ich meine, ich habe Sie hier noch nie gesehen.«

Sie steckte den Strohhalm zwischen ihre roten Lippen und saugte. Der Pegel der rosafarbenen Flüssigkeit in ihrem Glas sank einen halben Zentimeter, bevor sie den Strohhalm aus dem Mund nahm und damit in ihrem Eis herumstocherte.

Ihre Zungenspitze strich über die Zähne und streifte die glänzenden Lippen. Vermutlich sollte es eine lüsterne, anzügliche Geste sein, aber die gut einstudierte mechanische Art und Weise, mit der sie es tat, bewirkte das Gegenteil dessen, was sie beabsichtigte.

»Ja, ich bin zum ersten Mal da. Ich habe viel von diesem Laden gehört und dachte, ich schau mal rein«, sagte Hoon. Er machte eine Geste mit der linken Hand.

»Kannst du deinen Hintern ein bisschen in diese Richtung schieben?«

»Was? Oh. Sorry.« Brandi rutschte rüber wie gewünscht. »Wartest du auf jemanden?«

»So was in der Art«, bestätigte Hoon. Er sah sich noch einmal in der Bar um, musterte ein paar Neuankömmlinge, dann beugte er sich dichter zu dem Mädchen auf der anderen Seite des Tisches und senkte seine Stimme. »Ich suche nach Charlie.«

»Ah, klar. Okay«, sagte Brandi. Ihr Blick zuckte nach links und rechts. Dann beugte sie sich vor und spiegelte Hoons Körpersprache. »Ich kenne jemanden, der dir wahrscheinlich etwas besorgen kann.«

»Ach?«

»Ja. Wie viel willst du?«

Hoon runzelte die Stirn. »Wie viel ich …?« Der Groschen fiel reichlich spät. »Nicht Charlie im Sinne von Kokain«, sagte er, genervt über seine Begriffsstutzigkeit. »Charlie wie Charlie. Ein Typ. Er heißt Charlie. Kommt oft hierher.«

»Oh. Scheiße. Sorry. Vergiss, dass ich was gesagt habe!«, bat ihn Brandi. »Also, Charlie? Bist du ein Freund von ihm?«

»Wir kennen uns schon lange«, sagte Hoon. »Kennst du ihn auch?«

Die Art und Weise, wie sie den Blick senkte und auf der Bank herumrutschte, bescherte Hoon eine Gänsehaut.

Sie kannte ihn, o ja. Mehr als das, er hatte ihr offensichtlich auch wehgetan. Es stand ihr ins Gesicht geschrieben und war an ihren zusammengezogenen Schultern abzulesen.

Er wartete nicht auf ihre Antwort. »Weißt du, ob er heute Abend kommt?«

»Ich bin mir nicht sicher«, sagte sie. »Welcher Tag ist heute?«

»Donnerstag.«

Sie wäre fast zusammengezuckt. »Dann … ja. Donnerstags ist er normalerweise hier.«

»Du klingst nicht gerade erfreut über diese Aussicht«, sagte Hoon. »Was steckt dahinter?«

Brandi führte den Strohhalm erneut an ihre Lippen. Diesmal verschwanden mit einem Schluck gleich ein paar Zentimeter der Flüssigkeit. »Gar nichts. Er ist nur …« Was er auch sein mochte, sie beendete den Satz nicht. Stattdessen drehte sie sich um und blickte in Richtung Tür. »Er nimmt nie diese Tür.«

Hoon beugte sich ein wenig zur Seite, um einen besseren Blick auf den Eingang zu haben. »Es ist doch der einzige Weg hier rein und raus, oder nicht?«

Brandi schüttelte den Kopf. »Nein. Er benutzt einen anderen Eingang. Der Club hat hinten noch einen Raum. Das ist« – sie zog den Träger ihres Kleides hoch und hielt ihn fest – »ein privates Zimmer.«

»Wo?«, fragte Hoon.

»Das … ich darf das niemandem verraten.«

»Dann sag nichts«, erwiderte Hoon. »Sondern sieh einfach dorthin.«

Ihr Blick wanderte zurück zu ihrem Getränk. Sie beugte sich darüber, als versuchte sie, sich durch den Strohhalm in das Glas zu quetschen.

»Ich lasse nicht zu, dass er dir wehtut, Brandi. Du kriegst keine Schwierigkeiten meinetwegen«, versprach ihr Hoon. »Zeig mir einfach die Richtung, dann steh auf und unterhalte dich mit jemand anderem. Ich warte eine Minute. Keiner wird jemals erfahren, dass du etwas verraten hast.«

Sie hob ihren Blick und sah ihn an. Von da an bewegte sich ihr Blick nicht mehr, jedenfalls nicht zuerst. Eine ganze Weile nicht. Dann wanderte er zu einer Tür, die sich zwischen zwei Bücherregalen in einem abgesperrten Bereich links von der Bar befand. Er blieb dort haften, bis Hoon »Danke« murmelte, dann stand sie wortlos auf, nahm ihr Getränk und stakste davon, um ein paar rüpelhafte Neuankömmlinge zu begrüßen.

Hoon wartete fünf Minuten. Gerade lange genug, um den Wodka-Martini zu schlucken und danach ein paar wenig schmeichelhafte Gedanken darüber zu verlieren.

Dann stand er auf und schlenderte lässig in Richtung Bar. Er vergewisserte sich, dass der Barmann anderweitig beschäftigt war, bog ab und ging zu der Tür zwischen den Bücherregalen.

Das Seil war leicht auszuhaken. Er wollte es gerade

wieder einhängen, als er von irgendwo hinter sich den Ruf »Sir?« hörte, der ihm sagte, dass er entdeckt worden war.

»Zu den Toiletten geht es hier entlang, ja?«, rief er über die Schulter zurück, dann stieß er die Tür auf und gelangte in einen schwach beleuchteten Aufenthaltsraum mit einem hufeisenförmigen roten Ledersofa und einem gläsernen Couchtisch, der sich perfekt in die Rundung einfügte.

Ein Mann saß über einen Tisch gebeugt und schnupfte durch einen kurzen Plastikstrohhalm weißes Pulver. Zwei Frauen saßen neben ihm, eine auf jeder Seite, und keine von beiden schien ihm zu nahe kommen zu wollen.

Hoon hörte hinter sich das Getrappel von Schritten. »Sir, Sir, Sie dürfen hier nicht rein.«

Mit einem Schnauben richtete sich der Mann am Tisch auf, und Hoon erkannte den Bastard sofort. Der Art und Weise nach zu urteilen, wie Charlies Unterkiefer herunterklappte und die Farbe aus seinen Wangen wich, erkannte er Hoon ebenfalls.

»Na hallo, wenn das nicht Humpty Dumpty persönlich ist«, verkündete Hoon.

»Oh, Scheiße! Was zum Teufel …?« Charlie hustete, und eine Wolke von Kokain stieg vor ihm in die Luft.

Eine Hand packte Hoon an der Schulter, zog ihn zurück und drehte ihn halb herum. Hoon sah gerade noch rechtzeitig das metallene Getränketablett auf sich zukommen. Er hob reaktionsschnell den Arm und konnte das Schlimmste abwehren.

Dann riss er dem Barmann das Tablett aus den Händen und hämmerte es ihm an den halb fertig frisierten Schädel. Das Metall verbog sich, und der verblüffte Mixologe taumelte nach hinten, während die beiden Frauen losschrien.

Er hörte, wie eine Tür geöffnet wurde, wirbelte herum und schleuderte das runde Tablett dem flüchtenden Charlie hinterher, als wäre es Captain Americas Schild. Es flatterte durch die Luft, prallte wirkungslos gegen die Wand und drehte sich danach auf dem Boden wie eine riesige Münze.

»Verfluchter Mist«, zischte Hoon und bedachte das nutzlose Tablett mit einem tödlichen Blick.

Der Barmann griff ihn erneut an, diesmal jedoch erheblich weniger enthusiastisch, und der Ellbogen, den Hoon ihm mitten ins Gesicht pflanzte, raubte ihm auch noch den letzten Rest an Motivation.

Hoon sprang über die Couch, stürmte durch die Tür, prallte gegen das Metallgeländer einer Wendeltreppe und rannte dann hektisch die Treppe hinauf und hinter dem Flüchtenden her.

Er stürmte in einen tristen weitgehend leeren Raum, der ihn an das Wartezimmer eines Arztes erinnerte. Die Tür stand offen, und durch sie hindurch hörte er das Geräusch flüchtender Schritte.

»Komm her, du kleiner Wichser!«, brüllte er und

stürzte aus dem Zimmer in ein plüschiges Hotelfoyer. Sowohl die Gäste als auch das Personal hielten inne und starrten verwirrt auf die beiden Männer, die auf die Drehtür zurasten.

Charlie hatte einen Altersvorteil, aber selbst mit dem zusätzlichen Geschwindigkeitsschub, den ihm seine Panik bescherte, war er nicht sonderlich schnell. Als der Typ den Ausgang erreichte, hatte Hoon schon deutlich aufgeholt, und die träge Drehtür verlangsamte den Mistkerl noch mehr.

Während er ungeduldig trippelte, bis die Tür ihm den Weg freigab, riskierte Charlie einen Blick zurück. Er schrie erschrocken auf, als er Hoon zum anderen Ausgang des Hotels stürmen sah. Diese Tür war keine Drehtür und ließ sich manuell öffnen. Als Charlie auf die Straße stolperte, hatte Hoon ihn fast erreicht.

»Warten Sie, nein, nicht!«, kreischte Charlie, und ein letzter Geschwindigkeitsschub katapultierte ihn durch ein Knäuel nächtlicher Fußgänger.

Hoon stürzte sich auf ihn und griff nach den herausflatternden Schößen von Charlies Hemd. Dabei meldeten sich leise erste Bedenken. Seine nörgelnde innere Stimme wollte wissen, was zum Teufel das hier werden sollte.

Die ganze Sache war viel schneller abgelaufen, als er erwartet hatte, und obwohl er sich Charlie West hatte greifen wollen, hatte er das weitere Vorgehen noch nicht richtig durchdacht.

Klar, er hatte ein paar Ideen entwickelt. Er favorisierte den Plan, Godfrey Wests Neffen sämtliche Scheiße aus dem Leib zu prügeln, damit er am nächsten Tag unmöglich den Kampf besuchen konnte. Und falls er danach nie wieder laufen konnte oder sein Essen künftig durch einen Strohhalm zu sich nehmen musste – umso besser.

Dieser Plan erforderte jedoch in seinen Kernpunkten ein nicht geringes Maß an Privatsphäre.

Eine dunkle Ecke. Ein ruhiges Zimmer. So etwas in der Art.

Was konnte er tun, wenn er ihn jetzt erwischte? Wie sollte es weitergehen?

Er konnte den Wichser doch nicht am Rand einer belebten Straße vor allen möglichen Zeugen verprügeln, oder? Irgendjemand würde ihn dabei beobachten – genau genommen konnte ihn sogar *jeder* dabei beobachten.

Da sich das Ganze in London zutrug, war es höchst unwahrscheinlich, dass tatsächlich jemand eingreifen würde. Aber sie würden ihn filmen, streamen und hochladen. Sein Gesicht wäre dann überall zu sehen. Seine Tarnung wäre aufgeflogen.

Scheiße.

Das war nicht gut. Was sogar noch untertrieben war. Die Sache entwickelte sich rasend schnell zu einer verfickten Katastrophe erster Güte.

Eine Hupe plärrte. Bremsen kreischten, und Reifen quietschten.

Der Aufprall war so hart und unvermittelt, dass Hoon hätte schwören können, ihn selbst aus mehreren Metern Entfernung gespürt zu haben.

Wer ihn jedoch wirklich spürte, war Charlie West, auch wenn der Schock des Aufpralls unmittelbar danach durch das befreiende Gefühl des Fliegens ersetzt wurde.

Hoon kam abrupt mit über den Asphalt rutschenden Sohlen zum Stehen und sah bei Humpty Dumptys großem Absturz zu. Charlie überschlug sich brüllend und mit schlackernden Armen und Beinen.

Dann krachten Knochen auf Glas.

Und ein Körper prallte auf den Asphalt.

Dann zerquetschte der Vorderreifen eines zwölf Tonnen schweren Londoner Busses die Organe eines um sich schlagenden Hautsacks.

Letzteres Geräusch würde allen im Gedächtnis bleiben, die es gehört hatten.

Dann herrschte Stille – eine vollkommene, absolute Ruhe, die sich über alles legte wie der erste weihnachtliche Schnee.

Und im nächsten Augenblick von gellendem Geschrei zerrissen wurde.

Aber das bekam Hoon schon nicht mehr mit. Denn er war nicht mehr da.

ACHTUNDZWANZIG

Miles war noch im Zimmer, als Hoon zurückkehrte. Er schoss aus dem Sessel hoch, als hätte er eine Sprungfeder im Arsch, und stürmte Hoon entgegen, noch bevor der die Tür schließen konnte.

»Und?«, wollte er wissen.

»Und was?«

»Was soll das heißen: ›*Und was?*‹?«, fragte Miles entrüstet. »Haben Sie ihn gesehen?«

»Kann man wohl sagen«, bestätigte Hoon. »Ich habe sogar verdammt viel von ihm gesehen.«

»Was meinen Sie damit?«

Hoon löste seine Fliege, riss sie sich vom Hals und warf sie achtlos auf den Teppichboden. »Ich meine, wir müssen uns keine Sorgen machen, dass Charlie morgen aufkreuzt und meine Tarnung auffliegen lässt.«

»Sicher?« Miles war skeptisch. »Sind Sie sicher, dass er nicht kommt?«

»Nur wenn sie ihn in einem Eimer reintragen.«

Miles' Gesichtshaut nahm eine sepiafarbene Tönung an. »Was? O Gott. Was sagen Sie da? Sie haben ihn doch nicht umgebracht, oder?«

»Nein, verdammt! Nein, natürlich habe ich ihn nicht umgebracht, für wen halten Sie mich?«, bellte Hoon. Er schüttelte die Smokingjacke ab. »Soll heißen: Ist er gestorben? Ja. Kann man wohl sagen. War es meine Schuld? Nein. Na gut, vielleicht ein bisschen. Aber hab ich ihn umgebracht? Nein, hab ich nicht.« Er zuckte mit den Schultern und ließ das Jackett neben der Fliege auf den Boden fallen. »Das hängt natürlich davon ab, wie man ›umbringen‹ definiert.«

Miles griff sich an den Kopf, als fürchtete er, dass er ihm nach hinten von den Schultern kippen könnte. »Scheiße. Scheiße, Scheiße, Scheiße, Scheiße! SCHEISSE!«

»He, raufen Sie sich deshalb nicht gleich die Haare«, sagte Hoon. »Das geht schon in Ordnung. Auftrag erledigt. Wir wollten ihn aus dem Spiel nehmen, und das haben wir.«

»Aber Sie sollten ihn doch nicht gleich umbringen!«

Der eisige Ton, in dem Hoon antwortete, stand in krassem Gegensatz zum schrillen Gejammer des MI5-Mannes. »Ich habe ihn nicht umgebracht. Und das hatte ich auch nicht vor. Klar, ich hätte es gern getan, trotzdem hatte ich es nicht geplant«, sagte er. »Aber das hier ist ein verfickter Krieg. Ich habe ihn nicht angefangen, aber so ist das nun mal. Jeder Krieg fordert seine verdammten Opfer. Glauben Sie mir, ich weiß das besser als die meisten anderen. Deshalb hoffe ich,

Sie verzeihen mir, wenn ich diesem verfickten kleinen Vergewaltiger keine Träne nachweine.«

Miles ließ sich auf die Bettkante fallen, was ihn selbst zu überraschen schien. Als hätten seine Beine die Entscheidung allein getroffen. Er fuhr sich mit der Hand durchs Haar, schloss die Augen und atmete tief ein, was seine Panik etwas zu lindern schien.

»Was ist passiert?«, fragte er.

»Er ist quasi explodiert.«

Miles riss die Augen auf. »Explodiert?«

»Ja, aber nicht durch eine Bombe. Sondern unter einem Bus«, erklärte Hoon. »Stellen Sie sich vor, wenn das volle Gewicht eines Doppeldeckers über einen weichen Körper …«

»Das genügt. Ich habe das Bild vor Augen«, sagte Miles.

»Das Bild ist egal, es war das verdammte Geräusch, das mich so fertiggemacht hat«, fuhr Hoon fort. »Okay, das und der Gestank nach …«

»Es reicht!« Miles hob die Hand, um die Schilderung zu stoppen, bevor sie noch plastischer werden konnte. »Hat man Sie gesehen?«

Hoon dachte zurück an die Bar, das Mädchen, den Mixologen, all die Menschen im Foyer des Hotels und die Hundertschaften von Fußgängern und Autofahrern auf der Straße.

»Nein«, behauptete er. »Nein, ich glaube nicht.«

»Okay, das ist doch schon mal was«, sagte Miles. Er

schloss die Augen, atmete noch ein paarmal tief durch und stand dann auf. »In Ordnung. Was geschehen ist, ist geschehen.«

»Manches von ihm sah sogar ein bisschen milchig aus, ehrlich«, sagte Hoon. »Oder wie ... weiß nicht. Wie Hüttenkäse.«

»Scheiße. Okay, das reicht jetzt wirklich«, sagte Miles und würgte bei der Vorstellung. Er schaute auf die Uhr, dann streckte er sich und gähnte. »Sie sollten jetzt schlafen. Morgen wird ein großer Tag.«

»Allerdings«, räumte Hoon ein. »Wird es, und zwar wirklich.«

»Sie ... schaffen das schon. Alles wird gut«, sagte Miles. »Ich halte Ihnen den Rücken frei.«

»Ach, das gibt mir jetzt verdammt viel Zuversicht«, bemerkte Hoon. »Falls die Dinge aus dem Ruder laufen, warte ich einfach, bis Sie mich mit Ihren verdammten Tabellen und PowerPoint-Präsentationen raushauen.«

»Wann habe ich jemals Tabellen oder PowerPoint-Präsentationen erwähnt?«, fragte Miles.

»Das brauchen Sie gar nicht, verdammt. Das steht Ihnen ins Gesicht geschrieben«, sagte Hoon. »Und jetzt verziehen Sie sich, damit ich mein Zimmer für mich allein habe.« Er deutete auf den Fernseher. »Gibt's da auch Pornos, wissen Sie das?«

Miles schielte auf den Bildschirm. »Ich ...«

»Nicht dass ich besonders scharf darauf wäre. Aber

mir gefällt die Vorstellung, dass der Geheimdienst Ihrer Majestät die Rechnung übernimmt.«

Miles zwang seine Gesichtszüge zu einer Art Lächeln. Ein müdes Lächeln, aber dennoch ein Lächeln. Er klopfte Hoon auf die Schulter. »Tun Sie sich keinen Zwang an.«

Hoon folgte ihm, als er sich umdrehte und auf die Tür zuging. »Das wäre in groben Zügen so weit alles«, erklärte er. Gerade als Miles nach der Klinke griff, schickte er schnell hinterher: »Moment mal, hören Sie. Bevor Sie gehen …«

»Was ist denn?«

Jetzt musste Hoon durchatmen. Er schob die Hände tief in die Taschen und verlagerte sein Gewicht von einem Fuß auf den anderen, ohne den MI5-Mann anzusehen. »Gabriella und Welshy. Geht es ihnen gut?«

»Ja.«

Hoon sah ihm gerade lange genug in die Augen, um daraus ein finsteres Starren zu machen. »Verdammt. Schwören Sie das?«

»Ich schwöre. Es geht beiden gut.«

»In Ordnung. Gut«, gab Hoon nach. »Also, falls mir etwas passiert. Morgen, oder so …«

»Ihnen passiert nichts.«

»Klar, aber falls doch, würden Sie ihnen etwas von mir ausrichten?«

Miles nickte. »Selbstverständlich.«

»Könnten Sie ihnen ausrichten, es tut mir leid, dass

ich sie in diese Scheiße hineingezogen habe. Könnten Sie ihnen sagen ...« Er seufzte. »Mist. Ich weiß es nicht. Vielleicht denken Sie sich einfach was Schlaues aus und sagen, es käme von mir, hm?«

Miles blickte an die Decke, als würde er scharf nachdenken. »Ich bin sicher, dass mir etwas einfällt«, sagte er. »Nacht, Bob.«

»Genau. Verpissen Sie sich«, befahl Hoon. Er drehte den Kopf in Richtung des Fernsehers. »Ich werde jetzt anderen beim Vögeln zuschauen.«

Er trat einen Schritt zurück, um Miles Platz zu machen, und sah zu, wie die Tür hinter ihm zufiel. Er blieb dort stehen, nahm sein Handy – Stephen Whites Handy – aus der Tasche und strich mit dem Daumen über das Display, um es aufzuwecken.

Er hatte die Nummer nicht in diesem Telefon gespeichert, aber das machte nichts. Er kannte sie auswendig. Er hatte oft genug in der Dunkelheit gesessen und sie angestarrt. Hatte seinen Mut zusammengekratzt, um anzurufen. Er hatte sich immer wieder überlegt, was er sagen wollte, wenn jemand abnahm. Was er ihnen sagen würde. Wie er es erklären würde.

Er rief den Ziffernblock auf und tippte die Nummer ein. Sein Daumen schwebte über dem Symbol, das den Anruf auslösen, den Stein ins Rollen bringen und ihn dazu zwingen würde, sich dem zu stellen, was er so lange vor sich hergeschoben hatte.

»Nein«, sagte er und löschte die Nummer wieder.

Nicht auf diese Weise. Nicht von diesem Telefon aus. Er durfte es nicht mit ihnen in Verbindung bringen. Jede Spur zu ihnen könnte sie in Gefahr bringen, und das durfte er ihnen nicht antun. Nicht nach allem, was sie durchgemacht hatten.

Hoon öffnete die Einstellungen, reaktivierte die Ortungsfunktion und warf das Handy aufs Bett. Dann schlüpfte er wieder in seine Schuhe, ohne die Schnürsenkel zu öffnen, nahm seine Regenjacke vom Bügel hinter der Tür und trat nach einem kurzen prüfenden Blick in beide Richtungen, mit dem er sich vergewisserte, dass Miles nicht in der Nähe war, auf den Korridor hinaus.

Er war eine Weile herumgelaufen, bis er eine Telefonzelle fand. Es war eine alte rote in der Nähe des Parliament Square, und zu seinem Erstaunen konnte man sie noch mit Münzen füttern. Er schob sie in den Schlitz, tippte die Nummer auf den schmierigen Plastikknöpfen ein und lauschte auf das Tuten in der Leitung.

Das Innere der Telefonzelle war mit den Visitenkarten einiger der geschäftstüchtigsten – und sofern man den Beschreibungen der angebotenen Dienstleistungen Glauben schenken durfte – aufgeschlossensten Escorts der Gegend dekoriert. Die Karten verdeckten die meisten der kleinen Fenster und verschafften ihm so ein gewisses Maß an Privatsphäre vor den Nachtschwärmern, die draußen vorbeischlenderten.

Er hörte das Anrufsignal, flüsterte: »Komm schon, komm schon«, und sein Atem kondensierte auf den wenigen unbeklebten Glasquadraten.

Und dann klickte es am anderen Ende. Die Münzen, die er in das Telefon geladen hatte, fielen ganz hinein, und eine Stimme am anderen Ende fragte: »Hallo?«

Es war nicht die Stimme, auf die er gehofft hatte. Aber das überraschte ihn nicht.

»Lizzie?«

Er hörte sie nach Luft schnappen. Schlucken. Es kostete sie Mühe, ihre Antwort herauszubekommen. »Robert?«

»Ja, ich bin's«, sagte Hoon.

»Ist etwas passiert? Hast du ... hast du sie gefunden? Hast du ...?«

Sie konnte den Namen ihrer Tochter nicht aussprechen. Er blieb irgendwo in ihrer Brust stecken.

»Nein. Noch nicht«, sagte Hoon. »Ich wollte nur, dass du weißt, dass ich nach wie vor dabei bin. Ich arbeite dran. Ich gebe nicht auf.«

Es kam keine Antwort; zu hören waren nur das Rascheln eines zugedeckten Mundstücks und die leisen Töne einer trauernden Mutter.

Er wollte ihr sagen, dass er eine Spur hatte. Dass es eine Chance gab. Dass er zum ersten Mal seit Wochen tatsächlich glaubte, sie finden zu können. Dass er sie noch nach Hause bringen könnte.

Aber wie konnte er ihr das antun? Oder beiden? Wie

konnte er ihnen diese Hoffnung geben, wenn er nichts hatte, worauf er sie wirklich stützen konnte?

»Ich werde niemals aufgeben, Lizzie. Das habe ich dir versprochen«, sagte Hoon. »Was auch immer passiert, ich werde nicht aufhören. Richtest du Bamber das von mir aus? Kannst du dafür sorgen, dass er …«

Es klickte erneut, diesmal lauter, und die Leitung war tot. Hoons Finger verkrampften sich um den Hörer, bis die Knöchel weiß wurden. Er holte aus, weit über seinen Kopf, als wollte er ihn an der Wand der Telefonzelle zerschmettern.

Dann war der Anfall wieder vorbei, und er begnügte sich damit, den Hörer auf die Gabel zu knallen.

»Das hast du verdammt gut hingekriegt, Bob«, murmelte er. »Spitzenmäßig.«

NEUNUNDZWANZIG

Godfrey West lag auf dem Rücken, die Beine in der Luft, als ihn die Nachricht erreichte. Er hatte gerade genüsslich gepinkelt und genoss es, wie die Wärme in die saugfähigen Schichten seiner unförmigen Unterwäsche sickerte, als sein Handy klingelte.

»Scheiße.«

Er griff nicht sofort nach dem Handy. Sollen sie doch warten, verdammt. Er wollte einfach hier liegen und es eine Weile auskosten. Er schien in letzter Zeit überhaupt nicht mehr selbst über seine Zeit verfügen zu können. Er kam gar nicht mehr dazu, die kleinen Freuden zu genießen.

Das Handy klingelte unentwegt. Er hatte keine Voicemail eingerichtet, weil er weder Zeit noch Lust hatte, sich die Nachrichten all jener stumpfsinnigen Mistkerle anzuhören, mit denen er es zu tun hatte. Der Nachteil war, dass das Handy klingelte und klingelte und klingelte, bis die Person am anderen Ende aufgab, sofern er den Anrufer nicht vorher abwürgte.

Es schien, als würde dieser hier nicht so schnell aufgeben.

Er wälzte sich auf der Plastikmatte herum, die er auf dem Boden ausgelegt hatte, und griff nach der Hose, die zusammengefaltet auf dem Stuhl lag. Die Matte knisterte bei der Gewichtsverlagerung. Seine volle Windel quietschte, und er kicherte leise und kindlich bei dem Klang und dem Gefühl zwischen seinen Beinen.

Seine Stimmung verdüsterte sich erheblich, als er den Namen auf dem Display sah. Eddie. Einer seiner … speziellen Mitarbeiter. Wenn er so spät am Abend anrief, hatte es nur selten etwas Gutes zu bedeuten.

»Was?«, knurrte er ins Handy. »Was ist los?«

Er lauschte der Stimme am anderen Ende und ließ sich dann langsam auf die Wickelauflage zurücksinken. Sie in seiner Größe zu finden, war nicht leicht gewesen. Er hatte sie sich aus den USA schicken lassen müssen, wo sein ausgesuchter Geschmack besser bedient wurde.

Der wasserdichte Kunststoff an seinem Rücken war kalt, und er stieß einen kleinen Schrei aus, als er sich an seine nackte Haut drückte.

»Was heißt tot?«, fragte er.

Er starrte an die Decke, während er der Antwort lauschte. Ein drehbares Mobile mit Zootieren rotierte im Kreis, während aus einem eingebauten Lautsprecher leise ein Schlaflied ertönte. Seine Augen folgten den Bewegungen, rundherum und rundherum und rundherum.

»Dann finden Sie den Verantwortlichen!«, schnauzte er ins Telefon. »Dafür muss man kein Genie sein, Eddie. Dafür bezahle ich Sie, richtig? Finden Sie raus, wer ihn getötet hat, und lösen Sie das Problem. Und jemand soll es seiner Mutter mitteilen. Sagen Sie ihr, dass wir uns darum kümmern. Schicken Sie ihr … weiß nicht, irgendwelche Blumen.«

Er ließ Eddie gerade genug Zeit, die Anweisungen zu wiederholen, um sich zu vergewissern, dass er sie verstanden hatte, dann sprach er mit Nachdruck ins Handy.

»Und solange das Gebäude, in dem ich mich aufhalte, nicht in Flammen steht, möchte ich heute Abend nicht mehr gestört werden. Morgen ist ein großer Tag, und ich versuche, mich zu entspannen«, sagte Godfrey. »Ist das klar? Gut. Das sollte es auch sein.«

Er beendete das Gespräch mit einem Knopfdruck, dann schleuderte er das Telefon mehrere Meter weit durch das Kinderzimmer. Es prallte auf den Teppich, rutschte weiter und blieb schließlich vor einem Stapel Kuscheltiere liegen.

Charlie war tot. Sein einziger Neffe lebte nicht mehr. Er war auf die Straße gehetzt und überfahren worden. Eine verdammt schmutzige Angelegenheit, nach allem, was er gehört hatte. Und sehr schmerzhaft, musste man annehmen.

»Was soll's?« Er schob eine Hand vorn in die Windel, griff mit der anderen nach der Flasche mit zimmerwarmer Muttermilch und kuschelte sich zur Fütterung ein.

DREISSIG

Um kurz nach zehn klingelte das Handy. Eine männliche, ihm unbekannte Stimme informierte ihn, dass sie einen Wagen schicken würden. Sie fragte nach Hoons Adresse und wies ihn an, in zwanzig Minuten vor der Tür zu stehen.

Hoon, der kurz vor acht eingeschlafen war und noch im Bett lag, als das Handy klingelte, sprang auf, sobald der Anruf vorbei war, teilte dem Handy mit, dass es ein »absolutes Scheißteil« sei, und versuchte dann, seine Kleidung anzuziehen, Miles anzurufen und gleichzeitig zu pinkeln.

Miles vergewisserte sich, dass die Handyortung funktionierte, und bestätigte, dass er Hoons Standort auf dem Display hatte. Dann ratterte er eine Liste von Anweisungen herunter, die hauptsächlich darauf abzielten, dass Hoon keine Dummheiten begehen sollte.

Hoon erwiderte, er werde sein Bestes geben, wollte jedoch nichts versprechen, beendete dann das Gespräch und machte sich auf die Suche nach seiner restlichen Kleidung.

Als er angezogen war, kramte er in der Tragetasche

mit den Einkäufen, die er am Vorabend auf dem Rückweg von der Telefonzelle erledigt hatte, und stillte seinen Durst mit einer lauwarmen Dose Fanta.

Als Nächstes zog er einen gepolsterten Umschlag aus der Tasche. Er war der eigentliche Grund, warum er in den Laden gegangen war. Die zwei Dosen Fanta und drei Tüten Chips waren nur ein Bonus gewesen.

Es kostete ein wenig Mühe, das paillettenbesetzte Notizbuch in den Umschlag zu stopfen, aber ein paar Flüche schienen das Eintüten zu beschleunigen. Er zog die Abdeckung vom Klebestreifen und versiegelte den Umschlag.

Er schrieb Bambers Namen und die Adresse auf die Vorderseite und kritzelte danach eine Nachricht für Miles auf den Hotelschreibblock. Sie war kurz und bündig und lautete: »Bring mich zur Post«.

Nachdem er das erledigt hatte, sah er auf die Uhr. Zwölf Minuten, seit der Anruf eingegangen war. Noch acht Minuten. Es hatte keinen Sinn, hier noch länger herumzuhängen.

Er verließ das Zimmer, stieg die Treppe ins Erdgeschoss hinunter und trat auf die Straße hinaus. Das restliche London war schon seit Stunden wach und hatte seinen üblichen Rhythmus aufgenommen. Hoon warf einen kurzen Blick auf den Verkehr, aber obwohl viele Taxis und Ubers unterwegs waren, wartete keines vor dem Hotel.

Er passte eine Lücke im Verkehr ab, dann überquerte

er die Straße und bezog auf der anderen Seite unter einer Ladenmarkise Stellung. Er stand halb im Schatten und hatte einen ungehinderten Blick auf das Hotel, das er gerade verlassen hatte.

Dort zückte er sein Handy, suchte Greigs Nummer aus seinen Kontakten heraus und lauschte, während die Verbindung hergestellt wurde.

Greig klang groggy, als er an den Apparat ging. Nicht so, als wäre er gerade aufgewacht, sondern eher, als hätte er gar nicht geschlafen. »Hallo?«

»Morgen, Sonnenschein«, sagte Hoon. »Du klingst wie ein Haufen Scheiße.«

»Ja. Es war eine harte Nacht. Benji hat nicht viel geschlafen«, antwortete Greig. »Wurdest du angerufen? Denn ein Typ hat mich angerufen und gesagt …«

»Holen sie dich ab?«

Greig gähnte, bevor er antwortete. »Ja. In etwa fünf Minuten.«

»Mich auch«, bestätigte Hoon. Er beobachtete, wie ein schwarzer BMW-SUV mit gedrosselter Geschwindigkeit am Hotel vorbeifuhr, und sah ihm hinterher, als er wieder Fahrt aufnahm. »Bleib kurz dran«, sagte er und nahm das Handy vom Ohr.

Er öffnete die Kamera-App, fotografierte das Fahrzeug und schickte Miles das Bild. Der SUV bog etwas weiter die Straße hinunter an einer Kreuzung nach links ab, möglicherweise, um eine weitere Runde zu drehen.

»Entschuldigung, bin wieder da«, sagte Hoon und drückte das Handy von Neuem ans Ohr.

»Also, dann werden wir uns da wohl sehen, schätze ich.«

»Ja. Wir sehen uns dort«, antwortete Hoon. »Wo auch immer das sein wird.«

»Oh, warte!«, sagte Greig. »Was ist, wenn es voll ist? Wie soll ich dich dann finden?«

»Was denkst du denn?«, fragte Hoon. »Such einfach nach einem Kerl mit meinem Gesicht. Die Chancen stehen gut, dass ich es bin.«

»Du ... Haha. Okay. Gut. In Ordnung, ja. Dann bis bald«, sagte Greig.

»Ja«, sagte Hoon, und diesmal war er es, der noch etwas auf dem Herzen hatte. »Ach, und Greig?«

»Ja?«

»Vielleicht bringst du diesmal das verdammte Baby nicht mit, hm?«

Er beendete den Anruf, nahm sich einen Moment Zeit, um die Nachricht an Miles und das Foto des BMWs von seinem Handy zu löschen, dann sah er das Fahrzeug wieder herannahen und ein zweites Mal an der Eingangstür des Hotels vorbeifahren.

Hoon überquerte die Straße in dem Moment, als der Geländewagen stehen blieb. Der Fahrer ließ sich nicht mal mit einem Blick anmerken, dass er ihn gesehen hatte. Stattdessen öffnete sich die Fondtür, und eine vertraute Gestalt zwängte sich heraus.

Es war einer der Männer, die ihn damals aus Amandas Zimmer im McGinlay eskortiert hatten. Hoon grinste, als würde er einen alten Freund begrüßen. »Welcher warst du noch gleich?«, fragte er. »Bingo oder Bongo?«

»Steigen Sie einfach ein«, befahl der Schläger.

»Du siehst nach Bongo aus«, antwortete Hoon, stieg dann hinten in den BMW und stellte fest, dass hinter dem Fahrer Bingo saß. »Toll, die ganze alte Bande ist versammelt.«

Man gab ihm einen Schubs, um sein Einsteigen zu beschleunigen, schließlich quetschte sich der Mann neben ihn, den er Bongo getauft hatte. Der Fond des Wagens war nicht gerade klein – er war sogar ziemlich geräumig –, aber zusammen beanspruchten die beiden Schläger etwa siebzig Prozent der verfügbaren Sitzfläche.

»Würdet ihr mir vielleicht einen Gefallen tun, Jungs, und mal kurz einatmen?«, bat Hoon sie. »Ich fühle mich wie ein Furz, der zwischen zwei Arschbacken eingeklemmt ist.«

Keiner der Männer tat ihm den Gefallen. Stattdessen schienen sich ihre massigen Leiber noch fester gegen ihn zu drücken.

Der Fahrer warf einen Blick in den Außenspiegel, setzte den Blinker und fädelte sich danach so in den Verkehr, dass ein Taxi hinter ihnen eine Vollbremsung machen musste und hupte.

»Ich würde ja sagen, dass ich mich besser anschnallen sollte, aber das Gewicht von euch zwei Bastarden dürfte mich sicher auf dem Sitz halten«, bemerkte Hoon.

Er drehte sich zu dem Mann an seiner Linken um. Der schwenkte eine schwarzen Stoffhaube mit Schnürzug. Darauf hob Hoon dankend die Hand, als wollte er eine angebotene Tasse Tee ablehnen.

»Das ist nicht nötig«, sagte er.

»Doch, ist es«, erwiderte Bongo. »Ich kann sie Ihnen überziehen, oder Sie machen es selbst. Ihre Entscheidung.«

»Oh, dann erledige du das«, sagte Hoon. Er streckte sein Kinn vor und zwinkerte. »Ich wette, du hast ein verdammt gutes Händchen dafür, Jungs Säcke über den Kopf zu ziehen. Ich will unbedingt von den Profis lernen.«

»Wie Sie wollen«, grunzte der Schläger. Er streifte ihm die Haube über, zog die Kordel fest, und Hoon tauchte in eine nicht völlig schwarze Dunkelheit.

»Ja, genauso habe ich mir das vorgestellt. Das war wie aus dem Lehrbuch«, lobte Hoon.

Er drehte den Kopf und reckte den Hals mehrmals in alle möglichen Richtungen. Er versuchte nicht, etwas zu sehen – er hatte sofort gemerkt, dass das sinnlos war –, sondern legte es darauf an, den Männern auf die Nerven zu gehen, die links und rechts von ihm saßen, und ihrem Ächzen und Stöhnen nach zu urteilen, funktionierte es gut.

Als ihm das zu langweilig wurde, richtete er sich auf, stützte die Hände auf die Knie und summte vor sich hin. Er wusste, dass es kaum Sinn hatte, die Route des Wagens herausfinden zu wollen, da er sich in London nicht einmal mit weit geöffneten Augen zurechtfand.

Aber er versuchte es trotzdem. Er merkte sich eine große Linkskurve, doch als danach in schneller Folge ein paar Rechtskurven folgten, denen sich eine lange Linkskurve anschloss, stellte er fest, dass er bereits völlig orientierungslos war und nur seine Zeit verschwendete.

Es war besser, mit dem ursprünglichen Plan weiterzumachen und die beiden Männer neben sich zu nerven.

»Also gut«, verkündete er und klatschte mit den Händen auf ihre Knie, um ihre Aufmerksamkeit zu erregen. »Ich sehe was, das ihr nicht seht, und das fängt mit ›Haub…‹ an.«

Die Fahrt dauerte etwa eine Stunde. Oder, um es anders auszudrücken, siebzehn Runden von »Ich sehe was …«, an denen nur Hoon teilnahm und die alle damit endeten, dass er das Wort »Haube!« sagte, als wäre es eine Überraschung.

Es war ein Wunder, dass er den Veranstaltungsort lebend erreichte, das musste er selbst zugeben.

Der SUV war gegen Ende der Reise eine Rampe hinuntergefahren. Der Motor hallte auf einmal, und

Hoon wusste, dass sie jetzt irgendwo drinnen waren. Das half ihm zwar nicht dabei herauszufinden, wohin genau sie ihn gebracht hatten, doch er ging davon aus, dass es die Auswahl ein wenig einschränkte.

Schließlich kam das Auto zum Stehen. Ihm wurde befohlen, sich nicht vom Fleck zu rühren, und Bingo stieg aus. Er hörte eine kurze Diskussion, aber sie war zu weit weg, um sie über das Geräusch des laufenden Motors hinweg verstehen zu können.

Bingo kehrte nach ein paar Minuten zum Auto zurück und wies Hoon an, beim Aussteigen die Haube aufzubehalten.

Er gehorchte gegen seine innerste Überzeugung. Er befand sich in einer offenbar mehrstöckigen Parkgarage. Mehrere Motoren liefen gleichzeitig, und das Geräusch wurde von den Wänden zurückgeworfen. Eine kalte Bö wirbelte um ihn herum, was ihm verriet, dass er weder drinnen noch draußen war, sondern irgendwo dazwischen sein musste.

Somit blieben nicht viele Möglichkeiten übrig: Bahnhof oder Parkhaus, und nur eine davon war einigermaßen plausibel.

Eine Hand legte sich auf seine Schulter und manövrierte ihn in die gewünschte Richtung. Während er so eskortiert wurde, konnte er sich des Gefühls nicht erwehren, dass man ihn zum Galgen führte.

Eine Tür öffnete sich knarrend, und er wurde ins Innere eines Gebäudes geführt. Unterwegs war Licht durch den Stoff der Haube gesickert – zwar nicht genug, um hindurchzusehen, aber es reichte, um einen Eindruck von der Welt jenseits der Haube zu bekommen. Doch jetzt war das Licht weg, und es gab nur Dunkelheit.

Sie stoppten ihn mit einem Ruck an der Schulter. »Warten Sie«, murmelten sie.

Ein Knopf wurde gedrückt. Das Klacken und Surren eines Fahrstuhls waren zu hören. Es wurde lauter, bis sich die Türen vor ihm mit einem fröhlichen Klingelton öffneten und er drei Schritte vorwärtsgeschoben wurde.

Zu diesem Zeitpunkt war er fast völlig desorientiert, und konnte – obwohl er sich bemühte – nicht herausfinden, ob der Aufzug ihn nach oben oder nach unten beförderte. Er war sich jedoch sicher, dass sie ihn nicht umdrehten, und als der Aufzug wieder stoppte und fröhlich klingelte, wurde er geradeaus durch etwas geführt, von dem er annahm, dass es eine zweite Tür sein musste.

Es folgten ein paar Gänge. Hier war es wieder heller, sodass die Innenseite der Haube etwas Struktur bekam. Dann wurde vor ihm eine Tür geöffnet, und die Stimme hinter ihm befahl: »Da rein.«

»Stephen?«

Das war Greigs Stimme, und die Erleichterung darin war unüberhörbar.

Die Hand wurde von Hoons Schulter genommen,

und er riss sich die Haube vom Kopf, kurz bevor die Tür hinter ihm zufiel.

Er griff nach der Klinke, musste aber feststellen, dass die Tür bereits von außen verriegelt worden war.

»Wenn das kein verdammtes Gesundheits- und Sicherheitsrisiko ist«, murmelte er.

Er fuhr mit der Hand an der Innenseite der Tür entlang, entdeckte jedoch keine Möglichkeit, sie von seiner Seite aus zu öffnen. Jedenfalls nicht ohne den entschlossenen Einsatz einer Schulter oder eines Stiefelabsatzes.

»Ich bin froh, dass du hier bist, Stephen«, sagte Greig erleichtert. »Ich habe mir langsam wirklich Sorgen gemacht.«

Hoon drehte sich zu dem Jungen um, und tatsächlich stand ihm die Sorge ins Gesicht geschrieben. Er trug Jeans und einen Kapuzenpulli und hatte eine leere Dose Red Bull zu einer Art Spirale gedreht, die knisterte, als er nervös damit herumspielte.

Sie befanden sich in einem Raum, der wie die Garderobe eines alten Theaters aussah, in dem schon lange keine Vorstellungen mehr stattgefunden hatten. Hier gab es keine persönlichen Einrichtungsgegenstände, nur ein paar abgenutzte Drehstühle und einen langen Schminktisch, hinter dem ein Spiegel an der Wand befestigt war. Ein Riss verlief gezackt und gegabelt wie ein Blitzschlag von der Oberkante des Spiegels fast bis zur Unterkante.

»Haben die dir auch einen Sack über den Kopf gestülpt?«, fragte Greig und blickte auf die Haube, die Hoon noch in der Hand hielt.

»Nein, ich habe meinen eigenen Sack von zu Hause mitgebracht«, sagte Hoon und seufzte, weil sein Sarkasmus an Greig verloren war. »Klar, Junge, die haben mir auch einen Sack über den Kopf gestülpt.«

»Die wollen bestimmt nicht, dass wir wissen, wo wir sind.«

»Sieht ganz so aus«, bestätigte Hoon. »Die dummen Bastarde wissen anscheinend nicht, dass …« Er klopfte seine Taschen ab und verzog das Gesicht. »Wo zum Teufel ist mein Handy?«

»Ich glaube, die Handys haben sie mitgenommen«, sagte Greig. »Meins haben sie jedenfalls. Sie sagten, ich kriege es hinterher zurück.«

Hoon runzelte die Stirn und blähte die Nasenflügel. »Was, diese verfluchten Mistkerle haben die Handys einkassiert?«

»Mit der Sicherheit scheinen sie es sehr ernst zu meinen«, sagte Greig. Er drehte wieder an der Dose herum. »Ich weiß ja, dass es eigentlich nicht legal ist, diese Sache mit den Kämpfen, aber es fühlt sich ein bisschen, du weißt schon … übertrieben an. Mir wird auf langen Fahrten immer schlecht, und unter der Kapuze wurde es ziemlich heiß. Ich dachte schon, ich müsste kotzen.«

Die Dose knisterte.

Und knisterte.

»Kam es dir nicht auch ein bisschen überzogen vor?«

»Hör zu. Erstens breche ich dir gleich deine verdammten Finger, wenn du die Dose nicht weglegst«, antwortete Hoon.

Er wartete, bis Greig die leere Dose verlegen auf dem Frisiertisch abgestellt hatte, bevor er fortfuhr.

»Gut. Und zweitens bin ich auch nicht gerade erfreut darüber, wie mein Morgen gelaufen ist, aber ich jammere dir damit nicht die Ohren voll. Wir wissen, was wir hier vorhaben. Wir wissen, warum wir hier sind.«

»Um zu kämpfen.«

»Wie ich gerade sagte, wir wissen, warum wir hier sind, du brauchst es nicht auszubuchstabieren, Junge.« Er deutete auf die Everlast-Sporttasche, die einen der beiden freien Sitzplätze im Raum belegte. »Ist das dein Zeug?«

Greig hob die Tasche auf und drückte sie fast genauso an seine Brust, wie er es mit seinem kleinen Sohn getan hatte. »Ja. Mein ganzer Kram ist hier drin. Soll ich mich umziehen, was meinst du?«

»Ja, wäre eine gute Idee.«

Greig zögerte. »Und wenn es ein Treffen gibt oder so?«

»Ein Treffen?«

»Na ja, ich weiß nicht, so eine Art Pressekonferenz.«

Hoon schnaubte, als hätte Greig gerade einen Scherz gemacht. Als der Junge jedoch nicht mitlachte, wurde Hoon klar, dass er es ernst meinte.

»Ich glaube nicht, dass du dir allzu viele Gedanken über eine Pressekonferenz machen musst«, sagte Hoon. »Aber für den unwahrscheinlichen Fall, dass sie sich entscheiden, ein verdammtes Fotoshooting zu veranstalten, wollen sie dich bestimmt lieber in deinem Kampfdress ablichten als in den Klamotten eines kleinen Eierdiebs. Ich würde sagen, du bist auf jeden Fall auf der sicheren Seite, wenn du dich umziehst.«

Greig nickte. »Okay. Danke, Stephen«, sagte er. »Ohne dich würde ich das alles nicht schaffen.«

Sein Ton war absolut aufrichtig, und Hoon spürte einen Anflug von Schuldgefühlen, als er das Lächeln des Jungen erwiderte. »Schon gut. Gleichfalls, mein Junge«, sagte er. Er wandte sich ab und betrachtete sein verzerrtes Spiegelbild im zerbrochenen Spiegel. Der Riss spaltete sein Gesicht genau in der Mitte. »Gleichfalls.«

EINUNDDREISSIG

Es war kein Theater. Das wurde deutlich, als sie irgendwann von anderen Anzugträgern aus ihrer Garderobe abgeholt und durch ein Labyrinth von Gängen und Treppen in eine riesige, hangarähnliche Halle ohne Fenster geführt wurden.

Es war auch nicht direkt eine Arena. So groß war der Raum dann doch nicht. Aber nicht weit davon entfernt. Hoon vermutete, dass es eine Art Ausstellungshalle war, und wünschte, er hätte der Stadt, in der er seit ein paar Monaten lebte, etwas mehr Aufmerksamkeit geschenkt. Vielleicht hätte er dann herausfinden können, wo sie waren.

Greig war ebenfalls keine große Hilfe. Dieser starrte nur sprachlos und ungläubig auf das Treiben ringsumher.

Auf Hoons Anweisung hatte er sich seine Shorts, Stiefel und ein westenartiges Oberteil angezogen, das nur wenig von seinem beeindruckenden Körperbau der Fantasie überließ und gleichzeitig einige blaue Flecken um seinen Bauch und seine Rippen kaschierte. Ein halbwegs ernst zu nehmender Gegner würde sie sofort ins Visier nehmen, also war es am besten, sie so lange wie möglich vor neugierigen Blicken zu verbergen. Es war nicht gerade zweckdienlich, die Verletzungen des armen Kerls auch noch mit Zielmarkierungen zu versehen.

Hoon hatte Greig selbst die Hände bandagiert. Diesmal hatte er auch seine Füße umwickelt, und sei es nur, um den Jungen daran zu erinnern, dass dies kein Boxkampf war und zu den vielen Möglichkeiten, seinen Gegnern zuzusetzen, auch Tritte gehörten – manche bevorzugten diesen Kampfstil sogar.

»Hier sind aber eine Menge Leute«, murmelte Greig.

Das war unbestreitbar richtig. Die Halle war in Abschnitte unterteilt worden. Drei Meter hohe, frei stehende Barrieren gliederten sie in fünf oder sechs unterschiedlich große Bereiche. Von ihrem Standort aus konnten sie nur die beiden nächstgelegenen Abschnitte sehen. In jedem Bereich waren zwei oben abgerundete Käfige aufbaut worden, die so erhöht standen, dass man sie von den umliegenden Stuhlreihen aus gut einsehen konnte.

Noch saß niemand, aber es tummelten sich mindestens siebzig oder achtzig Menschen im Umkreis der Käfige, und vermutlich liefen noch viel mehr in den Bereichen hinter den Stellwänden umher.

Alle waren wie für einen Rennnachmittag in Ascot gekleidet. Die Männer mit Zylinder und Frack, die

Frauen – von denen es bemerkenswert wenige gab – mit farbenfrohen Kleidern und aufwendigen Kopfbedeckungen. Das verlieh dem Ort eine gewisse Karnevalsatmosphäre.

Die Accessoires waren aber längst nicht das Auffälligste an ihrem Aufzug.

»Tragen die ... tragen die Masken?«, fragte Greig.

»Entweder das, oder hier läuft irgendwo ein durchgeknallter Schönheitschirurg frei herum«, antwortete Hoon.

Während die Kleidung variierte – zumindest die der Frauen –, waren die Masken alle identisch und aus dem gleichen halb transparenten Kunststoff gefertigt. Obwohl sie schlicht und unspektakulär gestaltet waren, verzerrten und vergrößerten die Rundungen die Gesichtszüge ihrer Träger und Trägerinnen so grotesk, dass sie kaum noch menschlich wirkten.

»Verfickte Snobs«, murmelte Hoon mit einem galligen Unterton. »Die lieben solchen Scheiß.«

»Was für Scheiß?«, fragte Greig.

»Diese Verkleidungsnummer. Das ist hirnverbrannter Mummenschanz. Die werden sich alle gegenseitig vögeln, bevor die Sache vorbei ist, wart's ab. Das wird ein verfickter Teppich aus verschlungenen Gliedern und wogenden Körpern.«

Greig drehte sich um und ließ seinen Blick wieder über die Menschenmassen schweifen. Momentan schüttelten sie sich meist nur die Hände, aber über allem schwebte eine unverkennbare Erregung, die sich, wie man fürchten musste, leicht steigern konnte.

»Mein Gott. Meinst du?«

»O ja. Glaub mir. Noch bevor der Nachmittag zu Ende ist, wird hier kreuz und quer gevögelt. Ich kenne diese Mistkerle.«

»Nun, das steht zwar streng genommen nicht auf dem Programmzettel, aber wer weiß schon, wohin der Tag uns führen wird.«

Hoon und Greig drehten sich um. Amanda stand hinter ihnen, ihr offenbar obligatorisches Glas Champagner in der üblichen halbhohen Position. Sie trug ein silbernes Satinkleid mit passendem Hut und hohen Schuhen. Im Gegensatz zu den meisten anderen Anwesenden trug sie keine Maske, und so war das Grinsen auf ihrem Gesicht deutlich zu sehen.

»Und als was kommen Sie?«, fragte Hoon. »Als verdammte Rolle Alufolie?«

»Ha! Immer einen Scherz auf den Lippen«, entgegnete sie. Das Lächeln klebte auf ihren Lippen, aber es bekam ein paar Risse. Sie warf einen Blick auf ihr Outfit und wedelte dann abschätzig mit der Champagnerflöte. »Es war nicht meine erste Wahl, das muss ich gestehen.«

»Was ist passiert? Ist jemand gekommen und hat Sie darin eingewickelt, nachdem Sie einen verdammten Marathon hinter sich gebracht hatten?«, fuhr Hoon fort.

Das Lächeln verlor noch ein bisschen mehr von seiner Strahlkraft. »Haha. Es fühlt sich übrigens tatsächlich an, als wäre ich einen Marathon gelaufen, wenn man bedenkt, wie viel Arbeit das hier alles macht.«

Hoon spottete über diese Bemerkung. »So ein Quatsch«, bemerkte er. »Sind Sie etwa die ganze Nacht aufgeblieben, um die Wände aufzustellen und Klappstühle zu verteilen?«

Amanda trank langsam einen Schluck Champagner. Es machte den Eindruck, als versuchte sie, Zeit zu schinden, während sie sich ihren nächsten Schachzug oder ihren nächsten Satz überlegte.

Offensichtlich hatte sie genug von Hoon und wandte ihre Aufmerksamkeit stattdessen dem jüngeren Mann neben ihm zu. »Wir wissen es wirklich zu schätzen, dass Sie so kurzfristig eingesprungen sind«, sagte sie.

»Sicher. Kein Problem. Danke, dass Sie mich eingeladen haben.«

»Sie haben uns neulich Abend wirklich beeindruckt. Wir waren alle begeistert von Ihrer …« Sie schwenkte das Glas und suchte nach dem richtigen Wort. »Tugendhaftigkeit.«

Greig hob beide Brauen und wippte auf Ballen und Fersen. »Cool. Danke.«

»Das würde ich heute noch vertiefen«, riet sie ihm. »Alle hier lieben Helden.«

»Wer ist hier der verdammte Coach?«, knurrte Hoon und stellte sich zwischen die beiden.

»Ha! Sie haben recht. Es liegt mir fern, mich einzumischen. Nur ein freundlicher Rat, das ist alles. Ich weiß, was diese Art von Publikum genießt.«

»Kaviar und Scheißkrocket, schätze ich«, erklärte Hoon.

»Einige von ihnen, ja. Es ist eine gute Mischung von altem und neuem Geld. Unter den Gästen befinden sich Schauspieler, Industrielle, Anwälte, Politiker, Mitglieder des Königshauses …«

Greig stieß einen Pfiff aus. »Ernsthaft? Des Königshauses?«

»Bestimmt ist es Andrew, richtig?«, spekulierte Hoon. Er blähte die Nasenflügel, als wittere er einen üblen Geruch. »Ich wette, der ist es. Ganz bestimmt ist es der verfickte Andrew.«

»Ich erfahre keine Namen«, sagte Amanda.

»Ich dachte, Sie sind hier die Chefin?«

Ihr Lachen hatte einen bitteren Beigeschmack. Sie setzte rasch ihr Champagnerglas an die Lippen, als wollte sie verhindern, etwas zu sagen, was sie bereuen könnte. »Nein, ganz bestimmt nicht«, sagte sie, als sie ausgetrunken hatte. »Nicht im Entferntesten.«

»Wie funktioniert das alles?« Greig deutete mit einem Nicken in den Saal. »Und was soll hier eigentlich passieren?«

Amanda sah zu Hoon, um seine Erlaubnis einzuholen, und strahlte, als er die Augen verdrehte und sie ihr gewährte.

»Gute Frage«, erwiderte sie. »Einfach gesagt, werden wir bald mit acht Kämpfen starten. Jeweils zwei parallel, und die Gegner werden nach dem Zufallsprinzip ausgelost. Wir haben eine gute Mischung unterschiedlicher Stile und Erfahrungslevel, und Sie sind sozusagen der Newcomer unter den Kämpfern.«

Sie lachte, als wäre das ein Witz, und Greig fühlte sich genötigt, mitzulachen. Hoon entlockte das nicht einmal ein Lächeln.

»Und es ist so eine Art K.-o.-Runde?«

»Ja, ich glaube, darum geht es …«

»Er will wissen, ob es wie ein Turnier abläuft«, knurrte Hoon. »Treten die vier Sieger im Halbfinale gegeneinander an, und die Sieger beider Begegnungen kämpfen dann im Finale? Ist das der Ablauf?«

Amanda dachte eine Weile über ihre Antwort nach, bevor sie erklärte: »Wir tendieren eher dazu, nach den ersten Kämpfen je nach Lage weiterzumachen. Vielleicht ist ein Sieger nicht in der Verfassung, um weiterzukämpfen. Vielleicht will ein anderer Teilnehmer die Sache ein bisschen aufpeppen, indem er gegen zwei andere Kämpfer gleichzeitig antritt. Nach diesen ersten Kämpfen ähnelt es vielleicht eher dem Jazz. Es ist ein bisschen wild, es macht Spaß, und es ist Freestyle.«

»Sie beschreiben da keinen Jazz, sondern eher Techno«, widersprach Hoon. »Also ist es im Grunde ein verdammt großes ›Alles-geht-Hauptsache-auf-die-Zwölf‹?«

»Na ja, das würde ich nicht unbedingt sagen, nein. Aber das Publikum ist … offen für interessante Paarungen.«

Hoon stupste Greig mit dem Ellbogen an. »Siehst du? Was hab ich dir gesagt? Die werden miteinander wie die Karnickel rammeln.«

Greig hatte sich innerlich aus dem Gespräch ausgeklinkt und starrte stattdessen auf den Mann, der gerade durch dieselbe Tür trat, die er und Hoon benutzt hatten.

Jedenfalls hielt er ihn für einen Mann.

»Was zum Teufel ist das?«, flüsterte er.

Er hatte die Figur eines Mannes, unterschied sich nur in Größe und seiner Hautfarbe von anderen Männern. Seine Haut war kreideweiß, als wäre er aus einem Elfenbeinblock geschnitzt. Zuerst dachte Greig, er hätte eine Glatze, aber dann erkannte er, dass das kurz geschnittene Haar auf seinem Kopf und sein flaumiger Ziegenbart genauso unpigmentiert waren wie der Rest von ihm.

Er hielt sich eine Hand über die Augen, als wollte er sie vor dem Licht schützen. Schließlich hatte er sich so weit an die Helligkeit gewöhnt, dass er die Hand wegnehmen konnte, und seine Augen schimmerten rosarot, als er die anderen Anwesenden in der Halle musterte.

»Jesus!«, stieß Hoon hervor. »Das ist ja mal ein Brocken.«

»Lass mich schätzen … Wie groß ist er? Zwei Meter zehn?«, murmelte Greig.

»So um den Dreh«, stimmte Hoon zu.

»Und breit«, fügte Greig hinzu. »Kräftig, meine ich. Er sieht verdammt stark aus.«

»Er nennt sich ›Das Gespenst‹«, erklärte Amanda.

»Was denn? War ›Gruselige Geisterfresse‹ schon vergeben?«, spottete Hoon.

»Ha. Vielleicht. Fragen Sie ihn selbst. Es gibt da aber möglicherweise eine kleine Sprachbarriere. Er ist Litauer.«

»Ich dachte, die sind alle winzig?«, fragte Greig.

Hoon schüttelte den Kopf. »Du denkst an Liliput.«

Greig drehte sich zu ihm um. »Ist das in der Nähe von Polen?«

»Vergiss es.« Hoon seufzte resigniert.

»Er ist ziemlich furchteinflößend«, bemerkte Greig. Dann fiel ihm etwas ein, und er wandte sich mit besorgtem Blick an Amanda. »Ich muss doch nicht gegen ihn kämpfen, oder?«

»Sie müssen nichts tun, was Sie nicht wollen«, antwortete Amanda. »Aber es könnte sich durchaus die Gelegenheit bieten.«

»Die Gelegenheit zu was?«, fragte Hoon. »Sich zu Brei schlagen zu lassen?« Er schüttelte den Kopf. »Er wird auf keinen Fall gegen diesen verdammten Behemoth kämpfen. Ausgeschlossen.«

»Ich bin sicher, dass er seine eigenen Entscheidungen

treffen kann«, sagte Amanda. Sie freute sich über diese Bemerkung, als wäre es eine originelle Retourkutsche. Ihr Lächeln währte jedoch nicht lange. Es verschwand beim Anblick des Mannes, der hinter dem Riesenalbino folgte, und wurde dann hastig wieder eingeschaltet, als der Mann sie entdeckte und auf sie zu ging.

»Ammie«, säuselte er und streckte beide Hände aus, als wollte er sie umarmen, was er dann allerdings doch nicht tat.

Er hatte einen südafrikanischen Akzent, der durch die Maske gedämpft wurde, die er trug. Sie war aus dem gleichen halb transparenten Kunststoff wie die Masken der anderen Gäste, aber das Design war anders.

Diese hatte einen verlängerten Mund und ein verlängertes Kinn, das Hoon an den Joker aus *Batman* oder an die grinsende Theatermaske erinnerte, die die Verbindung von Komödie und Tragödie symbolisierte. Sie verzerrte seine Gesichtszüge so, dass sie noch knolliger und grotesker wirkten als bei den anderen. Nur die Augen, die durch zwei Löcher in der Maske zu sehen waren, blieben unverändert, obwohl Hoon sie noch monströser und schlimmer fand als den Rest des Gesichts.

»Mr. West! Guten Morgen!«, sagte Amanda, und ihr Enthusiasmus wirkte ebenso überschwänglich wie unecht.

Das war er also. *Der Aal.* In Fleisch und Blut.

Hoon bemerkte die Veränderung in Amandas Körpersprache – das Senken des Champagnerglases, das leichte Neigen des Kopfes und das Buckeln, als würde sie sich einem gefährlichen Raubtier unterwerfen, weil sie hoffte, dass dafür ihr Leben verschont bliebe.

Sie hatte Angst vor ihm. So viel war klar.

»Es ist schon fast Nachmittag, Ammie«, antwortete der Mann mit der Maske, und trotz seiner lächelnden Augen lag etwas Vorwurfsvolles in seiner Stimme. »Wir sollten bald beginnen, nicht wahr?«

»Wir können jederzeit anfangen«, versicherte ihm Amanda.

»Das hoffe ich.« Er tippte demonstrativ auf eine Uhr, von der Hoon vermutete, dass sie so viel wie ein Haus kostete, dann verschränkte er die Hände hinter dem Rücken und musterte Hoon und Greig einmal kurz, aber gründlich, von oben bis unten. »Und wen haben wir hier?«

»Stephen. Stephen White«, sagte Hoon und trat vor, bevor Greig in irgendein Fettnäpfchen stolpern konnte. »Und der junge Mann hier ist der Godkiller.« Er streckte dem Mann zur Begrüßung die Hand entgegen. West betrachtete sie desinteressiert und wandte sich dann an Greig.

»Der Godkiller?« Er lächelte, und die Falten der Maske verzerrten das Lächeln zu einem spöttischen Grinsen. »Warum wirst du so genannt?«

Greig, der den gigantischen Albino mit offenem Mund angestarrt hatte, drehte sich um, als ihm bewusst wurde, dass er angesprochen worden war. »Also ... eigentlich werde ich gar nicht so genannt. Meine Verlobte hat sich den Namen ausgedacht. Ich fand, er klingt gut.«

»Das tut er! Er gefällt mir ausgezeichnet«, versicherte ihm West. »Er ist ... wie soll ich sagen? Sehr dynamisch. Ich freue mich schon darauf zu sehen, wie du ...«

»Moment mal, was ist denn das für ein Geräusch?«, unterbrach ihn Hoon.

West hielt inne und wurde ganz ruhig. »Wie bitte?«, fragte er dann.

»Ein Geräusch? Ich höre kein Geräusch«, mischte sich Amanda schnell ein. »Das kommt bestimmt von den Zuschauern.«

Hoon schüttelte den Kopf. »Nein. Es ist wie ... ein Rascheln. Wie ein Knistern.«

Amanda starrte ihn an und stotterte wie ein defekter Roboter. »Ich glaube ... nicht ... ich glaube, Sie ... bilden sich das nur ein«, sagte sie, und etwas in ihren Augen riet ihm, die Angelegenheit nicht weiter zu vertiefen.

»Ja, das könnte sein«, räumte er ein.

»Ja. Gut, ich ziehe dann mal weiter. Ich wünsche noch viel Erfolg. Ich bin schon sehr gespannt.« West warf einen vielsagenden Blick auf seine Uhr und schritt hinter dem Gespenst her.

»Da war definitiv ein Knistern«, sagte Hoon, als

West außer Hörweite war. Er wandte sich an Greig. »Hast du das auch gehört?«

»Da war etwas«, bestätigte der jüngere Mann.

Hoon fixierte Amanda mit einem scharfen Blick. »Geben Sie mir eine ehrliche Antwort und sehen Sie mir dabei in die Augen. Ja oder nein – hatte dieser Mann eine verfickt große Windel an?«

Greig schlug sich mit dem Handballen gegen die Stirn. »Ja! Genau so hat es sich angehört! Ich wusste doch, dass es mir bekannt vorkommt.«

»Ich glaube nicht, dass uns das etwas angeht«, antwortete Amanda ausweichend.

»Nein, Sie haben recht. Sie haben vollkommen recht«, lenkte Hoon ein. »Ich meine, jedem das Seine, wir alle haben unser Kreuz zu tragen.« Er schaffte es, sich drei Sekunden lang zu beherrschen, bevor er seine Fragerei fortsetzte. »Aber hat er ein Gesundheitsproblem oder ist es ein seltsamer Fetisch? Denn das ist doch genau die Art von Scheiße, auf die ihr verdammten feinen Pinkel alle steht, oder nicht?«

»Ich bin alles andere als ein feiner Pinkel«, erwiderte Amanda. Dennoch hob sie erneut ihr Glas und ihren Kopf, als wäre sie die Domina des Hauses, Herrin über alles, was sie überblickte. »Und wie ich schon sagte, das geht Sie nichts an.«

Irgendwo in der Mitte des Saals ertönte ein Gong, und die allgemeine Lautstärke schwoll erwartungsvoll an.

»Vom Gong gerettet, was?«, stichelte Hoon.

Amanda stieß ein letztes freudloses »Ha« aus und gestikulierte dann mit ihrem Glas zu der Menge, die sich aufgeregt um den rotäugigen Riesen drängte. »Wenn Sie bereit sind, meine Herren«, murmelte sie. »Gleich geht es los.«

ZWEIUNDDREISSIG

Fünf Minuten später wusste Hoon, wie sich Tiere im Zoo fühlen mussten.

Er bedeutete Greig vorzugehen, und beide folgten Amanda dorthin, wo die meiste Action stattzufinden schien. Viele der maskierten Snobs hatten um die Käfige herum Platz genommen, und Hoon konnte sehen, wie sie auf die Kämpfer zeigten, und hören, wie sie Bewertungen diskutierten, während er und Greig sich auf Amandas Anweisung gemeinsam in einen blauen Kreis auf dem Boden stellten.

Hoon ließ seinen Blick über all die maskierten Gesichter gleiten. Obwohl das Plastik fast transparent war, verbargen die Masken die Identität ihrer Träger erstaunlich gut. Hoon vermutete, dass sein eigener Vater dort im Publikum sitzen könnte, ohne dass er es mitkriegen würde.

Was allerdings eine spektakuläre Wiederauferstehung gewesen wäre, denn schließlich war der alte Mistkerl schon seit mehr als zehn Jahren tot.

»So etwas Ähnliches habe ich schon mal geträumt«, flüsterte Greig.

»Ich gehe davon aus, dass dein Traum nicht damit endete, dass du rituell gefickt wurdest, oder?«, fragte Hoon.

»Was? Nein!«

»Gott sei Dank«, sagte Hoon.

Er winkte einigen Zuschauern sarkastisch zu, um sie in Verlegenheit zu bringen, damit sie woanders hinsahen. Diese Leute besaßen jedoch das angeborene überzogene Selbstvertrauen der Oberschicht und beäugten ihn weiterhin wie eine Art Laborexperiment, das furchtbar schiefgegangen war.

Hoon fiel auf, dass die meisten von ihnen Getränke hielten, und alle – mit Ausnahme einiger Frauen – Tablets in der Hand hatten, die etwas größer als ein Smartphone waren. Ein paar von ihnen musterten Greig von oben bis unten und tippten danach eine Taste auf ihrem Display.

»Was ist das?«, fragte Hoon Amanda und wies auf die Leute. »Was machen die da?«

»Was? Ach die. Sie wetten.«

»Auf mich?«, fragte Greig.

»Oder gegen dich. Es ist eine Wette zwischen ihnen und dem Haus. Da wechselt eine Menge Geld den Besitzer.«

»Ja, das will ich auch schwer hoffen.« Hoon streckte seine Handfläche aus und klopfte mit dem Finger darauf.

Amanda lächelte. »Sie bekommen Ihr vereinbartes Honorar. Mit etwas Glück sogar mehr. Abgerechnet wird am Ende des Tages.« Sie tippte mit dem Rand ihres Glases an Greigs Schulter. »Sie sind dran.«

Greig blinzelte. »Wie? Was? Wann? Ich habe nicht gehört, dass jemand was gesagt hat.«

Amanda legte einen Finger an die Rückseite ihres Ohrs und drückte es nach vorn, um ihm zu signalisieren, dass er besser zuhören sollte. Im selben Moment ertönte eine Lautsprecherstimme.

Anders als in der Kneipe gab es dieses Mal keine peinliche Fanfare vor der Ansage. Der Moderator versuchte nicht, das Publikum aufzustacheln, und Hoon hatte den deutlichen Eindruck, dass hier Anfeuerungsrufe oder Jubel unerwünscht waren.

Stattdessen war die Stimme tief und gemessen. Geradezu langweilig. »Ladys und Gentlemen, es ist uns eine große Freude, Sie zu dieser Veranstaltung herzlich willkommen zu heißen, der letzten in unserer Reihe von kampfbezogenen Events hier in der Hauptstadt.«

»Kampfbezogene Events?«, spottete Hoon.

»Ich glaube, er meint Kämpfe«, flüsterte Greig.

»Echt jetzt? Meinst du wirklich?«, entgegnete Hoon, aber Greig hatte einfach keine Antenne für seinen Sarkasmus.

»Viele von Ihnen haben schon an früheren Veranstaltungen teilgenommen und sind mit den Abläufen vertraut«, fuhr die Stimme fort. »Ich möchte auch diejenigen unter Ihnen herzlich willkommen heißen, die zum ersten Mal hier sind. Ich bin sicher, Sie werden keine Probleme haben, den Ereignissen und Abläufen zu folgen.«

Es folgten kurze Erläuterungen – acht Kämpfer, vier Auftaktbegegnungen. Im Wesentlichen das, was Amanda ihnen bereits gesagt hatte. Hoon hörte jedoch nur mit halbem Ohr zu und richtete seine Aufmerksamkeit stattdessen auf den Rastafari, der zu dem roten Fleck auf der gegenüberliegenden Seite des Käfigs getänzelt war.

Er war nicht besonders groß – Greig war im Vorteil, was seine Körpergröße und die Muskeln betraf –, aber er strahlte eine Selbstsicherheit aus, die Greig vollkommen abging. Greig sah sich um wie eine nervöse Maus, die das Schnappen hungriger Kiefer erwartet, während sein Gegner völlig entspannt zu sein schien.

Mehr als das, er sah sogar aus, als hätte er Spaß. Oder als ob er ihn in Bälde haben würde.

»Meinst du, das könnte der Typ sein, gegen den ich kämpfe?«, flüsterte Greig und folgte Hoons Blick.

»Ich halte das für sehr wahrscheinlich, ja.«

»Er sieht nicht allzu hart aus«, bemerkte Greig. »Aber er hat coole Dreads.«

»Ja, zum Glück ist es kein Wettbewerb um die beste Frisur«, erwiderte Hoon.

Es gab höflichen Applaus, und Hoon deutete nach oben zu den nun verstummten Lautsprechern. »Hast du alles mitbekommen?«

»Das meiste, glaube ich.«

»Gott sei Dank, denn ich habe nicht zugehört«, sagte Hoon.

Wieder meldete sich die Stimme mit dem beruhigenden Tonfall. »Auf dem roten Spot, direkt aus Kingston, Jamaika, heißen Sie bitte Judge ›One Drop‹ Lambsbread herzlich willkommen.«

Es gab wieder höflichen Applaus ohne jede Energie oder Begeisterung. Dennoch streckte der Rastafari seine bandagierten Hände in die Luft, als würde er im donnernden Beifall einer ehrfürchtigen Menge baden. Dann tänzelte er in den Käfig, wobei er das Tempo nur verlangsamte, um Greig im Vorbeigehen zu mustern. Und er hatte eine ziemlich effektive Methode, mit den Augen zu rollen. Ein Auge war weit aufgerissen, das andere zugekniffen, sodass er wie ein verdammter Irrer aussah.

»Er scheint ja ziemlich freundlich zu sein«, murmelte Greig.

»Und auf dem blauen Spot fast noch ein Newcomer in diesem Sport, der gerade in einer unserer unteren Ligen einen beeindruckenden Sieg errungen hat. Aus Glasgow, Schottland, bitte Applaus für Gregory ›der Godkiller‹ Wahs.«

»Gregory?«, fragte Greig und wandte sich an Hoon. »Ich heiße nicht Gregory, ich bin nur …«

»Das ist das geringste deiner Scheißprobleme«, sagte Hoon. Er nahm einen Arm des Jungen und hielt ihn hoch, als würde er bereits den Sieg für sich beanspruchen. Als er dann sprach, tat er es mit einem starren Lächeln und durch zusammengebissene Zähne. »Denk daran, was Granny gesagt hat. Führe mit deiner Rechten, setze mit der großen Linken nach. Aber werde nicht übermütig. Wenn du ihm gleich zum Start einen in die Eier geben kannst, dann tu das gefälligst. Du bist nicht hier, um diesen Wichsern eine moralisch saubere Show zu bieten, du bist hier, um zu siegen. Also bring es schnell hinter dich. Kämpfe nicht schön, kämpfe clever. Oder, noch besser, kämpfe schmutzig.«

»Diese Frau hat gesagt, ich soll einen auf nobel machen …«, erinnerte ihn Greig, wofür er sich fast eine Schelle von Hoon eingehandelt hätte.

»Es ist scheißegal, was sie gesagt hat. Sie gehört zu denen. Tu, was ich dir sage, nicht, was sie dir erzählt.«

»Klar. Stimmt, tut mir leid. Noch irgendwelche anderen Ratschläge?«, fragte Greig.

»Ja.« Hoon ließ Greigs Arm sinken, drehte ihn zur Käfigtür und klopfte ihm auf die Schulter. »Versuch, nicht zu sterben.«

»Sterben? Warum sollte ich …? Ich werde nicht sterben!«

»Pass auf!«

Greig drehte sich gerade noch rechtzeitig um, um einen Fuß auf sich zufliegen zu sehen. Er taumelte zur Seite, und der Käfig bebte, als der Tritt gegen die Gitterstäbe prallte.

»Verdammt noch mal, gibt es denn keinen Gong?«, schimpfte Hoon.

Amanda erschien an seiner Seite, wie immer mit ihrem Champagner bewaffnet. »Nein. Die Regeln wurden am Anfang alle erklärt«, sagte sie und versuchte vergeblich, sich das Grinsen zu verkneifen. »Vielleicht hätten Sie besser zuhören sollen …«

»Pass verdammt noch mal auf diesen Wichser auf!«, brüllte Hoon und ignorierte die klapperdürre Bohnenstange. Er setzte eine finstere Miene auf und zeigte auf den Gegner, als Greig in ihre Richtung blickte. »Auf den da! Pass auf den da auf! Nicht auf mich, verdammt!«

Er stellte fest, dass seine Stimme in der Halle deutlich zu hören war. Die Zuschauer saßen schweigend da, nur ein gelegentliches Husten oder Räuspern deutete auf ihre Anwesenheit hin.

Im Käfig hob Greig die Fäuste, um seinen Kopf zu decken, und drehte sich langsam in der Mitte des Rings, während Judge »One Drop« Lambsbread – ein Name, der nach Hoons Überzeugung ganz ausgesprochen irgendwie noch alberner klang, als es die Summe seiner einzelnen Teile vermuten ließ – im Kreis herumhampelte.

»Das ist gut, gut so«, ermutigte Hoon Greig.

Der Jamaikaner würde sich verausgaben, wenn er so weitermachte. Greig dagegen sparte Energie. Er wartete auf den richtigen Moment, um …

One Drop tänzelte zur Seite, als Greig mit einem

großen Schwinger auf ihn zustürmte. Der Schlag verfehlte sein Ziel, und Greig konnte gerade noch rechtzeitig den Kopf wegdrehen, um nicht mit dem Gesicht gegen das Gitter zu prallen. Es gelang ihm im letzten Moment, herumzuwirbeln, und sein Rücken bekam die volle Wucht des Aufpralls ab.

»Was zum Teufel sollte das denn?«, herrschte Hoon ihn an, aber Greig war schon wieder in Bewegung und wich einem Tritt aus, der genau an der Stelle reinhämmerte, wo er eben noch gestanden hatte. One Drops Bein fuhr durch die Gitterstäbe des Käfigs, und Hoon sprang in seiner Aufregung tatsächlich vom Hocker. »Da! Jetzt hau dem Wichser eine rein!«, schrie er, doch Greig blieb auf Abstand und ließ seinem Gegner Zeit, sich vom Käfig zu lösen.

Aus der Menge erntete er daraufhin einige anerkennende Rufe, und es gab noch mehr Applaus. Hoon bemerkte, wie einige von ihnen auf ihre Bildschirme tippten.

»Sehen Sie? Das Image des edlen Kämpfers zeigt Wirkung«, bemerkte Amanda.

Hoon schnaubte. »Klar, die setzen alle gegen ihn, wenn sie auch nur einen Funken Verstand haben.«

Der Kampf ging weiter. Es war eine eher ruhige Phase, bei der sich beide Kämpfer gegenseitig abtasteten und gelegentlich einen Schlag oder Tritt austeilten, ohne jedoch eine entscheidende Wirkung zu erzielen.

»O Mann. Gut, dass ich nicht auch noch dafür bezahlen muss, um mir diesen Mist anzusehen«, murmelte Hoon. Er deutete mit dem Daumen über die Schulter nach hinten. »Dieser Meute von Trotteln scheint es auch nicht gerade zu gefallen.«

»Sie sind sogar gut bei der Sache. Normalerweise würden jetzt schon alle miteinander vögeln.«

Hoon warf ihr einen Seitenblick zu. Sie hob ihr Glas und zwinkerte ihm zu.

»Ein kleiner Scherz«, sagte sie. »Aber sie genießen es. Sie zeigen es nur nicht so wie unsereiner.«

»Sie reden, als wären Sie keine von denen«, sagte Hoon. Er zuckte zusammen, als Greig ein heftiger Schlag an der Schulter traf, der allerdings keinen Schaden anzurichten schien.

»Das bin ich auch nicht«, erwiderte Amanda.

»Ja, reden Sie sich das nur ein, Sweetheart«, sagte Hoon. Dann legte er seine Hände wie einen Trichter um den Mund. »Denk an die Klöten!«, schrie er.

Er wartete darauf, dass Greig seinem Gegner einen kräftigen Tritt in die Kronjuwelen verpasste, aber beide Kämpfer umtänzelten sich weiterhin schweigend.

»Ich bin wirklich nicht aus der Oberschicht«, beharrte Amanda, der die Sache keine Ruhe zu lassen schien.

»Okay, Sie gehören nicht zur Königsfamilie oder so, aber Sie sind ein Teil dieser Show«, argumentierte Hoon. »Sie sind ein Teil dieses ganzen verdammten Geschäfts.«

»Sie auch«, erinnerte ihn Amanda.

Hoon öffnete den Mund, um zu widersprechen, ihm fiel jedoch nichts ein, was überzeugend genug gewesen wäre.

»Wir haben alle unsere Gründe, hier zu sein, Stephen«, fuhr sie fort. »Manche von uns reizt der Nervenkitzel. Manche das Geld. Andere haben keine Wahl, weil sie hier sein müssen. Weil sie ... dazu gezwungen werden.«

»Ach ja? Und zu welcher Gruppe gehören Sie?«, fragte Hoon.

Sie lächelte ihn an. »Ich habe nicht gesagt, dass man nur einen Grund haben muss.«

Ein anerkennendes Raunen ging durch das Publikum, und beide sahen zum Käfig hinauf, wo One Drop seinen Kopf schüttelte, als wollte er die Nachwirkungen eines harten Schlages abschütteln.

»Guter Junge!«, sagte Hoon, und Greig schenkte ihm ein kurzes Lächeln. »Mach weiter so.« Er senkte seine Stimme und fragte Amanda aus dem Mundwinkel: »Haben Sie gesehen, was er gemacht hat? Ich habe nicht die leiseste Ahnung.«

»Nein, aber die Zuschauer hat es offenbar beeindruckt, also war es gut«, sagte Amanda.

Hoon warf einen Blick nach hinten auf das Meer der ausdruckslosen Masken. »O ja«, murmelte er. »Sie flippen schon regelrecht aus.«

Er schaute wieder nach vorn, und sie sahen sich eine

weitere halbe Minute des Herumtänzelns an, bevor der nächste schnelle Schlagabtausch erneut keinem der beiden Kämpfer Vorteile brachte.

»Gibt es irgendwo noch einen anderen Kampf?«, fragte Hoon. »Oder vielleicht trocknet ja irgendwo Farbe? Das wäre interessanter als das hier.«

»Ich bin sehr zufrieden«, sagte Amanda. Sie befeuchtete ihre Lippen mit Champagner. »Übrigens, wie geht es Ihrem Kopf? Ich habe immer noch ein schlechtes Gewissen wegen dieser Geschichte und wie man Sie zu mir ins Hotel verfrachtet hat.«

»Ist schon gut. Aber klar, ein Telefonanruf wäre einfacher gewesen«, sagte Hoon, ohne Greig aus den Augen zu lassen.

Jener Schlag oder Tritt, oder was auch immer er gelandet hatte, hatte seinem Selbstvertrauen Auftrieb gegeben. Er strahlte zwar immer noch nicht den Siegerspirit seines Kontrahenten aus, aber er wirkte zumindest nicht mehr so, als ob er lieber weglaufen würde.

»Wo Sie gerade das Hotel erwähnen«, wechselte er das Thema. »Es wirkte ein bisschen … schmuddelig.«

Amanda runzelte die Stirn. »Tatsächlich? Die haben eine ausgezeichnete Putzkolonne. Das kann ich mir überhaupt nicht vorstellen.«

Hoon schüttelte den Kopf. »Nein, ich meine … da war eine Menge Schmuddelkram im Gange.«

»Ach so! Sie meinen Sex?«, fragte sie. »Es ist nichts Schmutziges an Sex, wenn sich zwei Erwachsene einig sind, Mr. White.« Sie schmunzelte und beobachtete seine Reaktion genau, als sie hinzufügte: »Oder drei oder mehr.«

»Genau, ›sich einig sein‹ ist hier der Schlüsselbegriff«, sagte er.

»Was soll das heißen?« Amandas Stimme hatte schlagartig alle Unbeschwertheit verloren. »Was wollen Sie damit andeuten?«

Hoon drehte sich um und sah sie an. »Nichts. Ich will damit nur sagen, dass ich das vollkommen unterstütze. Steckt alles, was ihr wollt, rein, wo ihr es wollt, solange alle Beteiligten Spaß daran haben.«

Es dauerte lange, bis sie antwortete. Und selbst dann klang es noch verlegen. »Sex ist wie das hier«, sagte sie und zeigte um sie herum. »Manche tun es für den Nervenkitzel. Andere fürs Geld.«

»Und manche, weil sie keine Wahl haben?«, fragte Hoon und wiederholte, was sie vorhin zu ihm gesagt hatte. »Weil sie gezwungen werden?«

»Das habe ich nie gesagt«, behauptete Amanda.

»O bravo!«

Die Stimme hinter ihnen klang wie jene nasale, brüllende großbürgerliche Beleidigung für die Ohren, die auf Hoon normalerweise wie ein rotes Tuch wirkte. Aber allein, dass einer dieser Wichtigtuer immerhin so aufgeheizt war, dass er überhaupt den Mund aufmachte, veranlasste ihn dazu, seine Aufmerksamkeit schnell wieder auf den Ring zu richten.

So wie One Drop herumtaumelte, musste Greig gerade eine kräftige Linke gelandet haben. Er ließ einen rechten Haken in den Magen folgen, den der Jamaikaner mit Grunzen und Keuchen quittierte.

»Ich sollte besser ein Auge auf den anderen Kampf werfen«, sagte Amanda.

»Gerade jetzt, wo es interessant wird?«, fragte Hoon.

Amanda beugte sich vor und drückte ihre Wange an seine. Der Duft ihres Parfums umhüllte sie wie ein Schleier. Sie flüsterte ihm ihren Abschiedssatz ins Ohr. »Seien Sie vorsichtig, Stephen. Seien Sie sehr vorsichtig.«

»Hast du mich gesehen?«, fragte Greig. Er hüpfte auf seinem Stuhl wie ein aufgeregtes Kind, und Adrenalin pumpte durch seine Adern. »Hast du gesehen, wie ich dem Tritt ausgewichen bin und sein Bein erwischt habe?«

»Ja, ich habe es gesehen«, sagte Hoon. Er tupfte die Platzwunde über Greigs rechtem Auge ab und schnalzte missbilligend, als der Junge wegen des brennenden Desinfektionsmittels zusammenzuckte. »Welches Wort begreifst du nicht, Junge? Das ›halt‹ oder das ›still‹?«

»Tut mir leid«, sagte Greig.

Er umklammerte die Seiten des Klappstuhls, schloss die Augen und richtete sich kerzengerade auf.

Er hielt es volle drei Sekunden aus.

»Und der Schlag am Ende!«, krächzte er und lehnte sich auf dem Sitz zurück, bevor Hoon das Wattestäbchen ansetzen konnte. »Die Linke. Den Haken, meine ich, nicht den Aufwärtshaken, obwohl der sich auch gut angefühlt hat. Hat er gut ausgesehen?«

»Es sah besser aus, als dein verdammtes Gesicht aussehen wird, wenn du dich nicht von mir in Ordnung bringen lässt«, ermahnte ihn Hoon.

»Granny hatte recht, die Grundhaltung umzudrehen macht es viel einfacher. Ich kann nicht fassen, dass das vorher noch keiner gesehen hat. Ich sollte ihm danken. Findest du, ich sollte ihm danken? Ich sollte ihm vermutlich danken.«

»Jesus Christus! Ich finde vor allem, du solltest mal für zwei Minuten die Klappe halten!«, schnauzte Hoon. »Wie kommt es, dass dir jemand ins Gesicht tritt, aber ich die verdammten Kopfschmerzen kriege?«

»Entschuldigung! Sorry, ich weiß!« Greig grinste. »Ich habe nur … das sind fünf Riesen, die ich gerade eben verdient habe. Fünf Riesen! Mit einem einzigen Kampf!« Er hob eine blutige Hand und deutete auf die Tür der Umkleidekabine. »Und sie sagten, ich kann noch mehr verdienen! Ich soll ein bisschen herumlaufen. Mir alles ansehen. Herausfinden, was mir gefällt.«

»Du könntest jetzt auch aufhören«, schlug Hoon vor. »Nimm das Geld und verschwinde.«

»Was? Auf keinen Fall! Du hast mich gegen den Kerl gesehen! Ich habe gewonnen!« Hoon nahm ein Pflaster aus dem Erste-Hilfe-Kasten, hielt es über Greigs Kopfwunde und drückte es dann fest.

»Du hattest Glück. Der Typ hatte zwar ein großes Maul, aber keinen Arsch in der Hose.«

Greigs Körpersprache wurde defensiv. Es war eine Schande, dachte Hoon, dass sie das nicht schon kurz vor dem Tritt gewesen war, bei dem sich der Junge die Kopfverletzung eingehandelt hatte.

»Dem Publikum schien es jedenfalls zu gefallen«, sagte Greig. Er rutschte auf dem Sitz hin und her. »Ich meine … das glaube ich jedenfalls. Amanda sagte, es hätte ihnen gefallen.«

»Klar, sagt sie das. Ich würde ihr nicht mal so weit trauen, wie ich sie werfen könnte«, erwiderte Hoon.

»Du könntest sie wahrscheinlich ziemlich weit werfen«, meinte Greig. »Sie sieht nicht sehr schwer aus.«

»Wir werden Folgendes tun, mein Junge«, sagte Hoon. »Du bleibst hier auf deinem Hintern sitzen und wartest, bis ich zurückkomme. Und hör auf, die Stirn zu runzeln, sonst reißt du das Pflaster ab.«

Greigs Augen wanderten nach oben, als versuchte er, seine eigene Stirn zu betrachten, dann glätteten sich die Falten, die gerade noch seine Stirn zerfurcht hatten. »Wohin gehst du?«

»Ich werde mir die Konkurrenz ansehen«, antwortete Hoon. »Ich laufe ein bisschen herum und schaue, was so los ist. Damit du keine Dummheiten begehst.«

»Soll ich hier etwa nur herumsitzen?«

»Ganz genau. Genau an diesem Scheißfleck«, sagte Hoon. »Du rührst dich nicht von der Stelle, außer ich komme und hole dich, klar?«

»Und wenn es brennt?«, fragte Greig.

Hoon öffnete die Tür der Umkleidekabine und blieb dann stehen. »Warum sollte es verdammt noch mal brennen?«

»Weiß nicht. Ich denke nur laut nach.«

»Ich finde, das Wort ›denken‹ ist ein bisschen hoch gegriffen, mein Junge«, sagte Hoon. »Aber, klar. Im höchst unwahrscheinlichen Fall eines Feuers, einer Überschwemmung, eines Erdbebens, eines Schwarms Killerbienen oder eines anderen Katastrophenfilm-Unglücks hast du meine uneingeschränkte Erlaubnis, deinen Hintern hochzuschwingen und zu gehen. In Ordnung?«

Greig antwortete mit einem Nicken und hielt einen Daumen hoch.

»Gut«, sagte Hoon, trat dann in den Korridor hinaus, versprach, bald zurück zu sein, und schloss die Tür hinter sich.

DREIUNDDREISSIG

Die Stimmung war immer noch von einer gepflegten Langeweile durchsetzt, als Hoon in die Haupthalle zurückkehrte, wo gerade zwei weitere Kämpfe ausgetragen wurden.

Einer der Kämpfe sah interessant aus. Zwei Männer aus dem Mittleren Osten traten beide fast gleichzeitig nacheinander. Beide blockten die Tritte ab, aber es war nur eine Frage der Zeit, bis einer von ihnen die Verteidigung des anderen durchbrechen und echten Schaden anrichten würde.

Sie waren schnell. Und stark. Wäre Greig für seinen Eröffnungskampf gegen einen von ihnen ausgelost worden, würde ihm jetzt wahrscheinlich der Kopf fehlen.

Es war ein Fehler gewesen, ihn hierherzubringen. Bisher war zwar alles gut gelaufen, doch er hatte gegen keinen der beiden Männer eine Chance, und nach allem, was Hoon von dem Kampf sehen konnte, der zur gleichen Zeit wie der von Greig ausgetragen wurde, kämpfte der Sieger jener Begegnung ebenfalls weit über seiner Liga.

Er hatte sich fünf Riesen verdient. Er war mit ein paar Platzwunden und blauen Flecken davongekommen, und er hatte auch niemandem versehentlich lebensgefährliche Verletzungen zugefügt. Wenn er jetzt aufhörte, wäre der Tag ein voller Erfolg.

Tat er es nicht, konnte das alles sehr schnell den Bach runtergehen.

Das Problem war, Greig davon zu überzeugen, jetzt auszusteigen. Würden das die Mistkerle, die das Ganze veranstalteten, überhaupt zulassen? Amanda hatte gesagt, dass sie ihn zu nichts zwingen würden, was er nicht wollte, aber sie hatte auch betont, dass sie hier nicht das Sagen hatte. Falls das zutraf, hatte sie wahrscheinlich auch nicht zu entscheiden, was mit den Kämpfern geschah.

»Genießen Sie die Show?«

Hoon wandte sich von dem Kampf ab und geriet beim Anblick des Mannes mit der grinsenden Plastikmaske in höchste Alarmbereitschaft.

Godfrey West – der Aal – deutete auf ihn, hielt einen Moment inne und sagte dann: »Stephen, nicht wahr?«

»Ja, das ist korrekt«, bestätigte Hoon.

Er hörte das schwache, aber unverkennbare Knistern, als West zu ihm herüberkam, aber Hoon enthielt sich jeden Kommentars. Stattdessen nahm er die Champagnerflöte, die ihm angeboten wurde, und stieß mit dem anderen Mann an.

»Morituri te salutant«, sagte West, bevor er kicherte,

als ob er gerade etwas Lustiges gesagt hätte. »Die Tod-
geweihten grüßen dich.«

»Ja, sehr witzig«, sagte Hoon und kippte das Blub-
berwasser in einem Zug hinunter. »Wie trinkt man
eigentlich mit Maske?«

»Sehr vorsichtig«, antwortete West. Er setzte den
Rand des Glases an einen kleinen Schlitz im Mund
der Maske und kippte es dann vorsichtig. »Es ist unbequem, aber die Leute scheinen die Anonymität zu genießen. Es ist sehr befreiend, für eine Weile so zu tun,
als wäre man jemand anders. Meinen Sie nicht auch,
Mr. White?«

Hoon zuckte mit den Schultern. »Woher soll ich das
wissen?«

»Das wissen Sie nicht?«, fragte Godfrey. Er betrachtete ihn eine Weile mit seitlich geneigtem Kopf, dann
lachte er wieder kurz auf. »Sie sollten es mal versuchen.
Vielleicht behagt es Ihnen ja.«

»Ich glaube wirklich nicht, dass das mein Ding ist«,
sagte Hoon und deutete auf Wests Maske. »Sie sehen
alle so aus, als wäre Cher mit dem Kopf auf der Hei-
zung eingeschlafen. Nichts für ungut.«

»Kein Problem«, versicherte ihm West. »Wir tun es
nicht für die Optik, sondern dafür, wie es sich anfühlt.«

»Unbequem und im Grunde demütigend?«, spekulierte Hoon.

Diesmal lachte West nicht. »Befreit, Mr. White. Es
ist so befreiend. Finden Sie das nicht auch ironisch?

Eine Maske zu tragen – und vorzugeben, jemand zu sein, der man nicht ist – bietet uns vielleicht eine der wenigen Gelegenheiten, ganz wir selbst zu sein.«

Die Fans applaudierten geradezu enthusiastisch, und Hoon wandte sich wieder dem Käfig zu, wo er einen der beiden Männer triumphierend über dem anderen stehen sah, der am Boden lag.

»Wissen Sie …«, begann West. »Ich habe da ein kleines Anliegen. Ich veranstalte nach dieser Sache hier eine kleine Feier. Nicht für jedermann, nur für ein paar Auserwählte.«

»Was, eine Party?«

»Eher eine Zusammenkunft«, sagte West. »Eine intime Angelegenheit. Masken sind freiwillig, obwohl die meisten Leute sie gerne tragen.« Sein Mund verzog sich zu einem verzerrten Lächeln. »Einige Gäste, die dort sein werden, haben angedeutet, dass sie Sie gerne kennenlernen möchten.«

»Mich kennenlernen?«, fragte Hoon. »Warum zum Henker wollen die mich kennenlernen?«

»Sie bringen frischen Wind hinein, Stephen«, antwortete West. »Wir alle haben Sie gut hören können. Sie sprechen aus, was Sie denken. Sie halten sich nicht zurück. Viele von uns möchten Sie – Ihr wahres Ich – gerne etwas besser kennenlernen.«

Hoon nickte bedächtig. *Ihr wahres Ich.* Was ahnte dieser Wichser? Was wusste er?

»Wo findet das statt?«, fragte er.

»Ach, machen Sie sich darüber keine Gedanken«, sagte West. »Der Fahrer, der Sie abgeholt hat, wird Sie hinbringen. Er kennt den Weg. Und keine Sorge, Sie brauchen sich auch nicht in Schale zu werfen. So wie Sie sind, sind Sie perfekt.«

Hoon blickte auf seine Kombination von Trainingshose und T-Shirt hinunter. »Nicht gerade ein Party-Outfit«, sagte er.

Der Aal beugte sich zu ihm vor. »Das hängt doch stark von der Party ab, nicht wahr?« Sein Atem zischte hinter der Maske. »Übrigens – habe ich schon erwähnt, dass es dort auch Frauen gibt? Viele Frauen.« Er zwinkerte, und Hoon musste den Impuls bekämpfen, ihn an der Kehle zu packen und zu würgen.

»Nein«, sagte er. »Das hatten Sie nicht erwähnt.«

Als der Kampf vorbei war, erhoben sich die Zuschauer von ihren Plätzen. Wie ein reißender Fluss strömten sie auf dem Weg in einen anderen Teil der Halle an Hoon und Godfrey vorbei.

»Am besten mische ich mich wohl wieder unters Volk«, sagte West. »Aber Sie kommen doch? Ich würde mich sehr freuen, wenn Sie uns die Ehre erwiesen. Ich hätte Sie gern zu Gast.«

Hoon verkniff sich die naheliegende Reaktion darauf und bestätigte seine Bereitschaft mit einem Nicken. »Sicher, klar. Lass dir nie eine Party entgehen, sage ich immer.«

»Wunderbar. *Ganz wunderbar!*« Er sah sich um,

bis er die Frau im Kleid aus Alufolie entdeckte, und winkte sie zu sich. »Amanda wird Ihren Namen auf die Liste setzen und sich um die Einzelheiten kümmern.« Er wartete, bis sie sich zu ihnen gesellt hatte. »Stimmt's, Ammie? Sorgst du dafür, dass Stephen zu der Versammlung kommt, wenn wir hier fertig sind?«

Amanda konnte ihre Überraschung nur schwer verbergen. »Ja! Selbstverständlich!«, sagte sie und verbeugte sich geradezu vor dem Mann mit der Maske. »Ich kümmere mich um alles.«

»Wunderbar!«, säuselte Godfrey. Er strich mit dem Daumen über ihre Wange, umfasste ihr Gesicht kurz mit seiner Hand und ging dann, dem übrigen Publikum folgend, zum anderen Ende des Saals.

»Er hat Sie zu der Versammlung eingeladen?«, fragte Amanda, sobald West außer Hörweite war. »Sie?«

»Ja. Was ist daran so schockierend?«

»Nichts. Gar nichts«, sagte Amanda schnell. »Es ist nur … ich bin überrascht, das ist alles.«

»Warum?«

»Weil er nicht weiß, wer Sie sind«, antwortete Amanda. »Er hat Sie doch gerade erst kennengelernt.«

Sie gab durch eine Geste mit ihrem Glas zu verstehen, dass sie sich in Bewegung setzen sollten, und sie folgten im Gleichschritt dem Rest der Menschenmenge.

»Ich habe eben ein Vertrauen erweckendes Gesicht«, behauptete Hoon, was der Frau neben ihm ein leises Lachen entlockte.

»Das haben Sie nun wirklich nicht«, widersprach sie. Ihr Blick huschte über einige der Zuschauer vor ihnen. Ein paar davon, sowohl Männer als auch Frauen, blickten sich nach ihnen um. Offenbar faszinierte sie der ungehobelte schottische Schläger, der hinter ihnen herstapfte.

»Ah ja. Das könnte vielleicht der Grund sein«, bemerkte sie.

»Was?«

»Ich glaube, einige unserer Gäste wollen Sie ficken.«

Hoon verschluckte sich fast an seiner eigenen Zunge. »Wie bitte?«

»Oder von Ihnen gefickt werden. Man weiß nie, was passiert, bis die Lichter ausgegangen sind.«

Hoon schnalzte mit der Zunge. »Oh, klar. Sie nehmen mich wieder auf den Arm. Lustig.«

Amanda schüttelte den Kopf. Sie lachte nicht. »Nein. Diesmal ist es mir ernst. Dieser Ort ist nur für die Kämpfe reserviert. Das hier ist das Vorspiel.« Sie schlang ihre Arme um sich, als ob ihr plötzlich kalt war. »Die Treffen? Die sind für alles andere.«

»Oh, Scheiße«, sagte Hoon. Sie gingen ein paar Sekunden schweigend weiter, dann warf er ihr einen Seitenblick zu. »Werden Sie auch da sein?«

Amanda lächelte, wenn auch sehr schmallippig. »Immer.«

Hoon wurde durch ein kamikazehaftes Geschrei von der anderen Seite einer der frei stehenden Wände daran gehindert, weiter nachzuhaken. Er trat hastig um die Wand herum und erblickte One Drop, den Jamaikaner, gegen den Greig zuvor gekämpft hatte. Er stürzte sich Fäuste schwingend auf den riesigen Albino.

»Jetzt geht's los«, murmelte Amanda. Sie trank einen großen Schluck von ihrem Champagner und umarmte sich noch fester. »Das hier ist der wahre Grund, warum sie alle hier sind. Um das zu sehen.«

One Drop ließ Hiebe auf das Gespenst niederprasseln, schlug mehrere Geraden und platzierte ein paar kräftige Haken in die Körpermitte des Hünen – so hoch, wie er konnte.

Der Kampf fand, wie die anderen, in einem Käfig statt. Dieser Käfig war jedoch größer als die anderen, und um die Stäbe waren Stacheldrahtschlingen gewickelt.

»Was zum Henker ist das denn?«, murmelte Hoon, aber Amanda blieb ihm die Antwort schuldig.

Um den Ring herum waren keine Sitze aufgestellt. Es gab nur Stehplätze, und die Zuschauer wirkten überaus zufrieden damit, auf den Beinen zu sein. Sie drängten sich um den Käfig und bildeten einen Kreis um die Außenseite, wobei ihre Finger über die Bildschirme ihrer Tablets huschten.

Auf einem Ständer vor dem Käfig befand sich eine große rote Digitaluhr, deren Ziffern, wie Hoon bemerkte, rückwärts zählten. Eins-einundzwanzig. Eins-zwanzig. Eins-neunzehn.

One Drop landete noch ein paar Treffer, dann sprang

er zurück und hob die Fäuste, als wollte er erneut zuschlagen. Aber seine Bewegungen wirkten irgendwie verändert. Ein Hauch von Verwirrung umschwebte ihn.

»Diese Schläge hätten ihn beeinträchtigen müssen, das weiß er«, bemerkte Hoon. »Wie groß der Kerl auch sein mag, diese Schläge hätten ihn zu Fall bringen müssen.«

»Ha. Sie haben ihn eben noch nie in Aktion gesehen«, stellte Amanda fest. »Er ist beeindruckend, wenn man auf so etwas steht.«

»Auf was?«, fragte Hoon.

Oben im Käfig sprang One Drop mit einem Tritt vor. Es war derselbe Move, den er bei Greig versucht hatte, und diesmal war das Ergebnis sogar noch katastrophaler. Die Hand des Riesen erwischte ihn am Knöchel, seine langen Finger reichten ganz herum.

Es gab einen Ruck, einen Knall und einen Schrei. Hoon sah gerade noch, wie One Drop herumgewirbelt und gegen die Käfigwand geschleudert wurde.

Blut spritzte von der Stelle, an der er aufgeschlagen war, und zum ersten Mal, seit die Kämpfe begonnen hatten, hörte Hoon echten Jubel. Er kam aus der ersten Reihe der Zuschauer, von denen einige herumfliegende Blutstropfen abbekommen hatten.

One Drop rutschte an den Gitterstäben herunter und schrie vor Schmerz, als sich die Metallhaken durch seine Haut in sein Fleisch bohrten.

»Auf so etwas«, sagte Amanda. Unfähig, ihren Abscheu zu verbergen, wandte sie sich ab. »Wenn Sie mich entschuldigen würden, Stephen, ich muss mich um … ein paar Dinge kümmern.«

»Ja, klar. Sicher. Kein Problem«, erwiderte Hoon.

So sehr er sich auch anstrengte, er konnte den Blick nicht von den Ereignissen im Käfig lösen. Der Jamaikaner stand wieder aufrecht, wenn auch nicht aus eigener Kraft. Der große Albino hatte ihn an der Kehle hochgerissen und hielt ihn so, dass nur die Zehenspitzen den Boden berührten.

Ein krachender linker Haken explodierte am Brustkorb des Rastafaris. Mit ziemlicher Sicherheit hätte er einen Schmerzensschrei ausgestoßen, wären da nicht die langen weißen Finger gewesen, die ihm die Kehle zuschnürten.

One Drop versuchte, sich zu schützen, aber seine Bewegungen waren langsam. Benommen. Fahrig. Er holte zum Schlag aus und traf nur die Luft, als würde er versuchen, einen Geist zu treffen.

BAMM! Auf den nächsten Aufwärtshaken des Riesen folgte wieder spontaner Jubel von einigen Zuschauern. Darauf waren sie also aus. Dafür waren sie gekommen.

Ohne einen Laut der Anstrengung hob das Gespenst den Jamaikaner hoch in die Luft, bis seine Füße einen halben Meter über der Matte baumelten. Mit der anderen Hand ergriff er das verletzte Bein des Burschen, zog es in die entgegengesetzte Richtung, als wollte er ihn in zwei Hälften reißen, und schwang ihn dann schnell nach unten, während er eines seiner Beine hochzog.

Der Rücken von One Drop formte den Buchstaben C über dem Knie des Albinos, und Hoon hätte schwören können, dass er selbst aus dieser Entfernung hörte, wie Knochen brachen. Dann löste der Riese seinen Griff, und die Menge verstummte, als der Jamaikaner zu Boden glitt. Seine Augen waren in ihre Höhlen gerollt, und sein ganzer Körper zuckte wie bei einem Anfall.

Auf dem Ständer vor dem Käfig blieb die Zeitanzeige bei Eins-null-sieben stehen.

Das Publikum war vergleichsweise begeistert. Es gab viel begeistertes Klatschen, einige Pfiffe und sogar leicht verlegenen Jubel.

Der Countdown mochte gestoppt haben, aber das Gespenst hörte nicht auf. Der Hüne stampfte zweimal auf die Brust des am Boden liegenden Mannes, und diesmal hörte Hoon definitiv das Knacken von Knochen.

»Verdammte Scheiße«, flüsterte er.

Die Käfigtür wurde geöffnet, und der Albino wich zurück, als zwei Männer mit einer Trage hereinkamen und den Jamaikaner darauflegten. Hoon wurde abgelenkt, als er Godfrey West auf der anderen Seite des Käfigs entdeckte. Er sprach in ein Handy.

Es war unmöglich zu hören, was er sagte, und wegen der Maske kam Lippenlesen ebenfalls nicht infrage. Die Art, wie er sich bewegte, ließ jedoch darauf schließen, dass West über etwas nicht erfreut war.

»Ladys und Gentlemen, das Gespenst dankt Ihnen für Ihre Unterstützung. Und wie immer wünschen wir seinem Gegner baldige Genesung«, verkündete der Ansager, und Hoon sah, dass er neben der Countdown-Uhr stand – noch ein Wichtigtuer mit einer Plastikmaske.

Die Zuschauer lachten über die Bemerkung des Moderators. Hoon dachte dabei unwillkürlich an Pferde und Generationen von Inzucht.

»Wie immer heißen wir jeden willkommen, der die Herausforderung annehmen und gegen das Gespenst antreten möchte«, fuhr der Ansager fort. »Zehntausend Pfund für jeden, der nur drei Minuten im Ring überlebt. Zehntausend Pfund für drei Minuten Ihrer Zeit. Wer könnte so ein Angebot schon ablehnen?«

Hoon bahnte sich einen Weg durch die Menge und versuchte, nahe genug an West heranzukommen, um zu hören, was geredet wurde. Aber das Publikum fand seine Stimme wieder und wurde jetzt immer lauter, und wenn man nicht in unmittelbarer Nähe des Mistkerls stand, konnte man ihn unmöglich belauschen.

West schaute auf die Uhr, sagte etwas ins Handy und rieb sich durch seine Maske die Stirn, als ob er versuchte, auf diese Weise Kopfschmerzen zu lindern.

Dann steckte er das Handy in die Tasche, drehte sich auf dem Absatz um und marschierte, offenbar unbemerkt von den anderen, auf eine der Seitentüren der Halle zu.

Hoon machte sich mit gesenktem Kopf auf den Weg.

Er steckte die Hände in die Taschen und versuchte, möglichst unsichtbar zu bleiben. Alle Augen waren immer noch auf den großen Albino gerichtet, und er hatte die Tür fast erreicht, als er wie angewurzelt stehen blieb.

»Wir haben wunderbare Neuigkeiten, Ladys und Gentlemen. Wir haben einen Herausforderer«, sagte der Ansager und schaffte es ausnahmsweise fast, einen leichten Anflug von Aufregung zu vermitteln. »Als Nächster wird unser Neuling Gregory ›der Godkiller‹ sein Glück im Kampf gegen das Gespenst versuchen.«

»Was?« Hoon fuhr zum Käfig herum. Und tatsächlich, direkt vor dem Käfig stand ein grinsender und gefährlich übermütiger Greig.

Hoon sah zu der Tür, durch die Godfrey West verschwunden war. Der Mistkerl war vielleicht allein da drin. Das könnte seine Chance sein.

Er hörte die Käfigtür knarren, als sie geöffnet wurde, und das aufgeregte Gemurmel einer Menschenmenge, die gespannt erwartete, was es gleich zu sehen geben würde.

»›Du bleibst hier auf deinem Hintern sitzen‹, habe ich ihm gesagt. ›Du wartest, bis ich zurückkomme‹, habe ich ihm gesagt!«, knurrte Hoon. Dann lief er den Weg zurück, den er gekommen war, rannte zum Ring hinunter.

VIERUNDDREISSIG

Greig war tatsächlich so dämlich, erfreut auszusehen, als er Hoon auf sich zueilen sah. Er hob eine Hand und winkte, als wollte er seinen selbst ernannten Coach auf sich aufmerksam machen. Hoon hatte den Jungen jedoch bereits im Visier und drängte sich rücksichtslos durch die Menge, um zu ihm zu gelangen.

»Was zum Teufel soll das werden?«, fragte er.

Greig deutete zum Ring. »Das hier.«

»Habe ich dir nicht gesagt, du sollst in der verdammten Umkleidekabine warten?«, fragte Hoon. »Ich erinnere mich deutlich daran, genau das gesagt zu haben!«

»Gut, ja, aber weißt du … ich war mir nicht sicher, ob du zurückkommen würdest. Du warst so lange weg.«

»Schwachsinn! Ich bin gerade mal fünf verfickte Minuten weg gewesen«, sagte Hoon. »Ich habe schon länger gepisst.«

»Nein, aber …«

»Halt einfach dein verdammtes Maul!«, warnte ihn Hoon. Er wandte sich an den Ansager und winkte mit der Hand. »Er wird es nicht tun.«

Der Ansager beugte sich von seiner erhöhten Position im Ring herunter, sodass sein Gesicht auf gleicher Höhe mit dem von Hoon war. Er trug die Standard-Plastikmaske ohne jeden Ausdruck. In einer Hand hielt er ein Mikrofon, aber er streckte es weit von seinem Mund weg, als er antwortete.

»Sein Name steht jetzt auf der Liste.«

»Dann streichen Sie ihn eben wieder«, befahl Hoon.

»Er wird es nicht tun.«

»Es sind drei Minuten!«, protestierte Greig. »Das sind zehn Riesen für drei Minuten! Ich kann drei Minuten durchhalten!«

»Gegen den da? Verdammt, du würdest keine drei Sekunden durchhalten«, sagte Hoon. Er zeigte auf den Ansager. »Streichen Sie seinen Namen. Er wird es nicht tun, verdammt.«

»Ich schaffe das, Stephen. Ich kann in Bewegung bleiben«, sagte Greig. Er warf sich in die Brust, und Hoon ahnte die nächsten Worte, noch bevor sie aus seinem Mund kamen. »Und wer weiß? Vielleicht kann ich ihn sogar besiegen.«

»Du könntest ihn nicht mal besiegen, wenn er aus beschissenem Pfannkuchenteig bestünde«, sagte Hoon. »Wenn du mit dem Ding in den Ring steigst, fährst du hier nicht in einem verdammten Krankenwagen weg, sondern verteilt auf ein paar Plastiksäcke.«

»Sein Name ist gesetzt. Er hat sich verpflichtet, den Kampf anzutreten«, sagte der Ansager.

Hoon wirbelte herum und packte den lästigen kleinen Scheißer an der Fliege. »Streich seinen Namen. Und zwar sofort. Ich bitte dich nicht noch einmal darum.«

Während er die Warnung zischte, bemerkte Hoon, dass sich aus allen Richtungen Gestalten näherten. Mehrere Schlägertypen, darunter auch seine alten Freunde Bingo und Bongo, bauten sich in seinem Rücken im Halbkreis auf.

»Das kann ich nicht«, sagte der Ansager. Hoons Drohung schien keinerlei Wirkung zu haben, denn seine Stimme behielt ihren gewohnt ruhigen Klang. »Sein Name wurde gesetzt. Er muss kämpfen. So lauten die Regeln.« Hoon bemerkte seinen amüsierten Blick. »Es sei denn natürlich, Sie wollen für ihn einspringen.«

Hoon löste seinen Griff, und der Ansager richtete sich wieder auf. Die Schläger umringten ihn weiterhin wortlos und allzu bereit, bei Bedarf einzugreifen.

Oben im Käfig starrte der große Albino auf sie herunter, seine Gesichtszüge schlaff und emotionslos, als wäre niemand auf die Idee gekommen, sie einzuschalten.

»Was denn, ich kann für ihn einspringen?«, erkundigte sich Hoon.

»Das können Sie, gewiss.«

»Und dann muss er nicht kämpfen?«

»Nein. Dann ist er aus dem Schneider.«

Hoon zuckte mit den Schultern. »Gut, schön. Scheiß drauf. Dann mache ich das eben.«

»Moment mal, wie bitte?«, jaulte Greig auf. »Nein! Du kannst nicht gegen ihn kämpfen. Du bist viel zu alt.«

»Verpiss dich! Ich bin nicht alt, Junge, ich bin erfahren«, sagte Hoon.

Greig packte ihn am Arm. »Nein, Stephen. Das geht nicht. Ich werde es tun. Ich will gegen ihn kämpfen.«

Hoon befreite seinen Arm. »Ja, und genau das ist dein Problem, mein Junge. Du willst gegen ihn kämpfen. Ich nicht.«

»Dann lass mich das machen!«

»Ich war noch nicht fertig. Ich will nicht gegen ihn kämpfen, also tue ich es auch nicht«, erklärte Hoon. »Ich werde da reingehen und diesem verdammten Fleischberg ausweichen.« Er schaute den Ansager zur Bestätigung an. »Drei Minuten, richtig?«

»Drei Minuten.«

Greigs Miene zeigte eine Reihe von Emotionen, die mit Verwirrung begannen und dann in Enttäuschung übergingen. »Bist du … geht es dir um das Geld?«, fragte er. »Ist es das?«

»Herrje, Greig. Wenn ich auf das Geld scharf wäre, hätte ich meinen Namen hinter deinen gesetzt, damit er wenigstens schon ein bisschen abgekämpft ist. Weil er dir vorher die Arme ausreißt«, erwiderte Hoon. Er seufzte, sah sich in der Menge um und trat dann näher an den Jungen heran. »Ich will dich in einem Stück nach Hause bringen, in Ordnung? Du bist verlobt. Du hast ein Baby. Ich lasse nicht zu, dass du den Rest deines Lebens dein Steak durch einen verdammten Strohhalm essen musst, wie der letzte arme Bastard.«

»Welcher arme Bastard?«, fragte Greig.

Hoon vergrub das Gesicht in den Händen. »Ich fasse es nicht! Soll das heißen, du hast nicht einmal gesehen, was mit dem letzten Kerl passiert ist? Du hast einfach mal so eben deinen verdammten Namen hingeschrieben, ohne abzuchecken, dass er kürzlich jemanden zum Krüppel gemacht hat?«

»Zum Krüppel?«, fragte Greig, und endlich, und alles andere als zu früh, schlich sich ein Anflug von Sorge in seine Miene.

»Ja. Er hat ihn buchstäblich gebrochen«, sagte Hoon. »So, und jetzt verpisst du dich wieder in die Garderobe und überlässt das hier mir.«

Greig schluckte. Er schüttelte den Kopf. »Nein. Nein, das kann ich nicht, Mr. White, Stephen. Ich habe meinen Namen eingetragen. Ich kann dich da nicht einfach reingehen lassen und …«

Er sah den Schlag nicht kommen. Andererseits hatte er auch nicht damit gerechnet. Es war ein geschwungener rechter Haken, der ihn zu Boden warf und ihn dort lange genug hielt, dass Hoon die Treppe hinaufgehen konnte.

Als Greig zu sich kam, war Hoon bereits im Käfig, und die Tür wurde hinter ihm geschlossen.

Die ganze Zeit über war das Publikum fast übernatürlich ruhig geblieben, so als ob jeder Einzelne den Atem anhielt und darauf wartete, wie sich die Dinge entwickeln würden.

Nun, als Hoon im Käfig stand, wurden es etwas lauter. Es war jetzt nicht nur ein Kampf, es war Theater. Es war Kunst.

Es war herrlich.

»Was für dramatische Szenen sich heute hier abspielen, Ladys und Gentlemen«, dröhnte die Stimme des Ansagers durch die Lautsprecher. »Der Godkiller wird vertreten von …« Er brachte ein Ohr näher an den Käfig und lauschte auf eine Antwort.

»Können wir nicht einfach weitermachen, verdammt?«, fluchte Hoon.

Der Albino hatte keinen Muskel gerührt, seit er den Ring betreten hatte. Er stand nur mit schlaff herabhängenden Armen da und verzog keine Miene. Er machte keine Anstalten, einschüchternd zu wirken, und das wäre auch zu viel des Guten gewesen. Seine bloße Existenz war nervenzerfetzend genug.

Der Ansager ließ nicht locker. »Sie brauchen einen Namen.«

»Starten Sie den Countdown und geben Sie mir drei Minuten Zeit, um mir etwas auszudenken«, sagte Hoon.

»Der ›White Knight‹. Unser Weißer Ritter.«

Hoon blickte nach unten und entdeckte Amanda am Rand des Rings. Mit ihrem Champagnerkelch prostete sie erst ihm und dann Greig zu.

»Das passt doch ganz wunderbar«, erklärte sie grinsend. »Er opfert sich, um dir den Tag zu retten.«

Der Ansager verschwendete keine Zeit mit einer

Debatte. »Ladys und Gentlemen, der nächste Kampf soll wieder über drei Minuten gehen«, sagte er. »Unser amtierender Champion, ›Das Gespenst‹, wird gegen seinen zweiten Herausforderer des Tages antreten, den ›Weißen Ritter‹. Machen Sie Ihre Wetten. Geben Sie jetzt alle Wetten ab. Wird unser Champion wieder als Sieger aus dem Kampf hervorgehen, oder wird unser Herausforderer der erste Kämpfer sein, der jemals die vollen drei Minuten im Käfig überstand?«

Hoon drehte den Kopf in seine Richtung. »Der Erste?«, krächzte er. »Was soll das heißen, *der Erste*?«

Eine Glocke läutete.

Der Countdown startete.

Und der ganze Käfig bebte, als der Hüne mit Augen wie glühende Kohlen durch den Ring stampfte.

Er war verdammt schnell. Viel schneller, als er es bei seiner Größe eigentlich sein durfte. Hoon wich einem großen Ausfallschritt des Bastards aus, aber es war ein ungeschickter Rückzug, der ihn aus dem Gleichgewicht brachte, sodass er es gerade noch schaffte, dem Schwinger auszuweichen, der seinen Kopf in Atome zerlegt hätte.

»Immer mit der Ruhe, mein Großer«, sagte er und ging rückwärts, um Abstand zu halten. »Ich schätze, das Ding auszudiskutieren ist nicht drin, oder?«

»Achtung, dein Rücken!«

Das war Greig, der aus der ersten Reihe rief. Hoon

stoppte seinen Rückzug gerade noch rechtzeitig, um sich nicht am Stacheldraht aufzureißen, und beeilte sich, außerhalb der beträchtlichen effektiven Reichweite des Albinos zu bleiben.

»Also, wie ist das, kommst du oft hierher?«, erkundigte sich Hoon.

Er war sich nicht ganz sicher, warum er mit dem Hünen redete. Es war nicht gerade so, dass der Riese ihn in eine gepflegte Konversation verwickeln wollte. Aber vielleicht konnte er dem Litauer so sehr auf die vermutlich stahlharten Nüsse gehen, dass er die Fassung verlor. Und wenn er wütend war, wurde er vielleicht unvorsichtig.

Und wenn er unvorsichtig wurde, konnte Hoon – er sah auf die Uhr – noch zwei Minuten und achtundvierzig Sekunden überleben.

Mann! Zwölf Sekunden? Mehr Zeit war noch nicht vergangen?

Das Gespenst stürzte sich mit ausgebreiteten Armen auf ihn, als ob es einen Würgegriff plante, von dem Hoon auf keinen Fall erwischt werden wollte. Es gab jedoch keinen anderen Weg als den nach unten, und Hoon stöhnte, als er einen nicht gerade eleganten Purzelbaum schlug, der eine Schockwelle des Schmerzes durch seine Schulter jagte.

Vielleicht hatte Greig recht. Vielleicht war er zu alt für diesen Scheiß. »Tritt ihm in die Klöten, Stephen!«, schrie Greig begeistert.

»Halt die Klappe, verdammt!« Hoon war nicht einmal

davon überzeugt, dass er sein Bein überhaupt so hoch heben konnte. »Das ist alles deine verdammte Schuld.«

»Tut mir leid, Mr. White, Stephen.«

»Ich sagte, halt die Klappe!«

Eine Faust wie eine rasende Lok streifte sein Kinn. Er hatte dem Schlag zwar weitgehend ausweichen können, aber trotzdem war sein Mund voller Blut, und in seinem Kopf tanzten die Sterne. Für einen Moment wusste er nicht mehr genau, wo er überhaupt war.

Dann hörte er das Donnern hinter sich. Und spürte, wie der Boden bebte.

Etwas traf ihn wie eine Abrissbirne, schleuderte ihn zur Seite und setzte seinen Brustkorb in Brand. Es lief alles auf einen Sturz hinaus, aber er durfte nicht hinfallen. Er wollte es nicht. Wenn er hier hinfiel, in diesem Käfig mit diesem geisterhaften weißen Monster, war er ein toter Mann. Daran bestand kein Zweifel.

Er taumelte weiter auf das Gitter zu und biss in Erwartung des Stacheldrahts die Zähne zusammen. Eine Hand packte ihn am Handgelenk und brachte ihn mit einem Ruck zum Stehen, was ihn vor einer ganzen Reihe schmerzhafter Verletzungen bewahrte.

Einen Moment später setzte er sich jedoch wieder in Bewegung, diesmal direkt auf die riesige Elfenbeinstatue in der Ringmitte zu.

Der Unterarm des Gespensts presste sich wie eine Eisenstange gegen seine Kehle. Alles unterhalb dieses Punktes an Hoons Körper bewegte sich weiter nach vorne und oben, während sein Kopf nach hinten und unten schwang, bis er horizontal in der Luft lag.

Diesmal ließ sich ein Sturz nicht vermeiden, es sei denn, jemand schaltete in den nächsten zwei Sekunden die Schwerkraft in der Halle aus. Er machte sich so schlaff wie möglich und hoffte, sich schnell wieder zu erholen.

Doch mitten in diesem Schwebezustand traf ihn ein Hammerschlag auf die Brust und trieb ihn noch härter und schneller auf die Matte. Der Aufprall hallte durch die riesige Halle, begleitet von dem mitfühlenden Stöhnen der maskierten Zuschauer.

Die Mehrheit von Hoons Körperteilen war der Meinung, dass es am besten sei, auf dem Boden zu bleiben, aber eine winzige Stimme in seinem Hinterkopf setzte sich über alle anderen Stimmen hinweg. Er rollte sich hastig herum, bevor der ogerartige stampfende Fuß seinen gesamten Oberkörper in ein zweidimensionales Bild verwandeln konnte.

Er sah, wie das Knie des Riesen blockierte, und griff danach, warf sich mit der Schulter dagegen und versuchte, den Litauer auszubremsen.

Eine Hand packte ihn am Kopf, und die Finger drückten zu, als würden sie von einer Hydraulik angetrieben. Hoon wurde hochgezogen, bis sein Gesicht auf gleicher Höhe wie die ausdruckslose Visage seines Gegners war, dann wurde er mit einem ohrenbetäubenden Krachen zurück auf den Boden geschleudert.

»Gut, du packst das, Mr. White, Stephen!«, feuerte Greig ihn an.

Hoon hatte weder Zeit noch Energie noch die nötige Fassung, ja nicht einmal genug Luft, um darauf zu antworten. Was sehr schade war, denn er hätte sehr gerne darauf geantwortet.

Was zum Teufel soll daran gut sein?, hätte er gefragt. *In welcher verdammten Scheißwelt könnte ich das packen?*

Aber er antwortete nicht. Stattdessen spuckte er eine besorgniserregende Menge Blut in den Ring und versuchte, nicht ohnmächtig zu werden.

»Kämpf nicht schön, Stephen, kämpf clever!«, schlug Greig etwas naseweis vor.

Manchmal hasste Hoon den Jungen wirklich.

Aber er hatte trotzdem nicht unrecht. Während er unten auf den Knien hockte, war der Schritt des Gespenstes fast in Reichweite. Der Bastard brauchte nur noch einen Schritt näher zu kommen. Einen einzigen winzigen Schritt.

Es wäre wie in der Geschichte von David und Goliath, bloß dass er den Riesen nicht mit einem Stein und einer Schleuder flachlegen würde, sondern mit einem allmächtigen Schlag in die Eier.

»Komm schon, du kleines Nachtgespenst«, flüsterte er und winkte den Riesen näher zu sich heran. »Noch ein kleines Schrittchen.«

Er lauschte auf das Scharren der Füße. Wartete, bis

das Gespenst den Abstand verringert hatte. Dann holte er brüllend zu einem Aufwärtshaken aus, der, wie er sich einbildete, sehr effektiv gewesen wäre, wenn ... ihn nicht eine riesige weiße Hand abgefangen hätte.

»Scheiße!« Hoon keuchte, war plötzlich wieder auf den Beinen und wirbelte herum, ohne seine Bewegungen unter Kontrolle zu haben. Die Gitterstäbe rasten auf ihn zu. Der Stacheldraht auch. Er schaffte es, einen Fuß auszustrecken und sich mit einem Tritt wieder in die Mitte des Rings zu befördern, ohne mehr als ein paar kleinere Kratzer am Knöchel davonzutragen.

Hände wie Eisengreifer krallten sich in seine Schultern. Er ließ sich fallen und rollte sich ab, bevor sie ihn auf die Matte drücken oder ihm die Arme aus den Gelenken reißen konnten.

Er hörte, wie Greig rief: »Noch eine Minute, Stephen!«, und wie das Publikum erwartungsvoll raunte. Dann war der große, unheimliche rotäugige Drecksack wieder bei ihm und pflückte ihn von der Matte, als ob er nichts wöge.

Als er hochgehoben wurde, holte Hoon mit dem Knie aus, das hart in den Magen des Riesen traf. Das Gesicht des Gespensts zeigte keine Reaktion, aber Hoons Aufwärtsschwung stockte, und er konnte sich aus dem Griff des Litauers befreien.

»Dreißig Sekunden! Du schaffst das, Stephen!«

Der Albino warf dem Ansager einen kurzen Seitenblick zu, und Hoon hätte schwören können, dass die beiden sich besorgt ansahen. Der Hüne stürzte sich wieder auf ihn, aber diesmal war Hoon vorbereitet. Er sprang mit einem Satz aus der Reichweite seiner Arme und unterdrückte den Schmerz, der die rechte Seite seines Brustkorbs zu blockieren drohte.

Irgendetwas knirschte da drinnen. Etwas Hartes und Scharfes grub sich in etwas Weiches und Feuchtes.

Daran durfte er jetzt nicht denken. Er musste in Bewegung bleiben. Er musste weiter ausweichen. Nur noch ein bisschen länger außerhalb der Reichweite dieses Arschlochs bleiben. Nur noch ein paar Sekunden. Nur ein …

Eine gezahnte Metallspitze erwischte seinen Arm, als er zu dicht am Gitter stolperte. Sie drang tief ein und zwang ihn, zurückzuweichen, um sie aus seinem Fleisch zu lösen.

Das Gespenst nutzte den Fehler gnadenlos aus. Natürlich tat er das. Seine Faust krachte in Hoons Magen, und Hoon kippte um. Sein Kampfgeist verließ ihn zusammen mit dem letzten Rest Luft in seiner Lunge.

Er versuchte, nach den Stäben zu greifen, um irgendwo Halt zu finden, aber er griff ins Leere. Alles drehte sich. Er spürte, wie ihn eine Hand am Knöchel packte und die andere Hand am Nacken.

Unaufgefordert kam ihm das Bild des Jamaikaners in den Sinn, der in zwei Teile zerbrochen wurde. Er sah die Haltung, in der er über dem Knie des Riesen gelegen hatte. Er hörte das Knacken der Wirbelsäule.

450

Er konnte nichts tun, um es zu verhindern. Es blieb ihm nichts anderes übrig, als die Augen zu schließen, die Zähne zusammenzubeißen und auf das Unvermeidliche zu warten.

»Die Zeit ist um.«

Amandas Stimme erklang von der Seitenlinie, und völlig unvermittelt erstarrte Hoon in der Luft.

»Drei Minuten. Die Zeit ist um«, wiederholte sie. »Er hat es geschafft.«

»Er hat es geschafft! Er hat es tatsächlich geschafft!«, rief eine andere Stimme in der Menge.

»Runterlassen!«, forderte Greig. »Er hat es geschafft. Lass ihn los!«

»Er hat recht.« Es war die Stimme des Moderators, die jetzt allerdings einen bitteren Unterton hatte. »Lass ihn runter.«

Hoons Bewegung wurde plötzlich fortgesetzt, und zwar ungehindert. Er griff in die Luft, als könnte sie ihn aufrecht halten, dann schlug er auf dem Boden auf, blieb dort liegen und starrte hoch in die Augen eines Monsters. Schmerzerfüllt, verletzt, aber irgendwie noch am Leben.

»Ladys und Gentlemen, Sie alle sind bestimmt genauso erregt wie ich«, dröhnte der Ansager. »Unser Herausforderer hat drei Minuten im Ring mit dem Gespenst überlebt. Was für ein Kampf. Was für eine Leistung. Bitte Applaus für den Weißen Ritter.«

Hoon hörte den Beifall nicht. Das Klingeln in seinen

Ohren und das Rauschen des Blutes in seinem Schädel übertönten alles andere.

Erst als er sich mühsam aufrichtete, bemerkte er, dass alle viel enthusiastischer klatschten, als er es bisher erlebt hatte. Er quittierte den Applaus mit einem ausgestreckten Mittelfinger und humpelte in Richtung Käfigtür, gerade als der Ansager sie aufschwang.

»Möchten Sie etwas sagen, Weißer Ritter?«, fragte der Mann mit dem Mikrofon.

»Unbedingt. Ruft mir jemand einen Scheißkrankenwagen, und zwar pronto?«, antwortete Hoon. Die Menge johlte und jubelte, als hätte er gerade eine kluge und einsichtige Bemerkung gemacht. Obwohl er in Wirklichkeit einfach nur das dringende Bedürfnis nach ärztlicher Hilfe hatte.

Greig erschien neben ihm und hakte sich wie eine menschliche Krücke unter Hoons Arm ein. »Ich hab dich, Stephen, Mr. White. Ich hab dich!«, sagte er. »Und wow, ich bin froh, dass du da drin warst und nicht ich. Der Typ kämpft echt brutal!«

Hoon riskierte einen Blick über die Schulter auf den riesigen Albino. Er hatte wieder in den Standby-Modus geschaltet. Die Arme hingen schlaff an seinen Seiten, und sein Gesicht war völlig ausdruckslos.

»Pah, so hart ist er auch wieder nicht«, keuchte Hoon und verzog sich dann schnell aus dem Ring, nur für den Fall, dass der große Mistkerl ihn gehört hatte.

FÜNFUNDDREISSIG

»Tut es weh?«, fragte Greig. Unter anderen Umständen hätte Hoon den beflissenen Gesichtsausdruck des jungen Mannes vielleicht amüsant gefunden. Aber jetzt, als sich die Blutergüsse wie ein Ausschlag auf ihm ausbreiteten und sein Brustkorb gerade versuchte, sich an einen anderen Ort in seinem Körper zu verlagern, war ihm nicht zum Lachen zumute.

»Ja«, bestätigte er.

»Es sieht ziemlich übel aus«, stellte Greig fest. »Kann ich irgendetwas tun?«

»Nein. Es sei denn, du drehst die Scheißzeit zurück und setzt deinen Namen nicht auf die verdammte Liste«, schlug Hoon vor.

Greig war sichtlich verlegen. »Ja. Tut mir leid. Du hattest wohl recht. Das war vermutlich ein Fehler.«

Hoon nahm den Eisbeutel von seiner Wange, damit er den jüngeren Mann besser wütend anstarren konnte. »Vermutlich?«

»Okay, ganz bestimmt. Es war definitiv ein Fehler. Ich hätte das nicht tun sollen. Ich habe nur … ich habe nur noch Pfundzeichen gesehen.«

Hoon grunzte. »Klar. Na dann.« Er trat gegen die kleine Tasche vor seinen Füßen. Amanda hatte sie vor wenigen Augenblicken hereingebracht. Sie hatte angeboten, sie bis nach der Party aufzubewahren, aber das hatte er abgelehnt. »Nimm es«, sagte er.

Greig blickte auf die Tasche.

»Was?«

»Nimm es. Du kannst es haben.«

»Nein. Nein, das kann ich nicht annehmen, Stephen«, erwiderte er. »Schließlich hat man dir gerade die Scheiße aus dem Leib geprügelt.«

»So würde ich es nicht ausdrücken«, erwiderte Hoon.

»Okay, na gut, du hast dafür gekämpft«, lenkte Greig ein. »Aber ich kann es nicht annehmen. Außerdem haben sie mir meine fünf Riesen gegeben. Das ist schon toll genug.«

»Nimm einfach das verdammte Geld, Junge. In Ordnung?« Hoon bestand darauf. »Ich will es nicht.«

»Das kann ich nicht. Das wäre nicht fair.«

Hoon fuhr mit der Hand über sein Gesicht und berührte ein paar Stellen, wo es sich verändert hatte. »Nimm jetzt endlich das verfickte Geld, Junge«, seufzte er. »Ich habe das nicht wegen des Geldes gemacht. Ich hatte meine Gründe.«

»Welche Gründe?«, fragte Greig.

»Was spielt das für eine Rolle? Ich bin nur …«

Es klopfte an der Tür. Amanda wartete nicht, bis sie hereingebeten wurde, sondern platzte einfach in den

Raum. Ein paar schwarz gekleidete Schläger folgten ihr wie ein übler Geruch.

»Die Wagen stehen bereit«, sagte sie. »Greig, man wird dich nach Hause bringen. Stephen, sie werden Ihnen helfen, sich herzurichten und für die Versammlung fertig zu machen.«

»Was für eine Versammlung?« Greig blickte von Amanda zu Hoon und wieder zurück. »Was denn, eine Party? Kann ich mitkommen?«

»Scheiße nein, das kannst du nicht«, sagte Hoon. »Das ist nur etwas für Erwachsene. Auf dich wartet deine Familie.« Er sah zu Amanda hinüber. »Geben Sie uns einen Moment?«

»Eine Minute«, antwortete sie. »Wir brauchen die Fahrer danach für die anderen Gäste.«

Hoon bestätigte mit einer Geste, dass er verstanden hatte, und hievte sich vom Stuhl, als sie die Tür hinter sich schloss.

»Pass auf, das läuft jetzt folgendermaßen«, begann Hoon, als er Greig gegenüberstand. »Du wirst dieses Geld nehmen – beide Taschen – und London verlassen. Du wirst mit deiner Familie irgendwo anders hinziehen. Irgendwohin, weit weg von diesem ganzen Scheiß.«

»Aber … diese Frau, Amanda, sie sagte, ich könnte wieder kämpfen, wenn ich wollte. Das nächste Mal.«

Hoon packte ihn an den Schultern. Am liebsten hätte er den dämlichen Knallkopf geschüttelt, aber er hätte den Schmerz nicht ertragen. »Ja, ich wette, dass sie das gesagt hat. Weil sie weiß, dass das Haus früher oder später immer gewinnt. Sie haben dir heute fünf Riesen bezahlt. Was glaubst du, wie viel sie an all den reichen Bastarden verdient haben? Einen ganzen Batzen mehr, so viel ist sicher. Sie bezahlen dich so lange, wie du kämpfst, aber eines Tages – vielleicht das nächste Mal – wird dir etwas passieren, und du kannst nicht mehr kämpfen. Oder laufen. Kannst dir vielleicht nicht mal mehr selbst den Arsch abwischen, wenn dir kein armer Mistkerl hilft. Willst du das, Junge? Willst du, dass dir jemand anders den Arsch abwischt?«

Greig schüttelte den Kopf. »Natürlich nicht«, antwortete er. »Ich will nicht, dass mir jemand anders den Hintern abwischt.«

»Richtige Antwort«, sagte Hoon. »Also, nimm das Geld. Sammle deine Familie ein und hau ab. Fang irgendwo neu an. Bau etwas Schönes auf, für dein Kind. In Ordnung?«

Greig kaute eine Weile auf seiner Lippe herum, bevor er antwortete. »Wohin sollen wir denn gehen?«

»Jesus, Junge, ich werde dir bestimmt keine verdammte Karte zeichnen. Such dir was aus. Die Welt ist groß.«

»Was ist mit Amerika?«, fragte Greig und hatte schon wieder diesen beflissenen Gesichtsausdruck, den Hoon gleichzeitig liebenswert und nervtötend fand.

»Ja. Vielleicht. Ich weiß es nicht, verdammt«, sagte

Hoon. »Aber vielleicht schraubst du deine Ziele für den Anfang etwas runter. Nimm Elgin oder Perth oder so.«

»Dundee?«, schlug Greig vor.

Hoon warf ihm einen finsteren Blick zu. »Verdammt, derart weit unten musst du nun auch nicht gleich ansetzen«, sagte er. »So schlimm steht es noch nicht.«

Die Tür öffnete sich erneut. Amanda erschien in dem Spalt. »Wir müssen jetzt wirklich los«, sagte sie. »Wir haben einen ziemlich straffen Zeitplan.«

»Gut. Wir waren gerade fertig«, erklärte Hoon. Er bückte sich, hob die beiden Taschen mit dem Geld auf und reichte sie Greig. »Geh, mein Junge. Geh und schaff dir ein schönes Leben, okay?«

Greig schluckte. Er fuhr sich mit einem Arm über die Augen, dann legte er einen Arm um Hoon und umarmte ihn. Es tat verdammt weh, aber Hoon war groß und hart genug, um es auszuhalten.

»Danke, Stephen. Danke für alles.«

»Klar, und jetzt los. Verpiss dich.« Hoon klopfte dem Jüngeren auf die Schulter und umarmte ihn noch ein kleines bisschen länger.

Amanda räusperte sich. Greig trat zurück.

»Also gut«, verkündete der Junge und nahm in jede Hand eine Tasche. »Wird Zeit, dass wir gehen.«

Hoon warf einen Blick in den Fond des BMW-SUVs und konnte seine Enttäuschung nicht verbergen, als er den Ganoven, den er Bongo getauft hatte, auf der hinteren Sitzbank sah. Die massige Gestalt des stämmigen Mistkerls war schon auf der Hinfahrt unangenehm genug gewesen. Aber jetzt, mit all den blauen Flecken am Körper und dem sonderbaren Knirschen im Brustkorb, wenn er tiefer Luft holte, war schon der Gedanke unerträglich, von ihm und seinem Kumpel eingekeilt zu werden.

»Scheiße. Kann ich nicht vorn sitzen?«, fragte er.

»Nein.« Bingo deutete auf den Mittelsitz der Rückbank. »Steigen Sie ein.«

»Ausgeschlossen. Ich spiele nicht noch einmal den Schwanz zwischen euch zwei verschwitzten Arschbacken«, betonte Hoon. »Ich sitze vorn. Sie können mir den Sack über den Kopf stülpen, und ich mache es mir gemütlich, bis wir unser Ziel erreicht haben. Dann zerquetscht ihr fetten Mistkerle mich nicht, und ich gehe euch nicht auf die Nerven. So haben wir alle was davon.«

Bingo wollte Hoons Ansinnen ablehnen, aber dann mischte sich der Fahrer ein. »Setzt ihn verdammt noch mal nach vorne, wenn er dann endlich die Klappe hält.«

»Sie sind ein verdammter Heiliger«, sagte Hoon und zeigte auf den Fahrer. »Im Ernst. Ich habe sie erst für einen schmierigen Pädo gehalten, weil Sie auf dem ganzen Weg hierher nichts gesagt haben, aber fair ist fair. Ich nehme es zurück.«

»Halten Sie einfach die Klappe und steigen Sie ein!«

Bingo öffnete die Beifahrertür. Er hob eine schwarze Reisetasche hoch, die Hoon bis dahin nicht bemerkt hatte. »Die lege ich in den Kofferraum.«

»Was ist das?«, fragte Hoon.

»Ihr Gewinn«, antwortete Bingo. »Ihr Kumpel sagte, er hätte ihn aus Versehen mitgenommen. Ich persönlich hätte es behalten.«

»Dieser dumme kleine Mistkerl«, murmelte Hoon. Er hatte jedoch nicht genug Energie, um sich darüber aufzuregen, also stieg er nur seufzend in den Wagen. Als er nach dem Sicherheitsgurt griff, durchzuckte ihn ein Schmerz in der Seite, und er schloss die Augen, während er darauf wartete, dass der Schmerz verging.

Die Heckklappe wurde mit einem heftigen Knall zugeschlagen, der das ganze Auto erschütterte. Einen Moment später öffnete und schloss sich auf der Beifahrerseite die Fondtür, und Bingo stieg ein.

Bongo reichte die schwarze Stoffhaube nach vorn und befahl Hoon, sie aufzusetzen.

»Klar, Mann«, sagte Hoon, streifte sie sich über den Kopf und zog an der Kordel, um sie um seinen Hals zu schließen. »Wie gesagt, weckt mich einfach, wenn wir ankommen. Und entschuldigt, falls ich schnarche. Aber mir hat kürzlich ein gruseliger Riese fast den Kopf abgerissen, also müssen wir alle ein paar Zugeständnisse machen.«

»Kann er was sehen?«, wollte Bingo wissen.

Hoon hörte ein Zischen in der Luft und spürte,

dass zwei Zentimeter vor seinem Gesicht eine Faust gestoppt wurde. Selbst wenn er etwas gesehen hätte, hätte er kaum die Kraft gehabt, darauf zu reagieren.

»Scheint nicht so«, sagte der Fahrer und startete den Motor.

Hoon ließ seinen Kopf gegen die gepolsterte Kopfstütze sinken und tat, als wollte er tatsächlich ein Schläfchen machen. Stattdessen ging er im Stillen seine Verletzungen durch. Alles in allem hatte er das Wüten des Gespenstes noch relativ glimpflich überstanden, stellte er fest. Sicher, seine Nase war von Pfropfen getrockneten Blutes verstopft, die Beulen und blauen Flecken auf seinem Oberkörper glichen einer topografischen Weltkarte, und eine seiner Rippen bewegte sich auf eine Weise, die weder Gott noch die Natur dafür vorgesehen hatten.

Auf der positiven Seite stand, dass er nicht von den Augenbrauen an abwärts gelähmt war und sich noch an seinen Namen erinnern konnte. Mehr oder weniger. Alles in allem hätte es also durchaus schlimmer kommen können.

Ob er sich besser ins Krankenhaus fahren lassen sollte? Mit ziemlicher Sicherheit. Aber wollte er das? Scheiß drauf! Er war auf dem Weg in die Höhle des Löwen. Ins Allerheiligste. In den Bau der Bestie.

Godfrey West hatte ihm Frauen versprochen. *Viele Frauen.*

An einer war Hoon ganz besonders interessiert.

Und das hier könnte seine beste Chance sein, sie zu finden. Dies könnte der Tag werden, an dem er Caroline endlich rettete.

Einen Moment lang schweiften seine Gedanken zurück zu Greig. Er fühlte sich mies, weil er ihn einfach so weggeschickt hatte. Er war vorher zwar schon in diese ganze Sache verwickelt gewesen, sicher, aber Hoon hatte ihn noch tiefer hineingezogen.

Amanda hatte recht. Manche Menschen gehörten in die Dunkelheit, andere nicht. Greig gehörte ganz sicher nicht dorthin.

Doch Hoon tröstete sich mit der Tatsache, dass der Junge den Tag gut überstanden hatte. In einem Stück davonzukommen, wäre schon Erfolg genug gewesen, aber er hatte sogar davon profitiert – auch ohne das Geld, das der Blödmann ihm zurückgegeben hatte. Wenigstens besaß er jetzt eine kleine Reserve. Und die Chance, etwas Vernünftiges für seine Familie aufzubauen.

Hoon hoffte inständig, dass Greig seinen Rat beherzigte und London verließ. Hier gab es nichts als Ärger und Schmerz. Ein Neuanfang wäre genau das gewesen, was ihm der Arzt verordnet hätte.

Das Auto fuhr über eine Bodenwelle, und Hoon merkte, dass er die Augen geschlossen hatte. Er atmete ein und versuchte, sich wach zu halten, aber die Luft in dem Sack war warm und abgestanden und von seinem eigenen Schweiß durchtränkt. Selbst zu atmen war alles andere als angenehm, und seine Augenlider wurden immer schwerer, während der BMW über die Straße rumpelte.

Hinter ihm klingelte ein Handy so durchdringend und schrill, dass seine Müdigkeit schlagartig verflog. Er hörte Bingos bestätigendes Grunzen, dann eine lange, hektische Antwort. Selbst vom Rücksitz aus und durch den Stoff der Haube hindurch klang die Stimme am anderen Ende der Leitung noch durchdringender als der Klingelton.

Die Worte wirkten weit weg und kratzig wie ein Telefon-Soundeffekt aus einem alten Zeichentrickfilm. Hoon verstand kein einziges Wort, und Bingo hatte anscheinend ausgerechnet jetzt die Tugend der Einsilbigkeit für sich entdeckt.

»Ja.«

Wieder Geplapper.

»Richtig.«

Wieder eine verstümmelte Antwort.

»Nein. Gern. Glauben Sie mir.«

Mit einem Piepton wurde der Anruf beendet. Hoon neigte den Kopf zur Seite und lauschte. Er versuchte, das leise Gemurmel der Männer auf der Rückbank zu verstehen, die über das Telefonat sprachen.

»Alles in Ordnung, Jungs?«, fragte er und keuchte, als sich die Kapuzenkordel um seinen Hals schloss und kräftige Hände ihn an die Rückenlehne zogen.

Seine Finger krallten sich an der Schnur fest, aber sie

war so straffgezogen, dass er sie nicht mehr darunter schieben konnte. Dann eben anders.

Er versetzte dem Fahrer einen harten Schlag und griff nach dem Lenkrad. Das Auto brach heftig aus und schleuderte ihn zur Seite, sodass sein Kopf gegen die Seitenscheibe prallte und das Lenkrad außer Reichweite geriet.

Der andere Schläger auf dem Rücksitz packte seinen rechten Arm und drückte ihn nach unten, sodass er keinen zweiten Schlag landen und auch nicht mehr nach dem Lenkrad greifen konnte. Er stemmte sich mit den Beinen zurück und fester in den Sitz, bis er gerade genug Platz hatte, um einen Fuß zu heben. Er trat wild zu, wollte eigentlich den Fahrer treffen. Sein Fuß krachte jedoch nur gegen das Armaturenbrett und die Windschutzscheibe.

Es rauschte in seinen Ohren. Als würde der letzte Sand aus der Sanduhr des Lebens rieseln. Die Dunkelheit unter der Haube wurde von einem strahlend hellen Licht vor seinen Augen abgelöst.

Seine linke Hand suchte nach dem Türgriff, aber seine Finger waren geschwollen und ungeschickt und gehorchten ihm nicht mehr.

Seine Lunge wurde zusammengepresst. Geschrumpft. Schmerz brannte in seiner Kehle, und Panik schoss wie elektrischer Strom seine Wirbelsäule hinauf, als ihm klar wurde, dass er nichts, aber auch gar nichts tun konnte, damit es aufhörte.

Er dachte an ein schlecht gelebtes Leben.

Er dachte an eine verängstigte junge Frau, die verloren und allein war.

Er dachte an den Tod. Und sehnte sich, Gott stehe ihm bei, ein bisschen nach der Erlösung, die er mit sich brachte.

Dann zerbröselten seine Gedanken, und der rauschende Sand zog ihn hinunter -

tiefer

und tiefer

in die Dunkelheit.

SECHSUNDDREISSIG

Kälte.

Gemeine, brutale Kälte. Sie schnitt tief in ihn hinein, ließ sein Inneres gefrieren und schleifte ihn zurück aus der Leere, in die er sich geflüchtet hatte.

Eisiges Wasser rieselte über sein Gesicht, und als er instinktiv nach Luft schnappte, atmete er so viel davon ein, dass er einen heftigen Hustenanfall bekam.

Das Geräusch war unangenehm, als ob zerbrochenes Glas an einer rauen Ziegelwand kratzte. Der Schmerz zog eine Schneise durch seine Kehle und hämmerte in seinem Schädel wie eine große Bassdrum. Seine Augen fühlten sich zu groß für ihre Höhlen an. Seine verletzten Rippen ließen ihm einen Augenblick Zeit, sich daran zu gewöhnen, dann explodierte der Schmerz wie eine Bombe, und ein Schrei drang über seine blutigen Lippen.

Er war richtig am Arsch. Daran gab es nichts zu rütteln.

Aber er lebte noch, wenn auch mehr schlecht als recht.

Er saß auf einem Stuhl. Gefesselt, vermutete er, obwohl er noch nicht die Energie aufbringen konnte, das zu verifizieren.

Zwischen seinen nackten Füßen waren Blutflecken auf dem Boden, deren Ränder stachlig waren wie die Außenseite eines Virus. Er betrachtete sie eine Weile, während das Wasser, das von seiner Nase und seinem Kinn tröpfelte, sie verdünnte und auflöste.

Irgendwas war da mit dem Boden. Er hatte etwas Vertrautes. Es nagte in seinem Hinterkopf. Er war grau. Gummiartig. Abgenutzt und verkratzt unter den Blut- und Wasserflecken.

Da machte es Klick. Jetzt wusste er, wo er war.

Er hob den Kopf und zischte, als sich der Lichtkegel eines frei stehenden Scheinwerfers in seine Netzhaut brannte. Er kniff die Augen zusammen, aber vorher sah er noch die drei horizontalen Seile. Sie bestätigten seine Annahme, wo er sich aufhielt.

In einem Boxring. Und nicht in irgendeinem Boxring.

Sondern in Grannys Gym.

»Endlich! Ich dachte schon, Sie würden nie mehr aufwachen.«

Godfrey Wests Stimme klang munter und beschwingt, schien wie ein Schmetterling durch den Ring zu schweben. Hoon hob seinen Kopf diesmal vorsichtiger, damit er nicht direkt ins Licht starrte, und entdeckte den Bastard am oberen Ende der Treppe, die von der Straße ins Gym führte.

Er schritt herunter wie der Moderator einer Quizsendung am Beginn der Show, schwebte förmlich die Treppe hinab und lächelte wie ein gütiger Engel, der vom Himmel herabsteigt.

»Was ... was zum Teufel soll das?«, fragte Hoon.

Allmählich stieg sein Adrenalinpegel, und obwohl sich sein Kopf immer noch anfühlte, als würde er gerade mit einem Presslufthammer bearbeitet, lichtete sich der Nebel langsam. Er spürte seine Arme. Sie waren an den hinteren Beinen seines Stuhls festgebunden worden, seine Fußknöchel an die vorderen Stuhlbeine gefesselt. Er versuchte, seine Hände zu befreien, doch die Knoten an seinen Handgelenken gruben sich schmerzhaft in sein Fleisch.

Godfrey erreichte die Treppe an der Ecke des Rings und stieg hinauf. Das Knistern war deutlich zu hören, als er sich zwischen dem oberen und dem mittleren Seil hindurchschob, aber Hoon vermutete, dies wäre wahrscheinlich nicht der beste Zeitpunkt, um einen entsprechenden Kommentar abzugeben.

»Was zum Teufel soll das?«, ahmte Godfrey sein Schottisch nach, was durch seinen südafrikanischen Akzent ziemlich kläglich klang. »Das ist eine sehr gute Frage. Aber so läuft das hier nicht.« Er legte die Hände auf Hoons Knie und hockte sich vor ihn. Er hatte die Maske abgenommen, doch irgendetwas an seinem Gesicht sah jetzt noch perverser aus. »Ich stelle hier die Fragen, und Sie werden sie beantworten.«

»Das bezweifle ich«, sagte Hoon. Es war keine seiner zitatwürdigen Erwiderungen, aber es war das Beste, was ihm in seinem derzeitigen Zustand einfiel.

Godfrey zitterte, was etwas verstörend Sexuelles an sich hatte. »Da bekomme ich doch glatt eine Gänsehaut. Sehr macho. Ich liebe es, wenn die harten Kerle vorher so das Maul aufreißen.« Er nahm einen tiefen, dröhnenden Tonfall an. *»Ihr werdet mich nicht brechen! Ich bin ein großer starker Mann!«* Er lachte und fuhr mit einer Hand an Hoons Oberschenkel auf und ab, bevor er ihn leicht tätschelte. »Aber das werden wir. Wir brechen sie, meine ich. Am Ende. So wie wir es auch mit Ihnen tun werden.«

»Viel Glück, Sie windeltragender Schwachkopf«, erwiderte Hoon, der allmählich auf Touren kam. »Das haben schon ganz andere als Sie versucht.«

Etwas von Godfreys selbstgefälliger Überlegenheit verschwand aus seiner Miene. »Was? ›Windeltragend‹? Ich weiß nicht, was Sie …«

»O Mann! Ernsthaft jetzt?«, höhnte Hoon. »Bilden Sie sich wirklich ein, dass das ein verdammtes Geheimnis ist? Sie knistern und rascheln herum wie eine verdammte Pampers-Werbung, und das mit einem Arsch, der doppelt so groß ist, wie er sein sollte.«

»Halten Sie die Klappe.«

»Ich würde sagen, das ist eigentlich nichts, wofür man sich schämen müsste, alter Knabe«, fuhr Hoon fort. »Wir haben alle unsere beschissenen Gesundheitsprobleme, aber deswegen tragen Sie sie gar nicht, richtig? Sie sind einer von diesen perversen Spinnern, die sich daran aufgeilen. Also, okay, Sie sollten sich doch schämen. Ich schäme mich jedenfalls für Sie. Ich fremdschäme mich sogar in ihrer Nähe.«

Der Hieb in Hoons Gesicht war weder eine Ohrfeige noch ein Faustschlag, sondern ein halbherziges Mittelding, das an seiner Wange abprallte.

»Halten Sie die Klappe!«, zischte Godfrey.

»Jeder weiß es, verdammt noch mal, alter Knabe. Es ist ihnen nur zu peinlich, etwas zu sagen.«

Godfrey sprang hoch. Er deutete mit dem Finger an Hoon vorbei in eine Ecke des Rings. »Du. Hast du eine Ahnung, wovon er spricht?«

»Nein, Sir«, kam die prompte gegrunzte Antwort.

»Was ist mit dir?« Godfrey deutete in die andere Ecke, außer Sichtweite hinter Hoons Rücken.

»Er … er fantasiert sich einen Scheiß zusammen, Sir. Er lügt.« Das ist Bongo, dachte Hoon. Das bedeutete, der erste Kerl war wahrscheinlich Bingo. »Hören Sie einfach nicht auf ihn.«

Godfrey nickte, zufrieden mit den Antworten. Er strich sich mit einer Hand über die Vorderseite seiner Weste und schien sich wieder zu fassen.

»Aber ich will ihm zuhören«, erklärte er dann. »Ich will entweder hören, wie er meine Fragen beantwortet, oder wie er mich anfleht, aufzuhören.«

Er schnippte mit den Fingern und zeigte im Ring auf

eine Stelle vor Hoon. Plötzlich tauchte Bongo rechts von Hoon auf, und Hoon verkrampfte sich, weil er Prügel erwartete.

Ein Stuhl wurde ausgeklappt und an der von Godfrey angegebenen Stelle abgestellt, dann verschwand Bongo wieder im Schatten.

Godfrey zog seine Hose an den Knien etwas hoch und pflanzte sich auf den Stuhl. Der Scheinwerfer befand sich hinter ihm, weshalb seine Gesichtszüge im Schatten lagen wie bei einem Whistleblower im Fernsehen, der nicht riskieren durfte, identifiziert zu werden.

»Sie fragen sich wahrscheinlich, wie das möglich ist«, begann Godfrey. »Wie alles in so kurzer Zeit dermaßen schiefgehen konnte. Gerade noch sind Sie auf dem Weg zur exklusivsten Party von ganz London – und somit auch ganz Großbritanniens –, und im nächsten Moment sind Sie hier. An einen Stuhl gefesselt und blutend.«

Hoon gönnte ihm keine Antwort. Er wusste genau, warum er hier war. Natürlich.

Godfrey lehnte sich zurück und schlug ein Bein über das andere. Der Stuhl knarrte protestierend, aber er ignorierte es.

»Was Charles betrifft – er war ein nutzloser kleiner Mistkerl«, erklärte Godfrey. »Hätte er nicht zur Familie gehört ... Sagen wir, seine Karriere wäre anders verlaufen. Vollkommen anders. Aber was tut man nicht alles für seine Familie, nicht wahr, Stephen? Sie wissen, was ich meine. Sie haben doch eine Nichte, nicht wahr?«

Das Trommeln in Hoons Brust verstummte. Godfrey grinste und tippte sich an die Stirn. »Moment, nein. Stephen White hat gar keine Nichte. Aber Robert Hoon hat eine. Oder stimmt das nicht?«

Scheiße.

Scheiße. Verdammte Scheiße.

»Wer?«

Godfrey winkte mit einer Hand. »Also bitte! Meine Güte, machen Sie sich bitte nicht lächerlich. Wir sind über Leugnen weit hinaus. Wir wissen alles über Sie, Bob. Wie sich herausstellte, hatten wir Sie schon eine ganze Weile auf dem Schirm, aber erst als wir das Video sahen, in dem Sie meinen Neffen vor einen Bus schleuderten, haben wir zwei und zwei zusammengezählt.« Er legte die Hände auf seine Knie und lächelte. »Sie müssen doch geahnt haben, dass es in dem Hotel, durch das Sie ihn gejagt haben, Kameras gab, oder? Und auch an der Straße? Wir haben Zugang dazu. Ganz zu schweigen von den vielen Leuten, die die Sache online teilen. Selbst solche Ghouls haben manchmal ihren Nutzen.«

Er wandte sich zu Bingo und nickte ihm zu. Hoon hörte hinter sich Stoff rascheln.

»Und dann? Tja, von da an war es eigentlich ganz einfach«, fuhr Godfrey fort und richtete seine Aufmerksamkeit wieder auf Hoon. »Algorithmen. Gesichtserkennung. Solche Dinge. Sie haben Sie überall beobachtet. Nicht nur in der Cocktailbar. In Ihrem Hotel. In der Telefonzelle, von der aus Sie Ihren Freund angerufen haben. In dem Laden. Wie war eigentlich die Fanta? Das Getränk ist etwas zu süß für meinen Geschmack.«

Das Rascheln hinter Hoon klang, als würde etwas Schweres durch den Ring geschleift. Godfrey entkreuzte die Beine und setzte sich aufrecht hin, dann beschrieb er mit dem Finger einen Kreis durch das Gym. »Und das hier, natürlich. Sie haben uns hierhergeführt. Ich dachte, was wäre wohl ein besserer Ort für eine Demonstration? Welcher Ort wäre besser geeignet, um Ihnen zu zeigen, wie ernst wir es meinen?«

Hoon wollte nicht hinsehen. Es gab fast nichts auf der Welt, was er weniger wollte. Aber er konnte nicht anders. So viel war er ihm schuldig.

Granny lebte noch, aber nur so gerade eben und nicht mehr lange, das wusste Hoon. Sein Gesicht war kaum noch zu erkennen, eine blutige Masse aus Fleisch und Knochen. Ein Auge war zugeschwollen. Das andere starrte ausdruckslos vor sich hin, und nur gelegentliche Blasen aus Spucke und Blut, die auf seinen Lippen zerplatzten, zeigten, dass er noch atmete und unter den Lebenden weilte.

Bei seinem Anblick erwachten Hoons Muskeln. Er zerrte an den Seilen, die ihn an die Metallbeine des Stuhls fesselten, stemmte sich hoch, drehte sich und zischte durch die zusammengebissenen Zähne. »Ihr Wichser! Ihr verdammten *Scheißkerle …!*«

Ein Arm schlang sich von hinten um seine Kehle. Er drückte zu und würgte ihm die Luft ab. Hoon kämpfte weiter, solange er konnte, dann gab er auf, als die Dunkelheit aus den Ecken der Halle sich vor sein Blickfeld schob und Lichter vor seinen Augen tanzten.

Unten auf der Matte rasselte etwas in Grannys Brust. Eine weitere Blase bildete sich auf seinen Lippen, wuchs, und Granny Porters letzter Atemzug endete mit einem Plopp.

»Eine ziemlich eindringliche Demonstration, finden Sie nicht?«

Hoon musterte den leblosen alten Mann und betrachtete sein zu Brei geschlagenes Gesicht, als wollte er es sich einprägen. Dann drehte er sich langsam – ganz langsam – zu Godfrey West um.

»Dafür werde ich Sie umbringen. Nur damit Sie es wissen«, sagte er ruhig. Es war keine Wichtigtuerei oder Prahlerei. Es war eine Feststellung, direkt und sachlich. »Vielleicht nicht heute … obwohl, wie spät ist es eigentlich?«

»Einundzwanzig Uhr dreißig«, sagte Godfrey spöttisch.

Hoon hob die Brauen. »Oh, dann könnte es durchaus noch heute passieren. Ich dachte, es sei schon später.«

Godfrey lachte und wackelte mit einem Finger. »Sie

sind witzig.« Er blickte zu seinen Handlangern, als wollte er ihnen eine aufregende Neuigkeit mitteilen. »Er ist witzig.«

Sein Blick kehrte zu Hoon zurück, dann klatschte er die Hände auf die Oberschenkel und stand auf. Die Stuhlbeine scharrten über die Matte. »Ich hoffe, Sie behalten Ihren Humor bei all dem, was als Nächstes passieren wird. Das hoffe ich wirklich. Leider werde ich selbst das nicht miterleben können, aber ich überlasse Sie sehr fähigen Händen. Sie werden reden, Robert. Und wie Sie das werden. Sie werden ihnen alles erzählen, was Sie wissen.«

»Was, über den Loop, meinen Sie?« Hoon nahm sich einen Moment Zeit, um den überraschten Gesichtsausdruck des anderen Mannes zu genießen, dann zuckte er mit den Schultern. »Davon habe ich keine Ahnung.«

Godfrey erholte sich schnell von seinem Schock und knöpfte sein Jackett zu. »Na schön, ich nehme an, wir werden es früher oder später herausfinden. Und ich hoffe eigentlich, dass es später ist. Ist das grausam von mir?«

»Ihre verpissten kleinen Ganoven können mich so lange quälen, wie sie wollen, Sie Windel-Pädo«, sagte Hoon. »Sie werden nichts aus mir herauskriegen.«

»Nein? Hm.« Godfrey schloss den letzten Knopf seines Jacketts, rückte seine Krawatte zurecht und zuckte mit den Schultern. »Das ist schon in Ordnung, denn die werden nicht Sie foltern«, verkündete er.

Er ging mit langen Schritten zu Hoon, legte eine Hand auf seinen Kopf und drehte ihn ruckartig nach rechts, bis er über seine Schulter zurückblickte.

Dort stand ein weiterer Stuhl, auf dem jemand auf die gleiche Weise gefesselt war wie er. Aber die Person war nach vorne gebeugt und bewusstlos.

Greig.

Godfrey beugte sich herunter. »Sie werden *ihn* foltern«, flüsterte er Hoon ins Ohr.

SIEBENUNDDREISSIG

Hoon brüllte und drohte, während Godfrey knisternd aus dem Ring kletterte und die Treppe zur Straße hinaufstieg. Er warf sich heftig in seinem Stuhl herum, wippte damit zurück und versuchte, ihn umzukippen. Er bedachte die beiden Schergen im Anzug mit Drohungen und Flüchen, weil ihnen die hämische Freude ins Gesicht geschrieben stand, als sie sich Greig näherten.

Granny hatte ihn vor den Stühlen gewarnt – sie wären sehr wackelig, hatte er gesagt, und die Hälfte von ihnen bräche zusammen, wenn man sich auf die hinteren Beine lehnte –, aber der Stuhl, auf dem er saß, widersetzte sich all seinen Bemühungen, ihn zu zertrümmern, und da seine Beine daran gefesselt waren, hatte er nicht die nötige Hebelkraft, ihn nach hinten zu kippen.

Er saß fest. Gefangen. Und er konnte nichts anderes tun, als zuzusehen.

Er musste zusehen und wusste, dass er an allem schuld war. Ohne seine Einmischung säße Greig jetzt wahrscheinlich in seiner gemütlichen kleinen Wohnung, das war ihm klar. Er würde sein Baby im Arm halten, zu Abend essen oder sich mit seiner Frau streiten. Jedenfalls wäre er woanders.

Und nicht hier. In dieser Situation.

»Fasst ihn nicht an, verdammt!«, zischte Hoon. »Fasst ihn ja nicht an. Er ist noch ein Junge.«

»Das ist ein bisschen herablassend, nicht wahr?«, sagte Bongo, und sein aufgedunsenes Gesicht verzog sich zu einem Grinsen.

»Davon haben Sie nichts gesagt, als Sie ihn kämpfen ließen«, fügte Bingo hinzu. »Man kann nicht beides haben.«

Greigs Haare waren nicht lang genug, dass der Schläger ihn am Schopf packen konnte, also ergriff Bongo seine Nase und drückte seinen Kopf nach hinten. Er fiel kurz in den Nacken und sackte dann wieder nach vorn.

»Aufwachen, aufwachen«, säuselte der Schläger. »Wach auf und begrüße den Tag. Es hat keinen Sinn, loszulegen, wenn du nicht wach bist, um es zu genießen.«

»Komm schon, lass uns anfangen.« Bingo beugte sich vor und gab Greig ein paar Ohrfeigen, jede härter als die zuvor. Die Wucht der letzten Ohrfeige provozierte Hoon zu einem neuen Anfall von Gestrampel und Gefluche. Seine Muskeln brannten, Schweiß und Blut und schaumige Spucke sprühten wie Regen auf die Matte, als er versuchte, sich zu befreien.

»Lassen Sie ihn in Ruhe. Ich soll reden? Na schön,

ich werde reden, verdammt. Aber lassen Sie den Jungen in Ruhe.«

»O nein, so funktioniert das nicht«, entgegnete Bongo. »Wir haben unsere Befehle, wissen Sie? Wir werden so lange Stückchen aus ihm herausschneiden, bis wir absolut sicher sind, dass Sie uns alles gesagt haben. Und falls wir glauben, dass es noch mehr zu erzählen gibt, holen wir seine Freundin. Und das kleine Baby. Wir werden sie alle durch die Mangel drehen, bis wir fest davon überzeugt sind, dass Sie uns Ihr ganzes Herz ausgeschüttet haben.«

»Aber wir tun das nicht nur, weil man es uns befohlen hat«, spann Bingo den Faden weiter. »Stimmt doch, oder?«

»O ja«, bestätigte Bongo. »Nicht nur deshalb. In Wahrheit *lieben* wir diesen Scheiß.«

»Denn das ist unsere Lieblingsbeschäftigung«, sagte Bingo. Seine Aufregung war daran zu erkennen, wie er hin und her hüpfte. »Der ganze andere Mist … Leute herumkutschieren, dafür sorgen, dass niemand flüchtet, das ist nicht weiter wichtig für uns. Aber das hier? Jemanden so richtig fertigmachen? Und dafür sogar gut bezahlt werden? Das ist ein wahr gewordener Traum.«

Zum ersten Mal fehlten Hoon die Worte. Was hätte er dazu auch sagen sollen? Offensichtlich konnte er nicht an ihr Gewissen appellieren, und in seiner jetzigen Lage konnte er die Bastarde auch nicht einschüchtern.

Er versuchte, sich nach hinten zu werfen und den

Stuhl zu kippen, schaffte es jedoch nur, die Vorderbeine einen halben Zentimeter vom Boden des Boxrings zu heben, bevor die Schwerkraft ihn wieder nach unten zog.

Währenddessen packte Bongo Greig an den Schultern und schüttelte ihn heftig. Greig stöhnte, nahm aber ansonsten nicht wahr, was um ihn herum geschah.

Beide Ganoven machen einen Rückwärtsschritt und verschränkten ihre Arme. »Zumindest wissen wir, dass er nicht tot ist«, stellte Bongo fest. »Das ist doch schon mal was.«

»Vielleicht hilft kaltes Wasser?«, schlug Bingo vor. Er schwenkte den Daumen in Hoons Richtung. »Bei ihm hat's funktioniert.«

Bongo sah auf den Boden links von Hoon. Hoon folgte seinem Blick zu einem Eimer, der bis auf eine winzige Pfütze Wasser leer war.

»Ich habe alles über ihn gekippt«, erklärte Bongo.

»Na und, wir können ihn ja wieder füllen«, schlug Bingo vor.

Bongo schimpfte, beugte sich plötzlich herunter und schrie Greig ins Gesicht: »Lalalalala!«

Nichts.

»Mann! Vielleicht hat er ja einen Hirnschaden oder so«, spekulierte der Schläger.

»Hol einfach Wasser«, befahl Bingo.

»Wieso muss ich das verdammte Wasser holen? Das war doch deine Idee«, konterte Bongo.

Bingo seufzte und schnappte sich den Metalleimer. Es schepperte, als er den Griff packte. »Gut. Ich hole Wasser. Aber ruf mich, wenn er aufwacht. Und fang verdammt noch mal nicht ohne mich an.«

Er kletterte aus dem Ring und stapfte zu den Türen an der Rückseite der Halle. Hoon sah ihm so lange wie möglich hinterher und lauschte auf das Geräusch der Tür, die sich quietschend öffnete und schloss.

»Es wird nicht lange dauern«, sagte Bongo. Er klang fast entschuldigend. »Dann machen wir weiter.«

Hoon hustete, schnaubte einen Klumpen von etwas Festem und Blutigem hervor und spuckte es auf den Boden. »Ja, wir warten besser auf den Boss«, sagte er.

Bongo lachte. »Ha. Er ist nicht mein Boss.«

»Ach? Verstehe. Ihr seid … was, Partner?«, fragte Hoon.

»So was in der Art.« Bongo legte eine Hand auf Greigs Kopf und bewegte ihn herum, als würde er einen Hebel betätigen. Greig reagierte zur sichtlichen Enttäuschung des Arschlochs nicht.

»Klar, wie Cagney und Lacey, nur mit größeren Titten«, fuhr Hoon fort. »Oder Batman und Robin. Er ist Batman, du bist Robin.«

»Er ist nicht der verdammte Batman. Ich bin Batman!«, widersprach Bongo.

Hoon sog die Luft ein und zuckte zusammen. »Scheiße. Da hab ich wohl einen Nerv getroffen. Tut mir leid.«

»Halten Sie einfach die Klappe.«

»He, ich wollte nicht deine Gefühle verletzen oder so was«, sagte Hoon. »So wie ich das sehe, gibt es nur einen verfickten Batman in deiner kleinen Bande, und du bist es jedenfalls nicht.«

»Ach ja? Wie kommt es dann, dass er derjenige ist, der losgegangen ist, um Wasser zu holen?«

»Weil es seine verdammte Idee war«, konterte Hoon. »Er ist der Kopf eurer Zwei-Mann-Truppe, aber er hat auch keine Angst, sich die Hände schmutzig zu machen. Das klingt für mich nach Batman, was bedeutet, dass du nur der Wunderknabe bist, der mit durchgeschleppt wird. Oder vielleicht sogar der Butler. Du bringst ihm nur die Gurkensandwiches und entfernst die Wichsflecken aus seinen Bat-Strumpfhosen.«

Bongos Miene verfinsterte sich, doch dann schien ihm ein Licht aufzugehen. »Ah, ich weiß, was Sie vorhaben«, sagte er. »Sie versuchen, uns gegeneinander auszuspielen. Sie bilden sich ein, Sie könnten uns gegeneinander aufhetzen, damit wir uns streiten und Ihnen die Gelegenheit zur Flucht verschaffen. Ist es das?«

Hoon schüttelte den Kopf. »Nein, der Gedanke ist mir noch nicht gekommen. Ich finde, es ist offensichtlich, dass ihr beide ganz enge Kumpel seid. Sehr eng. Vielleicht seid ihr ja gar nicht Batman und Robin. Vielleicht seid ihr eher Superman und Lois Lane.« Er grinste, gemein und anzüglich. »So etwas treibt ihr also, wenn ihr nicht im Dienst seid? Rammt er ihn dir schneller rein, als du gucken kannst?«

»Halt dein Maul!«, wiederholte der Schläger, aber jetzt war er wütend. Er presste die Worte zischend heraus und kniff dabei die Augen zusammen.

»Ich frage mich nur, ob er wirklich mehr Power hat als eine Lokomotive?« fuhr Hoon fort. »Der muss deinem alten Arsch ganz schön einheizen. ›Was ist das in meinem Arsch? Ist es ein Vogel? Ist es ein Flugzeug? Nein, es ist Superschwanz, der Pimmel aus Stahl!‹«

Der Schlag traf ihn mitten ins Gesicht. Er hatte ihn kommen sehen, hatte darauf gehofft. Er riss den Kopf zurück und nutzte die Bewegung zusammen mit dem Momentum des Schlags, um den Stuhl auf die Hinterbeine zu stellen und schließlich ganz umzukippen.

Bingo pfiff leise, während er darauf wartete, dass sich der Eimer füllte. Das Waschbecken war ein großes tiefes Keramikteil, abgenutzt und zerkratzt durch jahrzehntelangen Gebrauch. Das letzte Mal hatte er so etwas in der Grundschule gesehen, und er strich mit der Hand über das Porzellan, während er an diese längst vergangenen Tage zurückdachte.

Sie waren, wie er sich erinnerte, scheiße gewesen, und er verschwendete keine Zeit mehr mit weiteren Gedanken daran.

Rechts neben dem Waschbecken befand sich eine kleine Gefriertruhe mit Kühlpacks und Eisbeuteln. Sie sollten bei Blutergüssen helfen. Und das, dachte er, als er einen der Beutel herausnahm und aufriss, war genau das, wofür dieser hier Verwendung finden sollte. Nur eben auf die entgegengesetzte Art und Weise als die, für die er gedacht war.

Er hatte sich vorgenommen, diesmal derjenige zu sein, der das Wasser ausschüttete. Allem Anschein nach machte es Spaß, und da war es nur fair, dass jeder von ihnen einmal an die Reihe kam. Er konnte sich fast ausmalen, was für ein Gesicht der junge Mann machen würde – der Kälteschock, wenn das eiskalte Wasser ihn weckte. Und dann der langsam wachsende Ausdruck des Entsetzens, wenn ihm dämmerte, wie tief er in der Scheiße steckte.

Ja, das war besser als Fahren und Bewachen. Das hatte ihn von Beginn an an dem Job gereizt. Das war es, was wirklich zählte.

Der Eimer war fast voll. Er drehte den Wasserhahn zu, und die Rohre klapperten, als feierten sie einen gut erledigten Job. Er pfiff weiter, während er das Eis hineingab, und stöhnte vor Anstrengung, den nun wesentlich schwereren Eimer wieder aus dem Waschbecken zu heben.

Hinter ihm ging die Tür auf. »Ja, ich komme. Ich komme schon«, sagte er.

Er drehte sich um. Aber der Mann in der Tür war nicht der, den er erwartet hatte. Und auch nicht der, den er sehen wollte.

483

Der Griff rutschte aus seinen Fingern, der Eimer landete krachend auf dem Boden, und eiskaltes Wasser spritzte über den Rand.

Hoon trat wortlos in den Raum. Er lächelte. Und als er drinnen war, schloss er leise die Tür.

ACHTUNDDREISSIG

Greig kam langsam und ohne fremde Hilfe zu sich. Zuerst öffnete er nur ein Auge, als wäre es ein Spähtrupp, der nachsehen wollte, ob die Luft rein war. Als es Hoon blutig und grün und blau geprügelt vor sich stehen sah, schloss es sich schnell wieder, um einen Moment später mit Verstärkung zurückzukehren.

»Was … was ist passiert?«

Hoon strahlte auf ihn herunter und begrüßte ihn mit zwei erhobenen Daumen. »Du bist nicht tot! Gut gemacht, mein Junge.«

»Was? Weshalb …? Weshalb sollte ich tot sein?«, murmelte Greig, dann bemerkte er seine gefesselten Hände, und Panik fuhr ihm in die Eingeweide wie ein zu scharfes Curry. »Was zum Teufel? Was hast du vor?«

»Nun beruhig dich schon, um Himmels willen«, beschwichtigte ihn Hoon. »Ich habe dich nur noch nicht losgebunden, damit du nicht mit dem Gesicht voran auf die verdammte Matte klatschst. Moment.« Er kniete sich neben den Jungen, löste die Stricke, mit denen seine Arme an den Stuhl gefesselt waren, und stand wieder auf.

»Deine Füße kannst du selbst losbinden.«

Das ließ sich Greig nicht zweimal sagen und begann sofort, die verknoteten Seile um seine Knöchel zu lösen. Dabei ging sein Blick zu dem zerbrochenen Stuhl in der Mitte des Rings und dann hinüber zu den Ecken, wo zwei große Männer in blutverschmierten Hemden saßen. Sie waren geknebelt und an die gepolsterten Pfosten gefesselt.

»Was zum Teufel hat das zu bedeuten?«, wollte Greig wissen. »Was ist hier los, Stephen?«

»Ich heiße Hoon.«

Greig trat die Seile weg und stand auf. Er schwankte einen Moment, blinzelte und ruderte mit den Armen, als versuchte er, sich auf einem Surfbrett zu halten.

»Wie bitte?«, fragte er.

»Ich bin nicht Mr. White. Oder Stephen. Ich heiße Mr. Hoon. Für dich Bob. Es bringt wohl nichts, jetzt noch auf verdammte Formalitäten zu bestehen.«

Greigs Lippen bewegten sich, aber er brachte keinen Ton heraus. Schließlich schaffte er es doch, ein wenn auch wenig geistreiches Wort auszustoßen.

»Wie?«

»Jesus! Mein Name ist Robert Hoon, mein Junge. Nicht Stephen White«, erklärte Hoon. »Ich habe sozusagen verdeckt ermittelt.«

Greig starrte ihn an. Der Blick war ängstlich oder ehrfürchtig, aber Hoon konnte nicht genau erkennen, was genau.

»Sie sind Polizist?« Unwillkürlich verfiel Greig wieder in die förmliche Anrede.

Hoon verzog voller Abscheu die Lippen. »Von wegen. Ich bin eher … freiberuflich unterwegs.«

»Also ein Privatdetektiv?«

»So ähnlich, ja. Aber nein.« Er dachte einen Moment lang nach. »Hast du mal *The Equalizer* gesehen?«

Greig nickte. »Mit Queen Latifah, ja.«

»Mit wem?«

»*The Equalizer*. Queen Latifah.« Greig starrte ihn einen Moment lang an, dann keuchte er. »Sind Sie wie Queen Latifah?«

Hoon setzte eine finstere Miene auf. »Wer zum Teufel ist …? Nein! Ich bin eher Edward Woodward …«

Greig schüttelte den Kopf. »Ich weiß nicht, wer das ist.«

»Vergiss es«, murmelte Hoon. Er zeigte auf die zwei gefesselten Männer in den Ecken. »Diese beiden Scheißkerle wollten uns umbringen. Es wird dich sicher freuen zu hören, dass ich das verhindert habe.«

»Uns umbringen?«, murmelte Greig, dann zuckte er erschrocken zurück, als er sich umdrehte und die leblose Gestalt von Granny Porter auf der Matte hinter sich liegen sah. »Jesus Christus! Himmel, was zum Teufel …? Was zum Teufel haben Sie getan?«

»Tief durchatmen. Komm schon. Das war natürlich nicht ich. Diese beiden Wichser haben Granny fertiggemacht.«

»Die haben ihn umgebracht? O Gott! Wir müssen die Polizei rufen!«

»Du hast recht«, stimmte Hoon zu. »Das müssen wir wirklich tun. Und für den Part übertrage ich dir jetzt die Verantwortung.«

Greig starrte ihn entsetzt mit weit aufgerissenen Augen an. »Ich ... ich habe mein Handy nicht dabei.«

»Okay«, sagte Hoon. Er ging in eine Ecke und kramte in den Taschen von Bongos Anzugjacke, bis er dessen Handy fand.

Er drückte auf den Knopf an der Seite, hielt das Telefon auf Armeslänge weg, um den dämlichen kleinen Text auf dem Display lesen zu können, dann zog er Bongos Knebel herunter und hielt ihm das Handy vors Gesicht.

»Sie werden Sie verdammt noch mal umbringen, wenn Sie versuchen ...«, setzte der Ganove an, aber da hatte sich das Display bereits über Gesichtserkennung entsperrt, und der Knebel war wieder in Position.

»Ja, ja. Hab ich alles schon mal gehört, Sportsfreund«, erwiderte Hoon. »Und übrigens warst du auch nicht der Erste, der mich an einen Stuhl fesselt. Ihr Arschlöcher solltet euch mal zusammensetzen und ein paar neue Strategien aushecken.«

Er drehte sich auf den Fersen, marschierte auf die andere Seite des Rings und kletterte zwischen den Seilen heraus.

»Worauf wartest du?«, rief er und blickte zu Greig

hoch. »Steh da nicht so blöd rum. Beweg deinen Arsch hier runter.«

»Oh. Tut mir leid«, murmelte Greig. Nach einem letzten Blick auf Granny und die beiden gefesselten Männer in den Ecken kletterte er aus dem Ring und trat zu Hoon.

Der hatte die Augen geschlossen und flüsterte vor sich hin, während sein Daumen über die Bildschirmtastatur des Telefons strich.

»Es ist ganz einfach ... Es ist neun-neun-neun.«

Hoon schnalzte mit der Zunge. »Verdammt noch mal. Halt die Klappe. Ich hatte es fast geschafft.«

»Was denn, die Polizei? Die Nummer lautet neun-neun-neun«, sagte Greig, dann schienen ihm Zweifel zu kommen. »Oder etwa nicht?«

»Hältst du mal für eine Minute die Klappe?«, schnauzte Hoon ihn an. Er blickte auf das Telefon, hielt inne und tippte dann aus dem Gedächtnis eine Ziffernfolge ein. »Ja, ich rufe die Polizei«, bestätigte er und hielt das Handy ans Ohr. »Aber nicht die Arschgeigen von der Met.« Er lauschte dem Klingelton und legte den Kopf schief, als wollte er seine Aussage korrigieren. »Ich meine, er ist auch ein Arschloch, stimmt schon, aber ein anderes.«

Einige Hundert Meilen weiter nördlich stürzte sich Detective Chief Inspector Jack Logan dankbar auf das klingelnde Handy und nahm es in die Hand. Bis zu diesem Moment hatte er einen Horrorfilm ertragen, der nicht nur das billigste Machwerk war, das er jemals gesehen hatte, sondern auch eine Handlung bot, die absolut keinen Sinn ergab, und mit schauspielerischen Leistungen glänzte, die kaum erträglich waren.

»Soll ich auf Pause drücken?«, fragte die Frau neben ihm. Er brauchte allerdings aufgrund ihres irischen Akzents und des halben Pfunds Popcorn in ihrem Mund einen Moment, bis er verstand, was sie gefragt hatte.

»Nein!«, sagte er etwas zu impulsiv. Er nahm das Gespräch an und hievte sich von der Couch hoch. »Guck ruhig weiter. Ich steig dann später wieder ein.«

Er checkte das Handydisplay, als er aus dem Wohnzimmer in die Küche ging, während hinter ihm eine Kettensäge aufheulte und völlig übertriebenes Geschrei ertönte.

Wer auch immer ihn anrief, tat dies von einem Handy aus, das er nicht kannte. Möglicherweise hatte er sich verwählt, aber mit ein bisschen Glück konnte er das ganze letzte Drittel des Films verquatschen und dann enttäuscht tun, wenn er zurückkam und der Abspann lief.

»DCI Logan«, sagte er.

Er bereute es sofort, als er die Stimme am anderen Ende der Leitung hörte.

»Jack. Lange nichts von dir gehört.«

»Bob? Ich dachte schon, du bist tot.«

»Nur innerlich«, erwiderte Hoon.

»Dann hat sich also nichts geändert.«

»Ha, der war gut. Aber ich habe keine Zeit für ein Schwätzchen unter Freunden, ich muss ein paar Jungs vermöbeln.«

»Wenn du das sagst.« Logan zog es vor, lieber nicht mehr zu erfahren.

»Ich reiche dich gleich an jemanden weiter. Er heißt Greig. Er ist ein guter Kerl.«

»Ist das sein Handy?«, fragte Logan.

»Nein, das ist Bongos Handy.«

»Wer zum Teufel ist …?«, begann Logan, aber dann schüttelte er den Kopf und sagte nur: »Okay.«

»Ich möchte, dass du Greig mit deiner alten Freundin Deirdrie von der Metropolitan Police zusammenbringst. Und zwar sofort. Innerhalb der nächsten verdammten fünf Minuten.«

»Was? Es ist schon nach zehn. Wie soll ich das denn machen?«, wollte Logan wissen. Dann hielt er das Handy zwei Zentimeter von seinem Kopf weg, um sein Trommelfell vor dem nun folgenden Wutausbruch zu schützen.

»Verdammte Scheiße! Ich kann wirklich nicht an alles denken, Jack! Du bist doch ein großer Junge, dir fällt bestimmt etwas ein. Sie muss ihn und seine Familie an einen sicheren Ort bringen. Und sie muss das persönlich erledigen. Sie darf das verdammt noch mal nicht an einen ihrer schwachsinnigen Lakaien delegieren. Sag ihr, dass ich das gesagt habe. Verwende genau diese Worte. Sie muss es persönlich übernehmen. Hast du das verstanden?«

»Okay«, bestätigte Logan.

»Ja, aber tust du das? Tust du das wirklich? Das ist verdammt wichtig, Jack. Nicht so wie dein täglicher Routinescheiß da oben. Egal, was du gerade tust, lass es sein. Das hat verdammt noch mal Priorität. Okay?«

»Okay, Bob. Gut.«

»Sehr gut. Das ist gut. Sieh zu, dass es verdammt noch mal klappt. Ich reiche dich jetzt weiter. Bleib dran.«

Es raschelte, als ob das Telefon weitergegeben wurde, aber einen Moment später war wieder Hoons Stimme am Apparat.

»Übrigens, hier unten ist ein Typ, der verfickte Windeln trägt.«

Logan wartete auf weitere Informationen, aber die bleiben aus. »Wie bitte?«

»Ja, nur um sich daran aufzugeilen. Er hat keine Blasenprobleme oder so«, stellte Hoon klar. »Das ist verdammt seltsam, oder?«

»Allerdings«, bestätigte Logan. »Ja, das ist seltsam.«

»Ich wusste, das würde dir gefallen«, sagte Hoon. »Schön. Grüß alle von mir. Oder lieber nicht, sind sowieso alles Arschlöcher.«

Es raschelte wieder. Die nächste Stimme, die sich meldete, war jünger und deutlich weniger unflätig. »Also ... hallo?«

»Hallo, mein Junge«, sagte Logan. »Ich nehme an, du bist Greig …?«

Greig verzog sich in das Büro, das früher Grannys Büro gewesen war. Dort sollte er bleiben, um mit DCI Logan zu reden, und er hatte die strikte Anweisung, nicht herauszukommen, bis Hoon zurückkehrte, um ihn zu holen, selbst wenn er Schreie hörte.

Vor allem, wenn er Schreie hörte.

Hoon kehrte zum Ring zurück, mit einem Notizblock und einem Stift, die er auf Grannys unordentlichem Schreibtisch gefunden hatte. Darauf stand eine Notiz über »Aubreys Schulaufführung« in ein paar Wochen mit Datum und Uhrzeit.

Hoon blätterte auf die nächste Seite und schob den Block so unter dem unteren Seil durch, dass er vor Bingo liegen blieb. Dann kletterte auf den Vorbau des Rings und band eine Hand des Ganoven los.

Sobald die Hand frei war, griff Bingo nach den Kordeln des Bademantels, die um seine Mitte gewickelt waren und ihn an den Pfosten fesselten. Hoon machte dem ein Ende, indem er die Hand über das oberste Seil streckte, seine Finger in die blutigen Nasenlöcher von Bingos gebrochener Nase schob und daran zog. Fest.

Als er sicher war, dass seine Botschaft angekommen war, stieg er in den Ring, ging in die Mitte und wandte sich an seine beiden Gefangenen.

»Gut, spitzt die Lauscher, Jungs. Es geht jetzt folgendermaßen weiter«, begann er. »Wir drei werden ein Spiel spielen.« Er deutete auf sich selbst. »Ich stelle eine Frage.« Er deutete auf Bingo. »Du sagst kein Wort. Du schreibst nur die Antwort auf. Und dann ...« Er drehte den Finger in Bongos Richtung. »Dann antwortest du mir laut, und wir vergleichen es mit dem, was er geschrieben hat. Wenn die Antworten übereinstimmen, *Ding Dong!* Die Runde geht an euch! Dann ist Friede, Freude, Eierkuchen, und alle sind happy.«

Er senkte den Zeigefinger und schaute den beiden Männern nacheinander in die Augen. Beide starrten ihn an, keiner gab auch nur einen Mucks von sich.

»Sollten die Antworten nicht übereinstimmen, geht die Runde an mich, und ich mache mit demjenigen von euch, den ich in diesem Moment am wenigsten leiden kann, was ich will. Und um ehrlich zu sein, ich bin kein großer Fan, und zwar von keinem von euch. Es kann also dich oder dich treffen. Doch was auch immer passiert, wer auch immer die Runde gewinnt, wir machen weiter. Nächste Scheißfrage. Zack. Und immer so weiter.«

Er grinste und machte eine beschwichtigende Geste, als wollte er damit Bedenken abtun, die sie noch gar nicht geäußert hatten.

»Ich weiß, ich weiß, es klingt kompliziert, aber ihr werdet den Dreh bald raushaben. Das kriegt ihr locker hin. Wir legen einfach los und sehen, wie es sich entwickelt, okay? Okay! Frage eins.« Er drehte sich zu

Bingo um, der hinter dem blutverschmierten Lappen schniefte, der fest über seinem Mund saß. »Wo zum Teufel ist diese kleine Versammlung, von der ich so viel gehört habe, hm?«

NEUNUNDDREISSIG

Es war kalt, während er vor dem Gym stand und darauf wartete, dass die anderen herauskamen. Er hatte den Motor angelassen, um sich aufzuwärmen, ihn aber schnell wieder abgestellt, als Mr. West auf der Bildfläche erschienen war. West mochte es nicht, wenn er mit laufendem Motor wartete. Das sei schädlich für die Umwelt, sagte er. Ganz zu schweigen von der Geldverschwendung.

Glücklicherweise war der Boss zu dem anderen SUV gegangen und hinten eingestiegen. Kurz darauf war der Wagen weggefahren, doch die Angst vor Godfrey West war so groß, dass der Fahrer volle fünf Minuten frierend ausharrte, bevor er es wagte, den Motor wieder zu starten.

Ihm war jetzt behaglicher. Die warme Luft, die durch die Lüftungsschlitze hereinströmte, brachte die Temperatur auf relativ angenehme zwanzig Grad. Er trommelte mit den Fingern auf das Lenkrad und lauschte der Stimme, die aus dem Radio kam.

»Im Englischen sagen wir ›goodnight‹«, erklärte der Mann aus dem Hörbuch. Seine Stimme klang so entspannt und beruhigend, als erteilte er die Lektion jemandem, der in der dreißigsten Etage eines Wolkenkratzers auf einem Fenstersims stand. »Auf Französisch sagen wir ›bonne nuit‹. *Bonne nuit. Bonne* – bedeutet gut. *Nuit* – bedeutet Nacht. *Bonne nuit. Bonne. Nuit.* Sprich mir das nach.«

»Bonne …«, begann der Fahrer, aber seine Tür wurde aufgerissen, bevor er das zweite Wort aussprechen konnte.

Hände griffen nach ihm. Finger krallten sich in sein Haar. Einen Moment lang dachte er, dass das Lenkrad auf ihn zuraste, dann verwarf er es als unmöglich und erkannte gleichzeitig, dass es sein Kopf war, der sich darauf zu bewegte.

Seine Nase zerschellte an der oberen Rundung des Lenkrads. Über sein Wimmern hinweg hörte er, wie die Beifahrertür aufging, und spürte, wie sich der Sicherheitsgurt von seiner Brust löste.

Und dann fiel er, stürzte aus dem Auto und auf den Boden. Der SUV war für seine Verhältnisse recht hoch, und er hatte schon immer gerne hoch gesessen.

Deshalb hörte er, wie sein Handgelenk brach, als er darauf landete.

Einen Moment später spürte er es auch.

»Fuuuuuck!«, heulte er. Er schob die unverletzte Hand in seine Jacke und schaffte es, die Pistole aus dem Holster zu ziehen.

Sie wurde ihm sofort abgenommen. Dieses Mal

hörte er nicht nur, wie der Knochen in seinem Arm brach.

Er sah es auch deutlich.

Während der Mann am Boden Zeter und Mordio schrie, begutachtete Hoon einen Moment die Waffe. Eine SIG-Sauer-P365-SAS mit Zieloptik, die schnelleres Ziehen ermöglichte und die Gefahr verringerte, dass sie sich im Holster verfing. 9-mm-Patronen, zehn im Magazin und eine geladen und gesichert in der Kammer.

»Du hast ja bestimmt nichts dagegen, wenn ich sie mir ausleihe.« Er steckte sich die Waffe hinten in den Hosenbund. Dann holte er mit dem Fuß aus, zielte auf den Kopf des Mannes, der wimmernd auf dem Asphalt lag, und erlöste ihn – zumindest vorübergehend – von seinem Elend.

Er deutete durch die offenen Türen des Wagens auf Greig, der immer noch das Handy an sein Ohr gedrückt hielt. »Hast du den Mistkerl noch in der Leitung?«

Greig nickte. »Er fragt, was Sie da gerade machen.«

»Sag ihm, dass er das nicht wissen will«, erwiderte Hoon.

»Er sagt, Sie wollen es nicht wissen«, gab Greig weiter. Er hörte zu, nickte erneut und sah dann wieder zu Hoon. »Er meint, damit hätten Sie wahrscheinlich recht.«

»Sag ihm, er soll sich keine Sorgen machen, richtig tot ist keiner von ihnen«, sagte Hoon. Er warf einen

Blick zurück ins Gym und zuckte mit den Schultern. »Ich könnte mir zwar vorstellen, dass sie es am liebsten wären, aber das ist ihre Schuld, nicht meine.«

Greig spielte wieder den Vermittler und richtete aus, was Logan antwortete. »Er sagt, er wird so tun, als ob er nichts gehört hätte.«

Hoon bückte sich, packte den bewusstlosen Fahrer an den Armen und fing an, ihn in Richtung Turnhalle zu zerren. »Gut. Ich werde jetzt diesen Wichser zu den anderen bringen«, sagte er. »Wie lange dauert es, bis Deirdrie hier ist?«

Greig fing an, die Frage zu wiederholen, aber Logan hatte sie offenkundig gehört und antwortete, bevor er ans Ende gelangte.

»Er sagt, in zehn Minuten.«

Hoon öffnete die Tür zum Gym, hievte den Fahrer hinein und stieß ihn die Metalltreppe hinunter. Das metallische Scheppern und Poltern, mit dem er die Stufen hinabrollte, verstummte erst, als Hoon die Tür schloss.

»In Ordnung. Pass auf«, sagte er und ging zu Greig. »Das wird schon wieder. Deirdrie ist sauber. Ich meine, so sauber, wie jemand von dieser verdammten Polizei es sein kann.«

»Das habe ich gehört«, verkündete eine blecherne Stimme aus dem Handy.

»Er sagt, er hat das gehört«, übermittelte Greig.

»Ich weiß, dass er es gehört hat, verdammt noch

mal, das sollte er auch«, sagte Hoon. »Aber hör mir zu, Junge. Du sagst ihr alles, was du weißt, klar? Du sagst ihr alles, was passiert ist.«

Greig warf einen Seitenblick auf das Auto, dann auf die Tür zum Gym. »Ich weiß eigentlich gar nicht genau, was passiert ist.«

Hoon schüttelte den Kopf. »Sag ihr einfach, was du weißt, in Ordnung? Und dann wird sie dich, deine Frau und den kleinen Mann in Sicherheit bringen. Sie wird sich um dich kümmern. Es wird alles gut. Hast du noch das Geld, das sie dir gegeben haben?«

Greig sah auf seine leere Hand hinunter, als hätte er erwartet, dass er die Tasche in der Hand halten würde.

»Das Geld!«, rief er. »Nein. Es muss noch im Auto sein. Ich habe es nicht bis nach Hause geschafft. Sie bekamen einen Anruf, während wir fuhren.« Er runzelte die Stirn und fasste sich an den Hinterkopf. Da verknüpfte er zum ersten Mal die Punkte miteinander. »Sie haben mich mit irgendetwas geschlagen, glaube ich.«

»Gut, dass du so bescheuert warst, mir mein Geld zurückzugeben. Nimm die Reisetasche aus dem Kofferraum«, forderte Hoon ihn auf. Als Greig sich nicht rührte, seufzte Hoon, marschierte an ihm vorbei und tastete an der Unterseite der Kofferraumklappe, bis er den Schalter zum Öffnen fand.

Die Heckklappe fuhr langsam und mit einem leisen elektronischen Surren nach oben. Hoon sah die

Tasche sofort, aber als er sie nehmen wollte, wurde er auf einen langen Hartschalenkoffer aufmerksam. Dieser war an die Rücksitze geschoben, reichte über die gesamte Breite des Kofferraums und war mit ein paar Metallklammern verschlossen.

Die Neugier übermannte ihn, und er schnippte beide Verschlüsse auf, bis sich der Deckel öffnen ließ. Der leise Pfiff, den er ausstieß, lockte Greig zum Wagenheck, um zu sehen, was Hoon gefunden hatte.

»Sind das …? Sind das Gewehre?«, fragte der Junge.

»Allerdings«, bestätigte Hoon. »Ganz recht, das sind Gewehre.«

»Die sind aber groß.«

»Sie sind wirklich groß«, stimmte Hoon zu.

Greig nahm das Handy vom Ohr und zeigte darauf. »Er sagt, davon will er auch nichts wissen.«

Hoon klappte den Deckel zu und griff nach der Reisetasche. Als er sie vom Boden des Kofferraums hob, entdeckte er, dass das Handy, das sie ihm auf dem Weg zur Boxschule abgenommen hatten, darunter eingeklemmt war.

»Bonus«, sagte er und nahm sich das Handy zurück.

Er tippte auf das Display, doch es blieb dunkel. Er drückte die Taste an der Seite, bis das Apple-Logo erschien, und steckte das Gerät dann in seine Tasche.

»Hier«, sagte er und legte dem Jungen die Reisetasche vor die Füße. »Du hast fünf Riesen verloren, aber das ist besser als nichts.«

»Aber das ist Ihr Geld. Ich kann es nicht annehmen, Mr. White. Ich meine … Mr. … Bob.«

»Mr. Bob? Ernsthaft?«, erwiderte Hoon. Er seufzte. »Hör endlich auf, den netten Kerl zu markieren, und nimm es, okay? Ich sagte doch, ich brauche es nicht. Ich will es auch nicht haben. Vielleicht ist es besser, wenn du es Deirdrie nicht zeigst, falls sich das vermeiden lässt.«

Greig sah seitlich auf das Handy, das er immer noch an sein Ohr hielt, und dann wieder zu Hoon. »Dein Freund sagt, sie ist keine fünf Minuten entfernt.«

»Er ist nicht mein Freund«, erwiderte Hoon und erhob seine Stimme, um sicher zu sein, dass Logan ihn hörte.

»Er fragt, ob er das schriftlich bekommen kann«, richtete Greig aus.

Hoon blickte in beiden Fahrtrichtungen die Straße entlang. Das Gym befand sich in einer ruhigen Seitenstraße, und obwohl es noch über eine Stunde bis Mitternacht war, waren nur eine Handvoll Fahrzeuge vorbeigefahren, seit sie das Gebäude verlassen hatten. Der Junge sollte auf sich allein gestellt sicher genug sein, bis die Kavallerie anrückte.

»In Ordnung, ich muss jetzt los. Ich darf nicht hier sein, wenn sie ankommt. Aber, wie ich schon sagte, es wird alles gut, mein Junge. Dir und deiner Familie wird es gut gehen. Deirdrie, die Frau, die gleich hierherkommt, wird dafür sorgen.«

»Was ist mit Ihnen?«, fragte Greig.

»Ich? Oh, mach dir um mich keine Sorgen. Ich werde mich prächtig amüsieren«, antwortete Hoon, und ein erschreckendes Lächeln breitete sich auf seinem Gesicht aus. »Ich werde eine verdammte Party crashen.«

Hoon hatte noch nicht herausfinden können, wie er sein Handy mit dem Soundsystem des SUVs verbinden konnte. Allerdings hatte er sich bei dem Versuch auch nicht wirklich Mühe gegeben.

Er war von Greig und dem Gym weggefahren und hatte im Rückspiegel gesehen, wie der Junge winkte und dabei immer kleiner wurde. Hoon hatte für ihn alles getan, was er zurzeit für ihn tun konnte. Wenn sie alle die Nacht überstanden hatten, könnte er Miles vielleicht dazu bewegen, bei der Umsiedlung der Familie zu helfen. Wenn der MI5 in der Lage war, Gabriella und Welshy in Sicherheit zu bringen, konnte er das auch für Greig tun.

»Genau. Alles wird gut«, sagte er, als ob es die Worte irgendwie wahrer machen würde, wenn er sie laut aussprach.

Als er ein paar Straßen weiter war, gab er die Adresse des McGinlay Hotels ins Navi ein, wartete, bis es eine Route berechnet hatte, und fuhr dann los, der roten Linie auf der Karte folgend.

Er war in London nicht viel Auto gefahren. Es war ihm immer viel zu anstrengend vorgekommen. Das

Straßennetz war ein chaotisches Durcheinander, als hätte jemand eine Handvoll gekochter Spaghetti in die Luft geworfen, auf die Stelle gezeigt, an der sie gelandet waren, und gesagt: »Lasst uns das doch so bauen.«

Und von dem verdammten Verkehr wollte er am besten gar nicht erst anfangen.

Dennoch waren die Straßen um diese Zeit so ruhig, dass er seinen Blick lange genug von der Straße lösen konnte, um Miles anzurufen und den Handy-Lautsprecher einzuschalten.

Als Miles das Gespräch annahm, klang seine Stimme blechern und war durch das Rumpeln der BMW-Reifen kaum zu verstehen.

»Hallo?«, fragte er knapp und ohne etwas zu verraten.

»Ja, ich bin's. Alles klar. Niemand ist bei mir.«

»Mein Gott. Was ist Ihnen denn passiert?«, fragte Miles, und obwohl der Straßenlärm es erschwerte, sich ganz sicher zu sein, glaubte Hoon, echte Erleichterung zu hören. »Ihr Handy ist schon den ganzen Tag ausgeschaltet.«

»Ja, die haben es mir abgenommen, als sie mich einkassierten.«

»Scheiße. Gut. Okay.« Miles atmete tief aus, ließ die Spannung ab, die sich den ganzen Tag über aufgebaut hatte. »Und? Wie ist es gelaufen?«

»Durchwachsen«, sagte Hoon.

»Wie meinen Sie das? Was ist passiert?«

Hoon verpasste beinahe die auf der Karte markierte Abzweigung, verriss das Lenkrad und entging nur knapp der Kollision mit einem Pizzaboten auf einem Moped auf der anderen Straßenseite.

»Ach, wissen Sie«, sagte er. »Entführung, Mord, Folter, ein riesiger Albino mit einem Kopf wie ein verdammter Betonklotz. Das Übliche.«

Am anderen Ende der Leitung änderte sich der Klang, und Hoon stellte sich vor, wie Miles aufsprang. »Was? Wovon reden Sie?«

»Er weiß es. Ihr Mann, Godfrey. Er weiß, wer ich bin.«

»O Gott«, flüsterte Miles. »O Gott. Woher?«

»Er hat mich verfolgt, seit ich gestern seinen Neffen zum Bus gebracht habe. Dann hat er sich offensichtlich in das verdammte CCTV-Netzwerk gehackt und sich von dort aus rückwärts weitergearbeitet.«

Er warf einen Blick auf das Display, fluchte leise, schwenkte über die Straße, fuhr auf den Bürgersteig und raste gerade noch rechtzeitig in die angegebene Seitenstraße.

»Er hat mich gefesselt mit ein paar seiner Jungs zurückgelassen und ihnen befohlen, mich dazu zu bringen, ihnen mein Herz auszuschütten. Dann ist er zu einer verdammt großen Party gegangen, die er schmeißt.«

»Mein Gott. Und dann?«

»Sagen wir einfach, dass ich gerade ihr verdammtes

Auto fahre, und den Rest überlasse ich Ihrer Fantasie«, sagte Hoon. »Die Party findet im McGinlay statt. Ein großer geheimer Maskenball mit der gesamten Hautevolee dieses Loop-Gesindels.«

»O Gott. Okay. Alles klar. Wie lautet der Plan?«, fragte Miles.

»Ist das nicht Ihre verdammte Abteilung? Könnten Sie nicht einfach mit hundert bewaffneten Mistkerlen und ein paar Helikoptern anrücken?«

»So funktioniert das nicht«, sagte Miles nach einem Moment des Nachdenkens. Pause. »Ich müsste den Dienstweg einhalten, um es genehmigen zu lassen. Eine solche Aktion auf heimischem Boden würde bedeuten, den Verteidigungsminister einzubeziehen, und es ist nicht auszuschließen, dass er mit drinsteckt. Außerdem …«

»Verdammte Scheiße. Schon gut, schon gut. Ich hab's kapiert, Sie sind ein nutzloser Bastard.«

»Ich kann Sie aber dort treffen«, sagte Miles.

»Und was wollen Sie dann tun?«, stieß Hoon hervor. »Die verdammten Aktenschränke dieser Mistkerle umsortieren?« Er dachte an das Schießeisen, das unangenehm in seinen unteren Rücken drückte, und an den Koffer voller Waffen im Kofferraum. »Schon gut. Ich habe einen Plan.«

»Aber nicht denselben Plan wie letztes Mal, oder?«, fragte Miles. »Sie wollen da nicht einfach reinstürmen und den Laden zusammenschießen?«

»Jetzt bleiben Sie mal auf dem Teppich, so blöd bin ich nicht«, sagte Hoon.

Er überfuhr eine Ampel, die gerade auf Rot sprang, und bog dann mit quietschenden Reifen scharf links ab.

»Es ist eine … Variation dieses Plans, okay«, gab er zu. »Aber ich habe ihn verfeinert. Ich habe ihm einen kleinen Dreh verpasst.«

»Gott. Und was ist der Dreh?«

»Ich werde erst einmal ein großes Ablenkungsmanöver starten«, sagte Hoon. Er blickte auf das Handy hinunter, das auf dem Armaturenbrett in einer Halterung lag. »Und an dem Punkt kommen Sie ins Spiel.«

VIERZIG

Zwanzig Minuten später stand der SUV im Schatten eines Baumes in der Park Lane – so nah am McGinlay Hotel, dass Hoon die Leute kommen und gehen sehen konnte, aber weit genug entfernt, um der Aufmerksamkeit der beunruhigend stämmigen Türsteher zu entgehen.

Er checkte die Uhrzeit. Es war schon nach elf. Godfrey würde seine Leute um diese Zeit wahrscheinlich längst zurückerwarten. Nach Hoons Kenntnisstand könnte er durchaus bereits über die Geschehnisse im Gym informiert sein und darauf reagiert haben.

Die Front des über zwanzigstöckigen Hotels erstrahlte neonblau im Schein zweier Flutlichtstrahler auf Bodenhöhe, deren Lichtkegel ganz langsam über die Fassade strichen, und die Schatten bewegten sich, als wären sie lebendig.

»Kommt schon, kommt schon, wo zum Teufel steckt ihr?«, murmelte Hoon und spähte die Park Lane hinauf und hinunter. »Wo seid ihr Wichser, wenn ich euch brauche?«

Sie waren der Fluch seines Lebens als Polizist gewesen – etwas, das die Ermittler bei spektakulären Mordfällen vielleicht noch mehr verabscheuten als die Mörder selbst. Sie fielen wie eine invasive Art über Tatorte her, steckten ihre Nasen dorthin, wo sie nicht hingehörten, sie kamen einem in die Quere und machten sich im Namen der Pressefreiheit zum Gespött.

In der Regel genügte schon der Hauch eines Skandals, damit sie unter den Steinen hervorkrochen. Ein hübsches, junges weibliches Opfer zog in der Regel eine ganze Menge von ihnen an. Ging es um einen Korruptionsverdacht in den Reihen der Polizei, fielen sie ein wie eine verfluchte Landplage.

Und hier lud eine Terrororganisation zu einer Versammlung der Crème de la Crème der britischen High Society, und die Wichser ließen sich einfach nicht blicken. Noch nicht mal die von *The Sun*. Dabei würden sich diese Mistkerle auf so etwas normalerweise einen runterholen, bis sie einen Tennisarm bekamen.

Natürlich konnte man nicht ausschließen, dass ihre Besitzer oder Herausgeber auf der verdammten Gästeliste standen, was ihr Fernbleiben erklären würde …

Ein weißer Lieferwagen fuhr an dem SUV vorbei, nah und schnell genug, um ihn zu erschüttern. Hoon beobachtete, wie er am Straßenrand stoppte und dann so hektisch eingeparkt wurde, dass das Heck seitlich weit auf die Straße ragte.

Zwei Männer sprangen heraus, einer trug ein Mikrofon, der andere wuchtete sich eilig eine Kamera auf die Schulter. Hinter ihnen, aus der entgegengesetzten Richtung kommend, stoppte ein verbeulter alter Ford Focus, und ein etwas ungepflegt wirkender Mann, unrasiert und ohne Krawatte, zwängte sich heraus.

Alle drei Männer eilten zur Eingangstür des Hotels, was die beiden Muskelprotze, die gerade Wachdienst hatten, dazu zwang, sie abzufangen.

Zwei weitere Autos zogen an Hoon vorbei und legten vor dem McGinlay eine Vollbremsung hin. Er beobachtete, wie die Insassen – ein Mann in dem einen, zwei Frauen in dem anderen – mit Kameras, Notizblocks und Mikrofonen in den Händen ausstiegen.

»Endlich kommt Schwung in die Sache«, murmelte Hoon.

Miles hatte es geschafft. Ein paar Anrufe, ein paar »heiße Tipps«, die im Internet geteilt wurden, und schon kamen die Mistkerle angetrabt, genau wie Hoon es gehofft hatte.

So viel zu ihrer geheimen kleinen »Versammlung«.

Er registrierte, dass ein Grüppchen von Muskelmännern durch die Vordertür herauskam. Einer von ihnen zückte sein Handy und redete eindringlich in das Gerät.

Das war das Stichwort für Hoon.

Er stieg aus dem Auto, ging nach hinten und öffnete den Kofferraum. Die Verschlüsse des Waffenkoffers ließen sich leicht öffnen, und er starrte auf den Inhalt, während er seinen nächsten Schritt überlegte.

Die Waffen waren groß. Auffällig. Für ihn war es völlig ausgeschlossen, sich mit einer dieser Waffen über der Schulter einzuschleichen. Damit würde er auf keinen Fall unbemerkt bleiben.

»Scheiß drauf«, sagte er und klappte den Koffer zu. »Vielleicht beim nächsten Mal.«

Im Kofferraum befand sich eine schwarze Bomberjacke. Die schnappte er sich, streifte sie über und zog den Reißverschluss zu. Die Jacke war zwar etwas zu groß, aber sie wirkte nicht lächerlich. Und sie war viel besser, als in seinem zerrissenen blutverschmierten T-Shirt über die Straße zu laufen.

Er klappte den Kofferraum zu, schloss das Auto ab und überprüfte die SIG-Sauer, die er in seinem Gürtel trug. Es war eine kompakte Waffe, die sich leicht unter der Jacke verbergen ließ. Viel leichter als Welshys vergoldete Desert Eagle – obwohl er diese Pistole im Moment erheblich lieber bei sich gehabt hätte.

Vor dem Hotel waren weitere Fahrzeuge vorgefahren, und die Türsteher durften allmählich Angst bekommen, die Kontrolle zu verlieren. Die Geier kreisten über ihnen, und jeden Moment würden sie zuschlagen. Sie würden die Verteidigungsanlagen durchbrechen und eindringen. Er wusste es, sie wussten es, und die Ganoven wussten es auch – auch wenn sie es sich noch nicht eingestehen wollten.

Sie würden nicht versuchen, die Journalisten am Eindringen zu hindern, sondern sie nur so lange aufhalten, bis sie den Notfallplan durchgezogen hatten. Eine Operation wie diese musste einen Notfallplan haben.

Hoon bog, wie Google Maps es vorgeschlagen hatte, vor dem Hotel nach links in eine Seitenstraße ab und dann sofort wieder nach rechts, um zur Rückseite des McGinlay zu gelangen. Tatsächlich gelangte er auf diese Weise sehr schnell zu dem bewachten Privatparkplatz des Hotels. Der ganze Platz war mit fast identisch aussehenden schwarzen Limousinen und mehreren SUVs vollgestopft, die genau wie der Wagen aussahen, den er gerade zurückgelassen hatte.

Am anderen Ende des Parkplatzes standen ein paar größere Fahrzeuge – mehrere kleine Vans mit dem Hotellogo und ein größerer Truck mit aufrollbarer Hecktür und dem Schriftzug einer französischen Firma auf der Seite.

Er zog sich in den Schatten zurück, als die Scheinwerfer mehrerer Autos aufflammten und ihre Motoren gestartet wurden. Er spähte durch eine Lücke im hohen Metallzaun und beobachtete, wie die Hintertür des Hotels von innen geöffnet wurde und ein Schwall maskierter Männer und Frauen panikartig herausstolperte.

Dann summte es am Zaun, und die Tore klapperten, als sie zur Seite rollten. Hoon schlich näher und versteckte sich hinter einem großen Müllcontainer, bevor die Scheinwerferkegel in seine Richtung schwenken konnten.

Er kauerte dort in der Dunkelheit und sah zu, wie die

Ratten aus dem sinkenden Schiff flohen. Noch mehr Schergen in Anzügen drängten sich durch sie hindurch oder erteilten knappe Befehle, und die außergewöhnlichen Umstände verschoben die Machtverhältnisse zu ihren Gunsten. Es spielte keine Rolle mehr, wer die Leute hinter den Masken waren – Filmstars, Politiker, Aristokraten. Das alles war irrelevant. Jetzt zählte nur noch, sie aus dem Gebäude zu bekommen, bevor ein Teleobjektiv Fotos von ihnen schießen konnte.

»Ja, macht euch ruhig vom Acker, ihr Bastarde«, flüsterte er. »Ihr kommt noch an die Reihe.«

Es dauerte weniger als drei Minuten, bis die etwa fünfzig maskierten Gäste ihre Autos erreichten, deren Fahrer bereits startklar waren. Leider versuchte jeder, als Erster das Gelände zu verlassen, und auf dem Parkplatz machte sich schnell Chaos breit.

Die Handlanger, die über den Fortschritt der Evakuierung sichtlich erfreut gewesen waren, erkannten nun, dass ihnen die Felle wegschwammen. Sie rannten zwischen den verkeilten Wagen herum, bellten Befehle und mühten sich nach Kräften, den Verkehr zu regeln. Dabei ließen sie den Hintereingang des Hotels völlig unbewacht.

»Ein Bonus.« Hoon konnte sein Glück kaum fassen.

Er lief seitlich vom Gebäude in den Schatten bis zur Hintertür, warf einen kurzen Blick hinein, um sich zu vergewissern, dass dort niemand stand und darauf wartete, ihn fertigzumachen, und trat dann ins Innere.

Der Eingang führte in die Hotelküche, wo ein halbes Dutzend weiß gekleideter Angestellter auf ihre Koch- und Reinigungsarbeiten fixiert war und sich dabei unverkennbar bemühte, auf keinen Fall hochzusehen. Der ganze Zirkus musste kurz zuvor hier vorbeigerauscht sein, aber so, wie sie vorgaben, Hoons Anwesenheit nicht zu bemerken, wussten sie wohl, dass es besser war, sich dumm zu stellen.

Hoon hatte sich zwar nicht direkt verkleidet, doch die Jacke, die er aus dem Auto genommen hatte, war dem Küchenpersonal so vertraut, dass es ihn wohl für einen der Ganoven hielt.

Von der Küche gingen zwei Türen ab. Eine führte in ein Restaurant, an den Tischen saß eine Handvoll Gäste. Sie waren weit genug von dem Drama entfernt, dass sie nichts davon mitbekommen hatten.

Die andere Tür, für die er sich entschied, führte in einen Korridor, der ihn nach ein paar Biegungen ins Hotelfoyer brachte.

Er blieb wie angewurzelt stehen. Anzugträger mit allen Variationen von wütenden, empörten oder verwirrten Mienen hasteten durch die weitläufige Lobby.

Die Meute der Medienvertreter vor dem Gebäude war erheblich angeschwollen, seit er sie das letzte Mal gesehen hatte. Er ließ gerade den Blick über sie schweifen, als einer von ihnen nach links auf die Fassade zeigte und irgendetwas schrie. Daraufhin löste sich eine Splittergruppe aus der Menge und verschwand außer Sichtweite. Vermutlich hatte sich der Stau aufgelöst, und die ersten Autos verließen den Ort des Geschehens. Einige Rausschmeißer eilten ihnen nach, und andere, die sich vorher im Foyer aufgehalten hatten, nahmen ihre Positionen ein.

Hoon schaute ihnen hinterher, sein Blick folgte ihnen durch den Eingang. Dann sah er drüben bei den Aufzügen etwas Rotes aufblitzen.

Eine kleine Menschengruppe wartete auf den Aufzug. Godfrey West stand von drei seiner Leute flankiert in der Mitte.

Das Rot, das ihm ins Auge gefallen war, war das Kleid der Frau, die einen Schritt hinter West stand. Sie hatte ihr silbernes Outfit abgelegt und etwas Kürzeres und Freizügigeres angezogen.

Amanda hatte über die Schulter geblickt und Hoon schon entdeckt, bevor er sie bemerkte. Sie machte große Augen, und ihre Lippen formten vor Überraschung einen kleinen Kreis.

Hoon erstarrte, wartete auf ihre Reaktion und versuchte, sich auf das einzustellen, was jetzt passieren würde. Falls es zu einem Feuergefecht kam, könnte er West vielleicht festnageln, aber das half ihm nicht weiter. Wenn er Caroline finden wollte, brauchte er den Mistkerl lebend.

Die Fahrstuhltüren öffneten sich, und der Aal wurde von seinen Leibwächtern geradezu hineinbugsiert.

Amanda wandte sich von Hoon ab und stand einen

Moment da, während sie offenbar eine Entscheidung traf.

Dann trat sie wortlos in den Lift, und die Türen schlossen sich hinter ihr.

Hoon verfolgte die Zahlen über der Tür, die immer höher wurden.

Höher.

Und immer höher.

An den Zehnern vorbei über die niedrigen Zwanziger bis zum Penthouse.

»War klar. Hätte ich mir denken können«, murmelte er und joggte dann durch den Korridor, bis er das Treppenhaus gefunden hatte. Er rannte die Stufen hinauf, so schnell ihn seine Beine trugen.

EINUNDVIERZIG

Das Hotel hatte achtundzwanzig Stockwerke und zwischen den Stockwerken Treppen mit jeweils siebzehn Stufen. Hoon versuchte mitzuzählen, schon um sich von den Schmerzen abzulenken, die in seinem Körper wüteten, aber schließlich gab er es auf. »Es sind einfach viel zu viele, verdammt.«

Er hatte sich bis knapp unter die vierundzwanzigste Etage geschleppt, als er hörte, wie oben quietschend eine Tür aufging und Füße die Treppe heruntertrampelten. Er eilte die letzten Stufen nach oben, öffnete auf dem Treppenabsatz die Tür und schlich in den Gang dahinter.

Er ließ die Hand an seinen Rücken gleiten, legte die Finger um den Griff der SIG-Sauer und beobachtete durch das geriffelte Glas der Tür, wie zwei der Leibwächter, die Godfrey in den Aufzug begleitet hatten, an ihm vorbeirannten.

Er wartete, bis das Trampeln ihrer Füße verklungen war, bedankte sich flüsternd beim Universum für diesen eher ungewohnten Glücksfall, schlich ins Treppenhaus zurück und setzte den Aufstieg fort.

Als er endlich oben ankam, konnte er vor Schmerzen an den Rippen kaum noch atmen. Es schien ihm, als wäre alles Blut aus seinem Körper gewichen.

Seine Oberschenkelmuskeln brannten. Aber auf der Treppe fühlte er sich sicherer als im Aufzug. Er bekam mit, was ihn erwartete, und konnte sich notfalls hoffentlich zurückziehen.

In einem Aufzug saß man fest und musste auf sein Glück vertrauen. Falls man dort auf einen Bewaffneten stieß, würde der einen wohl kaum den Knopf für ein anderes Stockwerk drücken lassen, bevor er das Feuer eröffnete.

Die Tür vom Treppenhaus zum Penthouse war fensterlos, was bedeutete, dass er sie öffnen musste, bevor er sich vergewissern konnte, dass die Luft im Gang dahinter rein war.

Er hockte sich hin und wollte nach der Klinke greifen, musste aber feststellen, dass es keine gab. Die Tür war wie ein Notausgang angelegt und konnte nur von der anderen Seite geöffnet werden. Hoon starrte wütend auf die Stelle, an der sich eigentlich ein Griff befinden sollte, als könnte er die Tür so einschüchtern, dass sie sich plötzlich einen wachsen ließ.

Was sie nicht tat. Wenig überraschend.

»Scheiße«, zischte er.

Allem Anschein nach öffnete sich die Tür nur ins Treppenhaus, und selbst ein gut platzierter Tritt oder Schulterstoß hätte einen Scheißdreck bewirkt. Er hätte auf die Tür schießen können, aber das war kaum Erfolg versprechend und hätte ihm höchstens das Überraschungsmoment versaut und ein paar Dutzend bewaffnete Gorillas auf den Hals gehetzt.

Er grübelte noch, als die Tür plötzlich aufschwang und er fast das Gleichgewicht verlor. Er riss die Waffe aus dem Gürtel und hob sie an. Sein Körper übernahm das Kommando, bevor sein Gehirn verarbeiten konnte, was geschah.

Amanda erstarrte in der offenen Tür und schielte leicht, als sie in die Mündung der Waffe blickte, die auf ihre Stirn zielte.

Sie hob die Hände, und Hoon sah, dass sie ein kleines Plastikrechteck von der Größe einer Kreditkarte in den Fingern hielt. Amanda ging langsam in die Hocke, bis sie praktisch kniete, und klemmte das Plastikkärtchen in den Türrahmen. Dann ging sie weiter zum Treppenabsatz, und die Tür fiel hinter ihr ins Schloss.

Fast. Das Plastikkärtchen verhinderte, dass der Mechanismus einrastete. Sie ignorierte Hoons Waffe und nickte ihm kurz zu. Dann huschte sie an ihm vorbei, als ob er gar nicht da wäre, und ging die Treppe hinunter.

Sie bewegte sich fast lautlos, und Hoon bemerkte, dass sie ihre Schuhe ausgezogen hatte.

»Danke«, flüsterte er ihr nach.

Sie blieb nach ein paar Schritten stehen, sah aber nicht zurück. »Ich tue das nicht für Sie.«

Nach diesen Worten setzte sie ihren Abstieg fort und verschwand aus seinem Blickfeld.

Hoon schob die Tür langsam auf und sah den Korridor, durch den er an jenem Morgen geführt worden war, an dem er in Amandas Suite erwacht war. Jetzt war er leer und verlassen. Still wie ein Grab.

Das Plastikkärtchen, das die Tür blockierte, war mit dem Hotellogo bedruckt. Eine Schlüsselkarte. Er nahm sie und steckte sie in seine Gesäßtasche, dann schlich er den Korridor hinunter, die Augen offen, die Ohren gespitzt und auf Ärger gefasst.

Die Tür des ersten Zimmers, zu dem er gelangte, wurde von einem Putzwagen offen gehalten. Mit erhobener Waffe zwängte er sich daran vorbei. Darin fand er ein ungemachtes Bett und ein paar leere Wodkaflaschen auf dem Nachttisch.

Die Tür zum nächsten Raum war nur angelehnt. Vorsichtig stieß er sie auf, und ihm bot sich ein ähnliches Bild wie im vorigen Zimmer. Ein zerwühltes Bett, ein paar leere Flaschen. Reste von weißem Pulver auf dem Schreibtisch zeugten davon, dass hier erst kürzlich eine sehr private Party ein jähes Ende gefunden hatte.

Die Türen zu den nächsten paar Zimmern waren abgeschlossen, aber Amandas Schlüsselkarte öffnete sie im Handumdrehen. Die ersten beiden waren in besserem Zustand als die anderen, die er gesehen hatte, mit ordentlich gemachten Betten und einer vollzähligen Auswahl an Tee und Kaffee in einer Metallbox auf dem Schreibtisch. Das dritte Zimmer verkörperte das andere Extrem. Hoon roch es sofort, als er die Tür öffnete. Das Laken war teilweise aus dem Bett gezogen, es lag wie ein Seil verdreht über der Bettkante. Blut und Pisse sammelten sich auf einer wasserdichten Auflage, die über die Matratze gespannt worden war. Eine Auswahl von Sexspielzeugen für Frauen, von denen jedes groß genug war, um ein Pferd zu ersticken, ganz gleich, an welchem Ende man es einführte, lag überall verstreut.

Hoon versuchte, nicht an Caroline zu denken, als er den Raum verließ und die Tür hinter sich schloss.

Die nächsten Türen waren offen. Er machte sich gar nicht erst die Mühe hineinzuschauen. Stattdessen blieb er an der Tür zu Amandas Suite stehen, klopfte mit dem Schlüssel gegen das Schloss und schlüpfte mit gezückter Waffe hinein.

Er sah den weißen Blitz zu spät. Seine Hand mit der Pistole wurde quer über seinen Körper gepresst, und Finger wie Eisenstangen blockierten den Schlitten der Waffe, sodass er keinen Schuss abgeben konnte. Eine Faust wie eine Abrissbirne krachte in seine gebrochenen Rippen und entfachte von Neuem ein Inferno aus Schmerz in seiner Brust.

Ein weiterer Schlag kam aus dem Nichts. Die Waffe flog ihm aus der Hand und rutschte über den teuren Teppich. Vom Schmerz benommen, sah er, wie sie an der Seite einer Chaiselongue liegen blieb, aber bevor er hinterherhechten konnte, traf ihn ein dritter Schlag, der ihn herumwirbelte und auf den Boden schleuderte.

Mit knirschenden Rippen kämpfte sich Hoon in eine kniende Position, eine Hand auf dem Teppich neben ihm, wie ein Sprinter am Startblock; mit der anderen Hand wischte er sich das Blut von den Lippen.

Er blickte auf. Da stand ein großer gespenstischer Riese mit kreideweißer Haut und rubinroten Augen, der teilnahmslos auf ihn herabstarrte.

»O Jesus«, stöhnte Hoon. »Nicht schon wieder.«

ZWEIUNDVIERZIG

»Ziehst du dir eigentlich nie etwas an?«, fragte Hoon und deutete auf die winzigen Shorts und den nackten Oberkörper des Riesen.

Er stützte sich auf einem Beistelltisch ab, hievte sich auf die Beine und hob keuchend die Hand, um zu signalisieren, dass er noch nicht bereit war, den Kampf fortzusetzen. Das Gespenst, das ihn als Gegner offenbar nicht ernst nahm, ließ ihm die Zeit und den Raum, den er brauchte.

Großer Fehler!

Hoon schnappte sich eine Vase, die auf dem Tisch stand, machte einen wilden Ausfallschritt und schlug sie dem Albino an die Schläfe. Die Keramik zersplitterte, und er musste die Augen schließen und sich wegdrehen, damit ihn keine herumfliegenden Splitter trafen.

Als er eine halbe Sekunde später hinsah, schien der Litauer den Angriff noch gar nicht registriert zu haben.

»Oh, Scheiße«, brachte Hoon noch heraus, dann traf ihn ein Schlag wie ein Huftritt und riss ihm fast den Kopf ab. Erst als er gegen die Zimmertür stieß, merkte er, dass er rückwärts taumelte.

Er kam gerade noch rechtzeitig zur Besinnung, um zu sehen, wie der Riese auf ihn zuging und bereits die Faust schwang. Flammen aus Schmerz leckten an Hoons Seite, als er sich wegduckte. Die Faust des Albinos schlug ein Loch in die Tür, und Hoon nutzte die Gelegenheit für eine Attacke mit ein paar Ellbogenstößen, mit denen er sich selbst wahrscheinlich größere Schmerzen bereitete als seinem Widersacher.

Er sprang zur Chaiselongue und griff nach der Waffe, aber eine Hand packte ihn am Fuß, und er fiel mit dem Gesicht voran auf den Teppich. Dann spürte er Druck, und in seinem Knie knackte etwas. Er bewegte sich, wirbelte herum, wurde vom Boden hochgerissen, und die Waffe blieb unerreichbar.

Der Griff um sein Bein löste sich, und er erlebte eine furchteinflößende, aber dennoch seltsam friedliche Sekunde freien Flugs, bevor er auf einem Couchtisch landete. Das schwere und robuste Teil weigerte sich partout, zusammenzubrechen und seinen Sturz abzufedern. Stattdessen wurde er abrupt gebremst und landete halb auf dem Tisch und halb auf dem Boden. Sein Gehirn herrschte ihn an aufzustehen, doch sein Körper stellte klar, dass er einen Moment brauchte, um sich wieder aufzurappeln.

Sein Knie knackte zum zweiten Mal, als es sich wieder einrenkte. Das tat weh. Aber es kam ihm entgegen, denn jetzt konnte er wenigstens aufstehen. Vorausgesetzt, er fand heraus, wo oben und unten war.

Das schrille Klingeln in seinen Ohren übertönte das Geräusch der Schritte hinter ihm. Erst als er den Schatten des Riesen sah, wurde ihm klar, dass der nächste Angriff bevorstand.

Sein Blick fiel auf den Griff einer kleinen Schublade, die seitlich aus dem Couchtisch ragte. Er streckte die Hand danach aus, riss sie heraus und schwang sie kraftvoll in einem weiten Halbkreis hoch und hinter sich.

Fast jeder Teil seines Körpers sträubte sich gegen diese Bewegung, doch er biss die Zähne zusammen und verdrängte den Schmerz, der irgendwann später zurückkehren würde – mit Zinsen.

Er hatte auf den Kopf des Litauers gezielt, aber seine Position am Boden und die Größe des Gegners sorgten dafür, dass er sein Ziel deutlich verfehlte. Die Schubladenkante traf den Riesen an der Hüfte. Das schien ihn zwar nicht direkt zu erfreuen, bremste ihn aber auch nicht.

»Hör zu, könnten wir vielleicht einfach darüber reden?«, keuchte Hoon. »Wollen wir uns zusammen hinsetzen und ein bisschen quatschen?«

Die Faust des Gespensts glich einem Vorschlaghammer. Hoon rollte sich weg, und der Couchtisch gab unter der Wucht des Schlags nach.

»Ich schätze, das heißt Nein«, stöhnte Hoon.

Er packte eine Lampe und schleuderte sie nach dem Gespenst, doch das Kabel stoppte den Flug weit vor dem Ziel.

»Verdammte Scheiße«, beschwerte sich Hoon, als die Lampe in der Luft bremste und auf den Boden krachte.

Er brauchte dringend eine Waffe. Die Pistole lag in der anderen Ecke des Zimmers; zwischen ihr und ihm befand sich der große gruselige Bastard. Also stand sie momentan nicht zur Debatte. Wahrscheinlich hätte er selbst bei bester Gesundheit weder die Geschwindigkeit noch die erforderlichen akrobatischen Fähigkeiten besessen, um an dem Albino vorbeizukommen. Und mit zwei bis drei gebrochenen Knochen, einem malträtierten Knie und vermutlich mehreren inneren Blutungen hatte er erst recht keine Chance.

Welche Möglichkeiten blieben ihm? Er sah sich um. *Verdammt wenige*, lautete die Antwort. Nichts in Reichweite gab eine besonders furchterregende Waffe ab. Jedenfalls nicht, wenn er keine Zeit hatte, sie seinen Zwecken anzupassen. Klar, er könnte einen Tisch umstoßen und ein Bein abbrechen, aber er konnte sich nicht vorstellen, dass der Litauer ihm die Vorlaufzeit gewähren würde, die er brauchte, um das zu bewerkstelligen.

Die Wanne, in der Amanda gelegen hatte, als er den Raum zum ersten Mal betreten hatte, befand sich auf der linken Seite. Allerdings war sie jetzt leer, was ihn der Möglichkeit beraubte, den gruseligen Scheißkerl zu ersäufen. Andererseits entfiel damit auch die deutlich realistischere Möglichkeit, dass ihm das widerfuhr.

Moment! Die Wanne! Relativ zu seiner Position war

sie fast an derselben Stelle, an der er sie zum ersten Mal gesehen hatte. Also war er hier hereingekommen.

Als er sich umdrehte, sah er nur wenige Schritte hinter sich die Schlafzimmertür. Er stürzte darauf zu, warf sich ins Zimmer und schlug die Tür zu. Er griff gerade nach einem Stuhl, um ihn unter den Griff zu keilen, als sie wie von einem Tornado getroffen nach innen flog.

Der Albino duckte sich in den Raum; seine Gesichtszüge waren so leer und teilnahmslos wie immer, seine roten Augen funkelten im Halbdunkel wie Edelsteine.

Hoon wich zurück. Der einzige Weg aus dem Raum führte an dem Riesen vorbei. Das wusste dieser Mistkerl auch und verhinderte es. Er stand einfach da und wartete, als hätte er alle Zeit der Welt.

Eine Waffe. Eine Waffe. Hoon brauchte eine verfluchte Waffe. Doch in seiner Reichweite gab es nur die Bettwäsche, eine unverschämte Anzahl von Kissen und den Wasserkocher, den er schon einmal gefüllt hatte, um seinen Entführern den kochenden Inhalt ins Gesicht zu schütten.

Er überlegte kurz, ob er Zeit hatte, ihn zu füllen und zum Kochen zu bringen, beugte sich aber der Vernunft.

Es musste doch irgendwas geben, das sich gebrauchen ließ. Schwer und solide genug, um diesem Ein-Mann-Zirkus des Schreckens eine Delle zu verpassen.

Der Fernseher! Der sollte genügen. Er hastete hin, packte den Rahmen und zog. Aber der TV-Monteur hatte ganze Arbeit geleistet: Der Fernseher widerstand, bis das Brennen in seiner Seite Hoon zwang, die Idee aufzugeben.

Scheiß drauf, dann musste eben der Kessel herhalten. Er nahm ihn am Henkel, wandte sich um und ließ ihn so fest an die Schläfe des Albinos krachen, dass das Metall zerbeulte. Das immerhin zeigte eine Wirkung bei dem Riesen. Er taumelte einen Schritt zurück, und für einen Moment – nur einen Moment – wirkte sein zuvor ausdrucksloses Gesicht schockiert.

Hoon teilte gleich noch den Nachschlag aus, aber der Riese lenkte den Schlag ab, riss ihm den Henkel aus der Hand und schleuderte den Kessel quer durch das Schlafzimmer.

Hoon nutzte die Ablenkung und stürmte zur Tür. Er schaffte drei Schritte zurück in den Wohnbereich der Suite in Richtung Pistole, als ihn ein Fuß im unteren Rückenbereich traf und aufrecht zu bleiben plötzlich keine Option mehr war.

Er krachte mit Kopf und Schulter gegen einen Ohrensessel, der entweder aus Beton oder mit dem verdammten Boden verschraubt war. Danach sackte er zusammen, bis er in den Teppich atmete.

Der Schmerz, den er lieber auf einen späteren Termin verlegt hätte, forderte vehement seinen Tribut. Er fluchte, obwohl er nicht sicher war, ob er es laut tat oder nur in seinem Kopf, und schaffte es, beide Hände auf den Boden zu stemmen, damit zumindest die Möglichkeit bestand, wieder aufzustehen.

Nur nicht jetzt. Nicht sofort. Er brauchte ein paar Sekunden. Eine Chance, wieder zu Atem zu kommen. Dann konnte er es erneut mit dem Bastard aufnehmen.

Nur eine kleine Pause. Das war alles, was er brauchte. Nur einen Moment Schlaf, dann war dieser gespenstische Scheißer fällig.

Seine Augen schlossen sich ganz von selbst.

In der Dunkelheit dachte er an ein Bett voller Blut und Pisse.

Er dachte an eine junge Frau. Nackt. Voller Angst. Und so weit weg von zu Hause.

Er dachte an ihre Eltern, die auf sie warteten. Die auf ihn zählten.

Steh verdammt noch mal auf, Soldat!

Seine Arme zitterten, als er sich hochstemmte. Der Sessel, den er gerade noch verflucht hatte, erwies sich jetzt als Segen, denn er leistete die nötige Hilfestellung, um den blutenden keuchenden Knochensack seines Körpers in die Vertikale zu hieven.

Er lehnte sich gegen das Möbelstück, spuckte ein bisschen Blut über sein Kinn, atmete schmerzhaft aus und winkte den Riesen heran. Wenn auch etwas halbherzig.

»Na dann komm, du rattenäugiger Teigkloß von einem Vampir«, knurrte er. »Ist das alles, was du draufhast?«

Ein linker Haken drehte ihm fast den Kopf ab, als

wäre er nur aufgeschraubt. Der nächste Hieb traf seinen Magen und presste ihm die Luft aus der Lunge, zusammen mit einem Blutfaden, der sich unter ihm auf dem Teppich zusammenrollte.

»Scheiße«, krächzte er.

Das war wirklich enttäuschend. In Filmen funktionierte dieses letzte Aufbäumen meistens.

Aber das Gespenst war nicht zu stoppen. Er sah nicht nur so aus, als wäre er aus Alabaster gemeißelt, seine Schläge fühlten sich auch so an. Er war offenbar unempfindlich gegen Schmerzen, ein unzerstörbarer massiver Block.

Nein. Er war nicht durch und durch hart. Das war niemand. Und es baumelten mindestens zwei weiche Teile in seiner Reichweite.

Hoon biss gegen den Schmerz die Zähne zusammen und versetzte dem Riesen einen satten Aufwärtshaken in die Leistengegend. Der Aufprall schickte eine Schmerzwelle durch sein Handgelenk und den Arm hinauf bis in die Schulter. Wie es sich anfühlte, so einen Schlag zu kassieren, mochte er sich gar nicht erst vorstellen.

Den Albino schien das jedoch nicht im Geringsten zu irritieren. »Verflucht! Ernsthaft jetzt?« Hoon stöhnte, krümmte die Finger und schüttelte die Hand, sodass sie schlaff auf seinem schmerzenden Handgelenk flatterte.

»Ich fürchte, damit verschwenden Sie nur Ihre Zeit.« Das Gespenst machte einen Rückwärtsschritt und stand stramm, die Hände auf dem Rücken verschränkt, wie ein Soldat. Unter einem geschwollenen Augenlid sah Hoon, das Godfrey West das Hotelzimmer betreten hatte. Der Mistkerl lächelte ihn an. *Er lächelte.*

»Er ist kastriert«, erklärte West, kam näher, blieb neben seinem Albino-Riesen stehen und fuhr mit einer Hand über seine nackte Vorderseite, wobei die Finger wie Spinnenbeine krabbelten und knapp über dem Bund seiner Shorts verweilten. »Barbarisch, ich weiß, aber er hat es sich als Teenager selbst machen lassen – das war lange, bevor ich ihn … übernommen habe. Es bringt, wie Sie festgestellt haben, gewisse Vorteile mit sich.«

Hoon stürzte sich auf West, doch ein heftiger Schlag mit der offenen Hand des Litauers schickte ihn um neunzig Grad nach rechts.

Er vergeudete einige verwirrte Sekunden mit der Frage, wo auf einmal die anderen Männer geblieben waren, und entdeckte sie dann wieder, als er sich nach links drehte.

»Ich schätze Ihren Kampfgeist, Bob. Wissen Sie, es ist wirklich beeindruckend, was Sie geleistet haben.« Godfrey begann an seinen Fingern abzuzählen. »Sie haben meine Party gecrasht, Sie haben …« Er versuchte, sich den zweiten Punkt einfallen zu lassen, dann sammelte er sich und deutete auf einige Keramikstücke auf dem Boden. »Sie haben diese kostbare Vase zerbrochen! Und dann, ja, dann haben Sie sich erwischen lassen.

Aber trotzdem. Sie können mit Ihren Errungenschaften wirklich zufrieden sein. Ganz ehrlich.« Er grinste und hob beide Daumen. »Tolle Leistung!«

»Vielleicht gehörte das alles zum Plan«, sagte Hoon. Die Worte kamen undeutlich über seine geschwollenen Lippen. »Vielleicht habe ich Sie nur aus der Reserve gelockt.«

»Das ist mir noch gar nicht in den Sinn gekommen«, erwiderte West, obwohl er von dieser Möglichkeit nicht sonderlich beunruhigt zu sein schien. »Na schön. Was haben Sie jetzt vor, nachdem Sie mich erfolgreich herausgelockt haben?«

»Für den Anfang werde ich Ihren schönen Teppich vollbluten«, sagte Hoon.

»Auf diese Teppiche wird viel geblutet«, entgegnete West, und der unterschwellige Tonfall in seinen Worten legte nahe, dass ihn das erfreute. »Wir schlagen das auf die Kosten unserer Dienstleistungen drauf.«

»Caroline Gascoine«, sagte Hoon. »Wo ist sie?«

Godfrey hob eine Braue. »Sorry, wer?«

»Sie haben sie sich geholt. Diese verdammte … Karawane von Wichsern, zu der Sie gehören. Der Loop. Der hat sie entführt.«

»Ah! Verstehe! Darum geht es hier also?«, fragte Godfrey. Er lachte, und seine Belustigung brannte sich in Hoons Kopf. »Ich fürchte, ich habe nicht die leiseste Ahnung. Wir schleusen hier viele Mädchen durch. Normalerweise setze ich mich nicht mit ihnen zusammen und präge mir ihre Namen ein. Wer sie vorher waren, ist nicht wichtig.«

»War sie hier?«, fragte Hoon. »Sie hatten Frauen hier. War sie dabei?«

»Ich wünschte, ich könnte Ihnen helfen, Bob. Wirklich«, sagte Godfrey. »Aber selbst wenn ich jede einzelne Frau befragen würde, könnte es sehr gut sein, dass sie sich nicht mehr an ihren eigenen Namen erinnert.« Er hielt sich die Hand vor den Mund, blickte von einer Seite zur anderen und flüsterte dann verschwörerisch: »Die nehmen ja so viel Drogen. Selbst das harte Zeug. Es ist wirklich ein Jammer.« Er verstärkte sein Lächeln, dann zuckte er mit den Schultern. »Was soll man machen? Wenn es ihnen hilft ...«

Hoon versuchte es noch einmal und kam fast nah genug heran, um den Bastard am Revers seines Jacketts zu packen, bevor ihn die nächste Ohrfeige traf.

Aber dieses Mal war er besser vorbereitet. Er schnappte sich die Hand des Albinos, senkte den Kopf und schlug seine Zähne in den fleischigen Ballen an der Daumenwurzel.

Kämpfe nicht schön, kämpfe clever.

Oder besser noch, kämpfe dreckig.

Er riss ein Stück Fleisch heraus, und die weiße Haut des Riesen färbte sich rot.

Das Gespenst packte ihn am Kopf und riss ihn nach hinten, bis Hoon fürchtete, seine Wirbelsäule würde gleich brechen.

Die Eier des großen Mannes mochten ein Fehlschlag gewesen sein, aber sie waren nicht die einzigen weichen Teile des männlichen Körpers. Ganz und gar nicht.

Er klappte den Daumen seiner rechten Hand ein und streckte die anderen Finger aus, bis sie so etwas wie eine Speerspitze bildeten. Er täuschte eine linke Gerade an und rammte dann die Finger mit voller Wucht in die Kehle des Hünen.

Der Schlag hatte gesessen. Das Gespenst taumelte ein paar Schritte rückwärts und griff mit der verletzten Hand nach seiner Kehle. Das Blut floss in Kaskaden über seine Brust und bildete rote Rinnsale auf der straff gespannten weißen Haut.

»Also hast du doch ein bisschen Farbe in dir«, stellte Hoon fest und spuckte das Fleisch des anderen Mannes aus.

Er rückte näher und wollte dem großen Bastard den Rest geben, knickte aber ein, als West ihm einen schnellen Doppelschlag in die gebrochenen Rippen verpasste.

Der Boden war plötzlich wie Gelee unter seinen Füßen. Er schwankte und wogte unter ihm und machte es unmöglich, auf den Füßen zu bleiben.

Er war sich sicher, dass der Boden weit entfernt war, doch er landete überraschend schnell darauf. Sein Wiedersehen mit dem Teppich war schmerzhaft, aber nur von kurzer Dauer. Er spürte, wie Hände seinen Kopf packten, und erhaschte einen Blick auf einen gespenstischen weißen Finger. Dann wurde er auf die Knie gehoben, sein Kopf drehte sich, bis die Knochen in seinem Nacken hörbar knackten.

Er versuchte, den Riesen wegzuschieben, aber er hatte keine Kraft mehr in den Armen. Jetzt konnte er nur noch seine Fingernägel in die Handgelenke des Gegners pressen, bis sie halbmondförmige Abdrücke auf der Haut hinterließen.

Wests Stimme klang weit entfernt, als müssten sie einen Schneesturm durchdringen.

»Wissen Sie eigentlich, dass ihm das absolut keinen Spaß macht?«, fragte West. Hoon sah sein Gesicht aus dem Schatten auftauchen. Sein Grinsen war so breit, als trüge er wieder diese entstellende Plastikmaske. »Aber ich kann Ihnen versichern, dass ich es genieße.«

Stromstöße durchzuckten Hoons Wirbelsäule, als sein Hals noch ein bisschen weiter verdreht wurde.

»Er wird Sie nicht töten, Bob. Er wird Sie lähmen. Wenn er das getan hat, kann ich mit Ihnen machen, was ich möchte. Uns stehen einige ausgezeichnete Ärzte zur Verfügung, die Sie für sehr lange Zeit am Leben erhalten werden.« Er kam näher, bis Hoon die Wärme seines Atems auf dem Gesicht spürte. »Sie werden sich wünschen, dass es anders wäre. Das kann ich Ihnen versichern. Wenn Sie noch sprechen könnten, würden Sie um Erlösung bett...«

Ein Donnerschlag übertönte ihn. Hitze und Nässe schlugen Hoon ins Gesicht, und plötzlich verschwand der Druck auf seinen Hals. Er fiel rückwärts zu Boden und sah, wie das Gespenst behutsam ein Loch abtastete, das sich mitten in seiner Brust aufgetan hatte.

Aus der Wunde strömte Blut über seine Brust und sammelte sich plätschernd in einer Pfütze auf dem Teppich zwischen seinen Füßen.

Dann fiel er – langsam wie eine große Eiche. Der Schatten legte sich über Hoon, und nur durch eine verzweifelte Anstrengung konnte er sich in letzter Sekunde zur Seite rollen und die Aufschlagsstelle räumen.

In den Aufprall mischte sich ein zweiter Schuss, und West ging in Deckung, schlang die Hände um den Kopf, als machten sie ihn irgendwie kugelsicher.

Hoon suchte nach der Waffe, die neben der Chaiselongue gelandet war. Stattdessen sah er ein Paar schwarz-weißer Sneaker und den Saum einer penibel gebügelten Nadelstreifenhose.

»Oh, Scheiße sei Dank«, keuchte er.

»Alles in Ordnung, Bob?« Miles hob die Waffe und richtete sie auf den Ohrensessel, hinter dem Godfrey gerade in Deckung gegangen war.

»Ja, alles bestens«, erwiderte Hoon. »Nur fürs Protokoll, ich war gerade dabei, ihn fertigzumachen. Ich habe nur auf den richtigen Moment gewartet.« Er stützte sich auf die Ellbogen und sah zur offenen Tür. »Ist endlich die Kavallerie hier? Das wurde auch Zeit, verdammt.«

»Das bin nur ich«, antwortete Miles.

Hoon spuckte einen Mundvoll Blut aus. »Oh, klar.

Der berühmte Dienstweg. Wie lange dauert es noch, bis die sich den Finger aus dem Arsch ziehen und hier auftauchen?«

Miles schüttelte den Kopf. »Sie kommen nicht.«

Hoon runzelte die Stirn. »Was?«

»Es sind nur wir beide«, erklärte Miles. Die Waffe zitterte in seinen Händen, und Hoon sah, dass der MI5-Mann am ganzen Körper bebte, als kämpfe er gegen eine Unterkühlung an.

»Was zur Hölle soll das heißen?«

Hoon manövrierte seine vielen verletzten Körperteile in eine Position, die gerade so als aufrecht durchging. Weil aber das ganze Hotel wie ein Pendel hin und her schwankte, ließ sich nicht vorhersagen, wie lange er die Position halten konnte.

Godfrey West hob den Kopf über den Sessel und duckte sich wieder, als die Waffe losging. Eines der großen Panoramafenster mit Blick auf London zersplitterte, und durch das Loch pfiff Wind herein.

»Mann! Was soll das, zum Henker?«, herrschte Hoon Miles an. Er versuchte, die Waffe zu packen, doch der MI5-Mann wich hastig zurück.

»Nicht!«, bellte er und warf Hoon einen kurzen Seitenblick zu.

Die Qual in seinen Augen machte Hoon stutzig. Es lag Wut darin, aber auch etwas anderes. Hass. Kummer. Furcht. Leid. »Ich werde Ihnen nichts tun. Ich will nur ihn.«

»Ja, aber he, wir haben ihn doch«, sagte Hoon.

Miles schüttelte den Kopf. »Ich will, dass er stirbt. Ich werde ihn umbringen.« Er knirschte mit den Zähnen und sog die Luft ein, als kostete es ihn Mühe, sich zusammenzureißen. »So wie er sie umgebracht hat.«

»Umgebracht? Wen hat er umgebracht? Was soll das heißen, er hat …?«

Hoon spürte, wie sein Blick nach unten gezogen wurde. Die Sneaker waren ein Geschenk seiner Frau gewesen – und so wichtig für ihn, dass er sie seitdem immer trug.

Im Auto war ein Kindersitz gewesen, aber Miles hatte nie ein Kind erwähnt.

Haben Sie keine Familie, die zu Hause auf Sie wartet? Das hatte Hoon ihn gefragt.

Er hatte darauf nie eine Antwort bekommen.

Bis jetzt.

»Oh, Scheiße«, stöhnte er, dann krachte die Waffe erneut, und eins der beiden Ohren an der Rückenlehne des Sessels explodierte in einer Wolke aus Stoff und Füllung.

DREIUNDVIERZIG

»Moment! Warten Sie, warten Sie!«, brüllte Hoon und hob Einhalt gebietend die Hände, als wollte er für West um Gnade bitten. »Wir brauchen ihn lebend! Er muss uns sagen, wo Caroline ist!«

»Ach, werden Sie erwachsen, Bob!«, bellte Miles. Die Hand, die die Waffe hielt, zitterte, als könnte sie das Gewicht der Pistole nicht mehr halten. Er umklammerte sein Handgelenk mit der anderen Hand und versuchte, es zu stabilisieren. »Sie ist längst tot. Sie wissen es, ich weiß es, und er weiß es ganz bestimmt!«

»Nein! Nein, ist sie nicht! Was würde sie uns tot nützen?«, schrie West hinter dem Sessel kauernd. »Ich kann Ihnen helfen. Ich kann Ihnen helfen, sie zu finden, wenn Sie nur …«

Die SIG-Sauer ging los und durchlöcherte ein Gemälde an der Wand hinter dem Sessel.

»Er lügt!«, zischte Miles. »Er will sich nur rausreden. Das macht er immer. Aber damit ist jetzt Schluss. Diesmal läuft das nicht.«

»Was hat er getan?«, fragte Hoon und näherte sich

ihm mit erhobenen Armen. »Sagen Sie mir, was passiert ist.«

Miles presste die Lippen zusammen und verzog sie dann. Tränen schimmerten in seinen Augen und liefen ihm schließlich über die Wangen.

»Ich hatte gegen ihn ermittelt und zu tief gegraben«, sagte er. »Ein paar seiner Männer haben versucht, mich zu warnen. Sie wollten mich einschüchtern, damit ich die Ermittlungen einstelle, aber ich habe sie ignoriert. Und weitergegraben.«

Sein Unterkiefer zitterte, als würde er sich aus dem Gelenk lösen wollen. Er fuhr sich mit dem Arm über die Augen und wischte die Tränen mit dem Hemdsärmel ab.

»Also hat er sie ermordet. Alle beide. Er hat meine Frau getötet.« Seine Stimme war ein kehliges Krächzen. »Und meinen kleinen Sohn.«

»Das war ich nicht. Das habe ich nicht getan, ich schwöre es«, sagte West. Er schob kurz den Kopf über die Lehne, um Hoon einen flehenden Blick zuzuwerfen. »Ich weiß nicht, wovon er redet. Sie müssen mir helfen!«

»*Schluss mit den Lügen!*«, bellte Miles und drückte ab. Wieder verfehlte die Kugel ihr Ziel und zerfetzte einen Lampenschirm auf der anderen Seite des Zimmers.

»Wir haben ihn, Miles. Wir können ihn vor Gericht stellen«, erklärte Hoon. »Sie haben gesagt, Sie wollen den Loop zerschlagen. Genau so funktioniert das. Wir fangen mit ihm an. Aber lebendig.«

Miles' Gesicht verzerrte sich zu einem gequälten Grinsen. Er lachte, doch es klang freudlos, fast verzweifelt.

»Sie begreifen es immer noch nicht, was? Sie können den Loop nicht zerschlagen. Er ist überall. Es kann jeder sein«, sagte Miles. »Wie will man Gerechtigkeit erhoffen, solange sie jeden in der Hand haben, der etwas bewegen könnte?« Er schüttelte den Kopf und zog die Nase hoch. »Es ging hier nie darum, den Loop zu zerschlagen. Das schaffen Sie nicht. Keiner schafft das. Es ging darum, mich mit ihm zusammenzubringen, damit ich ihn für seine Taten zur Rechenschaft ziehen kann.«

»Nein, von wegen!«, blaffte Hoon. »Es ging darum, Caroline zu finden. Das haben Sie mir versichert.«

Miles warf ihm einen entschuldigenden Blick zu. Mehr war von ihm wohl nicht zu erwarten. »Ich habe gelogen. Ich brauchte Ihre Hilfe. Weil mir klar war, dass ich es ohne Sie nicht schaffen würde.«

Etwas kroch kalt und klamm Hoons Rücken hinauf. »Moment ... sind Sie überhaupt beim MI5?«, fragte er.

»Ja, bin ich. Der Teil stimmte«, erwiderte Miles.

»Oh, Scheiße sei Dank«, flüsterte Hoon.

»Ich bin nur ...«

Die eisigen Finger des Schreckens griffen wieder zu. »Sie sind nur ... *was*?«

»Ich bin wegen des Trauerfalls beurlaubt. Und das, seit sie ... seit er die beiden umgebracht hat. Ich habe ein paar alte Gefälligkeiten eingefordert. Bei der Polizei. So konnte ich Sie an Bord holen.«

»Nein. Unmöglich …« Hoon schüttelte ungläubig den Kopf. »Welshy … Sie haben mir versichert, Sie hätten ihn an einem sicheren Ort untergebracht.«

»Das habe ich auch. Alle beide«, antwortete Miles. »So viel kann ich Ihnen versprechen. Sie sind bei meinem Cousin.«

Hoon ging fast in die Luft. »Bei Ihrem *Cousin*? Was soll das werden? Eine verdammte Pyjamaparty?« Er kletterte buchstäblich über den toten Albino und näherte sich Miles, bevor der die Waffe auf ihn richten konnte. »Sie haben es mir versprochen, verdammt! Sie haben gesagt, Sie hätten ein Team, das sie in ein sicheres Haus bringt!«

Miles versuchte zurückzuweichen, aber Hoon packte die Pistole und rang sie aus seinen Händen. Danach stieß er Miles mit der freien Hand gegen die Brust, was den MI5-Mann rückwärts quer durchs Zimmer taumeln ließ.

»Sie setzen sich da hin und rühren sich nicht vom Fleck. Mit Ihnen unterhalte ich mich später«, bellte er und schob die Pistole hinten in seine Hose. »Aber zuerst werde ich unseren gemeinsamen Feind da drüben so lange löchern, bis er mir alles sagt, was ich wissen will.«

Godfrey, der den Wortwechsel hinter dem Sessel verfolgt hatte, richtete sich plötzlich auf.

»Hören Sie, wir können über alles reden«, bot er an. »Wir können zu einer Einigung kommen. Ich kann Ihnen besorgen, was immer Sie wollen. Geld? Macht? Was Sie sich auch wünschen, ich mache es möglich.«

»Ich will wissen, wo Caroline Gascoine ist.« Hoon kam langsam näher. »Und danach werden Sie mir die Namen aller Personen nennen, die an ihrer Entführung beteiligt waren. Sämtliche heimlichen kleinen Helfershelfer. Wer sie entführt hat, habe ich schon rausgekriegt. Der liegt jetzt auf dem Grund der Themse. Ich will die Namen aller Personen wissen, die sie danach auch nur angesehen haben, und ich will wissen, wo ich diese Mistkerle finden kann.«

»Das kann ich nicht … Ich weiß es nicht«, stammelte West und wich zurück.

Hoon zuckte mit den Schultern und versuchte, sich nicht anmerken zu lassen, wie schmerzhaft die Bewegung war. »Dann geben Sie mir einfach alle Namen, die Ihnen einfallen, und ich werde sie selbst fragen, ob sie sie gesehen haben.«

»Diese Information kann ich Ihnen auch nicht geben!«, sagte Godfrey. »Ich meine … selbst wenn ich sie hätte, könnte ich es nicht. Die würden mich umbringen.«

Miles schaltete sich ein, bevor Hoon antworten konnte. »Die? *Ich* werde Sie umbringen!«

»Da haben wir's, sehen Sie? Der Loop ist das geringste Ihrer Scheißprobleme«, sagte Hoon. »Wie wäre es, wenn Sie mir für den Anfang sagen, wo sie ist? Wenn Sie es nicht wissen, sagen Sie mir, wer es weiß. Dann helfe ich Ihnen und beschütze sie vor ihm hier. Aber ich muss über das Mädchen Bescheid wissen. Ich muss wissen, wo …«

»Boss?«

Hoon wandte den Kopf und sah einen Aufpasser in der Tür stehen, der im selben Moment eine Waffe aus der Anzugjacke zog.

Hoon wirbelte herum, zückte die SIG-Sauer und feuerte zwei Schüsse in die Brust des Ganoven. Sie schleuderten ihn in den Korridor zurück, wo er gegen die Wand prallte, daran heruntersackte und eine Blutspur auf der teuren Tapete hinterließ.

»Er flieht!«, schrie Miles, und Hoon drehte sich um. Godfrey rannte, so schnell er konnte, zu dem zersplitterten Fenster.

»Mich kriegt ihr nicht lebend!«, brüllte er. »Lang lebe der Loop!« Es knallte, als er gegen die Scheibe sprang und davon abprallte. Blut lief über sein Gesicht.

»Ohh! Scheiße!«

Er warf sich zur Seite und taumelte, halb erblindet, auf eine andere der vielen Türen der Suite zu.

Hoon hob die Waffe und zielte auf den Rücken des Bastards. »Bleiben Sie stehen, sofort!«, befahl er, aber West legte sich wieder die Hände um den Kopf und flüchtete in den Nebenraum.

»Scheiße!«, fluchte Hoon und humpelte hinter ihm

her. Die Tür war nicht verschlossen, aber sie wurde von der anderen Seite aus blockiert. Er zielte tief, gab einen Schuss ab und wurde von einem Schmerzensschrei auf der anderen Seite belohnt.

Die Tür schwang auf, und Hoon stürmte in einen Raum, der wie die XXL-Version eines Babyzimmers aussah. Einen Moment lang betrachtete er verblüfft die riesigen Kuscheltiere, das überdimensionierte Kinderbett und die riesige Wickelauflage aus Plastik, dann wandte er seine Aufmerksamkeit dem Mann zu, der inmitten all dieser Dinge auf dem Boden lag und dem Blut aus einem Loch im Schienbein sickerte.

»Das ist wirklich völlig durchgeknallt, Arschloch«, bemerkte Hoon. »Ich … ich wünschte, mir würde etwas Geistreiches oder Cleveres einfallen, aber ich will ehrlich sein …« Er sog die Luft durch die Zähne ein und schüttelte den Kopf. »Da fehlen mir die Worte. Also tue ich einfach mal so, als ob ich nichts von diesem perversen Scheiß mitbekomme, und halte mich an das, worüber wir gerade gesprochen haben.« Er stellte einen Fuß auf Godfreys verletztes Bein und presste es auf den Teppich mit dem Kaninchenmuster. »Caroline Gascoine. Wo ist sie?«

»Bitte … bitte! Ich weiß die Namen der Mädchen nicht, Ehrenwort. Ich habe keine Ahnung, wer sie sind und wo sie herkommen. Ich weiß nur, dass sie herumgeschickt werden.«

»Wohin?«

»Überallhin! In die ganze Welt!« West wimmerte, und seine Augen waren weit aufgerissen vor Verzweiflung. Er streckte eine Hand aus, als würde er um Hilfe flehen. »Aber, he, hören Sie zu. Sie haben recht. Sie haben völlig recht! Ich kann Ihnen helfen. Das kann ich. Wir können sie gemeinsam aufspüren, doch zuerst müssen Sie mich gehen lassen. Denn wenn die glauben, dass ich aufgeflogen bin, legen die mich um, und Sie werden sie nie finden. Aber … wenn ich so darüber nachdenke, weiß ich vielleicht doch, von wem Sie reden! Ich glaube, ich kenne sie wirklich! Ich bin mir sogar ganz sicher.«

Hoon stellte den Fuß auf die Wunde im Bein und fixierte mit seinem guten Auge den wimmernden Waschlappen vor seinen Füßen. »Wie heißt sie?«, fragte er.

Godfrey umklammerte sein Bein, sein Brustkorb hob und senkte sich heftig, und er atmete in flachen kurzen Zügen.

»Der Name. Ich habe ihn eben genannt. Wenn Sie wissen, von wem ich spreche – wenn Sie wissen, wo sie ist –, dann sollten Sie auch ihren Namen kennen.«

»Ich … ich … Es ist … sie heißt …«

Hoon las es ihm vom Gesicht ab, und es stand auch in seinen Augen. Er log. Es war ein letztes verzweifeltes Manöver, in der Hoffnung, einen Aufschub herauszuschlagen, vor dem, was kommen würde. Er wusste nicht, wer Caroline war. Er hatte nicht die geringste Ahnung. Für ihn war sie nur eine von Hunderten. Der

Loop hatte ihr nicht nur den Namen geraubt, sondern auch ihr Leben zerstört, eins von Tausenden. Vielleicht sogar noch mehr.

Dieser Mann würde keine Hilfe bei der Suche nach Caroline sein. Was nicht bedeutete, dass er sich nicht als nützlich erweisen könnte.

»Die Frauen, die hier waren. Wo sind die hin?«, fragte Hoon.

»Weg. Einfach weg. Keine Ahnung, wohin.«

Hoon verlagerte mehr Gewicht auf seinen Fuß und erntete einen Schmerzensschrei. »Denken Sie besser nach!«

»Ich weiß es wirklich nicht. Bestimmt werden sie ins Ausland verfrachtet! Darum habe ich mich nie gekümmert!«

»Wie werden sie transportiert?«, wollte Hoon wissen und kannte die Antwort schon, bevor er die Frage zu Ende gestellt hatte.

Der Truck. Der Truck mit dem französischen Logo. Das musste es sein.

»Miles!«, rief Hoon über die Schulter und zuckte zusammen, als er einen Meter hinter sich den MI5-Mann entdeckte. Er hatte ihn offenbar schon eine Weile beobachtet. »Jesus!« Hoon machte ein finsteres Gesicht.

Er hielt Miles die Kanone hin, und dieser beäugte misstrauisch die Pistole, als stecke ein Trick dahinter, doch Hoon hatte keine Zeit, auf seine Erleuchtung zu warten.

»Scheiße, ich vertraue Ihnen!«, sagte Hoon. »Aber ich muss los. Dieser durchgeknallte Widerling könnte uns vielleicht helfen, dieses Loop-Gesindel dranzukriegen, doch ich sehe es ein. Ich verstehe, dass Sie ihm eine Kugel zwischen die Augen jagen wollen. Ich überlasse Ihnen die Entscheidung. Ich lege sein Leben in Ihre Hände. Einverstanden?«

Miles starrte unverwandt auf die Waffe, aber Hoon wartete nicht auf seine Antwort.

»Ich wünsche gute Unterhaltung.« Hoon tätschelte Miles' Schulter und humpelte, so schnell er konnte, durch den Wohnbereich in den Flur.

Er zog rasch dem toten Ganoven die Waffe aus dem Holster und wollte zur Treppe humpeln, wie schmerzhaft das auch sein mochte. Aber dann pfiff er auf die guten Vorsätze und steuerte stattdessen den Aufzug an.

VIERUNDVIERZIG

Er verließ den Lift ein Stockwerk vor dem Erdgeschoss und stieg über die Treppe nach unten.

Den Geräuschen nach zu urteilen, herrschte im Hotelfoyer weiterhin Chaos. Es war ein Durcheinander lauter Stimmen, und vereinzelt waren Entsetzens- oder Schmerzensschreie zu hören.

In der Ferne heulten Polizeisirenen. Vor ein paar Monaten wäre ihm das Geräusch noch sehr willkommen gewesen. Aber da hatte er noch nicht gewusst, wie tief der Loop im System steckte – jetzt kam ihm das Heulen fast wie ein Countdown vor. Wenn er noch etwas erreichen wollte, musste er sich ranhalten.

Seine äußere Erscheinung hatte sich verändert, seit er das letzte Mal durch die Küche gelaufen war, und all die Köche und Küchenhelfer, die ihn vorhin bewusst ignoriert hatten, sahen nun mit großen Augen zu, wie er mit gezückter Pistole durch die Küchendünste und die Hitze humpelte. Die Waffe legte jedem, der die Idee haben sollte, ihm in die Quere zu kommen, nahe, seine Entscheidung noch einmal gründlich zu überdenken.

Er schaffte es nach draußen, und der unvermittelte Schock der Kälte raubte ihm den Atem.

Er sah eine Abgaswolke und hörte das Nageln eines Dieselmotors. Der französische Transporter rollte vom Parkplatz und bog nach links ab.

»Nein!«, entfuhr es ihm. Er hob die Waffe und versuchte, den Fahrer aufs Korn zu nehmen, als der Lieferwagen die Kurve beschrieb, doch der Winkel stimmte einfach nicht. »Fuck!«

Er lief so schnell, wie es bei seiner aktuellen körperlichen Verfassung möglich war. Aber er konnte sich kaum noch bewegen, und es haperte mit der Koordination. Er sah zu, wie der Wagen und mit ihm alle Hoffnung in Richtung Park Lane verschwand.

Andere Fahrzeuge standen nicht mehr herum, also hatte er keine Möglichkeit, die Verfolgung aufzunehmen. Keine Chance, ihn jetzt noch zu schnappen.

Er hörte wildes Hupen hinter der Kurve.

»Aus dem Weg, verdammt!«, rief ein Mann. »Schaffen Sie Ihre verfluchten Vans da weg!«

Ja! Gott, ja!

Er schleppte sich weiter in Richtung Tor und sah einen schwarz gekleideten Ganoven – offenbar der Fahrer des Trucks – neben der offenen Fahrertür stehen. Er brüllte zwei Kamerateams zusammen, deren Fahrzeuge die Ausfahrt blockierten.

Gott segne die braven Männer und Frauen von der Presse!

Hoon humpelte eilig zum Lastwagen. »He, du Blödmann!«, schnauzte er den Fahrer an. Als der sich umdrehte, hämmerte er ihm den Pistolengriff an die Schläfe und legte ihn schlafen. Schnell schob Hoon die Waffe wieder in den Gürtel, damit sie niemand sah, und winkte den Kameraleuten.

»He, Leute! Scharf auf eine Story, die eure Karriere vorantreibt? Dann hier lang, bitte.«

Ohne abzuwarten, ob sie ihm folgten, drehte er sich um und humpelte zum Heck des Lieferwagens.

Der Verriegelungsmechanismus brauchte ein bisschen Überredung und einige Kraftanstrengung, bis sich eine der Türen quietschend ein paar Zentimeter öffnete. Hoon riss sie ungeduldig ganz auf.

»Jesus!«, stieß er hervor und taumelte einen Schritt zurück. »O Mann.«

»Was zum Teufel …?«, fragte eine Stimme in seinem Rücken. »Colin, zeichnest du das auf? Können wir sofort auf Sendung gehen? Wir müssen das live bringen.«

Hoon hievte sich in den Truck, und die Frauen, die zusammengekauert am anderen Ende des Laderaums hockten, senkten die Köpfe und wandten ihre Blicke ab, weil sie fürchteten, er würde sich eine von ihnen greifen.

Alle außer einer.

»Es ist okay«, sagte Amanda. Sie sah zu den anderen. Hoon bemerkte, dass die Frauen alle aneinandergekettet waren, Amanda eingeschlossen. »Es ist alles okay, er gehört nicht zu denen. Er wird uns nicht wehtun.« Sie sah Hoon an. »Oder?«

Hoon schüttelte den Kopf. Ihm fehlten die Worte, also räusperte er sich ein paarmal, als müsste er seine Stimme wieder in Gang bringen. »Nein. Natürlich nicht. Ihr seid in Sicherheit. Ihr seid alle in Sicherheit. Ich bin hier, um euch zu helfen.«

Es waren ungefähr zwanzig Frauen. Er hatte sie nicht gezählt. Noch nicht. Nicht hier.

Sie waren jung. Überwiegend. Zumindest äußerlich. Aber die wenigen Blicke, denen er begegnete, sagten ihm, dass sie innerlich viel älter waren – da, wo es darauf ankam. Älter als die meisten anderen Menschen. Älter als irgendjemand in dem Alter sein sollte.

»Ihr seid in Sicherheit«, wiederholte er.

Sie waren unterschiedlich stark bekleidet. Amanda stand an einem Ende des Spektrums und ein komplett nacktes blondes Mädchen, das unkontrolliert zitterte, am anderen Ende.

Hoon zog seine Jacke aus und streifte sie ihr über. Sie sah ihn nicht an. Wagte es nicht. Aber sie schlang sich das Kleidungsstück fester um den Leib und versuchte, etwas von der Wärme darin zu retten.

»Haben Sie das?«, fragte er und wandte sich an die Journalisten. Zwei Kameras liefen, dem roten Licht nach zu urteilen. Ein Mann mit einem Mikrofon an einem tragbaren Galgen stand mit offenem Mund da und starrte in den hinteren Teil des Lastwagens.

»Ja. Ja, wir nehmen das auf«, antwortete er schließlich, nachdem er sich zusammengerissen hatte.

Hoon wandte sich wieder an Amanda. Er wusste nicht, was er sagen sollte, aber ihm war klar, dass er irgendetwas sagen musste. Er musste Antworten verlangen. Sich bei ihr entschuldigen. Ihr sagen, dass er es verstand. Zu was auch immer sie gezwungen gewesen sein mochte, um zu überleben, und was auch immer sie mit dem Teufel hatte aushandeln müssen – er hatte Verständnis für sie.

Aber dann …

Dann …

Sein Magen reagierte zuerst. Die Säure stieg ihm bis in den Hals, und einen Moment lang fürchtete er, er bekäme einen Herzinfarkt.

Dann registrierte sein Bewusstsein, was seine Augen wahrgenommen hatten.

Wen sie wahrgenommen hatten.

Sie saß auf der linken Seite und trug ein schwarzes Kleid, das bis zur Taille heruntergezogen war und einen filigran gearbeiteten Bodysuit enthüllte, der einzig und allein die Fantasie anheizen sollte.

Sie hatte den Kopf leicht gesenkt, aber er sah ihr Profil. Sie hatte die Wangenknochen ihrer Mutter. Und die Augen ihres Vaters.

Alles schien wie in Zeitlupe abzulaufen. Der Boden wurde zu Sirup und hielt ihn an Ort und Stelle fest. Er musste seine ganze Kraft aufbringen, um sich weiter zu bewegen. Um auch nur einen Schritt zu machen.

Sie wich zurück, als sein Schatten auf sie fiel. Er

kniete sich vor sie, damit er nicht mehr so angsteinflö-
ßend vor ihr aufragte. Sie kratzte sich den Handrücken,
und das offenbar schon eine ganze Weile, der Rötung
ihrer Haut nach zu urteilen. Er hätte sie am liebsten
in die Arme genommen, sie an sich gezogen. Sie be-
schützt. Ihr versichert, dass jetzt alles gut werden würde
und ihr keiner mehr etwas antun könnte.

Aber ohne ihre Einwilligung sollte dieses Mädchen
von niemandem mehr angefasst werden. Weder von
ihm noch sonst jemandem. Dafür würde er verdammt
noch mal sorgen.

Seit Bamber an jenem Abend bei ihm zu Hause in
Inverness aufgekreuzt war, hatte er den Tag herbeige-
sehnt, an dem er sie mit ihrem Namen ansprechen
konnte. Und als er es jetzt tat, zitterte seine Stimme.

»Caroline?«

Sie blickte nicht auf und reagierte nicht, hörte lediglich eine Sekunde auf, sich zu kratzen, bevor sie dann
noch entschlossener als zuvor weitermachte.

»Caroline, ich bin Bob. Bob Hoon«, sagte er. »Ich bin
ein Freund deines Vaters. Aus seiner Zeit bei der Army.
Er wollte, dass ich komme und dich hole. Er möchte,
dass ich dich nach Hause bringe, Sweetheart.«

Sie hörte auf, sich zu kratzen, verschränkte die Hände
und blickte ihn endlich an. Einen kurzen Moment sah
er das Mädchen vor sich, das er früher einmal gekannt
hatte – vor langer, langer Zeit. Es war verschüttet, aber
immer noch da drin. Es kämpfte noch. Hoffte.

»Nach H…Hause?«, flüsterte sie.

»Ja. Ich bringe dich nach Hause«, versprach ihr Hoon. Er ließ den Blick über die anderen Frauen wandern und verweilte schließlich bei Amanda. Sie erwiderte seinen Blick, solange sie es ertrug, dann ließ sie den Kopf hängen, genau wie die anderen. »Euch alle.«

»Du bist … du bist verletzt.«

Caroline betrachtete sein Gesicht, die blutigen Wunden, die Blutergüsse und seinen allgemein desolaten Zustand.

»Was? Das hier?« Hoon lächelte. Es tat zwar weh, aber das war ihm in diesem Moment egal. »Du solltest erst die anderen Typen sehen …«

Es dauerte nicht lange, bis die übrigen Presseleute Wind von dem bekamen, was hinter dem Gebäude vor sich ging, und als Hoon alle Frauen befreit hatte, stand er in einem Halbkreis von Journalisten, Kameraleuten und Neugierigen, die jede seiner Bewegungen verfolgten.

Dies war das zweite Mal in den letzten Monaten, dass ihm das sehr gelegen kam. Ihr kritischer Blick konnte zumindest für eine Weile dazu beitragen, dass die Leute ehrlich blieben. Und angesichts der Polizeisirenen, die durch die Nacht heulten, und der Blaulichter, die über die Wände des Hotels zuckten, war er für alle prüfenden, kritischen Blicke der Presse dankbar, je mehr, desto besser.

Von den Gorillas in Anzügen war nichts mehr zu sehen. Die meisten hatten sich klugerweise aus dem Staub gemacht, als sie merkten, dass das Spiel aus war.

Der Fahrer, den Hoon mit der Pistole zu Boden geschlagen hatte, war bei einem Fluchtversuch vor ein Polizeiauto gelaufen.

Das Fahrzeug hatte zu diesem Zeitpunkt sein Tempo zwar schon verlangsamt, aber der Aufprall hatte den flüchtenden Mann dennoch mehrere Meter durch die Luft geschleudert. Er war dort liegen geblieben, bis die Sanitäter eingetroffen waren.

Hoon hatte sich inzwischen auf eine Auseinandersetzung mit irgendwelchen aufgeschreckten uniformierten Arschlöchern eingestellt, die versuchen würden, ihn von Caroline und den anderen Frauen zu trennen, und war überrascht, als die erste Beamtin am Tatort auftauchte. Mit ihr hatte er am allerwenigsten gerechnet.

»Mr. Hoon. Warum bin ich nicht im Geringsten überrascht, dass Sie im Mittelpunkt dieser Ereignisse stehen?« Chief Superintendent Bagshaw trug ihre Uniform, machte aber den Eindruck, als hätte sie sie gerade erst überstürzt angezogen.

»Deirdrie?«, fragte Hoon. Er überlegte kurz, ob er von der Ladefläche des Lieferwagens springen sollte, kam dann jedoch zu dem Schluss, dass das wahrscheinlich höllisch schmerzen würde. Also kletterte er lieber vorsichtig herunter. »Was zum Teufel tun Sie hier? Sie sollten doch auf Greig aufpassen.«

»Ja, ich habe den Anruf erhalten, danke«, sagte sie. »Ich habe ein sehr interessantes Gespräch mit Jack Logan geführt, nach dem ich das Gefühl hatte, es könnte sich heute Abend lohnen, Uniform anzuziehen.« Sie blickte an ihm vorbei zu den zusammengekauerten Frauen. »Wie ich sehe, haben Sie mich nicht enttäuscht.«

»Greig?«, hakte Hoon nach. »Wo ist er?«

»Er ist in Sicherheit. Zusammen mit seiner Familie. Ich habe mich darum gekümmert«, versicherte sie ihm.

»Sind das Leute, denen Sie vertrauen?«

»Ja. Es sind noch ein paar von ihnen übrig. Er ist in guten Händen, versprochen.«

»Das wäre auch besser, verdammt«, entgegnete Hoon. »Sonst geht das auf Ihre Kappe.«

Bagshaw zeigte sich von dieser Bemerkung völlig unbeeindruckt. »Ihre Nummer als großer schrecklich harter Kerl mag bei manchen Leuten funktionieren, Mr. Hoon, aber bei mir zieht sie nicht. Am besten, wir verschwenden damit nicht unsere Zeit, oder?«

Sie drehte sich zu den Constables um, die hinter ihr aus den Autos stiegen, und stellte schnell unter Beweis, warum sie ihre Position bekleidete. Rettungswagen wurden gerufen. Decken beschafft. Absperrungen errichtet und Verstärkung angefordert. Bald danach schwärmten Uniformierte durch das Hotel und riegelten die gesamte Umgebung ab.

Bevor sie die Hintertür absperren konnten, humpelte

ein Mann mit gebrochener Nase und einem Loch im Schienbein heraus, der bei jedem Schritt schmerzerfüllt wimmerte.

Miles ging neben ihm und hielt seinen Arm so fest gepackt, als wollte er den Bastard niemals wieder loslassen. Die Waffe hatte er inzwischen allem Anschein nach entsorgt. Wahrscheinlich war das auch besser, damit er gar nicht erst in Versuchung geriet.

»Ist das …?«, begann Chief Superintendent Bagshaw.

»Ja«, bestätigte Hoon. »Das ist der MI5-Agent. Und der miese Drecksack in seinem Gewahrsam ist das Arschloch, das für all das hier verantwortlich ist. Miles kann das besser erklären als ich. Ich schätze, Sie beide werden einiges zu besprechen haben.«

Ein paar Uniformierte wollten Miles und seinen Gefangenen abfangen, doch Deirdrie gab ihnen mit einer Geste zu verstehen, dass sie sie durchlassen sollten. Miles nickte Hoon etwas verlegen zu und warf dann einen kurzen Seitenblick auf West.

»Ich habe mich entschieden, ihn nicht umzulegen.«

»Okay, aber die Rücksichtnahme hätten Sie sich sparen können. Ich habe Caroline gefunden, also nur zu, machen Sie mit ihm, was Sie wollen.«

Chief Superintendent Bagshaw schaltete sich hastig ein. »Nein. Das tun Sie nicht. Und zwar auf gar keinen Fall.«

Miles schüttelte den Kopf. »Das werde ich auch nicht tun. Er hat Informationen. Namen und Adressen. Womöglich sogar Kontonummern und andere Bankdaten. Lebendig ist er nützlicher für uns.«

West spuckte Hoon einen Schwall Blut vor die Füße. »Dafür wird man Sie umbringen. Das wissen Sie, oder? Die werden Sie jagen und Ihnen die Haut vom Leib ...«

»Moment, nicht so hastig. Das muss ich unbedingt mitschreiben«, unterbrach ihn Hoon. Er wandte sich an Bagshaw. »Würden Sie mir einen Notizblock borgen?«

Es war Miles, der darauf reagierte. »Hier«, sagte er und hielt ihm eine schrille paillettenbesetzte Parodie von einem Notizbuch hin. »Das habe ich aus dem Hotel mitgebracht.«

»Scheiße, das ist ja noch besser«, sagte Hoon. Er schlug das Buch auf, zückte den Stift vom Buchrücken und hielt ihn dann über die Seite. »Entschuldigung, was sagten Sie noch gleich?«

Godfrey betrachtete reichlich verwirrt das Notizbuch. Er setzte seine Schimpftirade fort, aber sie hatte inzwischen etwas von ihrer Schärfe eingebüßt und klang sogar ein wenig lächerlich.

»Die werden ... die werden Ihnen die Haut von den Knochen ziehen. Die werden alle töten, die Sie lieben. Die werden, Sie wissen schon ... Es wird furchtbar, das will ich damit sagen. Wohin Sie auch gehen, Sie werden denen nicht entkommen. Wenn es sein muss, werden die Sie bis ans Ende der Welt jagen. Sie werden nie vor denen sicher sein. Sie werden immer über die

Schulter blicken müssen. Sie und alle, die Ihnen etwas bedeuten.«

»Gut. Super. Genau das, was ich brauchte«, sagte Hoon. Er setzte mit dem Stift einen Punkt und klappte das Buch zu. »Meinen Sie, das hat irgendjemand mitgekriegt?«, fragte er und sah Deirdrie und Miles an.

»Die Kameras haben es eingefangen, ja. Und ein paar Officers haben es gehört«, sagte Miles. »Warum?«

»Ach, nur so«, antwortete Hoon. »Könnten Sie mir jetzt bitte diesen windeltragenden Spinner aus den Augen schaffen? Sonst bringe ich ihn wahrscheinlich selbst um.«

»Sie werden nie sicher sein. Keiner von Ihnen«, zischte West. »Sie haben jetzt eine Zielscheibe auf der Stirn. Sie stehen auf der Abschussliste, und …«

Hoons Schuhspitze bohrte sich in das Loch in Godfreys Schienbein, und er stürzte schreiend zu Boden. Chief Superintendent Bagshaw wies einen Constable und einen Sergeant an, West auf die Rückbank eines Wagens zu verfrachten und zu bewachen, bis die Sanitäter sich um alle anderen gekümmert hatten.

Nachdem er weggeführt worden war, wandte sie sich wieder an Hoon. »Sie müssen sich auch medizinisch versorgen lassen.«

»Irgendwann, ja«, räumte Hoon ein. »Aber zuerst kommen die Mädchen. Ich bleibe bei ihnen, bis alle durchgecheckt worden sind.«

Bagshaw folgte seinem Blick. Weibliche Beamte

legten Decken um die Schultern der Frauen. Ein paar heiße Getränke wurden herangeschafft und in Hände von Mädchen gedrückt, die seit Wochen, Monaten oder sogar Jahren keine Freundlichkeit mehr erfahren hatten.

»Ich habe sie gefunden«, sagte Hoon.

»Die Tochter Ihrer Freunde? Sie ist hier?«

»Das ist sie«, sagte Hoon. Er lächelte Caroline an, die zitternd unter einer Decke hockte und stumm und ungläubig alles in sich aufnahm, was in und außerhalb des Trucks vor sich ging.

Sie war weit entfernt von zu Hause und hatte noch einen langen Weg vor sich.

Aber sie würde nicht allein gehen müssen.

FÜNFUNDVIERZIG

Hoon rief nicht an. Er konnte es nicht.

Er hielt es nicht einmal aus, in dem Raum zu sein, als sie sie abholten. Er gehörte da nicht hin. Er hatte seinen Part erledigt, und jetzt waren sie an der Reihe.

Er stand stattdessen in einem abgedunkelten Nebenraum und beobachtete durch die Glasscheibe, wie Caroline Gascoine endlich wieder mit ihren Eltern vereint wurde. Es wurde geschluchzt. Es wurde umarmt. Es gab geflüsterte Versprechungen und Dankesbekundungen, doch er hörte von all dem nichts, weil er darauf bestanden hatte, die Mikrofone im Raum auszuschalten, wenn Bamber und Lizzie ihre Tochter abholen kamen.

Aber er wollte es sehen. Er wollte die Gewissheit, dass sie in ihre Obhut übergeben worden war. Dass sie dahin zurückgekehrt war, wo sie hingehörte.

Das ist ja wohl nicht zu viel verlangt, dachte er.

Neben ihm räusperte sich jemand leise. Hoon sah etwas Weißes und blickte nach unten, wo ihm eine Schachtel mit Taschentüchern hingehalten wurde. Wortlos nahm er eins heraus, dann stellte Chief Superintendent Bagshaw die Schachtel wieder auf den Tisch.

»Sie haben gute Arbeit geleistet«, sagte sie.

Hoon zuckte mit den Schultern und verzog schmerzerfüllt das Gesicht. Seine jüngsten Verletzungen waren fast sechzehn Stunden alt, und obwohl er jetzt mit Schmerzmitteln vollgepumpt war, tat jede Wunde stärker weh als am Tag zuvor.

Er wusste jedoch, dass es sich fast immer erst verschlechterte, bevor es wieder besser wurde. Das gehörte alles zum Heilungsprozess.

»Wieso habe ich das Gefühl, dass gleich ein ›aber‹ kommt?«, fragte er.

»Sie haben einen bemerkenswert großen Sachschaden angerichtet, eine ganze Reihe von Menschen ins Krankenhaus gebracht und einen Mann getötet.«

»Das war im Grunde ein verdammter Unfall«, protestierte Hoon.

Bagshaw runzelte die Stirn. »Sie haben ihm in die Brust geschossen.«

»Ach ... der!«, erwiderte Hoon.

»Was soll das denn heißen? Liegen da noch mehr Leichen herum?«

»Kein Kommentar«, sagte Hoon.

Er linste durch die Scheibe und stellte fest, dass Bamber in seine Richtung blickte. Er saß in seinem Rollstuhl und hatte die Arme um seine Tochter und seine Frau gelegt, große Hände streichelten ihr Haar und wischten ihre Tränen weg.

Einen Moment lang hätte Hoon geschworen, dass

sein alter Kamerad ihn durch den Spiegel sehen konnte. Oder zumindest spürte, dass er ihn beobachtete.

»Sie wird wieder gesund«, verkündete Hoon. »Sie werden alle wieder gesund.«

Dann wandte er sich ab, um der Familie ihre Privatsphäre zu lassen.

»Und was ist mit Ihnen?«, fragte Bagshaw. »Vorausgesetzt natürlich, dass ich Sie nicht auf der Stelle festnehmen lasse.«

»Das würde viel zu viel Umstände machen, das wissen Sie genau«, erwiderte Hoon. »Haben Sie Greig und Gabriella meine Nachrichten übermittelt?«

»Das ist alles erledigt«, antwortete sie. »Die wissen, was sie zu tun haben.«

»Jede Woche?«

»Sie rufen an. Jede Woche. Donnerstagmorgens.«

»Gut«, sagte Hoon. Er verzichtete darauf, die Frage zu stellen, die ihm auf der Zunge lag. Das war auch nicht nötig.

»Es geht ihnen allen gut«, versicherte ihm Chief Superintendent Bagshaw. »Sie sind in Sicherheit. Und sie werden es mit ihren Anrufen bestätigen. Solange die Botschaft an diejenigen weitergegeben wird, die sie hören müssen.«

»Oh, keine Sorge, sie wird weitergegeben«, erwiderte Hoon. »Dafür werde ich verdammt noch mal sorgen.«

Sie kamen noch in derselben Nacht. Drei von ihnen, alle bewaffnet, aber längst nicht so gefährlich, wie sie sich einbildeten.

Und nicht annähernd so gefährlich wie er.

Hoon und der Kerl, den er für den Anführer hielt, saßen sich im Bauch von Bookishs Boot an dem kleinen Esstisch gegenüber, Auge in Auge. Das Ächzen und Wimmern der beiden anderen übertönte das Wellengeplätscher und das Knarren des alten Holzrumpfes nur ganz leicht.

»Danke fürs Kommen«, sagte Hoon zu dem Skinhead, der blutend vor ihm auf dem Stuhl saß. Der Bursche war vermutlich in den Zwanzigern. »Und das mit deinen Fingern tut mir leid. Aber die Prothetik leistet heutzutage Erstaunliches. Ich würde mir darüber nicht zu große Sorgen machen.«

Der Gorilla starrte entsetzt auf den rot gefärbten Kopfkissenbezug, den er um die Überreste seiner rechten Hand gewickelt hatte. Sein ganzer Körper zitterte, als stünde er kurz vor einem Zusammenbruch.

»Du darfst für mich eine Nachricht übermitteln, kriegst du das hin?«, fuhr Hoon fort. »Ich möchte, dass ihr zu der Wichserbande zurückkriecht, die euch hierhergeschickt hat, und den Leuten etwas von mir ausrichtet. Kannst du das für mich tun?«

Als sein Gegenüber nicht antwortete, hämmerte Hoon mit der Faust auf den Tisch, um seine Aufmerksamkeit zu erregen.

»Hörst du mir zu, Junge? Oder soll ich dich von Bord werfen und sehen, ob einer deiner erbärmlichen Kumpel eine längere Aufmerksamkeitsspanne hat?«

Der Skinhead nickte hastig. »N…nein. Ich höre zu. Ich höre zu.«

»Schön. Die Nachricht lautet folgendermaßen«, sagte Hoon. »Richte denen aus, dass ich eine Liste habe. Eine Namensliste. Mit den Namen von Schauspielern, Politikern und Mitgliedern des verfluchten Königshauses. Die Namen von jedem, der gestern Abend in diesem verdammten Hotel war. Von jedem einzelnen Partygast.« Er tippte mit einem Finger auf das paillettenbesetzte Notizbuch neben ihm auf dem Tisch und steckte es dann ein. »Ich habe alles. Euer Boss Godfrey hat bei seiner Verhaftung gezwitschert wie ein Vögelchen. Du hast doch bestimmt die Aufzeichnung unserer kleinen Unterhaltung vor der Kamera gesehen, als du die Nachrichten eingeschaltet hast.« Er beugte sich dichter zu dem Kerl und grinste von einem Ohr zum anderen. »Und jetzt kommt die gute Nachricht. Ich werde keiner Menschenseele von der Liste erzählen. Sie bleibt unser Geheimnis. Außer meinen Freunden oder Mitarbeitern stößt etwas zu. Die rufen einmal pro Woche eine Nummer an und bestätigen, dass sie putzmunter sind. An dem Tag, an dem sie das nicht mehr tun – an dem Tag, an dem einer von ihnen aus welchem verdammten Grund auch immer nicht die Nummer anruft, die man ihnen gegeben hat –, wird das alles veröffentlicht. Jeder verdammte Name und jede Adresse gehen an die Presse und ins Internet. Die Büchse der Pandora wird geöffnet, und die lässt sich nicht wieder schließen. Nie wieder.« Er beäugte den wehleidigen Bastard auf der anderen Seite des Tisches, bis er davon überzeugt war, sich klar genug ausgedrückt zu haben, und lehnte sich dann zurück. »Hast du das alles kapiert?«

»Ich … habe ich, ja.«

»Bist du sicher, dass ich es dir nicht besser aufschreiben soll?«

»N…nein. Ich hab's mir gemerkt. Das kann ich behalten.«

»Wäre besser für dich, Jungchen«, sagte Hoon. Er hielt zwei abgetrennte Finger hoch. »Denn da, wo die wachsen, gibt es noch mehr.«

Er warf die abgetrennten Finger auf den Tisch zwischen ihnen und scheuchte den Burschen mit den Händen weg.

»Und jetzt räumt euren Scheiß zusammen und verpisst euch von meinem Boot!«, befahl er.

Das ließ sich der Skinhead nicht zweimal sagen. Er sammelte seine Finger ein, sprang vom Stuhl hoch und stolperte die Treppe hinauf und nach draußen auf das Oberdeck.

Hoon hörte, wie er die anderen anbrüllte, dann wurden in einiger Entfernung Autotüren zugeschlagen, und ein Motor heulte auf.

»Alles klar?«

Miles schob den Kopf aus der Schlafnische, aber seine Miene verriet, dass er ihn sofort wieder einziehen würde, wenn etwas passierte.

»Sie können ruhig rauskommen«, sagte Hoon. »Die sind weg.«

Miles öffnete die kleine Tür weiter und trat heraus. »Nachricht erhalten und verstanden?«

»Ja. Hoffentlich funktioniert es«, sagte Hoon. »Dann sind alle sicher, und keinem wird ein Haar gekrümmt.«

Miles schob sich auf den Stuhl, der gerade frei geworden war, und gab sich Mühe, die Blutlache auf dem Tisch zu ignorieren.

»Ich habe Ihre andere Nachricht weitergeleitet. Die an Gabriella.«

»Sie meinen, Sie haben sie an Ihren Cousin weitergeleitet?«

»Er arbeitet auch für den Geheimdienst«, erklärte Miles. »Er war nur als Zwischenstation gedacht, bis wir etwas Längerfristiges gefunden haben. Wollen Sie nun wissen, was sie gesagt hat, oder nicht?«

Hoon dachte einige Augenblicke nach und schüttelte dann den Kopf. »Nein. Ich glaube nicht, dass ich das wissen will.«

»Macht nichts, ich richte es Ihnen trotzdem aus. Sie sagt, dass Ihnen nichts leidtun muss«, erklärte Miles. »Und dass das heiße Wasser in der neuen Wohnung zuverlässiger läuft, falls Ihnen das etwas sagt?«

Hoon gab einen Laut von sich, der entfernt einem Lachen ähnelte. »Allerdings. Ja, das tut es. Danke.«

»Kein Problem. Ich reiche Einzelheiten nach, wenn sie sich in der neuen Wohnung eingelebt haben.«

»Wahrscheinlich tun Sie das besser nicht«, wandte Hoon ein. »Wir sollten unser Glück nicht herausfordern.«

»Nein«, stimmte Miles zu. »Nein ... besser nicht.«

»Was haben Sie denn jetzt vor?«, erkundigte sich Hoon. »Wegen Ihrem Godfrey und dem Loop und all dem Scheiß?«

»Wir arbeiten daran«, sagte Miles. »Es ist noch zu früh, aber bis jetzt konnten wir ihn am Leben erhalten ... Vielleicht kriegen wir ja doch noch etwas Nützliches aus ihm raus. Aber er hat vor denen mehr Angst als vor uns, also bin ich etwas skeptisch.«

Hoon nickte. »Viel Glück damit«, sagte er. »Und damit das klar ist: Ich kann verstehen, dass Sie ihn umbringen wollten. Ich bin nicht gerade begeistert, dass Sie mich benutzt haben, aber ich habe Verständnis dafür. Wenn ich Caroline nicht gefunden hätte, würde ich vielleicht anders darüber denken. Aber so, wie es jetzt gelaufen ist, kann ich damit leben. Es ist schließlich alles gut gegangen.«

»Ja. Danke«, erwiderte Miles. »Sie hatten natürlich recht. Ich konnte ihn nicht einfach kaltblütig erschießen.«

»Ich persönlich hätte es sofort erledigt, ohne mit der

Wimper zu zucken«, sagte Hoon. »An Ihrer Stelle hätte ich die Wände mit ihm tapeziert. Aber Sie scheinen ein besserer Mensch als ich zu sein.«

»Offensichtlich«, stimmte Miles zu. Er blickte zu der Treppe, dann wieder zu Hoon. »Und Sie? Was werden Sie jetzt tun?«

»Weiß ich noch nicht«, gab Hoon zu.

»Ihre Nachricht an den Loop … Ich habe mitgehört«, sagte Miles. »Sie haben von denen verlangt, Ihre Freunde in Ruhe zu lassen. Sich selbst haben Sie dabei allerdings nicht erwähnt.«

Hoon zuckte mit den Schultern. »Ach, scheiß drauf. Sollen sie doch kommen. So bleibt das Leben wenigstens interessant.«

Miles machte ein gequältes Gesicht. »Ich glaube, Sie wissen immer noch nicht, mit wem Sie es zu tun haben, Bob.«

»Vielleicht«, sagte Hoon. Er lehnte sich zurück und verschränkte die Finger hinter dem Kopf. »Vielleicht wissen *die* es aber auch nicht. Auf jeden Fall dürften mir verflucht spannende Zeiten bevorstehen.«

»Bisher waren sie das definitiv«, stimmte Miles ihm zu. Er stand auf, streckte Hoon über den Tisch hinweg die Hand hin und wirkte geradezu erfreut, als Hoon sie tatsächlich schüttelte. »Sie wissen, wo Sie mich finden, wenn Sie mich brauchen.«

»Okay. Falls ich jemals etwas abgetippt haben will, ruf ich Sie gerne an«, erwiderte Hoon.

Miles gluckste. »Witzig. Aber ich meine es ernst. Ich werde alles tun, was in meiner Macht steht.«

Hoon dachte an all die gesichtslosen Feinde, die dort draußen lauerten. Ihn beobachteten. Warteten. Darauf warteten, dass ihre Stunde schlug.

Er dachte an den schwarzen SUV auf dem Grund der Themse. An den Hartschalenkoffer, der unter seinem Bett versteckt war, und an das Waffenarsenal, das sich darin befand.

»Trotzdem, danke für das Angebot, Sportsfreund«, sagte Hoon.

Er blinzelte. Es tat weh.

Himmel, es schmerzte höllisch.

»Irgendetwas sagt mir, dass ich schon klarkomme …«

Wie erpresst man eine ganze Stadt? Gar nicht, wenn Jack Reacher in der Nähe ist.

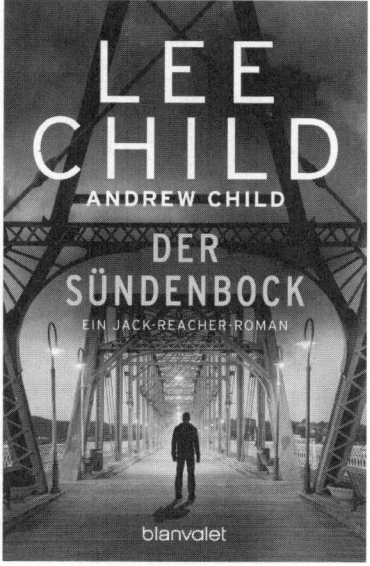

416 Seiten. ISBN 978-3-7341-1258-4

Der ehemalige Militärpolizist Jack Reacher reist ziellos durch die USA, und so landet er in einer Kleinstadt, in der ihn seine Mitfahrgelegenheit absetzt. Kurz darauf beobachtet er, wie ein junger Mann von einigen Schlägern verfolgt wird – und greift ein. Dann erfährt Reacher, dass alle Computersysteme der Stadt gehackt worden sind und dass die Bürger Reachers neuen Schützling dafür verantwortlich machen. Die Hacker verlangen mehrere Millionen Dollar als Lösegeld, doch selbst das ist nur die Spitze des Eisbergs. Es geht um viel mehr! Aber die Verbrecher haben nicht mit Jack Reacher gerechnet.

Wenn die Natur zurückschlägt ...

608 Seiten. ISBN 978-3-7341-1094-8

Im Kongo wird ein humanitäres Hilfscamp von Tieren angegriffen. Doch nicht nur von einer einzigen Spezies, sondern
von allen auf einmal. Alle Tiere der Wildnis haben sich gegen
die Menschen verbündet. Commander Grayson Pierce und
sein Team vom wissenschatlichen Geheimdienst Sigma
Force werden zur Hilfe gerufen. Doch auch korrupte Militär-
angehörige sowie der skrupellose Multimilliardär Nolan De
Coster sind bereits vor Ort. Was kann diesen Amoklauf der
Natur ausgelöst haben? Und wie kann man es aufhalten?
Die Antwort findet sich im Königreich der Knochen ...

»Ein sehr großer, internationaler Stoff. Das schreit ja förmlich nach einem Blockbuster!«

Romy Hausmann

416 Seiten. ISBN 978-3-7645-0833-3

Sommer 2002: In Palermo wird ein Priester erschossen, in Antwerpen stellen Ermittler drei Tonnen Kokain sicher, in Zürich begeht ein Pilot Selbstmord. Drei scheinbar isolierte Vorfälle. Doch bei der Schweizer Bundeskriminalpolizei verdichten sich die Hinweise, dass alle mit dem Ex-Banker Baumann zu tun haben, der in Diensten südamerikanischer Narcos steht. David Keller, Bundesermittler und Mafia-Experte, wird auf den vermeintlichen Routinefall angesetzt. Schnell wird klar, dass er es mit einer internationalen Verschwörung zu tun hat, die alles bedroht, woran er je geglaubt hat – und seine Gegner ihm vertrauter sind, als er ahnen kann …

Lesen Sie mehr unter: **www.blanvalet.de**